LETTRES

DE

SILVIO PELLICO

PARIS.—IMPRIMÉ CHEZ BONAVENTURE ET DUCESSOIS,
55, quai des Augustins.

SILVIO PELLICO

LETTRES

DE

SILVIO PELLICO

RECUEILLIES ET MISES EN ORDRE

PAR M. GUILLAUME STEFANI

TRADUITES

ET PRÉCÉDÉES D'UNE INTRODUCTION

PAR

M. ANTOINE DE LATOUR

PARIS

E. DENTU, LIBRAIRE-ÉDITEUR.

Palais-Royal, 13, galerie d'Orléans.

1857

Madame

Tous ceux qui ont de la bonté pour moi excèdent en indulgence, et vous, Madame, plus que beaucoup d'autres. Votre lettre me donnerait de l'orgueil, si je n'avais pas le bonheur de connaître combien tout ce que je fais de passable est médiocre. Quand j'aurai achevé la lecture de l'ouvrage de M. Aller, je lui écrirai, et je le remercierai de ce qu'il m'a jugé avec tant de bienveillance. Ce que Chateaubriand a dit (à ce que l'on nous a rapporté, car je n'ai pas lu d'écrit sur ce sujet) pour jeter des doutes sur ma véracité à propos des <u>Piombi de Venise</u>, est comme si l'on disait : — <u>Pellico nous parle d'une Commission spéciale et moi qui ne l'ai pas vue, je vous annonce qu'elle n'a pas existé</u>. Que voulez-vous que je réponde, Madame ? Rien. L'accusation est trop étrange ; elle n'a pas besoin d'être réfutée. On ne peut pas même la ranger au nombre des calomnies, car tout le monde sait à Venise, — et dans toute la Monarchie Autrichienne c'est une chose connue — que les Italiens jugés et condamnés à Venise ne pouvant pas tous être enfermés dans un seul lieu, ont eu pour prisons les uns les <u>Piombi</u> et les autres <u>S. Michele di Murano</u>.

Le gouvernement n'en fesait pas mystere. Je n'étais pas le seul qui fût aux Piombi : il y avait le marquis Canonici de Ferrare, neveu du Cardinal Mattei et une quinzaine ou une vingtaine d'autres ou Carbonari ou soupçonnés de Carbonarisme. Il faut être singulierement aveuglé par le desir d'accuser, pour dire des simplicités aussi extraordinaires que celle de nier que les Piombi aient été des prisons en 1820 – 21 – 22. — Ce n'est pas moi qui les raconte un fait : c'est tout Venise qui sait ce fait : c'est des milliers d'autres qui le savent. — Que maintenant on ne se serve plus des Piombi pour prison, c'est fort bien, le bel argument pour nier ce qu'ils ont été notoirement pour moi et pour tant d'autres ! — Il n'est pas possible que le gouvernement autrichien ait voulu tromper là-dessus Chateaubriand ni d'autres personnes : il y a des mensonges trop manifestement impudens pour que des hommes graves osent les débiter. Je croirais plutôt que Chateaubriand ayant demandé à voir les Piombi, on lui ait simplement dit que ce ne sont plus des prisons, et que son imagination échauffée, irritée par quelque individu autrichien (non par le Gouvernement), ait conçu avec légéreté, l'idée que mon séjour aux Piombi a été une fable. Quand il fut de retour de Venise à Paris, on me dit qu'il déclamait dans les salons contre mon livre, assurant qu'il n'y a plus de Piombi depuis la république. On m'ajouta qu'il voulait écrire contre moi. Il me vint alors dans la pensée de lui adresser une lettre, pour l'engager à mieux s'informer, avant d'entreprendre une accusation dont il aurait bientôt dû rougir. L'ab. Peyron vit cette lettre, mais je renonçai à l'idée de l'envoyer. Ce n'était ni une prière, ni des explications ; c'était le langage d'un homme indigné qui dit à un autre : — "Si vous êtes consciencieux, réfléchissez à la turpitude que vous commettriez par la plus absurde des assertions. " — J'ai bien fait de ne pas envoyer cette lettre. Au reste on m'écrivit de Paris que Mad. Récamier avait persuadé Chateaubriand qu'il se ferait du tort s'il m'attaquait. Depuis lors, personne ne m'a dit qu'il ait écrit contre moi. Il l'a donc fait quelque part, d'après ce que M.ʳ Ferrand vous a dit ? — Tant pis pour M.ʳ de Châteaubriand ! je ne m'en inquiète pas. Il aura cru bien faire ; mais il a agi avec légéreté. — Je ne suis pas non plus informé si d'autres écrivains français m'ont attaqué. Je lis peu les journaux, je ne suis guères au courant des agitations littéraires. Elles ne m'ont jamais extrêmement interessé ; elles ne m'intéressent plus du tout.

Ma fenêtre aux Piombi n'était pas ovale, mais carrée et grande, dans la première chambre que j'y eus. On la voit de la grande cour du palais du doge, en venant de la Piazzetta. Elle est pour le spectateur qui regarde ce superbe escalier où Marin Falieri a été décapité, et d'où je suis descendu au milieu des sbirres, pour aller entendre sur l'échafaud ma sentence de mort, sur la Piazzetta, elle est, dit-je, au dessus de cet escalier, mais à gauche du spectateur, et elle donnait sur les plombs de l'église de S. Marc. Dans le tems où j'étais là, le marquis Canonici était mon voisin ; sa fenêtre était plus à gauche, pour le spectateur, c'est-à-dire à ma droite. On défendait alors aux curieux d'aller sur les plombs de l'église, parce que de là ils auraient pu nous voir et nous parler. — La chambre que l'on me donna depuis avait deux fenêtres, une grande et une petite, elles n'étaient pas ovales non plus. ——

Je vous remercie du long passage de Haller que vous avez eu la bonté de copier pour moi. Si vous écrivez à ce digne homme, dites-lui, je vous prie, que son suffrage me fait plaisir, et que je lui en suis obligé.

Agréez, Madame, l'assurance des sentiments bien distingués d'admiration et d'estime avec lesquels j'ai l'honneur d'être

Votre très-humble et ob.t serviteur
et ami Silvio Pellico

Turin, 23 août 36

Madame
Madame la Contesse Octavie Masin de Montbello.

INTRODUCTION

LES DERNIÈRES ANNÉES DE SILVIO PELLICO

—————

Silvio Pellico est mort à Turin, dans la nuit du 31 janvier au 1er février 1854. Un des rêves de ma vie avait été de pouvoir le visiter dans la retraite où il vivait depuis sa sortie du Spielberg. La nouvelle de sa mort, en me surprenant au fond de l'Andalousie, est venue me ravir une espérance que je nourrissais dans mon cœur depuis plus de vingt ans. Mais quelques mois plus tard, ce hasard qui dispose de ma vie, et qui souvent en dispose si bien que j'aime à l'appeler de son vrai nom, la Providence, m'amenait sur les lieux mêmes où Silvio Pellico a vécu, où il a chanté, où il a souffert, et devant la tombe modeste sous laquelle il repose maintenant. C'était du moins une compensation au rêve qu'il ne m'avait pas été donné de réaliser. Au lieu d'une visite à un homme célèbre (il m'eût permis lui-même de dire à un ami) j'ai accompli un pèlerinage sur les traces d'un saint. Quoique ce pèlerinage n'ait pas toujours abouti là où j'eusse voulu aller, il m'a du moins ému et consolé. Quelques personnes pourront sourire à l'idée que cette préoccupation m'ait suivi dans un premier voyage à Milan, à Gênes, à Venise, à Vienne, à Turin. J'avoue, sans honte, que si elle ne m'a pas rendu insensible aux grands souvenirs que rappellent ces lieux fameux, elle a été cependant ma première et ma plus chère pensée.

A Milan, Manzoni vivait encore, mais j'oubliai l'auteur des *Fiancés*, du roman que Silvio Pellico appelle une œuvre colossale, pour ne chercher que les prisons de Sainte-Marguerite, où, le vendredi 13 octobre 1820, à trois heures de l'après-midi, Silvio fut conduit, accusé d'affiliation aux sociétés secrètes. Depuis cette époque, la partie du bâtiment où il fut enfermé a été démolie. Mais ces voûtes basses avaient vu passer le détenu, mais c'était dans l'une de ces cours que venait jouer, sous sa fenêtre, le petit muet qui revit à jamais dans une de ses pages les plus touchantes; mais ces murs avaient sans doute gardé l'écho de la chanson de Madeleine. Dans ce sombre édifice, qui fut jadis un couvent, et où la police autrichienne siége encore comme en 1820, il restait assez de Silvio pour que je m'arrêtasse, debout sur le seuil et hasardant un regard furtif à l'intérieur, à évoquer tous les incidents de sa première captivité. Silvio Pellico demeura à Sainte-Marguerite jusqu'au 19 février 1821, environ quatre mois. Il y reçut la visite de son père, accouru de Turin, et celle du comte

Porro. Il y connut le faux duc de Normandie. Ce fut là enfin que, dès le second jour, il comprit que la religion seule enseigne la patience et la résignation. Lorsqu'il se demanda d'où viendrait à ses infortunés parents la consolation d'une telle épreuve, une voix d'en haut répondit :—De celui qui donna à une mère la force de suivre son fils au Golgotha ; et cette force que Dieu devait donner à la sienne, il commença dès lors à sentir qu'elle entrait aussi dans son cœur.

Jusque-là, il le dit lui-même, s'il n'avait pas été hostile à la religion, « il la suivait peu et mal. » De ce jour il résolut de lui être plus fidèle, et avec le temps, il en reprit les salutaires pratiques. Ce n'est donc pas la douleur qui, à la longue, a maîtrisé son âme et l'a rendue au christianisme. Même quand cette âme luttait encore, elle se sentait vaincue d'avance, et il ne lui avait manqué que la solitude pour se reconnaître et se redonner à Dieu tout entier. Les tourments et la colère pourront bien lui arracher des cris de souffrance ou de malédiction ; l'impétuosité de l'homme mettra plus d'une fois en péril la modération du martyr, mais dès les premiers jours, il faut le répéter, Silvio Pellico avait abdiqué toute haine entre les mains de Dieu.

Le 21 février, il arrivait à Venise. J'ai parcouru une à une les étapes de ce voyage de Milan à Venise. En passant devant la porte, alors fermée, du théâtre de la Scala, comment ne me serais-je pas souvenu de ces belles soirées durant lesquelles, dans la loge de Monsignor Lodovico de Brême, son ami, où l'esprit parlait toutes les langues de l'Europe, Stendhal se vit souvent assis entre lord Byron et Silvio Pellico, « charmant poëte, mort depuis dans les prisons de l'Autriche, » dit le spirituel touriste, qui heureusement alors se trompait? Et en suivant ces boulevards aux vastes ombrages, ne croyais-je pas entendre ce cri de Silvio :—« O cours de la Porte-Orientale, ô jardins publics, où tant de fois me promenant avec Monti, avec Foscolo, avec Lodovico de Brême, avec Borsieri, avec Porro et ses enfants, avec tant d'autres qui me sont chers, je m'étais entretenu avec eux, plein de vie et d'espérance! »

Avec lui je traversai Padoue et Vérone, avec lui j'entrai dans Venise. Quand je me trouvai, pour la première fois, dans la cour de ce merveilleux palais des doges, mon regard chercha d'abord cette fenêtre des *Plombs* qui donnait sur le toit de Saint-Marc, et d'où le prisonnier apercevait au delà de la basilique l'extrémité de la Piazza. « Ma fenêtre aux *Piombi*, dit Silvio Pellico dans une lettre écrite en français, n'était pas ovale, mais carrée et grande..., on la voit de la grande cour du palais du doge en venant de la Piazzetta. Elle est pour le spectateur qui regarde ce superbe escalier où Marin Falier a été décapité, et d'où je suis descendu au milieu des sbires pour aller entendre sur l'échafaud ma sentence de mort, sur la Piazzetta; elle est, dis-je, au-dessus de cet escalier, mais à la gauche du spectateur, et elle donne sur les Plombs de l'église Saint-Marc. » Cette fenêtre, si nettement décrite, je la cherchai avidement, mais, hélas! elle avait disparu. Cette partie même des

Plombs n'existait plus ; comme elle dépassait le niveau de la toiture, on venait de la démolir, et les ouvriers étaient encore occupés à enlever l'échafaudage.— « Là, me dit mon guide, était encore, il y a deux mois, la prison de Silvio Pellico. » Le lendemain, étant entré, sur le quai des Esclavons, dans l'atelier d'un photographe, j'eus le bonheur de mettre la main sur une vue intérieure du palais, où se voyait la précieuse fenêtre, telle que Silvio la dépeint, une échelle appliquée contre la saillie du mur semble attendre l'ouvrier chargé de la démolition.

« Je montai l'escalier des Géants, et après avoir traversé plusieurs galeries et plusieurs salles, nous arrivâmes à un petit escalier qui nous conduisit sous les Plombs. » Ce sont les termes du récit de Silvio, qui devient ici le mien. Si je ne retrouvai plus sa chambre, je pus du moins visiter la prison voisine, où vinrent s'offrir à la fois à mon imagination tous les détails de cet épisode de son livre. Je cherchais dans tous les coins cette petite table où il écrivait des tragédies, qu'il râclait ensuite avec un morceau de verre, et sur le coin de laquelle Zanze venait s'asseoir pendant qu'il écrivait. Je me récitais à moi-même cette délicieuse idylle de la prison, qu'un autre poëte, M. de Chateaubriand, n'a pu parvenir à gâter dans ses *Mémoires* (où il gâte d'ailleurs tant de choses), en montrant l'héroïne de ce divin chapitre vieillie, et reniant à demi le souvenir qui la rend immortelle. C'était donc à deux pas d'ici, de l'autre côté de cette cloison, et dans une chambre toute pareille à celle où j'étais, que Silvio Pellico avait, avec une abnégation sublime, poëte, renoncé à la gloire, fils et frère, à toutes les joies de la famille.

J'emportai sur les lagunes le souvenir de ces scènes mouillées de larmes, tour à tour amères et douces. Parmi ces îles sans nombre qui sont comme les étoiles de Venise, et qui, semées autour d'elle, font cortége à cette reine des eaux, j'effleurai, un jour, celle de San Michele. San Michele sert aujourd'hui de cimetière à Venise, et son principal édifice est un couvent de capucins. Silvio Pellico y fut mené la veille du jour où la sentence devait lui être lue. Il y avait précisément une année qu'il avait été transféré de Milan à Venise. On le fit descendre sans bruit par un escalier dont l'interminable spirale semblait devoir conduire aux *puits*, ces prisons plus redoutables encore de l'ancienne république, mais aboutit en réalité à une porte donnant sur la lagune, derrière le palais.

De là, sur la droite, on aperçoit le Pont des Soupirs. Dans un lieu désert, où la lagune étroite et morne semble avoir la profondeur de l'abîme, je n'avais pas besoin d'un grand effort pour m'associer aux pensées qui, à ce moment, assaillirent l'âme du prisonnier. L'aspect de la gondole qui l'attendait à la dernière marche ne lui rappela d'abord que les joyeuses promenades sur le lac de Côme ou sur le lac Majeur, où j'ai vu passer aussi sa douce et pensive figure, entre les deux fils du comte Porro; mais peu à peu le doux rêve faisait place à la défiance. Effrayé de ce mystérieux enlèvement, Silvio se prenait, sur le point de la quitter, à regretter cette prison, « où il avait aimé quelqu'un, et où « quelqu'un l'avait aimé. » Si peu fait qu'il soit pour

cette terre, l'homme y prend aisément racine, et presque toujours il emporte je ne sais quel regret inexplicable des lieux mêmes où il a souffert.

Arrivé à San Michele, Silvio fut enfermé dans une
chambre qui donnait sur une cour, sur la lagune et
sur l'île de Murano. Cette belle île de Murano, où se
fabriquent aujourd'hui encore ces frêles verroteries
qui ont été un des caprices du moyen âge, n'est sépa-
rée de San Michele que par un canal. Ce fut dans cette
autre prison que Pellico reçut d'abord la nouvelle de
sa condamnation. Mais l'amertume de ce moment lui
fut bien adoucie par la joie de se retrouver avec
Maroncelli, qu'il n'avait pas revu depuis que, l'un et
l'autre, ils avaient été arrêtés. Il leur fut accordé de
passer la journée ensemble.

Condamnés à mort tous les deux, la clémence impériale commuait la peine en quinze ans de détention
dans la citadelle de Spielberg. Cette sentence devait
être signifiée le lendemain aux condamnés, en présence de Venise entière. Lorsqu'on eut de nouveau
séparé les deux amis, la nuit et la solitude livrèrent à
l'âme de Silvio un assaut terrible. Un moment le
vaincu résigné à Dieu faillit redevenir le vaincu frémissant de l'homme, un condamné vulgaire jetant à
la face de ses juges et du ciel l'anathème du désespoir ;
mais la crise ne dura que quelques heures, et quand
le jour reparut, à défaut d'une entière résignation, il
avait du moins repris ce calme apparent qui en est le
signe et en assure le retour.

Un échafaud avait été construit sur la Piazzetta,
devant les arcades de la galerie extérieure du palais

ducal. Avec quelle émotion je rassemblai en idée, sur le lieu même, jusqu'aux moindres détails de cette scène imposante ! Là se dressait l'échafaud ; entre ces deux colonnes, un peu plus rouges que les autres, se tenait debout le greffier de la commission. Silvio Pellico, accompagné de son ami, descendit par l'escalier des Géants. Il dut entendre sur les marches le frémissement de la foule avertie, que suit aussitôt un grand silence. Il disparut un moment sous la voûte de cette porte, il jeta peut-être un regard à sa droite sur ces piliers grandioses, rapportés de Saint-Jean-d'Acre, au temps où Venise était libre. J'aurais voulu mettre mon pied sur chaque pierre où il posa le sien, lorsqu'il marchait dans l'espace vide que laissait devant lui la double haie de soldats allemands. Il monte les degrés de l'échafaud, l'y voici. « Le capitaine autrichien nous cria de nous tourner vers le palais et de lever les yeux en haut. » Où allait donc le regard des deux pauvres condamnés ? Sans doute vers cette autre place plus grande, pleine pour eux de souvenirs, sur ce lion de Saint-Marc, si fier encore sur sa colonne, quand tout est devenu si humble à ses pieds, sur ces lagunes où le Bucentaure, dont le modèle n'est plus qu'une des curiosités de l'arsenal, venait recevoir l'époux de la mer, sur cette foule où quelque regard ami leur parlait encore d'avenir et d'espérance, sur ce Campanile au pied duquel des légions de pigeons (c'était précisément l'heure où ils venaient jadis recevoir leur nourriture des mains de la république) attristaient leurs yeux par l'image de la liberté. Enfin les pauvres Italiens, dont la jeunesse allait être exilée sous un ciel froid et brumeux, première prison fermée sur, l'autre, ne devaient-ils pas éprouver un insatiable désir de s'enivrer une dernière fois du parfum de cet air si pur, de l'aspect de ce ciel si bleu, de l'éclat de ce soleil déjà si brûlant, de tout ce qui pour eux était alors la patrie?

Mais déjà les condamnés ont pris la route du Spielberg. A Vienne, qu'ils durent traverser pour se rendre en Moravie, les grandes rives du Danube, ces délicieux remparts, cet éblouissant Graben, ce ravissant Prater, ces voûtes recueillies de Saint-Etienne, les champs même de Wagram m'entretinrent de Silvio. Il avait passé par Wagram pour aller à Brünn, dont le Spielberg est la citadelle. J'attendais avec impatience le moment d'y aller moi-même. Je savais cependant que l'on avait démoli au Spielberg la partie des bâtiments qu'avaient eue pour prison les détenus italiens. Ce mécompte est de ceux dont le cœur se console plus aisément que l'imagination; quelle bonne grâce aurait-on à se plaindre d'une mesure qui cache peut-être une réparation, surtout si c'est à Silvio que l'on doit que ces tristes prisons ne revivent plus que dans son livre?

En attendant que le choléra qui, à cette époque, sévissait à Brünn, me permît de me mettre en route, je pensais à tous ceux dont j'allais retrouver les fantômes au Spielberg, le comte Oroboni, le bon Schiller, et cette mère si compatissante du surintendant. Malheureusement l'heure du départ arriva pour nous avant que le fléau n'eût laissé les chemins libres, et je passai de nuit et sans le voir, hélas! au pied même du

Spielberg. Avec quelle avidité, pendant que l'impitoyable locomotive m'emportait de Vienne à Dresde, j'interrogeais ce profond horizon, où, à chaque instant, je croyais voir se dresser devant moi la sombre citadelle ! C'était au mois d'août, et pendant l'une de ces nuits ardentes qui parfois, même dans le Nord, laissent entrevoir toute chose. Deux heures avant d'arriver à Brünn, un orage terrible éclata, mais j'avais si bien pris mes renseignements, que j'espérais encore, ne fût-ce qu'entre deux éclairs, apercevoir en passant le Spielberg. La pluie qui alors tomba par torrents ne me laissa pas même cette consolation. J'ai conservé de cette nuit une impression cruelle, et Silvio Pellico se fût encore trouvé dans sa prison, que je n'aurais pas été plus ému. Heureusement, la veille je m'étais promené dans ces jardins historiques de Schœnbrunn, où le prisonnier, rendu à la liberté par la volonté de l'empereur, rencontra l'empereur lui-même.

De Vienne, par la Styrie et la Carinthie, il avait regagné Milan, sous l'escorte, cette fois bienveillante, de la police autrichienne ; il avait, à dix ans de distance, revu ces mêmes villes, si tristement traversées jadis, quand elles étaient pour lui le chemin du Spielberg, Vérone, Brescia, Padoue, Vicence, Mantoue. Mais son pauvre cœur n'était guère plus tranquille que la première fois. A chaque station il laissait un compagnon, un frère : à Brescia, Tonalli ; à Mantoue, Maroncelli ; et, chaque jour plus affligé, il se remettait en route, se demandant s'il retrouverait ses parents. Il n'aurait donc laissé au Spielberg cette famille de l'exil, devenue si chère à son cœur, que pour rencontrer au foyer paternel la solitude et la mort ? Cette cruelle pensée ôtait tout son charme à la liberté même.

Mais le moment approchait où devaient cesser pour lui toutes les tristesses de l'âme. A Novarre, en touchant le sol de la patrie, il reçut enfin une lettre de sa famille. Quand j'arrivai moi-même à Novarre, je ne songeai pas à me faire montrer le champ de bataille de l'héroïque Charles-Albert; j'étais plein de la joie dont avait débordé le cœur de l'exilé en apprenant que tous les siens étaient encore vivants, excepté sa plus jeune sœur. Dans l'amertume de ses regrets, ce lui fut une douceur de croire qu'il devait surtout sa liberté aux pieuses intercessions de celle qui n'était plus.

Silvio Pellico, revenu à Turin, y vécut encore vingt-quatre ans, dans la pratique des vertus chrétiennes dont il avait fait à Milan, à Venise, au Spielberg le difficile apprentissage. Je reviendrai plus loin avec détails sur cette dernière époque de sa vie, qui eut aussi ses épreuves et ses mécomptes, mais qui, dans son ensemble, eut sa douceur, et dont le silence même, après le grand éclat de son livre, fut un enseignement. Et, en effet, après avoir raconté à ses concitoyens et au monde cette incomparable légende de la prison, il passa plus de vingt ans encore à prouver par la modération de sa vie, de ses opinions, de son langage, que l'adorable récit n'était ni une vengeance déguisée, ni un calcul de l'hypocrisie ; et, après avoir vu mourir son père, sa mère et l'aîné de ses frères, il mourut lui-même avec la simplicité d'un saint, laissant chacun bien convaincu qu'il n'eût pas écrit la relation de ses souffrances en 1853, sous un roi constitutionnel, autrement qu'il ne l'a fait en 1832.

J'arrivai à Turin au mois de novembre de l'année suivante. Je n'avais que peu d'heures à passer dans cette ville ; mais je n'avais aussi qu'une idée : celle de m'agenouiller devant le tombeau de Silvio Pellico. Un Vénitien distingué, M. Guillaume Stefani, le même qui en ce moment vient de payer sa dette au Piémont, sa patrie adoptive, en prenant le soin pieux de réunir les lettres éparses dont je publie la traduction, voulut bien me servir de guide au Campo Santo. Il faisait un temps sombre et pluvieux ; cependant je n'éprouvais pas le besoin de trouver la nature en deuil sur la tombe de Silvio. La beauté du ciel, l'éclat d'un doux soleil d'automne n'ont rien qui doivent troubler les cendres du juste. Je n'apportais moi-même devant cette pierre, si doucement retombée sur une vie pleine de bonnes œuvres et de pensées chrétiennes, qu'un seul regret, le regret de n'avoir pas connu vivant celui que je venais visiter dans le champ des morts.

Le Campo Santo de Turin est formé d'une double enceinte qu'entoure un majestueux portique. En prenant à gauche par le sentier de verdure où M. Stefani me précédait, je lisais çà et là des noms illustres, dont quelques-uns se rencontrent souvent sous la plume de Silvio, les Barolo, les Balbo : plus d'un ami l'avait devancé là. Je hâtai le pas avec une impatience involontaire : mon guide m'arrêta enfin devant une humble sépulture, du milieu de laquelle s'élevait une pyramide de marbre d'environ sept pieds de haut. Sur la

partie supérieure de cette pyramide se détachait en
relief un médaillon avec cet exergue : SILVIO PELLICO.
C'était bien cette figure souffrante, un peu chétive,
qu'on retrouve dans tous ses portraits.—« Silvio, écrit
l'un de ses amis, avait un front élevé, large, serein,
sur lequel brillaient les nobles et graves pensées,
l'œil tirant sur le bleu, le regard triste, pénétrant,
fixe, affectueux ; des lèvres très-minces où se dessinait
de temps à autre un sourire plein de mélancolie et de
mansuétude. »

Je retrouvai dans le médaillon, rendus plus frap-
pants encore par la mate blancheur du marbre, ces
divers caractères. N'étaient-ils pas résumés aussi avec
simplicité et grandeur dans cette épitaphe ?

« Silvio Pellico, né à Saluces, le 24 juin 1789, mort
à Turin, le 31 janvier 1854.

« Sous le fardeau de la croix, il a appris le chemin
du ciel et nous l'a enseigné ; chrétiens, priez pour lui,
et suivez-le. »

Un rosier croissait parmi d'autres fleurs, au pied
de la pyramide ; il portait une dernière rose : je la
cueillis en souvenir de celle que Maroncelli offrit, dans
la prison, au chirurgien qui venait de lui couper la
jambe.

Mon pèlerinage finissait à la tombe de Silvio Pellico.
Le lecteur pourra le recommencer dans la collection
de ses lettres : elles embrassent depuis son premier
séjour à Milan, où la gloire lui sourit pour la première
fois sous les traits de Françoise de Rimini jusqu'à la
veille de sa mort, à Turin. Commentaire éloquent de
ses Mémoires, c'est encore un document qui met au-

dessus de tout soupçon la sincérité du récit et la bonne foi de l'écrivain.

A l'époque où Silvio publia *Mes Prisons*, la généralité des lecteurs se laissa d'abord gagner au charme émouvant, à l'irrésistible douceur, à la clémence de la narration, mais quelques-uns s'obstinèrent à ne voir dans la modération de langage qu'une manière ingénieuse de mettre en défaut la censure, et un moyen d'autant plus sûr d'atteindre la vengeance, qu'on semblait y avoir renoncé. Non, mille fois non, il n'y eut rien là de semblable : cet ennemi si habile à dissimuler sa haine était simplement un chrétien. Ce qu'il venait de raconter à ses lecteurs, il le répétait ainsi à sa famille, à son frère le prêtre, à sa sœur l'austère religieuse, à ses amis présents ; il ne l'écrivait pas autrement aux absents. Dans l'abandon de la correspondance la plus familière, il ne lui échappe jamais un mot qui témoigne d'un reste d'amertume : depuis longtemps il en avait épuisé la dernière goutte. Tel on le voit redevenu libre, tel il était déjà dans la prison. Vous sentez à chaque ligne que sa modération d'aujourd'hui ne lui coûte aucun effort ; il l'avait eue dans les années mêmes d'une jeunesse qui eut toutes les illusions de cet âge sans aucune de ses violences. Ce que rêvait dès lors Silvio Pellico, ce n'était pas une révolution, mais l'indépendance de l'Italie, et il continua à l'espérer, même après avoir cessé presque d'y croire. Il se ralliait à ce grand cri que Machiavel a jeté à la fin de son livre du *Prince*, cri généreux qui demande grâce pour tant d'odieuses leçons : Arrière les Barbares ! C'était, j'en conviens, un crime impar-

donnable aux yeux de l'Autriche. L'Autriche, maîtresse de Milan, défendait sa conquête, et on ne peut
l'en blâmer beaucoup ; mais je tiens à établir que,
dès sa première jeunesse, Pellico était dans un camp
qui, à aucune époque, n'a été celui de la révolution.

Pendant que d'autres, plus ardents, se précipitaient
étourdiment ou avec fureur dans les sociétés secrètes,
l'auteur de *Françoise de Rimini*, le poétique secrétaire
du comte Porro, le tendre précepteur de ses deux enfants, travaillait avec ce qu'il y avait de plus distingué
dans la jeune aristocratie de Milan à fonder un journal
littéraire. Le titre de ce journal, *le Conciliateur*, n'annonçait rien de bien violent. Toutefois, prenez garde :
sous ces fleurs de la poésie se cachait peut-être le serpent d'Eden. Silvio savait et avoue lui-même, trente-
quatre ans plus tard, que le journal avait pour but de
secouer la *torpeur nationale*. Mais savez-vous comment il s'y prenait lui-même pour tirer l'Italie de sa
léthargie ? il se livrait à de calmes et sérieuses études
sur les tragédies de Chénier, sur la *Marie Stuart* de
Schiller, sur *le Corsaire* de Lord Byron, sur Rogers,
sur Campbell, sujets assez nouveaux alors , surtout
en Italie, mais qui accusent plutôt, on en conviendra, la hauteur sereine des vues de l'esprit que l'emportement des passions politiques.

Le silence que Silvio Pellico a gardé sur le fond du
procès a fait croire à la plupart des lecteurs qu'il avait
appartenu aux sociétés secrètes. Comment, en effet,
pouvant ruiner d'un mot la base de l'accusation principale, n'a-t-il pas prononcé ce mot ; ou, s'il l'a dit devant les juges, ne l'a-t-il pas répété dans son livre ?

J'étais, je l'avoue, comme tout le monde, inquiet et bien près d'être convaincu. Mais c'est dans sa correspondance qu'il faut chercher la vérité, et la voici exprimée avec toute franchise et avec un suprême sentiment de justice :—« Eh ! mon Dieu ! écrit en français Silvio Pellico à la comtesse Masino, est-ce qu'il n'y a qu'un degré de culpabilité ? n'est-on qu'une de ces deux choses : innocent ou digne d'être condamné à mort et traîné par grâce dans les chaînes du Spielberg ?... Puisque je n'aimais pas la domination autrichienne, mon devoir aurait été de réprimer et de cacher mes dangereux sentiments, ou d'abandonner les pays gouvernés par l'Autriche. Au lieu de cette conduite sage et chrétienne, je croyais que l'on pouvait professer ouvertement l'opposition, et j'avais la folie de voir sous un aspect avantageux les sociétés secrètes qui pullulaient en Italie.

« Jamais je n'ai été à aucune de leurs assemblées ; jamais je n'ai eu sous les yeux les statuts de la *Carboneria :* cette société devait s'implanter à Milan, mais les statuts n'y étaient pas encore. »

Et, si ces paroles si nettes avaient besoin d'être fortifiées de preuves, je me bornerais à rappeler que M. Andryane ne fut arrêté, trois ans plus tard, que pour avoir apporté de Gênes à Milan les statuts et les diplômes de ces sociétés secrètes, quand, depuis deux ans déjà, Silvio était au Spielberg.

Il faut en admirer davantage la résignation sublime avec laquelle, après un moment de lutte, acceptant une sentence qui était à ses yeux l'arrêt de Dieu plutôt que celui des hommes, il se tait sur un point de fait si grave, et dédaigne pour ainsi dire de mêler l'histoire de son âme avec celle de son procès.

Je voudrais raconter maintenant la dernière époque de la vie de Silvio Pellico. Les lecteurs, je le sais, la retrouveront dans ces lettres; mais je voudrais, leur en laissant toute la nouveauté, reconstruire, à l'aide de documents puisés ailleurs et un peu partout, cette douce légende des suprêmes années. Elle aurait, du moins, le mérite de compléter, en l'éclairant, la correspondance elle-même, et de faire connaître des mots admirables, des opinions sincères et peu communes, des fragments ignorés ou peu répandus en France [1].

Silvio Pellico était arrivé à Turin, le 17 septembre 1830, faible, épuisé, respirant avec difficulté, et ayant grand besoin des soins d'une mère pour réparer une santé presque perdue. Le bonheur de se retrouver au milieu des siens était déjà le plus efficace des remèdes ; mais ce bonheur ne lui faisait pas oublier ceux qu'il avait laissés dans les fers, et l'un de ses premiers soins fut d'écrire aux parents de Borsieri pour leur parler de son infortuné compagnon, et met-

---

[1] Silvio Pellico avait écrit lui-même cette histoire de la seconde moitié de sa vie, et l'un de ses amis, Pietro Giuria, raconte lui en avoir entendu lire de nombreux chapitres, et en avoir tenu les cahiers dans ses mains. Au mois de novembre 1837, l'auteur de *Mes Prisons* voulut bien m'envoyer quelques feuilles du précieux manuscrit en m'autorisant à en donner une traduction française. Ce fragment est aujourd'hui tout ce qui en reste, la plus grande partie ayant été brûlée, par suite de quelque scrupule, assurément digne de respect, mais dont tout le monde regrettera les cruelles conséquences.

(Note du Traducteur.)

b

tre ainsi dans cette pauvre famille un peu de la joie qu'il rapportait dans la sienne.

Cette joie était immense. La famille de Silvio Pellico se composait encore de cinq personnes :—d'abord, son père, beau vieillard à longs cheveux blancs, âme saine et forte, intelligence cultivée, de qui Silvio avait reçu le génie poétique en même temps que la vie ; car Honorato Pellico avait été poëte en son jeune âge ; —son frère Luigi, également poëte et auteur d'aimables comédies, esprit modeste et sûr ; — un second frère, François, qui s'était fait prêtre, et plus tard jésuite ; — puis le génie austère de la maison, celle de ses sœurs qui avait survécu, Joséphine, supérieure d'un couvent de Rosines, qui venait de loin en loin, à Turin, prendre aussi sa part des joies de ce retour inespéré ; haute et noble figure de religieuse que Silvio avait l'art de faire sourire, et à laquelle il adresse, et presque toujours en français, ses lettres les plus charmantes, les seules peut-être où s'éclaire d'un rayon de gaieté le fond mélancolique de sa pensée ; — sa mère enfin, cette sainte femme qui avait entouré de soins si tendres sa maladive enfance, et qui, après l'avoir reconquis, le soutenait chaque jour dans ses nouvelles épreuves, et qui, d'instinct, l'encouragea plus que personne à écrire et à publier ses *Mémoires*. Il appartenait à un cœur de femme et de mère de comprendre mieux que les sages l'héroïsme chrétien d'un pareil récit ; de telle sorte que, si Honorato Pellico a donné le poëte à l'Italie, c'est peut-être, c'est surtout à la mère que l'Italie doit le martyr.

Lorsque, autour de cette chère famille que Dieu

venait de rendre à Silvio, se furent groupés les amis
d'autrefois et ceux que lui avaient donnés depuis le
malheur et la renommée, que pouvait-il lui manquer
encore ? Hélas! la liberté de ceux qu'il avait laissés au
Spielberg, et le retour de ceux qui gémissaient loin
de leur patrie. Sa pensée se reportait surtout vers cette
autre famille qui avait été la sienne à Milan, celle des
Porro. Le comte Porro vivait exilé à Marseille, et séparé de ses enfants, qui continuaient à habiter Milan.
Nous avons de la pieuse fidélité des souvenirs de Silvio
un précieux témoignage : c'est une espèce d'épître
qu'à peine revenu à Turin , il adressait au comte
Porro, et dont voici le début :

« Je n'ai pas vécu avec toi, cher Porro, les années
de l'adversité; c'étaient, au contraire, les beaux temps
où nous fûmes unis d'un lien si fraternel qu'il en est
peu d'exemples parmi les âmes heureuses.

« Et quoique, devenus la proie d'une fatalité irrésistible, nous ayons été depuis arrachés l'un à l'autre,
que tu aies pleuré au loin le sol de la patrie, pendant
que moi, des fers chargeaient mes pieds;

« Ni, certes, tu ne m'as oublié, ni ton ami ne t'a
mis en oubli; et le ciel sait tout ce que mon cœur a
répandu de gémissements sur tes jours attristés par
l'exil!

« Vivant avec toi, j'étais lié à toi par la noblesse de
ton âme, par les périls et le repos tour à tour partagés, mais, plus que tout le reste, par notre douce et
commune tendresse pour tes chers fils confiés à mes
soins.

« Ils étaient mon ambition la plus chère ! Ils étaient

le souci de ma vie, mon espérance ! Et comme ils aimaient à faire montre de leur filial amour pour toi et aussi pour moi !

« La foudre tomba et rompit le charme de nos jours heureux. A moi elle vous ravit tous, à moi elle ravit toute joie ; toi, tu pris, sans tes enfants, le chemin de l'exil !

« Et ce n'est qu'après deux lustres que j'ai revu mes vieux parents et les rivages paternels ! Cependant tes fils avaient grandi sans moi, et je n'ai plus revu leurs bien aimés visages !

« Et il ne m'est pas permis de franchir les murs de leur ville natale, ni à eux de fouler mes sentiers ; nous nous aimons, mais, depuis que nos lèvres ne se les disent plus, combien de nos pensées mutuelles nous échappent !

« Je les ai tant aimés, je les aime tant, que toujours je repense à ces jeunes esprits ; je voudrais te voir rendu à leurs embrassements, et je demande à Dieu d'ouvrir leur âme à tous les nobles instincts.

« Mais qu'ils brillent en eux purs des dangereux prestiges qui entraînent les âmes ardentes, et qu'ils ne soient pas, comme nous, les tristes victimes de l'amour de la patrie ! »

Après que Silvio eût repris peu à peu la douce habitude de ce bonheur de tous les jours, qu'il se fût accoutumé à se revoir entouré des siens, à sentir le soleil d'Italie entrer chaque matin dans sa chambre, à s'agenouiller librement dans quelque église voisine de la maison paternelle, et que sa santé se fût un peu raffermie, en entendant murmurer à son oreille les vers applaudis au théâtre, il se souvint que, lui aussi, il avait été poëte.

Quoi donc? Avait-il jamais cessé de l'être? N'avait-il pas composé sous les Plombs l'*Iginia d'Asti* et l'*Ester d'Engaddi?* deux tragédies qu'il lut un soir, de sa fenêtre de San Michele, à trois de ses compagnons qui occupaient la prison voisine. Et, au Spielberg même, n'avait-il pas composé de mémoire une autre tragédie, *Leoniero da Dertona?* Celui qui, à la mort d'Alfieri, et à peine âgé de quatorze ans, avait versé des larmes, larmes généreuses qui semblaient promettre un successeur à l'auteur de *Philippe II* et de *Mirrha*, celui qui, à vingt ans, écrivait *Françoise de Rimini*, et trouvait dans son cœur assez de passion pour suffire aux cinq actes d'une tragédie, sans rien avoir à ajouter au pathétique récit du Dante ; celui qui plus tard, accusé d'abord, condamné ensuite, au milieu des soucis d'un procès criminel et sous le froid soleil de la Moravie, avait chanté dans la souffrance et dans la misère, redevenu libre dans la force de l'âge, devait-il craindre de trouver moins fidèle l'inspiration de la Muse ? Lors même qu'il n'aurait pas rapporté du Spielberg le goût de la solitude et des veilles studieuses, il avait été officieusement averti d'éviter de se montrer dans les lieux publics où sa présence lui attirait de trop bruyants hommages.

Avant de préluder à des œuvres nouvelles, Pellico commença par recueillir et par imprimer celles qui avaient été le fruit généreux des mauvais jours. Un certain nombre d'autres, antérieures à cette époque , avaient été perdues, ses papiers saisis à Milan ne lui ayant jamais été rendus. Ces publications l'occupèrent pendant toute l'année 1831.

Ce fut en 1832 qu'il écrivit *Mes Prisons*. Il raconte lui-même, dans une suite de chapitres nouveaux dont le texte est encore dans mes mains et n'a jamais été publié, comment ce livre fut reçu en Italie [1]. Son apparition y causa plus de bruit que n'avait fait le retour même de l'auteur. Si la modération inattendue de la relation excita partout de vives sympathies, il se rencontra aussi, comme nous l'avons dit, des incrédules ou des contradicteurs qui ne tardèrent pas à devenir des ennemis. Ceux qui attendaient de Silvio Pellico, parce qu'ils ne savaient de lui que ses malheurs, une œuvre de colère et de vengeance, dont on eût aimé à faire le manifeste d'un parti, lui refusèrent le droit de pardonner à ceux qui avaient, en lui, voulu frapper l'Italie elle-même, ne s'apercevant pas, dans l'aveuglement de la passion, que ce pardon magnanime servait bien autrement que leurs fureurs la cause de l'Italie.

Publié en 1834 , le petit *Discours sur les devoirs des hommes* renouvela le succès de *Mes Prisons*, mais ranima la lutte un moment assoupie. Moins que jamais, les partis extrêmes se résignèrent à voir Silvio associer dans un même culte la religion et la liberté ; mais les esprits éclairés, qui voyaient, comme lui, dans cette alliance, le salut de l'avenir, se rangèrent du côté de celui qui, condamné à souffrir pour la

____

[1] Voyez la note de la page XVII.   (*Note du Traducteur.*)

liberté, prenait le monde à témoin, non de ses souffrances, mais de sa résignation. A la tête de ces courageux défenseurs de Pellico se distinguaient surtout l'abbé Gioberti, encore peu connu, et le comte César Balbo, unis alors dans la même cause, mais qui devaient bientôt se séparer : l'un, demeurant fidèle aux inspirations d'une politique à la fois prudente et ferme, pendant que l'autre, se laissant emporter à toutes les violences de la passion irritée, allait compromettre un beau génie dans de misérables querelles.

Après, et même durant ces luttes, où Silvio intervenait le moins qu'il pouvait, il eut un moment d'entrain et de demi-renaissance qui put faire croire à ses amis que dix ans de souffrance pouvaient s'effacer de la vie d'un homme. Il se reprend aux beaux rêves littéraires ; il fait des plans de tragédies ; il commence un roman dont il place l'époque au sein de notre révolution ; il raconte ses premières années ; non content d'écrire lui-même, il anime les autres. Il presse le comte Balbo d'achever ce beau livre des *Espérances de l'Italie*, rempli des nobles illusions de l'un et de l'autre. Pendant l'hiver, il voit, non pas le monde, mais quelques familles choisies ; pendant l'été, il va de château en château, aux environs de Turin, à la villa Camerano, chez le comte Balbo ; à la Vigna du marquis de Barolo ; à Masino, chez la comtesse de Mombello ; à Chieri, où il gravit un peu essoufflé, mais si heureux ! la colline que couronne le couvent des Rosines.

Mais un événement auquel il ne s'attendait guère allait bientôt lui apprendre qu'il avait affaire à une autre génération que celle qui avait applaudi les belles scènes de *Françoise de Rimini*. Il eut alors, en effet, la malheureuse idée de faire représenter une nouvelle tragédie, *Corradino*. Elle éprouva une chute complète et excita même des risées. Mais cet échec n'était pas fait pour avoir raison d'un tel courage, et c'est lui-même qu'il faut entendre racontant cette triste soirée. Avec quelle bonne grâce il oublie le premier ce dont les spectateurs auraient dû se souvenir ! La pièce sifflée trouve dans Silvio un juge aussi impitoyable que tous les autres ; et ici je ne traduis pas, c'est encore lui-même qui écrit en français : — « Puis-je être bien en colère contre des jeunes gens qui, pour moins s'ennuyer, s'amusent à siffler ? La désapprobation était un peu outrée, voilà tout. Si ma tragédie avait eu de l'intérêt, ils auraient été émus malgré eux ; ils auraient laissé le sifflet de côté pour s'égosiller et bien faire enfler leurs généreuses mains à m'applaudir. »

Vainement, dans la suite, ses amis, sans qu'il s'en mêlât, firent-ils applaudir la *Gismonda* et l'*Iginia* : la chute éclatante de *Corradino* avait été pour lui une révélation. Il avait compris, avec cette fermeté d'esprit dont il ne se départait que pour juger les autres, que la faculté tragique s'était à jamais retirée de lui : mais avait-elle jamais été bien puissante ? La *Françoise de Rimini*, qui restera son chef-d'œuvre, est-elle autre chose qu'une élégie charmante de la famille de *Bérénice ?* Plus on pénètre dans l'âme candide de Silvio Pellico, plus on cherche à se rendre compte des ressources de son génie poétique, moins on y découvre le don de mettre en relief ces passions vigoureuses sans lesquelles le drame n'est pas. Quirina Maggiotti, l'amie de Foscolo, avait eu raison de lui offrir, comme au plus digne, la montre d'Alfieri; mais elle n'avait pu lui communiquer le génie tragique du maître. Nul, d'ailleurs, ne sentait mieux que Silvio ce qui manquait à Alfieri lui-même, ce qu'il y avait d'artificiel et de tendu dans cette tragédie au pas de charge.—« Quand j'entends une musique militaire, disait-il en souriant, et particulièrement le bruit du tambour, je me rappelle toujours les tragédies d'Alfieri : elles me font le même effet. » Les personnages de Silvio n'ont rien de cette roideur de soldats en parade, qu'il reproche si spirituellement et avec tant de vérité à son prédécesseur ; mais ont-ils cette trempe énergique qui remplace chez Alfieri bien des qualités absentes? Silvio avait surtout les qualités du style ; mais ce rare mérite ne servait guère chez lui qu'à dissimuler la mollesse de la composition et l'effacement des caractères. Ajoutons, d'ailleurs, qu'après avoir été lui-même, sur la place de Venise, le héros d'une véritable tragédie, il devait trouver désormais bien pâle toute conception imaginaire de l'esprit, et je croirais volontiers que, s'il continua d'écrire des compositions dramatiques, ce fut un peu par habitude. Sa pensée, accoutumée à se produire sous cette forme, ne s'apercevait pas d'abord que, tout en gardant l'expression poétique, elle ne créait plus. Il le comprit enfin, et en arriva même à écrire ces paroles empreintes de quelque tristesse : —« La manie de faire des tragédies était pardonnable quand j'étais jeune ; je ne l'ai plus. »

D'où venait cependant à Silvio Pellico tant de sérénité dans la disgrâce littéraire? Un mot de lui jette une grande lumière sur l'état de son âme à cette époque : « Que mon nom soit ou non célèbre, écrivait-il dans une lettre qui n'a pas été recueillie, qu'importe? Toutes les louanges qu'on me donne empêchent-elles qu'une infinité d'hommes obscurs ne soient meilleurs que moi ? » Devenir meilleur, telle était désormais sa grande affaire. Voilà pourquoi, s'écartant de plus en plus de la voie commune, il continuait son œuvre sur lui-même et cherchait à faire de son âme le plus accompli de ses ouvrages.

Mais, pour pouvoir se livrer sans trop de distraction à ce travail intérieur, il lui fallait un asile qui ne fût pas un couvent, et où, sans renoncer à jouir du commerce de sa chère famille, il se vît à l'abri des soucis de la vie matérielle, une de ces saintes retraites qui tiennent de la vie monastique par la prière, mais qui se rattachent encore au monde par les œuvres extérieures de la charité. Cet asile lui fut noblement offert au palais Barolo. On éprouve un légitime orgueil à se dire que la bienfaitrice de Silvio Pellico, celle à qui il dut le repos et la consolation de ses derniers jours, était une Française, une Colbert, qui, en épousant le marquis de Barolo, se crut doublement *obligée*, et par le beau nom qu'elle quittait, et par celui qu'elle avait pris. Chrétienne sincère et d'une active charité, et approuvée, soutenue par un mari dont la vertu était à la hauteur de la sienne, la marquise de Barolo n'eut pas de repos qu'elle n'eût doté sa patrie adoptive de ces écoles gratuites tenues par des sœurs, dont elle avait admiré en France les salutaires effets. Elle fonda donc des écoles d'abord, puis des salles d'asile, enfin des infirmeries. Elle avait besoin, pour l'assister dans ses travaux, de quelqu'un dont la vocation eût toutes les délicatesses de la sienne et qui lui servît d'intermédiaire, notamment auprès des évêques, dont le droit et le devoir étaient de surveiller ces pieuses fondations. Elle cherchait une âme patiente et douce, un esprit qui sût parler tour à tour la langue des petits enfants et celle des princes de l'Eglise; une plume exercée et toujours prête : qui, mieux que Pellico, pouvait être appelé à remplir les multiples fonctions de ce sacerdoce de la charité? En 1815, il avait enseigné dans le collége des Orphelins militaires, à Milan; plus tard, on le sait, il avait été chargé d'élever les enfants du comte Briche, et ensuite ceux du comte Porro; et il ne laisse échapper aucune occasion de dire tout le charme qu'il trouvait à s'occuper de l'enfance. D'un autre côté, l'ardeur de sa foi et la modération éclairée de ses opinions le rendaient éminemment propre à la partie, que j'appellerais diplomatique, de ses attributions. On a dit quelque part que Gioberti, en devenant premier ministre, avait eu la pensée (mais le temps lui manqua pour la réaliser), de créer en faveur de Silvio Pellico un ministère de la bienfaisance publique. Sans que ces grands mots lui fussent venus à la pensée, la marquise de Barolo eut l'instinct de cette aptitude de Silvio, et en fit sans bruit le ministre de la bienfaisance privée. Du reste, loin de s'enorgueillir de cette noble confiance, Silvio Pellico, tout en grandissant le bienfait, n'est occupé dans sa correspondance qu'à se faire lui-même petit et à diminuer l'idée qu'on pouvait prendre de son crédit. Il dit quelque part avec une humilité charmante : « Je suis simplement un hôte que madame la marquise a la bonté de souffrir. » C'était bien mieux que cela.

Les loisirs que lui laissaient encore, dans les premières années, ses occupations journalières et le soin d'une santé chaque jour plus exigeante, il les employa à mettre en ordre et à multiplier ses poésies lyriques. En 1837, il les publia en deux volumes, qu'on pourrait appeler le testament de son génie et les confessions de son âme. Le premier contient un certain nombre de *Cantiche*, récits poétiques d'une forme nouvelle, plus étendue que la ballade, moins familière que la légende, dont il a doté la littérature italienne, et que Gioberti qualifie « d'unique et d'incomparable. »

Ces charmants petits poëmes, pleins d'un doux intérêt, étaient comme une dernière et humble transformation sous laquelle se déguisait encore chez Silvio le goût persistant de la poésie dramatique. Il y épanchait avec amour ce romanesque du cœur que tout poëte apporte avec lui en naissant, et qu'il avait pris longtemps pour l'instinct de la vocation tragique.

Le second volume de *Poésies inédites*, car tel est le titre du recueil, était tout lyrique. J'ai essayé autrefois d'y retrouver toute la biographie du poëte[1]; cette analyse tiendrait ici trop de place, et je demande la permission d'y renvoyer le lecteur : mais plutôt qu'il relise le recueil lui-même.

On sera touché de cet hymne d'amour qui s'élève

---

[1] *Revue française* du 15 janvier 1838.

vers Dieu de chaque page, du souvenir de chaque
événement de la vie, et de celui de tous les êtres que
Silvio a aimés. Après les joies et les douleurs de la
famille, on y verra passer, dans un lointain lumineux,
deux personnages illustres qui furent les initiateurs de
sa première jeunesse, Foscolo et Volta ; on y verra re-
fleurir cette jeunesse elle-même, avec toutes ses aspirations généreuses : Dieu, l'amour et la liberté ! Plus
tard viendront, avec les jours d'épreuves, les sombres
rêves de la prison. Faites-y descendre bien vite, mon
Dieu, ce rayon d'en haut qui perce les plus froides
murailles, les murailles les plus épaisses, et qu'à sa
lueur s'y dessinent encore ces pâles figures qui, dans
les *Mémoires*, ont fait couler de si douces larmes ! La
vie actuelle tient aussi sa place dans ce livre : comment
n'y trouverait-on pas quelques-uns de ces tableaux
attendrissants dont la charité de la marquise de Barolo
rendait chaque jour son ami témoin ? La *Salle d'asile*,
entre autres lui a inspiré une élégie des plus suaves,
et dans le morceau qui a pour titre : *Une Femme*,
qui ne reconnaîtrait celle en qui Turin saluait alors
la Providence de tant d'orphelins ?

Cependant on eût dit que Dieu n'avait donné à Silvio Pellico une famille nouvelle que pour lui rendre
moins accablante la douleur de se voir enlevés l'un
après l'autre les membres de cette première famille,
au sein de laquelle il vivait toujours par le cœur. Ce
fut sa mère que Dieu reprit d'abord à son amour ;
cette sainte femme mourut le 12 avril 1837, bénissant
Dieu qui, après avoir ramené l'absent dans ses bras,
lui avait accordé près de sept années pour s'accoutu-

mer à l'idée de le perdre encore. Si le coup fut rude pour tous, combien plus pour Silvio, qui avait eu en sa mère, depuis son retour, un guide et un oracle! Mais lui seul pourra trouver des paroles pour déplorer une telle perte.

Au mois de mai de l'année suivante, la famille était de nouveau agenouillée autour d'un lit de mort. La fin d'Honorato Pellico fut douce comme l'avait été celle de la compagne de toute sa vie. Pour comprendre le vide qui se fit dans l'âme de Silvio, il faut relire une lettre où il peint au comte Confalonieri l'agonie du vieillard. Rappelons également ce passage de la dédicace de *Leoniero da Dertona* :

« Je garde ineffaçables dans ma mémoire les jours où, vous, ô mon père, vous initiiez vos fils à l'étude, et, leur apprenant à écrire en vers, vous les avertissiez qu'il ne fallait pas cultiver son esprit pour en devenir vain, mais par amour du beau intellectuel et pour l'accord qui existe entre le beau et la vertu. » — « Ils m'ont appris, disait-il encore après cette double perte, d'abord à vivre, puis à mourir. »

« Etant allé le visiter, écrit un de ses amis, quelques jours après la mort de son père, je le trouvai seul comme toujours, assis à un bureau, pâle, plus concentré que de coutume, et le front penché sur sa Bible. » Telle sera désormais l'attitude ordinaire de Silvio Pellico. La famille, accourue pour faire face au malheur commun, se dispersa alors pour toujours. J'ignore si François Pellico, qui déjà, je crois, était à Lyon, qu'il habite aujourd'hui, avait pu abandonner son poste. La mère Joséphine reprit le chemin de son cou-

vent, et ce fut sans doute peu de temps après que
Luigi se retira dans son voisinage, à Chieri, où la famille possédait une laiterie. Ce dernier, chaque jour
plus triste, était affligé d'une surdité précoce qui ajou-
tait à sa mélancolie. Le 18 février 1841, il fut frappé
d'une attaque d'apoplexie qui l'enleva le surlende-
main. Silvio, averti sur-le-champ, eut du moins la
consolation de le trouver encore vivant. Luigi mourut
en saint, comme son père et sa mère : on ne sait pas
mourir autrement dans cette famille. Après ce nouveau coup frappé si près de lui, Silvio écrivait avec
une adorable expression d'amour fraternel : « Mes
jours se sont obscurcis. »

L'état de sa santé empirait d'année en année : chacune de ces épreuves avait emporté quelque chose de
sa vie ; depuis la dernière, les crises étaient devenues
plus fréquentes, plus longues, plus douloureuses.
C'étaient de continuelles suffocations aggravées par
une toux opiniâtre, par de fortes douleurs de poitrine,
qui souvent le retenaient des mois entiers au lit ou
dans sa chambre, et le rendaient incapable de toute
occupation suivie ; la lecture même lui devenait alors
difficile. De chacune de ces crises, Silvio Pellico se re-
levait plus faible, mais plus résigné ; et ce que j'admire
ici, comme dans tout le cours de sa vie, ce n'est pas
que le malheur et la souffrance l'aient ramené au
christianisme, c'est que chez lui le christianisme ait
triomphé de cette double et redoutable épreuve.

Non, ne croyez pas que Silvio Pellico soit entré, libre
penseur, et patriote fougueux au Spielberg, pour en
sortir croyant et apaisé : le monde se plaît à ces grands

coups de théâtre. Il était réservé à Silvio Pellico de lui donner le spectacle d'un héroïsme moins bruyant, mais plus rare. Doué d'une âme naturellement religieuse et modérée, l'adversité ne fit que réveiller en lui des instincts comprimés plutôt qu'étouffés par l'entraînement de la jeunesse et des illusions de la politique. Suivons-le à Milan, dans les années mêmes qui précèdent la catastrophe : nous le verrons sans cesse préoccupé de ces grands problèmes religieux qui intéressent la destinée humaine. Ses poésies nous le montrent, à cette époque, montant le soir avec Foscolo l'escalier du *Dôme*, s'avançant avec respect sous ces voûtes solennelles, et là, par ses paroles et par son exemple, jetant un tel trouble dans l'âme du sceptique qu'il s'en revenait tout pensif.

Ses vers nous le montreront encore demandant au grand Volta comment on échappe au doute, et recueillant tout ému de sa bouche des aveux qui étaient autant de précieuses leçons. N'est-ce pas à lui enfin que j'entends Byron faire cette singulière confidence, que, un jour ou l'autre, il ira au Vatican se jeter aux pieds du pape ?

Plus tard, quand il est arrêté, quel est le livre qu'avec le Dante il emporte à Sainte-Marguerite ? une Bible, sa Bible. A Venise, il laissait bien la poussière s'accumuler parfois sur cette chère Bible ; mais avec quelle pieuse honte il enlevait ensuite cette poussière qui l'accusait !

A Venise encore, non content de prier, il catéchise les autres. Souvenons-nous de Julien, cet incrédule des Plombs, qu'il s'obstine à vouloir convertir malgré lui, et auquel il adresse, dans une série de lettres furtives, une apologie en forme des doctrines de l'Evangile. L'aventure, hélas! tourna à la confusion du pauvre missionnaire, mais qu'importe? S'il ne convertit pas Julien, Julien réussit-il mieux à le faire dévier de ses principes?

Non, disons-le bien haut : ce n'était pas un incrédule que l'Autriche garda dix ans dans ses prisons. Elle aurait tort de se faire honneur d'une conversion qui ne fut pas son ouvrage; il faut s'étonner, au contraire, que, l'ayant reçu chrétien, elle ne l'ait pas renvoyé incrédule; et là est, selon moi, la vraie grandeur de Silvio. Tenté dans la captivité par toutes les misères à la fois, si son corps en resta à jamais brisé, l'âme, du moins, sortit victorieuse de la lutte.

On l'a déjà vu, on le verra mieux encore par sa correspondance. C'est le moment de dire un mot de quelques-uns de ceux à qui ces lettres sont adressées.

Le premier en date est Foscolo. Ugo Foscolo, âme fougueuse, poëte énergique, n'est guère connu, en France, que par son roman des *Dernières lettres de Jacopo Ortis*, imitation originale de Goëthe. Lorenzo est un autre Werther, mais un Werther italien, dont la Charlotte est moins une réalité vivante qu'une personnification de la patrie. Le poëme des *Tombeaux*, œuvre supérieure de Foscolo, avait ramené Silvio de Lyon, où il vivait auprès d'un parent de sa mère, et, en le rendant à son pays, l'avait donné à la poésie. Présenté à l'auteur par son frère Luigi, il était, en peu de jours, devenu un de ses amis les plus chers, un de ses disciples les plus fervents. Silvio ne cherchait pas à se soustraire au joug impérieux du maître ; mais, à l'insu de l'un et de l'autre, son âme tendre prenait un secret empire sur l'âpre génie de Foscolo. Il réussissait parfois à le contenir, et l'amenait, par une appréciation plus élevée des dogmes de la religion, au respect de ceux qui en pratiquaient les devoirs. Manzoni, tout jeune alors, et récemment conquis au christianisme, dont il n'a plus déserté la cause, était de ceux dont le seul aspect retenait dans les bornes cet impétueux Foscolo. Il y avait dans ce petit-fils de Beccaria, dans ce débutant à peine connu, mais qui devait un jour effacer Foscolo comme poëte dramatique, comme lyrique et comme romancier, je ne sais quoi qui le maîtrisait en le charmant à demi. « Taisez-vous, disait-il à ses amis, quand ils essayaient de railler le grave jeune homme ; Manzoni ne pense pas comme nous, mais il fera mieux que nous. » Et Foscolo, retrouvant dans Silvio comme un autre Manzoni, moins rigide et plus attrayant, et qui acceptait avec orgueil un ascendant dont l'autre n'avait pas l'air de s'apercevoir, aimait à la fois Silvio comme un disciple et comme un jeune frère.

Ce qui a pu être recueilli des lettres de Pellico à Foscolo se rattache à quelques-unes des dernières années de la vie du second, de 1815 à 1818. Silvio n'autorisa la publication de ces lettres, après une longue résistance, qu'à la condition d'y pratiquer certaines coupures, qui, hâtons-nous de le dire, leur laissent leur vrai caractère. C'est bien toujours, en effet, cette naïveté de la jeunesse, qui, ne voyant dans ce monde rien de plus digne de son culte que le génie, en adore jusqu'aux défauts ; et, toujours facile aux belles illusions, éprouve le besoin de trouver un idéal qui les lui fasse admirer vivantes. Foscolo avait été pour Silvio ce premier idéal. Rien, au surplus, ne démontre mieux la pureté d'âme de Silvio, la noblesse instinctive de ses sentiments, la modération relative de ses opinions, que le peu qu'il a eu à retrancher, en 1853, dans ces lettres écrites de 1815 à 1818.

Revenu, envers Foscolo, à des jugements moins passionnés sous tous les rapports, il a apprécié en lui le poëte avec discernement : « Foscolo, disait-il, est plus original que Monti, plus puissant, plus philosophe. Il eût été meilleur poëte, s'il eût continué à écrire dans la manière de ses *Tombeaux*. Mais il resta trop strictement fidèle aux formes classiques, ce qui autorisait Byron à dire qu'il ressemblait plutôt à un Grec ancien qu'à un Italien moderne. »

On sera touché autre part du soin qu'il prend de faire disparaître toutes les plaisanteries qu'il s'était autrefois permises contre le vieux Monti, grand poëte, mais âme timide et patriote prudent. Lorsqu'il rendait cette tardive justice à l'auteur d'*Aristodème*, ne faisait-il pas un retour sur lui-même ? il marque avec impartialité et finesse le caractère de ce talent. — « Monti, dit-il, possédait à un degré éminent la beauté artistique ; mais je n'aurais jamais cru possible qu'il sortît de là, à si peu de distance, quelque chose de pareil aux hymnes de Manzoni. »

« —Monti, disait-il encore, est moins adulateur qu'il ne le paraît ; dans l'instant où il écrivait, il écrivait avec conscience ; mais, dominé par son impression du moment, il lâchait bride à son enthousiasme, de telle sorte qu'il lui arrivait quelquefois de louer ce qu'il venait à peine de blâmer. Il donnait pour excuse que Canova aussi sculptait des statues pour tous ceux qui lui en demandaient. Mais il y a une grande différence entre le sculpteur et le poëte : le premier agit sur la matière en se conformant aux règles établies et invariables de l'art; le second, peignant l'homme intérieur, sera accusé de mensonge s'il accorde au vice les louanges qui ne sont dues qu'à la vertu. »

On sait que la cause de Napoléon mit aux prises Byron et Monti, comme elle y mettait l'Europe entière, et Byron allait lancer contre son adversaire une amère satire, quand Silvio intervenant, réussit à désarmer l'irascible auteur des *Bardes écossais*, en lui racontant certaines anecdotes qui honoraient le cœur de Monti.

Le nom de Manzoni revient souvent sous la plume de Silvio Pellico, et on aura droit de s'étonner de ne voir dans ce recueil aucune lettre à l'adresse de ce premier des poëtes de l'Italie.

Silvio fut, dans sa jeunesse, l'ami de Manzoni, ne lui aurait-il jamais écrit ? peut-être Manzoni, qui depuis tant d'années est tombé dans le silence de Racine après *Phèdre*, et qui en est arrivé à se défier du bruit de sa gloire comme d'une source de dangereuses tentations, aura-t-il craint le retentissement de son nom dans cette correspondance.

Rappelons du moins ce que Silvio disait de Manzoni : « Manzoni est le plus grand homme de notre âge. Les autres nations possèdent de brillants génies dont elles ont le droit d'être fières ; mais Alexandre Manzoni est supérieur à tous par l'élévation morale. Il est très-grand dans la peinture des personnages vertueux. » Remarque profonde, et qui donne raison une fois de plus à la célèbre maxime de Vauvenargues.

Mais si nous n'avons ici aucune lettre de Silvio à Manzoni, il en est deux adressées à son ami de cœur, à l'abbé Rosmini, l'éminent philosophe.

Un jour que je visitais la villa Serbelloni, sur le lac de Côme, c'était au mois d'août 1854, et que j'admirais de loin, dans son nid de verdure, le village de Lecco, un des rameurs de la barque qui nous avait amenés, bien digne assurément de chanter sur une gondole à Venise les octaves de la Jérusalem, s'adressant à l'un de ses compagnons, assez haut pour que je pusse l'entendre, et comme pour répondre à ma pensée : —« Lecco, dit-il, la patrie de Lucia, l'héroïne des *Fiancés !* » Le soir, en sillonnant le lac, nous effleurions la berge où est assise la petite ville de Strezza. Ce soir-là même, en ce lieu, Manzoni tenait expirant dans ses bras l'abbé Rosmini, cet illustre correspondant de Silvio Pellico.

Si l'on est surpris de ne trouver dans ce recueil aucune lettre adressée à Manzoni, on s'expliquera plus aisément qu'il ne s'en rencontre pas non plus à l'adresse de Maroncelli.

J'ai connu, j'ai aimé Maroncelli : en 1831, il arriva à Paris où le succès du livre de Silvio Pellico ne tarda pas à le tirer de la foule des réfugiés italiens, à cette époque si nombreux en France. La renommée des malheurs de Maroncelli, le titre d'ami de Pellico, formaient autour de lui comme une auréole de martyr, que remplaçait bientôt le sentiment d'une pitié profonde, quand on voyait cet homme, encore jeune, privé de cette jambe qu'il avait laissée au Spielberg, se traîner sur ses pauvres béquilles.

Maroncelli reçut alors quelques lettres de Silvio Pellico, et je crois lui en avoir remis une moi-même. Après quelques mois d'une vie précaire, il épousa une jeune Allemande, artiste comme lui (on se rappellera qu'il était musicien), figure douce et touchante que je vois encore. Avec cette verve de seconde jeunesse que donne un mariage d'amour, et ce besoin d'espérer que rien ne décourage dans les heureuses organisations du Midi, il quitta la France pour aller demander au nouveau monde le bonheur que lui avait refusé l'ancien. L'inaltérable amitié de Silvio le suivit, je le sais, dans ce lointain exil, et, sans doute, plus d'une lettre prit la même route. Mais où sont aujourd'hui ces lettres? à qui les demander? « Mon âme, écrivait Silvio en 1846, est depuis quelque temps en proie à une grande tristesse, à cause de la mort de quelques personnes excellentes. Oh! terre de misère! et l'infortuné Maroncelli lui aussi est mort, et ç'a a été un bonheur pour lui que de mourir! Il était d'abord devenu aveugle, puis il avait perdu la raison. Sorti de prison un 1er août, marié un 1er août, c'est aussi un 1er août qu'il s'est éteint. Je voudrais tenir mon âme haute et forte, mais souvent je me sens abattu, et ma santé s'en ressent. »

Cependant ces tristesses avaient de meilleurs lendemains. Si Piero Maroncelli mourait misérablement à

New-York, quelques autres avaient retrouvé un peu de bonheur avec la liberté :—Borsieri, un écrivain distingué, un des amis de la jeunesse de Silvio, le premier dont il s'était souvenu en arrivant en Italie, rendu lui-même à ses sœurs, avait obtenu de retourner près d'elles à Milan.—Le comte Confalonieri, après avoir quitté le Spielberg, après avoir, lui aussi, essayé de recommencer la vie en Amérique, s'était montré un moment à Paris, qu'il juge un peu sévèrement, à en croire les réponses de Silvio, pour un homme qui devait un jour accepter l'amnistie de l'Autriche. En quoi je ne le blâme pas, tout en regrettant de ne pas le trouver plus indulgent pour la France. Confalonieri, en 1820, à l'époque des premiers procès, n'était déjà plus un jeune homme. Sa naissance, sa fortune, ses grandes manières, le rôle qu'il avait joué en 1815, en faisaient un personnage, et Silvio était à peine alors aperçu de lui. Au Spielberg, il devint son ami et plus tard même son obligé.

Enfin le comte Porro avait vu, à son tour, la fin de son long exil, et il vivait à Milan, au milieu de ses enfants.

Borsieri, Confalonieri, Porro, tout ce que ces nobles cœurs ont eu à souffrir durant des années, revit dans les nombreuses lettres de Pellico.—« D'autres afflictions me déchirent, écrivait-il, les malheurs de mes amis et de mes compagnons de chaînes. J'envierais presque ceux qui sentent peu; mais non, je ne les envie pas, ils aiment peu ! mieux vaut remercier Dieu de nous avoir donné un cœur d'une trempe aimante et sensible. »

On le voit, en effet, vivant de la vie de tous ceux qu'il aime, les suivant partout de la pensée, du cœur, presque du regard; les uns, encore ensevelis dans les cachots, les autres devenus libres, mais loin de l'Italie, tous appelant de leurs vœux la chère patrie. Comme son cœur bat à l'unisson de leurs espérances tant de fois abusées! quelle joie lorsqu'une de ces espérances commence à se réaliser! quelle détresse profonde s'il faut ensuite y renoncer! Quels vœux ardents pour que Turin se trouve sur le chemin de ceux qui reviennent! Qui le consolera de ne pouvoir toujours se traîner au-devant de ceux à qui il n'est pas permis de s'arrêter? Quel épanouissement dans son âme lorsqu'il a pu, au passage, serrer l'un d'eux dans ses bras! Avec quel bonheur, mêlé d'une défiance timide, il revoit le fils aîné du comte Porro! Quelle peur, au premier abord, de ne pas retrouver dans l'homme la confiante tendresse de l'enfant! Comme il éprouve le besoin de détruire jusqu'au dernier vestige des impressions qu'on aura pu lui donner contre son ancien maître! Avec quelle abdication d'une dignité trop fière, avec quel abandon d'un cœur qui veut toute l'estime de ceux qu'il aime, il confesse toutes ses pensées au cher et redoutable juge!

Après les anciens amis retrouvés, après ceux que l'exil et la prison lui rendent un à un, arrivent les amis nouveaux, les amis plus jeunes, ceux qu'il doit à la sympathie pour ses malheurs et aux nouvelles relations qu'amène le cours des années.

Cesar Cantù, l'historien et le poëte. Silvio ne lui a écrit que bien peu de lettres. Mais ce beau nom est une parure pour ce recueil, et je n'ai garde de l'oublier ici.

Giorgio Briano, un poëte aussi, qui, dès le lendemain de la mort de Pellico, publiait sur l'ami, sur le guide qu'il venait de perdre une brochure touchante où j'ai puisé une foule d'utiles renseignements.

Pietro Giuria, un poëte encore et un autre disciple, qui, lui aussi, a donné sur Silvio un petit volume plein de sûrs et précieux détails.

Marchese, un Piémontais distingué, a peu connu Silvio personnellement; mais il l'a entrevu, mais il l'a entendu, et, à l'aide de ses impressions et des récits de ses amis, il a écrit, et dans un français excellent, une étude si intéressante et si complète, qu'il doit trouver ici sa place à côté de Briano et de Giuria.

Silvio était prodigue de ses conseils aux jeunes écrivains qui entraient dans la carrière. Après avoir renoncé pour son compte à la gloire des lettres, il ne laisse percer aucune indifférence pour le progrès de ceux qui poursuivent le but au-dessus duquel il a désormais placé sa pensée. Plein d'une indulgence qu'on pourrait croire quelquefois excessive, lors même qu'il admire le plus, il avertit encore. On voit qu'il n'a pas eu le temps d'oublier, et ses observations ont tout l'à-propos du plus délicat enseignement. On sent qu'en cessant d'être poëte pour tout le monde, il n'a pas fermé son âme au commerce intérieur d'une poésie plus haute que celle qui s'écrit. Je croirais tout au plus qu'il l'ajourne à une autre vie. Avait-il même cessé tout à fait d'écrire? Non, car c'était lui qui disait : « Personne n'est plus que moi désabusé de la gloire littéraire, et cependant j'écris : la poésie est un avant-goût du paradis; quand nous serons dans le ciel, quand nous serons poëtes par excellence, nous pourrons nous enivrer pleinement de la contemplation du beau. Mais il faut préparer l'âme et l'élever pour ce divin sentiment; et, pour cela, nous élever nous-mêmes au-dessus des calamités de la vie. »

Ses opinions littéraires témoignent quelquefois, par leur singularité même, de la haute idée qu'il se faisait de la poésie. Arioste, que de graves critiques n'ont pas hésité à mettre au-dessus du Tasse, n'était guère mieux pour lui qu'un *bouffon de cour*. « Un grand génie dans une âme vulgaire. Après avoir profondément ému par le tableau de la vertu, il ne se fait pas scrupule de peindre le vice et de s'y complaire; et de là naissent ces contrastes, cette variété dont quelques-uns de ses admirateurs font honneur au génie, sans prendre garde combien il est aisé de créer des monstres, en s'abandonnant à tous les caprices de l'imagination. » Et il lui préférait le Tasse, dont la muse n'abandonne jamais les régions supérieures.

Mais où le pieux poëte sentit encore une fois l'aiguillon de la gloire, ce fut un jour qu'il eut à remercier la Marchionni pour être allé donner à Saluces une représentation de la *Gismonda*. Avec quelle effusion il lui rend grâces d'avoir bien voulu réciter ses vers aux échos de sa ville natale, de sa chère Saluces. Comme il regrette que sa santé ne lui ait pas permis d'être de la fête, et comme on sent qu'il s'est écrié avec le Romain : *Sine me liber ibis in urbem !*

Deux mois plus tard, cette même Marchionni; la poétique amie de son enfance, et qui avait, comme lui, débuté dans la renommée par la *Françoise de Rimini*, lui demande un ancien manuscrit de cette tragédie, leur création commune; Silvio le cherche vainement parmi ses vieux papiers; mais ce qu'il y trouve en échange, c'est une bouffée de souvenirs, et sur ce thème charmant se répandent dans toute leur fraîcheur les grâces de l'amitié première. Puis, comme il faut que chez lui le chrétien reparaisse bientôt et partout, il finit par se recommander aux prières de la bonne comédienne. Naïveté si l'on veut, mais qui émeut en même temps qu'elle fait sourire.

Silvio Pellico n'a jamais été marié, et à part même les circonstances qui eussent suffi pour le détourner d'associer une femme à sa précaire destinée, je le soupçonne d'avoir eu peur du mariage en lui-même, peut-être même à cause de l'idée sublime qu'il en avait. La vie toute faite du cloître allait mieux à sa timide nature; à Dieu ne plaise qu'on ne tire de cette préférence pour le célibat aucune induction contre une âme si ouverte à tous les sentiments tendres. Mais c'est un trait qui achève de le faire connaître, et on a dû le marquer en passant.

« N'avez-vous jamais été amoureux? lui demandait, un jour, un de ses jeunes amis?—Eh! qui ne l'a jamais été? répartit Silvio, mais sans sourire, et avec un accent solennel. L'amour est un instinct qui nous entraîne vers le beau. C'est ainsi que nous aimons la femme, et souvent nous lui attribuons des qualités qu'elle n'a pas. Mais il en est qui nous rendent la vertu plus facile, et si j'ai fait quelque chose de bien, si je n'ai, dans ma vie, commis aucune bassesse, c'est à la femme surtout que je le dois. »

L'amour tient fort peu de place dans les *Poésies iné-dites* publiées en 1837. Deux fois seulement l'auteur aborde ce sujet délicat, et toujours pour rendre grâces à celles qu'il aima de l'avoir préservé de passions moins nobles. Laissons sur ces rêves des jeunes années le voile que la poésie n'en écarte que d'une main si discrète, et tenons-nous-en à cette belle parole : « Que ne te dois-je pas, ô mon Dieu, pour avoir permis que dans l'égarement de mes idolâtries, jamais mon cœur ne descendît à de profanes beautés ! »

De ces romanesques épisodes de sa jeunesse il n'avait gardé dans l'âge mûr que le chaste besoin de s'abriter sous la douce protection de quelque sainte femme. Ayant dans le cœur, comme dans le talent, je ne sais quoi de plus doux que l'homme, et j'entends par là louer son talent et son cœur, il devait comme notre La Fontaine, à qui, d'ailleurs, je ne le compare en rien, achever sa vie chez Mme de la Sablière.

Mais où se reflète, comme dans le cours d'une eau limpide, la vie paisible qu'il menait au palais Barolo, c'est dans ses lettres au chanoine Ighina. Ce personnage ne nous est connu que par ces lettres. Elles le peignent comme un homme aimable, un docte professeur, un digne prêtre, avec une pointe de malice.

Une autre série, non moins riche, de ces lettres, fera connaître et fera aimer, parce qu'elle aima Silvio, la comtesse Masino, amie dévouée, femme supérieure, et, dans le monde, une véritable artiste. Est-ce à dire que Silvio eut le goût des précieuses et recherchât les femmes savantes? Certaines lettres à des femmes poëtes pourraient égarer sur ce point; mais sa véritable opinion à cet égard est dans les lignes qu'on va lire. C'est moins un jugement littéraire que l'expression d'une commisération éclairée : « La poésie est un art si noble! Cultivé par une femme, il me semble plus divin encore, pourvu qu'il s'élève à une certaine hauteur et prenne ses inspirations dans un sentiment sincère. Tout en admirant une femme qui fait des vers, je la plains cependant, parce que, d'ordinaire, elle se trouve en désaccord avec une grande partie de la société et se voit exposée à de cruels déplaisirs, tantôt parce que son mérite littéraire est médiocre et tantôt par le motif contraire; je crois que si j'avais une fille, je ne l'encouragerais pas à se faire auteur. »

Mais on a tant parlé jusqu'ici de l'angélique douceur de Silvio Pellico qu'on se demande si elle ne dégénérait pas quelquefois en faiblesse. C'est le moment de faire voir ce que cette douceur cachait au besoin d'énergie. Pour tenir tête à des adversaires qui nous méconnaissent ou qui même nous insultent, il ne faut qu'un courage assez commun; il en faut un plus rare pour résister à ceux qui nous aiment et qui nous louent, pour les désavouer même, s'ils font de leurs éloges une arme à deux tranchants, pour frapper à côté de nous, du même bras qui nous protége, la justice et l'honneur d'autrui; et ce courage, Silvio l'eut contre ses amis.

Silvio Pellico était sorti du Spielberg plein de tolérance envers ses contradicteurs de tout genre, mais d'autant plus ferme dans ses opinions également éloignées des deux extrêmes. Il avait entrevu, dès l'origine de ses malheurs, et cette consolante vérité était peut-être la récompense dont Dieu payait son sacrifice, l'alliance, un jour possible, de la religion et de la liberté; mais recueilli dans son espérance, il dédaigna de se mêler aux vaines querelles des partis, et dès qu'on eut reconnu qu'il n'en voulait servir aucun au prix de sa conscience ou de sa raison, la sympathie des opinions exaltées se retira de lui. Il n'en éprouva ni surprise ni amertume. « Non, mon ami, écrivait-il alors, il ne faut pas dire que mon pays me méconnaît. Le petit nombre de ceux qui se donnent la peine d'être mes ennemis et de me calomnier ne sont pas les représentants de mon pays, et auprès du grand nombre en Italie, je trouve une faveur dont je reçois des preuves surabondantes et continuelles ! Notre pays est en ceci comme tous les autres, je le crois; il y a beaucoup de lie au fond, mais la plus grande partie n'est pas de la lie; il faut être indulgent même envers les malveillants. Pauvres diables ! ils croiront avoir raison, et comme la malveillance procède le plus souvent d'ignorance et de faiblesse de jugement, ils sont véritablement dignes de compassion. Pour moi, ils ne me font aucun mal, ni par leurs paroles, ni par leurs écrits. » Il se savait soutenu au-dedans par les hommes les plus distingués dont s'honorât alors, en Piémont, le parti qui appelait de sages réformes; et du dehors, les lettres de ses amis de l'adversité venaient le raffermir dans son intelligente modération. Souvent le soir, se promenant dans le cloître contigu à l'église de Saint-Philippe, entre dom Boglino, prêtre de l'Oratoire, et l'abbé Gioberti, il discutait avec eux les hautes questions politiques qui, après avoir agité la France, frappaient déjà aux portes du Piémont. Les opinions de ses deux amis étaient un peu plus avancées que les siennes ; aussi, en 1834, Boglino parut-il mécontent de le voir entrer au palais Barolo. Il en résulta, même dans leurs rapports, une espèce de refroidissement. L'amitié reprit cependant le dessus, mais non sans laisser un reste de contrainte. Leurs lettres, toujours affectueuses, devinrent d'abord un peu embarrassées, puis moins fréquentes. On sait combien Pellico était sensible à l'amitié ; il dut lui être bien pénible de voir Boglino s'éloigner de lui, mais il ne dévia en rien, pour le retenir, de la ligne qu'il s'était tracée. Quelques années après, l'épreuve recommença avec Gioberti. Mais si ce fut avec plus d'éclat, le déchirement fut moins douloureux, les relations entre eux n'ayant pas été si étroites. Plusieurs fois déjà, il avait fait avertir Gioberti de modérer en public l'emportement de ses discours. Mais Gioberti n'était pas de ceux qui tiennent compte de la prudence. Toutefois, loin de garder rancune à Silvio de ce que d'autres auraient pu appeler la pusillanimité de ses conseils, il lui dédia son livre de la *Primauté civile des Italiens*. « Dieu, lui disait-il dans un magnifique prologue, t'a rendu fort contre l'opinion tyrannique du vulgaire présomptueux, qui s'est étonné en voyant un martyr de l'Italie sortir de prison sans rougir, devant les hommes, de son consolateur, de son Dieu. » Et continuant sur ce ton, il semblait se porter garant devant l'Italie du patriotisme de son doux compatriote. Cette parole superbe, ce bruyant hommage rendu à sa vertu et à ses sentiments, étourdissaient un peu la modestie de Pellico. En remerciant Gioberti, il se plaignait amicalement à lui de l'exagération de ses éloges. L'année suivante paraît un nouveau livre de l'impétueux publiciste qui, cette fois encore, prend hautement en main la défense de son ami, contre ceux dont son éclatante dédicace avait réveillé les ombrageuses défiances. Mais dans ce second ouvrage, le *Traité du bien*, Gioberti attaquait les jésuites avec violence, et Silvio qui, on l'a vu, avait un frère dans l'ordre, se crut par cette circonstance, et aussi par un esprit de justice d'autant plus méritoire que nul ne le provoquait à ce désaveu, se crut, dis-je, autorisé à rendre public son dissentiment. La lettre qu'il écrit à ce sujet est pleine de mesure, de noblesse et d'amitié, mais, en même temps, de fermeté. Gioberti, au lieu de répondre, se contente de dire qu'il est dans le vrai, que Silvio a tort, et, pour le prouver, il lance un troisième ouvrage, non plus un traité philosophique cette fois, mais une amère et sanglante diatribe, où, prenant à parti l'institution elle-même, il la poursuit durant cinq volumes de sa verve intarissable et de ses éloquentes colères. Silvio se résigne alors et se retire dans un douloureux silence. C'est à peine si de temps à autre, dans quelques lettres à un ami, il laisse percer les pénibles impressions de son âme. Achevons cependant et disons tout. Les événements ramenèrent Gioberti de l'exil et le portèrent à la tête du gouvernement de son pays. Aussi généreux que violent, il avait déjà oublié cette querelle passagère, ou du moins averti par les tristes conséquences que les

fureurs populaires avaient tiré de ses écrits, il en était
à regretter ses dangereux emportements. Quoi qu'il
en soit, il se présenta comme autrefois, accompagné
de Boglino, au palais Barolo. Silvio Pellico était absent, et je ne sais si depuis ils se sont rencontrés dans
ce monde.

Le jour où j'allai au Campo-Santo de Turin, je demandai où était la tombe de Gioberti. Sous l'un des
portiques latéraux, une simple inscription marque la
place où cette tombe doit s'élever. Dans la galerie sé-
pulcrale qui sert de soubassement au portique, et
précisément au-dessous de l'inscription, est déposé un
cercueil en plomb où dort celui qui fut un moment, à
Turin, l'idole de la révolution. Quelques couronnes
flétries étaient jetées autour. La faveur populaire qui
les avaient apportées là, déjà occupée à se faire de
nouveaux demi-dieux, n'avait pas eu sans doute le
temps de les renouveler.

Silvio Pellico et Vincenzo Gioberti resteront les
deux types opposés du patriotisme italien moderne :
l'un, patient et résigné, attend son jour de Dieu, du
temps et de l'effort ininterrompu des générations ;
préoccupé surtout de l'indépendance de ce noble pays,
il ne fait pour lui qu'un rêve, la délivrance du joug
étranger. L'autre, impatient et romanesque, s'emporte
contre tous les obstacles, ne tient nul compte des faits,
et voudrait achever lui-même, et en un moment,
l'œuvre des siècles.

Cependant les atteintes de la maladie dont Silvio
mourait depuis tant d'années, devenaient, de jour en
jour, plus graves. Il passait de longs mois sans pou-

d.

voir se lever. Vers la fin de 1845, il avait fait, de compagnie avec son frère, un voyage à Rome, et Grégoire XVI l'avait reçu avec bonté. Il y était retourné en 1851 avec la marquise de Barolo, et il avait eu la joie de saluer Pie IX. Mais si ces voyages, pleins de religieuses consolations et de ces pures jouissances qui semblent renouveler la vie, si un hiver passé à Naples, avaient, un moment, contenu le mal, il reprit, au retour, toute sa violence, et l'automne de 1853 ne fut qu'une longue crise. Silvio en sortait encore par instants. « Presque tous les matins, dit Briano, dans l'église de San-Dalmazzo, on voyait un front plus triste, plus recueilli que tous les autres, se prosternant devant les autels, pêle-mêle avec le plus humble vulgaire; c'était Silvio Pellico. Quand il passait dans les rues, tout le monde remarquait sa démarche grave, lente, son front élevé vers le ciel, dans lequel étaient déjà toutes ses pensées. Des jeunes gens, des étrangers s'attachaient à ses pas, attirés par cet aspect extraordinaire, par ce maintien peu commun, et se réjouissaient d'avoir vu en face l'auteur de *Mes Prisons*. »

Dans les premiers jours de janvier 1854, ce pieux empressement fut trompé : la sainte et chétive créature ne reparut plus sur le chemin de San-Dalmazzo; Silvio Pellico était tombé pour ne plus se relever. Cette fois il reconnut la mort; mais il l'avait si souvent regardée en face que, devant ce doux et intrépide regard, depuis longtemps son aiguillon était émoussé.

Quinze jours avant de mourir, il disait : « Je vous rends grâce, ô mon Dieu, de m'avoir fait rencontrer plus d'amis que d'ennemis! Bien des gens m'ont soutenu et me sont venus en aide, dans tout le cours de ma vie; un petit nombre a cherché à me nuire : c'est de tout mon cœur que je pardonne à ces derniers et que je prie pour eux. »

Plus près de sa fin, et ne pouvant plus tenir la plume, il faisait écrire à sa sœur : — « Je ne puis assez te remercier de ta constante amitié; je n'ai besoin de recommander à tes prières ni mon âme, ni ma vénérée bienfaitrice, ni toutes les personnes qui m'ont pardonné mes défauts et m'ont traité avec bonté. Adieu, sœur, adieu, frère, adieu, mon incomparable bienfaitrice : oh! oui, à Dieu, allons tous à Dieu! *In manus tuas, Domine, commendo spiritum meum.*

La sainte fille accourut assez tôt pour revoir une dernière fois celui à qui elle allait encore survivre, après tant d'autres pertes! Quant à lui, désormais consolé, « il rendait grâce au Seigneur de l'avoir fait naître dans la religion catholique et de parents si exemplaires dans la foi et dans la vertu, et qu'il espérait bientôt revoir dans le royaume éternel. »

Peu d'heures avant la dernière, il plaisantait encore avec D. Ponte, le digne chapelain de la marquise. Comme celui-ci se retirait pour céder la place au médecin. — « Ne vous éloignez pas, lui dit Silvio, redevenant tout à coup sérieux, mais toujours calme, peut-être avant peu aurons-nous besoin de vous. »

Vers trois heures du matin, le bon prêtre lui rappelant les souffrances de Jésus-Christ, pour le soutenir dans l'agonie, il se tourna de son côté pour lui répondre. — « Ah ! cher dom Ponte, je ne puis maintenant penser à autre chose qu'au Seigneur. Quand je serai mort, faites-vous mon interprète auprès de toutes les âmes compatissantes qui vous parleront de moi. »

Quelques instants après , il avait cessé de vivre. — Toute sa vie, Silvio avait été pauvre. Quand on ouvrit son testament , il parut presque riche, tant il avait trouvé de choses à léguer à tous ceux qui l'avaient aimé, ou simplement assisté.

Ainsi vécut, ainsi mourut l'homme éminent et bon dont on va lire enfin la correspondance, et dont je ne m'excuse pas d'avoir si longuement parlé. L'Europe entière a lu avec attendrissement le récit qu'il a fait lui-même de dix années de sa vie : on devait désirer d'en connaître la suite, et de savoir comment s'était servi de la liberté celui qui avait fait de la captivité un usage si admirable ; comment il avait pratiqué, dans une époque et dans un pays si pleins d'orages, de piéges et de tentations, ces maximes de l'Évangile qui avaient brillé à ses yeux d'une si vive lumière dans les ténèbres de la prison. Cette fin d'une belle histoire est tout entière dans ces lettres , récit d'autant plus attachant qu'il n'a rien d'apprêté et qu'il se continue au jour le jour, et au fur et à mesure des événements, dans les épanchements de la famille et de l'amitié. Oublions aujourd'hui le poëte : il s'agit ici d'une âme qui se laisse voir telle que Dieu l'a faite, telle que le christianisme l'a achevée. La vie de Silvio Pellico, de plus en plus ensevelie dans la souffrance , dans la prière et dans les bonnes œuvres, ne cessait d'être, par tout ce qu'on en savait , un enseignement pour ses contemporains. Couronnée par une mort sainte, elle a reçu de cette suprême épreuve la seule perfection qui lui manquât, et mérite aujourd'hui d'être offerte en exemple à tous les chrétiens. C'est celle d'un homme qui a porté jusqu'à l'héroïsme la patience, la bonté, la douceur, la bienveillance, la charité, l'amour du prochain, le pardon des injures, en un mot toutes les vertus évangéliques. La mère de Silvio Pellico était, par le sang, compatriote de saint François de Sales. Ceux qui liront ces lettres trouveront peut-être que le fils l'était aussi par le cœur.

ANTOINE DE LATOUR.

Séville, février 1857.

LETTRES

DE

SILVIO PELLICO

LETTRES INÉDITES

DE

SILVIO PELLICO

◁————————▷

I

A UGO FOSCOLO [1].

7 mai 1815.

Cher Ugo,

Deux jours après ton départ Giulio vint à Milan, ne
sachant rien encore. Des gens de la police visitèrent
tes effets ; tes livres étaient déjà chez moi, tes mal-
les, etc., dans une maison où Agapito a une chambre, et d'où ton frère avait donné l'ordre à Ottolini
de les retirer. Le bureau et la cassette, qui devaient

---

1 Cette lettre et les quatorze suivantes, adressées par Silvio
Pellico à Ugo Foscolo, ont été détachées, par nous, du troisième
volume de la *Correspondance d'Ugo Foscolo*, imprimée à Florence
par Félix Lemonnier. Les auteurs de ce recueil avertissaient en
note (*Epistolario Foscolo*, vol. III, p. 394) qu'ils s'étaient scrupuleusement conformés aux désirs de Pellico, relativement aux
phrases ou aux mots supprimés ou changés dans les susdites
lettres. Ces lettres sont conservées dans ce qu'on appelle l'*Ar-
chivio Labronico*. La lettre dans laquelle Pellico rend compte des
modifications qu'il veut qu'on introduise dans ses lettres de
jeunesse à Foscolo, porte la date du 15 septembre 1853, et est
adressée à Francisco-Silvio Orlandini.

Voyez, dans notre *Collection*, cette lettre de Pellico, au nu-
méro d'ordre 317. (*Note de l'Éditeur.*)

1

être remis à monseigneur [1], je les ai déposés dans les mains du baron [2], parce que le premier était allé à Turin.

Aujourd'hui j'ai une réponse de Barinetti ; il a fait ta commission et remis l'argent à Porta, et il m'a rendu le petit livre.

Giulio, dont l'école a été fermée, est revenu ces jours-ci à Milan, d'où il t'a écrit. Il est allé voir le maréchal qui lui a parlé de toi et lui a dit qu'il regrettait ta détermination d'autant plus qu'il t'avait obtenu une place. Giulio me charge d'ajouter que s'il te convient de revenir à Milan tu n'as qu'à faire parler au maréchal, etc.; adieu.

Quelques jours après ton départ, j'ai remis ta lettre à la Belgioioso, j'avais d'abord donné la sienne à la Nava.

II

A UGO FOSCOLO.

17 octobre 1815.

Cher Ugo,

Il y a longtemps que je n'ai de lettres de toi. Trechi m'a dit dernièrement que ta santé était rétablie. Es-tu tranquille dans ces montagnes ? Dans tes entretiens avec les Grâces oublies-tu nos malheurs ?

Je t'envoie une lettre que mon frère m'a expédiée de Gênes.

1 L'abbé de Brême.
2 Sigismondo Trechi.

Ecris-moi et aime-moi. Je t'aime de cœur, vraiment de cœur.

P. S. Passé le 20, je porterai à Barinetti les quittances ordinaires.

III

A UGO FOSCOLO.

8 janvier 1816.

Mon Lorenzo [1],

N'as-tu pas reçu ma dernière lettre depuis ma visite à la comtesse? Je lui dis, et depuis je t'ai écrit de nouveau, ce que m'avait dit B..... Ton petit livre et les quittances d'octobre ont été retenus, et il n'y a pas eu moyen de les ravoir. J'ai parlé à C*** pour la vente de tes livres; il me dit qu'on n'en trouverait qu'un prix misérable. Je donnerais mon sang pour toi; je me suis informé si tu ne pourrais pas revenir à Milan, où il me semble que tu trouverais plus de ressources, et on m'a dit que tu ne serais pas inquiété. Je t'ai écrit pour te conseiller de venir ici, où, si tu es malheureux, tu auras du moins quelque ami qui mêlera ses larmes aux tiennes. J'ai cru que le conseil avait pu t'offenser, ne voyant plus de tes lettres. Comment se fait-il maintenant qu'une dame Magiotti, de Florence, m'écrive que tu te plains à elle de n'avoir plus d'amis à Milan, pas même ton Silvio? Que puis-je faire pour

---

1 C'était le nom que Foscolo avait pris en Suisse, pseudonyme assez transparent, car tout le monde sait que Lorenzo Alderani est le nom de l'ami de Jacques Ortiz, l'éditeur supposé de ses *Dernières lettres.* (*Note de l'Éditeur.*)

toi? Je n'ai jamais comme aujourd'hui regretté ma pauvreté : elle m'ôte les moyens de te prouver, de quelque manière, l'extrême attachement que je ressens pour toi, attachement qu'avant même de te connaître je te portais déjà pour ton génie et pour ton cœur, et qui non-seulement ne s'est jamais refroidi un instant, mais qui n'est que plus grand depuis que tu es malheureux. L'injustice de la fortune et la malignité de la plupart des hommes rendent quelquefois l'opprimé injuste ; je le comprends et je te plains. Mais pourquoi ne pas distinguer quelqu'un de la multitude? Détrompe-toi. Si je t'ai rarement écrit, c'est parce que de ton côté tu ne m'as pas écrit davantage, et aussi parce que le bruit a couru souvent que tu étais en France, ou en Angleterre, ou en Russie. Fussé-je le plus lâche des hommes, que pourrais-je craindre d'une correspondance avec toi?

Tout le monde sait que tu es à Ottingen ; on en parle sans mystère, et ici on n'arrête plus, on ne bannit plus personne pour être resté l'ami des âmes généreuses. Si j'eusse été lâche ou stupide, je n'aurais pas pris tant de peine à Mantoue pour obtenir la permission de voir Rasori et Brunetti, qui, je te l'ai dit, m'ont beaucoup parlé de toi. Que puis-je craindre ou espérer? Rien. Je suis pauvre et ne désire ni emplois ni faveurs d'aucune espèce.

Tu te reproches déjà de m'avoir un instant refusé ton estime ; — eh ! me l'as-tu bien réellement refusée ? Dans mon caractère peu expansif, souvent tu as pu discerner la sincérité de mes opinions et de mes sentiments ; lors même que je ne puis te le prouver, tu dois croire que j'ai pour toi une affection sans bornes, que je te tiens pour victime de ton excessive droiture, que je déplore ta destinée et m'en indigne.

Que fais-tu? Écris-moi librement, dis-moi la vie que tu mènes. Si je puis t'être bon à quelque chose je n'épargnerai ni mes pas, ni mes paroles; c'est tout ce que je possède. Je t'embrasse, tout frémissant de pitié et de douleur, et je suis ton Silvio.

IV

A UGO FOSCOLO.

25 janvier 1816.

Je suis malade d'une violente inflammation de gorge, et je t'écris de mon lit.—J'ai demandé à Cagnola des nouvelles des enfants de M. Negri; il m'a raconté toute l'histoire de la femme, et m'a dit que les fils sont auprès de leur père, mais qu'il s'en informerait plus exactement. Dès que j'aurai de nouveaux détails je te les communiquerai. Fie-toi à moi pour prendre ces renseignements avec toute la délicatesse possible. Je n'ai l'habitude de livrer le secret d'autrui ni à M. Castelli ni à personne.

Tu sauras maintenant, mon cher ami, que si tu veux vendre tes livres j'ai trouvé, je crois, un acheteur. Dès que je pourrai me lever je les ferai estimer et t'enverrai la note du prix, et si la chose te convient tu me diras à qui je devrai remettre l'argent.

Voilà plusieurs jours que, de mon lit, je vois tomber la neige à grands flocons, et je pense avec amour et attendrissement à toi, mon pauvre Ugo, et au triste pays que tu habites, où la rigueur du temps sera bien autre qu'ici. Comment vis-tu? Y a-t-il plus d'hospitalité, plus de vertus dans ces montagnes? Savent-ils, en Suisse, t'aimer et t'apprécier, ou vis-tu seul, affligé et mal connu?

Autrefois, j'enviai ton génie.....

A présent je pleure de rage en te voyant si malheureux, si mal récompensé par l'ingrate fortune. Heureux l'homme vulgaire qui, n'ayant jamais à lutter contre un vent contraire, en quelque lieu qu'il se trouve jeté, mange, dort, et rend grâces à Dieu de l'air qu'il respire. Souvent je me demande si ce n'est pas là, en fin de compte, la vraie philosophie, et j'aspire de toute mon âme à la posséder. Mais quelque chose de plus fort que moi, et qui me vient de la nature ou de l'habitude, je ne sais, excite ma colère chaque fois que je rencontre un de ces égoïstes automates ou scélérats, peu importe. Je crois qu'il y a de la vertu à réprimer à temps ses propres passions, mais qu'il est stupide et infâme de rire quand un autre vous flagelle et vous crache au visage. Et cependant de ceux qui rient de leurs propres malheurs et des malheurs de leurs frères, aujourd'hui, à Milan, tu en verrais beaucoup. Il est vrai que parmi les chrétiens devenus esclaves en Algérie, ceux qui prennent le rôle de bouffons, et qui se laisseraient tuer et au besoin écorcher, sont ensuite mieux traités que les autres.

Je ne continue pas, parce que je suis de mauvaise humeur et n'ai pas dans le cœur une goutte de miel pour adoucir cette lettre. Et toi, ami infortuné, au lieu de consolations tu n'entends de partout que gémissements.

Adieu, j'attends donc ce que tu dois m'écrire par la voie de Florence. Je te serre dans mes bras.

V

A UGO FOSCOLO.

20 mars 1816.

Quelques jours encore, et peut-être ne résistais-je plus à l'idée de fuir cette terre malheureuse pour respirer une fois l'air d'un peuple libre ; à l'idée surtout d'aller vivre avec toi, de partager peines et plaisirs avec l'ami de mon cœur...

Le comte Luigi Porro m'a offert d'être son secrétaire, à la condition d'élever ses deux fils, avec la table, le logement et mille livres italiennes par an pour toute ma vie ; le tout solennellement convenu dans un écrit en forme, et en outre avec obligation de sa part de continuer la même pension à mes parents dans le cas où ils me viendraient à survivre après que j'aurais passé dix ans dans sa maison.

Toi, mon bon frère, aime-moi toujours et sois heureux. Le sort aveugle qui nous sépare nous réunira peut-être pour passer ensemble nos derniers jours et laisser, comme tu dis, nos os dans la même terre. Aimons-nous en attendant, car nos cœurs au moins se ressemblent.

Je réclamerai le payement des 1,802 livres de Milan auxquelles s'élève la valeur de tes livres, et je ferai tenir la somme à MM. Giuseppe Porta et fils. J'y joindrai lé prix de ton petit bureau vert, que je tâcherai de vendre. Je voudrais que tu m'eusses indiqué quelque moyen de t'envoyer tes manuscrits, mais je prendrai des renseignements et me déciderai pour la voie la plus courte et la plus sûre. Je mettrai dans le même coffre l'Odyssée annotée par Alfieri, la petite cassette de noyer qui est dans le bureau, tout enfin.

Je parle souvent de toi avec l'abbé de Brême, à qui me lie une étroite amitié. Il aime avec le plus pur désintéressement la vérité et toi. C'est le seul ami que j'aie à Milan, en exceptant d'ailleurs la famille Briche et surtout notre Edouard, en qui je vois se développer les plus nobles facultés de l'homme.

Mon frère est à Gênes, secrétaire du gouvernement, avec un traitement de 1,200 livres de Piémont. Tu es nommé dans toutes nos lettres.

Adieu ! Donne-moi de tes nouvelles. Adieu !

VI

A UGO FOSCOLO.

6 avril 1816.

Ami,

Deux lignes seulement pour t'informer qu'avant-hier j'ai touché 1462 livres d'Italie de la vente de ta bibliothèque, lesquelles je suis allé remettre aussitôt à M. Porta, en y joignant les trois sequins que Trechi m'a donnés pour le petit bureau, le tout montant à 1497 livres d'Italie.

Un négociant se charge de porter le coffre où sont tes papiers jusqu'à Lugano, d'où il l'expédiera à Zurich. Pour plus de sûreté, j'ai mis ton nom sur tous les paquets à l'adresse de MM. Orell, Füssli et Cie; il n'y en a pas moins de treize et quatorze avec le petit coffre de noyer. Dans un de ces paquets, on a mis l'Odyssée commentée par Alfieri[1], une tabatière, un collier d'argent, portant le nom de Quirina Magiotti; et un exemplaire de ton essai imprimé de traduction d'Homère, mais non celui annoté de ta main, que je n'ai trouvé ni chez moi, ni chez Trechi. Ce dernier est parti pour Paris et Londres; il te verra et t'embrassera pour moi, qui pleure de ne pouvoir te suivre. Adieu !

J'ai une irritation de poitrine dont j'espère me guérir avec la diète et le repos.

VII

A UGO FOSCOLO.

6 avril 1816.

Mon ami,

Je viens d'envoyer à la poste une autre lettre pour toi, dans laquelle je te disais que tes papiers seraient portés à Lugano, et de là expédiés à Zurich. Je reçois à présent la tienne (datée de l'anniversaire de ta fuite !) où tu me dis que tu m'indiqueras le moyen de t'envoyer ces papiers, et ceux que je devrai me borner à

---

[1] Ce précieux volume fut offert par Ugo Foscolo au comité du Club des Voyageurs à Londres, en témoignage de reconnaissance pour les attentions dont il avait été l'objet de la part des membres de cet établissement.

(*Note de l'Éditeur.*)

te faire passer. Le coffre qui les renferme n'étant pas encore parti, je le retire et j'attends la lettre annoncée. Si tu veux plus tard, sachant que je le puis, que je te les envoie tous, il sera toujours temps.

Pour ce qui est de tes autres meubles, outre le petit bureau, je n'en ai retiré que la bibliothèque de noyer ; mais l'acheteur des livres a stipulé qu'elle serait comprise dans les 1462 livres qu'il a donnés pour les volumes. Résigne-toi donc, et crois bien que les livres ont été on ne peut mieux vendus. Quant au buste de Galilée et au portrait de Giulio, je crois que ce dernier les a retirés lui-même.

Adieu, adieu ! Quand pars-tu ? Souviens-toi toujours de moi ; souviens-toi que de tes amis je suis peut-être celui qui donnerait le plus volontiers sa vie pour toi. Adieu !

VIII

A UGO FOSCOLO.

10 avril 1816.

Mon ami,

Je ferai donc le choix des manuscrits que tu me signales et je te les enverrai. Je brûlerai ou conserverai fidèlement les autres, suivant ton ordre. Ne me parle plus de ta mort, tu me transperces l'âme... Mais puisque tu as porté ton regard jusqu'à la tombe, je te parlerai de la mienne. J'arrange tes affaires de façon que si je meurs, elles soient remises par l'abbé de Brême à madame Magiotti de Florence, que je crois, à la manière dont elle m'a écrit, ton amie la meilleure et la plus solide.—J'ai envoyé la lettre à la comtesse Lucilla, à Mantoue. Je connais cette excellente dame. —Le calice pleuré par toi n'est pas resté dans mes mains : Dieu sait où il est allé ! Mais tu auras certainement la tabatière de ton ami.—Hier, je suis allé trois fois chez Dova. Les deux premières, je n'y ai trouvé que les garçons; la troisième, j'y rencontrai le fils à qui je remis ton billet, lui signifiant que son père eût à me répondre sur-le-champ. Aujourd'hui encore j'y ai repassé deux fois, et je n'ai trouvé ni le fils, ni réponse écrite. Avant de jeter cette feuille à la poste, j'y retournerai encore, et j'espère pouvoir lui parler. Mon frère de Gênes te salue. Ici Brême en fait autant.

Adieu, ami de mon cœur, mon Ugo, mon frère; je t'aime plus que je ne pourrai jamais te le prouver. Je suis un peu malade, mais la diète me remet tout doucement. Porte-toi bien. Adieu!

IX

A UGO FOSCOLO.

20 avril 1816.

Mon ami,

Je suis toujours malade, mes poumons semblent fatigués de respirer. Sois tranquille en ce qui concerne celles de tes lettres que je garde. Si je viens à mourir, elles passeront en dépôt dans les mains de Lodovico de Brême, de qui ta chère Quirina pourra les recevoir. —Depuis plusieurs jours, je n'ai pu faire un mouvement. Aujourd'hui, j'ai cherché les lettres de Cesarotti et de Bettinelli que tu me marques. Tu es pressé de les avoir, excuse-moi. Tu n'es pas moins pressé pour la cassette de noyer qui contient tes manuscrits; aujourd'hui sans faute je te l'envoie. J'ai parlé ce matin à Banfi qui te salue. J'envoie la cassette à Sorese, à l'adresse de MM. Orell, Füssli et Cie, à Zurich. —Dova m'avait promis de venir chez moi, il n'a pas tenu parole. Le temps est beau, je sortirai pour respirer un peu d'air, et je verrai ce libraire. Adieu, adieu! Écris à ton Silvio.

J'ai parlé à Dova; il a paru très-joyeux d'avoir de tes nouvelles; il me dit que pour t'embrasser il ferait un mille à pied, malgré une jambe dont il souffre beaucoup quand il marche. Il m'a remis deux exemplaires de la *Prolusione,* que je joins aux autres papiers de la cassette. Lundi il me remettra tous les exemplaires qui te sont dus.

X

A UGO FOSCOLO.

8 mai 1816.

Mon cher ami,

Ne m'avoir jamais dit un mot de l'argent que j'ai remis pour toi à Porta, ni maintenant de l'envoi que je t'ai fait depuis vingt jours de tes manuscrits. Je me fâcherais contre toi si je ne savais qu'à Florence même il est passé beaucoup de courriers sans lettres de toi. Madame Quirina m'écrit enfin qu'elle en a reçu deux en même temps. Je m'en prends donc à la poste et non à toi. Ne voudras-tu pas, avant de partir, dire adieu à ton ami qui te suit du cœur et de ses regrets, et qui t'aime comme le plus cher de ses frères ? Je sais que le jeune Grec que tu avais à Florence doit te rejoindre. Heureux, bien heureux jeune homme si son cœur ressemble au mien ! Je le verrai, je l'embrasserai, je l'aimerai quoique je lui porte envie.

Brême n'a pas encore reçu les papiers que tu lui as adressés. Dès que nous les aurons, ils seront expédiés sur-le-champ à madame Quirina, en y joignant, comme elle me le recommande, un exemplaire du discours de Pavie. Dans la cassette que je t'ai envoyée il y en avait deux que m'avait remis M. Dova. Depuis lors, je n'ai pu encore lui tirer les autres des mains ; il m'assure qu'ils sont chez le brocheur. Adieu, écris-moi, je t'en prie, et aime-moi.

XI

A UGO FOSCOLO.

27 mai 1816.

Mon cher Ugo,

Dans ta lettre du 18 tu me donnes l'assurance qu'avant de partir tu m'écriras. Fais-le, je t'en conjure, la vue de ton écriture m'a toujours été chère ; aujourd'hui que tu t'éloignes encore plus de l'Italie pour y revenir (bientôt, peut-être, je l'espère ainsi), mais qui sait quand ? chaque ligne de ta main m'est sacrée. La société de Andrea Calbo ne me l'est pas moins depuis ces trois jours que je le connais. Je lui envie la joie qu'il aura de te revoir, et puis de te voir toujours, et d'être partout associé à ta fortune. S'il m'est cher à cause de toi, il me l'est infiniment par lui-même. Je l'aime pour son caractère, pour ses sentiments. J'aurais voulu être prince pour lui faire fête... Dieu m'a fait la grâce de me vouloir pauvre pour que je fusse bon ami.

Il faut le remercier des joies et des tribulations qu'il nous envoie, dit l'Église, et je le remercie donc de m'avoir donné des amis, tout en me refusant les moyens de leur prouver la sincérité de mes sentiments.

Hier, avec Andrea, j'ai repassé chez Dova qui, chaque jour, trouvait une excuse nouvelle pour ajourner la remise qu'il devait me faire des exemplaires de ton discours. Il me dit à présent qu'à plusieurs exemplaires il manque quelques feuilles qu'il a fallu rechercher, qu'enfin il a fini par les réunir et que tout est chez le brocheur.

Ayant ouï dire à Andrea que tu regrettais de n'avoir pas avec toi le petit Pétrarque de l'édition de Lyon, je l'ai repris parmi tes livres vendus, et je le lui remets pour te le porter.—Adieu, je t'embrasse chaudement, tendrement. Adieu, mon Ugo, mon cher ami.

Rien de nouveau des prisonniers de Mantoue. On assure qu'à Vienne il y a un tribunal occupé à revoir cette affaire, mais je crains que ce ne soient de faux bruits pour leur laisser l'espérance à eux et à leurs amis, et que le gouvernement ne soit décidé à ne plus les tirer de Mantoue. J'en pleure, j'en frémis de rage au fond de mon cœur.

Dova, abasourdi de ta lettre, s'est imaginé que tu pourrais bientôt reparaître à Milan ; il m'a fait part de ses doutes à cet égard, et moi, pour lui arracher les

exemplaires qu'il te doit et lui laisser la crainte salutaire de te voir arriver, je lui ai dit que rien n'était
plus probable. C'est de lui, je crois, et de cette circonstance que sera sorti le bruit que le gouvernement
t'a rappelé, que tu seras ici sous peu. Les uns s'en
réjouissent, les autres en ont peur. Adieu !

XII

A UGO FOSCOLO.

Milan, 5 novembre 1816.

Voici une lettre de ton Silvio, qui ne laisse jamais
passer un jour sans penser beaucoup à toi, et sans
faire des vœux pour que les hommes et la fortune
daignent une fois te sourire ; de ton côté ne m'oublie pas, je t'en conjure. Après ton frère Giulio, personne ne peut se vanter de t'aimer autant que moi.—
Mais non ; c'est d'un autre ami que je dois te parler,
et qui cependant ne veut pas être connu. Celui-ci a
acheté tes livres pour avoir une raison de t'envoyer
quelque argent dont tu n'aies à remercier personne.
Maintenant, le nom mis à part, je me vois obligé de te
confier le secret que tu ne dois jamais avoir l'air de
connaître, et sur cela je m'en remets à ta délicatesse.
—Je suis chargé par cet ami de t'envoyer à Londres
tous tes livres, sans que tu saches d'où ils viennent.
J'ai voulu m'acquitter religieusement de la commission, mais j'ai vu qu'au lieu de te faire un présent, j'allais t'occasionner une grosse dépense pour le
port, ce qui assurément répandrait quelque amertume
sur une si douce satisfaction. Alors, j'ai tenu conseil

avec Giulio, et j'en suis sorti convaincu que tu ne pourrais me savoir gré d'avoir aveuglément suivi les intentions de l'ami anonyme. Mais si je réponds à cet ami que l'envoi de tes livres ne sera pas un bienfait pour toi, je lui ôte à lui le plaisir de te venir en aide, et à toi tout le profit d'une si généreuse amitié. C'est pourquoi, en conscience, nous ne croyons mal faire en te demandant à toi-même ce que tu désires que je fasse de tes livres.—Sache d'abord qu'il y aurait peut-être moyen d'en réaliser la valeur : l'ami anonyme croirait te les avoir rendus, et toi, en évitant une grosse dépense, comme serait celle du port, et au moyen de l'argent qui résulterait de la vente, tu jouirais des douceurs que veut te procurer cet ami. Mais il faut, dans le cas où tu prendrais ce parti, que l'anonyme, si jamais tu venais à le connaître, reste toujours persuadé que tu as recouvré tes livres comme par enchantement.—Il m'en coûte de te faire cette confidence, parce que je ne crois pas qu'il y ait une faute plus grande que celle de trahir réellement un secret ; mais mon intention est telle que ma conscience ne me reproche rien. Je fais ce que me commande mon immense attachement pour toi. Tu dois me comprendre.

Réponds sur-le-champ. Si tu préfères les livres, je te les enverrai. Veux-tu de l'argent ? Giulio et moi nous traiterons avec un acheteur.

Adieu ; salue tendrement pour moi Andrea.

Tu auras su le sort d'Ugo Brunetti et de Rasori : dans dix-huit mois (mais en voici déjà deux de passés) ils seront libres. Je leur ai donné de tes nouvelles par l'intermédiaire de la comtesse Lucilla. Aime-moi toujours comme tu m'aimais et comme t'aime ton Silvio.

XIII

A UGO FOSCOLO.

Milan, 9 août 1818.

Mon cher Foscolo,

Quelqu'un part pour Londres, et du café du théâtre je t'écris en hâte ces deux lignes ; il faut que je les remette sur-le-champ à la Trivulzia, qui m'a demandé si je n'avais rien pour ce pays-là.—Oh ! mon cher Ugo ! combien de fois je pense à toi avec tendresse et possédé du désir de me savoir toujours vivant dans ton cœur ! Pourquoi ne puis-je t'écrire souvent ? Mais je sais combien la poste est onéreuse en Angleterre, et c'est là une raison assez puissante pour que je me taise et contienne en moi l'inutile désir que j'éprouve sans cesse de te redire que je n'oublie pas ce que tu vaux, et qu'à mes yeux tu seras toujours l'homme qui honore le plus l'Italie.

Rasori, Brême et quelques autres, la plupart tes amis les plus chauds (et j'en suis), nous nous proposons de fonder un journal qui paraîtra le 3 septembre prochain. Je chercherai une occasion pour t'envoyer notre manifeste. Aujourd'hui le temps me manque. Adieu ! aime-moi. Giulio est à Lodi ; il va bien. Adieu de tout mon cœur. Crois-moi tout à toi.

XIV

A UGO FOSCOLO.

Milan, 9 septembre 1818,
Rue du Mont-de-Piété, n. 1579.

Mon Ugo,

Voici un mois que je t'ai écrit deux lignes en toute hâte et je ne sais trop ce que je t'ai dit. Un Anglais, qui allait partir, m'avait offert ses services. Est-il arrivé ? t'a-t-il remis ma lettre ?—Je te renouvelle mes félicitations pour l'heureuse situation que tu es enfin, je le sais, parvenu à te faire. Avec moi s'en réjouit aussi une autre personne qui ne veut pas être nommée, et qui m'a chargé de t'envoyer tes livres, qu'elle n'a achetés que pour te les conserver.—Cette personne, connaissant tes engagements littéraires, est persuadée que tu auras besoin de livres, et elle est heureuse de pouvoir t'offrir ceux-là mêmes qui, t'ayant servi tant d'années, doivent t'être plus chers que d'autres. Je te les enverrais donc sur-le-champ si des négociants ne m'assuraient ici que les frais de port, de douane, etc. vont te coûter immensément. C'est pourquoi je te prie de m'écrire au plus tôt si, en les adressant à quelque ambassadeur de là-bas ou à quelque autre personnage, tes livres te parviendront sans frais, ou à peu de frais. Donne-moi seulement une adresse, et j'exécuterai scrupuleusement tes ordres et ceux de la personne inconnue.

Je crois t'avoir dit dans ma dernière lettre qu'il s'imprime à Milan un nouveau journal littéraire,—entreprise qui n'a rien de mercantile et qui est l'œuvre d'esprits sincères, ardents propagateurs de la vérité. Les associés sont Rasori, Brême, Borsieri, Berchet, moi et quelques autres, parmi lesquels Sismondi de Genève....—Je t'envoie les deux premiers numéros de notre journal. Tu verras par quel supplice il nous faut passer pour obtenir la permission d'imprimer quelque vérité.—Nous sommes associés à l'*Edinburg-Review*. J'espère que quelquefois nous y verrons de tes articles, et que nous pourrons les répéter dans notre *Conciliateur*.

Quand ton imagination quitte l'Angleterre et se remet à parcourir ta chère Italie, si tu passes la revue des cœurs qui t'aiment et que tu as aimés, pense à moi, je t'en prie, pense à moi longuement. Je t'embrasse de toute mon âme.

XV

A UGO FOSCOLO[1].

Milan, 17 octobre 1818.

Mon ami,

Ta petite lettre qu'Everett m'a remise était si pleine d'affection qu'elle m'a vivement ému. Notre Américain me plaît beaucoup. Je l'ai présenté à Brême et à quelques autres, et durant le peu de jours qu'il est resté à Milan, j'ai passé tout le temps que j'ai pu avec lui et avec son compagnon de voyage, M. Lyman. Everett m'a mis au courant de ton existence apparente, que

---

1 L'autographe de cette lettre est conservé par M. Henri Mayer, qui la tient du chanoine Riego.

tu me dis n'être pas aussi heureuse qu'elle le paraît
aux autres. Cela revient à prouver que personne n'est
exempt de peines secrètes. Mais cette part de bonheur
qu'il est permis d'espérer sur la terre, il semble que
tu la possèdes , honoré dans le pays de l'Europe où la
dignité humaine est le plus respectée, assez riche pour
avoir maison à la ville et à la campagne, un délicieux
jardin, des chevaux, une voiture... maître d'imprimer ce qui te plaît, avec la certitude que ni le gouver=
nement ni les libraires ne te mettront en pièces, mais
au contraire récompenseront selon leur valeur les
productions de ton génie... jamais la triste Italie ne
t'eût donné une telle fortune; je m'afflige en pensant
que cette contrée te retiendra peut-être loin de nous
tout le reste de ta vie. Écoute à présent un conseil
de ton ami : Ne sois pas aussi peu soucieux que tu l'as
toujours été de ton repos à venir; rassemble un petit
trésor pour ta vieillesse, afin de pouvoir, dans tes
dernières années, si tu éprouves le besoin de revoir
ta patrie, y revenir indépendant et sans rien avoir à
demander. Je t'envoie tout ce qui a paru jusqu'ici du
Conciliateur... — G. R. est Rasori; — G. D. R. Romagnosi; — L. D. B. Brême; — B. Borsieri; Grisos-
tomo c'est Berchet; — G. P. est Giuseppe Pecchio ;
— Cristoforo Colombo II est le frère de Pecchio. —
J'en suis; il y a aussi le professeur Rossi ; — S. S. est
Sismondi de Genève, etc. — Pourquoi (demanderas-tu)
un pareil titre à votre journal? Parce que nous nous
proposons de concilier, en effet, non pas la loyauté avec
la fausseté, mais tous les amis sincères de la vérité.
Déjà le public commence à s'apercevoir que ce n'est

pas là œuvre de mercenaires, mais de lettrés, sinon tous célèbres, tous du moins unis dans le dessein de soutenir, autant que possible, la dignité du nom italien.

Si tu nous envoyais quelque article, il serait accueilli par nous avec grand enthousiasme; mais que le sujet soit purement littéraire; ta signature, Ugo Foscolo, ferait grand tapage dans toute l'Italie; seulement mesure tes paroles au compas de notre censure gouvernementale.

J'attends une réponse de toi à ma dernière lettre, dans laquelle je te priais, au nom de la personne qui a acquis tes livres, de me dire comment je pourrais te les faire avoir sans que le port en soit trop dispendieux.

Quel ouvrage écris-tu? Fais-tu l'histoire du *royaume d'Italie?* Cette époque a été brillante, il me semble qu'elle te fournirait l'occasion de dire de grandes choses.

Ton frère Giulio, encore en disponibilité, cherche à rentrer au service. Il est venu à Milan, ces jours passés, de Lodi où il demeure.

Adieu, mon bien cher ami. — Je suis toujours secrétaire du comte Porro... — Un seul trait qui te le fasse apprécier. Quand Rasori sortit de prison, sans pain et sans appui, Porro me permit de l'introduire dans sa maison, il l'assista et lui fit un petit traitement pour écrire dans le *Conciliateur.*

Mon frère est toujours secrétaire du gouvernement de Gênes; il me parle toujours de toi dans ses lettres. Crois bien que nous t'aimons de tout notre cœur; toi, de ton côté, n'oublie pas tes compatriotes ; aime-nous, ce sera pour nous une bien douce consolation dans nos malheurs.

XVI

A M. LE COMTE PORRO[1].

Balbianino, 5 août 1819.

Monsieur le comte,

J'aurai vendredi avec nos chers enfants la joie de vous revoir, et vous nous trouverez en très-bonne santé comme nous espérons bien vous trouver vous-même, quoique vous n'ayez voulu respirer qu'un jour cet air bienfaisant. En attendant, nous vous envoyons

[1] C'est à la bienveillance de M. le comte Tullio Dandolo que nous devons de pouvoir publier les lettres intéressantes adressées par Pellico à la famille Porro, et qui jettent une si vive lumière sur le caractère de Silvio et sur ses plus anciennes affections. Nous croyons faire une chose agréable aux lecteurs de cette correspondance en rapportant ici tout entière la lettre qui accompagnait l'envoi que le comte Dandolo a bien voulu nous aire de ces précieux manuscrits.

A M. G. STEFANI.

Milan, 10 décembre 1854.

La mémoire de Silvio Pellico m'est chère, comme celle d'un homme que j'ai aimé et qui me payait de retour. C'était donc, de ma part, un désir tout naturel que celui de seconder la publication de sa correspondance inédite, le plus beau monument qui pût être élevé en son honneur, parce c'était le plus propre à mettre en lumière les vertus qui l'ont orné.

Mettre à la disposition de l'éditeur, en réponse à vos courtoises investigations, le peu de lettres qui me restent de Silvio, les autres

en chœur mille saluts plus tendres l'un que l'autre.
Vous ne sauriez croire dans quel bonheur nous avons
passé ce peu de jours. Le dimanche matin, nous avons
entendu à Lenno, après la messe, un sermon des plus
comiques qui se puissent ouïr; il a fallu toute notre
sagesse pour ne pas éclater de rire. Après le dîner,
nous allâmes à la Cavagnola pour revenir à pied jusqu'à Leggen ; la nuit nous surprit sur la montagne,
nous avions perdu notre chemin, et nous n'arrivâmes
au bord du lac, où la barque ne nous attendait plus,
qu'à onze heures et demie; les enfants étaient fous de
joie ; Giulio se croyait déjà un Robinson dans son île
déserte. Pour nous achever, il se leva un vent tel que
le batelier refusa de traverser le lac, et prétendit que
nous devrions tous passer la nuit dans l'unique lit que

ayant été égarées, c'était apporter à l'œuvre un trop mince tribut.
J'ai crû lui rendre un plus grand service en recourant aux Porro, avec
qui je suis lié d'une vieille affection, pour savoir d'eux s'ils conser-
vént les lettres que, dans l'épanchement d'une amitié qui ne s'est jamais
refroidie, Pellico, l'ancien instituteur des fils et l'ami intime du père,
leur avait certainement adressées de 1817 à 1853. Ces lettres, selon
ce que je me figurais, devaient merveilleusement faire connaître l'âme
de l'homme admirable, peindre au vrai les sentiments excités en lui
dans tout le cours de sa vie agitée, ressembler aux entretiens d'un
père avec ses fils et d'un frère avec son frère, rappeler des amis com-
muns, de communes souffrances. J'espérais, en un mot, que ces lettres
formeraient une des parties les plus précieuses du recueil projeté.

Aussitôt que j'eus fait connaître ma pensée au comte Giulio, au marquis Luigi, possesseurs en effet du trésor convoité, la pensée d'honorer cette chère mémoire fut accueillie par eux avec empressement ;
mais à ce premier sentiment d'affection qui les portait à consentir, suc-
céda aussitôt celui d'une répugnance, fille de la délicatesse, à permettre qu'on publiât des lettres intimes, toutes brûlantes de l'amitié
et de la reconnaissance qui, jusqu'au dernier jour de sa vie, ont atta-

nous offrait l'hôtel de Leggen; mais nous commençons
à crier, à réveiller les gens, et nous étant fait donner
une bonne gondole, nous trouvâmes enfin quatre bons
rameurs qui nous ramenèrent à Balbianino. Le jour
suivant, les enfants, loin d'être fatigués, ne demandaient qu'une autre aventure semblable à celle de la
veille; mais nous, les adultes, moins robustes, nous
nous contentâmes d'aller à la villa Sommariva, d'où
nous revînmes à pied. Hier, nous sommes allés à Bellagio; madame la duchesse nous a reçus avec toutes
sortes de bontés, nous l'avons trouvée en parfaite santé.
Mais tout cela n'a pas fait négliger le *Conciliateur*;
nos travaux avancent, et pour plus grande satisfaction
nous avons reçu un fort bel article de Sismondi dont
vous serez certainement très-content. J'ai reçu de
Florence une lettre d'une dame qui demande à être

ché Silvio à cette famille. Ici, j'eus à lutter. Il y a des coins inexpugnables dans la pudeur des âmes honnêtes. J'en appelai à ces nobles
cœurs, et leur déclarai que je les accuserais de dureté, d'ingratitude,
s'ils se laissaient entraîner par leurs scrupules à dépouiller de sa
feuille la plus verte, la plus odorante, la couronne que nous nous
proposions de tresser à la mémoire sacrée de leur Silvio.

Ils finirent par se rendre, mais en y mettant toutes sortes de conditions, celle-ci entre autres : qu'on écarterait de la publication tout ce
qui avait trait à eux. Il m'était impossible d'acquiescer à un arrangement qui n'allait à rien moins qu'à supprimer les quatre cinquièmes de
ces lettres, le reste ne pouvant plus former qu'un insipide recueil de
fragments décolorés; ce fut un violent combat, j'en sortis en partie
vainqueur, en partie vaincu.

Tout ce que j'ai pu arracher, après tant d'efforts, le voici, je vous
l'envoie. Vous serez désolé d'apprendre qu'on en a supprimé beaucoup; mais il y a ici de quoi mettre en lumière tout ce qu'il y avait
dans cette âme d'ingénuité, de mansuétude, de générosité et de piété.

(Note de l'Éditeur.)

associée à notre journal, et, qui, par parenthèse, me prie instamment de me défier de B*** comme d'un méchant homme. Caponago reviendra vendredi avec moi. Borsieri reste encore quelques jours ici; Brême est éperdument épris, et avec raison, de ce séjour; tous les trois disent qu'ils ne pourront jamais exprimer leur reconnaissance au suzerain de ce château magique. Tous les trois sont de ces âmes qui savent vivement apprécier les vraies délicatesses de la courtoisie et de l'amitié.

Croyez-moi, avec tous les sentiments de la plus affectueuse estime, etc.

XVII

A Mme TERESA MARCHIONNI [1].

7 juin 1820.

Cousine Teresa,

J'écris à la moins paresseuse des deux cousines, parce que je me flatte qu'elle ne me laissera pas sans deux lignes de sa main; elle doit croire que ce sera me faire un plaisir infini. — Le chagrin dans lequel me plongeait l'état de Lodovico s'est bien adouci depuis que je l'ai vu. — Il y a toujours danger, mais non pas imminent; les crachements de sang se sont arrêtés, grâce à l'immense quantité que le chirurgien lui en a tirée. — Il est plein de courage, il étonne par la

___

[1] Cette lettre et les deux suivantes sont tirées du livre qui a pour titre : *Silvio Pellico et son temps;* — Considérations de Pietro Giuria. Voghera, typ. Gatti, 1854.

(*Note de l'Éditeur.*)

force d'esprit qu'il conserve dans un si grand abattement de force physique. Il parle avec tendresse de
tous ses amis et m'a prié de saluer de sa part madame
Carlotta; chargez-vous-en pour moi, aimable Gegina.
— Je tremble de trop m'abandonner à l'espérance à
l'égard de mon ami; le médecin m'a dit qu'un nouveau
crachement de sang peut lui être fatal. — Quelle triste
vie est la mienne! et je n'ai pas même ici la consolation de passer-quelques heureux moments dans la
compagnie de mes chers soucis. — Je ne vois pas le
sourire, je n'entends pas le chant de la Gegina! En
vérité, quand on a pris de trop douces habitudes, la
nécessité d'y renoncer rend l'existence bien amère.

Je reste ici quelques jours; si vous voulez que j'aie
la joie de voir votre écriture, n'hésitez pas, n'écoutez
pas la paresse, écrivez-moi deux mots à l'instant, à
l'instant même. Dites-moi ce que font la signora Bettina,
la signora Carlotta et toutes les personnes qui leur
sont chères, y compris l'excellente famille Berini.

Si, pour la santé de Lodovico, je restais à Turin plus
longtemps que je ne le pense, disposez en souveraine
maîtresse de ma petite *Farsetta*, toutes les fois que
vous aurez besoin de *paroles à mettre en musique* ;
priez le brillant Maroncelli de me suppléer, il est bon
poëte, et je lui abandonne tous mes droits. — Veuillez
lui faire mes compliments.

Dans votre existence joyeuse, signora Gegina, souvenez-vous de quelqu'un qui vit bien tristement; il
faut que les cousines me soient bien chères, puisqu'au
milieu même des plus sérieuses afflictions, elles ne
sortent pas un instant de mon souvenir.

XVIII

A Mme CARLOTTA MARCHIONNI [1].

21 juin 1820.

Cousine Carlotta,

Quand il y a aujourd'hui huit jours, vous naquîtes, j'eus le malheur de ne pouvoir fêter votre venue en ce monde, mais les dévots célèbrent aussi les octaves des saints. En fêtant votre huitième jour, je prétends gagner l'indulgence plénière.

Je vous rends grâce, chère *Bambine*, et pour mon compte et au nom de toute l'Italie, de ce qu'il y a huit jours, vous vous êtes donné la peine de naître ; c'est la plus belle action que vous ayez jamais pu faire. Sans vous, je n'aurais jamais goûté en Italie le délicieux plaisir d'être électrisé, de pleurer au théâtre, et notre patrie se verrait privée de l'une de ses plus belles gloires.

Maroncelli qui vous a vue naître mardi dernier, et qui déjà, comme les anciens prophètes, vous adorait avant que vous fussiez au monde, a tout le mérite de la dévotion dont je fais preuve aujourd'hui ; c'est lui... c'est Maroncelli qui m'a suggéré la sainte pensée de venir aujourd'hui vous adorer, moi aussi, comme un *roi mage.*

Agréez, non de l'or, je n'en ai pas ; non de la

___

[1] Carlotta Marchionni, tragédienne déjà célèbre alors, était la première qui avait joué, avec un succès d'enthousiasme, sur le théâtre de Milan, la *Françoise de Rimini*, de Silvio Pellico.

(*Note du Traducteur.*)

myrrhe, je ne suis pas pharmacien; non de l'encens, je ne suis pas un flatteur; mais quatre simples fleurs, parce qu'après les femmes gracieuses ce que j'aime le plus au monde, ce sont les fleurs. Tel est le modeste, mais cordial tribut que le *roi mage*, Silvio, présente à la céleste créature qui naquit mardi passé. Qu'elle m'accorde de son berceau un sourire de grâce et de bénédiction. Qu'elle me range pour l'éternité au nombre des élus... j'entends de ses amis d'élite. — Je vous souhaite, chère *Bambinette*, une vie qui ressemble aux fleurs que je vous envoie, en ce qu'elles ont de charmant, mais sans leurs épines. Lorsque vous serez grandette, aimez; sans l'amour, l'existence est un désert. — Ce conseil aussi m'est suggéré... devinez par qui? par ce prophète Siméon qui vous adorait déjà plusieurs mois avant que vous ne vinssiez au monde.

Adieu; pardonnez-moi, aimable Carlotta, ce badinage. Je me suis imposé de vous écrire en ce style follement enjoué; sachez cependant, que j'ai passé une très-mauvaise nuit. J'ai été vraiment fort malade. Hier, je me proposais de passer une heureuse soirée avec mes chères cousines; mon mauvais génie ne l'a pas voulu!

Je baise en toute amitié votre petite main. Un bonjour à la maman et à la Gegia.

P.-S. Voulant vous offrir quelque livre, je ne vois rien qui convienne mieux à une actrice que l'ouvrage sur les *Mœurs du peuple*. C'est encore une suggestion du prophète. Ne dédaignez pas mon présent, je vous en prie.

XIX

A Mme TERESA MARCHIONNI.

Du lac de Côme, 13 octobre 1820.

Ma chère Gegia,

Juge du déplaisir infini qui m'accable; après m'être tant flatté de passer par Brescia à notre retour de Venise, tout d'un coup, pour affaires pressées, le comte Porro a dû se rendre directement de Mantoue à Milan, et, comme je lui étais nécessaire, il m'a fallu l'accompagner; et, puisque le destin veut que les ennuis s'accumulent l'un sur l'autre, de Turin aussi il m'en arrive de si grands que j'ai perdu toute espérance de les surmonter. Ajoute à cela la douleur que j'ai ressentie en apprenant (à peine arrivé à Milan) que notre pauvre Maroncelli venait d'être arrêté. Ce fut dimanche que j'arrivai et Maroncelli avait été arrêté le vendredi. Sachant combien ce jeune homme est incapable d'une mauvaise action, j'ai aussitôt cherché à savoir s'il avait été compromis dans quelque querelle, et si cette arrestation pourrait avoir des suites graves; mais je n'ai rien pu démêler, sinon qu'il a écrit à Bologne une lettre que la police a lue, et que c'est pour cette lettre qu'il est en prison. Je suis persuadé qu'il sera trouvé innocent, et qu'une fois son innocence reconnue il n'aura rien à craindre. Mais en attendant, je souffre de ne pouvoir lui être d'aucune utilité; Caponago lui-même, qui n'avait aucune amitié pour lui, se montre, dans cette circonstance, excessivement sensible au malheur de ce pauvre garçon.

A tous mes chagrins vient encore se joindre le regret de ne pouvoir passer ces jours-ci en compagnie de Caponago. Le jour où j'arrivai à Milan il en partait lui-même, à sa grande contrariété, pour aller à la campagne ; si au moins il avait pu venir ici, à Côme, où je dois m'arrêter quelques jours, et où j'ai le malheur de n'avoir personne à qui parler de cette chère famille Marchionni et de mon adorée Gegia... La société de Giulio m'eût été vraiment nécessaire pour ranimer mon âme désolée ; plains-moi, plains-moi, ma bonne amie, je ne serai jamais heureux ! Toute espérance d'un bel avenir m'échappe, et plus je me vois dans l'impossibilité de surmonter les cruels décrets qui me séparent de toi, plus je sens que je t'aime, et que sans toi il n'y a qu'amertume dans ma vie.

L'unique satisfaction que j'éprouvai à mon retour à Milan, ce fut d'apprendre par Giulio que notre excellente madame Bettina est à présent parfaitement rétablie ; je m'en réjouis du fond du cœur. Aie bien soin de cette bonne tante, et puisse sa santé faire toujours ta consolation et celle de Carlotta. Je te prie bien de la saluer de ma part. Salue également et embrasse pour moi la divine Carlotta. Adieu, ma chère Gegia... dans peu de jours nous allons dans ce château de Masino, où mon Lodovico devait venir cette année passer l'automne, s'il se rétablissait. Le château appartient à la comtesse de Masino, que Carlotta connaît. Il est situé en Piémont. Tu peux, lorsque tu m'écriras, adresser tes lettres à Milan, d'où on ne manquera pas de me les envoyer.

XX

A M. LE COMTE LUIGI PORRO[1].

Milan, 20 octobre 1820.

Monsieur et très-cher comte,

Je vous prie de m'envoyer les objets annotés ci-dessous. Oh! que cette séparation est douloureusement longue! Je suis dévoré du désir et de l'espérance de la voir finir. Je vous remercie de l'obligeance que vous avez de faire remettre, comme je vous en ai prié, les 300 livres italiennes à mon père; veuillez lui dire de n'avoir aucune inquiétude. Le chagrin que doivent éprouver mes pauvres parents m'afflige cruellement...

XXI

A M. ONORATO PELLICO.

Milan, 1er novembre 1820.

Cher père,

Il m'est permis de vous écrire pour vous donner des nouvelles de ma santé, qui est excellente. J'ai l'esprit tranquille, et je désire que celui de mes chers parents le soit aussi. M. le comte Porro me dit qu'il vous a écrit, et qu'il a de bonnes nouvelles de vous et de toute la famille : cela me console. Nous n'avons pas la moindre inquiétude. Rien ne me manque; j'ai une chambre très-saine; une nourriture à mon choix: Le comte Porro me fait obtenir tout ce dont je puis

---

[1] Cette lettre est la première de celles qui ont trait à la prison.

(*Note de l'Editeur.*)

avoir envie, et j'espère que bientôt cet ennui passager cessera.

En attendant, je vous embrasse tendrement ainsi que ma mère, mes frères et sœurs. Portez vous tous aussi bien que moi, qui n'ai jamais joui d'une meilleure santé.

XXII

A M. ONORATO PELLICO.

Milan, de ma cellule, 25 janvier 1821.

Très-cher papa,

Comme la privation double les jouissances, ayant été si longtemps sans pouvoir vous écrire, mon cœur en ce moment éprouve un bonheur infini de la grâce que j'ai obtenue de vous donner de mes nouvelles. En ce moment je suis heureux. Pour un fils qui a de si bons parents, il n'est pas de douceur plus grande que celle de s'entretenir avec eux ; bénissons donc le ciel qui mêle les consolations aux souffrances qu'il répand sur la terre.

Après avoir si souvent espéré que je touchais aux derniers jours de ma captivité, je puis enfin me flatter que je ne me fais pas illusion en regardant comme très-proche ce terme si désiré. Je le souhaite beaucoup pour moi, mais plus encore pour mes chers parents, car je crains qu'ils ne souffrent beaucoup plus que je ne souffre moi-même. Si je ne songeais qu'à moi, je n'éprouverais pas une bien vive impatience de sortir d'ici, y jouissant d'une santé excellente, et trouvant qu'après tout, quand on a une chambre passable et tout ce qui est nécessaire pour vivre, il n'y a pas grande différence à poursuivre cette courte carrière mortelle dans un lieu plutôt que dans un autre. Repoussez donc, cher papa, toute idée noire à mon sujet, et persuadez à ma chère maman, à mes frères et à mes sœurs, qu'ils ne doivent pas le moins du monde s'affliger pour moi; ils s'abusent complétement s'ils s'imaginent que je sois vraiment malheureux. Je veux vous savoir tous tranquilles et joyeux, et alors il ne me manquera presque plus rien pour être un des hommes les plus satisfaits qui existent. J'ai vu assez de pays, de temps et de vicissitudes pour apprécier le monde ni plus ni moins qu'il ne vaut, et pour être à peu près content de tout quand je suis rassuré sur ceux que j'aime.

Le jour de l'an, j'ai eu la suprême consolation de pouvoir embrasser le comte Porro; ajoutez cette joie à celle indicible que j'ai éprouvée les quatre fois que j'ai eu le bonheur de vous embrasser, cher papa, dans le courant du mois dernier; joignez-y encore la douceur que je ressens à vous écrire cette lettre, et vous comprendrez qu'au total, en fait de jouissances, ce que je perds en nombre je le regagne en intensité. Depuis votre départ, on a eu aussi la bonté de me donner une chambre bien meilleure, exposée au plus délicieux soleil de midi, ayant en outre un excellent poële en terre; on m'a accordé, de plus, un cahier de papier que je puis barbouiller pour passer le temps. En somme, je n'ai qu'à me louer de la bienveillance que l'on met à adoucir ce que ma situation peut avoir de fâcheux. J'ai de bons livres, et je traduis un poëme

anglais; il est juste que je rende aux Anglais la courtoisie qu'ils m'ont témoignée en faisant connaître
chez eux, avec beaucoup d'éloges, ma *Françoise de
Rimini*. Le *Quarterly Review* de décembre contient
sur cette tragédie un article flatteur avec des fragments de la traduction que lord Byron en a faite. Si
mon cher papa veut satisfaire sa faiblesse paternelle,
il n'a qu'à emprunter ce volume à la bibliothèque, et
se faire lire le susdit article par François.

Après un long silence on risque de devenir bavard,
tant on aurait de choses à dire; je ne finirais jamais.
Et comment n'aurait-on pas mille choses à dire quand
le cœur est plein de reconnaissance pour des parents
aussi tendres que les miens? De tous les bienfaits dont
je ne cesse de rendre grâce à Dieu, le plus grand,
assurément, c'est de m'avoir donné un si excellent
père, une si bonne mère; ma tendresse pour eux est
immense, et je trouve dans ce sentiment une source
continuelle d'ineffable consolation. Mes frères chéris,
mes sœurs bien-aimées ont aussi une grande part dans
cette tendresse : excellentes créatures!

Portez-vous bien, très-cher papa, prenez soin de
votre précieuse santé; je dis la même chose à ma bien
chère maman. J'embrasse l'un et l'autre de tout mon
cœur, ainsi que mon cher abbé et mes chères sœurs.
Envoyez sa part de mes souvenirs au cher Luigi. Mille
choses affectueuses au chevalier Filiberto et à tous
mes amis.

En écrivant cette lettre, mon âme, qui avait besoin
d'épanchement, s'est véritablement soulagée.

XXIII

A M. LE COMTE PORRO[1].

Venise, 20 février 1821.

Cher monsieur le comte,

Je vous prie de m'envoyer les objets suivants, en les remettant à la direction générale de la police d'ici :

Trois cent livres italiennes.

Quatre chemises.

Quatre paires de bas ordinaires.

Six mouchoirs de poche.

La direction de la police vous fera rendre les livres, deux peignoirs et un essuie-mains.

J'ai apporté avec moi un peignoir et un essuie-main avec la couverture verte du lit.

Embrassez pour moi vos chers enfants, et dites leur de m'aimer comme je les aime. Je suis tout à vous.

XXIV

A M. ONORATO PELLICO[2].

Venise, 16 avril 1821.

Très-cher papa,

Puisque je ne peux vous dire beaucoup de paroles, que toutes celles-ci vous expriment ce qu'il y a de plus tendre dans mon cœur, et faites-en part à ma bien

---

[1] Cette lettre porte en marge, écrit de la main du président Salvotti, les mots suivants : Vu, SALVOTTI.

(*Note de l'Éditeur.*)

[2] Cette lettre et les douze suivantes ont été publiées par le journal la *Civilta cattolica*, 2e série, vol. xi et xii; Rome, 1855.

(*Note de l'Éditeur.*)

chère maman, à mes chers frères, à mes chères sœurs.
Je vous souhaite à tous de bonnes Pâques ; ne vous affligez pas pour moi. Dieu, qui est partout, est ici aussi
pour me consoler, et comme, tout en envoyant les
épreuves, il aime à donner quelque marque de son
infinie bonté, il m'accorde une santé parfaite.....

Je vous embrasse tous de tout mon cœur. Aimez-
moi, et que la meilleure preuve de cet amour soit de
ne pas vous affliger... Persuadé que je n'ai pas besoin
de prêcher la patience à des âmes chrétiennes comme
les vôtres, je me borne à me dire, etc.

XXV

A. M. ONORATO PELLICO.

Venise, 18 mai 1821.

Très-cher père,

Quoique je suis toujours privé de vos chères nouvelles, je ne veux pas manquer de vous adresser
l'unique tribut de tendresse filiale que je puisse aujourd'hui vous offrir, qui est de vous donner de bonnes
nouvelles de ma santé afin que vous n'en soyez pas
inquiet. Consolez aussi ma chère maman, mes bons
frères et mes bonnes sœurs. Plus je vis dans la solitude, plus je sens la justesse des principes que mes
religieux parents professent à l'endroit des vanités du
monde. Je vous assure, cher papa, que je suis bien
désabusé de toutes les illusions, et c'est ce complet
désabusement qui me fait supporter avec calme l'actuelle privation de la liberté. Il faut encore que je
vous dise qu'au milieu de mes malheurs je ne saurais

être traité avec plus d'humanité et de générosité. Rien ne me manque, pas même les livres qui sont la grande consolation des solitaires. Craignant toujours que mes lettres antérieures ne vous soient pas parvenues, je vous répète de m'adresser les vôtres simplement sous mon nom à Venise, poste restante.

Je vous embrasse, ainsi que mon excellente mère et toute la très-chère famille. Pour être pleinement résigné, je n'ai besoin que d'avoir quelquefois de vos nouvelles.

XXVI

A M. ONORATO PELLICO.

Venise, 8 juin 1821.

Mon bien-aimé père,

Quoique je n'aie rien de nouveau à vous dire, vu la parfaite uniformité de ma vie, je sens cependant que j'aurais tort de ne pas écrire à mes très-chers parents, que je vois sans cesse d'ici pressés par une tendre sóllicitude de recevoir de mes nouvelles. Continuez à être résignés et tranquilles. Ma santé est excellente. L'année dernière, en cette même saison, quand vous me vîtes à Turin, je souffrais beaucoup de la poitrine. Cette année, au contraire, il semble que la chaleur me fasse du bien. Je n'ai ni toux, ni étouffement, et mes migraines mêmes sont moins fréquentes. En cela donc reconnaissons la bonté de Dieu, qui, là où il répand les épreuves, répand aussi la consolation... Vous avez peut-être tardé à m'écrire parce que vous ne saviez comment me faire parvenir vos lettres, mais j'espère que vous aurez reçu celles où je vous disais que vous pouviez m'écrire à mon nom poste restante, que de cette manière vos lettres me parviendraient.

Je vous embrasse de tout mon cœur, ainsi que ma chère maman, mes chers frères et mes chères sœurs. Portez-vous bien et soyez sans inquiétude ; pensez que je suis en bonne santé, et qu'un jour je serai pleinement heureux quand je pourrai, à force de tendresse, dédommager mes chers parents de ce qu'ils souffrent aujourd'hui pour moi.

XXVII

A M. ONORATO PELLICO.

Venise, 12 juillet 1821.

Très-cher papa,

Je reçois votre très-chère lettre du 2 courant ; je vous suis reconnaissant du conseil que vous me donnez de lire les *Souffrances de Jésus-Christ*, mais je n'ai pas ce livre, et vous m'obligeriez infiniment, cher papa, si vous trouviez quelque moyen de me le faire avoir. Je vais bien, je me réjouis de vous savoir en bonne santé, et je vous embrasse. Ne vous affligez pas. Il plaît à Dieu que je sois encore ici ; cela doit donc nous plaire aussi à nous...

XXVIII

A M. ONORATO PELLICO.

Venise, 22 juillet 1821.

Mon bien-aimé père,

Je reçois votre très-chère lettre du 16 de ce mois et je me réjouis d'apprendre que vous allez tous bien. Je vous remercie des offres que vous me faites; pour le moment je n'ai besoin de rien. Chaque lettre que je reçois est pour moi la source d'une jouissance indicible. J'ai composé deux nouvelles tragédies que (le jour anniversaire de ma naissance) j'ai dédiées, l'une à vous, l'autre à ma chère maman.

Ainsi passé-je le temps, uniquement livré à l'étude et bien tranquillement résigné à la volonté de Dieu.

Je vous embrasse tendrement, ainsi que ma chère maman, mes frères et mes sœurs.

XXIX

A M. ONORATO PELLICO.

Venise, 8 août 1821.

Mon bien-aimé père,

Je reçois votre lettre du 1er de ce mois avec les deux lignes si affectueuses ajoutées par mon cher Luigi. Je vous remercie, vous et mon excellent frère, de la tendresse que vous me témoignez. Toutes mes peines s'évanouissent quand je me sens aimé par des cœurs aussi parfaits que le sont tous ceux de ma chère famille. Je n'ai pas encore besoin d'argent, mais quand j'aurai achevé de dépenser celui que j'ai, je profiterai de vos bonnes offres. Mille remercîments aussi pour l'ouvrage des *Souffrances de Jésus-Christ*, dont vous m'annoncez l'envoi. Vous pourrez me faire passer des livres de dévotion ; j'ai déjà avec moi le premier de tous, mon inséparable Bible, mais un cadeau que me fait mon bon père me sera toujours précieux.

Je suis à merveille de santé, et j'en souhaite une pareille à vous, à maman et à toute la famille, que j'embrasse de cœur.

XXX

A M. ONORATO PELLICO.

Venise, 12 septembre 1821.

Mon bien-aimé père,

Je réponds à votre très-chère lettre du 2 de ce mois et aux deux lignes de Luigi, en vous conjurant l'un et l'autre de ne pas vous abandonner au chagrin où je vous vois. Vous avez tort de vous exagérer ma position, et de croire que vous ou moi nous puissions faire des démarches pour le dénouement de cette affaire. Tout procédant avec la plus parfaite régularité, nous n'avons, nous, autre chose à faire qu'à attendre en paix le jour où je pourrai me voir rendu à ma chère famille. Que le calme où vous me voyez et la bonté avec laquelle on me traite ici soient votre consolation. Se laisser abattre par le malheur (surtout quand le malheur n'est pas à son comble), n'est ni d'un homme ni d'un chrétien. Si cet événement m'a blessé dans mes intérêts, songez que je suis jeune et qu'il me sera encore facile de gagner honorablement ma vie.

Patience donc, mes chers parents, courage, et loin de vous toute idée triste ! Comme je veux que vous vous conserviez pour moi, il ne faut pas que de vaines et inopportunes inquiétudes altèrent votre santé.

S'il manquait quelque chose des effets que j'ai laissés dans la maison Porro, je vous prie de m'en avertir, afin que je puisse réclamer. J'ai ici assez de linge, et vous pourrez recueillir le tout à Turin; le buste pesant beaucoup, le transport en serait peut-être fort coûteux ; laissez-le à Milan chez quelque ami, ainsi que mon petit canapé de maroquin vert... Ne prenez aucun souci des livres que j'avais en dépôt de Mme Magiotti, elle m'écrit qu'elle les fait prendre.

Je vous embrasse bien tendrement, avec ma chère maman, mes frères, mes sœurs, et je veux que vous soyez tous supérieurs aux âmes faibles, qui ne savent pas rester calmes dans les tempêtes passagères.

XXXI

A M. ONORATO PELLICO.

Venise, 21 décembre 1821.

Mon bien-aimé père,

Les vœux si pleins d'affection que vous m'exprimez par votre lettre du 15 m'attendrissent et me consolent. Il est pourtant bien doux de se voir si tendrement aimé de parents aussi adorables ! Je remercie le ciel qui me les a donnés tels, et je ne lui demande que de me les conserver et de me donner le moyen de les rendre heureux en les entourant de mes soins respectueux et tendres.

Tels sont, cher papa, les vœux que je forme, non-seulement à l'occasion des fêtes et du passage au nouvel an, mais chaque jour de l'année. Le souvenir des vertus de mon excellent père et de mon excellente mère m'a toujours soutenu dans le malheur; ce souvenir est le trésor où j'ai puisé la force et la résignation qui m'étaient nécessaires. Sans mettre trop d'impatience à attendre le terme que la Providence peut avoir marqué à mon infortune présente, j'espère cependant, moi aussi, qu'elle aura une fin. Je vous remercie autant que maman et toute la famille des continuelles prières que vous faites pour moi. J'ai la ferme confiance qu'elles seront exaucées et que l'année prochaine se lèvera propice à notre commun désir de nous retrouver dans les bras les uns des autres.

Tenez-vous donc en joie, mon très-cher papa, et vous aussi, très-chère maman, et mon cher Luigi, mon cher François [1], ma chère Joséphine, ma chère Mariette. Tenons-nous-en à ce qu'au milieu même des tribulations, saint Paul répétait à ses amis :

Gaudete, iterum dico, gaudete, Dominus prope est.

La volonté du Ciel nous doit toujours être chère.

---

[1] En général nous conservons aux noms propres leur physionomie italienne, excepté quand Silvio lui-même leur donne la forme française, comme il le fait pour ses deux sœurs et un de ses frères. *(Note du Traducteur.)*

XXXII

A M. LUIGI PELLICO.

Vénise, 16 janvier 1822.

Mon très-cher frère,

Quoique je n'eusse pas besoin d'argent, puisque
j'avais encore plus de 100 francs, voici que ton affectueux empressement m'enrichit encore de 188 f. 52 c.
Je ne sais si je dois te gronder du sacrifice que tu fais
pour moi ou t'en remercier ; mais, je m'en tiendrai à
ce dernier parti ; dans ma situation présente, je n'enrage que d'une chose, c'est de ne pouvoir tous les
jours vous prouver à toi et à toute notre chère famille
ma reconnaissance et ma tendresse. Hors votre présence, je ne désire rien au monde. Dans ces jours de
froid on m'a encore donné une meilleure chambre,
et, si tu me voyais, ce ne serait plus de la pitié que tu
éprouverais à mon égard, mais de l'envie ; tu me verrais non-seulement bien logé, mais encore abondamment pourvu des meubles que j'affectionne le plus, qui
sont les livres ; et cela grâce à la bonté véritablement
noble et touchante des personnes de qui je dépends.
Chose étrange ! que dans toutes les circonstances de
ma vie je me voie entouré d'âmes d'élite, même quand
il me semble que ce devraient être autant d'ennemis
pour moi ! — A propos de livre, cher ami, j'ai aussi
la permission d'avoir ceux que m'envoie Joséphine,
entre autres les *Souffrances de Jésus*, que j'ai cru
qu'on ne voulait pas me permettre ; mais il faut que
la Commission ne les ait pas reçus. Vois un peu s'il y

a manière de savoir où ils sont restés, ou si ce libraire a oublié de me les expédier ; mais ne t'en fais pas un souci. Ne te contente pas de m'aimer en silence, mais écris-le-moi quelquefois, et fais en sorte que notre frère et nos sœurs y joignent aussi une petite marque de leur souvenir : ce sont autant de consolations qu'on veut bien me permettre à présent. — C'est peut-être mon changement de chambre qui a été cause que je n'ai plus reçu aucune lettre de papa depuis le 20 décembre. Mais ayant de vos nouvelles, je ne suis plus en peine. Dis à papa et à maman que je veux les savoir contents, et qu'ils attendent tranquillement la solution de cette affaire qui, véritablement, ne doit plus être bien éloignée. Dis-leur surtout que je ne suis pas malheureux. Embrasse-les tendrement pour moi comme aussi le cher abbé et les chères sœurs. Porte-toi bien, mon Luigi, l'ami de mon enfance et de toute ma vie. J'ai toujours apprécié la noblesse de ton âme, tu le sais, et jamais peut-être personne n'a connu comme moi tout ce que vaut cette belle âme, pas même toi. Adieu, frère.

XXXIII

A SA FAMILLE.

Venise, 2 février 1822.

Mon cher Luigi,

Un baiser pour ta folle et aimable lettre, qui m'a mis de si bonne humeur ; puis cinq autres baisers pour papa, maman, François, Joséphine et Ma-

riette, dont les tendres sentiments, dont les affectueuses expressions tant de leur part qu'au nom de
maman sont un trésor pour mon cœur... Cette cruelle
interruption de correspondance qui, le mois dernier, nous a tous également affligés, n'est provenue
ni d'aucune maladie que j'aie faite : je me suis toujours porté à merveille; ni de ma paresse, puisque j'ai
écrit dans la première semaine de janvier; ni de la
volonté de la Commission, ces messieurs, au contraire,
ne cessant de mettre le plus délicat empressement à
m'accorder tous les égards que réclame l'humanité...
Le 29 du mois passé j'ai reçu aussi la lettre où le cher
papa m'annonçait en date du 20 décembre l'envoi de
200 livres italiennes par l'intermédiaire de S. E. le
comte de Pralormo; ce dernier n'est pas venu me
voir; peut-être n'en aura-t-il pas eu le temps? Tu es
singulier, mon cher Luigi : tu te donnes pour moi
tant de peine, et tu ne veux pas que je te remercie.
Crois-tu par hasard que ton style facétieux m'en im-
pose? Je sais ce que valent, dans ta situation, les
sacrifices d'argent, et je mesure ma reconnaissance
sur le prix de ces sacrifices! J'avais peur que les
Souffrances de Jésus ne fussent perdues. J'aime mieux
qu'elles soient retournées à Turin. C'est là que j'irai
les lire.

En attendant, cher papa, comme je vous l'ai déjà
dit, de tous les saints livres j'ai le meilleur, la Bible;
c'est un aliment inépuisable pour le cœur et pour l'esprit.

Mon cher François, je t'assure que je ne te trompe
pas quand je te dis que je sais vivre heureux pendant

que les autres me croient malheureux. Outre qu'ici l'on me traite avec bienveillance, j'ai appris de mon côté à borner mes désirs et à reconnaître que dans ce monde un peu plus de bien, un peu plus de mal ne change pas grand'chose à la condition humaine. Le premier des biens c'est Dieu; le second une courageuse résignation à ses volontés. Je te remercie des cordiales expressions de ton amitié.

* Je vous remercie aussi, ma chère Joséphine et ma chère Mariette, de ce que vos belles âmes me disent de tendre. Comme vous êtes les interprètes de maman envers moi, soyez-le aussi de moi envers elle. Dites-lui tout ce qui peut la consoler, dites-lui qu'après avoir pris patience jusqu'à présent, nous ne devons point la perdre maintenant; car sans doute ceci aura bientôt un terme, et lorsque j'aurai le bonheur de la revoir, je rivaliserai avec vous tous en soins, pour la dédommager de ce qu'elle a souffert pour moi [1].*

Ce que je dis pour maman, je le dis pour vous, cher papa, vous suppliant de conserver votre santé et de bannir toute tristesse. Je vous embrasse tous avec toute la tendresse et la gratitude de mon cœur.

[1] Nous mettrons entre deux astérisques les lettres ou parties de lettres que l'auteur a écrites en français, et, autant que nous le pourrons, nous chercherons à prendre pour modèle, dans notre traduction, le ton aisé, naturel et familièrement tendre du style français de Silvio.   (*Note du Traducteur.*)

XXXIV

A M. ONORATO PELLICO.

Venise, 18 février 1822.

Très-cher papa,

Comme il s'est écoulé seize jours depuis que j'ai reçu votre dernière et que j'y ai répondu, j'obéis à la recommandation que vous m'avez faite de vous écrire au moins deux fois par mois, et je vous donne de mes nouvelles, quoique je sois sans lettres de vous. De cette manière, si par malheur ma dernière s'était perdue comme certaines autres, celle-ci, mon cher papa, vous tirera d'inquiétude ainsi que toute la famille. Je vais habituellement bien, et je vis dans l'espérance que cet orage s'éclaircira bientôt. Je n'attribue cette absence de lettres à aucun accident survenu dans la famille, et j'espère en recevoir prochainement une qui me confirme ce que mes chers frères et mes chères sœurs m'ont dit dans une autre, à savoir que vous vous portez tous bien et que vous m'aimez.

Je vous embrasse de tout mon cœur avec ma très-chère maman, mon cher Luigi, mon cher François et mes bien-aimées Joséphine et Mariette.

XXXV

A M. ONORATO PELLICO.

Venise, de mon ermitage, 19 février 1822.

Mon bien-aimé père,

Je vous avais déjà écrit hier, quoique sans lettres de vous, pour éviter que vous, mon cher papa, et toute la famille fussiez inquiets, comme il arrive toujours quand vous êtes longtemps sans recevoir de mes nouvelles, lorsque voici aujourd'hui votre très-chère dernière qui me console en me confirmant que vous vous portez tous bien. Les 200 livres italiennes (au sujet desquelles je ne me serai pas bien expliqué dans ma précédente lettre et dont vous me demandez compte) je les ai reçues, et j'en renouvellerais tous mes remercîments à mon excellent Luigi, si je ne craignais qu'il ne se fâchât. Je me contente donc de l'embrasser de tout mon cœur, après avoir d'une égale tendresse embrassé mon angélique père et mon adorable mère. Pour finir, mais avec une extrême tendresse, j'embrasse mon bon François et mes bonnes sœurs. Qu'ils se portent bien, c'est ce que je fais ; qu'ils prennent patience, c'est ce que je fais ; qu'ils espèrent pour un proche avenir de jours plus heureux, c'est ce que je fais encore.

XXXVI

A M. ONORATO PELLICO.

Venise, 23 février 1822.

Mon très-cher père,

Tous les maux me sont devenus légers depuis que j'ai acquis ici le premier des biens, la religion que le tourbillon du monde m'avait presque ravie. Quoique privé encore de la consolation de pouvoir dédommager mes chers parents de ce qu'ils ont souffert pour moi, toutefois, même dans les moments où je dois m'éloigner d'eux plus encore, je ne me sens pas malheureux, et je ne le suis pas, parce que la religion

m'assure que mes tendres parents préfèrent me savoir
loin d'eux, mais *chrétien,* que de m'avoir au milieu
des apparentes prospérités de ce monde, mais privé
de la grâce, c'est-à-dire le cœur épris des attaches ter-
restres. La clémence souveraine qui a tempéré pour
moi la rigueur des lois ne m'inspire pas seulement de
la reconnaissance pour ce bienfait, mais me console
pour l'avenir; et je conserve le vif pressentiment que
j'obtiendrai au bout de quelque temps une atténuation
de peine qui me renverra au sein de ma chère famille avant l'heure maintenant fixée. La solitude
(bienfait inappréciable que j'ai toujours aimé et appelé de mes vœux dans les ennuyeux bruits du
monde!) la solitude et la réflexion m'ont fait comprendre de quel danger sont pour la société humaine
les idées exaltées de patriotisme auxquelles je me suis
associé dans l'innocence de mon cœur, mais dont la
prudence aurait dû me tenir éloigné. Je respecte le
pouvoir qui me fait sentir mon erreur. La bonté avec
laquelle j'ai été traité dans le cours de ma dernière
détention et qui, je le vois, provenait de deux causes
importantes, de la magnanimité des personnes de qui
je dépendais et de la générosité avec laquelle le gouvernement a pour système d'adoucir le sort de ceux
qu'il croit dignes de châtiment, cette bonté me laisse
la consolante assurance que dans la citadelle du
Spielberg où je suis conduit, aucune rigueur ne me
rendra l'existence pénible. J'en ai déjà une preuve
dans la permission qui m'est accordée d'emporter
d'ici des livres pour continuer mes études et employer
utilement les loisirs de mon nouvel ermitage. Il suf-

fit d'ouvrir l'histoire et de comparer les siècles pour bénir Dieu d'être né dans celui-ci, où les législations, même quand elles croient devoir user de sévères mesures de précaution, ne se départent pas de l'humanité. Je voudrais ajouter beaucoup de choses à l'adresse de mes chers parents, pour les amener à voir ce qui m'arrive sous son véritable aspect, c'est-à-dire sans perdre le calme religieux de leur âme, et afin qu'ils comprennent combien il est probable que notre séparation sera beaucoup moins longue qu'ils ne le croient. Mais leur esprit est trop clairvoyant pour qu'il soit besoin que je leur suggère les réflexions propres à les tranquilliser... Il est dit expressément dans l'arrêt que le terme de ma détention au Spielberg sera de quinze années; j'insiste encore une fois pour que vous vous abandonniez à quelque espérance. Pour vous donner un témoignage des bontés qu'on a pour moi et des ressources qu'y puise mon intelligence, je vous adresse les deux tragédies que j'ai composées ici, que je vous ai déjà annoncées et que je remettrai à M. le consul de Sardaigne, s'il veut bien vous les faire parvenir. J'y joins un autre travail de moi : les *Chants du troubadour*. Le peu de mérite de ces compositions n'empêchera pas certainement qu'elles ne soient agréables à ma tendre et indulgente famille; elles attestent du moins que mon esprit n'est pas abattu, et qu'il cherche un soulagement dans ses études favorites. Aussi continuerai-je s'il plaît à Dieu. Accoutumé à discerner dans tout événement une bienfaisante intention de la Providence, j'aime à voir dans l'avenir non-seulement quelque profit moral pour mon âme, mais encore ce progrès de culture littéraire auquel j'ai toujours aspiré et que les affaires m'empêchaient d'atteindre. Si mon ardeur pour l'é-tude doit faire un jour quelque honneur à mon pays et à mon nom, il était peut-être nécessaire que je fusse frappé d'une catastrophe qui m'enlevât pour un temps à toute distraction. Je voudrais ne pas devoir ces douceurs de la vie méditative à un malheur qui afflige mes chers parents; mais puisque cette épreuve m'est échue en partage, veuillez, je vous prie, consi-dérer non-seulement les mauvais mais aussi les bons côtés qu'entraîne avec soi la destinée qui m'est faite. Certes c'est une grande prévoyance de la bonté divine d'avoir mis dans mon caractère plus de penchant pour la vie intérieure que pour l'extérieure, et de m'avoir donné dès l'enfance un attrait si vif pour la solitude. Il est évident que par là le ciel me voulait doter pour toujours de la disposition nécessaire à me faire sup-porter avec une philosophie chrétienne la circon-stance présente.

Ce que j'ai dit doit suffire à vous convaincre que mon âme est dans une quiétude parfaite, et en tout résignée à la volonté de Dieu. Je me bornerai à y ajou-ter mes tendres salutations et la prière de m'écrire encore ici à Venise, et de m'envoyer le plus tôt pos-sible un peu de linge. Vous savez que je n'en manque pas, mais quelques chemises, quelques paires de bas ordinaires, quelques mouchoirs de poche me feront plaisir. Gardez jusqu'à mon retour (et prions le ciel qu'il ne soit pas trop éloigné!) mes cravates et mes chaussettes fines; mes bas de soie, etc., et que dans l'intervalle mon cher papa et mes chers frères veuillent bien en faire usage. Je n'aurais que faire de la partie élégante de ma garde-robe, n'ayant à comparaître que devant ou des supérieurs qui me tiennent quitte de l'étiquette, ou quelques compagnons de fortune dont je tiens seulement à être aimé et rien de plus. Dans le petit paquet mettez, je vous prie, le livre dont Joséphine m'a fait présent, les *Souffrances de Jésus*. Grâce à l'argent dont mon cher Luigi m'a enrichi, je n'ai et n'aurai besoin de rien pour les autres dépenses qui pourraient survenir, comme ports de lettres, etc. Du reste, si loin que je sois de vous, croyez que notre correspondance suivra son cours régulier, et que vous verrez que la santé, la résignation et le calme m'ont accompagné en Moravie. De mon côté, j'espère apprendre toujours que mes excellents parents se portent bien et qu'ils supportent mon malheur avec une fermeté toute chrétienne. Lisez et relisez cette lettre à maman (mais d'une âme rassise), et dites-lui tout ce qui peut servir à la consoler. Si je ne considère pas cet événement avec une totale indifférence, ce n'est que pour ma famille, et parce que je crains qu'elle ne s'exagère le coup qui me frappe. Soyez bien convaincus que je vous cause ce chagrin pour m'être trouvé enveloppé dans des circonstances que je n'ai pas su éviter, mais que rien dans mes autres actions, rien dans le fond de mon âme ne me rend indigne de votre estime, et que vous me faites justice en me pardonnant et en me conservant votre tendresse.

Je vous embrasse de tout mon cœur ainsi que ma chère maman, mes frères et mes sœurs. Comme j'attends la malle que je vous demande, je vous écrirai encore une fois de Venise.

Que ne voudrais-je pas vous dire, cher Luigi, cher François, chère Joséphine, chère Mariette? Je ne puis que vous embrasser et vous prier de vous montrer supérieurs aux coups de la fortune ; ils peuvent sembler lourds à qui n'a pas d'élévation dans l'âme ; pour nous ce sont décrets de Dieu, devant lesquels il faut s'incliner et qu'il faut recevoir comme de bienfaisants, de paternels avertissements.

Vous recevrez dans quelques jours par l'entremise de notre vice-consul les papiers dont je vous ai parlé, c'est-à-dire les deux tragédies et un manuscrit de *chants*. Vous me feriez plaisir de m'envoyer deux exemplaires de ma *Francesca* et deux de l'*Eufemio* [1].

---

[1] Il ne viendra, je crois, à la pensée de personne de chercher dans cette adorable lettre, ni dans les suivantes, des arguments contre la sincérité de Silvio dans son livre immortel des *Prisons*. Certaines phrases sont évidemment à l'adresse de la Commission qui devait lire ces lettres avant la famille de Silvio, et qui ne les a sans doute laissé passer qu'en considération de ces phrases mêmes.

Quant à la résignation que montre ici le pauvre condamné, on sait par ses propres aveux qu'au fond de son cœur elle était loin d'être aussi complète, et ce n'est que par un sublime effort de piété filiale qu'il était parvenu à la feindre telle pour soutenir le courage de ses malheureux parents.

(*Note du Traducteur.*)

XXXVII

A M. ONORATO PELLICO.

Venise, île de Saint-Michel, 21 mars 1822.

Mon bien-aimé père,

Lundi, jour de la très-sainte Annonciation de la sainte Vierge, sera le jour de notre départ pour le Spielberg. En vous en donnant l'avis, mon cher père, j'ai le bonheur de pouvoir y joindre une bien consolante nouvelle qui, m'étant venue au moment où je m'y attendais le moins, et quand j'avais le cœur oppressé de tristesse, m'a rempli de la plus vive joie et de la plus douce émotion.

Admirez la bonté du très-clément Auguste. Il achevait à peine d'exercer sa grandeur d'âme en tempérant la première rigueur de la loi, que déjà, prenant de nouveau pitié de notre peine, il a daigné décider que chaque douze heures nous seraient comptées pour un jour; ce qui veut dire que notre détention sera réduite de moitié, d'où il suit que je n'ai plus à faire que sept ans et demi. Cette grâce nous a paru si grande que je croirais offenser la Providence si j'osais encore gémir sur mon destin. Unissez-vous à moi, mes très-chers parents, pour rendre grâce à Dieu et bénir ce souverain magnanime à qui il en coûte tant de punir, et que je bénis et ne cesserai de bénir à toute heure de ma vie. — J'ai reçu, cher papa, la malle que vous avez eu la bonté de m'envoyer, où j'ai trouvé tous les effets marqués dans votre précieuse lettre du 8 courant, et dont je vous spécifierai le contenu, comme vous me le commandez.

La tendresse paternelle et maternelle a excédé les bornes, en me pourvoyant, au lieu du petit nombre d'effets que j'avais désiré, d'une si grande quantité de linge et de vêtements. J'y vois non-seulement ce qui était de ma garde-robe, mais plusieurs objets nouveaux. Mon excellent Luigi doit y avoir contribué particulièrement par ses cravates rayées, comme il y a aussi contribué par les livres que je reconnais en partie pour être des siens. Comment pourrais-je exprimer ma reconnaissance? Il faut que vous l'interprétiez vous-mêmes et que vous croyiez qu'en me sentant aimé de cette manière tout mon malheur disparaît et que je me tiens pour heureux.

Mes très-chers parents, Dieu fera briller le jour où nous serons réunis, et alors seulement il me sera donné de vous témoigner par ma vénération et par ma conduite toute l'immensité de la reconnaissance qui est en moi. Je ne puis à présent vous remercier qu'en demandant à Dieu dans mes incessantes prières qu'il vous conserve et répande sur vous toutes ses bénédictions. Vous sachant si affectueusement préoccupés de mon bonheur temporel, mais bien plus encore du bien de mon âme, je crois devoir vous faire connaître qu'on a eu la bonté de me permettre d'approcher lundi des sacrements, ce que j'ai fait avec une indicible consolation. Les conseils de l'homme de Dieu ont fait taire toute plainte au fond de mon âme. Il ne m'en coûte plus du tout de me soumettre aux événements ; mon courage est doublé : j'ai la plus intime persuasion qu'il ne m'est rien arrivé que pour mon bien, et que s'il en est résulté une cruelle afflic- tion pour mes chers parents, c'est aussi pour le bien de leur âme et afin qu'ils eussent une occasion parti- culière de mettre en pratique tout ce qu'ils ont de vertu chrétienne.

J'attendais avec beaucoup d'inquiétude une réponse à ma lettre du 22 février. En recevant cette réponse et en la trouvant remplie d'expressions si vertueuses, si consolantes, si religieuses, sans une seule plainte, sans un mot, sans un signe de reproche pour moi, sans un indice de faiblesse, j'ai éprouvé une douceur ineffable, et j'ai senti plus que jamais tout ce que je devais à la grâce divine pour m'avoir honoré de parents, de frères et de sœurs, qui tous, par leur grandeur d'âme, méritent qu'en toute chose je me les propose pour modèles. Ma bonne sœur Mariette m'a adressé les mêmes expressions de douloureuse sympathie, et si délicates, si *ménagées* pour ne pas trop m'attrister ! Ce sont plutôt des soupirs que des plaintes. Je remer- cie chacun de vous en particulier de l'effort qu'il a fait sur lui-même pour ne pas demeurer au-dessous de l'épreuve à laquelle il a plu à Dieu de l'appeler ; cette résignation est le plus grand bienfait que je pusse attendre de vous. Combien j'ai été ému et consolé en même temps de la manière affectueuse dont maman m'a fait sentir qu'elle aussi me pardonne et qu'elle ne cessera jamais de m'aimer ! Elle exige que si j'ai besoin de quelque chose je n'hésite pas à recourir à la famille. Je le ferai si je me trouve dans ce cas. Mais sachez que je ne pourrai avoir à faire que de bien petites dépenses, puisque ce généreux gouvernement nous accorde une excellente nourriture. Quant à du linge, vous voyez, cher papa, comme je suis abondamment pourvu. Mon cher Luigi a fait des sacrifices pour m'envoyer de l'argent. Il ne me manquera donc rien de longtemps. Quand je vois que notre famille, au lieu de se voir aidée par moi, se prive pour me venir en aide, j'ai plutôt du remords de me trouver si bien. Seulement tous ces sacrifices, vous les faites de si bon cœur que je me persuade que je n'en dois refuser aucun. Soyez donc bien tranquilles, si j'en ai besoin, je profiterai toujours de vos généreuses intentions. — Revenant à votre chère lettre, je devrais peut-être exprimer à mon cher et pieux François combien mon cœur a été touché de ses fraternelles consolations; mais qu'il veuille bien se faire lui-même mon interprète, puisque l'espace me manque, et croire que son amitié m'est et me sera toujours précieuse. Le peu de lignes que mon cher, mon bien cher Luigi a ajoutées à cette lettre ont été pour moi une joie infinie. Je le prie d'offrir l'expression de ma respectueuse reconnaissance à S. E. M. le comte de Revel; je suis véritablement pénétré de ce que ce haut personnage a daigné intercéder en ma faveur. Je n'aurai d'autre ambition toute ma vie que de me montrer digne d'une telle protection. Le nouvel acte de clémence de S. M. très-auguste a prévenu les démarches qu'on voulait faire pour obtenir l'abréviation de notre peine. Il ne nous reste plus maintenant qu'à apaiser notre esprit et à demander à Dieu que les choses de ce monde re-

prennent un cours plus tranquille; en quoi nous mettons notre espérance, et pour le bien général, et pour
les conséquences favorables qui peuvent en résulter
pour nous en particulier. Veuillez aussi, quand vous
en aurez l'occasion, faire agréer toute ma reconnaissance à S. E. M. le comte de Pralormo. J'ajoute pour
votre consolation qu'en cessant d'être placé sous l'autorité bienfaisante de MM. les conseillers, j'ai encore la
bonne fortune de passer sous une autorité non moins
douce et bienveillante pour le voyage que j'ai à faire.
C'est une chose qui émeut, étant frappé par la loi, de
se voir si généreusement traité, avec tant d'égards!
On me permet d'emporter avec moi une petite bibliothèque. Parmi les livres que je voulais acheter devaient précisément se trouver ceux que Luigi m'a
envoyés. C'est encore une dépense qu'il m'a épargnée
et les livres qui me viennent de lui ont pour moi un
prix bien plus grand.

Ne doute pas de ma constance, mon cher Luigi; personne, je crois, ne connaît mon âme mieux que toi.

.. Ma chère Joséphine, tu m'as fait un grand cadeau
en m'envoyant les *Souffrances de Jésus*. Ce livre ne
cessera de m'être bien cher.

. Cher papa, chère maman, chers frères, chères
sœurs, je vous embrasse tous de tout mon cœur. Au
revoir, quand il plaira à Dieu! Aimons-nous en esprit
et prions les uns pour les autres. MM. les conseillers
remettront ces jours-ci les deux tragédies et les *Chants
du troubadour* de Saluces à M. le vice-consul de Sardaigne, qui se chargera de les envoyer à la maison.
Dès que je serai au Spielberg je vous écrirai. En atten-

dant ne vous inquiétez pas si vous ne recevez point de
mes nouvelles pendant quelques semaines. Il est probable que mon voyage durera près d'un mois.

XXXVIII

A M. LE PRÉSIDENT N.

Venise. 25 mars 1822 [1].

Très-illustre comte président,

Parmi les bienfaits que j'ai reçus de Votre Seigneurie
et de toute la Commission, le plus grand assurément
a été le prêt que vous avez eu la bonté de me faire de
l'abbé Pey [2] et des trois volumes d'*Essais de morale*
que je vous restitue. Le bien que m'ont fait ces livres
(et en particulier le premier) est inexprimable ; telle
est aussi ma reconnaissance. Je vous en adresse l'expression du plus profond de mon cœur. Que Dieu vous
récompense par l'octroi de toutes ses consolations !
Quand vous prierez pour les malheureux, veuillez me

[1] Cette lettre ne porte pas la date de l'année dans le journal
auquel nous l'empruntons, mais elle doit être évidemment de
1822. Le président N. était le comte Salvotti, *président* de la
Commission qui jugea Pellico et ses compagnons.

(*Note de l'Éditeur.*)

[2] L'abbé Pey, cité ici, était un chanoine fort distingué de
Notre-Dame, qui, après quelques années d'émigration, mourut
à Constance en 1797. Déjà honorablement connu, avant de
quitter la France, par un assez grand nombre d'écrits religieux,
il en publia d'autres encore à l'étranger, notamment *le Philosophe chrétien*, Louvain 1793. Cet ouvrage qui vu la dernière
résidence de l'abbé Pey avait dû naturellement pénétrer dans la
Haute-Italie, et qui, d'après son titre, devait si parfaitement
convenir à Silvio Pellico, pourrait bien être celui dont il parle
dans cette lettre comme lui ayant fait particulièrement du bien.

(*Note du Traducteur.*)

mettre dans le nombre ; moi, en priant pour mes bienfaiteurs, je n'oublierai jamais de vous y comprendre.

XXXIX

AU VICE-CONSUL DE SARDAIGNE A VENISE[1].

Venise, 25 mars 1822.

La bonté avec laquelle Votre Seigneurie illustrissime a, dès le commencement de ma détention à Venise, daigné demander de mes nouvelles à M. le président et à MM. les conseillers, pour me faire offrir les secours de ma famille, me fait un devoir de vous exprimer ma gratitude avant de partir pour le lieu de ma destination. On me permet d'envoyer quelques papiers à mon père. J'ose donc prier Votre Seigneurie de vouloir bien s'en charger. Si ma demande n'était pas trop indiscrète, je vous supplierais, en outre, d'écrire quelques lignes à mon père, ou à mon frère, pour leur confirmer l'assurance que je leur ai donnée que je suis résigné. Vous pourrez savoir du vice-président Gardani de quelle manière j'ai reçu ma sentence. Plus je médite sur mon malheur et plus je me persuade que je dois remercier Dieu, puisque ce malheur m'a fait recourir à un bien inestimable, *la religion*. J'attacherais un prix infini à ce que mes pauvres parents fussent bien certains que mon plus grand, mon unique désir est de vivre en Dieu comme eux-

---

[1] Cette lettre et les deux suivantes ont été publiées dans le journal la *Civilta Cattolica*, série II, vol. XII; Roma, 1855.
(*Note de l'Éditeur.*)

mêmes ; et qu'ayant l'espoir d'atteindre parfaitement
ce but, je suis plus heureux dans la retraite où mon
erreur m'a confiné que je ne saurais l'être dans le
monde. Je leur ai déjà fait voir ces sentiments dans
une lettre, mais comme ils pourraient croire que la
piété filiale me fait leur cacher la désolation de mon
cœur, ce serait pour eux une grande consolation
d'apprendre de Votre Seigneurie illustrissime qu'elle
a réellement su par la Commission l'état de calme dans
lequel la Providence a daigné et daigne encore me
tenir. Je trouve bien téméraire qu'un infortuné
comme moi que la loi vient de frapper ose recourir
à vous avec tant de liberté ; mais je sais que les belles
âmes ne dédaignent pas de compâtir au sort des malheureux, et Votre Seigneurie m'a déjà prouvé l'intérêt qu'ils lui inspirent. C'est dans cette confiance que
je vous supplie d'honorer encore ma famille de votre
bienveillante protection et si vous en trouvez l'occasion de continuer aussi dans l'avenir à la consoler. Le
plus douloureux de mes remords est d'avoir affligé
d'une façon si cruelle des parents si respectables et si
tendres. Mais croyez, très-illustre seigneur, que si j'ai
erré, c'est plutôt par faiblesse et pour n'avoir pas su
résister à un concours de circonstances, que par fanatisme ; et que si mon esprit a pris part à des folies
dignes de reproches, mon cœur était incapable d'une
pensée coupable.

Aux consolations que je vous prie de donner à mes
parents, je vous supplie d'ajouter qu'il est à votre
connaissance que j'ai toujours été traité ici avec la
plus généreuse douceur, comme aussi que dans la for-

teresse où je suis envoyé aucune rigueur ne viendra aggraver mon sort, à moins que je ne me montre indigne des bontés du gouvernement, ce qui, s'il plaît à Dieu, ne sera jamais.

Je mets fin ici aux importunes instances que j'ai pris la liberté de vous adresser en vous priant de m'excuser et d'agréer le respecteux hommage de ma reconnaissance et de ma confiance dans la courtoisie et la bienveillance de vos sentiments.

J'ai l'honneur d'être avec tout le respect, etc.

XL

AU VICE-CONSUL DE SARDAIGNE A VENISE.

Saint-Michel de Murano, 29 mars 1822.

Très-illustre seigneur,

Sur le point de partir pour le Spielberg, j'ose encore implorer une grâce de Votre Seigneurie. Parmi les livres que je désirerais emporter avec moi, il en est quelques-uns que je ne puis me procurer aisément ; j'ai donc recours à vous pour vous prier de vouloir bien me les faire acheter. Mon père, où mon frère (à qui je ferai part du dérangement que je prends la liberté de vous causer) vous en rembourseront le montant. Ces livres sont : *le Rime di Guido Cavalcanti*, 1 vol.—*Il Cortigiano del Castiglione*, 1 vol. —*Raccolta di prose ad uso delle regie scuole di Torino*, 2 vol.—*Sinonimi del Grassi*, 2 vol. — *Le opere di Dante*, à l'exclusion de la *Divina commedia*, c'est-à-dire, *il Convito*, la *Volgare eloquenza*, la *Vita nuova*,

la Monarchia, le Rime : ces œuvres se trouvent réunies en deux volumes, édition économique de Venise,
et se vendent à part séparés des trois volumes de la
Divina commedia. Dans le cas où les libraires ne
voudraient par les séparer, je prendrais le tout, le
surplus de la dépense ne valant pas la peine d'y son-
ger. A toutes les bontés que je prie Votre Seigneurie
d'avoir pour moi, veüillez joindre celle de faire retirer
les livres que M. le concierge de Saint-Michel vous
remettra en mon nom, et de me les adresser ensuite
au Spielberg avec ceux que j'ai marqués pour être
achetés.

C'est beaucoup oser, et je vous en demande pardon.
Ma reconnaissance sera indélébile.

J'ai l'honneur d'être avec le plus profond respect, etc.

XLI

A M. ONORATO PELLICO.

Adelsberg, 30 mars 1822.

Mon très-cher père,

La permission que m'a donnée mon excellent com-
missaire-supérieur de vous écrire l'autre jour d'Udine
a véritablement rendu la sérénité à mon cœur, et je
suis sûr, mon cher papa, qu'en recevant cette lettre,
vous et toute la famille aurez été bien consolés d'apprendre de quelle façon généreuse ce commissaire-
supérieur, que je ne saurais assez louer, en use avec
nous dans ce voyage, ne se bornant pas à nous épargner toute mortification, mais nous comblant de tous

les égards que commande l'humanité, il a encore aujourd'hui la bonté de permettre que je vous écrive pour que ma chère famille se tranquillise de plus en plus en apprenant que mon voyage avance d'une manière égale et que je jouis d'une bonne santé, parfaitement résigné, du reste, à la volonté du Tout-Puissant. Nous sommes dans une contrée de Carinthie, à peu de milles de Lubiana. Nous arriverons demain dans cette dernière ville d'où nous repartirons pour le Spielberg. Là j'ai déjà la consolation de savoir que nous serons logés dans un local très-sain et beau. J'espère que je ne tarderai pas à y recevoir des lettres de vous, cher papa; écrivez-moi à mon nom à *Brünn en Moravie*, *poste restante*.

Quand j'aurai de vos nouvelles, de celles de ma très-chère maman et de toute la famille, je serai pleinement tranquille. Je vous préviens, mon cher papa, que comme il m'a été permis d'emporter avec moi des livres de Venise, et que j'avais besoin de plusieurs ouvrages pour mes études, j'ai prié M. le vice-consul de Sardaigne à Venise de m'acheter les quelques volumes qui me manquaient. La dépense doit s'élever à peu de chose. Dès que vous en recevrez le compte dudit vice-consul, je vous prie de lui en faire rembourser le montant.

Je vous embrasse de tout mon cœur, vous, mon excellente mère, mon cher Luigi, mon cher François, ma chère Joséphine et ma chère Mariette, et je suis, etc.

XLII

A MADAME ÉLISABETH MARCHIONNI [1].

1822.

Très-chère madame Bettina [2],

Une grâce dernière !—Ayez la bonté de faire mettre à la poste la lettre ci-jointe pour mon père, en payant les quelques sous d'affranchissement obligé.

Je vous embrasse, respectable dame et amie; j'embrasse Carlotta et Gegia. Je salue toute la compagnie. Ma gratitude est infinie; aimez-moi.

Votre très-affectionné Silvio.

XLIII

ONORATO PELLICO [3]

A SON AMI DE VIEILLE DATE LUIGI GONZAGA.

Turin, 29 janvier 1829.

En réponse à la lettre que vous m'avez écrite de Canzo, le 24 décembre 1828, commençant par ces paroles : « Le temps, permettez-moi pour exorde une

[1] Tirée du livre *Silvio Pellico et son époque; — Considerazioni di Pietro Giuria.* Voghera, tip. Gatti, 1855.
(*Note de l'Éditeur.*)

[2] Pellico écrivit cette lettre à madame Élisabeth Marchionni, avec le *Va* du commissaire, dans l'auberge d'Udine, en partant pour le Spielberg. (*Note de l'Éditeur.*)

[3] Nous devons à l'obligeance de M. Luigi Gonzaga de pouvoir publier cette lettre à lui adressée par le père de Pellico; elle peut servir de commentaire à celles qui concernent la captivité. (*Note de l'Éditeur.*)

maxime philosophique, le temps, ce vorace destruc-
teur de tout, ou ruine toute chose et secoue parmi les
décombres l'aride poussière de sa chevelure, ou couvre d'un voile les amitiés les plus chères, et fait qu'on
ne se souvient plus des engagements les plus sacrés :
il est donc le père de l'oubli. »

ODE [1].

« Non, non, il n'est pas vrai que le temps avec ses
dents de fer détruise jusque dans les cœurs et les
âmes des hommes le souvenir et l'amité.

« Il y a trois lustres qu'un orage dispersa un groupe
d'amis qui dans la cité lombarde vérifiaient ensemble
des comptes et des registres [2].

« L'un se dirigea vers l'Arno, un autre vers le
Tibre, celui-ci du côté de l'Adriatique, celui-là vers la
Dore. Tel resta dans sa patrie pourvu d'un nouvel of-
fice ou sans emploi, suivant sa pensée.

« Toutefois en dépit du temps écoulé, à la honte de
l'absence, il en est plus d'un qui se souvient encore
de moi, et tu n'es pas le dernier.

« Le temps peut éteindre l'amitié, oui une impure

---

[1] On ne sera pas surpris de rencontrer ici cet échantillon du
talent poétique du père de Silvio, si l'on veut bien se souvenir,
ce que nous avons dit ailleurs, que M. Onorato Pellico s'était
fait à Turin une certaine réputation littéraire par ses poésies
lyriques.   (*Note du Traducteur.*)

[2] Allusion à l'époque où M. Pellico avait à Milan un emploi
très-honorable dont il se vit privé par l'entrée des Autrichiens ;
aussi qualifie-t-il de fatals l'année et le jour où ils entrèrent.
             (*Note de l'Editeur.*)

amitié, mais lorsqu'en deux belles âmes elle brille d'une flamme pure, il ne peut l'altérer.

« Ainsi donc, cher Gonzaga, qu'il se passe encore autant de lustres qu'il s'en est écoulé jusqu'ici : ton dévouement fidèle sera toujours précieux à mon cœur. »

Vous m'avez écrit, dites-vous, pour voir si mon âme est actuellement bien disposée en votre faveur. Vous voyez que non-seulement en prose mais en vers j'entre dans le sentiment de vôtre chère lettre. Mais vous, pourquoi si peu de détails? Je ne reconnais ici de votre personne que la main, et je puis soutenir que vous êtes vivant. Je vois la date de Canzo. J'ai habité Milan plusieurs années sans avoir jamais ouï parler de ce pays. Où est-il situé? Qu'y faites-vous? Avez-vous un emploi du gouvernement? Quelle charge est la vôtre? Êtes-vous marié ou encore garçon? Vous ne dites rien. Mais quand on reçoit par la poste une lettre qui vous arrive de contrées lointaines, on veut y trouver des choses qui en vaillent le port. Et puis vous vous dites avide d'avoir de mes nouvelles et de celles de ma famille, tandis que vous vous montrez si avare des vôtres. Je veux bien cependant vous satisfaire.

Tant ma femme que moi, nous jouissons encore d'une assez bonne santé. Luigi est avec nous et encore à marier. Après avoir été pendant plusieurs années secrétaire de gouvernement à Gênes, il est depuis quelques autres secrétaire de S. E. le gouverneur de Turin, ancien gouverneur de Gênes. Le troisième garçon, que vous avez connu enfant de belle espérance, est à présent théologien et chapelain de Sa Majesté.

Les deux filles sont entrées en religion, et je n'ai qu'à en rendre grâce à la divine Providence. Mais comme les tribulations sont aussi une visite dont se sert le Seigneur pour nous ramener à lui, il me reste toujours celle qui concerne mon malheureux Silvio.

Voici huit ans et demi que nous vivons tous dans la plus grande désolation pendant qu'il languit et souffre Dieu sait quels tourments ! Depuis qu'il est au Spielberg je n'ai plus eu la consolation de recevoir une lettre de lui ; seulement on m'a fait quelquefois la grâce de me donner officiellement des nouvelles de sa santé. Il a eu de grandes maladies, mais on le dit à présent rétabli. Toutefois, j'ai besoin de tout mon courage. Viendra à la fin le jour de sa délivrance, mais ce sera grand hasard si je vis jusqu'à ce moment. Il est vrai que, selon mes calculs, il devrait être remis en liberté dans sept ou huit mois, mais j'ai peur de me faire illusion, et ces doutes me tiennent dans une profonde tristesse.

Mais chut ! il me vient à l'idée que, vous trouvant en Italie [1], vous pourrez me fournir quelque renseignement qui aille droit à mon fait et me tranquillise.

Il s'agirait de chercher à savoir si quelques-uns des compagnons d'infortune de Silvio auraient déjà été mis en liberté. Je m'explique. Vous savez d'abord que

[1] C'était chose commune alors, même chez les hommes de quelque littérature comme était le père de Silvio, que de regarder le Piémont comme étant hors de l'Italie. Il est digne de remarque que pendant que le père parlait du Piémont comme d'un pays étranger, le fils piémontais souffrait si cruellement pour l'Italie sa patrie.   (*Note de l'Editeur.*)

Silvio, avant son départ de Venise pour aller au Spielberg, m'écrivit par deux fois la grâce que S. M. l'empereur avait daigné faire à tous ces condamnés, en leur
accordant, comme on le leur annonça, que chaque
douze heures de prison seraient comptées pour un
jour, de telle façon que la peine énoncée dans l'arrêt
de février 1822 se trouvait respectivement réduite en
faveur de chacun à la moitié du temps.

La peine de Silvio avait été fixée à quinze ans ; par
suite de la grâce de S. M. I. R. A., elle aurait donc son
terme au mois d'août prochain. Canova, compris dans
la même sentence, fut condamné à cinq ans de détention dans la forteresse de Lubiana ; mais aussitôt qu'il
eut fait deux ans et demi de prison, il fut remis en liberté
et s'en revint à Turin, qui est son pays. Cet exemple
m'a confirmé, pour ainsi dire, que la chose était bien
comme Silvio me l'avait écrite, mais cet exemple est
le seul qui soit venu à ma connaissance, et je voudrais
en avoir encore d'autres. Ainsi, par exemple, j'aimerais à savoir si le marquis Giovan Battista Canonici et
Guiseppe Delfino, tous deux de Ferrare, et qui dans
la sentence de la commission spéciale organisée à
Venise contre la société des carbonari, en date du
23 décembre 1821, ont été condamnés à la peine de
dix ans de prison dans le fort de Lubiana, j'aimerais,
dis-je, à savoir s'ils ont été relâchés au commencement de 1827, puisqu'à cette époque ils devaient
avoir accompli leurs cinq années.

J'observe, en outre, qu'un certain Andrea Tonelli
de Coccaglio (qui se trouvait compris dans la sentence
rendue à Milan en janvier 1824, c'est-à-dire dans celle

où se troûvaient également Confalonieri, Borsieri, etc.)
a été condamné à dix ans de prison dans la forteresse
du Spielberg : cet individu, d'après le calcul ci-dessus,
devrait achever ses cinq ans en-janvier 1829, c'est-à-
dire dans le courant de ce mois-ci.

Voici donc, mon cher Gonzaga, une occasion où employer votre bonne amitié pour moi, en vous occupant
de prendre des renseignements là ou là, vous aidant
de toutes vos relations et connaissances pour parvenir
à savoir si les deux messieurs de Ferrare ont été relâchés du château de Lubiana après cinq ans de détention, c'est-à-dire au commencement de 1827.

Puis enfin chargez quelqu'un de Coccaglio de vous
avertir dans le cas où M. Andrea Tonelli reviendrait
chez lui, sortant de la citadelle du Spielberg, à l'é-
chéance de ce mois-ci ou dans le courant du mois prochain. Vous me ferez ensuite l'amitié de me rendre
exactement compte de tous les détails que vous aurez
pu réunir [1]. Mais le papier me manque, et je finis en
vous embrassant, en vous saluant et vous souhaitant
toutes sortes de prospérités. Adieu. Je suis de tout
cœur votre très-affectionné ex-collègue et vieil ami
Onorato Pellico.

---

[1] Gonzaga, dans sa réponse, rend minutieusement compte du
résultat des recherches faites pour son ami.

(Note de l'Éditeur.)

XLIV

A MES TRÈS-CHERS PARENTS,
FRÈRES ET SOEURS.

Vienne, 10 août 1830.

Quand je m'y attendais le moins,—quand la longue habitude de la réclusion me trouvait déjà résigné à n'avoir plus que dans le ciel la consolation d'embrasser ceux qui me sont chers,—tout d'un coup, voici la grâce!—Il m'est impossible, mes bien-aimés d'exprimer la reconnaissance avec laquelle j'ai reçu ce don inespéré. Tous mes sentiments sont en tumulte et leur foule même me rend incapable de les expliquer.

Ces sentiments sont : Adoration pour ce Dieu de miséricorde qui ne m'a pas abandonné dans le malheur,—élans d'amour vers tous ces cœurs dont j'ai éprouvé la bonté,—désir ardent, désir immense de sécher les larmes que j'ai coûtées à une si bonne, si chère famille.—Mais à ces douces émotions et à mille autres que je puis à peine discerner s'en mêle une pourtant bien douloureuse! Trouverai-je vivantes toutes les personnes de ma famille? Elles étaient toutes si nécessaires à mon cœur! J'aurai tant à réparer par ma tendresse auprès de toutes et de chacune pour les tourments que je leur ai causés! Oui, le malheur m'a plié, je peux soutenir quelque coup qui...—Oh! mes parents! oh! mes frères! oh! mes sœurs, qui de vous me tendra les bras? Je le sais, je le sais! tous, si vous vivez! Si l'un de vous me manque, veuillez y préparer mon cœur en m'écrivant sans retard à Milan.

Ne vous inquiétez pas si mon arrivée se fait un peu attendre : nous ne pouvons voyager vite parce que nos santés exigent des précautions. J'ai eu besoin moi-même de prendre quelques jours de repos dans cette ville.

L'acte de clémence par lequel S. M. l'empereur a daigné me comprendre parmi les grâciés, est du 26 juillet,—et aussitôt les plus promptes mesures furent prises pour que la volonté souveraine reçût son accomplissement. La nouvelle de la grâce nous fut donnée le 1er août ; nous quittâmes le soir même ce séjour de malheur, et après être restés à Brünn jusqu'à l'arrivée du commissaire qui devait nous accompagner, nous partîmes le 6 au matin et arrivâmes à Vienne dans la soirée du 8. — Je pense que dans cinq ou six jours nous pourrons nous remettre en voyage.

C'est avec une bonté extrême que nous sommes traités depuis que nous avons cessé d'être sous le coup de la loi ; l'intention bienfaisante de Sa Majesté a pour interprète des cœurs pleins de bienveillance et de noblesse.

Qu'ils soient tous bénis de Dieu !

Ne craignez pas, ô mes bien chers, que tant d'années d'éloignement et de misère aient desséché mon âme, et que vous ne retrouviez plus en moi le Silvio qui vous aimait tant. Je suis toujours le même Silvio. Le malheur ne m'a pas rendu pire ; au contraire, j'oserai le dire, il m'a fait meilleur. Et le véritable but du reste de ma vie sera toujours, toujours, de me rendre meilleur encore. Réjouissez-vous avec moi en Dieu ! Lui qui m'a tant assisté dans toutes les douleurs physiques et morales d'une longue captivité, ne peut manquer de nous assister encore! Il ne me renvoie dans vos bras que pour qu'à l'aide de cette consolation, nous nous relevions ensemble des cruelles angoisses que nous avons souffertes.

L'affluence des pensées et des émotions me fait écrire sans ordre,—comme un enfant. J'aurais tant de choses affectueuses à vous dire,—et je ne les trouve pas. Pardonnez-moi ma stupidité du moment.

Ah! que de torts plus graves vous avez à pardonner à votre Silvio!—et je sais, je sais que votre amour couvrira tous ces torts!

Sachez, pour votre gouverne, que rien ne nous manque pour le voyage. L'empereur en paye tous les frais, et on pourvoit généreusement à tout ce qu'exigent nos santés.

Je brûle de vous revoir tous;—mais hélas! je tremble d'en trouver quelqu'un de moins.

En attendant, je vous embrasse avec la dernière tendresse et le plus ardent désir de contribuer à la joie de vos cœurs à tous, et particulièrement à ceux de mes vénérés parents.

XLV

A M. ONORATO PELLICO.

Novarre, 12 septembre 1830.

Mon bien-aimé père,

Oui, oui, le ciel a exaucé nos vœux ; oui, le meilleur des pères, oui, la plus chérie des mères, mes chers frères, mes chères sœurs, votre Silvio est sorti de la longue sépulture où il a tant déploré et ses propres fautes et les chagrins causés par lui à de si bons parents, à une si chère famille !

Ma santé est passable. Outre la clémence dont l'Empereur a usé envers moi en me rendant la liberté, il a voulu que je fusse transporté avec les plus grands égards, afin que j'arrivasse bien portant dans ma famille : la manière dont j'ai été traité dans le voyage a été un nouveau trait de cette bonté souveraine.

Que Dieu bénisse tous ceux qui ont compati à mon sort et qui m'ont fait du bien!—vous d'abord, mon père chéri. Votre lettre m'a comblé de consolation. Je l'attendais avec la dernière anxiété, n'ayant pas vu à Milan M. Lavaria, j'étais sans nouvelles précises de la famille. Seulement par M. le consul avais-je appris que mon adoré père et mon cher Luigi étaient vivants. Oh ! que Dieu soit loué !

S. E. M. le comte Tornielli a eu la bonté de me faire savoir ici que si j'avais besoin d'argent, je n'avais qu'à parler. Puis il m'a envoyé la précieuse lettre qui en ce moment me remplit d'ivresse.

Oh ! mon bon père ! — si mon séjour ici ne se prolonge pas, je n'aurai pas l'occasion de profiter de ces offres ; en cas de besoin je m'en prévaudrai, et je vous prie, en attendant, de recevoir mes plus tendres remercîments. Entre les personnes de la famille que vous me nommez, mon cher père, vous ne me dites rien de notre bonne Mariette ; mon cœur craint de ne plus la retrouver ! elle avait si peu de santé !

Je vous écris en hâte et puis à peine vous marquer les sentiments qui viennent en foule inonder mon âme. Je ne m'étends pas, pour ne point retarder le départ de cette lettre. Mais comment ne pas vous dire encore quelle est aussi ma reconnaissance pour la généreuse attention de S. E. M. le comte, gouverneur de cette ville, qui m'a fait donner pour le temps que je dois être retenu ici un bon logement à l'abri de tous les ennuis auxquels ma situation aurait pu m'exposer?

Que Dieu bénisse tous mes bienfaiteurs ! Père chéri, mère bien-aimée, je vous embrasse avec le reste de la famille, et je me flatte que sous deux ou trois jours ce seront de véritables et complets embrassements.

Mon cœur est déjà près de vous.

Votre très-malheureux naguère, maintenant heureux et toujours bien tendre Silvio.

XLVI

A MADAME JOSÉPHINE PELLICO.

Turin, 15 septembre 1830.

Ma Joséphine,

Ton Silvio est ici, et il ne trouve pas le moment de te dire combien son pauvre cœur a été inondé de joie et de tendres émotions, hier soir, quand il est arrivé à la maison paternelle et qu'il a eu la consolation de se retrouver dans les bras de ses parents et de ses frères ! Tu me manquais, ma bonne sœur, je ressentais, je ressens encore ton éloignement. Mais je me fais une raison en pensant que tu n'es plus à cinq cent milles de moi et qu'il ne me sera pas difficile d'aller bientôt porter ma révérence à Mme la supérieure de Chieri.

N'est-il pas vrai que si un jour j'apparais tout d'un coup devant toi, tu dépouilleras un moment ta gravité d'abbesse pour me dire que tu m'aimes? Oui, oui, toi aussi, tu m'as pardonné tout le chagrin que mes malheurs t'ont causé. La bonne Mariette aussi me manque! Oh! comme j'aurais voulu poser mon regard attendri sur cette chère sainte sœur! Mais je comprime mes regrets en me disant à tout instant : « Elle n'est pas loin de nous. Heureuse en Dieu, elle jouit aussi de notre bonheur actuel; c'est un ange qui a contribué à m'obtenir les grâces que j'ai reçues : elle veille, elle prie incessamment, elle est ravie en extase dans la contemplation des bontés dont nous comble le Seigneur. » Pleurons-la, puis rions de nos larmes d'enfant, et comme elle réjouissons-nous dans le Seigneur.

Je te remercie toi aussi, mon amie chérie, de toute la part que tu as eue par tes prières et tes vertus au bien que j'ai obtenu.

Dieu t'en récompensera, sais-tu! Lui seul peut t'en récompenser, et je le lui demanderai toute ma vie. Je me réjouis du poste honorable auquel tu as été élevée, je m'en réjouis d'autant plus que je te sais humble et que l'honneur de présider tes sœurs ne sera pour toi qu'un nouveau motif de perfectionner ta suave charité. Que le Seigneur t'accorde les dons nécessaires à ton poste et te conduise à la sainteté sans avoir besoin de t'envoyer désormais aucune tribulation excessive : celles que tu as souffertes à mon sujet ont été déjà si grandes! Elles doivent suffire. Je veux dorénavant te savoir contente, bien portante, heureuse dans tout ce que tu désires. Tel est aussi le *je veux* que j'adresse avec instance à notre bon Dieu en lui parlant de nos excellents parents et de ces deux anges de tendresse fraternelle, Luigi et François.

Je te renie, ma chère Joséphine, si au premier moment que tu auras de libre, tu ne m'écris pas quelques lignes d'amitié ou de colère, à ton choix; pourvu que tu finisses par m'embrasser : j'ai soif de recevoir ces lignes, ce qui doit sans doute vouloir dire que je t'aime bien tendrement. Mais à force de * bavardage[1], voilà que j'oublie de te raconter quelque petit brin de mes dernières aventures. Tu es curieuse, comme toutes les âmes aimantes, et tu brûles de savoir pourquoi je n'ai pas été ici une semaine ou deux plus tôt. 1° J'ai été malade à Vienne; mes poumons, impatients de respirer l'air natal, ne voulaient plus recevoir celui du pays de mon malheur : ils ont été rendus à la raison par une saignée et ce qui s'ensuit. 2° J'ai été malade à Bruch, et *idem*, et *idem*. 3° A Feld-Kirchen, on ne sait comment ni pourquoi, nous avons fait halte pendant cinq jours..... et j'ai presque cru qu'au lieu de venir en Italie on irait visiter les beaux déserts de la Hongrie. Comprends-tu? Les troubles de France m'ont fait bien peur. Enfin Dieu nous a aidés. Feld-Kirchen nous a vu partir, et nous ne nous sommes plus arrêtés jusqu'à Milan. Le commissaire impérial qui nous accompagnait était le plus digne des hommes; c'était une âme douée des sentiments les plus

---

[1] Silvio écrivait souvent à ses sœurs en français pour les exercer dans cette langue. *(Note de l'Éditeur.)*

nobles, c'était un tendre frère. Nous avons toujours été traités avec des égards très-particuliers. Il suivait en cela l'ordre de l'Empereur, mais il remplissait cette aimable charge comme, ne l'ai-je pas déjà dit ? comme un tendre frère.—De Milan, où j'arrivai le 10 de ce mois, je vins le lendemain à Novarre, où un petit reste de malheur m'a barré le chemin jusqu'avant-hier. Oh ! combien ces jours m'ont paru longs! Mais fi donc ! N'y a-t-il pas des anges qui veillent pour moi ? Notre Mariette n'est-elle pas à leur tête ? Eh bien ! ce petit reste de malheur a été dissipé. Aussitôt libre, le grand jour d'avant-hier, j'ai laissé là la bien triste Novarre (toute pleine de braves gens qu'elle est); j'ai dormi à Verceil. Je suis reparti hier de grand matin, — et, vers le soir, je fus dans les bras de…. Oh quel père ! quelle mère ! quels frères !

Maintenant je suis aussi dans les tiens : serre-moi de toute ta force, et pleure et ris comme moi !

Adieu, ma mie, garde-toi bien de m'oublier, sais-tu ? Adieu, adieu !

Ton Silvio, qui t'embrasse aussi de la part de papa, de maman, de Louis et François, et même de ce bon laideron de Marguerite. *

XLVII

A MADAME FRANCESCA BORSIERI[1]

Turin, 25 septembre 1830.

Très-estimable madame Cecchina,

L'obligation où je suis de limiter mes relations ne va pas jusqu'à m'empêcher de vous donner des nouvelles de la santé de notre cher Pierino. Au lieu d'attendre des occasions particulières, je me sers de la poste, précisément parce que ce que je puis vous dire de Pierino n'est pas chose à donner le moindre ombrage. Oui, je l'ai encore vu notre cher infortuné dans la matinée du 1er août, un quart d'heure avant qu'on ne m'apportât la nouvelle de ma grâce. Nous ne pouvions nous parler. Les communications ne sont permises dans ce lieu qu'entre ceux qui habitent la même chambre et qui vont à la messe dans le même groupe. Je voyais Pierino tous les dimanches à la messe, sans que lui pût me voir, parce qu'il y avait une grille entre les deux groupes auxquels nous appartenions. Il se trouvait avec Castiglia (son compagnon de chambre) et avec Confalonieri, Andryane, Pallavicini et Tonelli. Tous se portaient bien. Pierino a même eu le bonheur de ne faire au Spielberg aucune maladie grave, quoiqu'il eût

---

[1] Pour ce qui regarde les relations de Pellico avec Pietro Borsieri et sa famille, voir dans l'appendice littéraire ajouté à ce volume, ce que Silvio dit lui-même de son illustre ami et compagnon de captivité. *(Note de l'Éditeur.)*

l'estomac assez débile. Il se maintient en santé, grâce à la sage résignation avec laquelle il supporte son état. On lit cette résignation sur son visage : ses yeux respirent cette tranquillité sereine qui est un si grand don dans le malheur et au-dessus de laquelle on ne peut rien désirer quand on est condamné à toutes les privations de la captivité.

Lorsqu'après l'avoir vu dans l'église, je fus appelé pour entendre la nouvelle de ma mise en liberté, le plaisir que j'en éprouvai se trouva mêlé de beaucoup de douleur à la pensée que je laissais là cet excellent ami. Fasse le Ciel que, pour lui aussi, la grâce ne soit pas éloignée ! Je soupire après ce moment, chère madame Cecchina, autant que vous pouvez le faire vous-même et que peut le faire toute votre famille.

Dans les lettres qu'à diverses époques vous avez écrites à mon père, j'ai été ému et bien reconnaissant de voir la compassion que vous exprimiez à mon égard. Je n'ai pas besoin de vous dire combien, à mon tour, j'ai profondément déploré les cruels malheurs qui ont éclaté sur la maison Borsieri. Courage et confiance dans la bonté de Dieu ! Celui qui a permis de si grandes afflictions saura nous en relever.

Ces êtres chéris qui ne sont plus sur la terre sont les plus heureux : ne les pleurons pas,—mais pleurons sur nous, qui les avons perdus ! — Conservons-nous pour être la consolation de ceux qui survivent ! Oui... vous tous qui restez encore au pauvre Pierino, mère, sœur, frère, conservez-vous pour lui. Le jour de sa grâce viendra : ah ! que n'est-il demain !

Offrez, excellente Cecchina, mes affectueux hommages à madame votre mère, et faites part à vos sœurs et à mon bon Gaetano du salut fraternel que je vous envoie.

Mon père et toute notre famille me chargent de leurs souvenirs pour vous.

Je suis de tout cœur votre très-affectionné Silvio.

XLVIII

A MADAME JOSÉPHINE PELLICO.

Turin, 10 décembre 1830.

* Ma chère sœur,

Ta tendre amitié contribue à mon contentement, et je t'en sais bien bon gré. Chacune des expressions que tu m'adresses montre ton excellent cœur. Il y a bien peu de familles si cordialement unies que la nôtre ; et y a-t-il rien de plus doux que de s'entr'aimer de toute son âme, père, mère et enfants? L'attachement qui nous unit tous vient sans doute de nos chers parents, dont la bonté est si faite pour inspirer la tendresse et le désir d'être bon. Toi, notre Mariette, nos frères et moi, nous sommes des oiseaux d'une nichée, qui ne sont nulle part si à leur aise que lorsqu'ils se chuchottent à l'oreille ce joli petit ramage : « *Je t'aime, je t'aime, je t'aime.* »

J'ai entendu avant-hier le panégyrique de la Conception, par François, aux Rosines. J'ai été fort satisfait de notre modeste orateur, qui, sans faire beaucoup de tapage, sans menacer de sauter en bas de la chaire pour tirer les oreilles des auditeurs et des auditrices, sans lever les jambes pour escalader le ciel, s'insinue, plaît, persuade, et sait bien faire aimer Notre-Seigneur, sa sainte mère et tous ces braves gens qui sont là-haut en Paradis.

La révérende mère, le théologien Martinengo, le père Maurice, les pharmaciennes, tout le monde se rappelle de toi et t'aime bien. Ta charmante élève Barbarina a chanté le *Tantum ergo* avec une jolie voix et beaucoup de grâce. Nous avons promis au théologien Martinengo d'aller un de ces jours visiter toute la maison des Rosines. François a fait une promesse plus méritoire : il s'est engagé pour le panégyrique de la Fête-Dieu.

Bonjour, ma bonne sœur, toute notre nichée te chuchotte les mots *je t'aime, je t'aime, je t'aime*, y compris Mariette, sais-tu ? Car bien qu'elle soit avec les esprits bienheureux (à ce que j'espère), elle ne cesse pas d'être aussi avec nous, bien près, ainsi que toi qui lis cette lettre à Quiers, et que pourtant j'embrasse ici sur mon cœur. La santé de papa et de maman est comme à l'ordinaire. Prions Dieu qu'il nous les conserve. Louis, François et moi nous nous portons bien aussi. Mes poumons n'ont plus rien qui les gêne. A force de prier pour moi vous m'avez désenterré, ressuscité, rajeuni, délicié. Il ne vous manque plus que de me pousser avec vous en paradis. Adieu, nous t'embrassons tous et de bon cœur. *

XLIX

AU PÈRE GIAN GIOSEFFO BOGLINO [1].

Villanuova, lundi 11 juillet 1831.

Mon cher Gian Gioseffo,

Comment veux-tu que je t'écrive quelques mots de consolation, si je ne puis moi-même me consoler de ton absence? La comtesse espérait beaucoup que tu serais revenu. Moi, je le désirais autant qu'elle, mais, je ne l'espérais guère, et j'attribue moins notre malheur à l'inflexibilité du père Giannotti, qu'à la délicatesse de ta belle âme, qui n'aura pas voulu affliger ce vieillard rigide en insistant jusqu'à faire violence à sa volonté. Tu es un adorable composé d'amour, d'indépendance et de bonté qui te rend très-propre à la dépendance. Tu es cet enfant qui semble toujours dire *non* à son père, et qui fait toujours *oui*. Oh! que tu mérites d'être aimé, et que je t'aime! Personne plus que toi ne soupire après un peu de distraction, et

[1] Le père Gian Gioseffo Boglino, prêtre de l'Oratoire, a été un des plus constants amis de Silvio. Les lettres que celui-ci lui a adressées et dont quelques-unes ont paru, traduites en français dans la *Revue contemporaine* de Paris [1], sont de celles de notre recueil où Silvio a épanché avec le plus d'effusion les sentiments de son âme. *(Note de l'Éditeur.)*

[1] *Voir* la *Revue contemporaine* des 30 sept., 15 et 30 octobre 1854. Les admirateurs de Silvio liront avec beaucoup d'intérêt les précieux articles de M. Marchese. Nous saisissons nous-même avec empressement l'occasion de lui témoigner ici toute notre gratitude pour la manière trop flatteuse dont il a bien voulu apprécier nos propres travaux sur Silvio Pellico. *(Note du Traducteur)*

personne plus que toi ne sait sacrifier ce goût, soit à des égards, soit au devoir. Mais pendant que je t'en loue, sache bien que je murmure et que j'ai grand'-peine à me résigner. Oh! comme je jouirais de t'avoir près de moi! — Hier nous avons eu la douce, l'angéli-que comtesse Morelli, son mari, l'avocat Eandi de Sa-luces et trois autres visiteurs. Après dîner nous avons trotté par les mêmes chemins que nous nous étions tracés le premier jour. Nous parlions souvent de toi, et j'ai le cœur ravi de te voir tant aimé. Aujourd'hui nous irons, je crois, à Savigliano.

Toutes les heures que je ne passe pas en société, je les consacre à rêver sur mille choses, et toujours s'y mêle le souvenir de mes amis, et particulièrement le tien. Si je ne craignais l'oppression de poitrine et pour cette raison ne m'abstenais d'écrire, il me semble que j'aurais du plaisir à composer; mais les égards que je dois à ma santé me font caresser la paresse. Parmi les choses que je rumine et que je me propose d'écrire un jour, est une exposition claire, pleine, large de la doctrine vraiment catholique. Si je réussissais à la bien faire, selon mon intention, il en ressortirait, je crois, d'une manière évidente, que cette doctrine s'accorde parfaitement avec les progrès de la raison. Plus je ré-fléchis au schisme malencontreux du saint-simonisme, plus il me semble qu'il faudrait prévenir de pareilles erreurs par des démonstrations faites avec soin.

Salue de ma part Gioberti et Bruno, que j'aime chè-rement, et prie-les de me rappeler au souvenir de deux aimables dames, Mme Bruno et Mme Gondolo.

Écris-moi, et si tu veux faire mieux encore, tâche

de revenir à Villanuova. Mme la comtesse, le comte, la jeune fille, le chevalier Biandrate, don Pellegrino, tous te chérissent et te saluent.

Adieu, embrasse pour moi ton frère et aime-moi toujours.

P. S. L'abbé Peyron t'aura porté ce matin une autre lettre de moi (mardi matin); je t'embrasse encore.

L

AU PÈRE GIAN GIOSEFFO BOGLINO.

3 août 1831.

Mon cher Gian Gioseffo,

Crois-le bien, même un peu d'asthme a du bon. On en guérit en huit ou dix jours, et en attendant, comme on ne peut remuer beaucoup, c'est du temps de gagné pour réfléchir, pour se rappeler les morts et les vivants, pour descendre au fond de son âme, s'y entretenir avec elle et avec Dieu. Cette conversation intérieure réjouit, rafraîchit l'esprit, et il est bien juste que l'esprit s'égaye un peu aux dépens du corps. Je m'affligerais si ce rhume devait donner beaucoup d'inquiétude ou d'ennui à mon père, mais il avoue lui-même qu'il n'y avait pas à s'inquiéter. C'est simplément, comme tous les rhumes, une légère inflammation qu'il faut laisser passer avec les égards qui lui sont dus; elle augmente pendant quelques jours, puis elle décroît. Si on veut prendre des tisanes, c'est à merveille; n'en prend-on pas, ça revient au même. L'oppression de poitrine empêche qu'on ne parle

beaucoup ; mais comme de ma nature je suis peu éloquent, que je me taise faute de respiration ou faute
d'esprit, la différence n'est pas grande.—Le jour où
Luigi vint me voir, le mal était à son apogée ; maintenant je m'approche par degrés de la guérison, et, en
attendant, je jouis de cet air excellent, quoique je ne
puisse courir de côté et d'autre sur les collines.—Sais-tu
que le site est admirable? partout des vignobles et des
champs ; çà et là quelque petite prairie ; des horizons
larges, étroits, resserrés, variés de cent façons. Il n'y
manque qu'un palais, en place duquel il y a une habi-
tation quelconque, une vraie chaumière. Mais s'il nous
tombait des hôtes, l'étable et la grange sont là ; ne
peut-on, à la rigueur, y passer une nuit?

Il y eut un an avant-hier que je revenais à Turin,
de ma captivité. Quel jour de chères émotions ! revoir
après une si longue absence, après de si cruelles angoisses, un père ! une mère ! deux frères ! — Oh ! que
grandes et nombreuses ont été, dans ma courte existence, les douleurs et les joies ! Que Dieu soit béni pour
les unes et les autres ! Je ne changerais mon sort
contre celui de personne au monde.

Mais il est tard et je n'y vois plus. Adieu, mon Gian
Gioseffo. Laisse-moi t'appeler ainsi, sans perdre aucune de ces quatre belles syllables, c'est un gros nom
qui me plaît. Ne va pas faire la bêtise de m'attendre
pour aller à la campagne en canavois. Je te rejoindrai
plus tard à Masino ; mais pars dès que cela te convien-
dras, entends-tu? Adieu, sois en joie, aime-moi et
salue les amis.

LI

A MONSIEUR L'ABBÉ N. N[1].

Turin, 19 août 1831.

* Mon cher ami,

Ton aimable relation de ta course à la colline de Saint-Ignace m'a fait beaucoup de plaisir. Je t'y ai suivi, non-seulement comme un homme qui se place à côté d'un autre et qui écoute, mais me fourrant tout à fait, autant que j'ai pu, dans ta bonne et belle âme. Mille choses me rendent inférieur à toi, et pourtant je te comprends, je te sens, *les réflexions sont comme une lumière homogène à ma vue* (ainsi que dit Shakspeare). Sans doute quand on examine sans préjugé les bienfaits que la foi catholique opère toute seule dans ceux et par ceux qui en sont animés véritablement, on a envie de rire et de pleurer de cette pauvre sagesse humaine qui, toute boiteuse et myope, cherche toujours la vérité et la vertu. En boitant et lorgnant, elle peut trouver bien des vérités et des vertus de second ordre, c'est-à-dire utiles et agréables pour ce monde, mais ce ne sera jamais la vérité et la vertu dans le plus noble sens. Et s'il arrive qu'elle s'en approche jusqu'au point de l'empoigner, ce trésor lui échappe, ou bien elle se métamorphose, elle se résout en une autre puissance, elle est identifiée avec la foi; c'est une sagesse qui émane de Dieu. Toute application

---

[1] Cette lettre a été publiée dans la *Civilta cattolica;* série II, vol. XII, Roma, 1855.　　　*(Note de l'Éditeur.)*

de la philosophie à la religion ne vaut rien, excepté quand on entend simplement par là :—*Que la pauvre boiteuse peut et doit se mettre dans le chemin qui mène à sa transformation, c'est-à-dire à la foi:* événement auquel Dieu veut qu'elle aspire, quoique son accomplissement soit un don gratuit. C'est ce que tous les saints docteurs de l'Église ont cru, car quoique la foi soit aussi excellente là où elle se trouve sans doctrine, ils ont employé toutes les puissances de la raison pour que le monde, scandalisé de la croix, demeurât confondu en voyant naître de cette croix une doctrine plus ample, plus profonde, plus logique que toute autre qui eût jamais paru. Ce travail de ramener la raison à la foi est le but continuel de l'Église, qui ne cesse de se montrer forte de raisonnements, tout en montrant les vanités de la raison, qui ne cesse d'être éminemment philosophique tout en montrant les vanités de la philosophie. Comme l'esprit humain existe et ne peut pas s'étouffer; comme il est de sa nature de chercher la science; comme cette tendance n'est mauvaise que lorsqu'elle est accompagnée de l'orgueil, Dieu, dans son Église, sanctifie cette tendance au lieu de la détruire; il la joint à une humilité qui peut être aussi profonde que celle d'une sainte ignorance, et qui peut admettre en même temps toute l'énergie de la recherche, tout le déploiement des facultés intellectuelles. Témoins les saint Thomas, les saint Augustin, etc.— Dieu a sanctifié la science et l'ignorance, Dieu a tout sanctifié, excepté le mal.—C'est pourquoi l'esprit humain, produisant et reproduisant sous des formes différentes une continuité malheureuse d'erreurs, lorsqu'il poursuit la science avec orgueil, — la continuité de la science dépouillée d'orgueil doit exister dans l'Église. Jamais le temps n'est venu, jamais le temps ne viendra (tant que la consommation des siècles ne sera pas effectuée) où l'esprit humain ne tende à la science, et où l'Église abdique le droit de donner des docteurs, le droit de diriger cette tendance, de confondre savamment l'orgueil, de triompher des erreurs, de marcher d'un pas aussi assuré à côté du subtil philosophe qu'à côté du simple berger. L'Église qui ne s'est jamais épouvantée des travers de l'esprit humain, et qui au savoir de chaque faux système de religion a toujours opposé un savoir plus fort, plus complet, s'épouvantera-t-elle aujourd'hui de la science saint-simonienne ou de toute autre théorie non catholique ? Pas le moins du monde. Les abus de la raison servent au triomphe final de son bon usage, les erreurs servent à la vérité ; la vérité est toujours combattue, car elle doit toujours vaincre.

Ne renonce pas à l'idée de faire un jour l'ouvrage que tu m'indiques. Prépares-y peu à peu toute la force de ton esprit. Du reste il est tout clair qu'en faisant voir combien est parfaite la philosophie du catholicisme, on finira toujours par humilier l'homme devant la croix, par lui faire sentir qu'une sainte doctrine et une sainte ignorance ne diffèrent en rien dans ce qui est essentiel : — car l'essentiel, c'est la sainteté ! *

LII

AU PÈRE GIAN GIOSEFFO BOGLINO.

Lundi, 21 août 1831.

Mon bien cher Josefo,

L'autre jour j'ai écrit à ma famille, et le temps me manqua pour t'écrire aussi. Je te remercie de m'avoir renvoyé sur-le-champ la lettre de Quirina [1]. Quelle noble créature que cette femme ! As-tu vu comme elle est ennemie de toute vaine gloire? Certes de telles âmes sont rares, mais il en est pourtant. J'en ai rencontré dans tous les pays. Mon pauvre Ugo avait un peu la manie de nier que la vertu fût répandue sur la terre avec une certaine abondance. Je le lui reprochais souvent, et lui se jetant à mon cou me disait : — « Pauvre dupe ! tu regardes avec la loupe décevante du désir. » Ce n'était pas chez lui méchanceté, mais mauvaise habitude de se défier de tout le monde, excepté de ses amis intimes. Son cœur s'était formé une sorte d'aristocratie de ceux qui l'aimaient et d'un petit nombre d'autres. Ceux-là seuls, dans son opinion, méritaient de vivre et de gouverner le monde ; tout le reste n'était que lie ; de là tant de gens qui le haïssaient et le calomniaient. — La manie foscolienne est un vice qui aisément fascine les jeunes gens ; elle

---

[1] La comtesse Quirina Magiotti, dont il est souvent fait mention dans les lettres de Pellico au père Boglino [1].

(*Note de l'Éditeur.*)

[1] L'amie d'Ugo Foscolo.

(*Note du Traducteur.*)

à un certain air de dédain et d'orgueil qui ressemble à de la grandeur. J'ai connu nombre de bons diables qui se croyaient des héros parce qu'ils se battaient les flancs pour frémir à la manière d'Ugo. Faiblesse que cela ! les génies élevés n'en sont pas exempts.—Il faut les en plaindre et n'imiter d'eux que leur vertu, s'il est possible. Mais ceux qui passent leur vie à imiter les faiblesses d'un homme distingué sont de petits esprits ; un des éléments les plus sacrés de la dignité est l'indépendance du jugement. Liés d'une tendre amitié comme nous l'étions, Ugo et moi, jamais pourtant il ne m'arriva de lui donner raison là où je trouvais qu'il avait tort. Je suis sûr qu'il en sera toujours ainsi entre nous, mon cher Josefo. Ce qui me plaît de toi, c'est que tu penses avec ton propre jugement et n'es servile avec personne, pas même avec tes amis. Étudie mes défauts et mes torts et combats-les toujours. Une de mes plus chères devises est celle-ci : Amour et indépendance de jugement! Adieu ; salue Bruno et Gioberti et les deux aimables dames que je leur dois de connaître. Je t'aime tendrement.

LIII

AU COMTE CESARE BALBO A CAMERANO.

Turin, 2 septembre 1831.

Très-cher comte,

Voici la *Somme* de saint Thomas. Je vous en envoie le premier volume ; il y en a deux. On ne trouverait pas dans la Péninsule dix personnes qui la lisent. Et

cependant c'est là une philosophie élevée et qui mérite
l'examen de quiconque se plaît aux questions métaphysiques et religieuses. Varano disait à ceux qui le
raillaient parce qu'il lisait Dante : « Que m'importe
qu'il ne soit plus de mode, s'il garde tout son prix? »—
Il me semble que les philosophes pourraient en dire
autant de certains docteurs de l'Église, et, en particulier, de saint Augustin et de saint Thomas.

Mais occupez-vous *seulement de temps à autre* de
pareilles questions et de la *Somme*. Convenons que la
philosophie est utile parce qu'elle élève et humilie
l'intelligence, mais qu'elle laisse toujours mille incertitudes dans tout ce que la foi n'a pas définitivement
résolu. S'en occuper quelquefois, mais ne pas trop s'y
engouffrer, voilà ce qu'il faut faire. Puis durant les
heures et dans les jours où votre esprit sera moins
porté aux recherches métaphysiques, jetez là cette
pipe fainéante, et écrivez ; — mais quoi? ce que vous
voudrez : des nouvelles, des essais de morale, des essais
politiques, de l'histoire ; le *quoi* n'importe guère,
quand l'esprit est capable de faire excellemment. A présent, grâce au ciel, la petite comtesse est à merveille ;
Casimiro tette et dévore comme un loup ; toutes les
distractions apportées par vos hôtes n'existent plus.
Le comte Cesare est là oisif, pressé du désir de faire
quelque chose, tourmenté de l'abondance de ses idées.
—Va-t-il encore perdre du temps? pense-t-il que nous
accepterons toujours ses maigres excuses?—Mais le
cimetière ! mais ma santé ! — Allons, Monsieur le
comte ! bonne volonté et persévérance triomphent de
grands obstacles ; et en somme ces justifications, après

m'avoir ému, après m'avoir séduit un moment, finissent toujours par n'être à mes yeux que les déguisements trompeurs d'une coupable paresse, paresse plus condamnable chez qui a montré qu'il peut faire que dans tout autre.

Turin, quoique moins beau que Camerano, me semble un peu ranimé, grâce aux quelques applaudissements que reçoit l'établissement d'un conseil d'État, au plaisir que fait la permission que le roi a donnée au chanoine Marentini de rentrer dans sa patrie, à l'espérance qui se répand d'une amnistie générale accordée aux émigrés, et à la pension que le roi a assignée à Botta.

On raconte l'affaire de cette pension de la manière suivante : — Rossi avait dans sa poche une lettre de Botta à Marchisio, lettre dans laquelle l'historien remerciait ce dernier d'un secours qu'il lui avait envoyé, deux mille livres réunies au moyen d'une souscription entre quelques amis. Rossi ayant eu l'occasion d'entretenir le roi, lui parla de Botta, de sa pauvreté, et lui montra la lettre qu'il avait dans sa poche ; sur quoi le roi ému d'une généreuse compassion se serait écrié : — « Dites à ce digne homme que je lui fais une pension de 3,000 livres sur ma caisse[1]. » — Le fait est que la pension est réellement assignée ; je m'en réjouis souverainement, et pour le pauvre Botta et pour l'honneur que cela fait au roi. Toute l'Italie applaudira à un pareil trait.

---

[1] Ces paroles du roi sont en français dans l'original.

(Note du Traducteur.)

Parmi les nominations faites au conseil d'État, je n'en sache aucune qui déplaise. Il en est même une qui plaît fort à tout le monde,—celle de S. E. le comte Balbo; j'en voudrais une encore; je l'attends, je l'espère; si elle ne vient pas aujourd'hui, ce sera un autre jour. Louons toujours ce qu'il y a de bon.

Il ne manque pas de gens à Turin pour dénigrer toute amélioration qui ne sera pas une constitution faite par eux-mêmes. Ils mettent une sorte de gloire à se plaindre toujours; on se donne ainsi l'apparence d'un caractère plus ferme, d'une intelligence plus sagace. Je plains ces gens-là, et chaque jour je me persuade mieux que le vrai libéralisme est modéré dans ses exigences. Quand nous trouvons de pareils exaltés, nous ne devons pas désespérer de les voir rectifier peu à peu leurs opinions. Opposons-nous avec une franche bienveillance à ces esprits exagérés. L'exemple et une généreuse imperturbabilité dans la modération finissent toujours par les déconcerter et par les détourner de leurs folles idées.

Notre excellent Peyron est encore en Suisse, Gazzera et Sauli en Lombardie; Plana à la campagne.—Ayant peu de monde à voir, je me mettrai à travailler; faites-en autant. Soutenons, en prose et en vers, la cause des beaux sentiments et de la vérité, dans la mesure de nos forces. Quoique les miennes soient bien petites, je ne me crois pas exempté pour cela du devoir de contribuer de mon mieux à élever la littérature en y portant une inspiration non-seulement libérale, mais chrétienne.

LIV

AU COMTE GIULIO PORRO.

Turin, 8 septembre 1831.

Cher Giulio,

J'ai reçu hier votre lettre du 20 août et le jour d'hier sera un de ceux dont je garderai le plus doux souvenir. Je sais bien que, si je n'avais reçu aucune réponse au peu de lignes que je vous adressai l'hiver dernier par le comte Vitaliano, ce ne pouvait provenir d'indifférence. J'ai été ému jusqu'au fond de l'âme en revoyant après tant d'années l'écriture de mon bien-aimé Giulio, et en trouvant dans toutes ses paroles une si vive affection. Je ne mérite pas les éloges que son bon cœur lui dicte ; mais ce qui est vrai, c'est que mes deux élèves étaient l'objet de ma plus grande tendresse et qu'ils le sont encore. Je pense à eux comme à deux fils, et je souhaite avec autant d'ardeur que le pourrait un père, qu'ils soient heureux, c'est-à-dire vertueux. Il y a, mon cher Giulio, une félicité qui ne dépend pas de l'homme ; mais il y en a une autre que nous pouvons nous procurer, et c'est la plus désirable : la vertu, l'honneur, l'estime de soi-même. Si l'homme ne dissipe pas volontairement ce trésor, personne ne saurait le lui ravir. Oui, — je ne sais si j'en aurais été capable, — mais je brûlais de donner à mes élèves une noble éducation. Vous n'en pouvez guère juger par les commencements insignifiants qui sont restés dans votre mémoire. Il est difficile avec les enfants de développer son cœur et ses pensées. On peut dire que nous avons été séparés, quand j'allais commencer mon œuvre. Mais la Providence qui a permis qu'il en fût ainsi me réservait du moins la consolation de voir que ceux qui cultivèrent à ma place des plantes si généreuses, réussirent on ne peut mieux. Faites, mon cher enfant, que cela paraisse toujours dans votre conduite. Pour être homme dans toute la noble acception du mot, il faut persévérer dans le bien, travailler sans relâche à se rendre meilleur, lutter magnanimement contre ses propres passions, se proposer pour but la plus haute perfection, et ne pas se contenter d'être un honnête homme ordinaire. Oh ! si nous étions ensemble ! que je serais heureux de pouvoir m'entretenir souvent avec vous des vrais mérites de l'homme, de la saine philosophie (qui n'est autre chose que le christianisme bien entendu), enfin de tout ce qui élève, console et affermit dans l'amour de la vérité.—Mais, peut-être, quand je serai plus vieux, cette douceur me sera-t-elle accordée, peut-être alors mes fils viendront-ils me voir et avec eux leur vrai père, et nous pourrons causer de mille choses qui nous tiennent au cœur. Je suis avec une inaltérable amitié, votre très-affectionné Silvio.

LV

AU COMTE FEDERICO CONFALONIERI [1].

23 septembre 1831.

Ami suprême !

Pour un homme qui manquait de livres, une petite bibliothèque de cent bons volumes, quel don précieux ! Toi-même tu ne peux comprendre quelle valeur il a pour ton Silvio. Mais, oui, tu le comprends, ô frère de mon âme ! ton exquise intelligence sait te transporter dans ma position ; tu es le plus ingénieux des amis à deviner des douleurs qui ne sont pas les tiennes, à te les approprier, pour ainsi dire, et à ne pas avoir de repos que tu ne les aies soulagées.

Mais il est un chagrin que tu ne peux soulager, ô le plus aimé des hommes, et je le ressens chaque jour, à toute heure, et c'est presque le seul dont rien, non rien ne peut me consoler : c'est le chagrin de ne pas t'avoir ici avec moi, de te savoir accablé de tant d'afflictions et de ne pouvoir te venir en aide. Oh ! combien de fois dit-on de quelqu'un, par exagération : « je donnerais ma vie pour lui ! » eh bien, mon ami, je ne crois pas me faire la moindre illusion, et Dieu

---

[1] Une note ajoutée à cette lettre dans la *Civilta cattolica* contient la note suivante du comte Confalonieri : « Cette lettre fut hasardée par Silvio, un an après sa sortie du Spielberg, et remise à une personne qui se faisait fort de pouvoir réussir à la faire parvenir à son adresse. Mais toute tentative fut inutile, et la lettre ne m'arriva qu'après que je fus moi-même sorti de prison. »

(Note de l'Éditeur.)

m'en est témoin, quand je te dis qu'en vérité, oui en vérité, si je pouvais, au prix de ma vie, mettre un terme à tes malheurs, je la donnerais sans hésiter. Le ciel m'a accordé à diverses époques divers bons amis, et ils me sont toujours chers, et, à défaut d'eux, leur mémoire; mais tu es celui dans le sein duquel mon âme s'est le plus pleinement et le plus souvent épanchée, tu es celui auquel des motifs plus puissants m'ont le plus attaché par toutes les parties de mon cœur, et d'une sympathie plus étroite! Pourquoi ne puis-je te prouver mon amitié! Veux-tu croire que souvent j'enrage de ne plus être près de toi, parce que là du moins, n'importe au prix de quelles angoisses, je pouvais t'exprimer plus souvent mes sentiments, les échanger, les confondre avec les tiens, et me sentir affermi, amélioré par ta sagesse, par ton amitié, par ta généreuse indulgence? Mais, oh! le plus chéri des mortels! après avoir gémi sur tes maux, et en particulier sur la plus amère des pertes que tu as faites, la perte de Teresa, et après avoir épuisé ma colère, je me sauve dans le seul asile où je trouve souvent quelque douceur; ah! c'est bien le seul! celui des cœurs simples, des cœurs qui s'aiment et croient en Dieu : ce refuge c'est la prière! Je pleure et prie pour toi; et toi, pleure aussi et prie pour moi.

Tu le sais déjà, si je n'avais cru me devoir tout entier à mes vieux parents, à toute ma famille si tendre pour moi, j'aurais cherché ici une plus grande solitude! J'étais trop dégoûté de la société pour ne pas aller enfermer ma vie dans des murs où on n'a plus rien à faire avec elle, où l'on n'a plus qu'à servir les malheureux. Plus j'étudie la religion et plus j'en suis épris. Je sens quel indigne disciple elle possède en moi, mais enfin je m'honore d'être son disciple. Plusieurs secouent la tête et plaignent ma sottise; mais moi qui la connais, ma sottise, je sais qu'elle ne consiste pas à être chrétien, mais bien à ne pas l'être assez.

Le monde va de mal en pis, mon ami; ce ne sont que calomnies et fureurs. Mais aujourd'hui, comme dans tous les temps, parmi beaucoup d'âmes basses, il en est aussi, dans tous les pays, quelques-unes d'élevées, de pures, de clairvoyantes. Ce sont elles qui embellissent ce triste univers. Je vis avec un petit nombre d'amis, souvent seul et bien souvent avec toi. Ma santé est devenue moins misérable, mais parfois encore elle éprouve une secousse, et je retombe malade. Oh! garde bien la tienne! Nous devons encore nous voir, je l'espère. Adieu, ami vrai, ami suprême! Si tu penses souvent à moi, sois persuadé que, plus d'une fois le jour, nos pensées se rencontrent. Piero [1] est auprès de Paolina; ils vont bien, mais il y a longtemps que je n'ai eu directement de leurs nouvelles. Tu ne pourras saluer en mon nom les amis, je me borne donc à le faire simplement d'intention. Je te serre ici, ici, sur mon cœur! Adieu, malheureux et parfait ami!

[1] Je ne connais que Maroncelli qui ait porté ce prénom parmi les amis de Silvio.   (*Note du Traducteur.*)

LVI

AU PÈRE GIAN GIOSEFFO BOGLINO.

Des collines du Chieri, 7 octobre 1831.

Très-cher Gian Gioseffo,

Pour t'écrire *si vales bene, et ego valeo*, il faudrait au moins que je pusse dire *ego valeo*, et comment le pourrais-je ? A peine de retour ici, je tombai malade ; et je t'assure que ce manque de respiration et de jour et de nuit qui s'accroît périodiquement, et des violentes palpitations qui en sont la suite ne font pas peu souffrir et vous laissent un grand épuisement.

A présent je palpite moins et je respire un peu plus en galant homme. Lundi, je retourne à Turin, et quand j'aurai recouvré mes forces, j'irai te chercher dans ton cher pays. Porte-toi bien, et que ton bon exemple et ta bonne humeur répandent la santé parmi tes vénérables parents, tes sœurs et ton frère. Présente mes respects à ceux-là et à celles-ci, et salue affectueusement le dernier. Dis-lui que je l'aime tendrement parce que j'espère que son cœur deviendra fort dans la pratique de toutes les vertus. Pour être tel, pour ne pas ressembler au vulgaire (esclave misérable de ses passions), il faut s'accoutumer à se faire une haute idée de l'homme.—As-tu compris, ô frère de Gian Gioseffo et le mien ?—Et toi, Gian Gioseffo, profite de la campagne pour en finir avec ces petits malaises qui te harcelaient. Je sais à quel point on est troublé par les souffrances physiques, quoique dans un sens élevé, on puisse fort bien dire qu'elles ne sont point des maux.

—Si tu me précèdes à Masino, présente mes hommages à l'excellente comtesse, à M. le comte et à leur cher petit ange. Aime-moi comme je t'aime.—Adieu. Je te prie de gronder le chevalier Biandrate, que j'aime et estime si fort, et qui ne m'a pas seulement écrit deux lignes de réponse. Je t'embrasse de tout mon cœur.

Papa et François te saluent.

LVII

A M. LE COMTE EDMOND DE SÉGUINS-COHORN
MARQUIS DE VASSIEUX [1].

Turin, 28 octobre 1831.

* Votre bien aimable lettre, Monsieur, m'est une nouvelle preuve de la bonté distinguée qui se joint à vos autres mérites, et qui vous fait aimer de tous ceux qui ont le bonheur de vous connaître. Le peu de jours que nous avons passés ensemble à Cameran m'ont inspiré la plus grande estime pour M. votre père et pour vous. Je n'oublirai pas ces jours, car une

---

[1] Né en 1809 à Avignon, élève des Écoles militaires de La Flèche et de Saint-Cyr, destiné plus tard à la carrière diplomatique, M. Edmond de Séguins, après la chute de la branche aînée de Bourbon, chercha un refuge contre les déceptions de la politique dans la littérature, les beaux-arts et les voyages. Demeuré fidèle à un principe qui pour lui était sacré, il obtint des représentants de ce principe les témoignages les plus honorables des services qu'il leur avait rendus, tant en France qu'en Espagne. Il épousa en 1838 Mme de Castille, petite-fille du prince de Rohan et du dernier Condé.

(Note de l'Éditeur.)

des plus douces jouissances de l'âme, c'est de connaître de dignes hommes et de se voir honoré de leur bienveillance.

Après avoir été quelques jours à Chieri, je revins à Turin et me trouvai mieux. Trop de confiance dans une subite apparence de guérison me fit repartir, et à peine de retour à la campagne, des fièvres et de fortes oppressions me surprirent de nouveau. Je suis maintenant rétabli, mais je regrette infiniment que cette maladie, en m'empêchant de quitter bientôt Chieri, m'ait privé du plaisir de rendre encore mes devoirs à M. votre père et à vous, Monsieur, avant votre départ. Je vous souhaite à l'un et à l'autre tout ce qu'on souhaite à des voyageurs qu'on aime bien,—la santé, la tranquillité, beaucoup de satisfaction, un petit coin dans leur souvenir, et puis le plaisir de les revoir.

Veuillez assurer M. votre père de mes sentiments les plus sincères d'estime et de respect, et en prendre, Monsieur, votre part. C'est avec un dévouement tout particulier et inaltérable que j'ai l'honneur de me dire, etc. *

LVIII

A LA COMTESSE OTTAVIA MASINO
DE MOMBELLO.[1]

Turin, 9 août 1832.

Madame et très-honorée comtesse,

Savez-vous que, de tous les bons souhaits qui ont couru derrière votre voiture depuis Turin jusqu'à Recoaro, quelques-uns ont bien pu égaler les miens en ferveur, mais nul assurément les surpasser ? J'appris trop tard que vous aviez reculé de deux jours votre départ, et je regrettai beaucoup que ce délai eût eu pour cause une indisposition. Quand on me dit que vous étiez peut-être encore à Turin, je courus chez vous, mais vous étiez partie la veille. — La santé de ma mère m'a mis récemment à une terrible épreuve, — elle fut prise un jour de tous les symptômes du *choléra*, et je craignis véritablement de la perdre. Les vomissements ayant cessé le soir, elle commença à se sentir mieux, et le jour suivant la fièvre disparut. Je puis dire qu'à présent elle est bien, c'est-à-dire dans son état ordinaire de souffrances sans danger. Le mal qu'a eu ma mère, on ne manquerait pas à Paris de l'appeler *choléra* ou *cholérine* pour le moins ; ce n'é-

---

[1] La comtesse Ottavia Masino de Mombello s'était fait un nom distingué parmi les littérateurs et les artistes. Elle est morte en janvier 1856. Nous devons à l'obligeance de son fils adoptif, M. Luigi Acozzi, de pouvoir enrichir notre recueil de plusieurs lettres que Silvio lui adressa à diverses époques, sur différents sujets d'art et de littérature. (*Note de l'Éditeur.*)

tait qu'une simple défaillance causée probablement par la grande chaleur qui nous est revenue.

Cette extrême chaleur, vous ne l'aurez que trop sentie, Madame, durant votre voyage. Fasse le ciel que vous n'en ayez pas souffert! Je vous saurai un gré infini si, pour me rassurer, vous voulez bien me faire l'honneur de me donner de vos nouvelles.

Les vers de Mamiani sont ici fort appréciés de tout le monde. On y admire une élégance sans pédantisme, mais d'un goût excellent, et une rare fécondité de belles pensées et de gracieuses images.—J'ai recueilli l'argent des souscripteurs, sauf un petit nombre qui est encore à la campagne.

La comtesse de Valperga de Masino, à qui j'allai rendre visite l'autre jour, me parla de vous avec la plus haute estime, et comme je lui dis que je vous écrirais, elle me chargea de vous saluer affectueusement et de vous exprimer le regret qu'elle avait eu de ne pas vous revoir avant son voyage.

Les eaux de Recoaro soulagent-elles votre pauvre tête qui mérite si bien d'être en bon état? sont-elles propres pour les nerfs en général? J'espère que oui, et j'aurai le plus grand plaisir à apprendre qu'il en est ainsi. Faites œuvre de charité en vous souvenant de m'en informer et en ajoutant à cette faveur celle de me donner les nouvelles très-désirées de M. le comte et de M. le chevalier, à qui je vous prie, Madame, d'offrir mes hommages les plus distingués.

Si j'étais l'excellent de Luca, je ne resterais pas à Vicence, mais vous sachant à Recoaro, j'irais là vous prêcher toutes les vertus que vous avez déjà. Vous êtes si modeste que vous ne vous apercevriez pas que c'est votre panégyrique, et le prédicateur pourrait le reprendre chaque jour avec une inépuisable vérité.

Saluez pour moi, je vous prie, ce digne et savant homme. Si ma mère acquiert assez de force pour que je puisse la quitter sans inquiétude, je retournerai à la campagne.—Turin est désert; la plupart de mes relations sont absentes, et votre départ, Madame la comtesse, n'a pas peu contribué à en faire la plus triste des villes.

J'espère, Madame, à mon retour, vous trouver vous-même revenue à Turin. Je vois quelquefois le marquis Lascaris au palais Balbo, et nous ne manquons jamais de parler de vous.

Surtout ne rapportez à Turin ni maux de tête, ni maux de nerfs, ni mélancolies. Je veux vous revoir gaie et bien portante. Oh! comme je le souhaite ardemment !

J'ai l'honneur de me déclarer aussi ambitieux de votre faveur qu'admirateur de votre mérite, et je fais gloire de me dire, etc.

LIX

AU COMTE CESARE BALBO,

A CAMERANO.

Turin, 11 août 1832.

.... Je commence l'impression de mes *Mémoires* [1], et c'est une chose risible que l'épouvante avec laquelle

---

[1] *Le mie Prigioni.*　　　　　　　　(*Note de l'Éditeur.*)

plusieurs de mes amis (les libéraux exagérés) viennent me demander si j'y ai bien songé, si je suis sûr de ne faire par là aucun tort à moi-même et à la cause libérale, si devant m'interdire toute invective contre l'Autriche, je ne ferais pas mieux de renoncer à mon projet; si avec cette manie d'exalter la religion, je ne crains pas de scandaliser les *penseurs.*—J'ai vu le moment où j'allais m'emporter contre ces frayeurs impertinentes, mais j'ai pensé qu'il valait mieux en rire. Quand je pourrais flageller l'Autriche de mes invectives, voudrais-je le faire? Non, je méprise trop les libelles, et je sais que l'invective donne toujours un air de libelle à la plainte la plus légitime. Quant à mes opinions de tout ordre (surtout la croyance religieuse qui est plus qu'une opinion), comme elles sont chez moi quelque chose de réel et non une comédie, serais-je un honnête homme, si j'en rougissais, si je prenais garde au blâme injuste dont elles pourraient être l'objet de la part des autres?—Mais on te dira que tu es un jésuite, que tu es de la *Société catholique;*—libre à vous. Vos soupçons et vos sobriquets ne feront ni plus ni moins que je ne sois ce que je suis.

Vous qui n'avez pas de ces vaines terreurs, continuez-moi vos bontés, et croyez toujours à mon profond attachement. Mes hommages à Madame la comtesse. Tous mes souvenirs à la belle et bonne petite famille. Mille choses respectueuses à Carasco et à Settime.

LX

AU COMTE CESARE BALBO,

A CAMERANO PAR ASTI.

18 août 1832.

Très-cher comte,

Avez-vous vu M. Parma? Il m'a parlé religion et philosophie en homme de mérite et en vrai catholique, dans une visite qu'il me fit la semaine dernière. Il m'envoya ensuite un article philosophique sur les doctrines du rationalisme et sur Cousin. Cet article, sauf quelques négligences de style, m'a paru fort bon...

Rien de nouveau à Turin, ou plutôt, s'il y a du nouveau, je vis trop retiré pour le savoir...

Souvenez-vous qu'il ne me suffit pas que vous jouissiez d'une bonne santé et que vous ayez l'esprit content, je veux encore vous savoir laborieux et persévérant.

Les *Pensées* avancent-elles[1]? Allons-nous voir éclore quelque belle nouvelle[2]? Serais-je assez heureux pour que, quand nous nous reverrons, vous ayez à me lire un cahier entier, mais un gros cahier?

---

[1]. Allusion au livre *Pensieri ed esempi*, publié après la mort du comte Balbo, par Félix Lemonnier à Florence.

(*Note de l'Éditeur.*)

[2] Les *Novelle* de Cesare Balbo furent publiées, quelques-unes de son vivant (*Novelle d'un maestro di scuola*), d'autres après sa mort, par F. Lemonnier, qui les réunit aux autres déjà imprimées.

(*Note de l'Éditeur.*)

Mais à propos d'œuvres remarquables, vous savez que l'*Ezzelino terzo* de Marenco a paru ?

Lorsqu'il y a quelque temps déjà, il vous en fit lire le manuscrit, vous me dîtes y avoir trouvé un rare mérite. C'est aussi ce que j'y trouve moi-même. Je serais bien heureux de savoir faire pareille chose. Il me semble que ce tableau d'histoire, outre le plaisir qu'il cause à la lecture, ne devrait pas moins réussir à la scène. Dans ses compositions, Marenco développe chaque jour de plus en plus le talent d'un maître.

Je suis de tout cœur votre ami bien affectionné.

LXI

AU CHEVALIER CARLO MARENCO[1].

Turin, 20 août 1832.

Monsieur et très-estimable avocat,

Après avoir passé des années sans voir aucune œuvre littéraire, un des premiers livres que j'ai lu a été le *Buondelmonte*, qui m'a fait grand plaisir. Cette tragédie, riche de beautés, prouvait que l'auteur était

---

[1] Carlo Marenco, né à Cassolo (Lomellina) le 1er mars 1800, chevalier de l'ordre civil de Savoie. Néanmoins il a toujours regardé comme sa patrie Ceva, où il avait pris droit de bourgeoisie, d'où il tirait son origine et où il avait été élevé. De 1828 à 1842, il a composé seize tragédies dont huit représentées, douze imprimées et quatre inédites. Il est mort à Savone le 26 septembre 1847. Il y a maintenant sous presse un volume qui contiendra ses tragédies inédites qui sont : *Arnaldo da Brescia, Cecilia di Baone, Corradino di Svevia,* et *il Levita d'Efraïm.*
(*Note de l'Éditeur.*)

capable de composer de grands poëmes historiques, et je désirai vivement le voir poursuivre la carrière commencée. Je fus alors tenté d'écrire pour lui exprimer ce désir. J'y renonçai parce que mes malheurs avaient fait de moi une espèce de lépreux pour qui c'était un devoir de ne s'approcher de personne. Je lus bientôt le *Corso Donati* et mon estime pour vous s'en affermit et s'en accrut. Au plaisir que me donnaient les productions de votre esprit venait se joindre celui d'entendre plusieurs de vos amis, et, en particulier, le chevalier Provana, faire l'éloge des qualités de votre âme.

J'avais à peine lu et admiré, pour toutes les beautés qu'il contient, votre *Levita d'Efraïm*, que quelqu'un, qui avait lu cet ouvrage en manuscrit, me parla avec grandes louanges de l'*Ezzelino terzo*.

J'attendais avec impatience la publication de cette nouvelle tragédie; et maintenant que je l'ai vue, je trouve que celui qui me l'a si fort vantée avait très-justement apprécié sa valeur.

Je vous remercie donc très-vivement et d'avoir bien voulu m'en offrir un exemplaire (que j'allai aussitôt prendre moi-même chez Pomba), et des choses affectueuses que vous avez la bonté de me dire. Je ne suis pas un grand critique, mais un homme qui sent. Votre *Ezzelino* m'a plu d'un bout à l'autre, et je ne saurais qu'y reprendre, tant il me semble que vous avez su vaincre toutes les difficultés que présentait le sujet et donner une véritable vie à vos personnages. Ce genre de tragédie est ardu, mais vous savez vous en rendre maître.

Je ne suis mécontent que d'une chose qui n'y est pas dans l'*Ezzelino*, — laquelle? J'aurais désiré qu'il vous eût été possible d'y intercaler un beau trait de la vie d'un saint : — le courageux Antoine de Padoue lança au tyran, sur sa cruauté, de foudroyants reproches, et le tyran n'osa l'en punir; tant était vénérable, même à ses yeux, la vertu de ce merveilleux homme. Il en fut même attéré, et laissa voir ce jour-là qu'il croyait en Dieu., Peut-être éprouva-t-il sincèrement un fugitif désir de changer de vie.

La puissance évangélique d'Antoine et ces velléités de repentir dans l'âme d'un impie auraient donné lieu à quelque belle scène de plus, surtout si le saint avait tenu une certaine place dans la contexture du drame.

Souverainement touché de votre gracieuse attention, et plein d'estime pour vous, j'ai l'honneur de me dire, etc.

LXII

A M. LE COMTE DE SÉGUINS-VASSIEUX,

A FLORENCE.

Turin, 4 septembre 1832.

✶ Monsieur le comte,

Les portraits sont arrivés; tout le monde y trouve la plus grande ressemblance avec l'original. Je vous remercie, Monsieur, des copies que vous avez eu la bonté de me faire remettre; la gravure a aussi parfaitement réussi [1]; il n'y a en tout cela de mal que la petitesse de mon mérite et le trop d'honneur que, par conséquent, vous m'avez fait. Je devrais en être honteux, mais j'avoue que cette fois-ci la vanité triomphe un peu de moi ; je m'estime heureux que votre jugement soit si indulgent à mon égard, puisqu'il m'en résulte tant de gloire. Au reste, cette indulgence me prouve que j'ai eu le bonheur de vous inspirer de l'attachement, et je suis encore plus glorieux de celui-ci (que je mérite réellement parce que je vous aime bien), que du charmant portrait que vous avez fait de moi.

Votre beau talent pour le dessin est si distingué, que je suis sûr que vous ne cesserez pas de l'exercer. Qui sait combien de jolies choses vous avez dessinées, depuis que votre aimable crayon traça ma triste figure ! J'espère que j'aurai un jour le plaisir de les voir.

Veuillez présenter mes très-humbles respects à M. votre père ; et agréez, je vous prie, l'assurance des sentiments ineffaçables d'estime et de dévouement avec lesquels j'ai l'honneur d'être, etc. *.

[1] Ce portrait de Silvio Pellico, exécuté à la villa Camerano, dans la maison du comte Balbo, par M. Edmond de Séguins-Vassieux parut fort ressemblant. M. de Seguins s'étant plus tard rendu à Florence (en 1832) s'adressa, pour le graver sur cuivre, au célèbre Raffaello Morghen, le prince de la gravure moderne. Ce portrait de Pellico, que possède aujourd'hui M. de Séguins à Carpentras (Vaucluse), fut un des derniers travaux dirigés par Morghen alors octogénaire,—on croit même généralement que ce fut le dernier. L'élève dont Morghen dirigeait le burin était M. Della Bruna ; on ne tira de ce portrait que 200 exemplaires, chez Bardi. On peut donc dire que le dernier cuivre touché par Morghen est encore vierge. *(Note de l'Éditeur.)*

LXIII

A GIOVANNI VICO.

Turin, 16 septembre 1832.

Très-cher ami,

Entre bons frères on ne se fait pas d'excuses si on tarde à répondre, n'est-il pas vrai? Je n'en chercherai donc pas avec toi. Ma paresse n'a pas empêché que ton affectueuse lettre ne m'ait fait grand plaisir, et que je n'aie souvent pensé à ton doux naturel, à ton aimable caractère. Tu es un jeune homme de belle espérance, et quiconque te connaît est forcé de t'aimer. Je suis persuadé que tu ne perdras jamais l'habitude du travail et de la vertu : tu en sens tout le prix. Les heures que tu consacres avec tant de raison à dessiner, à faire de bonnes lectures, à composer des vers, sont des heures fortunées : elles servent à orner ton esprit chaque jour davantage, elles te sauvent du contact impur des sociétés vulgaires, elles te préparent un avenir de contentement et d'honneur auquel ne sauraient jamais atteindre ceux qui se livrent à l'oisiveté et à la dissipation. Mon ami, sois persévérant, brûle de te distinguer, ne t'effarouche pas de la lenteur avec laquelle l'homme est contraint de procéder pour arriver à un but élevé : une volonté forte triomphe de difficultés infinies. Fais que chez toi l'éducation du cœur marche toujours de compagnie avec la culture de l'intelligence, conservons-nous purs, nobles, et moins jaloux de plaire à tous les hommes qu'aux meilleurs d'entre eux, à notre conscience, à Dieu.

Telle est la vraie manière d'honorer Dieu, sa patrie, ses parents, ses amis et soi-même.

Briano te salue; il a achevé son *Botzari*, mais il ne me l'a pas encore lu. Fais-moi un plaisir : informe-toi si le comte Camillo Casati de Milan est encore à ces eaux [1]. S'il y est, en effet, porte-lui, je te prie, le billet ci-joint, et s'il en était parti sache me dire quelle route il a prise.

Adieu. Présente mes humbles hommages à Mme ta tante; porte-toi bien et aime-moi.

LXIV

A CARLOTTA MARCHIONNI.

Turin, 22 septembre 1832.

Sœur Carlotta,

Ta chère lettre m'a fait le plus grand plaisir, mais j'ai chargé le professeur Morrocchesi de te gronder, pour lui avoir laissé croire que j'étais homme à exiger une minutieuse régularité dans le style épistolaire, quand, au contraire, rien ne me plaît comme une lettre tracée sans prétention, à la bonne *franquette*.— Je me réjouis de l'heureux succès de la compagnie, mais pouvait-il en être autrement, là où est un ange comme Carlotta? Qui jamais te vit sur la scène sans être ravi de ton naturel, de ton expérience des sentiments du cœur, de ton goût exquis dans les attitudes, dans ta façon de t'habiller, en toute chose? Je me rappelle toujours avec quel transport Mme de Staël qui

---

[1] Les thermes d'Acqui.   (*Note de l'Editeur.*)

avait vu les meilleures actrices de la France, de l'Angleterre, de l'Allemagne, et qui n'était pas facile à contenter, s'écriait à propos de toi : * « Elle a le génie de son art au dernier point. »[1] *

Xerxès, comme un despote et une vraie brute qu'il était, fit un jour fouetter la mer parce qu'elle ne lui obéissait pas. Je la ferais volontiers fustiger aussi depuis que la lourde bête a menacé d'avaler votre bagage. Est-ce qu'on fait de ces peurs-là ? Vos pauvres excellents petits cœurs, comme ils auront battu ! Mais parmi les flots et les vents impolis, il s'en est trouvé, grâce au ciel, de plus courtois qui ont daigné vous apporter votre garde-robe.

Il en est ainsi dans la société des hommes : beaucoup d'âmes grossières pour un petit nombre de délicates et de bienveillantes.

Mme Quirina Magiotti m'a écrit de toi, chère sœur, les choses les plus aimables et les plus justes ; elle me dit, elle aussi, qu'elle espère peu que mon *Ester* passe. Patience !

Offre mes plus tendres respects à cette noble Quirina. Salue de ma part ta vénérée mère, qui est aussi la mienne, ta très-respectable secrétaire, votre admirable peintre, toute la maison enfin, et ensuite toute la compagnie. — Rappelle-moi au souvenir du très-estimable Morrocchesi.

Et ce bon Montani qui m'aimait tant, m'aime-t-il encore un peu ? Oui certainement. Je sais combien il

---

[1] Ces paroles de Mme de Staël sont en français dans le texte.
(*Note du Traducteur.*)

s'est réjoui de ma résurrection. J'ai lu ce qu'il dit de moi dans l'*Antologia*, et j'ai reconnu son cœur. Si tu le vois, je te prie de le saluer cordialement en mon nom.

Je vous embrasse, et suis de vous tous, et particulièrement de toi et de notre Gegia, le très-dévoué serviteur, le très-affectionné frère.

LXV

AU PÈRE GIAN GIOSEFFO BOGLINO.

25 octobre 1832.

Mon Gian Gioseffo,

Ta lettre et l'incluse m'ont grandement consolé. Comme tous les autres hommes, j'ai mes jours d'idées noires ; personne ne s'en aperçoit, mais je les ai, et alors quel bonheur qu'une lettre d'un ami, d'un véritable ami ! Oui, mon cher, la tienne et celle de Piero me sont arrivées on ne peut plus à propos. L'amitié embellit ce pauvre monde !

As-tu vu quel homme est ce Piero ? N'as-tu pas été saisi de la réelle élévation de son âme, sans exagération, sans emportement ? Crois-le, peu d'hommes lui ressemblent. Il est tout naturel qu'il t'aime, même sans te connaître ; il t'a deviné.

Et Carlotta ? Sois persuadé que Carlotta n'est capable que des erreurs les plus innocentes de l'esprit. Les choses, de loin, paraissent la plupart du temps plus qu'elles ne sont. Quant à moi, je suis tranquille sur cette digne créature. Veux-tu qu'elle n'ait pas ses *ignorances ?* Eh ! mon Dieu ! qui n'a les siennes ? J'imagine aisément ce que ce peut-être ; quelque emportement de paroles un peu exagérées, un peu irritées. Si c'était à moi qu'elle en voulût, je m'emparerais de cette main menaçante, et je la couvrirais de baisers.

Adieu; mes hommages distingués à l'ange de la Casabianca, à M. le comte, à Mademoiselle.

Reçois les salutations de toute ma famille, et aime-moi.

P. S. Mille choses à Bezzolino et à la comtesse sa femme. Mais vois un peu quelle tête! J'allais oublier que tu me demandes quand paraîtront mes *Mémoires.* J'en ai corrigé toutes les épreuves, c'est tout ce que j'en sais. J'ignore à présent ce qu'il faudra de temps pour brocher les volumes. Ce sera, je crois, huit ou dix jours. T'ai-je dit que, dans mon traité avec Bocca, il y a qu'il ne me donnera aucun exemplaire à distribuer? Il dit que ces exemplaires se prêtent et passent dans tant de mains qu'il en résulte un grand préjudice pour le libraire. J'enrage bien un peu de ne pouvoir faire acte de courtoisie envers tels ou tels amis, mais la chose est ainsi.—Prends garde, cependant, que je te défends d'acheter ton exemplaire. Tu m'entends?

LXVI

A M. BOCCA, LIBRAIRE-ÉDITEUR,

A TURIN.

10 novembre 1832.

Mon cher Bocca,

Comme ma mémoire me trompe souvent et que je ne suis pas un profond érudit, mais seulement *un poëte,* comme dit le critique dont tu m'as communiqué les censures, je crus bonnement que je pourrais bien avoir commis un anachronisme. Mais voyant que ledit critique oubliait que, si j'avais appelé *roi* le roi du Brésil, c'était précisément quand il était roi et non encore empereur, je me suis mis à douter s'il était vrai que je me fusse trompé relativement à Marino Faliero. Je demandai à Papadopoli en quel lieu ce doge avait été décapité, — « en haut de l'escalier des Géants, m'a-t-il répondu.—Je crains cependant, lui ai-je répliqué, qu'il n'en ait pas été ainsi, et que je n'aie fait un anachronisme. »

Je pris alors l'*Histoire de Venise* de Daru, et je lus (*voir* tome I, livre 8) :—*« Le 17, à la pointe du jour, les portes du palais furent fermées, on amena Marin Falier au haut de l'escalier des Géants, où les doges reçoivent la couronne; on lui ôta le bonnet ducal en présence du Conseil des Dix. Un moment après, le chef de ce Conseil parut sur le grand balcon du palais, tenant à la main une épée sanglante, et s'écria :—justice a été faite du traître.—Les portes furent ouvertes, et le peuple, en se précipitant dans le palais, trouva la tête du prince roulant sur les degrés. » *

Je pris Muratori, et je lus : « La mine devait éclater le 15 avril ; mais avant ce temps un si noir dessein ayant transpiré, on mit la main sur le doge, et dans le lieu même où il avait prêté serment, à son avènement, on lui trancha la tête, le 17 avril. »

Tu vois, mon cher Bocca, que lors même que la chose se serait passée autrement et que ton critique aurait des informations contraires à celles-ci, je serais au moins excusable, ayant lu ces histoires, de m'être souvenu de Marino Faliero sur l'escalier des Géants.

Mais cēci n'est rien, mon cher, il est tant d'autres choses que j'ignore véritablement, et m'éclairer c'est me faire plaisir. Le critique a parfaitement raison quand il dit que sur la Piazetta de Saint-Marc j'aurais pu me rappeler bien d'autres malheurs.

Hier, une personne (d'ailleurs estimable et pleine de savoir) fit grand bruit de ce que j'avais dit avoir été transporté en *Morée*, ajoutant que c'était une grande fausseté et une bévue énorme ; que la Morée n'était pas dans l'empire d'Autriche, que la Morée était en Grèce, et non à deux journées au delà de Vienne.— Quelqu'un le laissa dire jusqu'au bout, puis lui montra que je n'avais jamais dit *Morée*, mais *Moravie*, et lui fit voir sur la carte que la Moravie est tout simplement là où elle est.

Alors le critique convint qu'en réalité il n'avait pas encore lu mon livre et qu'on l'avait mal informé.

Est-ce assez curieux comme cela ? Et n'ai-je pas raison de rester calme et de laisser dire ?

LXVII

A LA COMTESSE OTTAVIA MASINO

DI MOMBELLO.

12 novembre 1832.

Madame et très-honorée comtesse,

Votre lettre est tout amabilité, mais plus qu'amabilité, c'est l'expansion d'un cœur noble, et hélas ! d'un cœur à qui le malheur n'est pas étranger ! Oh ! que vous êtes bonne, Madame la comtesse, d'avoir daigné m'adresser, en des termes si bienveillants, votre précieux suffrage sur mon livre ! Ce qui m'a ému dans le plus profond de mon âme, ce sont moins les éloges délicats que vous vous plaisez à me donner, et que je ne mérite point, que la preuve d'amitié que vous m'avez donnée en me disant tout ce que vous pensez. Je craignais d'avoir montré trop d'orgueil en espérant que ce livre serait un baume pour quelque âme affligée. Vous me rassurez en me déclarant qu'en même temps qu'il vous faisait pleurer, il soulageait votre cœur.

Personne désormais ne dût-il le lire, j'en ai recueilli plus de fruits qu'il ne mérite, et, en vérité, j'en bénis le Seigneur ! Quelques-uns me disent que j'ai parlé de religion avec une surabondance inopportune; mais moi qui connais la nullité de mon livre comme production littéraire, je crois que si généralement il ne déplaît pas, c'est précisément parce que,—moi, non certes,—mais la religion y dit quelque chose aux cœurs qui l'aiment. Ses vérités, même exposées sans grand talent, ont un charme auquel il est rare que l'homme puisse devenir insensible. Ceux qui se scandalisent de la croix et qui trouvent qu'on ne saurait en parler sans honte et sans tomber dans le commun, parlent ainsi dans la crainte de paraître vulgaires, et parce qu'ils ne daignent pas méditer sérieusement sur cette sainte philosophie qu'ils abhorrent. Ah ! s'ils voulaient, en effet, y appliquer leur esprit, ils s'apercevraient vite que, sans Dieu pour base, il n'y a pas de philosophie rigoureusement déduite, et qu'en prenant Dieu pour base, on n'échappe pas à l'Évangile, on n'échappe pas au catholicisme.—Déjà autrefois je pensais ainsi, ou peu s'en faut, Madame, quoique les dissipations du monde et la manie du doute, agissant contre ma foi intime, fissent de moi un mauvais chrétien. Le chrétien n'est guère devenu meilleur, mais alors il valait moins encore.

Peut-être ces doutes d'alors, cette demi-incrédulité dont je me targuais auraient-ils pris racine et auraient-ils achevé de me gâter l'intelligence et le cœur. Dieu se servit des hommes et du malheur pour me rendre moins dissipé. Le monde est rempli de malheureux qui n'ont pas été en prison ; mais les afflictions qu'ils ont souffertes ou qu'ils souffrent sont également, on n'en saurait douter, une manière dont se sert le Tout-Puissant pour les ramener à lui plus facilement. Quiconque gémit, quiconque, même parmi ceux que l'on croit heureux, porte une croix douloureuse, ne trouvera jamais de consolation vraie et durable que dans l'union de sa propre volonté avec celle de Dieu, et finalement, qu'en cessant de vouloir être heureux sur la terre. Cela épouvante, mais il faut lutter contre cette épouvante, il faut vaincre la nature. Vous, excellente comtesse, qui connaissez l'Évangile beaucoup mieux que moi, et qui seriez bien plus en droit d'en parler que je ne le suis, vous savez que, l'esprit de l'Évangile n'étant qu'amour et sacrifice, et que toute chose n'étant que pure vanité, comparée à l'Évangile, il faut nécessairement en conclure « que nous devons réduire toutes nos volontés à l'amour et au sacrifice. » Voilà ce qu'il faut dire à cette âme si estimable et si malheureuse dont vous me parlez. Ah ! disons-le à tous les affligés, quand ils nous racontent leurs peines. Mais souvenons-nous toujours d'ajouter que, puisque Dieu, dans sa profonde sagesse, n'a pas fait choix pour perfectionner l'homme d'un autre moyen que de la douleur, nous devons, nous, bénir la douleur et nous efforcer de l'aimer avec la partie la plus intelligente de notre âme, sans pour cela qu'il nous soit interdit de pleurer sur nos maux. S'ils ne nous causaient pas d'angoisses, ils n'auraient plus pour effet de nous améliorer, de nous détacher de tout orgueil, de nous faire recourir au Sauveur.—Chose sublime ! Dieu envoie sur la terre l'Homme parfait, l'Homme par excellence uni à la Divinité, le type des Justes, un Dieu né de la femme, et ce Divin Mortel ne peut traverser quelques années de vie parmi les humains sans être par eux abhorré, dénigré, maltraité, jusqu'à se voir traîné au gibet.

Ou il ne faut pas croire à ce grand fait, ou, si l'on y croit, il faut reconnaître que la condamnation à la souffrance est une condition inséparable de l'humanité, depuis l'antique et horrible mystère de la chute du premier homme. Souffrir, et souffrir avec amour, est l'unique remède qui puisse guérir ce grand ange dégradé dont Jésus a voulu être le Frère pour le sauver ! Ce frère miraculeux, et frère immortel but le calice, et puis il permit que d'autres hommes pussent à leur gré nous le présenter ; et ces hommes seraient l'objet de notre haine? Nous ne les bénirions pas au contraire, et nous refuserions de puiser quelque goutte amère dans ce calice, après que Jésus y a bu à pleines gorgées !—Pardonnez, Madame, si j'ai laissé courir ma plume, et lui ai permis de redire des vérités si connues de vous, et qui sont précisément la règle de vos admirables vertus. J'aime souvent à les redire pour me les rappeler à moi-même qui me sens faible, et qui, hélas! mène ici-bas une vie inutile. Enfin, il est si doux de pouvoir dire quelques mots de religion avec quelqu'un qui ne sourit point, et ne vous regarde pas comme un fanatique ou un hypocrite !

La bonté dont vous m'honorez, Madame la comtesse, est fort au-dessus de mes mérites. Rabattez-en beaucoup, elle les surpassera encore, et je ne vous en serai pas moins reconnaissant.

J'ai l'honneur d'être, avec un respect inaltérable, votre très-humble serviteur et sincère ami.

LXVIII

A MADAME LA COMTESSE DE BENEVELLO.

14 novembre 1832.

*Madame la comtesse,

Que vous êtes bonne de daigner m'annoncer,—et avec des expressions si charmantes,—votre aimable approbation sur mes *Mémoires !* C'est pour moi un des suffrages les plus précieux, car lorsque l'on a le bonheur de connaître une âme distinguée comme la vôtre, il est trop naturel d'ambitionner son estime, et d'en être fier, si on l'obtient. Je vous assure, Madame, que quand même nous aurions la liberté de la presse, je ne me serais pas moins fait un devoir d'être modéré et d'éviter toute plainte contre ceux qui ont fait peser sur moi leur pouvoir. Il est presque toujours impossible de se plaindre de ses ennemis sans exagérer, et l'exagération ne vaut jamais rien. Au reste, peut-il y avoir de justice sans indulgence? Et si je désire que d'autres soient indulgents, pourquoi ne commencerais-je pas par l'être moi-même? Je penche assez à croire qu'il y a plus de bévues en ce monde que de méchancetés. Au moins est-il certain que le jugement des intentions ne nous appartient guère : laissons-le toujours à Dieu, et rapportons simplement les faits.— Quelques-uns se sont fâchés de ce que j'ai avoué ma croyance religieuse, qui est tout bonnement la chrétienne. On aurait mieux aimé que je me fusse montré un Caton. Dois-je me feindre ce que je ne suis pas? J'aurais eu l'air trop gauche, et, ce qui est pis encore, je me serais trouvé méprisable.

Que ces paroles de votre lettre me sont chères : *Vous m'avez fait du bien!* Oui, on aime à s'attendrir sur des infortunes ; le cœur jouit alors d'exercer un acte de bonté et d'amour. Je bénis les larmes dont vous m'avez honoré, et je prie Dieu que vous n'en versiez jamais que d'attendrissement et de plaisir. Vous voilà donc bientôt de retour à Turin : il me tarde d'avoir l'heureux sort de vous revoir. Veuillez me rappeler au souvenir de M. de.... et de vos charmantes enfants. ∗

LXIX

AU COMTE CESARE BALBO
A CAMERANO PAR ASTI.

Turin, 19 novembre 1832.

Si j'ai votre suffrage et celui de cette excellente comtesse, ce m'est une preuve que les belles âmes peuvent trouver dans mon livre quelque chose qui ne déplaît pas, et cela voudrait dire que je puis espérer précisément les suffrages que j'ambitionne pardessus tout. Mais dans ce bienheureux Camerano, il y a quelque peu de partialité pour moi, et alors adieu la critique : on ne sait plus y censurer que ce verbe que j'ai tiré de Tacite [1], assez maladroitement, il faut que j'en convienne.

Mais soit cette espèce de faveur que le public m'a témoignée jusqu'ici, soit la curiosité naturelle qu'inspire le récit des aventures d'un prétendu Carbonaro, soient enfin ces raisons ou d'autres, le livre, dans ces premiers jours, s'achète avec fureur. Si je ne m'abuse, il plaît au grand nombre. Plusieurs s'en fâchent encore; ce sont les ultra-libéraux et quelques-uns du parti opposé (qui ne croient pas qu'on puisse être accusé de crime d'État et aimer la religion). Curieuses gens, qui font consister leur religion dans une haine

---

[1] Silvio fait sans doute allusion ici à un mot du chapitre xxxvi de ses *Mémoires* (*tuciteggiare*). Malgré les critiques de la villa Camerano, je ne vois pas que l'auteur ait fait disparaître *ce verbe* des éditions qui ont suivi la première.

(Note du Traducteur.)

irréconciliable contre quiconque est moins parfait qu'eux ! Quant au reste des libéraux, les uns sont furieux de m'avoir montré de la bienveillance jusqu'à ce jour, et se regardent comme obligés en conscience d'expier ce péché ; les autres me font la grâce de se borner à me considérer comme un homme moins héroïque qu'ils ne le sont eux-mêmes, un homme que les souffrances ont dégradé.

Que fais-je cependant? J'écoute tranquillement le bien et le mal, comme s'il s'agissait du livre d'un autre, et je persiste à espérer que ce livre ne sera pas tout à fait inutile à notre pays. J'en ai reçu de grands éloges de gens qui étaient ou se croyaient irréligieux, et qui m'ont dit s'être aperçus, en me lisant, qu'ils étaient chrétiens. Cela m'a fait grand plaisir, je l'avoue.

Entre les personnes d'éminentes vertus, la première à me féliciter fut la marquise de Barolo qui, à peine avait-elle achevé de lire *Mes Prisons*, m'honora d'une lettre dictée par son cœur. Il faut bien convenir que je suis un des hommes heureux de ce monde, puisque je me vois tant aimé et si fort au-dessus de mon mince mérite, et non-seulement par mes égaux, mais par des personnes qui me sont mille fois supérieures par les dons du cœur et de l'esprit. A cette condition, on peut bien supporter un peu de haine et de mépris chez les autres.—LL. EE. le comte et la comtesse de Pralormo m'ont également exprimé leur approbation de la manière la plus sentie. Allons, cher ami, puisque vous voyez que l'histoire de Botta, tout admirable qu'elle est dans plusieurs de ses parties, peut être suivie d'une autre qui ajoute, qui modifie, qui rajuste une foule de choses, remettez-vous au travail. C'est une grande œuvre, digne de vous. Celui qui a goûté les délices de l'étude peut-il y renoncer ? Non, jamais.

A présent que vous avez embelli les jardins, à présent que vous avez planté les arbres que nous irons admirer ensemble, l'année prochaine, revenez en bonne santé à Turin, et, si cette santé vous le permet, comme je l'espère, avancez infatigablement dans l'Histoire. Vous avez véritablement tout le savoir et tout le discernement qu'il faut pour cela.

LXX.

A L'AVOCAT CARLO MARENCO.

Turin, 28 novembre 1832.

Monsieur et très-estimable avocat,

J'avais prié l'ami Mattirolo depuis quelques jours de vous adresser de ma part un exemplaire de mes *Mémoires ;* mais j'ai eu l'étourderie d'oublier de le lui remettre, et il l'attendait toujours, c'est ce qui en a retardé l'envoi. J'en charge à présent le libraire Bocca, et je vous prie, Monsieur et très-honoré avocat, d'agréer ce faible don.—C'est un ouvrage qui n'a aucune valeur littéraire ; il n'a d'autre mérite que la vérité.

J'admire toujours votre *Ezzelino*, et pour la partie dramatique, et pour la lyrique.

Quant à la réflexion que je vous avais faite sur le personnage de Saint-Antoine, qui me paraissait manquer dans votre drame, je me suis aperçu qu'elle est sans objet, puisque le saint était déjà mort dans les derniers temps d'Ezzelino. Je suis charmé que même en ceci vous ayez raison.

Je désire vous savoir occupé à composer d'autres tragédies. La manière dont vous concevez ce genre le rend d'une extrême difficulté, mais toute difficulté trouve en vous un maître qui la surmonte.

Je suis, avec la plus parfaite estime, votre très-dévoué serviteur.

LXXI

AU TRÈS-RÉVÉREND ABBÉ EVASIO BECCARDI
(CASALE).

Turin, 15 décembre 1832.

Vous m'honorez de louanges que je ne mérite pas pour un livre dont le prix est absolument nul. Dieu veuille que d'une si mince chose il résulte quelque bien pour quelqu'un ! C'est l'unique but que je me sois proposé en écrivant. Telle est notre sublime religion qu'il n'est pas possible de la connaître sans l'aimer, sans lui rendre gloire dans la mesure de ses forces débiles !

Ceux qui se la figurent ennemie du véritable progrès des lumières et qui la haïssent, prennent un fantôme pour elle ; mais il ne faut qu'un examen sans passion pour s'apercevoir que là, et non ailleurs, se trouve ce qui communique à l'homme un élan efficace vers toute justice, vers toute prospérité sociale, vers tout acte et toute pensée qui le relève ; là est la base de la philosophie. Mais de cet examen sans passion, nul n'est capable par soi-même; la grâce seule y peut disposer. Bien à plaindre ceux qui ne l'ont pas ! Prions pour eux et espérons.

Mon intelligence, quand j'étais jeune, avait douté, avait cherché la sagesse là où n'est pas la sagesse. Toutefois, dans la religion que je pratiquais mal, m'apparaissait même alors une beauté enchanteresse, une vérité adorable. J'étais souvent tourmenté du désir d'accorder ensemble le christianisme et la philosophie; mais j'en étais détourné par mille divagations et par un sot respect humain. Cette pusillanimité, cet indigne et honteux mélange de croyance et d'incertitude, jusques à quand aurait-il duré ? Peut-être ma vie entière. Dieu y pourvut dans sa bonté au moyen d'une infortune qui en me séparant des hommes m'attira vers lui avec plus de force. Puis-je méconnaître dans ce malheur un trait d'amour de Celui qui, quoique heureux sans nous, travaille cependant à nous sauver comme si nous lui étions nécessaires ? Et durant mes longues années d'épreuve que de consolations furent ménagées à mes douleurs ! J'eusse été bien ingrat si dans tout cela je n'avais senti Dieu. Je serais bien ingrat maintenant si je ne le bénissais et ne travaillais à le faire bénir des autres ; si aujourd'hui je rougissais du plus glorieux, du plus philosophique des titres, du titre de chrétien. Mon esprit est trop peu de chose pour être en état de rendre l'honneur qui lui est dû à cette vérité que je vois sans avoir rien fait pour la mériter. Mais on ne demande aux créatures que ce qu'elles peuvent donner.

Je rougis, très-révérend seigneur abbé, d'être si fort au-dessous des éloges que vous avez la bonté de m'adresser, et je sens combien vous vous trompez en me jugeant avec cette suprême indulgence. Je vous remercie de la bienveillante intention, et je suis heureux de trouver en vous, d'après vos expressions, une âme pénétrée de l'amour de Dieu et de l'humanité. Puisque vous m'avez honoré de votre affection, conservez-la-moi et priez pour moi. Je fais pour vous les vœux les plus sincères, et me proteste de votre seigneurie, très-révérend abbé, le très-humble et très-obligé serviteur.

LXXII

AU PÈRE GIAN GIOSEFFO BOGLINO.

1832.

Cher frère Joanni Josefo,

Quand tu en auras l'occasion, lis à la comtesse cette partie de la lettre de la marquise Sacrati que je t'envoie et qui la concerne. Mais aie soin de passer, à la troisième ligne, le passage que j'ai marqué «...» pour que la pauvre malade n'en soit pas effrayée.

Hier j'allai voir Bezzolino, qui a été malade et qui est en convalescence; il me chargea de te saluer et de te dire qu'on désirait ta visite.

Cette bonne Madame... me fit appeler hier matin, puis elle me dit qu'elle n'avait besoin de rien, et qu'elle désirait seulement te voir. Elle finit par me faire entendre (mais en me disant de ne pas te le répéter) qu'elle craint que tu ne fasses lithographier le tableau où je suis représenté dans ma prison.— « S'il fait cela, disait-elle, le portrait exécuté par Tetti, personne ne l'achètera, et je ne toucherai pas un sou des bénéfices que M. Tetti aurait partagés avec moi. Si vous voyez le père Boglino, veuillez lui faire entendre cela, mais là, de bonne grâce ; mais non, ne lui en parlez pas, dites-lui seulement... Non, ne lui dites rien : Priez-le seulement de me faire le plus tôt possible ce papier, cette note, cette lettre... Vous comprenez ? »

—« Je ne comprends rien, mais je lui dirai de vous porter ce papier, n'est-ce pas ? »

—« Oui, Monsieur, mais du tableau ne lui en dites rien... Seulement si l'occasion s'en présente, vous lui direz... »

—« Mais, chère dame, dois-je dire ou ne pas dire ? M'avez-vous fait appeler pour quelque chose ou pour rien ? Sachez qu'entre vrais amis l'occasion se présente toujours de dire tout ce qu'on veut... »

Et en l'entendant répéter que je devais te prier et ne pas te prier, dire et ne pas dire, je démêlai que son intention était que je parlasse.

C'est une bonne dame qui me fait pitié, mais il faut avouer que si la patience échappait souvent au pauvre ***, il méritait bien aussi qu'on le lui pardonnât.

Toi qui es un trésor de patience, tu en souriras et tu continueras à lui porter les consolations qui sont en ton pouvoir. Je t'embrasse de tout mon cœur.—Hier je suis allé à vos offices.

LXXIII

ONORATO PELLICO A LUIGI GONZAGA[1].

Turin, le 20 avril 1833. (Oh ! quel anniversaire
il me rappelle toujours !)

Très-cher et très-aimable ami,

Par M. Locatelli qui réside en cette ville et que je ne
connaissais pas, j'ai reçu hier matin et avec grand
plaisir de vos nouvelles en même temps que la lettre
que vous lui avez remise pour moi, et qui m'apprend
le superbe mariage que vous avez contracté à Bellagio. Permettez-moi donc de m'en féliciter vivement
et cordialement avec vous, car ayant eu le bonheur
de vous unir à une demoiselle de mérite, à ce que je
vois, vous ne pouvez manquer d'être chaque jour plus
heureux et plus content, et d'éprouver toutes les consolations inhérentes à l'état de mariage, quand il est
bien réglé. Je jouis souverainement de votre félicité.
Moi qui vais toucher à mon quatorzième lustre, j'a-
vance dans la vie sans grave incommodité, seulement
la faiblesse commence à se faire sentir. Mais je ne
pourrai jamais autant que je le dois rendre grâce à la
bonté divine qui m'a accordé une vie assez longue
pour voir encore, pour avoir encore près de moi mon
bien-aimé Silvio. Si vous pouvez vous procurer le livre

---

[1] Nous devons encore cette lettre du père de Pellico, comme
celle du 29 janvier 1829, à l'obligeance de M. Luigi Gonzaga,
et il ne nous a pas semblé inutile de la publier.

(Note de l'Éditeur.)

qui a pour titre : *Mes prisons, mémoires de Silvio Pellico,* qui a été aussi, je le sais, réimprimé à Lugano, vous y verrez l'histoire de ses malheurs; à Milan on ne le laisse pas vendre.

Quant au voyage que Silvio aurait fait à Milan, et dont vous me parlez, c'est une bourde qu'on vous a contée. Ce même Silvio se porte maintenant à merveille et me charge de vous saluer tout particulièrement ainsi que votre très-chère épouse. Le reste de ma famille, c'est-à-dire ma femme, Luigi, et celui qui, à Milan, n'était encore qu'un petit garçon, et qui est aujourd'hui un théologien, se portent bien aussi et vous envoient leurs hommages.

Que mon silence ne vous inquiète point; la qualité d'employé royal exige une réserve extrême dans toute correspondance qui passe la frontière [1]. Sensible à votre bon souvenir et à votre bonne amitié, je saisis avec empressement une occasion qui s'offre à moi pour faire jeter la présente à la poste de Milan pour Canzo, et en vous priant d'offrir mes respects à votre très-chère épouse, j'ai l'honneur de vous renouveler les assurances de mon amitié et de me dire votre très-affectionné et très-dévoué serviteur et ami,

Onorato Pellico.

---

[1] Chose vraiment singulière, mais qui n'était alors que trop réelle. Aujourd'hui encore quelques États peuvent en offrir un vivant exemple.　　　　(*Note de l'Éditeur.*)

LXXIV

À M. LE COMTE JULES DE RESSÉGUIER [1]

Turin, 30 mai 1833.

Monsieur le comte,

Vous faites preuve de tant d'amabilité envers moi qui ne suis qu'un homme de fort peu de mérite, que je ne sais comment vous en remercier. J'apprécie infiniment et j'admire les beaux vers dont il vous a plu de m'honorer. S'ils ont le défaut de dire de moi des choses trop magnifiques, ils attestent du moins dans l'auteur une âme élevée, animée d'un sentiment généreux, et c'est à mes yeux un grand mérite, qui me les rend chers. Je tiens à bonne fortune, Monsieur, d'avoir éveillé cette sympathie chez un homme qui professe un si grand amour pour la vérité et pour la justice, et qui par conséquent abhorre les hypocrites impiétés de l'égoïsme, et chérit les hommes qui aspirent sincèrement à la vertu. Oui, Monsieur, les diverses bannières suscitées là ou là par la diversité des circonstances, peuvent presque toutes abriter des partisans respectables. Je dis presque toutes, parce que j'exclus toute bannière levée par des mains perfides. Bien que j'aie cru un temps à tel concours

---

[1] Un des fondateurs et des rédacteurs de l'Echo de la jeune France, *Journal du progrès par le christianisme.* Cette lettre de Silvio Pellico parut, traduite en français, dans ce journal, en décembre 1833, tome Ier, 10e livraison.

(*Note de l'Éditeur.*)

d'événements qui pouvait délivrer la nation italienne de la domination étrangère, je n'ai jamais été pour les sacriléges tentatives des ennemis de l'ordre. Maintenant, je ne m'occupe plus de politique, et je trouve plus simple d'abandonner le soin des peuples à Dieu. Il sait quand il doit les contrister, les diviser, les réunir, les relever, et parfois ces peuples qui brillent le moins par la puissance ne sont pour cela ni les plus dégradés, ni les plus malheureux. Dieu se sert des disgrâces comme de la prospérité des hommes pour l'avantage de ceux qui cherchent à se rendre meilleurs, de ceux qui le cherchent, lui. Je ne veux pas dire par là qu'il faut être indifférent au triomphe des bons ou des méchants, mais quand un homme n'est pas en position de contribuer en connaissance de cause au sort d'un navire peu favorisé des vents, il doit se résigner à ne pas augmenter par une vaine agitation le trouble de l'équipage, il doit se borner à prier Dieu et à rendre, s'il le peut, quelques services à son prochain.

Vous me dites, Monsieur, que toute votre famille m'accorde ses sympathies; veuillez en exprimer ma reconnaissance et offrir mes hommages aux dignes personnes qui la composent. Rien n'est doux comme d'être aimé par des âmes nobles, et d'en connaître quelquefois de nouvelles. Cela embellit la vie.

J'attache un très-grand prix, Monsieur, à vos aimables vers et à l'estime dont vous m'honorez, et j'ai l'honneur de me dire, avec le plus grand respect, etc.

LXXV

AU COMTE CESARE BALBO.

Turin, 8 juin 1833.

Monsieur et très-cher comte,

. . . .

J'espère, cher comte, qu'après la naissance du nouveau citoyen de Camerano [1], ayant, vous aussi, l'esprit plus tranquille, vous jouirez d'une bonne santé et pourrez savourer à votre aise les délices de la vie champêtre. Il ne serait pas mal non plus de ne point y consacrer tout le jour, mais de réserver aussi quelques heures à la composition.

Vous saurez qu'à Turin les terreurs paniques semblent vouloir cesser. Hier que la ville fourmillait de monde à cause de la procession, il n'y eut pas le plus léger désordre, le plus léger indice de malveillance dans le peuple. Bientôt, j'en ai la confiance, les exagérations auront leur fin, et on verra que ces furieux républicains formaient un petit nombre d'insensés dont il n'y a pas à avoir peur : de jeunes parleurs sans conséquence aucune, auxquels se sont mêlés deux ou trois coquins. Tout cela au lieu d'être un malheur sera peut-être un bien pour notre pays ; parce que, d'une part, les imprudents acquerront de la prudence, et que, de l'autre, on verra qu'en Piémont aucun homme de quelque

---

[1] Camerano, villa du comte Balbo, dans la province d'Asti.

(Note de l'Éditeur.)

valeur ne veut s'allier aux jacobins de France, fanatiques instigateurs de mouvements qui, tout le monde le sent, n'aboutiraient qu'à des scélératesses et à des folies déplorables...

LXXVI

AU PÈRE GIAN GIOSEFFO BOGLINO.

Turin, 19 juin 1833.

Mon cher Gian Gioseffo,

J'habite tantôt la ville, tantôt la campagne, et quand je suis *fra le Taurine mura*, je vais visiter ton cher frère, qui est vraiment un homme comme je les aime, en ce qui est du courage. Ce brave jeune homme étonne tous ceux qui le voient par la manière sans ostentation, mais très-naturelle, dont il supporte la fracture de sa jambe, ses douleurs et l'ennui de l'appareil. En ce moment, du reste, les souffrances ont cessé. Tout le monde loue le courage dans les maux, mais bien peu le possèdent; et celui qui en est doué a reçu du ciel un trésor inappréciable. Avec le courage on surmonte tout ce que le monde appelle contrariétés, difficultés, malheurs, et on ne manque jamais de motif pour bénir l'existence et Celui qui nous l'a donnée. Je me réjouis de voir ton frère posséder cette noble qualité, outre sa grande bonté de cœur. Partout il se fera aimer et estimer et partout il réussira. Il me dit de ta part les ordres que, dans sa prévoyance, l'excellente comtesse avait laissés pour lui.—Ne t'inquiète pas de son état et comme lui aie de la force d'âme. Dieu ordonne tout pour notre bien, même les fractures de jambes.

Se plaindre de ce qui arrive malgré nous, c'est faiblesse vulgaire, c'est manque de foi. Quand tout va à notre gré, il est difficile que nous ne nous gâtions pas, ou que du moins les plus importantes facultés de notre âme ne restent pas oisives. N'est-il pas vrai, cher ami? Tu le dois savoir mieux que moi, toi qui as spécialement tourné tes études du côté de la religion. Mais s'il est incontestable que le malheur nous sert toutes les fois que nous le voulons bien; s'il est incontestable qu'il réussit beaucoup mieux que la prospérité à ennoblir notre esprit, comment se fait-il que la foule des gens qui gémissent, qui murmurent, qui blasphèment, qui maudissent, soit si nombreuse sur la terre? Et on se dit philosophe, et on se dit chrétien! Non, non! cela s'appelle n'avoir aucune idée de la philosophie, aucune idée du christianisme.

Tâchons toujours, toi et moi, de ne pas nous laisser atteindre par l'épidémie commune, qui consiste à pleurnicher, à crier au scandale, à détester l'univers entier et à prétendre l'impossible. Non; plaignons tout le monde, heureux et malheureux, grands et petits, bons et méchants, parce que, chez tous, il y a quelque misère évidente ou cachée, parce que tous, après quatre jours de vie, sont également condamnés à mort. Mais plaignons-les sans colère, sans amertume, sans oublier que, malgré tout, la vie est un bien, que la mort aussi en est un, à considérer toute chose d'un point de vue élevé. Alors notre soif de la justice, notre affliction même, seront douces et mêlées de contentement; nous agirons vertueusement dans la sphère d'action qui nous est prescrite, et nous mourrons sans remords.—Il me semble qu'il y a bien longtemps que je ne t'ai vu. C'est une preuve que je t'aime. Et toi, ne penses-tu jamais à moi?

Non-seulement j'exige que tu penses à moi, mais encore que tu parles de moi à trois personnes qui n. sont chères, c'est-à-dire que tu présentes mes respectueux souvenirs à Mme la comtesse, à M. le comte et à leur très-aimable enfant. Je sais que le voyage te réussit, je sais que Mme la comtesse est satisfaite, et je m'en réjouis pour elle, pour eux, pour toi. Si je savais envier, je t'envierais le bonheur dont tu jouis; mais comme tu le mérites, je rends grâce au ciel de ce qu'il te l'a donné. Profites-en de toutes les manières, en reprenant de la santé, en faisant provision de calme, en augmentant ton expérience, en suivant les aimables conseils d'un esprit aussi pénétrant, aussi généreux qu'est celui de la comtesse.

Allez-vous, oui ou non, à Florence? Si tu y trouves ma sœur Quirina, tu sais ce que tu auras à lui dire : que je l'aime de toute mon âme,—que tous les jours je pense à elle et demande au ciel d'embellir de toutes les manières le cours de sa noble vie;—que le précieux don que je tiens d'elle, la montre d'Alfieri, est cause que chacun ici bénit la donatrice;—enfin que les bénédictions que j'entends donner à son cher nom me font un plaisir infini.

Mes hommages encore à la digne marquise Sacrati; salue de ma part Niccolini, Vieusseux, et tous ces gens de bien et d'honneur qui me portent un peu d'affection, et pour qui tu sais mon estime.

Mille choses les plus affectueuses de la part de Biandrate pour les époux Masino, pour la petite jeune femme et pour toi.—Je t'embrasse de tout mon cœur.

LXXVII

AU COMTE CESARE BALBO,
A CAMERANO, PAR ASTI.

Turin, 10 juillet 1833.

..... Avant tout, je vous dirai que je suis impatient d'avoir de vos nouvelles. Je vous écrivis il y a environ une semaine, et j'écrivis aussi au bon Parma ; et aucun de vous ne m'a donné signe de vie. Qu'y a-t-il donc dans cet air d'Asti qui rend si paresseuse la main des amis ? Cette paresse, je ne la pardonne qu'à une condition,—c'est qu'elle provienne de tant d'autres occupations agréables, qu'après s'y être livré, l'esprit ait eu besoin de repos, pendant que le cœur qui ne dort pas aura continué à m'aimer. Je mets au nombre de ces occupations celle de jouir des embellissements du jardin, et de toutes les belles choses qui étaient déjà dans cette chère villa de Camerano. Mais je voudrais que les délices littéraires y entrassent aussi pour quelque chose. Je voudrais (c'est mon incurable manie, et vous m'en avez déjà grondé inutilement) qu'ayant tant d'esprit et tant de connaissances, on vous vît toujours employer ce trésor à préparer quelqu'un de ces livres agréables et utiles que vous savez faire. La campagne, dans l'éloignement où l'on est des bibliothèques, se prête peu assurément à la composition des œuvres historiques. Mais j'insiste sur la continuation de ces grands ou petits articles de pen-

sées nobles et de morale élevée dont vous m'avez déjà
permis de savourer la douceur [1]; ce sont choses qui
se distinguent souverainement de ce qui est commun,
et qui, recueillies, peuvent former un jour un petit
volume capable d'ajouter une assez belle gloire au
nom de son auteur, et, ce qui vaut mieux que la
gloire,—d'accroître dans autrui la noblesse du cœur,
l'amour du beau, du bon, du délicat, du juste.—Oui,
mon ami; ce mot de *gloire* a peu de magie pour les
âmes qui ne se repaissent pas volontiers d'illusions,
et je suis aussi, je crois, une de ces âmes. Mais l'espoir d'ajouter au nombre des ouvrages utiles et qui
honorent la qualité d'homme doit animer encore
d'une nouvelle ardeur celui qui, comme vous, est
déjà entré avec honneur dans la carrière des œuvres
intellectuelles.—Je regrette que vous n'ayez pas connu
un M. de Cazalès, amateur passionné de philosophie
et chaudement chrétien, et même chaud catholique,
lequel a passé à Turin, il y a une quinzaine de jours
se rendant en Bavière par Milan. C'est un ami intime
de M. de Lamartine. J'ai passé avec lui bon nombre
d'heures très-agréables, et nous nous sommes promis
de nous écrire. Il est également l'ami de l'abbé Bautain,
en ce moment professeur de beaucoup de réputation
à Strasbourg, et auteur d'essais philosophiques écrits
dans le sens le plus catholique. Ce Bautain n'avait pas
paru un homme de haute portée à notre ami Parma,
qui le jugeait sur un écrit publié il y a déjà quelques

---

[1] Allusion à l'ouvrage intitulé : *Pensieri ed Esempi*, publié
plus tard à Florence, par Félice Lemonnier, en 1855.
(*Note de l'Éditeur.*)

années. Mais les nouveaux livres de Bautain, au dire de M. de Cazalès, sont d'une haute valeur et font beaucoup d'honneur à la religion.

Faites-moi le plaisir de le dire à Parma et de le saluer bien affectueusement de ma part.

LXXVIII

A LA COMTESSE OTTAVIA MASINO
DI MOMBELLO.

Casale, 23 septembre 1833.

Très-illustre comtesse,

Quoique ce soit manquer cruellement à la charité que de m'adresser des reproches, parce que j'ai eu le malheur de ne pouvoir vous revoir avant votre départ pour Recoaro, toutefois, il y a tant d'amabilité dans votre façon de gronder les gens qu'il faut encore vous en remercier. Le coupable, ce n'est pas moi, mais le temps, qui toujours m'échappe et ne me laisse pas le loisir de faire la plupart des choses qui me seraient le plus agréables.

Je suis à Casale depuis plusieurs jours, après une rapide excursion sur quelques collines du Montferrat et du pays d'Asti. J'espère me voir de retour assez à temps pour passer encore à Chieri et aller vous saluer à Recoaro.

Vous avez parfaitement fait de cueillir à votre aise la *Ne m'oubliez pas*. Conservez, à vous votre santé, et à moi, vos bonnes grâces, et veuillez présenter mes hommages à M. le comte et à M. le chevalier.

J'ai l'honneur d'être, etc.

LXXIX

A CARLO MARENCO.

Turin, 12 décembre 1833.

Monsieur et très-estimable avocat,

Je vous remercie des choses gracieuses que vous avez la bonté de me dire et de l'honneur que vous m'avez fait de me donner votre opinion sur mon *Tommaso Moro*. Votre courtoisie vous a peut-être fait juger cette tragédie avec un excès d'indulgence: Quant au style que j'ai employé, vous êtes si bon juge en pareille matière que, là où il ne vous a pas plu, il faut qu'en effet il ne soit pas heureux. Je tâcherai de mieux faire une autre fois.—Dal Pozzo s'est chargé d'une triste affaire en écrivant cette apologie; mais je crois qu'il pense ce qu'il dit; son erreur, en ce cas, venant du jugement et non de la volonté, il faut le plaindre. Pour moi, je ne lui réponds pas une syllabe, comme je n'ai jamais répondu à aucun de ceux qui, en d'autres occasions, se sont montrés, la plume à la main, peu bienveillants à mon égard.

Mon frère Luigi vous salue, et vous prie d'user des livres en toute liberté.

Je suis impatient de lire votre nouvelle tragédie, l'*Ugolino*. J'espère que les difficultés de la censure se seront aplanies. Don Gorresio m'a dit grand bien de cet ouvrage, et je suis persuadé qu'il ne sera pas inférieur à vos autres tragédies.

L'amitié dont vous m'assurez m'est très-précieuse, et je suis heureux de voir que la mienne vous agrée.

LXXX

AU PÈRE GIAN GIOSEFFO BOGLINO.

Mardi... 1833.

Mon Gian Gioseffo,

Pourquoi ne pas laisser ton frère me dire comment tu as passé la nuit? Mais d'après ton silence je présume que les douleurs ne t'auront plus tourmenté. Toutefois ne néglige aucune précaution, je t'en prie et je te l'ordonne.—Tu es en ce moment au chevet d'un mourant, et tu partages ses angoisses et celles d'une famille affligée! Généreux ministère que celui de souffrir avec les malheureux et de leur donner la plus sublime des espérances. Aime-le ce ministère, ô mon Gian Gioseffo, mettons tout notre bonheur à aimer Dieu et l'homme en Dieu; et que notre vie tout entière ne soit que religion et amour !

LXXXI

AU PÈRE GIAN GIOSEFFO BOGLINO.

Camerano... 1833.

Mon Gian Gioseffo,

J'ai fait un bon voyage ; nous sommes arrivés hier soir à dix heures à Camerano par un magnifique clair de lune. Je me porte à merveille, et cette excellente famille Balbo m'est bien chère. Je regrette cependant d'être de quelques toises plus loin de ma famille et de toi. Ma mère s'est attendrie en me voyant partir, et son chagrin m'a affecté. Il m'affecte encore quand j'y pense. Une autre année, je ne veux plus prendre avec personne l'engagement d'aller à la campagne.—Hier matin, pendant que j'étais avec le père du comte Balbo et avec la vieille comtesse, je sais que tu es venu voir Cesare. Je devine que tu avais aussi la bonne intention de m'embrasser, et je t'en remercie. J'accourus, mais tu étais déjà parti. Mon baiser a volé après toi sur la route; ne l'as-tu pas senti se poser sur ce front plein de candeur que j'aime tant?

Salue *Comitissam Euphrasiam dilectissimam nobis in Domino*. Elle avait l'autre jour un air de santé qui faisait vraiment plaisir à voir. Il ne se passe pas de jour que je ne me réjouisse de penser qu'une âme si belle et si noble doit encore, pendant quelque temps, continuer avec nous son pèlerinage sur la terre; recommande-lui toujours d'avoir grand soin d'elle, et dis-lui quelquefois que, bien que le plus insignifiant de tous les admirateurs de ses vertus, je suis cependant l'un des premiers, si l'on regarde à l'intensité de l'estime et de l'affection.—Avant-hier soir je passai un bien bon moment avec l'excellent chevalier de Biandrate, avec lequel j'allai à sa *Vigna* rendre visite aux Barante. Je te prie de le saluer aussi pour moi et de lui dire que je l'aime beaucoup.

Mille choses à tous les amis, en commençant par les premiers que tu rencontreras, ou plutôt en commençant par ton frère. J'ai vu hier Gioberti, et comme il n'était pas seul, je lui dis que je t'avais chargé de lui communiquer quelque chose. Je lui fis entendre que c'était un avis d'être prudent, mais je ne m'expliquai pas.—J'ajouterai pour ta gouverne, qu'avant de partir, j'ai encore vu un instant la personne bienveillante qui m'avait parlé de cela ; et elle m'a répété avec grande insistance ce qu'elle m'avait déjà dit, en ajoutant qu'il y avait certainement quelqu'un qui travaillait contre Gioberti, et de manière à faire naître de sérieux désagréments, même pour toi...

Je t'embrasse de toute mon amitié.

P. S. La comtesse Masino t'enverra (je ne me rappelle pas bien le nombre) des exemplaires des *Hymnes de Mamiani*, pour lesquels vous avez réuni des souscriptions, Gioberti et toi. Distribuez-les, recevez-en le prix (c'est deux livres par exemplaire) ; et ensuite fais-moi le plaisir de porter toute la somme à mon frère Luigi. La comtesse t'enverra peut-être quelques exemplaires en plus de ceux pour lesquels vous avez souscrit, Gioberti et toi. Retire le tout ; distribuez ce qui vous regarde, je distribuerai moi-même les autres, à mon retour. Adieu, doux ami.

LXXXII

AU PÈRE GIAN GIOSEFFO BOGLINO.

. . . 1833.

Très-cher Gian Gioseffo,

Tu as enfin surmonté ta paresse, et tu m'as écrit. J'en suis charmé, et, à mon tour, je t'écris pour te dire encore que ton amitié m'est chère et que je pense souvent à toi. Non-seulement je pense à toi pour me figurer quel bonheur tu ressens à voir ces contrées et ces nobles esprits qui en sont l'honneur, quel charme tu éprouves à faire un tel voyage avec une aussi excellente famille que celle du comte Masino, en commençant par cette digne comtesse; mais souvent encore je pense à toi avec une certaine inquiétude, et je me dis : « Retournera-t-il ou non à l'oratoire de Saint-Philippe? S'il se retire de cette congrégation, fera-t-il bien? Les dégoûts qu'il y a trouvés (et je serais assez en peine de dire de quelle nature ils sont) ont déjà fait parler la ville ; le plus beau triomphe pour Gian Gioseffo ne serait-il pas de rester dans cette congrégation et de faire voir au monde qu'il n'a jamais cessé d'y être aimé ?»—C'est là, avec mille autres choses, ce que je me dis à part moi, ignorant ce que je dois précisément souhaiter pour toi, mais souhaitant toujours que tu prennes le bon parti,—que tu ne paraisses pas dans ton tort,— que tu n'aies pas à te repentir. Toutes ces inquiétudes sont une preuve de l'attachement que je te porte, et de mon peu de penchant à approuver les changements de carrière. Je sais néanmoins que toutes les règles souffrent exception. Penses-y bien, et agis avec prudence, *mon cher Savonarole ; mais non comme Savonarole...*

Quirina m'a écrit la grande satisfaction qu'elle avait eue à faire connaissance avec toi, et tout son regret de t'avoir vu trop peu. Présente mes hommages à l'excellente comtesse Eufrasia, non par de froids hommages, mais de ceux qu'elle mérite si particulièrement, et que j'ai pour elle dans le cœur. Dis-lui que j'ai été en grand souci de la maladie de sa chère enfant, et que j'ai prié de cœur pour la malade et pour la mère. Dis-lui que je me réjouis de la guérison. Mes respects aussi à M. le comte et à Mademoiselle.— Si tu revois Gino Capponi et les autres qui ont de l'affection pour moi, ne manque pas de les saluer.

Je suis sur les montagnes de Saluces près de Busca, au Roccolo, délicieuse villa du marquis d'Azeglio ; mais bientôt je retourne à Turin. Adieu, je t'embrasse, et suis de toute mon âme ton très-affectionné Silvio.

LXXXIII

A M. ANTOINE DE LATOUR [1].

Turin, 25 janvier 1834.

* Monsieur,

Le roman auquel je travaille sera fort honoré si l'habile écrivain qui a si bien traduit *mie Prigioni* voudra le traduire. Je ne pourrais rien désirer de mieux. Mais malheureusement je n'ai encore qu'un croquis très-imparfait et des matériaux. Les journaux se sont trop hâtés d'annoncer un ouvrage que je ne sais presque pas si je ferai. J'en ai cependant envie. Je travaille peu et lentement. Il me faudra, certes, plus d'un an. En attendant, je vous remercie de la

[1] Ici, dans une note, l'Éditeur italien parle de nous et de notre traduction des *Prisons* en termes beaucoup trop bienveillants pour que nous consentions à les reproduire. Mais ce serait mutiler un texte qui doit nous être sacré comme à tout le monde que de rien retrancher aux lettres que Silvio Pellico nous a écrites à diverses époques. Comment résister d'ailleurs à la tentation de laisser toute leur publicité aux témoignages d'une bienveillance, oserais-je dire d'une amitié, dont il est permis d'être fier? Du reste il convient de remarquer que toutes ces lettres à nous adressées ont été, comme l'indique un astérisque, écrites en français. Enfin, il ne nous appartient pas de supprimer un passage de la note italienne où l'on annonce que cette traduction de la correspondance de Silvio Pellico, éditée par M. Dentu, sera publiée à Paris presque en même temps que le texte à Florence. (*Note du Traducteur.*)

disposition bienveillante où vous êtes à mon égard. Votre estime et votre bonté me sont infiniment chères. —J'ai lu dans un journal une notice biographique par vous de M. Maroncelli, qui sert d'annonce à votre traduction des *Anni del dolore*[1]. J'espère que ce livre sera intéressant. Et comment ne le serait-il pas, s'agissant d'un excellent homme qui a tant souffert?—Je suis charmé que vous soyez aussi son traducteur. Votre aimable sympathie pour nous montre bien l'auteur de *la Vie intime.* Ce livre, plein de belle poésie et de sentiments délicats et élevés, est au nombre de mes livres choisis. Il aurait suffi à me révéler que vous êtes bon.

Veuillez présenter mes respectueux hommages à Mme de Montjoie.

J'ai l'honneur d'être, etc., etc. ✳

LXXXIV

A Mme LA COMTESSE OTTAVIA MASINO
DI MOMBELLO[2].

8 mars 1834.

Très-excellente comtesse,

Il faut qu'il y ait un grand charme à vous obéir, puisque moi, qui, tout amoureux que je suis de la poésie, sens s'évanouir aussitôt toute ma passion pour

---

[1] Cette notice, qu'on peut lire à la suite de notre traduction des *Prisons,* devait, en effet, précéder le récit que Maroncelli se proposait d'écrire lui-même de sa captivité; mais il partit pour l'Amérique où il est mort, et je ne crois pas qu'il ait jamais rien écrit de ce livre. (*Note du Traducteur.*)

[2] Cette lettre, dit une note de l'Éditeur, était accompagnée d'une pièce de vers qui avait pour titre : *A due Cultrici del Bello.* (*Note du Traducteur.*)

les vers dès que quelqu'un m'en demande,—moi qui resterais volontiers, non pas dix ans mais dix jours en prison plutôt que d'écrire, sur un thème donné, un sonnet ou la moindre chansonnette,—moi qui prends presque en grippe quiconque veut de mes vers,—non-seulement je ne vous ai pas prise en grippe, Madame la comtesse, mais je vous ai obéi.

Je voudrais avoir pu faire quelque chose de mieux que ces strophes. Accueillez-les telles qu'elles sont, au moins comme une preuve bien extraordinaire de mon bon vouloir, étant donnée cette hydrophobie de ma plume pour les choses lyriques, — ou comme une preuve bien ordinaire de mon aveugle docilité envers vous. C'est avec cette aveugle docilité que je me dis votre tout dévoué.

LXXXV

A M. LE COMTE EDMOND DE SÉGUINS-VASSIEUX
CARPENTRAS (VAUCLUSE).

Turin, 26 avril 1834.

* Monsieur le comte,

Vous m'avez écrit la lettre la plus aimable du monde; on a du plaisir à être jugé avec indulgence par quelqu'un qu'on estime et qu'on aime. Votre suffrage sur mes livres suffirait à me faire croire qu'ils contiennent quelque chose de bon, car vous avez trop de noblesse d'âme pour être flatteur, et trop d'esprit pour applaudir à ce qui serait tout à fait dénué de mérite. Je suis charmé que mon *Discorso* sur les devoirs des hommes vous paraisse utile; ce n'est cependant pas à vous qu'il peut l'être, comme vous avez la modestie de supposer ; car les vérités sur lesquelles j'ai tâché de fixer l'attention des jeunes gens sont déjà gravées dans votre cœur. Il ne m'a pas été difficile de le connaître dans le petit nombre de jours que j'ai eu le bonheur de passer auprès de vous à Caméran.—Ce pauvre cher Caméran, hélas ! est devenu bien triste. L'été dernier, j'y ai encore été. Notre César [1] était encore un des maris les plus heureux de la terre. Cette femme si vertueuse, si douce, jouissait de la vie comme si elle devait la conserver bien des années ; elle était enchantée de ses beaux enfants ; elle se consacrait à son ordinaire à leur éducation, toute sa gloire c'était de les aimer, d'aimer son mari, d'être bonne avec tout le monde [2]. Quelle perte pour César et pour tous ces petits ! Quand je les vois, je sens mon cœur se serrer ; le malheur qui les a frappés n'est pas de ceux qu'on exagère, il est réellement grand. Mais dans tout ce que Dieu fait, il y a un motif excellent, et il faut y souscrire en adorant sa sagesse.

[1] Le comte Cesare Balbo chez qui, étant à la campagne à Camerano, M. de Séguins connut pour la première fois Silvio Pellico, en juin 1831. Le père du comte Cesare Balbo (Prospero) avait épousé en secondes noces la comtesse de Séguins, aïeule du comte Edmond de Séguins, à qui est adressée cette lettre.
(*Note de l'Éditeur.*)

[2] La comtesse Félicité Balbo, née de Villeneuve-Chenonceaux, épouse du comte Cesare, à qui elle avait donné six fils, fut une femme ornée des plus rares vertus, chère à tous ceux qui la connurent, et a laissé une mémoire longtemps regrettée. Le portrait touchant que fait d'elle dans cette lettre Silvio Pellico ne pouvait être plus fidèle. (*Note de l'Éditeur.*)

Il a ôté d'ici-bas une âme sainte, il a abrégé son épreuve.

Vous saurez que Prosper et Louis vont entrer à l'Académie militaire; Louis a été nommé page, Henriette est dans une pension.

Je crois qu'on n'ira plus à Caméran pour bien des années. On préférera pour *villegiatura* une vigne ici sur la colline. Comme elle est près de Turin, probablement Mme votre grand'mère et S. E. M. le comte y iront aussi. La santé de Mme de Balbo s'est admirablement rétablie; dans son grand âge, c'est un prodige. Son esprit est toujours vif et aimable à son ordinaire. —Je lui ai dit le plaisir que m'a fait votre charmante lettre. Elle vous aime beaucoup. Et qui est-ce qui ne vous aime pas?—Toute la maison S....... que j'ai été saluer de votre part est bien sensible à votre souvenir; là aussi on se souvient de vos mérites et de cette aimable modestie qui leur donne tant de relief.

Les ouvrages pour lesquels vous avez la bonté de me faire des compliments ont plu à un certain nombre de personnes et déplu à beaucoup d'autres. —Il y a des gens qui trouvent honteux que je sois catholique et que je me fasse gloire de l'être. Ils sifflent maintenant mes pièces quand on les joue. Ils croient me faire de la peine, et ça m'est égal. Je ne suis d'aucun parti exagéré; j'aime la justice, et par conséquent le bon ordre et la religion. Il n'y a que du mauvais dans les fanatismes de toute espèce. Je sais que vous êtes de mon avis et j'en suis charmé.

Quand vous écrirez à M. votre père, veuillez lui présenter mes très-humbles respects. Adieu, Monsieur, conservez toujours un peu d'attachement pour votre dévoué Silvio Pellico. *

LXXXVI

A Mme LA COMTESSE DE BENEVELLO.

Turin, 30 avril 1834.

* Madame,

Lors de ces malheureux troubles de Lyon et de Paris, j'ai bien été en peine pour vous, Madame. Ils sont passés, grâces à Dieu, et vous n'en avez pas essentiellement souffert. J'étais d'autant plus en peine, que la renommée nous chuchotait à l'oreille le charmant secret de votre grossesse; il y avait à craindre que les frayeurs causées par ces vilains héros du désordre ne vous fissent beaucoup de mal. Venez, venez achever dans notre bon et tranquille pays la plus belle et digne œuvre qu'une femme adorable pour sa beauté et ses vertus puisse faire,—une jolie créature qui lui ressemble. Donnerez-vous cette fois un frère aux trois petites Grâces ? Je vous le souhaite de tout mon cœur, si cela vous fait plaisir; quoique pour mon compte si je m'étais marié, j'aurais mieux aimé avoir des filles. Il n'y a pas de doute que votre aimable sexe est meilleur que le nôtre. Nous avons plus de difficulté à nous élever au-dessus de l'ignoble région de l'égoïsme et de l'orgueil : la douceur et la générosité sont des éléments presque toujours innés dans l'âme féminine, et de là se forment aisément toutes les plus estimables qualités. Mais comme il y a des exceptions honorables pour notre sexe, si vous voulez faire un garçon, je vous promets qu'il sera aussi bon et aussi beau que ses trois charmantes sœurs,—aussi bon et aussi beau que vous.—Je ne suis pas étonné que Paris, malgré ses enchantements, ait bien des choses qui ne vous plaisent pas : il faut du temps pour que les esprits se calment et se rapprochent des doctrines vraiment sociales. Ces doctrines ne pourront jamais s'asseoir sur l'incrédulité et le mépris de tout principe. Il est fort malheureux que, parmi ceux qui auraient pu soutenir la religion, il y ait eu des gens passionnés pour l'intrigue; ils ont sans doute fait beaucoup de mal à la cause du christianisme ; mais l'édifice de Dieu ne s'écroulera pas.

Notre cher petit Turin n'est pas sujet aux alarmantes vicissitudes de Paris; le plus grand événement de ces jours-ci n'est que la chute de ma tragédie *Corradino*. La pièce était mauvaise, mais au lieu de tomber tout doucement et d'être tolérée grâce à quelque chose de passable qui s'y trouvait, la faction jacobine l'a joyeusement sifflée, pour me punir enfin de n'être qu'un bigot. De jolies lettres anonymes m'ont honoré de toute espèce d'injures. On me reproche mes croyances religieuses et les liens que j'ai avec des personnes de la noblesse. On me conseille de regagner l'estime des braves gens en changeant de conduite.—Qu'ils sont enfants! Même avant ma captivité, même quand je rêvais d'heureux changements politiques en Italie, ai-je jamais fraternisé avec les démagogues? Non, jamais! Ils sont bien simples de croire que je doive, que je puisse leur appartenir, et que leurs conseils puérils et leurs puériles menaces me fassent changer de conduite et rougir d'être modéré et chrétien.

Pendant que cette faction m'injurie ainsi par ses lâches lettres anonymes, un journal de Pesaro (*la Voce della Ragione*) me maudit d'une autre façon, disant que je ne suis qu'un jacobin masqué, et que les Autrichiens auraient mieux fait de me pendre. Je ris de tout cela et continue mon chemin.

Adieu, Madame. *

LXXXVII

A M. LE PROFESSEUR PIER ALESSANDRO PARAVIA.

Vigna Barolo, 2 juillet 1834.

Très-estimable professeur et ami,

Vous m'avez fait un présent qui m'est bien cher; votre Pline est une merveille. Je vous en remercie vivement. Vous avez su si bien y approprier notre gracieuse langue, qu'il semble n'en avoir jamais parlé une autre.

Je vous remercie également des choses aimables que vous m'avez écrites. Je regrette de n'avoir pu me trouver dimanche à Turin, pour aller offrir mes hommages à la digne comtesse Ottavia, et faire avec elle, avec mon cher Paravia, et avec ce Romani que j'estime beaucoup, l'excursion projetée de Grugliasco.

Présentez mes respects à la comtesse, au comte et au chevalier. Dites à Romani qu'il doit me compter parmi les plus sincères appréciateurs de son mérite.

Depuis que je suis à la campagne, mes poumons respirent plus librement. Je viens quelquefois à la ville pour embrasser mes parents, mais sans m'y arrêter. Je veux cependant y venir une fois pour vous dire de vive voix combien votre Pline me plaît, et je vous porterai les vers que vous me demandez.

LXXXVIII

A M. ANTOINE DE LATOUR.

... 1834.

* Monsieur,

Vous m'avez fait un don précieux, en m'envoyant votre charmante traduction de mon petit livre des *Doveri degli uomini*. L'introduction que vous y avez ajoutée en augmente infiniment le prix. Il faut beaucoup de tact et beaucoup de talent pour écrire des pages semblables. Dans tout ce que vous dites, il y a pénétration et vérité, quoiqu'il vous soit arrivé comme il arrive aux peintres bienveillants, vous m'avez embelli. Il faut bien que je vous pardonne cette aimable faute. Je vous en remercie même, car je suis fort aise que vous m'aimiez. Je vous aime aussi, d'abord par reconnaissance, puis par véritable estime. Vos belles poésies de la *Vie intime* vous font aimer. On n'a pas ces nobles idées et ces doux sentiments par effort d'art : il y a là le cachet de la vertu. L'art peut malheureusement être fort grand sans vertu; mais celle-ci lui donne cependant un charme auquel rien ne supplée.

Votre langage sur la religion est beau; il porte le caractère d'une persuasion complète. Il me semble que, lorsque cette persuasion manque, on se trahit toujours un peu, et alors la parole s'efforce en vain d'être puissante, elle est faible.—Que ceux-là se trompent , qui croient pouvoir donnèr l'apparence du christianisme à une philosophie vague et qui s'imaginent être là le seul christianisme possible dorénavant !—Leur simulation est comme toute simulation, quelque chose de misérable et d'impuissant. Il n'y a de fort que la vérité; et certes celle-ci est tout de bon dans la doctrine catholique, prise dans toute sa sublime et sainte sévérité.

Depuis plusieurs mois, je ne travaille plus à mon roman historique. Le reprendrai-je? Je n'en sais rien. Ma santé a été dérangée, et cela m'a forcé à être un peu paresseux. Au reste, dans le roman que j'avais commencé, il y a des défauts qui me déplaisent trop et pas assez de beautés.

Je ne sais plus ce qu'est devenu Maroncelli, depuis son arrivée à New-York ; en auriez-vous des nouvelles? Son excellent cœur est plein d'amitié pour moi; mais je regrette que, croyant sans doute me faire plaisir, il ait composé la notice biographique sur mon compte qu'il a publiée avec ses *additions*. Ne m'ayant pas consulté, et, ne conservant sur certaines choses que des réminiscences confuses, il est devenu inexact sur bien des points, et a donné des interprétations inconcevables qui ne pouvaient faire à moins que de prêter des armes à mes ennemis. Patience ! Dans ce siècle de passions politiques et d'exagération, il est difficile à un ami de bien comprendre son ami. En attendant les journaux de Modène, de Pesaro, etc., se réjouissent à me dire des injures, au nom de la religion. A leurs yeux, je ne suis qu'un impie caché, un révolutionnaire, un séducteur.—Je ne réponds ni

à ces gens-là, ni aux fanatiques du libéralisme qui me
blâment de ce que je ne partage pas leurs folles illusions. Je n'ambitionne de plaire ni aux uns ni aux
autres. Ils n'auront de moi d'autre réponse que ma
conduite sans masque, sans servilité vers aucun des
partis violents, et aussi chrétienne qu'il me sera possible. Peut-être, un jour, je publierai aussi ma petite
biographie.

Adieu, Monsieur, agréez l'assurance des sentiments
de considération et d'estime bien sincères avec lesquels j'ai l'honneur d'être, etc. *

LXXXIX

A CARLO MARENCO.

Turin, 5 octobre 1835.

Très-cher et très-estimable avocat,

Vous m'avez fait un précieux cadeau en me donnant votre nouveau volume de tragédies, et j'ai fait
aussitôt mon possible pour ne plus penser à autre
chose, et pour m'élever, à l'aide de cette lecture, à des
idées beaucoup plus belles et plus poétiques que n'est
celle du choléra,—inévitable sujet de presque toutes les
conversations d'aujourd'hui. Vive le mérite des bons
et beaux livres ! et vive mon cher Marenco qui en a
donné un de plus à la littérature italienne ! Je veux
vous dire un fait très-simple, mais qui, à mon sens, a
une grande signification : c'est qu'en vous lisant, je
me suis sur-le-champ attaché à ce que j'avais sous les
yeux, que j'ai été en avant avec grand plaisir, et qu'il
m'en a coûté, chaque fois que j'ai dû m'interrompre.

Le seul sentiment pénible qui, à plusieurs reprises, soit entré dans mon esprit, d'abord à l'occasion de l'*Ugolino*, ensuite à propos de l'*Ezzelino*, a été de regretter que de telles tragédies, si remplies de belle poésie, de hautes pensées et d'une action si dramatique, ne soient pas produites à la scène; ou, si on les y porte, n'aient pas pour les exécuter de ces compagnies riches en argent et en artistes qui peuvent seules représenter sans mesquinerie d'aussi vastes compositions. Les petites compagnies obligées d'économiser, et n'étant pas en mesure de former par dix ou douze répétitions rigoureuses les moindres acteurs comme les principaux, quand elles entreprennent la représentation d'une tragédie dont l'action est vaste, risquent térriblement d'en compromettre le sort. Hé bien, patience ! Toutes vos tragédies, cher Marenco, ne seront point admises à recevoir, au théâtre, les applaudissements qui leur sont dus, mais toutes auront des lecteurs pour les admirer, et des deux couronnes, celle-ci est la plus désirable.

Si de telles tragédies ne rencontraient aucun obstacle ni dans la révision de la censure, ni dans le défaut de ressources des compagnies théâtrales, elles produiraient, je crois, un grand effet sur les spectateurs, les habitueraient à désirer des tableaux historiques de ce genre, et en feraient de bons juges.

Enfin tout ce qui ne va pas à mon gré dans cette affaire ne provient pas de vous, et tout ce qui m'en plaît est l'œuvre de votre génie.

Agréez mes félicitations, et poursuivez votre noble entreprise.

Je vous prie d'offrir mes respects à votre gracieuse épouse et de me compter au nombre de vos amis.

XC

A LA COMTESSE OTTAVIA MASINO
DI MOMBELLO, A PARIS.

Turin, 9 novembre 1835.

Très-aimable comtesse,

Dois-je vous gronder de m'avoir dit des choses trop bienveillantes que je ne mérite pas, ou vous remercier de m'avoir gardé un si bon souvenir au milieu de tous les enchantements qui vous entourent à Paris? L'amitié dont vous m'honorez m'a toujours été infiniment chère, mais jamais elle ne m'a été mieux prouvée, ni ne m'a paru plus flatteuse que dans le gracieux témoignage que vous m'en donnez parmi les innombrables distractions de cette ville.

Une personne s'était présentée plusieurs fois chez moi, se disant chargée de prendre de mes nouvelles de la part de la comtesse Masino, mais je ne m'étais pas trouvé à la maison, et je n'avais pu démêler si la gracieuse comtesse de l'ambassade était Ottavia ou Eufrasia.

C'était donc vous, Madame, et je vous en exprime ma vive gratitude. Depuis que je n'ai eu le bonheur de vous voir, j'ai vécu entre une santé supportable et une santé mauvaise, et luttant avec les armes de la patience, tantôt contre mes incommodités habituelles, qui par moments s'aggravent, tantôt contre de nouvelles qui provenaient de l'influence cholérique, et que l'on qualifiait du nom de *cholérine*. Toutefois je n'ai pas gardé le lit, et je serais ingrat envers la bonté divine si je me plaignais. Mes petits malaises ont par-ci par-là leur bon résultat, celui entre autres de vous inspirer pour moi un peu de compassion, n'est-il pas vrai? Je voudrais vous voir, au contraire, ne plus mériter la mienne, et, qu'à votre retour à Turin, vous pussiez me dire que vous n'avez plus eu ni maux de tête, ni spasmes nerveux, ni palpitations, — sinon de passagères palpitations de joie.

Grâce au ciel, le choléra semble près de s'éteindre ; hier, cependant, une femme de chambre de la maison de Borsarelli a été attaquée avec force, et, au bout de quelques heures, elle avait cessé de vivre. Mais nous n'avons plus qu'un ou deux cas par jour, et la majeure partie de ceux qui sont atteints guérissent maintenant. Toute inquiétude a à peu près disparu, si bien que l'on a fermé hier tous les postes de secours, excepté celui du palais de ville. Il ne reste également d'autre infirmerie de cholériques que celle de San Luigi. Je souhaite que vous reveniez, mais vous feriez prudemment, ce me semble, de vous assurer d'abord que l'épidémie s'est complétement éteinte. Que le ciel vous inspire et vous ramène au milieu de nous comme un ange, à l'apparition duquel toutes les mauvaises influences disparaissent.

Qu'est-ce donc, Madame, cette célébrité que vous regardez comme une espèce de bonheur pour moi? C'en serait un, sans doute, si elle prouvait qu'il y a chez moi quelque mérite ; mais ce qu'elle prouve seulement, c'est que les malheurs d'une captivité de dix ans ont ému les cœurs sensibles. Je suis touché de tant d'indulgence, mais, je le vois trop, elle procède de l'illusion qu'on se fait en me supposant plus remarquable que je ne suis.

Cette surabondance d'indulgence dans quelques contrées de l'Europe, et même (pour dire la vérité) parmi mes compatriotes, est pour moi une compensation à la malveillance que quelques autres se sont cru obligés de nourrir contre le pauvre publicain. Mais quoi qu'en aient dit la *Voce della Verita* de Modène, et la *Voce della Ragione* de Pesaro, et autres journaux auxquels je ne réponds jamais, j'espère encore qu'il y aura dans le paradis un tout petit coin pour le pauvre publicain. C'est ma plus intime espérance, mon ambition, la pensée qui embellit ma vie et mes peines.—Veuillez me rappeler au souvenir du digne comte ; — si Mamiani est là-bas, saluez-le aussi pour moi, et croyez que je tiens à grand honneur de me dire, Madame, votre très-dévoué serviteur, Silvio Pellico.

XCI

AU COMTE FEDERICO CONFALONIERI [1].

Turin, 17 janvier 1836 [2].

Mon cher, mon bien cher Federico, cette lettre te parviendra-t-elle? Pourrai-je, enfin, revoir ton écri-

---

[1] Publiée par la *Civilta cattolica*, 3ᵉ série, vol. 1. Rome, 1856.
(*Note de l'Éditeur.*)

[2] Reçue à Vienne depuis ma sortie du Spielberg.
(*F. Confalonieri.*)

11

ture chérie? Aurai-je la consolation d'apprendre que ta santé est supportable et qu'elle va s'améliorer grâce aux soins que tu pourras en prendre, maintenant que te voilà sorti de ce lieu de tribulations et de douleur? Oh ! mon Federico, combien j'ai soupiré pour toi après la fin de cette grande épreuve ! Que de fois je l'ai demandée à Dieu ! Quelle joie de penser qu'enfin tu verras luire, non pas des jours heureux, hélas ! mais des jours moins pénibles, et encore mêlés de quelque vive et durable douceur ! Heureux, hélas ! comment le seraient-ils, après la perte que tu as faite de ton angélique Teresa, qui t'eût consolé de toutes les peines qui t'attendent encore sur la terre, et qui eût doublé toutes tes joies en les partageant? Ton cœur aura sans doute deviné, mon bon Federico, qu'entre les amis qui ont pleuré la mort de cette dame héroïque, j'ai été certainement l'un de ceux qui en ont été le plus profondément affectés, en pensant à elle, et surtout en pensant à toi. Je ne cesse de prier pour cette belle âme sainte ; mais en remplissant ce devoir, comment ne pas dire : « Elle est au paradis ! » Elle y est, ô mon bien cher ami ; c'est elle qui a obtenu de Dieu ta sortie des tristes murs du Spielberg, et cette inspiration de clémence du nouvel empereur qui nous remplit tous aujourd'hui de reconnaissance envers lui, en même temps que d'allégresse. Teresa, du haut de son trône céleste, continuera à être ton bon ange, ton inspiration, l'instigatrice des plus doux sentiments de ton cœur ! Mon bon, mon fidèle et généreux ami ! j'ai reçu de ton amitié de rares témoignages, dont je ne pourrai jamais assez te remercier ni te bénir. Je prie

Teresa de demander à Dieu que le mérite en rejaillisse sur toi, en faisant que ta santé se rétablisse entièrement, que tes afflictions s'adoucissent, et que tu obtiennes pour tout le reste de tes jours chéris une vie tranquille et consolée.

Oh! si mon amitié pouvait contribuer à apporter quelque soulagement à ton âme! Personne ne t'a connu, ne t'a aimé comme moi; personne ne peut plus que moi aimer, apprécier, vénérer la bonté et la noblesse de ton cœur. J'espère qu'il viendra un jour où je pourrai, au moins un moment, te revoir et t'embrasser avant de mourir. Ah! jusque-là aimons-nous, disons-nous réciproquement que nous nous aimons, et prions Dieu l'un pour l'autre. Entre autres bienfaits que je te dois, quel service tu m'as rendu, quand tu m'as déclaré que tu ne voyais absolument la vérité que dans l'Eglise catholique! Cette conviction de ton esprit diminua alors les doutes qui tourmentaient le mien, et ces doutes cruels finirent par disparaître tout à fait. A présent, c'est ma consolation suprême de croire à cette grande vérité. Les hommes m'ont dit, et te diront peut-être, que je suis un *bigot*, mais tu ne prendras pas garde à leurs dérisions. Je tâche d'être un vrai chrétien, et s'il m'est difficile d'en avoir les vertus, j'ai déjà du moins la grâce de la foi. Elle m'allége les amertumes de la vie. Dieu m'a fait trouver dans mon pays beaucoup d'âmes indulgentes à mon égard, et celles-ci infiniment plus nombreuses que celles qui, par un système ou par l'autre, se sont cru en droit de me mépriser et de me dénigrer. Je me montre rarement et à peine dans le monde; je ne m'occupe jamais de politique ; je déplore le caractère malveillant et implacable de toutes les opinions exagérées, j'ai recours au Tout-Puissant pour qu'il répande dans les cœurs un peu plus de charité, en commençant par moi-même qui aime la charité, mais qui n'en ai pas assez. Mes vieux parents vivent encore, ils m'aiment et je suis heureux de pouvoir par ma filiale tendresse réjouir un peu leur âge avancé. Mon bon frère Luigi est avec nous. Par suite de la sentence qui m'a frappé, il a été éloigné de tout emploi. Nous sommes satisfaits de notre humble condition qu'a soulagée une main bienfaisante ! Nous ne pouvons dire que nous soyons pauvres, et je suis plus heureux ici que si je jouissais d'une fortune brillante loin de mes parents et de mon pays. Mon autre frère, qui est prêtre, a passé depuis un an dans la Compagnie de Jésus. Celle de mes sœurs qui vit encore est toujours dans son humble retraite des Rosines. Telle est la situation de ma famille. Tous nos cœurs te chérissent et prient pour toi. Adieu, mon bien-aimé Federico, je t'embrasse de toute mon âme. Soigne ta santé, essuie tes larmes, supporte avec une douce résignation les maux inévitables de la vie. Consolons-nous de tout, en aimant Dieu, en aspirant à Dieu. J'espère que tu m'écriras ; oh ! que je suis impatient d'avoir à baiser encore une lettre de toi ! Adieu, excellent ami. Je suis et serai toujours ton reconnaissant et tendrement dévoué, Silvio Pellico.

XCII

AU PÈRE GIAN GIOSEFFO BOGLINO.

Turin, 7 février 1836.

Mon bien cher Boglino,

Je te remercie de tout cœur de l'aimable et affectueuse lettre par laquelle tu me donnes des nouvelles de Mme la comtesse, et me répètes que tu m'aimes ; répétition qui me charme, parce que moi aussi je t'aime. Je te remercie du plaisir que tu m'as fait éprouver, en me disant que mon nom ne sonne pas trop mal là où tu es. Mais tu sais que de loin toutes les choses ont coutume de se grossir dans l'esprit des hommes. Tu me connais, et tu peux désabuser les personnes qui me jugent avec trop d'indulgence. Mais est-il bien vrai que tu me connaisses? Si je ne me trompe, tu m'as vu avec deux loupes d'espèce différente, mais fausses toutes deux. La première fut celle de l'enthousiasme, et je te parus alors tout ce que tu aurais voulu que je fusse ; la seconde fut celle que daignèrent te présenter certains de mes ennemis qui se croyaient obligés de me retirer leur estime, parce que je ne philosophe pas et ne politique pas à leur sublime façon. Tu ne leur as pas prêté une foi aveugle, cependant tu n'as pu t'empêcher de me plaindre comme un pauvre petit homme à vue bien courte ; et néanmoins, dans ta compassion magnanime, tu as continué à me vouloir du bien. La première loupe faussait l'objet dans un sens, la seconde le faussait dans le sens opposé. En conséquence, non, non, tu n'as pu jusqu'ici me connaître que fort imparfaitement, par un calcul approximatif, incertain et variable. Mais à cela il n'y a pas grand mal, si tu continues à m'aimer.—Du reste, toi et moi nous sommes d'accord sur un point essentiel; nous croyons l'un et l'autre que toute philosophie antichrétienne est une bouffonnerie, aucune sagesse humaine n'étant véritable et sainte en dehors de celle que Dieu a révélée et révèle encore aux cœurs humbles et aimants. Les principes les plus justes en eux-mêmes deviennent iniques dans leurs conséquences, toutes les fois qu'ils sont professés par des âmes violentes, superbes, vindicatives, c'est-à-dire par de prétendus héros qui n'ont rien de l'esprit chrétien. De tels héros sont les gâte-métier de notre siècle. Non, le progrès social ne sera jamais l'œuvre des factions haineuses, impatientes et calomniatrices. Il viendra à la suite des vertus domestiques et de la charité civile, ou il ne viendra jamais. Je vois l'humanité en mouvement, et toujours possédée de l'espoir d'avancer dans la voie du bon et du vrai; mais avancera-t-elle réellement? Je ne le sais, nul ne le sait. Toutes les formes de gouvernement ont leur côté faible. Dans toutes, l'honnêteté peut trouver place, comme dans toutes, l'hypocrisie, l'intrigue, la corruption.

Laissons donc de côté les illusions de la politique, faisons chrétiennement tout le bien que nous pouvons, chacun dans notre sphère; prions Dieu pour tous, et gardons la sérénité, l'indulgence, la force du cœur. Adieu, mon cher ami.

XCIII

AU COMTE FEDERICO CONFALONIERI[1].

Turin, 28 mars 1836 [2].

Mon Federico, le plus cher ami de mon cœur pour toute la vie, pour toujours! il te faut donc abandonner l'hémisphère que nous habitons; et cependant je ne puis croire que nous ne devions plus nous embrasser avant de mourir! Oh! de quels vœux ardents mon âme t'accompagne, et demande à Dieu de t'épargner les souffrances dans cette longue traversée et dans ces nouveaux climats où tu vas reposer ta pauvre tête fatiguée de tant de douleurs! Puisses-tu y trouver, je ne dirai pas l'allégresse, il n'y a plus, hélas! d'allégresse ni pour toi ni pour moi! Puisses-tu trouver partout allégement à l'inévitable regret des pertes immenses que tu as faites! Mon pauvre Federico! je pleure comme un enfant sur toi, sur la mémoire vénérée de Teresa, sur la sainte amitié que les années du malheur ont resserrée entre nous, et je te bénis du bien, de tout le bien que tu m'as fait, et en des temps où ce fut pour ton Silvio une grande et véritable providence! Maintenant, mon généreux ami, ne t'afflige pas s'il te faut cesser ici un des sacrifices que tu accomplissais avec le plus de plaisir. Dieu, qui dispose pour moi toutes choses avec une si miséricordieuse

[1] Publiée dans la *Civilta cattolica*, 3ᵉ série, vol 1. Rome, 1856.
(*Note de l'Éditeur.*)

[2] Reçue à Gradisca. (*Note de l'Éditeur.*)

clémence, a porté quelques âmes vertueuses à me vouloir du bien, et le nécessaire m'est assuré. Ma reconnaissance envers toi sera éternelle, comme sera éternelle aussi l'estime et la tendresse que ton caractère
aimant, fort et loyal, m'a inspirée. Tu mérites de trouver des amis partout : tu en trouveras. Il n'est pas
possible de te connaître à fond sans t'aimer, et t'aimer
beaucoup. Mais personne, ô Federico, personne (il me
semble) ne pourra t'aimer plus que moi. Souviens-toi
toujours que j'ai lu dans tous les secrets de ton noble
cœur, et que je n'ai pu me défendre de m'attacher à
toi plus qu'à aucun autre mortel que j'aie jamais
connu ; souviens-toi que nos deux âmes ont découvert
entre elles une harmonie toute particulière ; prie pour
moi chaque jour, et chaque jour je prierai pour toi.
Que le temps ni l'absence ne détruisent jamais, n'affaiblissent jamais l'étroite fraternité qui nous a unis.

Oh ! oui, certainement je t'écrirai, et ma plus
grande consolation sera de recevoir tes lettres ! Quand
pourras-tu me dire que ta santé a été assez forte pour
triompher des épreuves de ce grand voyage, et que tu
n'es mécontent ni du pays, ni des hommes au milieu
desquels tu es appelé à vivre ?

Ton esprit est fort et religieux, et ces heureuses
qualités contribueront à te donner du calme, de telle
sorte que le physique même y gagnera. Oh ! comme
je le désire ! Quand tu penseras à moi, sois bien persuadé que si je n'ai pas dû m'expatrier, si je jouis
encore des douceurs de la famille, ce n'est pas sans
qu'il s'y mêle bien des larmes, sans une véritable et
journalière participation à tes peines. Je souffrirais de

bon cœur pour te soulager, mon incomparable ami, mon soutien, mon bienfaiteur! J'ai confiance que Dieu te conservera ce grand courage que tu as toujours montré dans le malheur, et dont la base est l'intime croyance aux vérités religieuses. Cette conviction, grâce au ciel, est aussi la mienne, et je sens qu'elle est l'unique base de toutes les vertus auxquelles nous devons aspirer. Les hommes nous sont enlevés par le malheur, par la mort, par mille causes, accidents ou perfidies. Mais Dieu reste toujours à ceux qui embrassent saintement la croix.

Embrassons-la ensemble, et nos âmes ne seront jamais désunies ! Adieu, homme aussi cher que malheureux ! je ne cesserai jamais, jamais de te bénir, de t'aimer, de te désirer, de t'attendre.

XCIV

A LA COMTESSE OTTAVIA MASINO
DI MOMBELLO.

18 avril 1836.

* Madame la comtesse,

Demain au soir je serai chez vous, un peu tard, mais j'aurai certainement l'honneur d'imprimer mes lèvres sur ce beau poing qui s'était si aimablement serré pour frapper mes pauvres ennemis. Vos nerfs, votre estomac ont donc bien souffert des joyeux coups de sifflet dont une partie du public m'a condamné mercredi soir? Je suis infiniment fâché du mal que cela vous a fait, et je vous demande pardon d'en avoir été la cause, quoique bien contre mon gré. Avez-vous deviné que pendant ces huées, j'ai pensé à vous avec un véritable chagrin, m'imaginant l'agitation et la tristesse que votre belle âme devait en ressentir ? Pour ce qui me regardait, je n'étais ni surpris, ni affligé, ni irrité contre les siffleurs. Je ne serais pas sincère si je leur donnais tout à fait tort. Ma tragédie, qui paraissait bonne à la lecture, je l'ai vue pleine de défauts à la représentation. Puis-je être bien en colère contre des jeunes gens, qui, pour moins s'ennuyer, s'amusent à siffler ? La désapprobation était un peu outrée, voilà tout. Je suis sûr qu'il y a plus de vivacité dans ces bonnes gens-là que de malveillance. Si ma tragédie avait eu de l'intérêt, ils auraient été émus malgré eux, ils auraient laissé le sifflet de côté pour s'égosiller et bien faire enfler leurs généreuses mains à m'applaudir. Le peu de mérite de la pièce a changé l'amour en haine ; mais ce sont des haines d'enfants. Ils ont dit : « La tragédie est mauvaise, donc il est aussi mauvais, donc il est vrai que c'est un bigot, un jésuite, un monstre : allons, chers et magnanimes camarades, terrassons-le ! »

Croyez, Madame, que c'est comme cela, et riez-en. Vos maux de tête viennent de ce que, par excès de bonté, vous donnez quelquefois trop d'importance aux choses ; vous vous affligez pour tout le monde. Je vous conjure de vous corriger de ce défaut,—quoique je vous sois extrêmement reconnaissant de l'avoir aussi eu pour moi.

N'ai-je pas été heureux que cette charmante demoiselle anglaise, qui est un ange [1], et dont l'âme est

[1] Lady Walpole.   (*Note de l'Éditeur.*)

si musicale, n'ait pas été au théâtre le soir de cette horrible musique sifflante? J'espère bien que demain soir j'arriverai chez vous à temps pour l'entendre chanter.

Adieu, Madame, je suis aussi de cœur et d'âme et rien de plus, etc. *

XCV

A LA COMTESSE OTTAVIA MASINO
DI MOMBELLO.

20 avril 1836.

Très-honorée comtesse,

Quel dommage qu'à cette magnifique élégie de Romani doivent, dans cet album, succéder mes vers! Mais mon devoir est d'obéir aux deux hautes et gracieuses volontés qui me le commandent. Vous, Madame la comtesse, vous êtes trop aimable pour vous plaindre que je ne vous aie pas communiqué ces vers. S'ils ont quelque prix pour la mère de la jeune fille qui n'est plus, ils n'en ont aucun pour les autres. Je les composai sur l'heure même et les envoyai à Paris comme un douloureux souvenir d'anniversaire.

Agréez l'expression de l'estime toute particulière et du respect avec lesquels j'ai l'honneur d'être, etc.

XCVI

A LA COMTESSE OTTAVIA MASINO
DI MOMBELLO.

Turin, 5 juin 1836.

* Madame,

Vous êtes bien bonne de m'avoir communiqué ce

que M. de Haller vous a écrit de flatteur à mon égard. Les expressions disent beaucoup trop. Quand vous lui répondrez, veuillez, Madame, l'en remercier de ma part, et lui offrir le petit livre des *Doveri* que je joins ici. Si vous pouvez me procurer pour quelques jours l'édition allemande de sa *Restauration de la science politique,* je lirai cet ouvrage avec grand plaisir.

Et ce bon M. de Haller a donc aussi des craintes sur ma manière de penser? J'ai été quelquefois étonné de ce malheureux besoin qu'ont les hommes de se méfier, de soupçonner, de pencher pour les suppositions peu consolantes. Maintenant, je n'en suis plus ni surpris, ni fâché, je vois que cela est naturel. Il y a surtout des positions, telles que la mienne, où un homme ne peut trouver que peu d'âmes comme la vôtre, qui poussent l'indulgence et la confiance à l'excès. Ne me justifiez point, je ne le fais jamais avec personne. Pour ces deux jours de vie que nous avons, qu'importe que l'on nous attribue quelque abomination de plus que celles dont nous sommes coupables devant Dieu? C'est même bon pour équilibrer l'effet des jugements; car n'est-on pas toujours trop estimé et trop loué par quelqu'un?

J'espère que j'aurai l'honneur de vous voir avant votre départ pour la campagne. Mercredi, je quitte aussi la ville; nous allons à la vigne Barol.

Daignez agréer l'assurance des sentiments distingués de respect et de dévouement avec lesquels, etc. ✶

XCVII

A M. ANTOINE DE LATOUR.

Turin, 26 juin 1836.

* Monsieur,

Vous m'avez fait grand plaisir de me faire connaître votre ami, M. Foisset[1], que j'ai trouvé bien digne de l'attachement que vous avez pour lui. Il pourra vous dire que je ne vous ai point oublié, Monsieur. Vous m'avez témoigné tant de bienveillance, que je serais trop ingrat si je ne vous aimais pas. M. Foisset m'a dit de bien belles choses de vous; j'ai été enchanté d'entendre cet éloge sortant du cœur, mais je vous avais déjà deviné.

Depuis le départ de mon malheureux Maroncelli pour l'Amérique, je n'ai jamais plus eu de ses nouvelles : si par hasard vous en avez, veuillez me les communiquer. Aura-t-il trouvé un peu de bonheur? Son âme si confiante, si facile à se faire des illusions et si portée à l'enthousiasme, sera-t-elle bien dans un pays de calculs et d'idées peu poétiques, tel que les

---

[1] M. Théophile Foisset, alors juge au tribunal de Beaune, aujourd'hui conseiller à la cour impériale de Dijon, homme d'une véritable élévation de cœur et d'esprit, auteur de travaux très-intéressants sur le président de Brosses et d'articles remarqués dans le *Correspondant*. Catholique à la fois sincère et intelligent, écrivain excellent, mais peu prodigue de lui-même, M. Foisset est un de ces hommes, de plus en plus rares, que le pays natal sait quelquefois retenir et qui gardent toute leur valeur en province, où des amitiés illustres vont souvent les chercher.

(Note du Traducteur.)

États-Unis? Pauvre ami! je pense souvent à tout ce qu'il a souffert, et je voudrais de tout mon cœur que la fortune lui sourît! Je voudrais aussi qu'il se désenchantât de ce que les passions politiques ont de brillant; car elles ne valent rien pour lui : elles ne valent rien pour la plupart des hommes.

Adieu, Monsieur; je reverrai dans quelques jours M. et Mme Foisset qui sont partis pour Gênes. Ils avaient le projet de faire une course à Milan; mais il paraît qu'ils y renoncent à cause du choléra qui se répand en Lombardie.

Agréez l'assurance de mes sentiments distingués d'estime et de sympathie. *

XCVIII

A M. LE COMTE PORRO.

Turin, 28 juin 1836.

Cher comte et excellent ami,

Puisqu'il ne m'est pas donné de vous embrasser moi-même en réalité, je vous embrasse en esprit, et vous réitère l'assurance de ma vive et inaltérable amitié. Ma santé est telle quelle, et je serais assez content de la vie, si je voyais une fin aux afflictions d'un si grand nombre de mes amis. Mais, hélas! les douloureuses conséquences de cette funeste année 1820 durent encore en grande partie.

. Je trouve, toutefois, une vraie consolation dans l'adoucissement apporté au sort des malheureux que j'avais laissés au Spielberg. Il est décidé qu'ils s'em-

barqueront à Trieste pour l'Amérique; en attendant
leur départ, ils sont au château de Gorizia, mais simplement détenus, avec toutes leurs aises et permission
de voir leurs parents. Je ne sais à quelle époque ils
devront s'embarquer. Que volontiers j'eusse cherché
à les aller embrasser! Mais il m'est interdit d'entrer en
Lombardie, et nous sommes loin de pouvoir espérer
qu'on nous accorde de pareilles facilités. Je traîne mes
jours dans une paix assez grande, mais cette paix je
la dois à ce que je vis très-retiré et presque sans correspondances. Si du moins elles m'étaient possibles
avec mes amis de cœur!

XCIX

A LA COMTESSE OTTAVIA MASINO
DI MOMBELLO.

Turin, 23 août 1836.

* Madame,

Tous ceux qui ont de la bonté pour moi excèdent
en indulgence, et vous, Madame, plus que beaucoup
d'autres. Votre lettre me donnerait de l'orgueil, si je
n'avais pas le bonheur de reconnaître combien tout
ce que je fais de passable est médiocre. Quand j'aurai
achevé la lecture de l'ouvrage de Haller, je lui écrirai, et je le remercierai de ce qu'il m'a jugé avec tant
de bienveillance.

Ce que Châteaubriand a dit[1] (à ce que l'on nous a

[1] Je ne sais, en effet, si M. de Châteaubriand eut le mauvais
goût de tenir le langage dont je crains qu'on n'ait quelque rai-

rapporté, car je n'ai rien lu d'écrit à ce sujet) pour jeter des doutes sur ma véracité, à propos des *Piombi de Venise*, est comme si l'on disait : — *Pellico nous parle d'une commission spéciale, et moi qui ne l'ai pas vue, je vous annonce qu'elle n'a pas existé.* Que voulez-vous que je réponde, Madame? Rien.—L'accusation est trop étrange; elle n'a pas besoin d'être réfutée. On ne peut pas même la ranger au nombre des calomnies, car tout le monde à Venise,—et dans toute la monarchie autrichienne c'est une chose connue,—sait que les Italiens jugés et condamnés à Venise, ne pouvant pas tous être enfermés dans un seul lieu, ont eu pour prison, les uns les *Piombi* et les autres *San Michele di Murano*:

Le gouvernement n'en faisait pas mystère. Je n'étais pas le seul qui fût aux *Piombi;* il y avait le marquis Canonici de Ferrare, neveu du cardinal Mattei, et une quinzaine ou une vingtaine d'autres, ou *carbonari*, ou soupçonnés de *carbonarisme*. Il faut être singulièrement aveuglé par le désir d'accuser, pour dire des simplicités aussi extraordinaires que celle de nier que les *Piombi* aient été des prisons en 1820-21-

son de l'accuser à l'occasion du livre de Silvio. Mais dans ses *Mémoires d'outre-tombe*, il a soigneusement effacé tout ce qui pouvait donner lieu à quelque reproche de ce genre. On y lit même de très-piquants détails sur Zanze. Le soin que prit le grand écrivain, en passant à Venise, de rechercher ce qu'était devenue l'intéressante fille du geôlier des *Piombi*, prouve assez, pour le dire en passant, que les *Mémoires* de Silvio Pellico avaient agi sur cette puissante imagination comme sur le cœur de tout le monde.　　　　　　　　　　(*Note du Traducteur.*)

22. Ce n'est pas moi qui raconte un fait : c'est toute Venise qui sait ce fait; ce sont des milliers d'autres qui le savent.—Que maintenant on ne se serve plus des *Piombi* pour prison, c'est fort bien : le bel argument pour nier ce qu'ils ont été notoirement pour moi et pour tant d'autres!—Il n'est pas possible que le gouvernement autrichien ait voulu tromper là-dessus Châteaubriand ni d'autres personnes : il y a des mensonges trop manifestement impudents pour que des hommes graves osent les débiter. Je croirais plutôt que Châteaubriand ayant demandé à voir les *Piombi*, on lui ait simplement dit que ce ne sont plus des prisons, et que son imagination échauffée, irritée par quelque individu autrichien (non par le gouvernement) ait conçu avec légèreté l'idée que mon séjour aux *Piombi* a été une fable. Quand il fut de retour de Venise à Paris, on me dit qu'il déclamait dans les salons contre mon livre, assurant qu'il n'y a plus de *Piombi* depuis la république. On m'ajouta qu'il voulait écrire contre moi. Il me vint dans la pensée de lui adresser une lettre, pour l'engager à mieux s'informer avant d'entreprendre une accusation dont il aurait bientôt dû rougir. L'abbé Peyron vit cette lettre, mais je renonçai à l'idée de l'envoyer. Ce n'était ni une prière, ni des explications; c'était le langage d'un homme indigné qui dit à un autre : « Si vous êtes consciencieux, réfléchissez à la turpitude que vous commettriez par la plus absurde des assertions. » J'ai bien fait de ne pas envoyer cette lettre. Au reste, on m'écrivit de Paris que Mme Récamier avait persuadé Châteaubriand qu'il se faisait du tort

s'il m'attaquait. Depuis lors, personne ne m'a dit qu'il ait écrit contre moi. Il l'a donc fait quelque part, d'après ce que M. Ferrand vous a dit? Tant pis pour M. de Châteaubriand! Je ne m'en inquiète pas. Il aura cru bien faire; mais il a agi avec légèreté. Je ne suis pas non plus informé si d'autres écrivains français m'ont attaqué. Je lis peu les journaux, je ne suis guère au courant des agitations littéraires. Elles ne m'ont jamais extrêmement intéressé; elles ne m'intéressent plus du tout.

Ma fenêtre aux *Piombi* n'était pas ovale, mais carrée et grande dans la première chambre que j'y eus. On la voit de la grande cour du palais du doge, en venant de la *Piazzetta*. Elle est, pour le spectateur qui regarde ce superbe escalier où Marin Falier a été décapité, et d'où je suis descendu au milieu des sbires, pour aller entendre sur l'échafaud ma sentence de mort sur la *Piazzetta;* elle est, dis-je, au-dessus de cet escalier, mais à la gauche du spectateur et elle donne sur les *plombs* de l'église de Saint-Marc. Dans le temps où j'étais là, le marquis Canonici était mon voisin : sa fenêtre était plus à gauche pour le spectateur, c'est-à-dire à ma droite. On défendait alors aux curieux d'aller sur les plombs de l'église, parce que de là ils auraient pu nous voir et nous parler.—La chambre qu'on me donna depuis avait deux fenêtres, une grande et une petite; elles n'étaient pas ovales non plus.

Je vous remercie du long passage de Haller que vous avez eu la bonté de copier pour moi. Si vous écrivez à ce digne homme, dites-lui, je vous prie, que son suffrage me fait plaisir, et que je lui en suis obligé.

Agréez, Madame, l'assurance des sentiments bien distingués d'admiration et d'estime avec lesquels j'ai l'honneur d'être, etc. *

C

A MADAME SOPHIE PANIER.

Turin, 8 septembre 1836.

* Madame,

Permettez à un étranger qui vient de lire l'*Athée*[1] avec admiration, de vous féliciter de cet ouvrage si bienfaisant, si beau, si puissant par les charmes du style, et surtout par ceux d'une raison juste et d'une imagination pleine de noblesse. Comme roman, il se distingue de la foule des compositions de ce genre. Mme de Villermont et d'Olbreuse sont deux créations fortes et soutenues; la peinture de ces deux âmes est parfaite. Comme livre qui a un but moral et religieux, un but aussi grand que de montrer les affreuses misères de l'athéisme et les consolations sublimes et vraies de la foi, votre livre, Madame, est une des plus dignes productions de l'esprit et du cœur. Je suis sûr que ce livre fait du bien. Il m'en aurait fait dans ma jeunesse, quand j'étais la proie des sophismes de notre époque, quoique moins malheureux que d'Olbreuse. Mes erreurs n'étaient point de l'athéisme, mais des

---

[1] L'*Athée* de Mme *Sophie Panier*, parut à Paris, en 1836.
(*Note de l'Éditeur.*)

doutes, des hypothèses orgueilleuses ; c'était l'absence
de la piété et de la simplicité du chrétien ; c'était la
crainte de paraître un esprit faible, si je ne me montrais pas raisonneur. Je croyais encore, mais c'était
une croyance attaquée, mutilée, chancelante. Dans cet
état on n'a réellement pas une religion, car on néglige
la prière et les sacrements : on ressemble beaucoup à
l'athée. Je pense que si votre livre avait paru alors,
Madame, il m'aurait fait verser des larmes salutaires,
il m'aurait arraché à mes doutes. Oui, il produira cet
effet sur d'autres esprits égarés ! Je vous en remercie
pour eux, car j'ai grand'pitié de ceux qui ont besoin
d'être rappelés à l'Eglise. J'ai trop connu leurs inquiétudes et leurs douleurs pour ne pas les plaindre de
toute mon âme, et pour ne pas bénir ceux qui tâchent
de leur apprendre à sentir Dieu, le Dieu de la croix,
le Dieu des catholiques ! — Vous connaissez mon nom
et une partie de mes événements ; peut-être ignorez-vous que depuis les grands coups dont Dieu s'est servi
pour me forcer à m'humilier devant lui, il n'a plus
cessé de me combler de bienfaits. Je l'aime trop peu,
mais je sens que je devrais l'aimer. Je le sers mal,
mais j'honore ceux qui le servent bien. Après avoir
vu tout ce qu'il y a de triste et de douloureux dans le
monde, j'ai trouvé la paix, j'ai trouvé tout ce que je
pouvais désirer à mon égard sur la terre. J'ai même
trouvé de ces âmes sublimes, de ces âmes héroïquement chrétiennes dont l'aspect, les paroles, l'exemple,
doivent sanctifier ceux qui les aiment.—Je vous souhaite aussi le bonheur d'être avec des personnes
bonnes et sanctifiantes. Il me semble que votre excel-

lent livre doit vous attirer beaucoup de grâces; je le désire de tout mon cœur, car on n'écrit pas comme vous écrivez, Madame, par la seule puissance du talent et du bon goût. Il faut, pour cela, des convictions profondes, des principes inaltérables; il faut que le génie se soit offert humblement au service de Dieu.

Vous appartenez à un pays où de bons livres sont plus qu'ailleurs de véritables bonnes œuvres, car on y lit beaucoup, et ce qu'on y lit de mauvais est affreux. Ecrivez des livres comme celui que je viens de lire, et votre temps aura été saintement employé.

Daignez recevoir avec indulgence ces paroles sincères d'un homme qui, vous jugeant par votre ouvrage, est rempli d'estime et de respect pour vous.

J'ai l'honneur d'être, etc. *

CI

A LA COMTESSE OTTAVIA MASINO
DI MOMBELLO.

6 novembre 1836.

*·Madame,

Je crois que tout ce que fait un excellent cœur tel que le vôtre, est bien. Ainsi, je ne saurais vous blâmer de n'avoir pas été de mon avis sur l'inutilité des justifications que l'on voudrait faire en faveur de ses amis, lorsque des jugements sévères les ont frappés. Votre désir a été si généreux et si beau, Madame, que je vous en dois des remercîments.

Je vous rends grâce aussi de m'avoir envoyé ces trois dignes et bonnes lettres de M. de Haller. Je n'y ai trouvé que du zèle aimable et indulgent. Ses plaintes à mon égard ne sont pas amères et haineuses comme bien d'autres qui m'ont été adressées par des hommes qui brûlent aussi de zèle religieux, à ce qu'ils assu-rent.—Voulez-vous que je vous renvoie à Aniers ces trois lettres? Ne vaut-il pas mieux que je vous les rende seulement quand j'aurai l'honneur de vous revoir? Car c'est un *trésor* comme vous le dites. Si par un cruel hasard elles se perdaient, j'en serais désolé. —Il me semble voir par la plus récente des lettres de M. de Haller, qu'en voulant un peu me justifier, vous avez dépassé, sans le savoir, les termes exacts de la vérité. Vous lui avez dit, à ce qu'il paraît, que je n'ai pas été coupable. Hé mon Dieu! n'y a -t-il qu'un degré de culpabilité? N'est-on qu'une de ces deux choses : innocent, ou digne d'être condamné à mort et traîné par grâce dans les chaînes du Spielberg?—J'ose penser que si l'on ne m'avait pas refusé un défenseur, si les temps avaient été moins critiques, moins irritants, on n'aurait pas cru pouvoir consciencieusement me con-damner à mort, ni à de longues années d'une affreuse captivité; mais je ne puis pas dire pour cela que je ne fusse nullement répréhensible. Car, puisque je n'ai-mais pas la domination autrichienne, mon devoir au-rait été de réprimer et de cacher mes dangereux sentiments, ou d'abandonner les pays gouvernés par l'Autriche. Au lieu de cette conduite sage et chré-tienne, je croyais que l'on pouvait professer ouverte-ment l'opposition, et j'avais la folie de voir sous un aspect avantageux les sociétés secrètes qui pullulaient en Italie.

Jamais je n'ai été à aucune de leurs assemblées; jamais je n'ai eu sous les yeux les statuts de la *Carboneria.* Cette société devait s'implanter à Milan, mais les statuts n'y étaient pas encore.

Je n'étais favorable aux espérances des libéraux de cette époque, que parce que ni moi ni mes amis nous ne fraternisions pas avec des scélérats. On a tout confondu, on s'est plu à ne voir que des monstres. Certes, on a cru bien faire, et peut-être cela ne pouvait-il être autrement.

Hélas! qu'en est-il résulté? une multitude épouvantable de condamnés et de proscrits est devenue le fléau de la terre. Non, ce n'étaient pas tous des monstres! Mais il y en a, et il y en a toujours plus. On a dit qu'il ne faut pas de clémence contre les mécontents, ou qu'il faut qu'elle se borne à ne pas les livrer tous à l'échafaud.

Je crains que l'on ne se trompe. Enfin, que Dieu éclaire les gouvernements! Prions pour eux, car c'est prier pour l'Eglise, pour les peuples, pour les familles.

Agréez, madame la comtesse, mes sincères remercîments et l'assurance de mon respect et de mon estime distinguée. *

CII

A M. LE COMTE EDMOND DE SÉGUINS A PARIS.

Turin, 29 novembre 1836.

* Mon cher Monsieur,

Tous ceux qui ont eu occasion de connaître M. votre

père, ont dû l'aimer[1]. Sa bonté était touchante. Je l'aimais aussi, et j'apprends avec beaucoup de tristesse le malheur que vous avez eu de le perdre. Vous m'avez donné une preuve d'amitié à laquelle je suis sensible : vous vous êtes souvenu de moi dans votre douleur. Je vous remercie de cette triste lettre, où vous me témoignez si profondément l'état de votre cœur déchiré par une perte aussi grande. Je prends la plus vive part à cette juste affliction. Il faut bénir et

[1] Le comte de Séguins-Vassieux, dont Pellico déplore ici la mort, était né en 1769, à Carpentras, d'une ancienne et illustre famille. Il avait été garde-du-corps de Louis XVI ; il émigra durant la révolution, prit du service en Espagne, où l'avait appelé le duc de Crillon, capitaine-général au service de la dynastie des Bourbons. Il se distingua dans plusieurs occasions et fut aide-de-camp du général d'Apchier. La comtesse de Séguins, sa mère, née des Isnards, épousa en secondes noces, en 1797, le comte Prospero Balbo, alors ambassadeur de Sardaigne en France, homme d'État distingué, qui fut ensuite le père du regretté comte Cesare Balbo.

Rentré en France avec les Bourbons, le comte de Séguins-Vassieux, après avoir fait la campagne de 1815 contre Bonaparte revenu de l'île d'Elbe, fut, par le duc d'Angoulême, envoyé à Turin en même temps que le marquis de Polignac. Après avoir été longtemps commissaire du roi dans le département de la Drôme, il se retira de la vie politique pour ne plus s'occuper que de l'éducation de ses cinq fils. Le changement de dynastie arrivé en France en 1830 le ramena à Turin, où il passa toute l'année 1831 au sein de la famille du comte Balbo. Ce fut dans cette maison que MM. de Séguins se lièrent avec Silvio Pellico à peine sorti du Spielberg. Leur amitié ne cessa qu'avec la vie. Le comte de Séguins-Vassieux mourut à Paris le 13 novembre 1836. Il laissa la réputation d'un brave soldat et d'un gentilhomme accompli, même auprès de ses adversaires politiques.

(Note de l'Éditeur.)

embrasser toutes les croix que Dieu nous donne ; mais il en est de terriblement douloureuses. On les bénit, mais on pleure. Cependant vous avez le bonheur d'être catholique, votre père l'était, il est mort avec les consolations douces de la foi ; vous savez qu'il a toutes les prières de l'Eglise pour lui. Il est au ciel, ou il y sera demain. Que cette pensée fait du bien à celui qui pleure et qui prie sur un tombeau ! Ce bon père vous saura gré de vos prières et de vos saints regrets. Oui, c'est maintenant un ange invisible que vous avez en lui. Il vous a donné de bons conseils, il vous donnera de bonnes inspirations. Votre vertu l'honorera toujours. Tâchez, Monsieur, que toute votre vie soit digne de lui. Aimez-le moins par des pleurs que par une conduite toujours noble, toujours hautement chrétienne. Quoique vous fussiez absent à sa mort, ce tendre père vous a béni, car vous le respectiez, vous l'aimiez, vous aimiez toutes les personnes de votre famille. Ses bénédictions s'accompliront. Il aurait peut-être trop souffert, s'il vous avait vu dans ses derniers moments : Dieu a épargné une blessure de plus à son cœur paternel.

Je vais écrire à cette bonne maison de S...... ; toutes ces excellentes âmes vous aiment, et seront touchées de votre malheur.

Adieu : prions ensemble, et disons avec courage : —Que la volonté de Dieu soit faite ! *

CIII

A M. ANTOINE DE LATOUR.

Turin, 30 mars 1837.

* Monsieur,

Je ne sais plus autre chose de Maroncelli, si ce n'est qu'il est à New-York, où il gagne sa vie donnant des leçons de musique. A la distance où nous sommes, lui et moi, il est rare qu'une correspondance reste active. Je vous dirai aussi que sa vie de Paris, ses vicissitudes particulières, l'influence qu'ont exercée sur lui mille choses qui me sont étrangères, ont formé des données ou des apparences que je ne connais pas bien. Je l'aime et il m'aime, mais il s'est mis, sans s'en apercevoir, à un diapason différent du mien. Il a cru agir en conscience et sans me faire de la peine en disant tout ce qu'il a dit dans son *Appendice;* je ne puis cependant pas en être content. Son excellent cœur paraît dans tout ce qui est sorti de sa plume : le cœur n'est pas toujours assez, quoiqu'il soit beaucoup dans l'homme de bien.—Ne croyez pas qu'il y ait eu rupture entre lui et moi ; nous sommes seulement deux amis qui s'entendraient sans doute s'ils se voyaient de nouveau, et qui ignorent maintenant trop de choses l'un de l'autre.

J'ai connu Grossi à Milan, aussi digne homme que poëte distingué. Je ne suis pas informé des particularités qui ont précédé sa réputation littéraire. Depuis ses premiers succès, il n'a fait parler de lui que par ses ouvrages et par sa modestie. Je tâcherai d'avoir quelques détails sur son compte, et vous les enverrai. Je suis bien aise que vous vous occupiez d'un travail critique sur ce noble écrivain de notre nation.

Moi, je travaille peu; je suis souvent souffrant. Cependant j'ai mis quelque chose sous presse : ce sont deux volumes de pièces de vers. Quand ils paraîtront, je vous prierai d'en agréer un exemplaire. Je vous en adresserai aussi un exemplaire pour notre ami Foisset, que j'aime beaucoup.

Adieu, Monsieur, vous êtes aussi mon ami. *

CIV

A M. ANTOINE DE LATOUR.

Turin, 26 mai 1837.

* Monsieur,

Vous ne serez pas fâché que je vous envoie une nouvelle composition de Grossi; il y a dans le style un naturel qui plaît. J'attends encore de Milan la petite notice biographique; aussitôt que je l'aurai je vous l'expédierai. — M. Erménégilde Verre, qui vous remet cette lettre, cultive avec distinction les arts et la poésie; je lui procure avec plaisir l'honneur de faire votre connaissance. Entre autres mérites, il a celui d'être bon catholique. S'il vous arrivait de pouvoir lui être utile, je vous en serais obligé. — Depuis la dernière fois que je vous ai écrit, j'ai eu des jours pleins de tribulations et de larmes. J'ai perdu ma pauvre mère le 12 avril : perte vraiment très-grande pour notre famille, dont elle était l'âme, et surtout pour moi. La religion a de grandes raisons pour nous consoler : on se console, on bénit Dieu ; mais on sent que ce calice de la douleur est amer.

Adieu. Croyez à mon estime distinguée. Je lis quelquefois vos vers, je les relis : ils sont beaux. ✶

CV.

A LA COMTESSE OTTAVIA MASINO
DI MOMBELLO.

30 mai 1837.

Excellente comtesse,

Je passai hier chez vous pour vous saluer et vous remercier des gracieuses lignes dont vous m'avez honoré, et des deux lettres incluses. Vous n'étiez pas chez vous.—Je vous rends la lettre du général *de' Ricci.* Je lirai avec grand plaisir *le Guide du Néophyte,* puisque c'est un livre dont on dit du bien, et j'en exprimerai ensuite ma reconnaissance à l'auteur. S'il doit être chez nous aussi utile qu'il paraît l'être en France, j'espère qu'il ne manquera pas de traducteur. Le libraire Marietti est ordinairement fort empressé à faire traduire les ouvrages écrits dans un but réligieux.

Je me réjouis de voir qu'il y a toujours quelques bons esprits qui composent des livres honorables pour l'Eglise et salutaires pour les âmes.

J'espère que l'approche de la belle saison, qui me fait déjà un peu de bien, vous en fera également à vous, Madame la comtesse ; je le souhaite de tout mon cœur.

Croyez-moi, tout sauvage que je suis, un de vos plus sincères admirateurs et serviteurs.

CVI

A M. ANTOINE DE LATOUR.

Turin, 6 juin 1837.

* Monsieur.

Vous aurez reçu ou vous recevrez des mains de M. Erménégilde Verre une nouvelle composition de Grossi, —*Ulrico e Lida.* Il y a dans cette pièce un naturel qui lui donne beaucoup de charme.

Grossi, à qui j'ai fait demander les notices que vous désirez sur son compte, m'a envoyé ce peu de lignes :

« Grossi naquit à Bellano, village sur le lac de Côme, le 24 janvier 1791.

« Il reçut sa première éducation des oblats au séminaire de Lecco, puis aux écoles gymnasiales et au lycée de Brera, à Milan. Il étudia ensuite les lois à Pavie où il eut les honneurs du lauréat en 1810. Il suivit à Milan la pratique du barreau et fut reçu avocat en 1815, mais sans pouvoir en exercer la profession jusqu'au 29 mai 1837, époque à laquelle il subit les examens du notariat. Il a encore son père, qui a plus de quatre-vingts ans, mais il perdit sa mère lorsqu'il était encore enfant. Il vit depuis quinze ans dans la maison de Manzoni, de l'amitié duquel il s'honore [1]. »

Voilà, mon cher Monsieur, tout ce qu'il m'a dit, tout ce que je sais de lui (outre ce que je savais déjà, c'est-à-dire que son âme est belle et poétique, et que ses compositions ont beaucoup de mérite).

Si M. Verre est déjà à Paris, vous aurez vu par la lettre que je lui ai donnée pour vous, que j'ai passé des jours pleins d'affliction.—J'ai perdu ma mère!

Agréez un exemplaire des deux volumes que l'on vient d'imprimer de moi. — J'y joins deux autres exemplaires, un pour M. Foisset, l'autre pour M. de Dumast. Faites-moi la grâce de les leur faire parvenir.

Croyez à mes sentiments distingués d'estime. *

CVII

A CARLO MARENCO.

Turin, 12 juin 1837.

Cher chevalier,

J'ai fait mettre samedi à la poste un exemplaire des deux volumes que je viens de publier.

Agréez ce faible présent, sinon pour sa valeur poétique qui est peu de chose, du moins en mémoire d'un homme qui vous estime singulièrement. Vous êtes jeune et vous avez un esprit vaste et désireux d'acquérir de la gloire par l'exercice de ses facultés. Vous avez déjà fait beaucoup pour les lettres italiennes et

[1] Cette petite notice sur Grossi, par Grossi lui-même, est écrite en italien.   (*Note du Traducteur.*)

j'espère que vous ferez plus encore, soit dans le genre dramatique, soit dans le lyrique. Ceux-là ne sont pas poëtes qui prétendent que tout a été dit par les grands écrivains, et qu'il y a pénurie de sujets. Le champ du beau est immense, et celui qui est capable de le cultiver en quelqu'une de ses parties saura toujours y recueillir des fruits admirables.—Quant à moi, je suis vieux et fatigué, et ne suis plus guère bon à rien. Mais je sais encore admirer les productions des génies vigoureux, je fais des vœux pour que ma patrie n'en manque jamais.

Aimez-moi, et présentez mes humbles respects à Madame votre épouse.

CVIII

AU T.-R. SEIG^r ABBÉ
DON ANTONIO ROSMINI SERBATI
AU CALVAIRE, PRÈS DOMODOSSOLA.

Turin, 22 juillet 1837.

Très-honoré seigneur abbé,

En échange de mes deux petits livres que vous avez agréés, vous m'avez donné deux beaux volumes que je conserverai précieusement, et je vous rends grâce du bon accueil comme du présent, et de votre aimable et affectueuse lettre. Il y a longues années, c'est-à-dire à l'époque où mon esprit était agité de doutes et de prétentions sans nombre, je lisais beaucoup de livres, et je voulais toujours examiner, confronter, connaître. Depuis qu'il a plu à Dieu de m'affranchir de ces doutes et de me donner la paix dans la foi, je lis beaucoup moins; néanmoins les bons livres me font plaisir et me consolent, et je me plais souvent à les feuilleter, à les méditer avec amour.

Oh! comme vous excellez à combattre les erreurs des doctrines malfaisantes opposées à la philosophie chrétienne! J'espère que la jeunesse fera son profit des œuvres de l'abbé Rosmini. Que n'ai-je eu dans mes jeunes années un pareil maître! Il me semble que ses arguments auraient fait impression sur moi.

Veuillez dans vos deux ermitages prier quelquefois pour moi, puisque vous m'offrez votre amitié, offre que j'accepte avec une vive joie, tout indigne que je m'en reconnaisse.

Croyez que je suis avec vénération et de tout mon cœur votre très-affectionné.

CIX

AU COMTE FEDERICO CONFALONIERI[1].

Turin, 11 septembre 1837.

Mon bien cher Federico,

Béni soit le 27 d'août, jour où revenant d'une course à Varallo, j'ai trouvé une lettre de toi apportée par le bon évêque! Je ne saurais dire quelle joie j'en ai ressentie, quoique pour nous toute joie de ce genre soit mêlée de compassion et d'un délire douloureux. Oh! comme je te désire, et t'aime, et te pleure! Je te remercie de cette chère lettre après laquelle j'ai tant,

---

[1] Imprimée dans la *Civilta cattolica*, série III, vol. I, Rome 1856. L'original de cette lettre appartient aux héritiers du comte Mellerio. *(Note de l'Éditeur.)*

tant soupiré. Mais toi, tu n'as donc pas reçu les miennes si longues, pas même celle que je t'adressai par un
missionnaire, le père d'Aubisson? Tu m'avais donc
aussi écrit longuement toi-même une première fois? et
je n'ai pas reçu une ligne de toi jusqu'à présent. Tout
le monde était plus heureux que moi, car plusieurs,
je le savais, avaient des lettres de toi, et notamment
Trecchi. Il y a peu de jours encore, étant à Varallo, le
comte Dandolo vint me voir et me dit que notre Mom-
piani avait eu une lettre de toi. J'étais affligé et jaloux.
Pourquoi ne me répond-il pas? pourquoi ne m'écrit-il
pas? N'est-ce plus ce Federico si bon, qui non-seulement m'a donné tant de preuves de sa bonté et de son
amitié durant notre captivité commune, mais qui depuis ma sortie de prison m'a poursuivi de ses bienfaits; bienfaits immenses, qui ont en partie tempéré
mes douleurs, dans un temps où j'avais tant besoin
d'une main amie pour me soutenir? Néanmoins tout
en me répétant: « *Et pourquoi ne m'écrit-il pas?* Je ne
pouvais m'empêcher de me dire : *Ah ! certainement il
m'a écrit, et quelque maudit accident me prive de ses
chers caractères ; mais il m'écrira encore.* » Oh ! contentement indicible bien que tardif! Maintenant quand
je lis ta lettre, il me semble que nous sommes plus près
l'un de l'autre. Je ne vois que trop que tu as dû m'é-
crire à la hâte, car tu ne me dis pas de ta santé ce que
j'en voudrais savoir. Mais des longues courses que tu
as faites là-bas, je conclus qu'avec ta liberté tu as recouvré une santé assez robuste. Le ciel le veuille et te
conserve, et console tes pauvres jours! Oh ! si nous
pouvions encore nous embrasser ! Mais en attendant,

aimons-nous toujours et répétons-nous quelquefois l'un à l'autre que nous nous aimons. Parle-moi de toi et je te parlerai de moi. Je me réjouis fort de te voir approuver ce livre de *Mes Prisons* où j'ai cherché non-seulement à répandre mon cœur, mais encore à inspirer de pieux et nobles sentiments. Qu'un livre si simple et sans ornement ait été généralement accueilli avec bienveillance, c'est ce qui montre que, dans tous les pays du monde, il est des âmes compatissantes, et auprès desquelles la parole du chrétien trouve un accès facile, malgré les railleries de quelques faux philosophes. Que le Seigneur en soit loué! J'aurais été mille fois plus content, si je n'avais pas dû me restreindre dans cet endroit de mon livre où je t'ai désigné comme le plus cher de mes amis. Il ne me fut pas permis à l'impression d'en dire davantage; mais je me suis toujours fait gloire, je me fais gloire en toute occasion, de m'exprimer sur ton compte avec cette estime toute particulière à laquelle tu as droit. Qui a pu connaître ton cœur aussi bien que moi? et la force de ton âme? et ta sincérité? et l'hommage que tu rends à la vérité de la religion? Que de liens entre nous! et le plus fort, le plus cher est celui d'une même foi, des mêmes pensées sur la vanité de toute philosophie humaine! Prions l'un pour l'autre, ô mon bon ami, et faisons voir au monde à quel point il s'abuse quand il rêve que nous devrions rougir de la doctrine catholique. Affermissons-nous dans le bien, profitons de nos angoisses passées et présentes, servons le Seigneur dans ce reste de notre courte existence et fions-nous à lui : il nous donnera une autre vie où il n'y aura ni prisons ni exils. Je brûle de t'embrasser encore sur la terre;—mais qui sait si Dieu le voudra? Ma santé, si profondément altérée lorsque je sortis de prison, a repris quelque vigueur, mais elle se dérange facilement, et il est rare que je sois tout un mois sans souffrir des poumons. Je suis reconnaissant envers Dieu de la vie qu'il me laisse, et il me semble que ma reconnaissance sera la même quand il m'enverra la mort. Au mois d'avril dernier, il m'a repris ma mère, femme rare, âme juste et infiniment pieuse. Je l'aimais avec tendresse et vénération. Durant ces six dernières années, elle a été mon guide, mon oracle. Oh! comme je lui parlais de toi! Oh! comme elle te bénissait pour l'amitié que tu m'as accordée, et pour la fraternelle charité avec laquelle tu as voulu être mon bienfaiteur! Il me reste encore mon père, homme tout en Dieu, sincère et chaud dans ses affections; il me reste ce cher Luigi, mon frère, que tu connais, toujours studieux, mais plus porté à la solitude, plus sérieux, plus mélancolique, et bien désabusé de toutes les folies de ce monde; il me reste mon second frère Francesco, qui s'est fait prêtre pendant ma captivité et qui plus tard est entré dans la Compagnie de Jésus; il me reste une de mes sœurs, supérieure aux Rosines de Chieri. Voilà toute ma famille. Déjà, dans mes précédentes lettres, je t'ai rapporté tout cela. N'en auras-tu reçu aucune? Il me paraît impossible que pas une seule ne soit arrivée dans tes mains. Je te disais aussi qu'outre ma maison, je peux regarder pour ainsi dire comme mienne, par l'affection que je lui porte et pour les obligations que je lui ai, celle du marquis de

Barolo. C'est un homme d'une piété active et charitable ; *ce qu'est un Mellerio à Milan*[1]. Il a pour femme
une sainte dame qui l'égale. Enfin, dans ce malheureux monde, je possède une assez bonne dose de félicité, ayant, avec le nécessaire, la consolation de vivre
au milieu de quelques personnes qui m'aiment. La
plupart des Piémontais, et j'oserais dire des Italiens,
m'honorent d'une estime cent fois au-dessus de ce que
je vaux. Je n'ai contre moi qu'un petit nombre de
gens, et ceux-là sont de deux couleurs opposées : les
uns de faux libéraux qui prêchent l'irréligion et détestent une croyance qui est la mienne ; les autres,
certains chrétiens ardents, que je ne comprends pas,
qui ont cherché à qui mieux mieux à prouver leur
sainteté en me calomniant. Je laisse dire les uns et les
autres, et je continue mon chemin, en priant pour
tous, en prenant pitié des fanatiques de tous les partis,
et reconnaissant chaque jour davantage qu'il n'y a
qu'une affaire importante, qui est de servir Dieu et
d'opérer notre salut. Porro m'a écrit quelquefois, et je
sais qu'il se porte bien, qu'il vit en homme sage et bon
à Marseille, sans fraterniser avec les têtes folles qui
abondent dans cette ville, honteusement incapables de
distinguer le jacobinisme de l'amour de la patrie.
Pour ce qui est de nos anciens amis et de nos connaissances de Milan, tu en seras mieux informé que moi.
Manzoni a perdu sa femme et s'est remarié. Il est tou-

---

[1] Au moyen du sel d'oseille, on a fait reparaître ces mots : *Ce
qu'est un Mellerio à Milan*, que la modestie du propriétaire de la
lettre avait couverts d'une encre épaisse.

(Note de l'Éditeur.)

jours dans le meilleur esprit. Il paraît qu'il ne s'occupe plus beaucoup de littérature. Je ne m'embarrasse plus guère non plus de choses littéraires. Depuis le petit volume de *Dei Doveri*, je n'ai publié que deux volumes de mes poésies diverses, anciennes et nouvelles, mais toutes de peu de valeur. Je n'ai pu faire plus que d'y rappeler çà et là ton cher nom. Je t'enverrai ces deux volumes ; tu y trouveras du moins quelque chose de bien, c'est le langage d'un croyant. J'espère tout de Dieu pour le prochain et pour moi. J'espère peu de la puissance isolée de la raison humaine, et partant peu du prétendu progrès indéfini de la civilisation.

J'eus cette illusion du progrès, l'imaginant plus grand qu'il n'est. Ce que je vois maintenant, c'est que l'industrie, le commerce, et maints objets qui touchent à la prospérité matérielle se perfectionnent en effet ; mais que la pauvre race humaine n'en reste pas moins tyrannisée par ses fautes, par ses erreurs, par un horrible ferment, qui est partout d'égoïsme, d'envie, de colère. Malgré ce ferment et les maux infinis qui en résultent, il est encore de bonnes âmes, il en est qui sont bonnes à demi, il en est de souverainement bonnes. Nous sommes, la religion nous l'enseigne, dans un monde qui vaut bien peu si l'on regarde à l'iniquité, mais qui vaut beaucoup si nous le considérons comme une milice où l'on s'exerce dans la vertu et où l'on gagne la palme éternelle. Cette dernière vérité doit nous consoler de nos misères et de celles de la société, là même où elles nous semblent les plus graves, où nous sentons le plus que nous ne pouvons ni les amoindrir ni les éviter. Je vois avec chagrin la tristesse qui s'est emparée de Borsieri. C'est une tentation déplorable, contre-laquelle il faut bravement combattre. Oh! mon Federico! je connais, moi aussi, ce supplice des idées noires; mais je le repousse, parce que je le regarde comme stérile et dangereux, et, quoique parfois il me poursuive encore, je ne veux pas m'en laisser abattre. La religion m'y aide souverainement. Je l'interroge, et elle me répond par des raisons efficaces et divines. Toi aussi, Federico, tu as fait des pertes cruelles, et souvent en y pensant ton cœur sera déchiré. Tourne-toi, tournons-nous vers Dieu, et il nous armera de patience et de force jusqu'à la fin. J'invoque parfois ta Teresa comme une sainte, et je suis persuadé qu'elle en est une, et que du ciel elle te protége maintenant. Adieu, salue tous les amis que tu as près de toi; je ne sais combien vous êtes. N'oublie pas notre pieux et cher Castiglia quand tu le verras, et s'il est allé à Hockbridge, quand tu lui écriras. Je te prie de faire remettre les deux lettres ci-jointes. L'évêque qui m'apporta à Turin ta chère lettre, pendant que j'étais au Val de Sesia, est parti pour Rome, et je n'ai pu le voir. J'en suis désolé. Il m'eût dit bien des choses de ta santé, de ce que vous avez fait ensemble, de ton amitié pour moi, de tes peines et de tes consolations. Oh! que j'aurais été heureux de l'entendre et de lui parler!

Aime-moi, écris-moi, et quoique tous ceux qui te connaissent véritablement t'estiment et te chérissent, souviens-toi que j'ai la prétention de t'aimer avec plus de tendresse que personne.

CX

AU COMTE FEDERICO CONFALONIERI[1].

Turin, 11 octobre 1837[2].

Mon bien-aimé Federico,

Voici enfin une lettre qui ne pourra manquer de te parvenir. Je n'en ai reçu de toi qu'une seule, et ce fut celle que tu m'envoyas par l'évêque Dédroit, qui me la laissa à la maison pendant que j'étais à Varallo. A mon retour, je ne le trouvai plus! Oh! qu'il me fut pénible de ne pas voir un homme qui t'avait vu, qui avait parcouru avec toi différents pays, qui pouvait me dire de toi tant de choses! A peine avais-je reçu cette chère lettre, ô le plus tendre de mes amis, que je t'écrivis et envoyai ma réponse à Gênes, d'où certainement elle te fut expédiée; mais tu auras quitté l'Amérique avant qu'elle n'y arrivât. J'y avais joint ces deux petits volumes de poésie, imprimés il y a six mois, productions de peu de valeur, mais où il y a quelque trace de mon excellent et cher Federico, quelque trace, rien de plus. Il ne me fut pas permis de parler de toi longuement.—Mais toi, tu n'avais donc pas eu non plus mes lettres antérieures; tu m'avais écrit aussi, et rien ne m'est venu! Oh! que je trouvai long ton silence dès que je te sus sorti des cruels murs

---

[1] Publié dans la *Civilta cattolica*, série III, vol. I, Rome, 1856.   (*Note de l'Éditeur.*)

[2] Reçue à Bruxelles, après mon retour en Europe, quand je fus expulsé de France.   (*C. Confalonieri.*)

du Spielberg! Oh! que j'eusse voulu qu'il nous fût possible de nous écrire souvent et beaucoup! Oh! combien je désirais te faire parvenir les expressions de ma chaude, de mon éternelle amitié, et celles de ma..... (*Ici il était question d'affaires particulières de famille.*) Tu as bien fait, mon Federico, d'abandonner l'Amérique, de venir du moins dans notre hémisphère, où je pourrai avoir plus souvent de tes nouvelles. Mais comprend-on les indignes rigueurs de la police de Paris? Tu dois en avoir ressenti un grand déplaisir, et je crains bien que ta santé n'en ait aussi souffert; on la dit si cruellement altérée! Je frémis et je pleure sur toi, et je fais des vœux pour que tu guérisses et trouves un peu de repos en Belgique, d'où personne, j'espère, ne te fera partir. On me dit que ce pays n'est pas dépourvu de grandeur morale, et que tu y trouveras quelques anciens amis, Arconati, Arrivabene, Berchet, etc. Puisses-tu y rencontrer toutes les consolations compatibles avec l'exil! Salue pour moi tous ceux qui à tes yeux seront vraiment de nos amis. Je voudrais que tous contribuassent à te ranimer, à te rendre la vie moins amère; je voudrais que tu eusses tous les motifs imaginables d'être content de ton retour en Europe. Oh! ce mot *content* a une signification bien modeste pour nous, que tant d'afflictions ont frappés! Nous ne poursuivons plus, nous autres, les illusions d'une félicité rêvée, mais seulement une position supportable où ne surabonde pas la douleur! Je te la souhaite de toute mon âme, et j'espère que tu l'auras, digne, comme tu l'es, de l'amour des gens de bien et ayant des sentiments si religieux. Fais-moi une exacte et prompte relation de ce qui te concerne, je t'en prie, je t'en conjure. Voici, à présent, ce que j'ai à te dire de moi.

Toujours un peu maladif, je vis après tout, et je n'ai plus, comme au Spielberg, de ces terribles oppressions de poitrine. Mais je suis assailli de ces tristes malaises qui proviennent du désordre des nerfs qu'on ne sait ni définir, ni guérir, et qui le plus souvent sont accompagnés chez moi de migraines obstinées. Malgré cela, j'ai encore de bonnes journées, surtout pendant l'été. Maintenant que les fraîcheurs de l'automne commencent, le mal de tête devient plus fréquent, et mes poumons respirent avec quelque difficulté. Patience ! Seulement cette faiblesse de ma santé m'oblige souvent à me refuser les livres et le plaisir de l'étude. Je ne fais alors que végéter. Quelquefois je me force à m'appliquer, et j'y trouve du charme, mais je ne puis continuer. La volonté de Dieu soit faite ! Du reste, si j'aime encore la littérature, ce n'est plus avec la passion des jeunes années, et je sens que je n'ai pas un génie fécond, ni du premier ordre. Le peu de livres que j'ai faits ont eu un certain succès, et c'est une satisfaction trop grande encore pour ma vanité. Quoique je lise peu et que j'écrive peu, je ne connais ni l'ennui ni l'oisiveté. Je m'occupe un peu des salles d'asile établies ici par le marquis de Barolo, et de diverses bagatelles qui vont à ma nature ; et ces occupations, entremêlées de quelque petite heure de solitude, que je consacre à la prière, et d'un peu de conversation avec ma famille ou des amis, font que les jours se succèdent pour moi—sans joie assurément, la joie, je ne la connais plus ! — mais avec résignation, avec une douce mélancolie.—Trop de gens m'honorent des témoignages de leur sympathie, parmi mes compatriotes ou parmi les étrangers : mais j'évite souvent le monde; et il y a des jours où j'ai un tel besoin de solitude, que je ne me laisse voir de personne. Quelques-uns se plaignent de ma misanthropie ou de la sauvagerie de ma dévotion. Ils ont tort. Je ne suis pas misanthrope, et la religion ne m'a pas rendu sauvage ; mais je souffre de corps et d'esprit, et j'ai peu de goût pour la vie extérieure et les bruits de la société ! (Je me suis lié avec peu de personnes; mes amis les plus intimes sont les Barolo , mari et femme, âmes rares, toujours occupées de Dieu et de véritable charité. Je leur suis attaché non-seulement comme à des bienfaiteurs qui .m'ont ouvert leur maison en toute confiance et générosité, mais comme à des natures élevées et aimables, et à des cœurs excellents en toutes choses.)—Quant à la politique, j'ai reconnu que c'est chose dont je n'ai affaire, et je me borne à détester la méchanceté et les injustices dans tous les partis, priant Dieu pour les opprimés et même pour les oppresseurs. La terre est couverte d'un nombre considérable d'hommes bons, il y en a même de sages; mais les sots et les égoïstes abondent. Il faut prendre patience, tâcher d'être sage et bon, et pour être heureux, attendre l'autre vie où il n'y aura plus ni sottise ni égoïsme.

Le soi-disant parti libéral en Italie est toujours fort entaché d'exagérations puériles, et pis que puériles dans un grand nombre de cerveaux remplis de préjugés jacobins et irréligieux : effet de l'ignorance et de l'exaspération, qui n'ont que trop augmenté. Ils ne veulent pas comprendre que pour honorer vraiment la patrie, il faut être sensé et vertueux. Le temps seul peut les désabuser. Ils sont jeunes et je les plains, parce que je me souviens que moi aussi j'ai été jeune, quoique je ne fusse pas exalté comme eux.

Notre bon Porro est parmi les modérés, et il vit sagement sans fraterniser avec les furieux. Nous nous écrivons rarement, mais j'ai souvent de ses nouvelles par les personnes qui viennent en Italie. Je n'ai presque de correspondance avec personne, car il est difficile d'écrire sans exciter les soupçons; mais note bien qu'avec toi je veux absolument entretenir des relations, parce que mon cœur en a besoin. Nous sommes devenus deux amis qui s'entendent parfaitement. Peu te connaissent et t'aiment autant que moi. Dans peu d'âmes j'ai rencontré une si complète harmonie de bon sens généreux et de généreuse bonté. C'est d'ailleurs un grand lien entre nous qu'une même foi et un égal désabusement des systèmes de la sagesse irréligieuse.

Aimons-nous en Dieu, prions l'un pour l'autre. Je t'embrasse tendrement, et je suis et serai toujours ton frère le plus affectionné et le plus reconnaissant.

CXI

AU COMTE FEDERICO CONFALONIERI[1].

Turin, 17 octobre 1837[2].

Mon cher Federico,

Je t'ai écrit à Bruxelles, il y a peu de jours, et j'ai recommandé la lettre à un de mes amis, M. Foisset, juge à Beaune. Tu l'auras sans doute déjà reçue, ou tu ne tarderas pas à la recevoir. Mais j'éprouve le besoin de te redire que je pense continuellement à toi, et que tu es, que tu seras toujours pour moi cet ami cher que j'ai tant apprécié, tant aimé dans les jours les plus malheureux de ma vie. Je te prie de m'écrire et de me dire surtout comment tu es de santé, et si enfin, après de si grandes douleurs, ton âme éprouve quelque consolation. Te fixes-tu en Belgique? Y respires-tu un air supportable? Quelle iniquité de ne t'avoir pas laissé à Paris ! Tout le monde s'en indigne, et tu peux penser si j'en suis indigné, moi, celui de tous les hommes peut-être qui t'aime le plus chaudement. Mon pauvre cher Federico ! quelle suite interminable de tourments de tous genres ! Il est temps, cependant, que des jours plus tranquilles commencent pour toi; c'est un vœu que je ne cesse de faire. Et qui a autant de raisons que moi pour t'aimer de tout son cœur? moi, que tu as

----

[1] Publié dans la *Civilta cattólica*, série iii, vol. i, Rome, 1856.   *(Note de l'Éditeur.)*

[2] Reçue à Bruxelles après mon retour en Europe.
        (C. Confalonieri.)

tant soutenu comme compagnon d'infortune, et que
tu as ensuite si généreusement aidé! Je n'ai pas de
plus grand désir que de te savoir un peu de bonheur.
Ah ! *un peu* seulement! Beaucoup n'est plus possible
pour nous sur la terre. Je voudrais seulement que ton
existence fût adoucie par une santé passable et par le
commerce de personnes qui t'aimassent beaucoup. J'espère toujours que j'aurai une fois le bonheur de te revoir, de t'embrasser encore. J'envie à la bonne et digne
Bianca le bonheur qu'elle a eu. Elle m'a fait part aussitôt de sa joie et de ses larmes, et du plaisir qu'elle a
eu aussi à te faire lire une lettre de moi, en réponse à
l'une des siennes. Cette femme a un courage peu commun, Dieu l'éclairera! Tu as bien fait de lui indiquer
Stolberg.

Quel bonheur pour nous, cher ami et véritable
frère, si les maux indicibles que nous avons soufferts,
nous pouvons les unir avec la croix du Sauveur, grâce
à ce don de la foi que nous tenons de lui! Joins tes
prières aux miennes en faveur de tous nos amis, et
prions l'un pour l'autre. Ecris-moi vite et parle-moi
longuement de toi. Ma vie est sans joie vive, mais paisible et entourée d'âmes aimantes. J'ai très-peu de
santé, mais ce peu me suffit. L'automne et l'hiver ne
sont pas des saisons favorables pour ma poitrine et le
désarroi de mes nerfs. Patience! Je souffrais bien plus
quand tu étais encore dans les fers. Je me sens maintenant l'esprit soulagé, et le corps lui-même s'en trouve
bien.

Je suis très-vieilli, mais j'ai toujours le cœur très-
chaud pour t'aimer, et la mémoire excellente pour me

rappeler ton amitié si douce, si forte, si bienfaisante. Adieu, mon bien cher ami, je t'embrasse étroitement, et serai éternellement ton ami le plus affectionné, Silvio Pellico.

CXII

A M. ANTOINE DE LATOUR.

Turin, 7 novembre 1837.

* Monsieur,

Quoique très-peu signifiants, quelques chapitres de ma *Vie* pourraient avoir une espèce d'intérêt dans une nouvelle édition de *Mie Prigioni*. Ils feraient voir quelle est mon existence actuelle, quelles sont mes opinions. Mais je ne trouve pas que vous puissiez vous en servir pour les articles que vous voudriez faire sur mes deux derniers volumes : d'autant plus, que j'aurais l'air de vous avoir demandé ces articles et de vous avoir fourni des données pour que vous me jugiez, etc.

Les fragments que je vous envoie sont donc pour l'édition, si elle se fait. J'ai dû supprimer plusieurs chapitres. Je suis fâché de ne pouvoir mettre à votre disposition qu'une partie si petite et si peu saillante de mon manuscrit[1].

J'ai été malade ; je suis mieux, mais je ne puis pas écrire longtemps.—Merci de l'obligeance que vous

---

[1] Le vrai texte de ces chapitres est encore inédit ; mais j'en ai donné la traduction à la suite de *Mes Prisons,* dans les éditions qui ont suivi cette lettre. Quant à l'article dont il est ici question, il parut alors dans la *Revue française,* et il a été depuis réimprimé dans l'appendice aux *Mémoires.*

(Note du Traducteur.)

avez eue de faire remettre mon paquet.—Ayez-en un autre : envoyez-moi le second sonnet dont vous me parliez; vous me ferez plaisir.

Le livre d'Andryane est défendu ici. Je n'en ai encore vu qu'un volume. J'espère que ces mémoires feront honneur à l'auteur, et que tout y sera exact et irréprochable.

Adieu : je vous écrirai de nouveau.*

CXIII

A M. ANTOINE DE LATOUR.

Turin, 21 novembre 1837.

* Monsieur,

Voici ce qu'il y aurait à corriger dans votre préface à *Mes Prisons*.

Voyez pages iij et iv. Au lieu de dire : *L'entreprise de M. Pellico,* etc., dites : « M. Pellico passa de la province à Turin. Silvio avait alors onze ans..... »

Le reste est exact jusqu'à : « *Silvio avait une sœur jumelle.* » Veuillez dire : — «Silvio alla à cette époque à Lyon avec sa mère, qui avait dans cette ville un cousin nommé M. Rubod. Le jeune italien resta quatre années chez ce digne parent qui le combla de preuves d'une affection paternelle. Ce fut un des heureux temps de la vie de Silvio. Partageant tous ses jours, etc. »

Ce qui suit est exact.

A la page viij, dites : « Cependant avant 1810, M. Honoré Pellico avait quitté le Piémont avec sa famille pour aller résider à Milan, où il eut l'emploi de chef de section dans le ministère de la guerre. Les

Tombeaux ont reconquis Silvio à la poésie et à l'Italie, etc. »

A la page xiij et ailleurs, au lieu de *Laodicée*, dites Laodamie. A la page xxj, en parlant du comte Confalonieri, effacez les paroles : *le premier des publicistes de l'Italie*, et dites : *Un des hommes les plus remarquables de notre temps par ses talents politiques et par son grand caractère.*

Voilà le peu de choses à changer dans votre préface qui est admirable.

Dans les notes, je ne vois qu'une chose à ôter à la page 421, c'est-à-dire l'assertion hasardée que le massacre de Prina ait été résolu par le conseiller aulique Ghislieri et par une illustre famille de Milan. Ce bruit a couru, mais les preuves manquent. Des personnes respectables nient ce fait. Quant à moi, tout me porte à croire que le massacre a eu lieu sans préméditation.

On s'exalta, les esprits vulgaires désignèrent Prina comme un ministre des tyrannies de Napoléon, et le tumulte alla éclater inopinément sur cet homme que le peuple s'était sottement accoutumé à détester. Ce qui est vrai, c'est que ce mouvement eut pour but d'effrayer le sénat et de l'empêcher d'élire pour roi le prince Eugène de Beauharnais. A cette époque, les classes inférieures espéraient des Autrichiens tous les bonheurs qu'ils promettaient dans leurs manifestes. Il y eut un moment funeste de fanatisme pour eux[1].

---

[1] Il va sans dire que toutes les corrections ici indiquées par Silvio ont été faites dans les éditions de ma traduction postérieures à cette lettre. *(Note du Traducteur.)*

Adieu, je souffre moins ; pourtant ma santé est faible. Je ne puis pas vous écrire longuement.

Pourriez-vous m'envoyer cinq ou six exemplaires des articles que vous vous proposez de faire sur mes *Poésies?*

Croyez à l'estime parfaite de votre ami Silvio Pellico. *

CXIV

AU COMTE FEDERICO CONFALONIERI
A PARIS.

Turin, 14 décembre 1837.

Mon bien-aimé Federico,

Sais-tu qu'à tout moment je pense à toi, et qu'entre tous ceux qui t'aiment, je ne puis croire qu'il y en ait un seul qui te soit plus tendrement attaché ! Bianca m'a donné des nouvelles de ta pauvre santé; et quoiqu'elle espère que tes souffrances sont plus douloureuses que dangereuses, toutefois je m'abandonne à l'inquiétude. Ma santé à moi, habituellement débile, est souvent exposée à des secousses imprévues, comme il m'est advenu ces jours-ci même; cependant elle me laisse vivre, et dans ces sept années de liberté recouvrée, j'ai plutôt regagné un peu de force. Cela me paraît une garantie pour toi. Je crains, mais j'espère, et je veux espérer que tu guériras, sinon complétement, au moins assez sensiblement et de manière à ce que tes maux deviennent supportables, et te laissent quelquefois de longs répits, comme il m'arrive à moi-même. Il est vrai, il n'est que trop vrai, mon

14

bien cher ami, que ta captivité s'est beaucoup plus prolongée, et que tu as souffert, par conséquent, beaucoup plus que moi. Mais je suis d'une constitution faible, et néanmoins j'ai résisté jusqu'à ce jour. Tu as reçu de Dieu un corps robuste en harmonie avec ton âme, ce qui permet raisonnablement d'espérer que tu retrouveras assez d'équilibre pour que tes maux diminuent, et peut-être même se guérissent tout à fait avec le temps. Oh! que Dieu le veuille! Bianca me dit que, dès que tu te sentiras mieux, tu iras chercher ce bon climat d'Hyères. C'est donc que tu n'es pas à présent en état de faire ce voyage. Je vois par là que tu souffres beaucoup, et j'en suis bien affecté, et je le vois d'ailleurs par ce que tu lui as dit, qu'il ne t'est pas encore possible d'écrire longuement, et qu'en m'écrivant tu ne saurais être bref. Je sens la privation de tes chères lettres, mais je ne voudrais pas que tu te fatiguasses; attends que tu sois mieux ; attends que les médecins te permettent positivement d'écrire. Je sais par expérience que la fatigue qui suit l'application est nuisible. Il y a des semaines où moi-même je me vois réduit à ne pouvoir écrire dix lignes sans être pris de fortes palpitations qui m'ôtent la respiration. Parmi les choses que la bonne Bianca me mande, il y a le désir qu'elle aurait d'être ta garde-malade. Je le crois bien. Elle s'effraye de ce que tu vois trop de monde. Elle ne voudrait te voir admettre qu'un petit nombre d'amis dont elle serait toujours. Si le repos t'est nécessaire, je te le recommande aussi de mon côté, et je te le recommande sachant tout ce qu'il vaut. Il m'est arrivé souvent de ne pas savoir me délivrer d'un trop grand nombre de visiteurs, et alors de me laisser entraîner à trop d'activité d'esprit et de paroles ; les forces ne suffisent pas à une telle dépense de vitalité.

J'en tire d'abord un avantage illusoire, auquel succède aussitôt une altération plus profonde de ma santé. Cette remarque contribue à me faire rester autant que je puis dans la solitude, c'est-à-dire que je me borne à jouir de la société d'un petit nombre d'amis et seulement à certaines heures. Je remplis cette solitude d'une douceur qui n'a rien de gai, qui est même souvent bien triste, mais qui ne laisse pas d'être douceur. Je m'entretiens avec Dieu, je pense à tous nos malheurs et aux misères infinies de toute l'histoire de l'humanité. Je me console par la certitude des explications que la foi nous donne sur tous les mystères douloureux de notre pauvre vie. Ce qui me console encore, c'est l'harmonie qui existe entre ton âme et la mienne en fait de religion, et je me dis souvent que notre amitié sera bénie au delà même de la tombe par celui qui a si bien rapproché nos cœurs dans l'angoisse de la prison.

Tu sauras que j'ai écrit à Alexandre[1] après avoir lu son second volume : je n'ai pas eu le premier. Ce qui m'a souverainement plu dans celui que j'ai lu, c'est la chaude expression de sa haute estime pour toi. Quel-

[1] Alexandre Andryane, un autre des compagnons de Silvio Pellico au Spielberg. (*Note de l'Editeur.*)

—Tout le monde a lu les Mémoires de M. Andryane. Ils ajoutent de précieux détails à ceux de Silvio Pellico.

(*Note du Traducteur.*)

ques personnes assurent qu'on a fort blâmé ces *Mémoires*. Je voudrais que ce blâme ne fût pas fondé, et j'espère qu'il ne l'est pas. Ce qui m'a fait un peu de peine dans ce second volume, c'est de le voir parler sur un ton si enjoué et si leste des misères de Pallavicini. J'eusse préféré qu'il les eût couvertes du manteau de la charité. Ceux mêmes qui blâment quelque chose dans ces *Mémoires*, aiment dans Alexandre son extrême affection pour toi. Ton nom est cher à tous. Alexandre t'aura probablement présenté l'ami qui lui a porté ma lettre, le comte Balbo. C'est un homme de mérite et animé des sentiments les plus élevés. Celui qui te remet celle-ci est le comte Camillo de Cavour, qui est aussi, malgré sa jeunesse, un homme d'une intelligence mûre et distinguée, et qui fait honneur à notre pays [1].

Si tu vois La Cisterna, les Brême, les Baldissero, je te prie de les saluer en mon nom. Salue également Ugoni, et tous ceux de tes amis qui sont aussi les miens.

Oh! comme je soupire après une lettre de toi, mon bien-aimé Federico! mais je te le répète, ne te hâte pas trop. Avant toute chose travaille à te rétablir. Dis seulement à *Alessandrino* qu'il me donne, lui, de tes nouvelles, et salue-le de ma part. Je brûle d'apprendre que tu vas mieux, et j'ai peur que la mauvaise saison ne t'empêche de te remettre. Souviens-toi, cher ami,

---

[1] Le comte de Cavour dont il est parlé ici ne peut être que l'homme d'État distingué qui préside en ce moment le conseil des ministres du roi de Sardaigne.   (*Note du Traducteur.*)

que je suis et serai éternellement ton ami le plus chaud, ton frère le plus dévoué.

P. S. On m'assure que notre bon Porro est à Paris. S'il en est ainsi, embrasse-le tendrement de ma part.

CXV

A M. N. N.[1]

..... 1837.

.... Mon ancienne passion pour la littérature et pour la politique s'est éteinte ; il m'arrive bien rarement de composer des vers ou de lire des livres nouveaux. Je n'ai qu'un besoin, c'est de m'unir à Dieu, et de lui recommander ceux que j'aime. Je te recommande aussi à lui, ainsi que ta femme et ta fille. Je souhaite que tu sois véritablement dans le giron de l'Église catholique, et non sur le seuil du sanctuaire où nous retenaient nos esprits raisonneurs, quand nous flottions encore entre les vérités de notre sainte religion et les erreurs de la philosophie. Je souhaite vous savoir tous, mes bien-aimés, chers à Dieu et comblés de ses grâces.

CXVI

AU PROFESSEUR PIER ALESSANDRO PARAVIA.

8 janvier 1838.

Monsieur et honoré chevalier,

J'ai fait votre commission auprès du marquis de

[1] Tirée de la *Revista contemporanea*, fasc. XII, Torino, 1854.
(*Note de l'Éditeur.*)

Barolo, qui m'a chargé de vous faire remettre le peu de livres dont il est l'auteur. Quant aux écrits publiés par feu le marquis son père, il ne les a pas, et vous prie de l'excuser s'il ne vous en donne pas la note, le défunt ayant exprimé le désir qu'on n'en parlât plus, non qu'ils renferment rien de blâmable, mais parce qu'ils n'avaient que trop excité la malveillance des critiques. Je vous salue en toute estime et amitié.

CXVII

A M. LE COMTE PORRO.

Turin, 17 janvier 1838.

Excellent comte Porro, mon bien cher ami,

Que j'ai longuement et chèrement parlé de vous avec cet aimable M. Altaras, qui m'a apporté la lettre de notre pauvre Confalonieri ! De sorte qu'hier a été un des plus beaux jours de ma vie, et je me suis même senti moins tourmenté de mes souffrances et du malaise général qui me fait la guerre. Mon cœur vous garde, cher ami, parmi ses plus doux souvenirs, et quand on m'apporte de bonnes nouvelles de mon loyal et sincère Porro, j'éprouve une joie d'enfant...

De Milan, tout ce que je sais, c'est que plusieurs espèrent qu'à l'époque où Ferdinand Ier sera couronné en Lombardie, beaucoup d'exilés seront enfin rappelés : Dieu le veuille ! Je le désire pour tous, et spécialement pour votre consolation et celle de vos fils; mais précisément parce que je le désire si fort, je crains que ce ne soit une espérance vaine. Il est difficile que dans un gouvernement étranger pénètre la généreuse maxime de provoquer l'amour par l'indulgence, et de déposer ses haines. Mais tout en craignant, je conserve cependant un peu de confiance, Ferdinand, au dire de beaucoup, étant un homme porté à la douceur et susceptible de se laisser émouvoir.

Écrivez-moi, et si vous avez quelque raison d'espérer votre retour à Milan, dites-le moi. Veuillez aussi me dire ce qu'il vous semble de la santé du pauvre Confalonieri.

Je vis, comme d'ordinaire, dans le cercle restreint de ma famille et d'un petit nombre d'amis ; j'ai fait une grande perte en perdant ma mère, au mois d'avril dernier. Mon père se soutient, grâce au ciel, malgré son âge avancé.

Aimez-moi toujours. Oh ! si nous étions réunis, que de longues et douces heures nous passerions à causer de mille choses ! et certainement nous serions d'accord sur la plupart des questions.

Je vous embrasse avec une immense affection et la plus cordiale estime.

P. S. La comtesse Masino vous envoie tous ses souvenirs.

CXVIII

AU COMTE FEDERICO CONFALONIERI[1].

Turin, 17 janvier 1838[2].

Mon bien-aimé frère Federico,

Je reçois donc enfin une lettre de toi, après en avoir été privé si longtemps, après l'avoir si longtemps désirée ! J'avais fini par ne plus même savoir où tu étais. On m'avait dit que pour des raisons de santé tu n'avais pu encore quitter Paris, et je t'y écrivis de nouveau le mois dernier, par l'occasion du jeune Cavour. J'appris plus tard que tu devais être à Hyères ; ensuite qu'en effet, tu y étais allé, mais non pour y séjourner. Moi, cependant, je pensais chaque jour à mon errant Federico, et j'y pensais avec tendresse et inquiétude, avec le désir d'avoir des nouvelles de toi et par toi-même, et je m'affligeais, augurant mal de ta pauvre santé. Je savais trop bien que si tu ne m'écrivais pas, c'était parce que tes souffrances ne te le permettaient point, en quoi je ne me trompais pas. L'effort que tu as fait pour m'écrire cette lettre t'a sans doute bien coûté. Fasse le ciel que tu n'en aies pas trop souffert ! Je crains, et pourtant je te sais un gré infini de m'avoir écrit, et je souhaite que tu puisses m'écrire de temps à autre. Quand tu le feras, mets toujours une seconde enveloppe à

[1] Publiée dans le journal la *Civilta cattolica*, série III, vol. II, Roma, 1856.

[2] Reçue à Montpellier.   (*Notes de l'Éditeur.*)

l'adresse de M. Todros, banquier, à Turin. Je serai sûr ainsi qu'aucune lettre ne s'égarera.

Tu sauras, mon pauvre malade, que je n'ai pas non plus une santé brillante, et qu'elle est même, hélas! bien loin d'être brillante. Si j'écoutais tous mes petits maux, je ne t'écrirais, ni aujourd'hui, ni Dieu sait quand; mais le cœur me commande de ne pas te faire attendre ma réponse. Mes maux viennent aussi en grande partie d'un ébranlement du système nerveux. Les bons médecins n'y comprennent rien, et je ne comprends pas moi-même comment on souffre à ce point sans en mourir. Les pires heures pour moi sont celles du soir et les premières de la nuit, à cause d'un malheureux étouffement qui semble vouloir m'achever. Oh! misère! Mais je fais ce que je peux pour maintenir mon âme en paix au milieu de ces souffrances; et, en effet, Dieu me vient en aide toutes les fois que je pense à lui et à ce grand mystère de la croix. Oui, certes, il ordonne tout pour les fins les plus saintes, et nous devons le bénir dans nos infirmités comme dans nos jours les plus prospères. Les iniquités des hommes me paraissent plus dures à supporter que tous les maux physiques.

J'ai tort de faire cette différence; jamais non plus les iniquités des hommes ne devraient nous faire perdre patience. Je ne m'étonne pas, mon ami, que la France d'aujourd'hui n'aille pas à ton génie. Il s'y fait çà et là bien des choses dignes de louange, mais l'esprit général me paraît plus dépourvu que jamais de sentiments élevés. On y vante le progrès, et en effet il y a progrès; mais dans les industries qui tien-

nent au commerce et aux choses matérielles, plutôt
que dans la vie de l'intelligence et du cœur. Oh! peut-
être n'est-ce plus seulement la France, mais l'Europe
entière qui est dans cet état! Je ne vois de ces hautes
et simples vertus dans aucun des camps politiques,
mais, dans tous les partis, de sourdes luttes d'astuce
qui me font pitié. Il faut toujours excepter dans chacune des factions quelques âmes généreuses et loya-
les. Mais ce sont pures exceptions. Je me suis convaincu que la partie de la société où les bons sont
moins rares est celle qui ne se mêle que peu ou point
de politique, et par conséquent les femmes. Là ne pré-
vaut point l'orgueil, et les âmes naturellement humbles sont les seules qui aiment, les seules qui reçoivent et qui renvoient quelques rayons de la bonté
divine. Comment, cher ami, n'aurais-tu pas admiré
et béni cette digne jeune fille américaine, qui t'a
voué une si sincère et si particulière amitié? Je l'ai
admirée, je l'ai bénie comme toi, en lisant ces deux
lettres d'elle, si suaves, si merveilleusement écrites,
et qui montrent si bien un caractère noble et pieux.
Je te remercie de m'avoir fait connaître deux pareilles
lettres. Que d'esprit, que de naturel, que de sentiments tendres il y a dans ce petit ange! J'admire aussi
cette facilité à écrire notre langue avec tant de justesse. Personne ne soupçonnerait qu'elle est étrangère. Peut-être aura-t-elle été élevée en Italie ou par
une institutrice italienne...........

CXIX

A LA COMTESSE OTTAVIA MASINO
DI MOMBELLO.

28 mars 1838.

Excellente comtesse,

Vous serez uniquement occupée à peindre ce cher tableau qui ne peut être que le digne ouvrage d'un si charmant pinceau, et je ne vous souhaite pas d'inspiration, vous n'en avez pas besoin, mais bien une bonne santé qui vous permette de travailler.

En attendant, je vous dirai qu'aujourd'hui j'ai passé chez vous, non-seulement pour vous présenter mes devoirs, mais encore pour l'affaire que voici :

Mon frère se propose de passer désormais la plus grande partie de l'année à Chieri, pour y veiller de plus-près à une laiterie que nous avons dans le voisinage, et il aurait besoin d'un logis en ville, assez grand pour pouvoir, dans l'occasion, y recevoir notre père et moi-même. De plus, on voudrait dans cette maison les caves, la cour, que sais-je encore ? de quoi en somme remiser les choses de la campagne. Est-il vrai que tout cela se trouve précisément à louer pour la Saint-Jean ou la Saint-Michel dans une maison qui vous appartient, madame la comtesse, dans le quartier de San Giorgio ? Combien je vous serais obligé si vous aviez la bonté de m'écrire deux lignes là-dessus, et de me dire, en même temps, quel serait le loyer.

Je vous prie d'offrir mes hommages à M. le comte,

en même temps que j'ai l'honneur de me dire avec
une estime toute particulière et un dévouement respectueux, etc.

CXX

AU NOBLE PHILOSOPHE
M. L'ABBÉ ANTONIO ROSMINI-SERBATI
DOMODOSSOLA.

Turin, samedi saint, 14 avril 1838.

Illustrissime seigneur abbé,

Avant de vous remercier du beau présent que vous
avez eu la bonté de me faire, j'ai voulu en connaître
la valeur, et partant j'ai lu. Peu de livres m'ont autant
satisfait que cette Histoire des systèmes de morale.
Le plus grand nombre des philosophes me laissent
mécontent, parce que je les trouve en désaccord tacite ou patent avec la religion chrétienne. — Votre
Seigneurie, au contraire, raisonne profondément, et
dans l'infaillibilité de la foi; et c'est tout profit dans
la science des investigations intellectuelles. Vos écrits
ont d'ailleurs un mérite qui me semble on ne peut
plus essentiel, celui de la clarté. Si le lecteur s'arrête
en vous lisant, c'est pour réfléchir, jamais par difficulté de comprendre la pensée de l'auteur. Vous êtes
heureux, Monsieur l'abbé, d'avoir reçu de Dieu tant
de moyens d'être utile à vos semblables ! Puissiez-
vous en recueillir d'abondantes consolations, en
voyant le bien que vous faites ! Je l'espère et vous le
souhaite de tout mon cœur.

Agréez, avec l'expression de ma reconnaissance,

celle de l'estime toute particulière avec laquelle j'ai
l'honneur d'être, etc.

CXXI

A M. ANTOINE DE LATOUR.

Turin, 14 avril 1838.

** Monsieur et cher ami,*

Quoique souffrant et ayant de la peine à écrire, je
ne veux pas tarder à vous dire que j'ai reçu les exemplaires de la *Revue française* que vous avez eu l'o-
bligeance de me faire parvenir avec une lettre de
M. Andryane. L'article que vous avez fait sur mes
poésies m'honore beaucoup trop. — Je l'aime par
amour-propre, et parce que c'est une belle composition, digne de votre âme. Je vous en suis bien reconnaissant.

Il y a peu de jours que l'on m'a apporté votre aimable lettre de décembre; comment a-t-elle tant retardé ? Votre silence me faisait craindre que vous ne
fussiez malade. Cette lettre est suivie d'un sonnet si
beau, si touchant, que j'en ai été profondément ému.
J'ai rarement le don des larmes, mais vous m'avez
fait pleurer et j'en ai été soulagé. Je vous en remercie de tout mon cœur.

Quant à mes fragments, ne vous hâtez pas; peut-
être vaudrait-il mieux ne pas les publier. Cependant
vous en êtes le maître; et si vous les publiez, je n'ai
aucune difficulté à ce que vous retranchiez ce qui
vous paraît trop peu développé ou inopportun.

Adieu ; veuillez, je vous prie, faire avoir la lettre ci-jointe à M. Andryane, vous m'obligerez infiniment. —Oui, mon cher de Latour, je vous aime *comme si nous nous étions connus au Spielberg.* *

CXXII

AU COMTE FEDERICO CONFALONIERI[1].

Turin, 17 mai 1838[2].

Mon bien-aimé Federico,

Ta lettre du 26 février me donne la meilleure des nouvelles, en m'annonçant que ta santé, cette santé qui m'est si chère, se fortifie notablement. Puisque Dieu a permis que tu survives à tant d'années d'indicibles souffrances, ah ! qu'il répande un peu de bonheur sur les années qu'il ajoutera désormais à ta vie ! Je sais par expérience, et aujourd'hui même, comment les souffrances physiques, en se prolongeant, attristent souvent l'esprit.. Toutefois, je me fais violence, et, autant que je le puis, je me défends de la tristesse. Le paquet de livres que je t'avais adressé à New-York ne contenait autre chose que ces deux volumes de mes poésies que tu possèdes maintenant ; et depuis, ayant fait des recherches pour savoir ce qu'il était devenu, j'ai découvert qu'il était encore à Gênes, attendant une occasion d'aller à toi. Aussi l'ai-je retiré pour ne pas t'envoyer une chose inutile. Alexandre ne

[1] Déjà publiée dans la *Civilta cattolica*, série III, vol. II, Roma, 1856. *(Note de l'Éditeur.)*
[2] Reçue à Marseille. *(Idem.)*

m'a fait entendre d'aucune manière qu'il voulût me
mettre en scène dans ses volumes suivants. Il me semble que, ne pouvant rendre publiques les connivences
des gardiens, qui, au Spielberg, établissaient entre
nous des relations secrètes, il se bornera à indiquer
les battements au mur [1] et autres futilités semblables.
Il est vrai qu'on m'écrit aussi de Paris pour me mettre
en garde contre les imprudences qu'Alexandre peut
commettre à mon égard. Je lui ai écrit à ce sujet, lui
faisant connaître l'avis qui m'était donné de Paris, et
ajoutant que je ne pouvais le croire capable de risquer
sur moi des assertions imprudentes. Le peu de lignes
que je lui ai adressées l'auront, j'espère, rendu réservé,
car je ne crois pas qu'il ait à mon égard aucun sentiment malveillant, et qu'il veuille m'être désagréable.
Je t'avoue que son second volume, que j'ai lu, m'a
laissé, malgré quelque motif de regret, une impression
de contentement à cause de l'admiration et de l'amitié
avec lesquels il peint chez toi l'homme héroïque que
tu es. Sur ce point j'ai vivement applaudi Alexandre;
je comprends que tu aies dû, par modestie et par délicatesse, te plaindre de ce portrait flatteur qui te met
en spectacle plus que tu ne voudrais; mais tes amis
ne peuvent s'en fâcher. Ce qui, dans ces *Mémoires*,
m'afflige davantage, c'est plutôt une teinte mal dissi-
mulée d'irritation contre des hommes qui, en dépit de

---

[1] *V.* les *Mémoires* d'Andryane. Les prisonniers du Spielberg
étaient parvenus, en frappant un certain nombre de coups pour
chaque lettre, contre la cloison qui séparait une prison de l'autre, à former un alphabet au moyen duquel ils se communi-
quaient leurs pensées.　　　　　　　　　(*Note du Traducteur.*)

toute leur faiblesse d'esprit ou de cœur, devaient être dépeints avec plus de charité, étant déjà si malheureux. C'est la seule critique que j'entende faire du livre d'Alexandre, et je le lui ai dit à lui-même. Oh! qu'il est difficile, dans de tels livres, de garder sur toutes choses une juste mesure! Certes, nous éprouverons un nouveau déplaisir s'il est vrai, comme je l'ai ouï dire, que Pallavicini veuille répondre par écrit aux offenses dont il a été l'objet. Après tout ce que nous avons souffert, une guerre entre gens qui ont porté la même chaîne serait quelque chose d'odieux. Mes écrits du Spielberg, dictés par l'amitié, sont des souvenirs que tu apprécies, quoiqu'ils soient de peu ou de nul mérite. Je me réjouis de savoir que tu as conservé ces frêles monuments d'une partie de notre histoire intime; je suis bien persuadé que toi tu n'es, tu ne seras jamais tenté d'en abuser. Tu comprends que ce ne sont pas choses à publier. Prends garde seulement, quand tu les fais voir à quelque ami bien particulier, prends garde qu'on ne les copie. Dans le nombre de ceux qui copieraient, il pourrait se trouver une personne peu délicate. L'anecdote d'outre-mer est fort belle. Quant à mes strophes à Napoléon, c'est montrer pour elles plus d'indulgence qu'elles n'en méritent que de ne pas les trouver fort inférieures à l'ode de Manzoni. Mais c'est merveille, sais-tu, que ce petit ange d'Amérique possède notre langue au point de l'écrire avec tant de grâce et de naturel. Tout indique que c'est réellement un être rare, une créature d'élite. Comment ne pas l'aimer? Je pense souvent à votre attachement mutuel, et je me dis : Qui sait si

Federico repoussera vraiment l'idée d'un second mariage, quand il peut se donner une compagne si digne d'estime? Toutefois je ne serais pas dans le cas de te donner un conseil. Je prie le ciel qu'il t'inspire, afin que tu fasses ce qui peut le mieux assurer ton bonheur. Je crois que si tu n'avais que quarante ans, je te dirais sans hésiter : Cette tendre amie, tu dois l'épouser. Pour l'homme qui penche vers l'âge sérieux de soixante ans, la question est sujette à bien des considérations.

Revenant à ce qui est d'écrire des mémoires, je te dirai que j'avais esquissé, par forme de passe-temps, une histoire de ma vie, à publier peut-être quand je ne serai plus. J'ai fait présent à M. de Latour de quelques courts chapitres de cette vie, pour donner plus d'intérêt à une nouvelle édition qu'il se propose de faire de *Mie Prigioni.* A dire vrai ces chapitres sont extrêmement simples et dépourvus d'attrait; mais ils suffisent et ont du moins le mérite d'être sincères et ne peuvent nuire à personne. Je m'y fais voir tel que je suis et comme je vis, avec mes souffrances, mais aussi avec mes consolations. Tu désires, cher ami, savoir au juste l'état de ma santé : l'hiver si rigoureux que nous venons de passer m'a donné une secousse un peu violente. Je digère avec peine, je respire avec difficulté, joins à cela ces maux indéfinissables qu'on appelle maux de nerfs, et voilà devant toi un petit vieillard de 49 ans, qu'on croirait courbé sous le poids de plus de 60. Voici maintenant la bonne saison qui approche, je présume qu'elle me sera salutaire. Ce qui est arrivé déjà d'autres années peut arriver encore pendant quelques printemps et même davantage. Mais raisonnablement je dois m'attendre à sentir un beau jour se dissoudre mes forces physiques si délabrées et si débiles, et il faut que je travaille à m'y tenir préparé, sachant néanmoins qu'on peut encore vivre ainsi longtemps. Depuis que le froid a diminué, je souffre moins, je dors, et ce que je mange passe mieux. A la grâce de Dieu ! Il est bon de vivre, il est bon aussi de mourir. Que toujours sa volonté soit faite. En attendant, c'est une véritable douceur dans ma vie de te savoir en complète liberté, ta santé en voie de guérison, et de recevoir tes chères lettres, de pouvoir t'écrire, d'aimer en toi un ami à l'épreuve, un ami rare. Ah ! le besoin de te revoir, de t'embrasser encore, m'offre une riante image qui a souvent exalté mon imagination ! Mais quand ce désir pourra-t-il se réaliser ? Maintenant ? Assurément non : les forces me manquent. Mais j'espère que ce jour viendra, s'il plaît à Dieu que je vive, et je l'espère tant, qu'il me semble en avoir un pressentiment infaillible ! Oh ! si tu pouvais séjourner en Piémont, auprès de moi, où ton nom est aimé et honoré de tant de gens ! Mais j'y vois des obstacles insurmontables ! Tu serais chéri des Barolo, et tu l'es déjà parce qu'ils savent que tu es un vrai catholique.

Ils sympathisent avec tous ceux qui méritent ce nom, et Mellerio leur a assuré que tu le mérites. Ils détestent il est vrai l'esprit révolutionnaire en général, et les iniquités particulières qui en découlent, et ils te seraient hostiles s'ils te croyaient un conspirateur. Mais ils nous plaignent toi et moi, comme des hommes qui se sont fait illusion sans être pervers, comme des hommes qui revoient aujourd'hui les choses avec une loupe plus sûre, celle de la religion. La crise dans laquelle nous nous sommes perdus était si extraordinaire, que tous les cœurs généreux ont pitié de nous. Aucun d'eux ne nous confondra jamais avec la tourbe des démagogues sanguinaires, tourbe vraiment exécrable ! Elle n'abonde que trop, semant le déshonneur et la rage, et c'est aujourd'hui le fléau de l'Italie. Ils se croient des penseurs, et ce sont de pauvres ignorants exaltés qui éblouissent la jeunesse et travestissent tout par leurs exagérations. C'est pitié que d'y penser. Je ne parle jamais de politique, et je déplais aux exagérés d'une couleur comme à ceux de l'autre. Mais j'ambitionne l'estime des sages, et il me semble que je là possède. Le cœur me dit que mes opinions sont aussi les tiennes et que pour toi comme pour moi la politique a perdu son charme. Dieu vaut bien plus qu'elle ! Prenons-le pour maître, pour loi, pour but ! Donnons, autant que nous le pourrons, l'exemple incessant de la justice et de la charité ; c'est là le bon patriotisme ; l'autre est illusoire.

Dans ma lettre précédente, je crois avoir oublié de te dire que je n'ai publié, en fait d'œuvres littéraires, que le petit nombre de choses que tu connais. La manie d'écrire des tragédies était pardonnable quand j'étais jeune ; je ne l'ai plus. Des romans, le talent me manque pour en faire. La gloire, je ne l'ambitionne en rien. Il me suffit de penser, d'aimer, de prier et de faire des vœux pour ceux qui me sont chers, de soupirer après le bonheur d'être avec eux, et d'aimer toujours, toujours de préférence les meilleurs. Je t'embrasse, et tu sais si je t'aime, ô toi, l'un des meilleurs à coup sûr.

CXXIII

A LA COMTESSE OTTAVIA MASINO
DI MOMBELLO.

27 mai 1838.

* Madame,

Il y a bien l'accent de votre bon, excellent cœur dans la lettre que vous me faites l'honneur de m'écrire ; je vous en remercie. Vous savez ce que c'est que de perdre un père ! J'ai eu comme vous, Madame, le bonheur d'avoir un père rempli de vertus et de tendresse. Quoique l'on se dise toutes les raisons les plus justes, les plus chrétiennes pour supporter de semblables pertes avec résignation, l'âme en saigne. Mais Dieu n'exige pas que nous soyons insensibles ; il veut au contraire que nos sacrifices nous coûtent. Que sa sainte volonté soit faite ! —J'ai au moins une grande consolation dans la mort vraiment exemplaire et sainte qu'ont faite mes bons parents !—Ils m'ont appris d'abord à vivre, puis à mourir !—Ah ! que leurs leçons me soient profitables ! —Je suis trop souffrant et faible pour aller dans le monde, pour aller au Valentin. Je suis bien aise d'avoir vu votre douce et aimable Espérance chez vous. Je désire qu'on l'ait bien placée, et qu'elle dise aux malheureux tout ce que votre âme charitable et pieuse voudrait leur dire. Pour moi elle me dit mille choses du ciel.—J'apprends avec peine que vous avez été malade : vous ne me

parlez pas de votre santé actuelle ; je crains que vous
ne souffriez encore.

Mes respects et remercîments à M. le comte Masin.
Qu'il est bon d'avoir voulu venir me voir dans mon
malheur !—Nous avons changé de logis. Mon frère est
actuellement à Quiers, presque déterminé à s'y fixer
tout à fait ; moi, je suis chez le marquis de Barol.

J'ai l'honneur d'être, avec bien de la reconnaissance
et le plus parfait dévouement, Madame, etc. *

CXXIV

AU COMTE FEDERICO CONFALONIERI[1].

Turin, 29 mai 1838.

Mon très-cher Federico,

Ta lettre, mon ami, a été, est encore pour moi un
véritable bienfait ; elle m'a trouvé plongé dans la douleur par la perte immense et toute récente d'une personne qui m'était sacrée et bien chère, mon excellent
père. L'année dernière, le jour de saint Joseph de
mars, ma mère tomba malade et dit aussitôt que le
saint protecteur de la bonne mort l'appelait, et, en
effet, elle ne se releva plus. Cette année, le jour de
saint Joseph de mai, qui était son patron, mon père
est tombé malade, et il a reconnu, lui aussi, l'appel
divin. Après quinze jours de maladie, supportés avec
une grande force d'âme et un grand calme, le bon
vieillard a vu le terme de toutes ses douleurs terres-

---

[1] Déjà publiée dans la *Civilta cattolica*, série III, vol. II.
Roma, 1856.   (*Note de l'Éditeur.*)

tres, et j'ai la confiance qu'il aura passé sans autres souffrances à la possession de la félicité céleste, tant il était pieux, droit, aimant et détaché des intérêts de ce monde. Il s'appelait Honoré, et il est mort la veille de saint Honoré. Et il le disait : *Saint Joseph et saint Honoré me tendent les bras.* Il a demandé lui-même le viatique, et deux jours après les saintes huiles, après quoi il a vécu encore huit jours, toujours serein et dans une oraison on peut dire continuelle. Il avait soixante-quinze ans, et s'est éteint parce que l'estomac n'avait plus aucune force. Nous l'avons assisté jusqu'à son dernier soupir, Luigi, Giuseppina, notre sœur, et moi. Mon autre frère, le jésuite, se trouvant en Savoie, n'a pu venir partager avec nous des soins si doux et si douloureux. Le chagrin de perdre ses parents est bien relatif ; moindre là où les cœurs sont faiblement attachés, il est grand là où ils sont liés par les mille nœuds des habitudes chères et des sympathies intimes. Mes parents faisaient étroitement partie de mon existence ; mais *Deus dedit, Deus abstulit!* A cela, que dire ? Il faut en venir à cette conclusion, se soumettre, adorer, penser au bonheur de ceux *qui moriuntur in Domino*, penser que dans peu nous irons nous-mêmes les rejoindre. Oh ! comme ces morts dont j'ai été témoin me font sentir le néant de ce monde ! Qu'est-ce que les années ? qu'est-ce que le temps ? Comme les âges passent, comme tout s'en va en fumée ! Moi-même, qui étais hier un jeune homme, et avant-hier un petit garçon, me voici un vieillard, et déjà je ne respire qu'avec effort ; et si je traîne encore un ou deux ans, tout cela me paraîtra le plus fugitif

des songes. Oh! mon Federico! faisons-nous saints;
d'une ferme et constante énergie, élevons notre volonté vers l'unique but de vivre en Dieu et pour Dieu,
et ainsi nous mourrons pour mieux revivre en lui et
pour lui!

J'apprends avec bonheur, mon bien-aimé, que tu as
retrouvé une santé meilleure et que tu éprouves maintenant quelque douceur à revoir à Paris plusieurs de tes
amis, de mes amis, à renouer d'anciennes relations, à en
former de nouvelles. Salue affectueusement pour moi
ton beau-frère Camillo, puis Arrivabene, Berchet [1],
Ugoni, Arconati, Bossi, Collegno et autres, que nous
estimons, que nous aimons, mais particulièrement La
Cisterna, et si tu vas le voir, rappelle-moi au souvenir
de l'excellente marquise de Brême. Mais tout en me ré-
jouissant de te voir électrisé par la présence de ces bons
amis, je ne comprends que trop ce que mêlent d'amertume à cette joie toutes les peines de ton pauvre cœur.
Que Teresa eût été glorieuse de se revoir aujourd'hui
à tes côtés! Oh! que de sacrifices nous sommes appelés à accomplir sur cette terre! A force d'en faire,
la vie se décolore, et on se voit dès lors bien plus
assailli des désirs de la vie future que de ceux de la
vie présente. Mais outre les sacrifices, les amertumes
d'un autre genre ne te manquent pas, et je sais que
c'en est une des plus cruelles pour toi que d'avoir dû
en arriver à rompre avec A***; après la promesse que

---

[1] Berchet, mort récemment si je ne me trompe, était un poëte
lyrique distingué, qui avait essayé dès 1820 de nationaliser en
Italie, par une belle traduction de Burger, la ballade allemande.
(Note du Traducteur.)

tu avais exigée de lui, et qu'il t'avait faite, ne pas se croire tenu à la remplir! J'en suis renversé, et je prends part à tout le chagrin que tu en éprouves. Je ne me persuaderai jamais que tu te sois décidé à cette rupture avant d'avoir reconnu l'impossibilité de l'éviter et cherché à obtenir de lui le maintien de la parole donnée; non-seulement il fait une perte immense à ne t'avoir plus pour ami, mais encore va-t-il se discréditer auprès de tous, et il s'en apercevra de mille manières. Je voudrais encore espérer qu'il remédiera à la chose par des suppressions, des corrections, des changements; et finalement en ne publiant rien de contraire à ce qu'il a promis. Je le voudrais en vérité, mais tu me laisses bien peu d'espérance à cet égard. Je comprends maintenant, plus que jamais, ce qui déjà m'était apparu au Spielberg, relativement à la difficulté que vous aviez de voir les choses de la même manière. Ce qui me surprend le plus, c'est qu'après avoir manifesté pour toi, aux yeux du public, une admiration et une amitié sans bornes, il ait pu consentir à agir de façon à te forcer de repousser cette amitié. Quelle rage de contradiction! mais je ne puis le juger, je ne le comprends pas, je ne le connais pas assez. Pour toi, je te connais bien, et je sais que tu n'agis pas à la légère...

Toi et quelques autres gens de bien, vous me conseilleriez d'écrire, de chercher à exercer un certain empire sur les âmes pour les attirer au bien, et, dans l'excès de votre amitié, vous vous exagérez mon pouvoir intellectuel. Rien de meilleur que votre intention qui m'est chère, et je suivrais le conseil si je le pouvais.

Mais il me manque la santé, il me manque cet aiguillon d'ambition et d'espérance qui éperonne; il me
manque la confiance dans mes forces dont je ne connais que trop toute la faiblesse. Je suis un homme de
peu d'haleine, un homme assis à deux pas de la tombe,
et qui sourit aux voix qui lui disent : Lève-toi!—Oui,
mon ami, mon frère, je me lèverai, mais non pas sur
la terre. Ici mon rôle est désormais fini, et s'il m'en
reste encore un, c'est de souffrir et d'aimer en silence.
Du reste, il est plus que vraisemblable que si, au lieu
du très-petit nombre de volumes que j'ai écrits, j'en
eusse donné davantage au public, l'effet en aurait été
moindre. On eût dit : Il fait, comme les autres, le métier d'auteur pour augmenter sa renommée et sa fortune. Il veut nous occuper sans cesse de son mérite.—
Dieu, qui me refuse la santé et le souffle, sait ce qu'il
fait pour moi et pour les autres.

Je serais peut-être devenu trop ambitieux de gloire,
et mon orgueil aurait tout gâté, comme il est advenu
naguère à plus d'un. — Adieu, salue pour moi nos
amis, et salue également comme mes amis, quoique
je ne les connaisse pas personnellement, ces dignes
apôtres dont tu me parles, l'évêque de Troyes, le curé
de Saint-Roch et M. Gerbet. Priez tous pour moi.
Parle de moi aux Montalembert, mari et femme, que
j'aime, et à qui je souhaite toute sorte de biens, toute
grâce divine.

Je te suis reconnaissant de tout ce que tu m'écris et
aussi des nouvelles que tu me donnes de nos amis
d'Amérique. Tu espères donc pour eux leur rappel en
Lombardie? J'avoue que je l'espère peu, et moins

pour toi certainement que pour les autres. Dieu veuille que je m'abuse! Quant à ce qui est de te revoir encore dans ce monde, j'en ai un tel désir que je le regarde comme un pressentiment. Où? quand? Ah! si je pouvais, moi aussi, aller au mois d'août t'embrasser dans quelque coin hospitalier de la Suisse! En attendant, unissons-nous en Dieu, aimons-nous toujours. Je t'embrasse tendrement et suis ton bien affectionné.

CXXV

A PIETRO GIURIA[1].

Turin, 6 juillet 1838.

Cher Pietro,

Les vers que tu m'envoies sont pleins de doux sentiments et me plaisent. Le trop de bien que tu dis de Silvio est cependant une erreur. Silvio est un pauvre petit homme dont tu t'exagères le mérite. L'unique éloge qu'on puisse peut-être en faire, c'est qu'il est franc et bienveillant, et ce n'est pas encore une grande vertu. Quant à avoir beaucoup souffert dans le cours de ma vie orageuse, tu dis vrai, quoique toutes mes douleurs ne te soient pas connues; mais chacun a ses épreuves, et qui sait combien d'hommes ont bu ou boiront à un calice plus amer que le mien? Toi-même, si jeune que tu sois, tu as tes heures de sombre mélancolie, et je te vois dévoré de la soif innocente du bon-

---

[1] Tirée du livre *Silvio Pellico e il suo tempo*, considérations de Pietro Giuria. Voghera, tip. Gatti; 1854.

(*Note de l'Éditeur.*)

heur, selon les nobles penchants de ton intelligence. Que Dieu la satisfasse largement, et puisses-tu être *quasi flos rosarum in diebus vernis et quasi lilia quæ sunt in transitu aquæ, et quasi thus redolens in diebus æstatis!* Mais toutefois, si tu jouis peu, si tu souffres beaucoup, ne te décourage jamais, élève ta pensée jusqu'aux vues que Dieu a sur chaque homme, et mets toujours ta plus grande consolation dans la vertu.

Tes vers pour la tombe de cette dame sont aussi de mon goût et dignes de toi.—L'éloge que, dans ton article, tu fais de Flechia est parfait : il écrit véritablement en vers avec un rare talent. Je ne condamne pas ton jugement un peu sévère sur le sujet. Ta sévérité serait parfaitement fondée si le *Profeta velato* était un tout; mais ce n'est qu'une partie de poëme, un épisode accidentellement tragique, à côté d'épisodes d'un genre différent; — un tambour qui choquerait si le *maestro* n'avait mis que cet instrument dans sa symphonie, mais qui là, associé à d'autres sons, produit l'harmonie. C'est du moins ce qu'il m'en semble, mais peut-être me trompé-je, et il n'importe guère. Ta critique n'a rien de superficiel, et elle est exposée avec élégance.

Je regrette qu'il s'élève des orages entre vous autres de l'*Album* et le *Messaggere.* Voilà un des motifs qui m'inspirent pour les journaux moins de penchant que de répugnance. Ils en viennent continuellement aux mains, ou tout au moins se regardent de travers.

J'ai passé presque un mois à la campagne, sans profit pour ma santé. Je suis sur pieds, mais malade et

respirant à peine. Mais je ne veux pas me plaindre :
le corps est si peu de chose.

Adieu, cher Pietro, salue de ma part père et frère
et aime-moi.

CXXVI

AU COMTE FEDERICO CONFALONIERI[1].

Turin, 8 juillet 1838.

Cher Federico,

Depuis que j'ai reçu ta bonne et chère lettre, que
m'a remise le chevalier Larchi, mes maux ne m'ont
pas laissé de relâche, et j'ai été tellement sous leur
empire, que jusqu'à ce jour je n'ai pu me résoudre à
t'écrire. Enfin, je me décide à le faire, et c'est une
manière de te dire que depuis deux jours je vais un
peu mieux. En d'autres termes, je respire avec moins
de peine, et je n'ai plus, la nuit, d'aussi longues insomnies, ce qui est un grand soulagement pour mes
nerfs. La chaleur croissante de l'atmosphère ne me
nuit pas, au contraire, elle me fait du bien. En avant
donc, et vivons tant qu'il plaira à Dieu. Je le remercie
mille fois d'avoir amélioré ta chère santé! Porro
m'écrit que tu as tout à fait retrouvé ta bonne et vigoureuse mine d'il y a vingt ans. Dieu veuille seulement que le fond de la santé réponde à cette bonne
apparence. J'ai su de Porro, avec grand regret, qu'on
t'avait refusé la permission d'aller embrasser en

---

[1] Publiée par la *Civiltà cattolica*, série III, vol. III. Roma,
16 août 1856. *(Note de l'Éditeur.)*

Suisse ton père et tes frères; j'espère qu'ils feront quelques milles de plus, et que vous aurez la consolation de vous voir en France. Si Porro ne se fait pas illusion, il est très-probable qu'à de si grands chagrins succédera bientôt pour plusieurs, et notamment pour toi, mon cher et doux ami, le bonheur de pouvoir rentrer en Lombardie. Je crains et j'espère, et j'implore de Dieu cette grâce. Le séjour dans la patrie est accompagné de douceurs infinies, qui manquent en pays étranger, quoique ce soient des douceurs auxquelles viendrait se mêler pour toi et pour d'autres, une assez grande dose d'amertume. Oh! si pareille chose arrivait, comme nous serions voisins! comme il serait facile de s'entendre pour passer ensemble un jour ou deux! Il me semble que ta présence et ta voix me ressusciteraient, si j'étais mort. Dis-moi cependant si tu nourris réellement cette espérance, et si elle est fondée sur une base solide. Quand tu m'écriras, mets sur l'enveloppe, sans autre adresse : *Silvio Pellico, in casa Barolo.* Je ne saurais te dire combien la vue de ton écriture me reconforte ; j'y retrouve toute ton âme, et quoique plus mélancolique qu'enjouée, elle tempère ma propre mélancolie et la rend douce. Je regrette dans un sens, mais d'un autre côté j'aime à te voir aussi ce sentiment de l'insuffisance des choses humaines; sentiment pénible mais irrésistible, juste, salutaire, et condition nécessaire pour qui veut goûter l'Évangile. Puisque tout est imparfait et fugitif dans la vie humaine, que devons-nous faire? Nous attacher fermement à la notion de cette vérité, renoncer aux prestiges du monde, et vouloir ce que Dieu veut; toute autre conduite est un enfantillage trop manifeste et trop coupable. Quoique Paris abonde en agréments de tout genre, je doute qu'à la longue tu t'en trouves satisfait, précisément parce qu'il me semble qu'il doit t'être difficile, connu, admiré, recherché comme tu l'es, d'y pouvoir vivre assez retiré, assez tranquille. Il est vrai qu'à Milan tu ne te verrais pas moins entouré de compatriotes et d'étrangers; mais il te serait plus aisé, si je ne me trompe, tant de te faire, aux heures qui te conviendraient, une atmosphère égale et homogène, que de retrouver un peu de solitude selon ton cœur. Je ne sais vraiment moi-même ce que je dois te souhaiter, mais je sais bien que je voudrais te voir comblé de consolations, et que d'y penser m'agite, parce que je t'aime de toute mon âme. Tantôt Milan me sourit pour toi, tantôt il ne me plaît nullement; tantôt il me paraît invraisemblable qu'on te permette de rentrer, tantôt j'accueille avec plaisir les bruits qui courent sur une telle possibilité. Au milieu de tous mes doutes à ce sujet, je ne sais que prier tous les jours le Seigneur pour toi. Puisse-t-il pourvoir au soulagement de tes maux et à l'accroissement de tes prospérités! Une si grande partie de ta vie s'est passée dans d'extrêmes douleurs; oh! que le reste soit du moins entremêlé de douceur! Continuons cependant à nous armer de courage, et cette arme demandons-la à Dieu; Dieu dans les jours des diverses et horribles angoisses ne nous l'a pas refusée, et il ne nous la refusera jamais, si nous mettons en lui toute notre confiance. Que toute notre conduite soit un culte qui l'honore et qui serve d'édification à tous ceux qui ont les yeux attachés sur nous! Le malheur nous a exposés aux regards d'un grand nombre de spectateurs ; l'obligation où nous sommes de glorifier Dieu s'est accrue d'autant, et il est certain que le malheur ne nous a été envoyé que pour nous rendre meilleurs, et nous donner une influence salutaire sur les âmes. Appliquons-nous souvent, malgré notre indignité, ces divines paroles : *Sic luceat lux vestra coram hominibus, ut videant opera vestra bona, et glorificent patrem vestrum qui in cœlis est.*

Tu te plains de ne pas vivre assez en Dieu et pour Dieu, et tu te reproches tes contradictions intérieures; mais je ne m'en effraye pas. Et qui donc se peut dire content de soi? Veillons néanmoins à ne pas trop prolonger les contradictions qui sont en nous, et ces miracles que nous ne pouvons faire, Dieu les fera. J'espère voir ici bientôt La Cisterna. Je n'ai pu encore aller à Reano voir sa sœur. Salue-le de ma part, ainsi que nos autres amis. Tu me demandes compte de l'abbé Foisset[1]; je ne sais s'il est à Paris où à Beaune, sa ville natale. Je ne le connais pas personnellement; mais je connais un autre Foisset, frère de l'abbé, et qui demeure à Beaune, homme d'un mérite distingué par son esprit cultivé et religieux, lequel, il y a trois ans, vint de ce

---

[1] M. l'abbé Silvestre Foisset, dont s'était enquis auprès de Silvio le comte Confalonieri, prêtre d'une instruction solide et variée, d'une rare et aimable vertu, succomba, jeune encore, aux saintes fatigues du sacerdoce. Tendrement aimé de ceux qui l'ont connu dans l'intimité, et j'aime à citer dans le nombre le père Lacordaire ; il a laissé dans bien des cœurs un vide que le temps n'a pas comblé.　　*(Note du Traducteur.)*

côté des Alpes, et m'inspira une sympathie particulière. Je lui envoyai ma première lettre pour toi, et il
te la fit parvenir au moyen de son frère qui était à
Paris. Ces deux frères sont entièrement unis de sentiments et de principes religieux. Ils ont récemment
publié les œuvres de M. Riambourg[1], excellent penseur catholique, leur ami. Ce sont trois volumes à lire,
et peut-être plairaient-ils à Maria. Quand tu écriras à
cette charmante personne, offre-lui mes hommages.
Foresti m'a écrit une lettre qui l'honore et m'a fait
plaisir. Je lui répondrai; mais un autre jour. Mille
choses à Bianca, si tu la vois. Elle a fait un pas important; mais je voudrais la voir avancer. Je voudrais
qu'elle se servît de son âme si forte, pour embrasser
la foi du catholique, apostolique et romain, pour la
dresser aux yeux avec un orgueil aimable, et montrer
qu'il n'est pas vrai qu'elle soit rouillée, qu'elle soit
l'ennemi barbare de la sagesse, et qu'en dehors de
l'Église notre mère, il y ait des croix plus vénérables.
Adieu. Souviens-toi que tu m'es cher au delà de toute
expression. As-tu toujours Camillo près de toi? prie-le
de se souvenir de moi. Je vous embrasse tous deux de
tout mon cœur, et je suis ton Silvio.

[1] Je rétablis ici le nom, un peu défiguré dans le texte, de ce
modeste philosophe. Président de chambre à la cour de Dijon,
M. Riambourg y continuait avec distinction les traditions de cet
ancien parlement de Bourgogne qui a donné de si beaux noms
aux lettres françaises.   (*Note du Traducteur.*)

CXXVII

A M. LE COMTE EDMOND DE SEGUINS,
MARQUIS DE VASSIEUX, A CARPENTRAS.

Chieri, 4 août 1838.

* Monsieur et cher ami,

M. le comte de Montélégier, dont j'ai été charmé
de faire la connaissance, m'a remis, il y a six jours,
votre aimable lettre du 27 juin.—Je vous devais une
réponse à celle que vous me fîtes l'honneur de
m'adresser au commencement de l'année. Des chagrins que j'ai eus sans relâche m'ont rendu coupable
d'un silence trop prolongé ; je vous en demande pardon. Le plus grand de mes chagrins a été de voir
mon pauvre excellent père tomber en langueur,
souffrir, et être enfin victime de son âge avancé. J'ai
eu le malheur de le perdre le 15 mai. Bénissons Dieu
de tous les coups qui nous viennent de lui ; mais de
telles pertes sont affreuses. Ma santé en a beaucoup
souffert ; je ne me porte mieux que depuis quinze
jours.—Je vous écris de Chieri ; ce n'est pas que j'aie
quitté le séjour de Turin, mais je passe quelque
temps auprès de mon frère, qui s'est établi ici depuis
la mort de notre père.

Cet air paraît me faire un peu de bien. C'est un
heureux hasard que je me sois trouvé à Turin le jour
de la venue de M. le comte de Montélégier.—Il m'a
parlé de vous et du charmant mariage que vous avez
fait. Il m'a confirmé ce que vous me dites vous-même
de votre bonheur et de la grande consolation qu'en

éprouve madame votre mère. Vous êtes bon, vous méritiez un ange pour compagne, Dieu vous l'a donné. Je vous félicite tous les deux de toute mon âme. Présentez, je vous prie, mes humbles hommages à cet ange et à madame votre mère.

Il vous manque un père que vous révériez, que vous aimiez, mais il est au ciel, et il vous bénit. J'ai la même espérance pour mon pauvre père. Cependant prions pour nos chers trépassés. Quand vous priez pour votre père, dites aussi un *Requiem* pour le mien, je vous serai obligé de cette charité d'ami ; j'en ferai autant.—Croyez-moi votre très-affectionné serviteur, . Silvio Pellico.

César[1] est à sa vigne ; ils se portaient tous bien ces jours passés.—Les Settimé sont à Milan. *

CXXVIII

A M. LE COMTE L. PORRO.

Turin, 20 novembre 1838.

Très-cher comte Porro,

J'ai une si pauvre santé que je m'étonne toujours de pouvoir me traîner d'une année à l'autre ; mais peut-être vieillirai-je ainsi, et il me semble que nous devons encore nous revoir, non pas une fois seulement, mais plusieurs fois et longuement. Je le souhaite de tout mon cœur. Mais je vois avec peine par votre chère lettre que vous ne pouvez encore effectuer ce retour dans la patrie après lequel vous soupi-

---

[1] Le comte Cesare Balbo.   (*Note de l'Éditeur.*)

rez. Je ne comprends pas pourquoi cet ajournement à l'année prochaine. En attendant, ç'a été pour vous une consolation de revoir et d'embrasser notre excellent Giulio. J'eusse désiré qu'il eût pu passer par Turin, moi aussi je l'aurais embrassé, et mon cœur se fût dilaté à l'entendre me parler de son père chéri, chéri non-seulement de Giulio, mais aussi de moi.

J'avais ici un autre ami précieux, un ange de bonté dans le marquis de Barolo; je suis inconsolable de sa mort; c'est une perte pour tout le pays, tant-cet homme était charitable et ingénieux à faire le bien en toute occasion. Heureux qui passe de cette vie pleine de douleurs à une vie céleste en récompense de ses vertus !

Aspirons avec confiance à cette vie céleste, et en attendant, aimons-nous dans ce pauvre monde. Je vous embrasse de toute mon âme, et je suis votre très-affectionné serviteur et ami.

CXXIX

A M. LE COMTE LUIGI PORRO.

Turin, 26 janvier 1839.

Très-cher Porro,

Le comte Cattaneo est venu, il y a déjà quelques jours, m'apporter une lettre de votre bon petit ange Nancy : en lui répondant, je me suis accusé de paresse envers elle, et aussi envers vous ; mais j'ai ajouté que je voulais enfin m'amender ces jours-ci, — et en voici la preuve dans ce très-cordial embrassement d'un ami bien vieilli, souvent visité de douleurs physiques et morales, souvent bien près peut-être de devenir stupide, mais néanmoins assez vivant encore pour vous aimer chaudement et se rappeler toujours avec tendresse les douces années que nous avons vécues ensemble. J'avais, comme tout le monde, regardé l'indult avec trop d'illusion; et je ne puis me consoler du refus par lequel a été accueillie votre demande et celle de tant d'autres exilés. Il est vrai que l'on veut adoucir cette amertume en répandant que ce n'est qu'un retard. Mais je me sens si découragé que toute espérance m'abandonne. Veuille le Ciel que je me trompe ! Je vous plains tous, et je m'afflige en outre tout particulièrement du malheureux parti qu'ont pris quelques-uns de nos amis de se hâter, sur la foi de l'indult, de revenir d'Amérique, où déjà, peut-être, ils s'étaient fait un établissement convenable. Misérable monde ! que peu de choses y vont bien ! Dans ce peu de choses, je me suis réjoui de voir que tout a bien tourné dans les couches de la comtesse Cattaneo, malgré les tristes présages qui troublaient son imagination. Elle se propose à présent de passer quelque temps à Milan pour mieux reprendre ses forces; y voir ses frères et ses autres chers parents sera un vrai soulagement pour elle. Pauvre petite ! elle a eu là une cruelle déception après la douce espérance de se retrouver bientôt dans les bras de son père ! Quant à moi, je ne puis en prendre mon parti. On dit qu'en Lombardie, l'indignation est générale contre ceux qui se sont opposés aux intentions de clémence absolue positivement manifestée par l'empereur. On assure qu'il se fait des réclamations, qu'il y a des engagements pris. Dieu veuille que tant d'efforts ne soient pas vains ! J'ai su par le comte Cattaneo que votre santé est toujours aussi forte que votre âme; je m'en réjouis, et je souhaite que vous vous conserviez ainsi pour pouvoir un jour revoir encore la terre natale et y passer des années de félicité au milieu de vos bien-aimés fils....

CXXX

AU COMTE FEDERICO CONFALONIERI [1].

Turin, 10 janvier 1839.

Mon bien-aimé Federico,

Depuis longtemps je te dois une réponse, et peut-être auras-tu pensé que je souffre beaucoup de l'hiver. Cependant ma santé n'est pas devenue pire, et je dois même me louer de la saison, qui contre l'ordinaire est très-douce dans notre pays; mais comme je respire toujours difficilement vers le soir, et que, par suite, j'ai assez de peine à reposer la nuit, il en résulte que je reste levé moins de temps que par le passé, et j'ai si peu d'haleine pour les choses que je voudrais et devrais faire, que j'en ai une vraie honte, mais sans fruit. Je continue donc à vivre plus inutile que jamais, ne sachant pourquoi je laisse ainsi les semaines m'échapper et comprenant seulement que je n'ai jamais été bon à grand'chose; maintenant je ne suis plus bon à rien du tout.

[1] Publiée dans la *Civilta cattolica*, série III, vol. III. Roma, 16 août 1856.　　　　(*Note de l'Editeur.*)

Et voilà, mon pauvre Federico, comment cet ami à qui tu as donné tant de preuves d'une bonté, d'une sympathie toute particulière, gît stupide et pareil à un ingrat, au lieu de pouvoir chercher pour toi quelque consolation dans l'activité de ses pensées et la chaleur de son cœur. Et cependant, tout en m'adressant ces reproches à moi-même, je suis tenté de me prendre en pitié, parce que je me sens affligé d'une précoce vieillesse, comme si j'avais le double de mes années, et parce qu'au milieu de mon inutilité, je sens que mon cœur n'est rien moins que glacé pour toi. Ah ! il ne l'est pour aucun de mes chers compagnons d'infortune ! et je m'attriste profondément quand je laisse tomber ma pensée, et cela m'arrive plus d'une fois le jour, sur toi et sur d'autres que j'aime, ainsi retenus loin de leur patrie, après ces consolantes et décevantes interprétations que nous donnions tous aux termes de l'indult. Que d'âmes s'ouvrirent follement à la joie, s'imaginant qu'aucun de vous ne serait exclu de cette amnistie tant vantée ! J'avais d'abord hésité à accueillir une telle espérance, puis je m'y étais laissé aller comme les autres, et je ne croyais pas qu'il fût possible de rien changer aux dispositions. Je regardais déjà comme un des plus beaux jours de ma vie celui où tu passerais à Turin, et je me figurais que notre bon Porro et d'autres prendraient avec toi ce bienheureux chemin. Le réveil qui a suivi ce charmant rêve a rempli mon cœur de tristesse. Quelques-uns essayent de me consoler en disant que ce n'est pas une grâce absolument refusée, mais seulement ajournée ; il me serait doux d'espérer encore, mais je n'ose presque plus. Se peut-il que Borsieri et Castiglia aient pris la résolution de traverser l'Océan et de venir en France, sans être assurés de pouvoir rentrer dans leur patrie? Je gémis de les voir dupes d'une attrayante illusion! Les quelques lignes de Castiglia me sont bien chères; Borsieri ne m'a pas encore écrit, et je ne sais où il est. Ah! quoique tu raisonnes avec une profonde justesse, en te résignant à ne plus revoir peut-être la terre où tu es né, tu sens néanmoins avec angoisse combien il est cruel que tu ne puisses porter quelque filiale consolation aux derniers jours de ton bon vieux père. Malheureux père et malheureux fils! Mon pauvre Federico! ta douleur est sainte comme les pensées de résignation chrétienne à l'aide desquelles tu cherches à te soutenir, en considérant que notre véritable patrie n'est pas sur la terre. Puisque tous les autres vœux que je fais pour toi sont inutiles, puissé-je voir du moins qu'on te permette le choix de quelque séjour qui ne soit pas dépourvu d'agrément et te conserve en bonne santé! Il me semble que cette vie nomade doit t'être pénible. Il est vrai qu'en tout pays tu trouves des gens qui t'estiment et qui t'aiment, ou parce qu'ils te connaissent depuis longtemps, ou par suite de l'intérêt légitime qu'inspirent tes malheurs et ton caractère. Je comprends que ce n'est pas assez pour apaiser une âme affligée et qui a besoin de soulagement, mais cette sympathie générale doit répandre quelque douceur sur tes heures de tristesse. Que dis-je! oh! non, mon ami chéri! toi et moi, et mille autres infortunés comme nous, nous sommes à tel point désabusés que les consolations fugitives ne nous suffisent plus, ne nous font plus illusion. Il n'y a pas de jour que je ne l'éprouve en moi ; et si c'est là un sentiment pénible, il a cependant un mérite immense que nous devons mettre au-dessus de tous les biens : il donne à nos cœurs une vive impulsion vers les vérités immuables qui règnent éternellement au delà de ces politiques emportées de la terre, où l'on voit plus souvent lutter la force que la justice, et qui n'offrent qu'une succession de fautes et d'erreurs.

J'ai su que notre Giovanni Arrivabene était à Magadino, où, au lieu de recevoir la permission de rentrer dans sa patrie, il n'a eu qu'un refus. Je lui ai écrit. Il m'a répondu avec son cœur toujours excellent et plein d'amitié, et m'a informé du parti qu'il a pris d'émigrer légalement, ce qui lui a été accordé.

A Andryane, je ne lui ai plus écrit depuis longtemps ; ce que je lui avais dit au sujet de ses *Mémoires* n'était pas une critique hostile, encore moins une approbation ; au contraire, je ne dissimulais pas mon blâme, me bornant à l'excuser sur sa bonne intention. Il y a un mois, il m'écrivit ainsi que Mme Andryane, pour se plaindre de n'avoir pas reçu de réponse à sa dernière lettre. Je répondis à Mme Andryane quelques lignes polies, mais à lui pas un mot. Je me trouvais à cette époque condamné au repos par mes souffrances, et véritablement incapable d'écrire longuement. Ce silence absolu à son égard lui parut inexplicable, et il s'en plaignit. Je continue pourtant à ne pas lui écrire parce qu'il m'en coûterait de lui dire des choses qui lui feraient de la peine inutilement. Ta santé est-elle redevenue meilleure depuis que tu es à Marseille? Dieu le veuille ! Donne-moi, je te prie, de tes chères nouvelles, et ne me punis pas de mon si long retard à te répondre. Informe-moi du sort de Borsieri. J'espère que tu auras de bonnes nouvelles de notre amie d'Amérique. Quand tu lui écriras, dis-lui que mon cœur l'honore profondément. Adieu, mon bien cher et généreux ami. Que Dieu te comble de consolation ! Crois que je t'aime de toute mon âme et pour toujours.

CXXXI

A LA COMTESSE OTTAVIA MASINO
DI MOMBELLO.

Samedi-saint, 1839.

* Madame la comtesse,

La *Religion du cœur* méritait bien une traduction en italien ; j'apprends avec plaisir qu'on l'a faite, mais je n'en connais pas l'auteur. Ne pouvant pas entreprendre cette traduction moi-même, je n'avais fait que suggérer à Marietti d'en charger quelque écrivain.

Bonne Pâque, Madame, c'est un souhait dont vous n'avez pas besoin. Je vous souhaite donc que depuis ces jours saints votre précieuse santé ne fasse plus que s'améliorer.

Veuillez agréer l'hommage des sentiments distingués d'estime et de respect avec lesquels j'ai l'honneur d'être, etc. *

CXXXII

AU COMTE FEDERICO CONFALONIERI[1].

Turin, 1er mai 1839.

Mon bien-aimé Federico,

Tu fais sortir de sa léthargie, non mon cœur qui a et aura toujours une vie très-énergique pour t'aimer, mais mon bras devenu paresseux et tout perclus de rhumatismes, et ma tête couronnée de je ne sais quelles douleurs nerveuses, inepte, stupide, avide de sérénité et pourtant souvent accablée de ces humeurs sombres que je condamne. Oh ! quel doux, bon, généreux ami tu es toujours ! Quel bien me font cette lettre et ces ressouvenirs si pleins de ta vive amitié ! Je t'en remercie, je t'en bénis. Je ne mérite pas la part que tu me fais dans ton excellent cœur, mais je l'apprécie grandement. Tu sauras que j'avais lu dans les journaux français ton départ de Marseille pour Alger, mais j'ignorais ton retour. J'attendais pour t'écrire de te savoir revenu en Europe. Je suis ravi que tu aies eu l'heureuse inspiration de ce voyage, puisqu'il t'a procuré des sensations si vives, si belles, si profondes ! Ah ! que le Seigneur daigne sourire à ce nouveau rayon de clarté catholique qui a pénétré dans la patrie de saint Augustin ; et qu'il y envoie beaucoup d'apôtres en qui abonde, outre la foi, cet aimable esprit de charité qui aide si bien à convaincre. C'est celui que tu as trouvé chez le saint évêque

1 Publiée dans la *Civiltà cattolica,* série III, vol. III. Roma, 16 août 1856. *(Note de l'Éditeur.)*

Dupuch, chez ses collaborateurs ecclésiastiques et dans les différents ordres des sœurs de charité. Je comprends, mon Federico chéri, les joies intimes que tu as savourées, les aspirations chrétiennes dont ton âme s'est enflammée, le cordial applaudissement que tu as donné à ces magnanimes fidèles. Quelle différence entre ce labeur apostolique, accompagné de tant de peines, de fatigues et de sacrifices, de tant d'efforts constants et patients, et les dissertations des raisonneurs comme moi, hélas! qui ont sans cesse à la bouche les mots d'humanité, de civilisation, de vertu et de religion, sans rien faire qui vaille! Mais Dieu est si désireux de nous faire du bien qu'il pèsera même nos intentions et notre empressement à adhérer au bien qu'opèrent ses plus magnanimes serviteurs. Je me sens incapable de tout et j'en ai honte. Toutefois je confesse que j'augure bien pour mon compte de la grâce que Dieu me fait de me réjouir des vertus d'autrui et des espérances qui brillent à l'honneur de notre Église. En même temps que tu goûtais toutes les satisfactions que t'ont procurées ces belles plages africaines, ta santé gagnait aussi à entrer dès le mois de février dans un délicieux printemps. Voilà de quoi je me réjouis de toute mon âme, et d'autant plus qu'à mes yeux, une santé améliorée à ce point après l'état pitoyable où l'avait réduite une si longue captivité, est un vrai miracle. Puisses-tu conserver ces nouvelles forces et vivre sans douleurs nombre d'années ! Puisse le ciel te bénir de toutes les manières pour compenser l'excès de tes souffrances, et pour te payer des fraternelles charités dont tu nous a comblés, moi et mes

compagnons d'infortune ! Je ne saurais t'exprimer
tout le bien que je te souhaite, toute l'affection que je
te porte, et combien je te crois meilleur que tu ne
crois l'être toi-même. Tu t'accuses de connaître la
vanité des engagements du monde, et de ne pas être
cependant tout à fait libre de cœur. Je suis tenté de
penser que tu te vois avec cet œil sévère, que tu te
juges avec cette rigueur qui précisément stimulent à
accroître encore le mérite que l'on a déjà. Il faut
admirer ceux qui fuient tout à fait le monde pour se
consacrer à l'apostolat, ou à une sainte retraite; mais
il est certain aussi que les vocations ont des formes
diverses, et qu'on peut vivre dans les villes sans porter la robe, et demeurant d'ailleurs en douce servi-
tude et amitié avec Dieu. Hé bien ! persuadons-nous
que nous sommes de ceux-là, puisque nous ne nous
sentons pas appelés de Dieu même à des carrières
extraordinaires. Oui, mon bien-aimé Federico, aspirons du fond de nos prisons à nous perfectionner.
Demeure au milieu du monde, si le ciel le veut ainsi,
mais demeures-y, demeurons-y pour l'édifier. Dans
notre jeunesse nous philosophions trop imparfaitement, à l'aide d'arguments décousus et sans base. Que
notre philosophie soit désormais celle du Rédempteur !
Glorifions son aimable et sublime doctrine dans tous
ses rapports avec lui et avec la société. Maintenons-
nous dans le dessein d'être ses disciples et de l'aimer
avec un sentiment énergique; une volonté forte, une
reconnaissance infinie. Je te remercie également de
toutes les nouvelles que tu me donnes de nos amis.
J'ai reçu, il y a deux jours, une bonne lettre de

Bruxelles, écrite à deux par Arrivabene et par Borsieri. J'ai un véritable, un indicible regret de ne pouvoir voler à Antibes comme je le voudrais, et ce n'est, hélas ! que par le désir qu'il m'est permis de t'embrasser. Non que ma santé soit maintenant si mauvaise, ce sont les circonstances qui me retiennent. La santé de la marquise Barolo est beaucoup plus faible que la mienne, et c'est pour moi un devoir de ne pas m'éloigner d'elle. Tu vas passer quelques heureux jours avec ton excellent oncle, ton excellente tante, ainsi que notre Castiglia avec sa famille. Je porte envie à tous ceux qui vont se trouver là, près de toi. T'imagines-tu combien de fois je penserai à toi durant ces semaines ? Ah ! que les espérances de l'amnistie se réalisent donc une fois ! pas un n'en sera plus heureux que moi qui, alors du moins, aurai la consolation de serrer dans mes bras mon bien-aimé Federico. Cette communication que vous a faite l'ambassade de Sardaigne à Paris me semble aussi de bon augure, et me console un peu. Mais de grâce, qu'on ne tarde pas trop ! les délais ont déjà été si longs, si douloureux ! Pour peu qu'ils se prolongent, tu reviendras de ce côté des Alpes, mais Dieu sait si auparavant mes infirmités ne m'auront pas envoyé sous terre ! Cependant le cœur me dit que nous devons encore nous revoir ici-bas, et je le souhaite ardemment, au delà de tout ce qu'on peut dire.

Je n'ai aucune objection à ce que Bianca demande, et je te laisse le choix, à toi seul, qui es un autre moi-même. Cette bonne et généreuse Bianca devrait bien faire un pas de plus dans la foi ! Quel vacillant édifice que ce semi-christianisme! Je m'afflige de ce qu'elle n'aperçoit pas la solidité de notre divine Église et de ce qu'elle n'emploie pas sa forte volonté à se pousser dans cette voie. Elle a justement une haute opinion de toi. Dirige-la, travaille, si tu le peux, au bonheur de son âme. Adieu, mon frère, mon ami, soutien et bienfaiteur de celui qui est, avec un inaltérable dévouement, ton Silvio Pellico.

CXXXIII

A L'INSIGNE NICOMÈDE BIANCHI, A MODÈNE.

Turin, 19 août 1839.

Monsieur,

Je reçois la lettre où Votre Seigneurie, en m'annonçant le dessein où elle est de mettre sous presse un recueil de lettres d'Ugo Foscolo, me demande si, dans le cas où j'en posséderais quelques-unes, je pourrais lui en donner copie.—Je me rendrais volontiers à votre désir, si ces lettres n'étaient véritablement de nature à être soustraites à l'impression, tant à cause du respect que je dois à cet ami infortuné, dont l'imagination n'était pas toujours gouvernée par la saine raison, que parce qu'elles fourniraient de vains aliments à des erreurs dangereuses. Je n'ai pas jugé, je ne puis regarder comme bon à publier ce que je possède d'inédit de mon ami. Je vous assure, d'ailleurs, que ce sont choses sans valeur littéraire.

Votre Seigneurie, en outre, a l'amabilité de me demander si je permets que mon nom soit mis en entier dans les lettres où Foscolo, écrivant à d'autres, parle de moi affectueusement. Les liens qui unirent ce cœur si dévoué au mien étant connus de tout le monde, je n'ai aucun motif pour souhaiter que l'on taise mon nom dans les lettres de Foscolo, que d'autres croient pouvoir publier, sauf cependant l'exception suivante. Quelquefois Foscolo et moi, quoique fort amis l'un de l'autre, nous différions d'opinions sur des choses graves, et je ne cédais pas facilement. Alors, dans ses moments de colère, écrivant à quelque ami intime, il se plaignait, je puis le dire, comme un homme en délire; puis, quand il était redevenu calme, il se repentait d'avoir mal interprété mes sentiments, et m'en faisait souvent une généreuse réparation. Je dis donc que si Votre Seigneurie publie des lettres de Foscolo où il parle de moi dans ces accès de colère momentané, je désirerais que mon nom y fût effacé, attention délicate, dont je vous serais très-reconnaissant, et qui devient rare aujourd'hui parmi les éditeurs de correspondance.

J'ai l'honneur d'être, avec une estime particulière, etc.

CXXXIV

A M. LE COMTE GIULIO PORRO.

Vigna Barolo, 7 octobre 1839.

Mon bien cher Giulio,

Avant-hier M. Bessat m'a apporté, sur la colline, ta bonne lettre, et tu peux penser avec quel plaisir je l'ai reçue. Ce M. Bessat est un jeune homme aimable, de cœur et d'esprit; puis une lettre de vous, mes chers, mes bons amis Porro, c'est un présent qui fait toujours battre ce cœur si complétement vôtre. De mes nouvelles? je ne veux pas t'en donner pour ne pas répéter l'ennuyeuse histoire des infirmités de ma précoce vieillesse. Je respire comme je puis, et cela durera tant que cela pourra; mais comme je ne suis pas encore mort, j'espère bien ne pas m'en aller de ce monde avant de vous avoir revus et embrassés, et joui de votre contentement. On dit que dans un an l'amnistie autrichienne aura son plein effet. Ah! serait-ce bien vrai? Tu ne me le dis pas, ton père pas davantage. Et cependant M. Bessat m'a dit que vos espérances paraissent fondées.

Voici les quelques vers que tu me demandes; adieu, mon Giulio. Adieu, excellent comte Luigi que j'aime et embrasse de toute mon âme. Aimez toujours l'un et l'autre votre bien affectionné Silvio.

CXXXV

AU COMTE FEDERICO CONFALONIERI[1].

Turin, 14 novembre 1839.

Mon bien cher, mon bon Federico,

Lorsque La Cisterna est venu me dire qu'il repartait pour Paris, je voulais par son entremise t'adresser enfin une lettre pour te répéter toutes ces choses qui ne sont pas nouvelles, mais qui entre vrais amis

---

[1] Publiée par la *Civilta cattolica*, série III, vol. III. Roma, 16 août 1856.　　　　(*Note de l'Éditeur.*)

se disent et s'écoutent toujours volontiers. A cette époque-là, je me portais bien en comparaison de ma santé habituelle. Mais ce bien était si peu de chose qu'en un instant il s'évanouit, et jusqu'à ce jour je n'ai plus eu assez d'haleine pour écrire une longue lettre. Je recommence à mieux dormir la nuit, et à respirer plus facilement; et c'est là ce que j'appelle encore une fois me bien porter. Je me flattais que l'indult impérial te laisserait très-prochainement la liberté de retourner en Lombardie, et qu'ainsi j'allais bientôt avoir la consolation de t'embrasser. On allait même jusqu'à dire (tu l'auras su par La Cisterna) que tu avais déjà passé ici en toute hâte et sans t'arrêter. Mais de cela je n'en croyais rien; il me semblait impossible que, même dans la course la plus effrénée, tu eusses traversé ce pays sans revoir au moins un instant ton Silvio. Depuis que je ne t'ai écrit, mon bien cher ami, il s'est passé pour moi des jours bien douloureux. Tu auras appris la mort d'un homme excellent, qui avait un cœur pareil au tien, le marquis de Barolo. J'ai rarement éprouvé un chagrin aussi vif, aussi profond qu'à l'occasion de cette perte. Son excellente femme était en voyage avec lui. L'ayant vu mourir ainsi, dans une misérable auberge de Chieri, et presque subitement, sa santé à elle en fut bouleversée, et de retour à Turin, elle fit une grave maladie dont elle s'est remise avec peine. Femme d'un grand courage, mais aimant avec passion un mari qui le méritait, elle s'est soumise à la volonté de Dieu, mais elle ne peut encore goûter aucune consolation. Oh ! celui-là est digne d'envie qui meurt après une vie bienfaisante et pieuse. Il est cruel de survivre à ceux qu'on aime. Dans le cours d'une année j'ai perdu mes parents et cet homme qui était pour moi comme un frère. Tu peux imaginer si j'ai eu besoin de l'aide de Dieu pour supporter de si cruelles douleurs ! J'étais dans ces jours d'inexprimable abattement quand il m'arriva une lettre d'Alexandre, et une autre de sa belle-sœur. Il attendait, disait-il, une occasion pour m'envoyer ses *Mémoires*, et me parlait de la bonne intention qui l'avait porté à les écrire. Je ne lui ai pas encore répondu. Il ne me dit rien de votre rupture ; la belle-sœur non plus. Elle faisait bien allusion à quelques déplaisirs auxquels il ne se serait jamais attendu, mais sans me les spécifier.

J'ai reçu tout récemment une lettre du bon Porro. Il me dit qu'il lui faut ajourner jusqu'à l'année prochaine l'espérance de rentrer dans sa patrie.

Raconte-moi la vie que tu mènes. Je sais par La Cisterna que tu es renforcé, réembelli, rajeuni. Comme je m'en réjouis, et que je voudrais te voir heureux ! Salue pour moi le gracieux ange d'Amérique quand tu lui écriras. Passes-tu l'hiver à Paris, ou vas-tu de nouveau dans le midi de la France ? Conserverais-tu l'espoir d'obtenir cette permission tant souhaitée de rentrer en Italie ? Pardonne-moi mon long silence, et en signe de pardon écris-moi. Écris à ce Silvio qui t'aime si parfaitement de cœur. De la vie que je mène, je n'ai rien de notable à te dire. C'est celle d'un triste valétudinaire qui cherche à alléger ses propres douleurs en évitant de se plaindre trop, et qui ne cesse de se rappeler à lui-même que son devoir est de se résigner. Une de mes pensées les plus douces et qui revient le plus souvent à mon esprit est celle de l'amitié qui m'a uni à toi dans la prison, qui m'unit à toi pour la vie, qui m'unira à toi dans le ciel. Je t'embrasse tendrement.

Salue de ma part La Cisterna, si vous êtes l'un et l'autre à Paris. Adieu, mon bon Federico. Quand donc nous reverrons-nous ?

CXXXVI

AU SAVANT M. NICOMÈDE BIANCHI, A MODÈNE.

Turin, 15 novembre 1839.

Très-estimable monsieur,

Je réponds à toutes les questions que vous m'adressez par votre lettre du 4, relativement à Ugo Foscolo.

I. Je fis connaissance avec lui dans ma vingtième année, c'est-à-dire en 1809, comme je revenais de France. Il était fort lié avec mon frère Luigi.

II. Foscolo voyait dans Manzoni un jeune littérateur de grande espérance ; il l'honorait, le défendait contre ceux qui se moquaient de la croyance religieuse à laquelle Manzoni s'était récemment rallié, tournant le dos à l'athéisme. Foscolo appelait ces railleurs les fanatiques de la philosophie, et se vantait, quant à lui, de mépriser, non les croyants, mais seulement les hypocrites.

III. Il était en relations fort amicales avec la maison Borsieri et particulièrement avec le jeune D. Pietro ; le père de ce dernier, D. Guglielmo Borsieri, était Conseiller d'appel, homme de bien et sincère catholique.

IV. Foscolo parlait de son *Ortis* avec un mélange de prédilection et de regret, et jugeait sévèrement la démence de ces jeunes enthousiastes qui prennent dans son livre le goût du suicide. Qu'ils y puisent, disait-il, les sentiments généreux, et plaignent celui qui attente à sa vie comme un homme dont la raison s'est égarée. Il confessait parfois que c'était un livre dangereux, et s'affligeait du blâme que faisaient franchement retomber sur lui à ce sujet des personnes qu'il vénérait, tels que Volta et le comte Giovio. Il cherchait néanmoins à défendre ce livre et demandait qu'on le rangeât dans la catégorie, moralement parlant, des tragédies : tableaux de passions fortes, où l'on peint le mal pour faire ressortir le bien. Plus d'une fois il chercha à guérir des jeunes esprits trop épris d'*Ortis*, et il prêchait alors avec une noble chaleur le devoir de vivre pour la société et pour la famille [1].

V. On peut dire que Teresa est un personnage d'in-

---

[1] M. Nicomède Bianchi, de Modène, à qui nous devons cette lettre, à lui adressée (comme aussi l'autre en date du 19 août de la même année), a la bonté de nous communiquer un fragment d'une lettre qui lui fut écrite par Giambattista Niccolini relativement à l'*Ortis*, fragment qu'on aimera à rapprocher des paroles de Pellico sur ce livre :

« Leoni de Parme a écrit que j'étais le Lorenzo de l'*Ortis* ; mais ce n'est pas exact. Le roman de Foscolo avait paru avant que je le connusse lui-même. Lorenzo est un personnage d'invention comme la Teresa, en qui beaucoup de dames ont cru reconnaître leur portrait. La première édition de l'*Ortis* est très-rare ; Foscolo en détruisit le plus d'exemplaires qu'il put, regardant cette œuvre comme indigne de sa noble intelligence, parce que c'était une imitation trop manifeste du *Werther* de Goëthe. » (*Note de l'Éditeur.*)

vention ; seulement Foscolo aimait alors une dame du nom de Teresa, mais dans d'autres circonstances que celles du roman.

Pauvre Foscolo ! que d'amour pour la vérité, et que d'erreurs dans cette ardente intelligence ! il est difficile d'écrire sur lui. Les uns lui refuseraient toute indulgence, les autres voudraient nier tous ses torts, et le faire plus héros qu'il ne fut. Il mérite l'éloge et le blâme, mais un blâme tempéré par la charité.

Je vous remercie de tout ce que vous voulez bien m'écrire d'aimable, et je suis votre très-dévoué serviteur.

CXXXVII

A M. LE COMTE LUIGI PORRO.

Turin, 30 janvier 1840.

Très-cher comte Porro,

En commençant cette nouvelle année, j'avais compté parmi mes premiers soins celui de vous écrire, puis je n'ai écrit qu'à votre excellente Nancy, de qui j'ai de bonnes nouvelles. Ensuite j'ai laissé de côté toute résolution prise, pour travailler uniquement à lutter contre des paralysies et des fièvres qui ne me laissaient aucun repos. A présent, du moins, j'ai un peu de répit, et suis hors du lit. Mille remerciements pour votre chère lettre. Lorsque la comtesse Lalaing passa en Piémont, j'étais à la campagne, et je pus à peine lui rendre une visite. Le docteur Gaston n'y était pas, et je ne fis point connaissance avec lui.

La strophe dont vous me parlez fut précisément

écrite par moi pour la première fois dans l'une de mes prisons de Sainte-Marguerite, puis je l'écrivis de nouveau dans celles de Venise et du Spielberg. Elle exprime une vérité qui m'a toujours frappé et souvent consolé [1].

La Masino et son mari vous saluent. Mille choses à Castiglia, à Bachiega, à tous ceux qui là-bas se souviennent de moi.

Je vous embrasse du fond d'un cœur qui ne saurait ne pas vous aimer, ne pas avoir gardé mémoire des excellentes qualités qui vous distinguent. Aimez comme il vous aime votre ami Silvio Pellico.

CXXXVIII

A M. N. N., PROTESTANT.

26 mai 1840.

...... J'ai connu les doutes désolants de l'irréligion, mais je n'aurais pu en faire le sujet d'une composition littéraire ; je portais mon tourment en silence.— J'aurais craint de faire dévier du droit sentier les âmes jeunes, toujours faciles à séduire. Ah ! cette crainte n'existe que trop peu en France et en Angleterre. Se déclarer incrédule passe pour beau et philosophique. On

---

[1] La strophe à laquelle Pellico fait allusion dans cette lettre est celle-ci, encore inédite :

« Il n'est barreau ni chaîne qui puisse tenir mon esprit captif. Pour l'âme il n'est point de fers ; sa nature est la liberté.

« L'homme que la prison rend lâche est une vile fange, une argile inanimée, ou bien le crime a dégradé l'âme immortelle qui est en lui. »   (*Note de l'Éditeur.*)

ne veut plus, comme au temps de Voltaire, d'une impiété grossière, mais on tire son chapeau au christianisme, que l'on considère comme une fiction respectable à laquelle on voudrait bien croire. Je prie Dieu d'accorder la foi à tous ceux qui ne l'ont pas, et particulièrement à N. N., puisque dénué de cette force divine, l'homme est malheureux, et qu'il s'exhale de son esprit des émanations nuisibles à autrui. Dites-lui cela, et ajoutez-y que je l'aime.

Quand je prie pour vous, mon ami, une douce espérance vient parfois me sourire... Puissé-je être exaucé ! Aimons-nous pour l'éternité.

CXXXIX

A M. LE DOCTEUR VINCENZO ROSSI, FAENZA.

Turin, 3 juin 1840.

Très-illustre docteur,

Que d'excuses j'ai à vous faire pour ne pas vous avoir encore exprimé ma reconnaissance ! Je suis confus de mon long retard à vous écrire et de l'estime excessive que vous m'avez témoignée dans votre admirable sonnet. Quoique ma santé soit faible, au point de ne plus me laisser cette imagination active qui est nécessaire pour cultiver les lettres, et que je ne lise plus guère de choses nouvelles, j'ai cependant lu ces feuilles de votre journal, en applaudissant au zèle des bons esprits qui le rédigent.

Conservez-moi votre indulgence, et ayez la bonté de m'aider près de Dieu, de qui j'implore sur vous toute bénédiction, en ayant l'honneur de, etc.

CXL

A M. GIOVANNI VICO.

Turin, 8 juin 1840.

Très-cher Vico,

Chaque fois que je vais à Turin pour quelques heures, j'ai plusieurs affaires à expédier; voilà pourquoi ni toi, ni le cher Briano, vous ne me trouvez pas, à mon grand regret. Je vous dois mille remercîments, à toi pour la lettre de l'aimable Isabelle, et à Briano pour sa notice sur notre bon chanoine Pino, écrite dans un beau sentiment de vérité. Je te restitue ici la lettre de la charmante dame; dis-lui dans ta réponse que sa manière si vive de sentir et sa courtoisie naturelle lui font illusion sur mon prétendu mérite, qui n'est en réalité que trop mince.

Je joins ici mes félicitations pour la sympathie particulière qui s'est établie entre elle et toi. Vous vous rendez justice l'un à l'autre.

Je vous remercie encore, Briano et toi, de l'aimable pensée que vous avez eue de m'offrir une loge pour la soirée de la *Gismonda*. Mes poumons malades font passablement leur office depuis l'aube jusqu'au coucher du soleil; mais à l'approche de la nuit, ce sont des soufflets épuisés, et alors le silence, le repos, la solitude me sont nécessaires. Je n'ai guère l'habitude de me plaindre de mes infirmités, mais cette vieille poitrine souffre plus que je ne le dis.

Salue pour moi Giorgio et sa femme; adieu.

CXLI

AU MARQUIS CESARE CAMPORI, A MODÈNE.

Turin, 14 juin 1840.

Très-illustre marquis,

Merci pour votre trop aimable et cher billet en réponse à l'humble octave[1], et merci surtout de votre épisode, qui est d'une poésie délicieuse. Le génie de Votre Seigneurie respire dans ces douces beautés métastasiennes, d'où j'augure grand bien de vos drames lyriques.

Dans l'espérance de vous revoir avant votre départ, je vous salue avec une estime et une admiration toute particulière, et j'ai l'honneur d'être, etc.

[1] L'octave à laquelle fait allusion cette lettre avait été écrite par Pellico, sur les instances de M. le marquis Cesare Campori, pour l'album de madame la marquise Giulia Bovio-Paolucci, de Bologne, et la voici telle qu'elle a été publiée depuis dans le *Giornale scientifico letterario modenese* en 1840 :

« La rougeur qui te couvre, aimable violette, pourquoi éveille-t-elle tant de sympathie dans les cœurs? Si la vertu est belle, ce n'est pas seulement quand elle s'exerce et brille en des œuvres glorieuses : souvent elle est plus digne encore d'être aimée quand il faut pour la découvrir le regard perçant de l'amitié; la rougeur qui te couvre, aimable violette, te rend belle à mes yeux plus que mainte autre fleur. »

(Note de l'Éditeur.)

CXLII

A M. LE PROFESSʳ PIER ALESSANDRO PARAVIA.

Vigna Barolo, 18 juin 1840.

Très-cher chevalier,

Je reçus mardi votre aimable petite lettre qui m'annonçait votre visite pour le lendemain, supposant que je pourrais être à Turin, et ce jour-là précisément, je dus rester à la campagne. J'en aurais un grand regret si je ne pensais que vous projettiez peut-être cette bonne visite avant de savoir qu'étant allé à Turin ce même lundi, je m'étais déjà présenté chez la noble muse[1]; je le regrette cependant; j'eusse volontiers réitéré mon hommage à une si docte et si aimable dame. J'ai toujours un véritable plaisir à vous voir, cher chevalier, professant comme je fais une estime particulière pour votre esprit et pour votre caractère sincère et généreux. — Si la digne étrangère est encore à Turin, veuillez lui offrir mon respect en même temps qu'à madame sa mère.

Je vous prie de saluer de ma part le comte Sclopis, qui s'était aussi gracieusement offert à me faire connaître la muse voyageuse.

[1] Adèle Curti. *(Note de l'Éditeur.)*

XCLIII

A PIETRO GIURIA[1].

Turin, 26 juin 1840.

Cher Pietro,

Chaque fois que je lis quelque chose de toi, le refrain qui s'échappe aussitôt de mon cœur est toujours le même : *Ce Giuria est vraiment un poëte!* Je veux dire que tu n'es pas un poëte à la douzaine, tu es un poëte qui sort de la foule grâce à trois ou quatre qualités que je saurais bien dire, et que tant d'autres n'ont pas : une manière forte, un sentiment délicat, l'accord de la pensée et de l'expression, de l'art et de la nature, etc. Les vers que tu m'envoies me confirment dans cette opinion sur ton talent; ils sont beaux et constituent une scène vraiment telle.

Corrige seulement le voisinage d'un *parve* avec un *sparve* et quelque autre misère de ce genre, et ce sera un excellent fragment, qui me fait bien augurer de l'ensemble du poëme[2]. Mais tu me dis que tu ne sais comment achever. Je pense que tu veux parler

[1] Cette lettre et celle qui suit sont tirées du livre : *Silvio Pellico et son temps,* considérations de Pietro Giuria. Voghera, tip. Gatti, 1854. (*Note de l'Éditeur.*)

[2] Il s'agit ici d'une forme particulière de poëme introduite par Silvio Pellico dans la littérature italienne, sous le nom de cantica. C'est un récit court et rapide, placé ordinairement dans la bouche d'un troubadour, et qui n'est pas sans quelque analogie, dans le tour, sinon dans l'esprit, avec *le Corsaire* ou *Lara*. Silvio en a laissé de beaux modèles. (*Note du Traducteur.*)

de la fin de cette scène, et non pas de la conclusion du poëme. A l'égard de ce dénoûment final je ne saurais quel conseil te donner, puisque j'ignore la nature du tableau que tu t'es proposé de peindre. Quant à finir la scène, je dirais à peu près :

« Idelbene voulut faire une douce violence à Gas-
« para ; vainement elle redoubla les exhortations, les
« embrassements et les larmes ; avec une volonté
« absolue, énergique, Gaspara se dégagea de ses
« bras, sortit, disparut, et dans son dernier regard
« brillaient encore les divins éclairs de la colère et de
« la bonté. »

Je ris de moi-même en pensant que je te suggère peut-être là une sottise, car il est peu vraisemblable que j'aie deviné ce qui convient le mieux à la circonstance. Au lieu de me demander conseil, rumine ton sujet, mets-toi à l'œuvre, écris ; je réponds du succès.

Ma santé est comme à l'ordinaire. Mon frère et ma sœur, grâce au ciel, sont en bonne santé. Briano vient de composer un bel hymne à San Primitivo, martyr enfant. Il se propose de retoucher sa tragédie. —Je ne connais ce V... que pour l'avoir vu. J'ai pu seulement m'apercevoir que c'est un jeune homme de si peu d'instruction qu'il en fait pitié. Je ne puis m'expliquer qu'il vive en donnant des leçons. Quelques personnes se seront laissé persuader qu'il possède notre langue. Cependant s'il étudie, il est encore en âge de se former.

Je rencontrai Rocca chez la poëtesse Adèle Curti, qui a passé à Turin. Il devait t'écrire, et je le char-

geai de te saluer de ma part. A présent je te salue
moi-même, et suis de cœur, etc.

CXLIV

A PIETRO GIURIA.

Turin, 10 juillet 1840.

Cher ami,

Vois si c'est une triste chose d'entreprendre un travail poétique par morceaux détachés. Tu feras de
beaux et remarquables fragments, mais c'est une
chaîne brisée qu'on ne sait comment renouer. Il faut,
pour composer, de l'imagination et de la grâce, et ces
dons tu les as ; mais ils ne suffisent pas au poëte, à
moins qu'il ne se borne à écrire de courtes compositions. Celui qui entreprend des ouvrages de longue
haleine, récits ou dialogues, doit les méditer, les dessiner nettement, et prendre son œuvre au sérieux. La
peste soit de ta paresse et de cette puérile confiance !
Rêver que, sans un plan fait d'avance, quatre beaux
fragments pourront se rattacher ensemble et former
un tout harmonieux !—Il faut représenter Collaltino
comme subjugué par la beauté et la vertu d'Idelbene,
et comme déchiré de remords d'être infidèle à sa première amante ; mais ces personnages qui manquent
de parole aux jeunes filles, ces caractères de Jason, de
Thésée, d'Énée ou leurs pareils, il est difficile de les
embellir. Il faut cependant bien que l'art s'attache à
les grandir en les montrant désireux de revenir à la
vertu ou tout à fait entraînés au crime. Tu sauras, je
l'espère, surmonter tous les écueils ; mais l'unique

conseil que je puisse te donner, le voici : — Ne plus écrire un vers de ton poëme avant d'en avoir mûri le plan et créé l'accord nécessaire des caractères et des faits. — Ce genre de poëme admet des lacunes, mais d'une importance secondaire et qui ne nuisent point au développement, et en évitant de jeter des esquisses dans un cercle où ensuite on se trouve enchaîné. Comprends-tu ?

La tirade sur la terre d'Italie est belle. Mais je veux de toi mieux que des tirades, si tu te sens assez d'haleine pour de vastes compositions. Je veux des plans complétement arrêtés avant d'écrire les vers, et ensuite une exécution qui ne procède pas par bonds, mais qui commence par la première scène pour continuer jusqu'à la dernière. *Si tu le peux*, tu le dois ; *si tu ne le peux pas*, tiens-t'en aux choses lyriques, d'une reprise ou deux. Je suis persuadé que *tu peux* concevoir de longs poëmes. Mais tu as pris de mauvaises habitudes, et tu n'aimes pas à méditer avec patience et persévérance, défaut d'écolier. Chasse-le-moi vite.

Je t'embrasse. Quand je verrai Briano et Flechia qui est revenu, je les saluerai de ta part. Le premier est venu chez moi, ce matin, me lire un instant de ses vers.

CXLV

A LA COMTESSE OTTAVIA MASINO
DI MOMBELLO.

Turin, 19 juillet 1840.

Madame et excellente comtesse,

Voilà donc la charmante voyageuse de retour enfin dans notre chère patrie, si justement fière de sa digne et illustre fille ! Je m'en réjouis, et j'espère que ce long voyage aura été avantageux à votre santé, Madame la comtesse, et à celle de monsieur le comte. Que de douceurs intellectuelles deux âmes de sentiments si élevés ont dû trouver à visiter ces admirables cités des arts, et Rome en particulier ! Surtout pour un peintre de tant de goût et de génie, le plaisir aura été immense. Or, comme les jouissances de l'esprit influent sur le bien-être physique, il me semble que vos nerfs délicats doivent se trouver mieux ; ce que je désire ardemment.—Moi, au contraire, je n'ai cessé d'être languissant, souffrant, haletant,—non d'esprit, mais de corps. Je suis néanmoins sur pieds, et j'en remercie Dieu, qui m'accorde encore beaucoup en me laissant à ce prix vivre hors du lit.—Quelle bonté à vous, Madame la comtesse, d'avoir passé hier chez moi, et ensuite de m'avoir envoyé ces livres de Monseigneur Durio !—Mille remercîments. Agréez avec un témoignage de toute ma reconnaissance les sentiments ineffaçables de mon estime et de ma respectueuse amitié, et veuillez offrir mes hommages à l'excellent comte. J'ai l'honneur d'être de l'un et de l'autre, mais de vous en particulier, ma très-vénérée patronne, le très-humble et très-obligé serviteur.

CXLVI

A LA FAMILLE PORRO.

Turin, 27 juillet 1840.

Très-cher comte Porro, et mon Giulio,

Voici donc, mes bien chers amis, la nouvelle tant désirée ! et c'est par toi qu'elle m'arrive, mon excellent Giulio, dont l'empressement à me l'annoncer est un véritable trait d'amitié !—Depuis longtemps aucune lettre ne m'avait apporté une si grande joie ; joie d'autant plus grande que déjà courait la fausse et sinistre rumeur, qu'à l'égard du comte Porro, il y avait à Vienne des résistances extraordinaires. Je me réjouis que ça ait été un faux bruit, ou que, si ces résistances hostiles ont existé, quelque bon génie ait fini par en triompher. Reçois tous mes remerciements, mon Giulio. Cet attentif souvenir me donne la mesure de ton attachement pour moi. Tu me pardonnes généreusement mon extrême paresse, comme on pardonne tout à une personne chère, travaillée par une mauvaise santé. Si vous saviez, mes amis, que de suffocations, que d'angoisses je souffre ! A chaque hiver, il me semble que, le printemps venu, je serai mieux ; le printemps arrive, et trop sensible à ses inégalités, je soupire après les bienfaisantes chaleurs de l'été ; viennent les chaleurs, et au lieu de me soulager, elles me font désirer une saison plus fraîche. Telle est ma triste

façon de vivre, celle d'une machine usée, inraccom-
modable, souffrante, et qui dure néanmoins d'année
en année, tant qu'il plaît à Dieu. Heureux encore d'a-
voir pu vivre jusqu'à ce moment de votre retour assuré désormais dans la patrie, mon bien-aimé comte et
excellent ami ; heureux, dis-je, si vous pouvez passer
par le Piémont, comme je l'espère et le souhaite si
vivement ! Dans ce languissant cadavre qui se traîne,
habite encore une âme chaude d'affection pour ses
amis et notamment pour Porro. La bonne nouvelle est
incontestable, mais vous ne l'avez pas encore officiellement. Dès que vous la recevrez, écrivez-moi aussitôt
deux lignes, je vous en prie. Quelle joie aussi pour
notre bonne comtesse de Masino ! elle est maintenant
à son château, un peu malade et les yeux affaiblis, ce
qui l'attriste beaucoup. Elle sera électrisée en apprenant cette nouvelle, et vous lui ferez grand plaisir si
vous pouvez passer d'ici à son château. Elle n'a cessé
de vous être fort attachée.

Adieu, j'embrasse à la fois le père et le fils, avec
une tendresse profonde, avec transport, avec la vive
espérance de vous embrasser en réalité.

CXLVII

AU PROFESSEUR PIER ALESSANDRO PARAVIA.

Turin, 17 août 1840.

Très-honorable chevalier,

Vous m'avez prévenu, cher et malheureux ami ; je
voulais justement vous écrire et vous exprimer ma

profonde sympathie à l'occasion de la perte si douloureuse que vous avez faite. J'ai appris ce malheur à
mon retour d'Acqui, d'où je suis revenu malade. J'y
étais allé non pour y prendre les eaux, mais parce que
Mme la marquise de Barolo y était tombée malade, et
je fus pris d'une oppression de poitrine dont je ne suis
pas encore délivré. Vous savez, cher Paravia, que j'ai
eu le bonheur d'avoir des parents très-tendres, et que
j'ai perdu en eux la plus grande douceur de ma vie.
Jugez par là si je comprends l'immensité de votre
douleur, quand tout d'un coup vous vous êtes vu privé
de votre digne mère, à qui vous étiez si tendrement
dévoué! Je ne m'étudie pas à vous consoler; j'ignore
les paroles qui peuvent calmer de pareilles angoisses.
Il faut pleurer, c'est inévitable, et puis pleurer encore
et ne pas chercher de consolation, mais seulement la
résignation à la volonté de Dieu.—Résignation légitime par toute sorte de motifs, notamment par cette
considération que, pour les âmes justes, il n'est pas de
faveur plus grande que d'être retirées de ce monde.—
Celui qui survit peut pleurer, mais la mère vénérée
qui n'est plus a échangé la croix de cette pauvre vie
contre la gloire d'une existence divine, éternellement
heureuse. La mère de mon Paravia jouit, dès à présent, j'espère, d'une telle félicité; néanmoins je prie
pour elle de tout mon cœur.

Mes hommages à madame votre sœur. Au milieu
de vos larmes, je suis près de vous en esprit, compa-
tissant à vos peines de toute la sincérité de mon cœur.

P. S. Merci de la lettre de Campori.

CXLVIII

AU BARÓN ACHILLE DU LAURENS[1], A AVIGNON.

Turin, 24 août 1840.

Monsieur,

Depuis plusieurs jours l'excellent chevalier Manfredo di Bertone a eu la bonté de me remettre le livre de Votre respectable Seigneurie. Je commence par vous remercier infiniment de l'honneur que vous m'avez fait de penser à moi et de m'envoyer un tel présent, et en même temps je vous proteste que je suis confus des expressions trop obligeantes par lesquelles vous daignez me manifester votre bienveillance. Je me suis hâté de lire votre *Essai sur la vie de Pétrarque*, et comme j'en ai été extrêmement content, le don a encore augmenté de prix ; vous avez écrit ce livre avec amour et vérité. Je vous félicite d'avoir su le rendre attrayant sans lui donner une couleur de roman, et d'y avoir répandu toute la lumière historique et critique réclamée par le sujet, entreprise toujours difficile et qui demande autant de discernement que de savoir. Les passages traduits le sont avec une rare intelligence et un admirable bon goût. Je m'en félicite avec mon cher Pétrarque. On voit que Votre Seigneurie a fait des études profondes sur lui, sur son temps,

---

1 M. le baron Achille du Laurens, ami intime des familles Bertone et Balbo, connut dans cette dernière Silvio Pellico. M. du Laurens est l'auteur d'un savant commentaire de Pétrarque et d'une intéressante Étude historique sur ce poëte.

(Note de l'Éditeur.)

sur notre langue. Avec quel plaisir j'irais visiter la patrie de Laure, surtout depuis que Votre Seigneurie a la bonté de m'y inviter d'une manière si aimable ! Qui sait si un jour je ne céderai pas au désir que j'en ai ? Le premier pas que je ferais à Avignon serait pour me présenter chez vous, Monsieur, que je serais heureux, plus que je ne puis le dire, de connaître personnellement. Il est cependant peu vraisemblable que je m'aventure à pareil voyage, vu l'état de ma santé toujours fort chancelante et souvent en proie à des souffrances extraordinaires. Il en sera ce que Dieu voudra ; je serais un ingrat de me plaindre. Si je ressens quelques souffrances, j'ai aussi des preuves si continuelles de la bonté de Dieu ! *Fiat voluntas Domini !* J'ai l'honneur de me dire le très-obligé de Votre Seigneurie et d'être avec la plus respectueuse estime, etc.

CXLIX

A MADAME ELVIRA ROSSI-GIAMPIERI,
A FLORENCE.

De la Colline, 21 septembre 1840.

Madame,

Ce Silvio à qui vous demandez si gracieusement de vous entretenir un instant de Dieu et de pensées consolantes, est condamné par sa déplorable santé à ne plus écrire désormais, et partant je me borne à vous remercier des expressions dont votre cœur trop indulgent a bien voulu m'honorer. La vérité, en outre, et non plus la modestie, me force d'ajouter, Madame, que je me sens bien éloigné des vertus que vous me supposez. Dans quelque humble livre j'ai balbutié de Dieu et du bien qu'il veut faire, et qu'il fait à nos âmes, du bonheur que j'ai eu de sortir de l'incrédulité et d'apercevoir toute lumière et toute consolation dans l'Église catholique ; mais cela ne prouve rien en ma faveur, sinon que je ne suis pas tout à fait ingrat. La religion m'a donné la paix, une paix qui a ôté la plus grande partie de leur amertume à mes malheurs, et qui maintenant embellit, pour ainsi dire, les souffrances de mes derniers jours. Quoique dans les années qui ont précédé ma captivité, la fortune et les hommes s'empressassent à me sourire, et que pour bien des raisons je pusse me dire heureux, cependant les incertitudes de mon esprit ne cessaient de me tourmenter. Livres, recherches, systèmes, je dévorais tout. J'attendais la lumière tantôt de telle philosophie, tantôt de telle autre, tantôt même des déclamations illusoires des protestants sur leur prétendu perfectionnement de doctrine et de morale. J'eus l'orgueil de vouloir examiner, confronter, de prétendre me constituer juge ; et l'unique fruit que j'en retirai fut de découvrir les faiblesses et les mensonges de chacun de ces systèmes superbes, accusateurs de l'Église. Peut-être eussé-je continué à vivre de la sorte, dans une fluctuation perpétuelle, et partant, à peu près étranger à toute religion, et sans frein à mes passions, ce qui est une vie stupide, une vie païenne, et non chrétienne. A une âme agitée comme était la mienne, il fallait la solitude, le temps et la douleur. Je tirai alors parti de mes études passées, et de plus en plus je méprisai la pauvreté de toutes les sectes, et je vis à quel point le catholicisme est triomphant et fort d'autorité et de raison. Je vis qu'un catholique peut, comme le grand Volta, dire humblement son chapelet, et rester une intelligence saine, clairvoyante, robuste. Je vis que ces pratiques, si fort raillées, de notre culte sont autant de moyens d'adoration et de résolutions utiles ; moyens auxquels il faut seulement apporter une âme bonne et aimante, et cette mesure qui convient à chacun suivant sa nature. Je vis que les scandales de l'hypocrisie ne doivent pas s'imputer à la foi, ni nous éloigner d'elle ; d'elle qui condamne partout le mal, qui veut le bien, la sincérité, l'indulgence, les nobles exemples. Lorsque mes yeux furent ouverts, dégagés des liens du doute, enfin lorsque j'eus trouvé Dieu, je m'appuyai sur lui, et j'espère ne plus l'abandonner, ni dans les souffrances, ni dans les consolations. Par ce qui m'est arrivé à moi, si indigne, j'ai compris combien Dieu aime sa créature. Ce n'est pas sa grâce qui peut manquer, et il n'exige de nous que la bonne volonté.

J'en ai écrit plus long que je ne croyais, et je n'ai parlé que de moi. Je l'ai fait pour que vous, qui êtes pieuse, vous bénissiez avec moi le Seigneur, notre adorable ami. Les affaires domestiques, les devoirs sociaux, les études, les facultés de l'esprit et du cœur, offrons-lui tout. Qu'il soit pour ainsi dire l'âme de nos pensées, de nos actions, de nos affections, de nos souffrances. Vous, très-gracieuse dame, vous avez beaucoup à lui offrir parce qu'il vous a beaucoup donné. Soyez aimable pour lui, instruite pour lui, humble et patiente pour lui ; et vous aurez tout un trésor d'heures fortunées ; non des heures sans chagrin, mais heureuses parce qu'elles seront en harmonie avec votre conscience et avec le divin modèle. Établir en nous cette harmonie, tout est là. Là est le mérite, là est la paix, là est le pardon, là est la charité, là est la force.

Je ne promets pas de vous écrire de nouveau, et je ne saurais guère, je crois, vous dire autre chose. Agréez mes vœux sincères et le témoignage de la parfaite estime avec laquelle j'ai l'honneur d'être votre très-humble serviteur.

CL

A M. LE MARQUIS CESARE CAMPORI, A MODÉNE.

24 septembre 1840 [1].

Je vous écris peu de lignes, parce que ma pauvre poitrine ne me permet pas de m'asseoir à un bureau. Soyez vous-même l'interprète de ma gratitude pour les choses aimables que vous me dites. Je regrette de n'avoir point vu vos drames ; c'est un plaisir ajourné, mais qui j'espère ne sera pas perdu.

Pour vous obéir, je vous envoie quelques vers destinés à un album. C'est trop d'honneur que me fait madame votre cousine [2] ; je vois que l'indulgence est de famille.

---

[1] La date de cette lettre n'est pas de la main de Pellico. Le timbre de la poste de Turin, qui est sur l'adresse, porte 24 septembre. M. le marquis Campori, à qui elle est adressée, nous assure qu'elle doit être de 1840 ou 1841.

(*Note de l'Éditeur.*)

[2] Madame la marquise Giulia Bovio Paolucci, de Bologne.

(*Note de l'Éditeur.*)

J'ai l'honneur d'être avec toute estime, cher et aimable Monsieur, votre très-humble et très-dévoué serviteur.

CLI

A PIETRO GIURIA[1].

Turin, 14 octobre 1840.

Mon cher Giuria,

Pardonne! c'est le mot par lequel je pourrais commencer presque toutes mes lettres. Plusieurs fois j'ai voulu te répondre, et d'un jour à l'autre il s'est passé des semaines. Ce matin je me suis bien mis à relire ta chère *Ode,* et la honte m'a pris de ne pas t'avoir encore dit, comme en réalité tu le mérites : « Bravo, bravissimo ! »—J'ai vu avec peine l'erreur de Romani, qui prétend que tu as pris l'idée de cette *Ode* d'un chant espagnol. Néanmoins l'article est flatteur et bienveillant; je l'ai donc lu avec le plaisir que j'éprouve toutes les fois qu'on te fait honneur, ce qui est simplement te rendre justice.—J'espère qu'il te reviendra aussi beaucoup d'honneur des trois *Cantiche,* quoique mon jugement et mon espérance n'aient d'autre fondement que les vers que tu m'as envoyés à titre d'essai. Mais ces vers et les autres choses que j'ai vues de toi me donnent confiance. Les titres : *Amour, Patrie, Religion,* sont beaux, mais ils promettent beaucoup. Je ne les blâme pas, et te laisse à toi le soin de décider s'ils conviennent tout à fait. Moi, je

---

[1] Du livre *Silvio Pellico et son temps,* considérations de Pietro Giuria.—Voghera, tip. Gatti, 1854.   (*Note de l'Éditeur.*)

n'attache aucune importance au titre d'un ouvrage, pourvu qu'il ne soit point faux.

Excuse-moi auprès de ton digne ami Gando si je ne consens point à donner des vers pour la *Strenna* dont tu me parles, ni pour aucun autre recueil, n'ayant rien en ce moment qui mérite l'impression. Maintenant, si l'aimable désir de l'illustre poëtesse, Angelica, veut bien se borner à quelques lignes autographes de moi, les voici dans une octave, commencement d'une composition esquissée sur les vertus cachées.—Je n'aurais pas grand'chose de bon à te dire de ma santé ; toutefois je ne garde pas le lit, et l'air de la colline me fait du bien. Je reste à la Vigna Barolo jusque vers la Toussaint. Un jour que j'étais à Turin, je rencontrai M. Moro . . . . —Il y a plus de deux mois que je n'ai vu mon frère, mais il est à Chieri, et je sais qu'il se porte bien, sauf que depuis un an il est plus sourd qu'auparavant. Chacun de nous a ses tribulations, l'un ceci, l'autre cela, et c'est un exercice pour la patience.—Adieu, je te souhaite tous les bonheurs.

CLII

AU PROFESSEUR LE CHEVALIER P. A. PARAVIA.

11 novembre 1840.

Cher chevalier,

J'ai assisté hier aux examens des jeunes filles élevées dans la maison de Sainte-Anne. Aujourd'hui j'ai d'autres affaires, et je regretterais que vous prissiez la peine de revenir sans que j'eusse le plaisir de vous

voir. La comtesse Balbo me dit hier que vous désiriez quelques notes sur les salles d'asile fondées par la
marquise de Barolo.

En 1829, la marquise et feu son mari, ayant vu en
France de ces petites écoles, eurent sur-le-champ la
pensée d'en établir de pareilles dans notre pays, et
celles qu'ils ouvrirent dans leur propre palais furent
les premières de ce côté des Alpes. On s'attache à leur
donner un caractère entièrement catholique, parce
que, dans d'autres contrées où l'on avait admis des
protestants ou des juifs, on s'aperçut que l'instruction
religieuse était nulle ou blâmable. On y mit donc pour
maîtresses des sœurs de la Providence, aujourd'hui
sœurs de Sainte-Anne, et entre les choses qu'elles
enseignent sont en première ligne les éléments de la
religion, y compris le *Pater* et l'*Ave* en latin, et d'autres prières ou hymnes en usage dans l'Église.

Depuis les deux salles d'asile ouvertes dans le palais
Barolo, lesquelles contiennent plus de cent petits garçons et plus de cent petites filles, Mme la comtesse Eufrasia Valperga de Masino établit une école pareille
dans sa maison.—Il y a deux ans, le roi ouvrit deux
salles semblables dans cette partie de son palais qui
touche aux écuries, et y voulut aussi pour maîtresses
les mêmes sœurs de Sainte-Anne fondées par la maison Barolo.

Afin que ces sœurs s'établissent ici et en nombre
suffisant, au lieu de les faire venir comme dans l'origine de Locarno, de l'institut de l'abbé Rosmini, la
marquise de Barolo vient de fonder un institut pareil.
C'est pour y recevoir ces religieuses qu'elle a fait bâtir

le couvent de Sainte-Anne qui est auprès de la *Consolata.*

Outre qu'elles se chargent de tenir les salles d'asile, ces sœurs donnent encore l'éducation dans le couvent dont je viens de parler à des jeunes filles de condition inférieure, qu'elles prennent en pension pour 18 francs par mois.

Croyez-moi, très-estimable chevalier, votre affectionné serviteur et ami.

CLIII

AU COMTÉ GIULIO. PORRO.

Turin, 16 novembre 1840.

Mon bien cher Giulio,

Lorsque le professeur Calvi me fit remettre ta bonne lettre, j'étais à la campagne, et avec mes oppressions habituelles, j'eus le regret de ne le point voir. J'aurais cependant fait volontiers connaissance avec lui, et pour lui-même, et parce qu'il est l'ami de mon bien-aimé Giulio. Ma vie consiste à passer continuellement d'une souffrance à l'autre, ce qui veut dire que ma petite carcasse est vieille de la tête aux pieds. Tantôt le mal est dans la respiration, tantôt ce sont les fluxions, les douleurs articulaires ou rhumatismales qui me visitent; et ainsi l'homme vient à rien, et ce qu'il sait faire de mieux, c'est d'ennuyer le prochain en lui racontant ses maux, ce qui est parfaitement inutile. Je m'abstiens autant que je puis de les raconter, et puis voilà que de fil en aiguille je fais comme

les autres pour ne pas priver mes amis d'une connaissance si divertissante et si utile.

Embrasse bien ton père pour moi; dis-lui que je ne
fais plus que végéter douloureusement, mais que bien
qu'annulé aux neuf dixièmes par les souffrances, il y a
cependant en moi un dixième de vie encore chaud, où
je garde un doux souvenir de lui et de toute sa famille.
Oui, mes amis, je vous aime toujours avec la même
constance et vous aimerai éternellement.

CLIV

A PIETRO GIURIA[1].

Turin, 22 novembre 1840.

Mon bien cher Giuria,

Les vers que tu m'as envoyés sont de la belle poésie,
et je t'en félicite.

Je vais répondre à tes questions sur le dogme, ef-
frayant, sans doute, mais incontestable de l'enfer.
Avant tout, souviens-toi que dans mon petit livre,
Dei Doveri dell' uomo, petit livre dont tu me dis avoir
été content, comme aussi dans n'importe lequel de
mes ouvrages où je touche à la religion, je me déclare
ce que je suis, en effet, catholique, complétement
catholique. Cela veut dire qu'il n'est aucun dogme
enseigné par l'Église sur lequel j'élève le plus petit
doute.—Dieu s'est fait homme, il a enseigné la vraie

[1] Du livre *Silvio Pellico e il suo tempo*, considérations de Pietro Giuria.—Voghera, tip. Gatti, 1854.
(Note de l'Éditeur.)

doctrine, et cette doctrine, vainement tourmentée par les hérétiques, n'est restée immuable que dans notre Église.—L'existence de l'enfer est positivement enseignée, et non comme punition passagère (il n'en existe que dans cette vie et dans le purgatoire), mais comme châtiment éternel. Lorsque dans notre conversation sur le feu de l'enfer, je te dis que nous en ignorions la nature ; quand je te dis que je n'avais aucune répugnance, soit à le considérer comme une peine spirituelle, soit à me le figurer comme un feu pareil au nôtre, qui serait en réalité l'élément de l'âme perdue ; quand je te citai l'opinion de saint Augustin, que la miséricorde divine opère jusque dans l'enfer, j'entendis exprimer ma ferme conviction que l'enfer est, comme toutes les manifestations de la puissance divine, une chose excellente, une chose supérieure à toute censure, une chose certes que nous admirerions si nous la connaissions bien. Cette espèce d'épouvante qu'il éveille en moi n'est nullement de la répugnance à croire un tel dogme. Plus grande que l'épouvante est chez moi la certitude que Dieu est juste, que Dieu ne perd point une âme légèrement, que les damnés sont tous pour de très-justes motifs exclus du salut. Sur tout cela, je suis tranquille (c'est-à-dire sur l'existence de l'éternel châtiment et l'excellence du jugement de Dieu sur les damnés). Il ne me reste que la crainte de mériter moi-même la damnation, mais c'est une crainte qui ne m'accable pas, grâce au trésor d'espérance que nous possédons dans le divin mystère de la rédemption et dans les sacrements.—C'est une illusion que de dire : Comment ? l'homme qui aura été vertueux pendant nombre d'années sera perdu pour toute l'éternité, parce qu'il sera mort en état de péché mortel? etc.— La vaine subtilité de cette objection, et autres semblables, tombera si nous réfléchissons que rien n'arrive par l'effet du hasard ni par un caprice dans le gouvernement de la Providence. Nous avons les plus grands, les plus parfaits, les plus infaillibles motifs de nous confier en la justice de Dieu, justice si pleine, si surabondamment mêlée de bonté, qu'il en est venu lui-même à souffrir pour nous, afin de nous ennoblir, de nous soutenir, de nous sauver! abaissement qui semblerait folie, si, avec cette folie de la croix, nous ne voyions pas se répandre une sainte sagesse qui atteste sa divinité et confond tout l'orgueil humain, tant elle est une source féconde de vertus sociales, de vertus privées, de vertus solitaires et intimes, d'innocence, de repentir, de régénération. Si les méchants abondent, quelle en est la raison? C'est qu'ils ne suivent pas la religion. Suivez-la et soyez bons, soyez élus. *Templum Dei estis et spiritus Dei habitat in vobis...* Les faits prouvent que toutes les hérésies, après une certaine période de prétendue sagesse, depuis les plus anciennes jusqu'aux Saint-Simoniens, humanitaires et autres semblables, toutes se montrent faibles, corrompues par la fausse logique, les contradictions, les incertitudes, la tendance à l'incrédulité. J'ai fait de tout cela une étude approfondie, et mes velléités de doute se sont évanouies. C'est ce qui t'arrivera, mon doux ami, à toi qui sens Dieu et aimes le beau spirituel. Plus tu étudieras et réfléchiras, plus tu découvriras combien est sublime et incontestable chaque partie de l'enseignement catholique.—, Loin de nous les subtilités de cette lâche tolérance qui nous ferait ouvrir le paradis au malfaiteur qui ne se repent pas.—Courage et énergie! L'enfer existe et il s'accorde avec les perfections de l'Éternel juge, et même avec les mystères de sa miséricorde. Que nous importe si de tels mystères gardent encore quelque obscurité sur la terre? Ils brilleront de toute leur lumière dans peu de jours, quand nous serons sortis de cette enfance qu'on appelle la vie.—L'enfer existe; et sans lui, la religion et la vertu ne signifieraient pas grand'chose. Songes-y. — Adieu, aime ton Silvio et prie pour lui.

Salue de ma part le père Solari.—Mon frère se porte bien; Briano aussi.—Aucune nouveauté littéraire.— J'espère que tes *Cantiche* te feront grand honneur, et je le souhaite vivement. Je voudrais encore que la fortune vînt de compagnie avec l'honneur! —Adieu.

CLV

AU MARQUIS CESARE CAMPORI, A MODÈNE.

Turin, 11 décembre 1840.

Monsieur le marquis,

Votre poëme [1] est une composition infiniment remarquable, et je vous remercie de me l'avoir envoyé. L'excellente duchesse était de ces âmes dont le départ de ce monde est un malheur pour beaucoup de ceux

---

[1] *In morte di Maria Beatrice di Savoia, duchessa di Modena.*
(*Note de l'Éditeur.*)

qui survivent. On ne pouvait louer une plus belle vertu, et Votre Seigneurie a tout ce qu'il faut d'esprit et de cœur pour traiter un tel sujet. Bravo encore une fois !

J'attache un grand prix au souvenir que vous gardez de moi, qui mérite si peu tout ce que vous voulez bien me dire d'affectueux.

Je continue à végéter, inutile à tout le monde, et non sans douleurs ; mais le Seigneur ne m'a accordé, ne m'accorde encore que trop de biens, et je serais coupable de me plaindre. Mes souffrances ont augmenté au commencement de l'automne ; en ce moment l'oppression est tolérable.

Vous qui êtes jeune, et qui avez tant de disposition pour le bien, vivez en santé et en belle humeur.

Croyez aux sentiments d'estime et de gratitude avec lesquels j'ai l'honneur d'être, etc.

CLVI

A PIETRO BORSIERI.

Turin, 16 décembre 1840.

Mon bien cher Borsieri,

Il est inutile de te dire que, tout en gardant le silence, chaque jour cependant je voulais t'écrire. Ta bonne lettre tomba dans un moment où je souffrais beaucoup ; et ce me fut une grande consolation d'apprendre par cette lettre que vous allez tous bien et que vous vous souvenez de moi. Maintenant, après un automne déplorable, mes poumons reprennent un tant

soit peu de force, et, depuis deux semaines, je n'ose
trop me plaindre. Je ne te parle pas d'une triste provision de douleurs rhumatismales articulaires qui sont
de famille. Luigi les a parfois aiguës, je les ai moins
vives; lui et moi, nous nous encourageons mutuelle-
ment dans les divers maux qui nous affligent, et ce ne
sont pas tous maux du corps!... Il continue à habiter
la petite ville voisine de Chieri, non par goût, mais
par économie. Nous nous visitons quand nous le pouvons, et il ne nous arrive jamais d'être ensemble sans
parler de toi avec une vive tendresse, et aussi, hélas!
avec douleur, à cause de cette mauvaise étoile qui te
poursuit. Tu me disais que tu allais à Trente pour y
vendre un reste de propriété. Oh! que nous serions
heureux d'apprendre que tu as lieu d'être content de
tes affaires! Il est difficile, après de si cruels malheurs,
de retrouver des jours paisibles! Mais tu es bon, tu as
un esprit énergique, et j'espère que ces qualités seront
estimées leur prix. Que Dieu le veuille et te rende,
autant que possible, le séjour de la patrie agréable et
propice! Qu'il joigne à ses autres bienfaits le don
d'une bonne santé et la joie de voir bien portants ton
frère et tes sœurs. Offre-leur à tous mes plus cordiales
salutations. Quoique je te sois bien inutile, continue de
m'aimer. Je t'embrasse également au nom de Luigi.
Adieu, mes très-chers amis. Priez pour moi. Je me
recommande particulièrement aux saintes prières de
tes sœurs, dont je connais l'angélique vertu.

CLVII

A PIETRO GIURIA[1].

Turin, 19 janvier 1841.

Cher Pietro,

De tout mon cœur je te rends souhaits pour souhaits, je te remercie de ton doux souvenir, de tes expressions amicales, et aussi de ces strophes que j'ai lues avec plaisir. — Te voilà donc à Asti. Combien je voudrais que chacun de ces changements améliorât ta position! Je ne sais comment tu te trouveras dans cette ville. Tout homme porte en son cœur une inclination sans cesse renaissante à gémir, à murmurer, à se plaindre des lieux, des choses, des personnes, et ce malheureux penchant est inné en nous, parce que, nés divins, nous aspirons à une destinée divine. Mais la vertu veut que nous mettions un frein à nos emportements, que nous nous accoutumions à patienter et à sourire de tout ici-bas, en reconnaissant que le bonheur est rare sur la terre. Entre autres biens, je te souhaite cette faculté de savoir être content et sourire, je ne dis pas faute de sentir, mais par un sentiment élevé et religieux.

Je ne suis qu'infirmités. Le froid me déchire; je prêche à autrui la patience, et j'en ai moi-même une bien petite dose pour souffrir. Tournons-nous vers

---

[1] Du livre *Silvio Pellico e il suo tempo*, considérations de Pietro Giuria.—Voghera, tip. Gatti, 1854.

(*Note de l'Éditeur.*)

Dieu, et avec lui nous serons forts, ou notre faiblesse sera soutenue.

Si tu fais une excursion à Turin, j'aurai bien de la joie à te revoir.

CLVIII

A PIETRO BORSIERI.

Turin, 25 février 1841.

Mon bien cher Borsieri,

Je te donne la triste nouvelle de la mort de notre pauvre Luigi, arrivée par apoplexie. Il était un peu souffrant comme toujours, mais, en apparence, moins malade que moi. Le jeudi 18, il se leva, et, à l'heure du dîner, il se mit à table. Il avait à peine mangé une bouchée, qu'il pâlit, s'évanouit; on le porta dans son lit. Cela se passait à Chieri, où il demeurait. On m'envoya un exprès. Le vendredi, au point du jour, je partis. Je le trouvai vivant; mais, grand Dieu! dans quel état! Il ne pouvait dire une parole; seulement il me parla des yeux, et ce fut aussi des yeux qu'il s'unit aux cérémonies de l'extrême-onction, aux prières, aux exhortations des prêtres. La science des médecins fut inutile. Cette agonie se prolongea jusqu'à samedi vers onze heures, puis un saint homme étant venu le bénir avec une relique de saint Joseph, mon Luigi rendit l'âme sous cette sainte bénédiction.

Donnez-lui tous, mes bons amis, un soupir fraternel, et priez pour lui. Depuis longtemps déjà son intelligence était devenue toute religieuse, toute catholique. Adieu, mes frères, mes sœurs, je vous embrasse et suis votre frère.

CLIX

A PIETRO GIURIA[1].

Turin, samedi-saint 1841.

Très-cher Pietro,

Tu as une âme sensible et qui peut apprécier la perte que j'ai faite. Mon cher Luigi était peu connu de toi, mais tu sais à quel point nous étions unis. Un caractère plus candide et plus noble, je ne l'ai jamais rencontré. — Je te remercie de ta sympathie. Venant de toi, elle m'est précieuse, car je la sais sincère.

Je me résigne à la mort de Luigi comme à toute chose, et je bénis Dieu. Néanmoins mes jours se sont obscurcis ; et ce n'est pas seulement l'âme qui souffre, mais toute ma personne, tout cet être malade et fatigué.

Excuse-moi si d'ici à quelque temps je ne te parle pas de tes précédentes lettres, auxquelles je n'ai pas répondu. Qu'il te suffise de savoir que je t'aime et suis heureux de ton amitié.

[1] Du livre *Silvio Pellico e il suo tempo*, considérations de Pietro Giuria.—Voghera, tip. Gatti, 1854.

(*Note de l'Éditeur.*)

CLX

AU MARQUIS CESARE CAMPORI, A MODÈNE[1].

Turin, 22 avril 1841.

Monsieur le marquis,

La perte d'un frère, la maladie d'une sœur, et d'autres afflictions qui furent la suite des premières, ne me permirent pas de lire sur-le-champ le volume des tragédies de votre ami[2]. Aussitôt que mon esprit eût retrouvé un peu de calme et la faculté de pouvoir se distraire, je lus ce recueil et je me fais un devoir de vous prier, Monsieur le marquis, d'en offrir à l'auteur si distingué toutes mes félicitations[3]. Le comte Abbati Marescotti a la puissance tragique, le vers brillant, une âme élevée et religieuse. Avec un tel fond, on ne fait pas de poésies médiocres.

Conservez-moi votre bienveillance, Monsieur le marquis, et veuillez me croire votre très-dévoué serviteur.

[1] Éditée dans le journal de Modène, *il Silfo*.

      (Note de l'Editeur.)

[2] Le comte Abbati Marescotti, de Modène.

      (Note de l'Éditeur.)

[3] Voyez, aux lettres *sans date*, celle qui est adressée par Pellico au susdit comte Abbati Marescotti, actuellement conseiller au ministère de l'intérieur pour l'instruction publique à Modène.

      (Note de l'Editeur.)

CLXI

A M. LE COMTE TULLIO DANDOLO.

Turin, 17 mai 1841.

Cher comte,

Je n'aurais pas attendu jusqu'à ce jour pour vous parler du charmant présent de vos *Reminiscenze e fantasie,* si pendant que je lisais et goûtais ce beau livre, il ne fût arrivé dans ma famille un bien douloureux événement. Mon pauvre frère Luigi, qui n'était pas seulement un frère pour moi, mais un véritable ami, m'a été enlevé en trois jours.

Je n'ai encore recommencé à lire aucun livre, mais je vous remercie du vôtre, et je le reprendrai aussitôt que je pourrai. Vos pensées, votre style, votre âme ont un grand charme pour moi. Je vous embrasse, et avec vous vos enfants et Fava, et je me dis votre bien affectionné.

CLXII

A PIETRO GIURIA[1].

Vigna Barolo, 21 juin 1841.

Très-cher Giuria,

Je te remercie de tes amicales félicitations sur le succès de mon *Iginia.* Tu voudrais que je t'en disse quelque chose, mais tout ce que je sais c'est que Mme Bettini sollicita l'approbation de la censure, et la trouva plus indulgente qu'elle ne l'avait été il y a bien

[1] Du livre *Silvio Pellico e il suo tempo,* considérations de Pietro Giuria.—Voghera, tip. Gatti, 1854.

(*Note de l'Éditeur.*)

des années. La tragédie fut permise avec un léger changement dans un petit nombre de vers. L'actrice et ses camarades l'étudièrent avec zèle. Briano assista aux répétitions, enseigna, dirigea, interpréta. Je n'ai vu, moi, ni les répétitions, ni les représentations, et je me tenais également préparé à apprendre un succès ou la nouvelle qu'on m'aurait sifflé, comme on fit au *Corradino*. Le matin qui suivit la première représentation, Briano, Fea et Vico eurent l'amabilité de venir à la Vigna Barolo, où je demeure, et de m'apporter en toute hâte la nouvelle des applaudissements.

Je suis affecté de la perte que le pauvre Briano a faite de son enfant. C'est le quatrième qu'ils perdent; et quoique ce soit un grand bonheur pour ces petites âmes, les parents en sont inconsolables.

J'attends les vers que tú imprimes. Je regrette, mais sans m'en étonner, que tu ne publies pas le *Botzari*, sujet d'un genre ardu.—Je t'embrasse de tout cœur.

CLXIII

AU BARON ACHILLE DU LAURENS, A AVIGNON.

Turin, 7 juillet 1841.

Monsieur,

Je vous dois encore des remercîments pour toutes les choses aimables qu'il vous a plu de m'écrire, en date du 30 avril; pardonnez-moi une paresse causée par de grandes tribulations. Après la perte si douloureuse que j'avais faite de mes chers parents, je croyais n'être plus destiné à voir mourir aucun des miens, d'autant plus qu'étant toujours moi-même plus ou moins malade, il était probable que ma vie s'éteindrait avant beaucoup d'autres. Il n'en a pas été ainsi ! Un frère sain, robuste, que tout le monde aurait regardé comme assuré de me survivre, m'a été enlevé tout à coup, et c'était mon meilleur ami ! Mais l'homme ne doit pas se plaindre de ce qu'il a plu à Dieu de décider. Son adorable volonté est la seule bonne, nous devons nous y conformer. Je voudrais remplir ce devoir, mais mon pauvre cœur sent vivement. Ma santé déjà peu solide en est devenue plus misérable. Voilà pourquoi, Monsieur, je suis plus que jamais un mauvais correspondant pour tout le monde. Vous êtes si indulgent que vous m'excuserez.

Je puis vous donner des nouvelles assez récentes de votre digne cousin, M. le chevalier Manfredo. Il se porte bien, et va se trouver chargé d'affaires à cause d'une absence que le comte Rossi doit faire de Péters-bourg. Ce n'est pas le chevalier lui-même qui me l'écrit, mais un ami commun, le prince Wiasemski.

Je vous réitère le témoignage de ma respectueuse estime, et en vous priant de me conserver vos bonnes grâces, auxquelles j'attache un prix infini, j'ai l'honneur d'être, etc.

CLXIV

A M. LEONARDO FEA.

Turin, 16 août 1841.

Très-estimable Monsieur,

J'ai à vous remercier et à me plaindre de vous. L'honneur que vous m'avez fait est plus que je ne mé-

rite, et je n'en serais digne que si j'eusse pu atteindre
au but que je visais ; j'en suis resté fort éloigné.

Vos critiques sur mes productions me persuadent ;
mais assurément votre coup d'œil, si perçant dans
l'examen et les jugements des œuvres de l'esprit, en
eût trouvé à faire bien davantage, s'il n'eût été
émoussé d'avance par la douce bienveillance que vous
me portez. Je vous dirai franchement que je ne suis
content d'aucune des compositions sorties de ma
plume : les défauts y surpassent les beautés. Vous qui
êtes jeune et qui avez une âme noble et ardente, vous
serez, j'espère, de ceux qui ajouteront à la gloire de
notre littérature. Votre manière d'envisager l'étude
est la mienne ; l'étude doit être une excitation puissante et sacrée aux sentiments généreux, aux actions
généreuses, une heureuse harmonie entre le savoir
profane et le savoir religieux, entre les investigations
hardies de l'intelligence et l'humilité sincère du
chrétien, entre le mépris de tout ce qui est bas et l'indulgence envers les hommes.

Adieu, conservez-moi votre bienveillance, mais
sans illusion ; votre affection et celle de vos bons amis
m'est précieuse.

CLXV

A GIOVANNI VICO.

Turin, 16 août 1841.

Mon cher Vico,

Je voulais t'écrire à toi quelques lignes sur l'article
de Fea, je me suis ensuite décidé à lui écrire à lui-
même ; remets-lui, je te prie, l'incluse. Quelle belle

àme que celle de ce jeune homme! Mais en cette occasion il a le défaut de me regarder pour ainsi dire à travers la loupe de sa candeur et de sa bonté. Et vous, ses intimes, vous avez le même défaut. Mais je me connais trop bien pour ignorer à quel point je suis dépourvu de génie et de vertu. Soyez plus justes, et bornez-vous à dire, que si je ne me suis pas élevé très-haut, la postérité daignera peut-être m'excuser en pensant à mes années de douleur.—Il est certain que j'eusse produit davantage et me fusse livré à des études plus fortes.

Courage, braves amis, étudiez, vous autres, composez, et toujours dans des vues nobles et saintes!—Je t'embrasse. Aime ton Silvio.

CLXVI

A PIETRO BORSIERI.

Turin, 19 décembre 1841.

Mon bien cher Borsieri,

Caponago m'a annoncé le dessein où il est de venir à Turin pour une affaire, et je l'attends avec joie, quoique je regrette de sentir que mes infirmités m'ont rendu si inactif et si inutile. Mais ma joie serait double et archidouble s'il pouvait t'amener avec lui. Il m'a écrit : *Oh! que nous allons nous trouver changés!*—Quant à moi, je le suis grandement de visage et de forces; je ne le suis pas moins dans ma manière de juger la plupart des intérêts de ce monde. Mais je ne suis nullement changé de cœur envers mes bons amis. Je n'ai pas besoin de te répéter quel souvenir je garde de la famille Borsieri. J'ai rencontré peu d'âmes aussi sincères, aussi aimantes que les vôtres. Dis-le à tes excellentes sœurs et à notre Gaetano, afin qu'ils continuent à m'aimer et à prier pour moi. Écris-moi et donne-moi des nouvelles de chacun de vous, et ajoute en particulier l'état dans lequel ta santé se trouve, si les palpitations te laissent le calme et la force nécessaires pour te livrer aux travaux littéraires. Veille à te conserver, et salue de ma part, d'abord ceux de ta famille, puis, l'un après l'autre, ce petit nombre de nos amis qui restent près de toi. Dis à mon bien cher Porro que sa lettre m'a fait plaisir, parce que j'en conclus qu'il est plein de vie. Prie Federico de m'excuser si je ne lui ai pas encore répondu, et avec lui salue sa femme de ma part.

Je végète du mieux que je puis, mais non sans douleurs. Adieu, aime-moi, aimez-moi tous en famille et portez-vous bien.

CLXVII

A PIETRO BORSIERI.

Turin, 28 décembre 1841.

L'année va finir, et je veux, avant qu'elle s'achève, t'adresser un salut et te demander de tes chères nouvelles, de celles de Gaetano et de tes sœurs. Que de fois, durant cette année, je me suis dit que je n'en verrais pas la fin ! Et cependant me voici toujours ; seulement j'ai la douleur de voir malades des personnes excellentes : l'une est ma sœur, qui, depuis la mort du pauvre Luigi, n'a fait que languir ; l'autre est la marquise de Barolo, ma bienfaitrice, qui, depuis une quinzaine de jours, est en proie à des souffrances dangereuses, et je vis entre la crainte et l'espérance à chaque alternative de symptômes pires ou meilleurs.

Si tu vois Confalonieri, dis-lui de m'excuser si, depuis son retour en Lombardie, je ne lui ai écrit qu'une. seule fois : je répondrai à sa lettre; salue-le de ma part, et offre mes devoirs à la comtesse. Donne le bonjour aux chers Porro, à Caponago, qui m'avait annoncé qu'il viendrait à Turin et que je ne vois point paraître; à tous nos amis, parmi lesquels je mets en premier lieu tout ce qui appartient à cette famille Borsieri, toujours si chère à mon cœur. Bonne année! adieu; aimez-moi, je vous aime de cœur.

CLXVIII

A PIETRO GIURIA[1].

Turin, jeudi 24 février 1842.

Mon cher Giuria,

Il est dur de ne pouvoir contribuer à secourir des infortunés! mais on me fait souvent des appels semblables, et tout le monde ignore que je n'ai pas des ressources proportionnées aux désirs de mon cœur. Tout le monde ignore qu'ayant vécu bien des années hors du Piémont, je suis uni par le lien étroit d'un malheur commun à des personnes qui sont aujourd'hui

---

[1] Du livre *Silvio Pellico e il suo tempo*, considérations de Pietro Giuria.—Voghera, tip. Gatti, 1854.

(Note de l'Éditeur.)

dans une triste situation. Tout le monde ignore, en outre, que je suis tout à fait étranger (la chose a été réglée ainsi) au généreux usage que Madame la marquise fait de son argent. Tout cela est cause qu'aujourd'hui je n'ai pas le pouvoir de secourir même une famille que tu connais. J'en suis profondément affecté. Madame la marquise répand ses différentes aumônes ou elle-même, ou par l'entremise des curés, et cela pour observer un ordre constant et invariable; elle n'admet pas d'autres intercesseurs.

Accepte donc l'expression sincère de mon regret.— J'espère que ton indisposition n'aura pas eu de suites. Soigne-toi bien.

Les Mémoires d'un prisonnier, dont tu me parles, je les ai eus dans les mains, et ils sont intéressants. Je ne les ai plus. L'auteur est Andryane, homme de sentiments généreux, mais trop indulgent quand il apprécie mes faibles actions. Ses volumes contiennent diverses anecdotes de prison dont je ne pouvais parler. J'aurais nui à mes compagnons de captivité. Si inutile que tu me voies, crois-moi, ce que je suis, le plus affectionné de tes amis.

CLXIX

A PIETRO GIURIA[1].

Turin, 1er mars 1842.

Très-cher Giuria,

Tu es mauvais juge de ta *Canzone,* que tu pourrais

[1] Du livre *Silvio Pellico e il suo tempo,* considérations de Pietro Giuria.—Voghera, tip. Gatti, 1854.

(Note de l'Éditeur.)

sans vanité estimer plus que tu ne fais. Je te remercie de me l'avoir fait connaître. Il y a du goût et de la pensée.

La tragédie que tu entreprends de traduire me paraît convenir à notre théâtre, et ton vers libre y fera à merveille. Mais comme elle a déjà été traduite, tu n'auras pas le mérite de la nouveauté, sauf dans la supériorité de l'exécution. C'est un mérite que les lettrés sentent, mais eux seuls, ou bien peu d'autres. J'en dis autant de la traduction de quelque tragédie que ce soit, si elle est très-connue.

Si tu te donnais cette peine pour ne publier qu'un volume, j'y verrais peu d'avantage; le public n'y prendrait pas garde, l'œuvre manquant de nouveauté. Mais l'entreprise peut être bonne par l'importance qu'elle acquiert de la multiplicité des choses que vous vous proposez de recueillir.

Mais je ne vaux pas grand'chose pour donner des conseils sur cette matière; n'ayant pas la moindre expérience de ces sortes d'entreprises.

Guéris-toi vite et complétement, et reprends ta belle *Canzone*. — Lorsque je publiai *Mie Prigioni*, je ne prononçai pas le nom d'Alexandre Andryane ni de plusieurs autres, parce que la moindre allusion de ma part aurait pu leur nuire tant qu'ils étaient en prison. Je ne nommai que le petit nombre de ceux avec qui j'étais notoirement lié d'une intimité fraternelle; je dis *notoirement* en ce qui est de la connaissance que pouvait en avoir le gouvernement autrichien.

Je suis en proie à mes douleurs habituelles d'esprit

et de corps. Je ne vois pas la guérison de Madame la marquise faire de progrès; ma sœur est toujours malade, et d'autres malheurs, qui ne me sont pas personnels, me déchirent le cœur.

Mais courage! l'homme doit gémir sans cesse de se conformer aux volontés du Seigneur. Chacun doit porter sa croix, et il faut la porter de bonne grâce jusqu'à la fin.

Je souhaite le bonheur à Flechia; mais qu'il est rare que le mariage le donne!

Je t'embrasse et suis ton Silvio.

CLXX

A LA COMTESSE OTTAVIA MASINO
DI MOMBELLO.

Jeudi 21 avril 1842.

* Madame la comtesse,

Dans le billet que vous me faites l'honneur de m'adresser, vous me dites que Mme la marquise Brignole désirerait voir les *écoles qui suivent les asiles de l'enfance*. Je vois par là, Madame, que vous supposez que Mme de Barol a aussi institué de ces écoles dont vous parlez. Mais les *écoles qui suivent les asiles de l'enfance* sont une institution publique, c'est-à-dire établie par la ville de Turin. Ce sont, pour les garçons, les *Frères de la doctrine chrétienne*, dits *Ignorantins*, et, pour les filles, les *Sœurs de Saint-Joseph*. Les unes et les autres prennent les enfants de sept ans et les élèvent gratis, convenablement à la classe populaire. Mme de Barol ne préside point à ces écoles. Il y en a dans les différents quartiers de la ville.

J'ai mentionné l'autre jour le couvent de Sainte-Anne, institué par Mme de Barol. Là les bonnes sœurs de Sainte-Anne donnent éducation, non gratuitement, mais à fort bon marché, à des pensionnaires. Il y en a plus de cinquante. Je ne saurais pas vous dire, Madame, si on peut facilement aller le visiter. Mme de Barol est sortie, et je ne la verrai qu'à cinq heures. Mais il me paraît, d'après vos expressions, que ce que Mme la marquise Brignole demanderait à voir, ce sont plutôt les écoles des Sœurs de Saint-Joseph.

J'ai un exemplaire de ma faible et humble poésie à vous offrir. Quoique vous l'ayez déjà lue et honorée de votre indulgente approbation, permettez-moi de la mettre à vos pieds.

Quand vous verrez Mme la marquise Brignole, je vous prie de vouloir bien lui présenter mes respectueux devoirs.

Bien des choses, je vous prie, à M. le comte. J'ai l'honneur d'être, avec les sentiments les plus distingués d'estime, de considération et de dévouement, etc. *

CLXXI

AU PÈRE FERAUDI.

Turin, 7 mai 1842.

Oh! quel aimable reproche! quelle douce fâcherie! quelle agréable philippique! Ta colère, celle de Giuseppina, celle de la famille Daviso, sont autant de preuves d'indulgence et d'amitié.

Je reçois ces injures et ces fureurs comme autant d'angéliques sourires, et je vous en remercie mille

fois.—Mais, en vérité, l'hymne que tu me demandes,
et dont je t'envoie six exemplaires (l'un desquels je te
prie de faire agréer à la famille Daviso), est une faible
composition, où je n'ai mis de bon que la volonté.—
J'ai fait une exception pour la Propagation de la foi;
mais, en général, je ne compose jamais de ces pièces
à l'occasion des fêtes, etc.; ces occasions se succèdent
et se répètent sans fin. Le temps me manque pour
cela. J'aime ces fêtes, je loue ceux qui les chantent,
mais je préfère ne m'unir aux fidèles que par la prière
et par la participation aux divins mystères. Pour la
Saint-Joseph, je laisse écrire les autres.

Aie bien soin de ta tête chérie; je compte, pour Giuseppina et pour toi, sur l'amélioration de la saison.

Mets-moi, avec l'hymne, aux pieds de la famille
Daviso.

Je t'embrasse et suis de tout cœur ton Silvio.

CLXXII

AU PROFESSEUR PIER ALESSANDRO PARAVIA.

3 juin 1842.

Très-cher chevalier,

L'exemplaire de votre discours dont vous m'honorez m'est un présent souverainement agréable. J'avais
lu cette composition exquise, mais je ne la possédais
pas. Je me réjouis de l'avoir, et surtout de la tenir de
votre amitié. C'est, comme vos autres discours, un travail d'un goût parfait, pour le choix des idées et pour
leur expression toute pleine de convenance et de grâce.
Chaque fois que je lis quelque chose de vous, je m'en

20

félicite avec notre pays; il n'est pas possible qu'un tel professeur ne propage point des doctrines vivifiantes.

Je n'ai plus un seul exemplaire de ma *Canzone*, mais je verrai à en trouver un et je vous l'enverrai.

Je suis toujours assez souffrant; toutefois la campagne a un peu dilaté mes poumons; je respire mieux.

Vivez en bonne santé et en bonne humeur, et tenez-moi pour ce que je fais profession d'être, votre bon serviteur et ami.

CLXXIII

AU TRÈS-RÉVÉREND PÈRE FERAUDI,
MON FRÈRE BIEN-AIMÉ.

12 juin 1842.

Entre vrais amis, c'est un petit malheur qu'un malentendu d'un moment, après lequel se rétablit aussitôt l'état ordinaire de douce et parfaite harmonie.

Je t'aime précisément comme tu es, avec ta vive façon de sentir. Celui qui sent faiblement est moins chaud dans la charité et dans l'amitié. Le bon Cottolengo lui-même me le disait bien; il disait, en manière de plaisanterie : « Les saints sont tous mauvais » (ce qui revient à dire passionnés et sensibles). Oh ! que je voudrais être mauvais de cette façon, c'est-à-dire en ne cessant de faire du bien aux autres, et en glorifiant le Seigneur ! Voilà bien ta malice; donne-m'en un peu, donne-m'en même beaucoup, et je t'en serai obligé.

Il me semble que les plus grands maux de notre siècle sont la tiédeur, l'indifférence, l'insensibilité à tout ce qui n'est pas amour de soi-même, l'égoïsme.

Mieux vaut qu'il y ait un peu de feu dans nos âmes ; tu me plais parce que tu en as. Mon estime pour toi est grande, sans être en rien basée sur les chimères de l'exagération. Elle est parfaitement fondée, au contraire, sur de bonnes raisons et sur l'expérience des faits, et j'en remercie Dieu chaque jour. Je n'ai pu aller hier à Turin, non à cause de mon état, mais à cause de la santé, encore très-faible, de Madame la marquise. Elle est néanmoins sans fièvre. Aie soin de toi, et que Giuseppina se soigne également.

Je me réjouis d'apprendre qu'elle a été affectueusement reçue par les Rosines. Tu as eu raison de lui conseiller d'y aller. Ces rares visites sont de convenance et selon l'esprit de charité. Je ne lui fais pas un crime d'avoir ajourné, puisque sa santé n'a jamais été bonne, et qu'on ne peut monter jusque-là sans une grande fatigue. Je t'embrasse et ferme ma lettre, parce que le messager part.

CLXXIV

A GIOVANNI VICO.

Lundi 1er août 1842.

Mon cher Vico,

Je te remercie de tout ce que tu m'écris. Les bonnes nouvelles que tu me donnes de notre Giorgio me font plaisir. Je te suis bien reconnaissant de l'affection que tu me portes, et je te la rends de tout mon cœur.—Je lirai la tragédie qu'on t'a chargé de me communiquer, et ensuite je l'enverrai à Mme Briano pour qu'elle ait la complaisance de la rendre. Mais je n'accepte pas la charge de prononcer un jugement sur cette production. Il est rare que je m'enhardisse à peser les mérites d'une tragédie, me défiant de mon goût, et flottant entre mille incertitudes. Excuse-moi auprès de l'auteur, et fais-lui dire que je me borne à me réjouir de son talent et à lui souhaiter un heureux succès. Bonne campagne! vis en joie et garde-moi une place dans ton amitié. Je finis en te remerciant aussi des exemplaires du *Manfredo* que tu as eu l'amabilité de m'offrir.

CLXXV

AU CHANOINE IGHINA[1].

Turin, 1er août 1842.

Cher et illustrissime chanoine,

C'est de la part de Votre Seigneurie une excellente pensée de nous avoir donné de ses nouvelles; j'en étais très-désireux et je vous en remercie comme d'un précieux surcroît de plaisir dans ce jour où pour moi tout est fête. Au 1er août, je me vis délivré des chaînes autrichiennes; c'est une seconde naissance. — Je ne dois pas vous remercier pour moi seul. Votre lettre a fait plaisir à Madame la marquise. Je suis chargé par elle de vous dire mille choses, et, entre autres, que vous vous conserviez en joie et bien portant, pour nous arriver tout florissant de santé à la mi-août. Vous pouvez être certain que vous trouverez le plus cordial accueil, Madame la marquise rendant pleine justice

---

[1] Du livre *Silvio Pellico e il suo tempo*, considérations de Pietro Giuria.—Voghera, tip. Gatti, 1854. (*Note de l'Éditeur.*)

à vos talents et à votre excellent caractère. Je ne parle pas de moi, qui ne compte pour rien, mais qui ai de si bonnes raisons pour vous aimer et vous estimer autant. Jouissez des jours que vous passez en famille, et sachez ensuite vous en arracher sans trop de chagrin.

Ici rien de nouveau. Le petit peuple de Sainte-Anne est retourné à Sainte-Philomène. Nous faisons aujourd'hui, Madame la marquise, le père Bernardo et moi, une excursion à la *Vigna*, d'où nous descendrons pour visiter le petit peuple. Peut-être Madame la marquise ira-t-elle dans quelques jours à Pollenzo en s'arrêtant deux ou trois jours à San-Martino dagli Alfieri ; moi, pour ne pas rester en ermite à Turin, j'irai à Chieri chez ma sœur.

Veuillez rendre à vos respectables parents les compliments de Madame la marquise, et leur faire agréer les miens. — Quand vous verrez le comte Buruggi, offrez-lui mes devoirs.

Je suis de tout cœur, cher et aimable chanoine, etc.

CLXXVI

AU CHEVALIER CESARE CANTÙ.

Turin, 22 août 1842.

Monsieur et honoré chevalier,

Notre ami Briano m'a apporté une douce offrande dans les courtoises et affectueuses expressions que vous m'adressez. L'estime d'hommes distingués comme vous est un bien que j'apprécie infiniment. Souvenez-vous de moi, surtout aux heures où votre pieuse intelligence cherche force et consolation aux pieds du Seigneur, et demandez-lui aussi force et consolation pour moi.

Je vous souhaite toute sorte de félicités, et suis votre bien affectionné serviteur.

CLXXVII

AU MARQUIS CESARE CAMPORI DE MODÈNE.

Turin, 1er septembre 1842.

Monsieur le marquis,

Les deux tragédies lyriques [1] que je vous remercie beaucoup de m'avoir données sont réellement d'excellentes compositions, et je les ai fort goûtées. Vous avez traité ces deux sujets en homme qui sent avec force et avec délicatesse, et qui possède à fond l'art de préparer, de nouer et dénouer un drame. Pensées, sentiments, vers, style, tout ici me plaît; et cependant il me reste une exigence, mais ceci regarde plutôt l'avenir.

Il me semble qu'avec votre talent vous devriez aborder de plus vastes tableaux. Des drames lyriques, si vous voulez, mais je les voudrais plus étendus, plus longuement développés. Je serais plus ému si le cher poëte ne m'abandonnait pas si vite. A mon avis, les auteurs de ce genre de drames se perdent tous depuis que, se laissant tyranniser par les convenances de la musique, ils ont restreint le champ marqué par Métastase.

[1] *Nepomuceno Orsini* et *Osmia* étaient les titres des deux tragédies lyriques écrites par le marquis Campori, auxquelles fait allusion la présente lettre.　　　(*Note de l'Éditeur.*)

Au surplus, ma plainte vient peut-être de l'excellence même de vos deux tragédies lyriques, qui me les aura fait trouver trop courtes.

Vous voyez, en somme, que je ne saurais vous adresser aucune critique importante sur ces charmantes compositions. Agréez mes sincères applaudissements, et croyez-moi votre très-dévoué et très-obligé admirateur.

P. S. Remarque qui ne touche point à la poésie, mais purement de fait. Au xiiie siècle, le nom de *Népomucène* n'existait pas encore. Il n'a été donné qu'après saint Jean, martyr bohême, né dans la ville de Nepomuk, mort en 1383, très-vénéré des Bohêmes et des Allemands, mais sans culte authentique jusqu'à sa canonisation, qui eut lieu en 1729. Votre Seigneurie a pris le nom donné par Dandolo, et n'a pas à se reprocher ce péché, d'ailleurs très-véniel.

CLXXVIII

AU CHANOINE IGHINA[1].

Turin, 30 décembre 1842.

Cher chanoine et illustre professeur,

En premier lieu je m'acquitte de l'honorable commission que m'a donnée Madame la marquise, de vous remercier des vœux que vous lui exprimez, et d'ajouter qu'elle vous les rend de tout son cœur.

[1] Du livre *Silvio Pellico e il suo tempo*, considérations de Pietro Giuria. —Voghera, tip. Gatti, 1854.

(Note de l'Éditeur.)

En second lieu, cher professeur, je vous remercie infiniment de tout ce que, dans la lettre à moi adressée, vous avez la bonté de dire à un homme aussi dépourvu de mérite que je le suis. En vérité il m'est doux de me voir jugé avec cette bienveillante partialité par vous, que j'estime et que j'aime tant, mais ce n'est pas une raison pour que je m'aveugle sur mon compte, sachant trop bien le peu que j'ai fait, si toutefois j'ai fait quelque chose. Nul plus que moi ne sent toute la faiblesse des productions sorties de ma plume. Ceux-là me font trop d'honneur qui daignent s'en occuper comme de choses littéraires. Elles n'ont d'autre mérite que la bonne intention.

Je pourrais vous reprocher votre excessive indulgence ; mais je ne puis dissimuler que pareils torts ne me mettent nullement en colère, d'autant plus que Votre Seigneurie m'offre un trésor bien plus précieux que des louanges, dans les prières qu'elle veut bien adresser pour moi au Seigneur.

Je suis persuadé que vous ferez grand bien à vos studieux jeunes gens, non en me faisant l'honneur de leur parler de moi, mais en les amenant à des pensées justes par l'attrait de votre vertu. Continuez à joindre l'exemple aux paroles, et vous produirez de grands fruits. Courage ! la carrière du professorat est laborieuse, mais belle.

Il y a précisément à Sainte-Anne la place vacante que vous désirez, pour la petite Zucchi ; il faut qu'on l'y conduise sans retard ; autrement, après quelques jours d'attente, la place serait donnée à une autre. Si, pour quelque motif, on ne se décidait pas à mettre cette enfant à Sainte-Anne, qu'on ait la complaisance d'en avertir par deux lignes.

Bonne année! bonnes années!

Je vous salue avec respect et vous embrasse avec l'ardent désir de vous savoir heureux, et je suis votre très-dévoué serviteur.

CLXXIX

AU COMTE TULLIO DANDOLO.

Turin, 1ᵉʳ janvier 1843.

Très-cher Dandolo,

Notre bon chevalier Bonafous qui, depuis déjà bien des mois, avait à me remettre de votre part un aimable souvenir, je veux parler de vos *Studi su Roma e l'Impero*, changea de logis, et, dans le brouhaha de son déménagement, il laissa aller votre livre pêle-mêle avec les siens. Hier, il est venu s'en excuser à moi et me donner l'explication de ce long retard. Enfin ces chères *Etudes* sont sur ma table et procurent le plus doux aliment à mon intelligence, toujours friande de belles et bonnes choses. J'ai accueilli votre don avec respect et amour, et je regrette que, m'étant venu si tard, je ne puisse vous en remercier qu'aujourd'hui.—Mais que dire du doute où vous êtes, si j'avais précédemment reçu les *Réminiscences et Fantaisies*. Oui, certainement, je les ai reçues et goûtées, et je crois vous l'avoir écrit. Si, par suite d'une lourde méprise, je ne vous l'avais pas écrit, ce serait une faute involontaire, et je vous en demande pardon : quelquefois j'ai une intention, et je crois ensuite avoir fait ce que je me proposais de faire :

Ces *Esquisses* littéraires, comme tout ce que vous écrivez, sont pleines de sens et de grâce : je vois que les *Studi su Roma* sont également un travail tout à fait digne de mon cher Dandolo.

Eh ! combien de précieux livres vous m'annoncez encore ! Bonafous mettra de l'empressement à me les envoyer, et je vous promets que je ne serai ni paresseux à les lire, ni oublieux. J'aime vos idées et vos sentiments, qui sont toujours en complète harmonie avec le beau, avec le vrai, avec le saint.

Voulez-vous de mes nouvelles ? Je ne sais pas me décider à mourir, et je ne regrette point de vivre quoique je vieillisse au milieu des maladies. La volonté de Dieu soit faite ! Au mois de novembre, je fus plus malade que de coutume, et je crus que je touchais à ma fin. Voici que, de nouveau, je me lève et me traîne : priez Dieu qu'il m'apprenne à profiter des souffrances et des consolations. Aimons-nous en Dieu : pour vous et pour tous les vôtres, je lui demande santé, longue vie, et toutes les autres bénédictions. Je suis votre ami bien reconnaissant.

CLXXX

A PIETRO BORSIERI.

Turin, 23 janvier 1843.

Mon cher Borsieri,

Notre Porro te dira en quel état de santé il m'a trouvé, c'est-à-dire dans un état misérable, quoique de nouveau je sois hors du lit, et que même je sorte un peu. Qu'y faire ? Je suis habitué à cette continuité de

souffrances, et je sais du reste que la plainte ne sert
de rien : mon âme, grâce au ciel, ne manque ni de
force , ni de sérénité ; je suis sensible aux plaisirs de
l'amitié, aux consolations de la religion ; je ne puis
donc me dire malheureux. Mon pays est excellent pour
moi, d'autant plus que je me borne à un petit nombre
de relations et ne m'occupe pas de ceux qui n'approu-
vent point la ligne de conduite que j'ai cru devoir me
tracer.

La visite du bon Porro m'a fait grand plaisir ; j'eusse
voulu t'avoir aussi : c'est toujours un sacrifice pour
moi que d'être privé de mon cher Borsieri. Tu sais
combien je t'aime et que je ne cesserai de t'aimer,
avec l'entière certitude que tu me le rends bien. Salue de ma part dona Francesca, et tes deux autres
sœurs : je leur souhaite, comme à toi, toutes les prospérités. Quand tu vois de tes amis qui sont les miens ,
embrasse-les tendrement pour moi. Adieu, cher Pe-
drino.

CLXXXI

A LA COMTESSE OTTAVIA MASINO
DI MOMBELLO.

Turin, 14 février 1843.

Madame la comtesse,

J'ai toujours désiré voir Rome, mais c'est maintenant plus que jamais que je voudrais pouvoir accompagner notre cher colonel Muletti, qui a le bonheur
de faire un tel voyage ! Ce n'est pas Rome que je serais
surtout curieux de visiter, malgré la multitude de ses
attrayantes merveilles. Ma première pensée, mon pre-

mier besoin, serait d'aller pleurer avec vous, Madame la comtesse, et avec l'excellent comte, la perte que vous avez faite et qui peut bien se dire une perte immense pour notre pays tout entier. Aussi chacun l'a sentie et la sent; le langage de la douleur commune est unanime. Tant de gens connaissaient les vertus du général! connaissance qui n'avait fait que s'étendre depuis qu'il dirigeait avec tant de prudence et de cœur les jeunes gens de l'Académie militaire. L'affliction des familles de ces jeunes gens s'est manifestée comme par un seul cri, et ce cri a fait sensation dans tout le public. Et il devait en être ainsi. Un tel accord de sentiments, depuis le roi jusqu'au pauvre soldat, est un beau tribut de juste estime. Ç'a été, pour nos cœurs affligés, une espèce de douceur. J'ai entendu beaucoup de personnes répéter la même chose. Le jour où arriva le déplorable événement, j'avais une oppression de poitrine; quand j'appris que le général Masino venait d'expirer, j'en restai si frappé que, pendant plusieurs jours et plusieurs nuits, les nuits surtout, je souffris cruellement. Je ne pouvais m'empêcher de me représenter l'affliction de M. le comte et de Madame la comtesse, connaissant comme je fais l'étroite et profonde amitié qui les unissait à cet incomparable frère. Le coup eût été déjà bien cruel s'ils se fussent trouvés à Turin; mais dans l'idée de s'être trouvés absents, il y a quelque chose de plus cruel encore pour qui survit à un frère si tendrement aimé. Je me disais tout cela, et mille autres choses déchirantes, et je ne pouvais parvenir à me remettre d'un tel chagrin qu'en priant. Et à dire vrai, tout en priant pour le défunt, je m'attendris-

sais plus profondément en priant pour M. le comte et
pour vous ; mais en même temps je puisais et je puise
encore ma consolation dans la connaissance que j'ai de
la grande foi qui règne dans vos chères âmes. Le fruit
de tant de foi est toujours la résignation aux saintes
volontés de Dieu. D'où je m'assure qu'au milieu de la
plus vive douleur vous avez fait un héroïque sacrifice,
en bénissant le Seigneur qui donne et qui reprend, et
dont les décrets sont en tout temps adorables. Oh !
comme en pareil cas les larmes deviennent moins
amères, alors qu'on peut dire avec pleine conviction
de la personne qui n'est plus : « *C'était une âme bonne,
une âme sincèrement religieuse et humble devant
Dieu !* »

Et cette conviction, cette certitude, nous l'avons
tous. Le bon chevalier Giacinto était un vrai catholique, fort, loyal, zélé pour la cause divine, et désireux
de toute justice, de toute charité. Ses devoirs, dans
les charges importantes que le roi lui avait confiées
étaient difficiles, et il les remplissait avec fermeté et
avec amour, et le Ciel couronnait la droite volonté de
ce véritable homme de bien.

Notre père Bottari vénérait le général Masino, et il
dit qu'on ne trouve plus d'homme comme lui. Ici on
en dit la même chose. Au milieu de regrets si una-
nimes, si remarquables, chacun aime à rappeler ses
vertus chrétiennes, et tout le monde a la confiance
que ce qu'il a souffert ici lui aura servi de purgatoire,
et qu'en mourant cette âme généreuse sera allée droit
au ciel.

Espérons-le, nous avons pour le croire les raisons

les mieux fondées, et ne laissons pas toutefois de lui donner des preuves constantes de notre amour, en priant pour lui.

Je vous demande pardon, Madame la comtesse, ainsi qu'au très-cher comte, si dans cette lettre je n'ai su que rouvrir une blessure si douloureuse. J'aurais voulu être plus bref en parlant d'un tel malheur, et je ne l'ai pas pu. Je voudrais vous dire encore bien des choses, mais l'excellent cœur de Madame la comtesse les devine toutes. Oui, vous devinez combien, tout en portant une sorte d'envie à l'ami Muletti, je suis heureux cependant que cet ami commun, si parfaitement dévoué, ait la bonne fortune d'aller vous faire une visite. Je comprends toute la douceur qu'en éprouveront le visiteur et les visités, sachant combien ils s'estiment réciproquement. Vous devinez aussi que mon imagination vole souvent à Rome et se complaît à se figurer vos vénérées personnes, tantôt dans les églises, tantôt dans les galeries, tantôt dans les conversations, persuadé que je suis du sentiment élevé avec lequel toutes les merveilles de Rome sont par vous, chaque jour et à tout instant, appréciées et admirées. Madame la comtesse, qui goûte si bien le beau, et qui elle-même sait si bien le produire, est là dans son élément plus que partout ailleurs. Malgré tout il m'est démontré qu'en bonne et fidèle piémontaise, vous ne pourrez jamais oublier notre cher pays, qui est si fier d'une si aimable et si illustre fille. En admirant Rome, vous aimez encore cette heureuse partie de l'Italie. Voilà ce que je ne puis mettre en doute. Mais nous, quand aurons-nous la joie de vous revoir? Et, en attendant, puis-je espérer que vous m'honorerez d'un peu de souvenir? Dois-je attendre bientôt quelques lignes de votre main? Cette grâce sera reçue avec une profonde reconnaissance. Je suis impatient de savoir au juste l'état de vos santés.

La saison a été longtemps bonne, même pour nous; je me figure qu'où vous êtes vous aurez eu un petit printemps, et que la délicatesse de vos nerfs s'en sera bien trouvée. Je l'espère pour vous et aussi pour M. le comte. Si votre santé est telle que je la désire, vous aurez à Rome un nombre infini de jouissances faites pour un esprit aussi élevé, aussi cultivé que le vôtre. Avez-vous peint de nouveaux portraits? J'ai toujours devant les yeux celui du cardinal Pacca, et nous ne cessons tous, tant que nous sommes, d'en admirer l'expression et la vie.

Je ne puis vous taire que, tout en déplorant ce que l'absence doit avoir ajouté d'amertume à la perte que vous avez faite du chevalier Giacinto, cette absence cependant me semble avoir été une prévoyante disposition du Seigneur, pour que vos chères santés en fussent moins éprouvées. Ayez soin l'un de l'autre. Conservez-vous pour ce pays qui vous aime et qui a besoin de garder longtemps les personnes les plus dignes de sa vénération, et dont le nombre n'a été que trop diminué en ces dernières années! La faible santé de Mme la marquise de Barolo éveille fréquemment nos alarmes. Toutefois, après avoir été très-malade au commencement de l'hiver, à présent elle va assez bien. Elle se lève, mais elle est condamnée à ne pas sortir.—Mon inutile personne ne meurt pas,

mais elle souffre beaucoup et respire à grand'peine.
Je me considère comme un vieillard de cent ans, dont
les maux sont incurables, et je remercie Dieu, qui ne
me fait pas souffrir plus encore. C'est une grande miséricorde que de me laisser si longtemps sur la terre,
afin que mon âme se prépare.—Je me recommande à
vos saintes prières et à celles de M. le comte, et je
vous salue l'un et l'autre avec toute l'affection et la
respectueuse estime que je vous ai consacrées pour
toujours, et avec lesquelles j'ai l'honneur de me redire, chère et très-excellente patronne, votre très-
humble et très-dévoué serviteur et ami.

CLXXXII

A D. FRANCESCO PAOLI,

PRÊTRE DE L'INSTITUT DE LA CHARITÉ, A LA SACRA
DI SAN MICHELE.

Turin, 27 février 1843.

Très-illustre et très-révérend père,

Le très-révérend père recteur de la Sacra est venu
lui-même m'apporter le précieux livre publié par
Votre illustre Seigneurie. J'ai eu le regret de ne pas
me trouver chez moi, et je me consolais par l'espérance que je pourrais aujourd'hui visiter et remercier
ce vénérable père ; mais Marietti, à qui je me suis
adressé pour avoir son adresse, m'a dit qu'il était
parti pour Locarno. J'aurai une autre fois, si je vis, le
bonheur d'offrir mes devoirs à l'excellent père Moli-
nari, et, en attendant, mon cœur vole auprès de Votre
Seigneurie, et se félicite avec elle du trésor qu'elle
nous a donné. Les poésies de saint François, quoique

si simples sous le rapport de l'art, ont tout le feu de l'amour divin, et méritaient bien que l'attention des âmes d'élite fût rappelée sur elles. Mais quelle difficile entreprise! Comment écarter les doutes qu'elles soulèvent? Comment démontrer l'authenticité de ces précieuses reliques? Comment amener les âmes à ne pas se laisser rebuter par cette rude simplicité, et à y découvrir tant de perles dignes d'examen et d'un prix infini? J'avoue que je n'aurais su m'en tirer, et que toutes les questions à examiner et à discuter m'eussent effrayé. Il y fallait un talent subtil, une étude acharnée, et, par-dessus tout, si je ne me trompe, un cœur plein de sentiments pieux et très-dévot à saint François. La manière dont Votre Seigneurie raisonne ce sujet est solide, persuasive, remplie d'idées opportunes et savantes. A chaque paragraphe je sentais en moi un attrait croissant. Seulement vous auriez dû ne rien dire de moi. Vos jugements, si indulgents à mon égard, font tache dans un livre si remarquable sous le rapport de la pénétration. Toutefois est-ce une erreur dont je suis loin de pouvoir me fâcher. Si les jugements sont erronés, le sentiment qui les a dictés ne pêche que par excès de générosité, et il m'est cher. Je vous en remercie, et puisque vous m'honorez de tant de bienveillance, j'ai la confiance que vous ne douterez jamais de ma reconnaissance.

Agréez aussi mes remercîments pour l'exemplaire que vous m'avez offert, et croyez que je serai toujours, avec un profond respect et une véritable admiration, très-illustre et révérend père, votre très-humble et très-obligé serviteur.

CLXXXIII.

A DON FRANCESCO PAOLI,

PRÊTRE DE LA CHARITÉ, SACRA DI SAN MICHELE.

Turin, 8 mars 1843.

Très-illustre et révérend père,

Différentes occupations et des souffrances répétées ne m'ont pas permis jusqu'ici de vous féliciter au sujet de votre ode à la *Sacra di san Michele*. Ces vers élèvent l'âme parce qu'ils sont inspirés par la religion et le sentiment, et ils suffiraient pour me donner l'envie de faire un pèlerinage jusque-là. Votre aimable invitation m'exciterait plus encore à effectuer ce projet. Mais, c'est un beau songe, et je vois déjà qu'il ne pourra jamais se réaliser, attendu le misérable état de mes poumons. Les lieux élevés ne sont pas pour moi.—Il en est un cependant, élevé, très-élevé, auquel je brûle d'atteindre : le paradis. Je me recommande, pour cela, à Votre Seigneurie. qui est si avant dans l'intimité de saint François ; dites-lui qu'il me vienne en aide.

J'ai l'honneur de vous réitérer l'assurance des sentiments de parfaite estime avec lesquels je suis, mon très-illustre et révérend père, votre très-humble serviteur.

CLXXXIV

AU BARON ACHILLE DU LAURENS, A AVIGNON.

Turin, 24 mai 1843 [1].

Monsieur,

Pardonnez-moi, je vous prie, un si long retard. Votre aimable lettre me fut remise à une époque où ma santé était dans l'état le plus déplorable, et où la souffrance me rendait paresseux. Je me suis informé où se trouve le chevalier Manfredo di Sambuy, et l'on m'a assuré qu'il est encore à Pétersbourg. Le comte de Salasco, qui doit le savoir, est la personne qui m'a donné cette assurance. Mais certainement, à l'heure qu'il est, vous l'aurez su par d'autres. Je vous supplie d'offrir mon respectueux hommage à Mme du Laurens et de m'excuser près d'elle d'avoir tardé jusqu'à ce jour à lui adresser cette réponse. Ajoutez qu'on n'a pas ouï dire que le chevalier Manfredo ait été malade, ce qui me fait espérer qu'il se porte bien.

Mille remercîments pour les expressions si bienveillantes que votre indulgence vous a dictées à mon égard. Je suis encore vivant, grâce à Dieu, mais les maux que je souffre m'avertissent de me tenir prêt pour le départ. La volonté du Seigneur soit faite. Avec une santé pitoyable, on peut vivre d'année en année jusqu'à l'extrême vieillesse, mais on peut aussi toucher

---

[1] Cette lettre de Pellico était la réponse à une autre que lui écrivait le baron du Laurens sur le bruit qui avait couru de sa mort. Le baron, dans sa lettre, avait fait allusion à ce bruit et en exprimait son inquiétude. Voilà pourquoi Pellico lui répondait : « Je suis encore vivant. » *(Note de l'Editeur.)*

brusquement le terme. L'important est de sauver l'âme ; après quoi toute heure est bonne pour mourir, lorsque Dieu l'a décrété là-haut.

Je ne désire ni la prolongation ni la fin de mon pèlerinage, mais la gloire de Dieu et sa miséricorde. Je me recommande, très-cher Monsieur, à vos prières, et je forme des vœux sincères pour votre félicité et pour celle de toutes les personnes qui vous appartiennent.

J'ai l'honneur d'être, Monsieur, avec des sentiments de respect et de gratitude, votre très-humble et très-obligé serviteur.

CLXXXV

A M. ANTOINE DE LATOUR, A PARIS.

Mars 1843.

* Monsieur,

Veuillez bien recevoir M. Cantù, un de mes plus chers amis, et un des plus beaux génies de l'Italie moderne. Il a souffert comme nous, et il a déposé ses souffrances dans un roman [1] qui est le plus populaire en Italie après les *Fiancés* : j'ai failli dire vos *Fiancés* [2], désquels M. Cantù a fait une illustration historique

[1] *Margherita Pusterla.*—M. Cesare Cantù est surtout connu en France comme auteur d'une *Histoire des cent dernières années,* qui est une œuvre fort remarquable.

(*Note du Traducteur.*)

[2] Il existe en français plusieurs traductions de l'admirable roman de Manzoni, mais aucune n'est de moi. Je n'ai traduit que son théâtre, ses poésies lyriques, et le beau chapitre de la *Colonne infâme.* (*Note du Traducteur.*)

qui doit être bien à votre gré : votre amitié saura lui procurer les facilitations qui font si bien à un étranger; dans une ville comme la vôtre. Aimez votre Silvio Pellico. *

CLXXXVI

A DAVID BERTOLOTTI.

10 avril 1843.

Mon bien cher David ,

Cette seconde lettre me confirme dans la grande espérance que je conçus de ton poëme [1], lorsque tu m'en fis lire le commencement. Je te dirai même que, l'autre jour, quand je me mis à en lire le premier chant, j'étais dans un de ces moments de dégoût où l'on ne saurait prendre plaisir à des vers, et je me proposais de remettre à un autre jour; mais ces premiers morceaux avaient un attrait particulier. Après un moment d'interruption, je me vis forcé de reprendre: je ne voulais lire que quelques vers, mais il n'y eut pas moyen : le beau l'emporta, m'échauffa, m'électrisa. L'élégance toute naturelle de ta versification, et la manière dont tu développes le sujet, entraînent doucement; puis, à mesure qu'on avance, c'est un charme si continu de grâce et de belles pensées, de sentiments et d'images que, si le lecteur ne connaissait déjà les qualités de ton esprit, il en serait émerveillé. Il te reste encore beaucoup à faire, mais ces quatre pre-

---

[1] L'auteur avait envoyé à Pellico, pour l'examiner, le manuscrit du premier chant de son poëme *Il Salvatore*.

(*Note de l'Éditeur.*)

miers chants sont une excellente chose et d'un excellent augure. Je ne puis te dire combien j'aime la fidélité et la simplicité avec lesquelles tu reproduis les
expressions de l'Écriture et de l'Évangile, pendant
que, d'autre part, ta poétique imagination s'exerce à
peindre et déploie avec goût toutes ses facultés. — Il
y a là le scrupule délicat et respectueux d'une âme
pieuse et sincère, mais excitée par un puissant enthousiasme. Tu es poëte, mais de plus, tu sens vraiment la religion, et tu y crois. Sois béni par ce Sauveur que tu chantes et que tu aimes, et reçois les
sincères applaudissements de ton Silvio.

CLXXXVII

AU COMTE LUIGI PORRO.

Turin, 17 avril 1843.

Très-cher Porro,

. . . .

Bachiega [1] m'a écrit; mais quelle est ma surprise! je
vois que ceux qui vous ont écrit à son sujet et relativement à moi vous ont parlé par pure interprétation.
Le pauvre Bachiega m'écrit dans les termes les plus
affectueux, mais d'ailleurs du ton d'un homme qui a
sur le cœur la pensée que je n'ai pas pris intérêt à
lui. . . . . . .

La comtesse de Masino se porte bien; j'allai hier
chez elle, mais elle était sortie. Briano, Fea et Prati
vous saluent. — Le mérite poétique de Prati est ici

[1] Un des compagnons de Silvio Pellico au Spielberg.
(*Note de l'Éditeur.*)

apprécié de beaucoup de personnes ; mais il s'est fait, parmi les gens de lettres, quelques ennemis très-acharnés : ceux-ci ont la bassesse de faire circuler des vers anonymes contre lui, remplis non de critique, mais de honteuses accusations. — Chose étrange que ce vil besoin qu'ont certains littérateurs de se déchaîner contre les talents qui font preuve de capacité ! Ils ont peur d'être offusqués par la réputation d'autrui. Quelle mesquine faiblesse ! Est-ce qu'il n'y a pas place pour tout le monde ?

Notre cher Arrivabene m'a écrit de combien de prévenances vous l'aviez comblé, vous et vos fils. Vous, Borsieri, et quelques autres, vous lui avez été précieux, dans le peu de temps qu'il a passé à Milan : j'aurais voulu l'y accompagner pour vivre un peu avec vous tous, que j'aime de tout mon cœur.

Embrassez pour moi Gilberto et Giulio ; veuillez me rappeler au souvenir de la comtesse Archinto et aux autres personnes qui ont la bonté de me garder quelque bienveillance.

Mille choses affectueuses à mon Borsieri. Portez-vous bien, et surtout mieux que moi : j'ai quitté le lit, mais non mes souffrances habituelles, et je me traîne avec peu de respiration.

CLXXXVIII

A PIETRO BORSIERI.

Turin, 18 avril 1843.

Mon très-cher Borsieri,

Le plus affreux malheur vient de frapper le cœur

de notre bon La Cisterna : il est ici pour peu d'heures et repart ce soir pour Paris. Pendant qu'il était en route pour Turin, les deux personnes qu'il aimait le plus au monde ont été atteintes de la rougeole : je parle de la marquise de Brême, sa sœur, et de la fille de celle-ci, charmante jeune personne que La Cisterna aimait comme son enfant. Toutes deux sont mortes, et il venait à peine d'arriver à Turin, quand lui est parvenue l'horrible nouvelle : il me charge de te faire part de son malheur et d'ajouter qu'il regrette de ne pouvoir s'arrêter ici, où il espérait que, sous peu de jours, tu serais venu l'embrasser.

Nous sommes tous hors de nous; Brême, qui a perdu sa femme et sa fille, est à Paris, malade lui-même; la sœur de Brême, la comtesse Ernestina de Castellenghe, est aussi à Paris consumée par une longue maladie qui touche à son terme.

Je te quitte pour aller passer encore quelques heures avec La Cisterna : écris-lui quelques lignes d'amitié à Paris.

Mille compliments à tes sœurs et aux amis.

CLXXXIX

A M. ANTOINE DE LATOUR.

Turin, 20 avril 1843.

* Monsieur,

Permettez-moi que je vous demande une grâce : je crains que, dans l'édition illustrée de *Mes Prisons*, c'est-à-dire dans la publication des chapitres manuscrits que je vous envoyai, il y a quelques années, votre dessinateur ne mette au nombre des sujets de lithographie une figure que je désire que l'on épargne, la comtesse Balbo. Si vous êtes encore à temps, je vous supplie qu'il n'y ait aucun dessin qui la représente : cela ferait de la peine à mon ami le comte Balbo.

Veuillez m'écrire promptement quelques lignes là-dessus : j'espère que vous pourrez me dire que je ne vous ai pas adressé cette prière trop tard.

Agréez, Monsieur, les sentiments distingués et tout dévoués avec lesquels je suis, etc. *

CXC

AU CHEVALIER CESARE CANTÙ.

Avril 1843.

Cher ami,

Ces fragments que vous a montrés M. de Latour me sont à présent un sujet de contrariété. Moi qui avais enduré dix ans de pénible agonie sans me plaindre, je n'ai pas su souffrir en paix de me voir attaqué par mes frères et méconnu de mon pays.

Cela vous prouve, cher Cantù, combien je suis éloigné de cette perfection chrétienne que vous me supposez, combien je ressemble peu à ce divin modèle qui, après avoir tout souffert de tous, dit : *Benedicite persequentibus ; benedicite, et nolite maledicere.* Mais vous vous trompez, en croyant voir dans *Mie Prigioni* une étude, une disposition directe à répandre partout la lumière pour ensuite porter toute l'ombre sur une seule personne. La main sur le cœur, je vous proteste qu'aucune pensée de vengeance ne m'a animé : je n'ai eu qu'un but, raconter, raconter simplement, non pas tout assurément, mais en ne disant que des choses vraies. Je mentirais à moi-même, si je niais aussi que j'aie eu l'intention de faire un livre ; mais laissez-moi le redire encore : je n'ai pas voulu que ce livre fût une vengeance. Et à présent que vous me rappelez avec tant de bienveillance mon petit *Appendice*, je sens plus que jamais la vertu du pardon ; et vous aussi vous avez eu, et vous aurez encore bien des occasions d'exercer cette vertu et de manger du pain de Fra Cristoforo [1].

Je me réjouis de l'accueil que vous avez reçu de notre cher Collombert, excellent jeune homme, et l'ornement de la catholique ville de Lyon. J'avais vu sa traduction de votre *Buonvicino*, dans la *Revue de Lyon*.

Je sais qu'à Paris vous ferez autre chose que *flâner* [2] ; ce tumulte vous fera désirer la petite chambre de vos persévérantes études. Avant que vous y rentriez, je compte vous voir ici, comme me le fait espérer notre ami Briano qui vous salue, ainsi que moi, de tout son cœur.

---

[1] *Manger le pain* de tel ou tel saint est, en Italie, une locution familière, qui se modifie suivant la vertu particulière du saint dont on invoque le nom.   (*Note du Traducteur.*)

[2] Ce mot est en français dans le texte.
         (*Note du Traducteur.*)

CXCI

A M. ANTOINE DE LATOUR.

Turin, 15 mai 1843.

* Monsieur,

J'eus l'honneur de vous écrire, le mois passé, pour obtenir de votre obligeance que, dans l'édition illustrée de *Mes Prisons*, au fragment inédit que je vous ai confié, l'on ne mette aucun dessin représentant feu la comtesse Balbo : cela ferait de la peine à mon ami, le comte César Balbo ; il m'a prié de vous adresser cette demande. N'ayant pas reçu de réponse de vous, Monsieur, j'ai jugé que ma lettre s'était perdue, ou que vous étiez absent. Dans cette supposition, j'écrivis, pour le même objet, à *M. Charpentier, éditeur,* n° 29, *rue de Seine.* Point de réponse non plus.—Je vous adresse de nouveau ces deux lignes, quoique souffrant ; faites-moi la grâce, Monsieur, de m'honorer de quelques mots de réponse : je vous en serai infiniment reconnaissant.

Votre dévoué serviteur et ami. *

CXCII

A L'INSIGNE PROFESSEUR A. IGHINA[1].

Turin, 18 mai 1843.

Cher et illustre professeur,

Votre discours d'inauguration est vraiment beau, très-

---

[1] Du livre *Silvio Pellico e il suo tempo*, considérations de Pietro Giuria.—Voghera, tip. Gatti, 1854.

(*Note de l'Éditeur.*)

beau ; j'ai eu grand plaisir à le lire : heureux chaque fois que je rencontre de véritables preuves de talent, et principalement chez une personne amie ! Tout ce discours est bien pensé et bien développé ; le style en est clair et animé ; chaque détail y fait aimer le modeste et brillant professeur. Bravo ! mon cher théologien ; si j'eusse trouvé des défauts, je vous les signalerais : je n'en vois point. — Vous remarquerez seulement qu'à la page 33, ligne 11, en écrivant, vous avez hésité sur le choix d'un substantif : la plume s'est arrêtée et n'a pas achevé. A la fin du discours, je dirais de *lumineux modèles*, au lieu d'un *lumineux modèle*, pour que l'éloge ne paraisse pas s'adresser exclusivement à l'excellent évêque Ghilardi, mais semble plutôt se rattacher au pluriel *diocèses*, parmi lesquels brille aussi le sien. — Votre Seigneurie me fait trop d'honneur, en disant de moi, dans la note, des choses que je ne mérite nullement. Ma bonne volonté est toujours peu productive. — Madame la marquise, à qui j'ai remis votre lettre, vous présente ses devoirs.

Aimez toujours, cher professeur, votre très-humble et très-affectionné serviteur.

P. S. J'ai relu avec plaisir le beau sonnet ; merci pour les exemplaires que vous avez eu la bonté de m'envoyer.

CXCIII

A M. A. DE LATOUR:

Turin, 28 mai 1843.

* Monsieur et ami,

Il n'y a pas moyen de vous gronder : vous m'avez

fait attendre votre réponse, mais elle est si bonne, si amicale, elle m'apprend un si bel événement de votre vie ! J'aime à vous savoir heureux, j'aime ce que vous me dites de l'aimable et digne compagne que Dieu vous a fait rencontrer. Veuillez mettre mes hommages à ses pieds. Quoique je ne vous aie jamais vu, mon cher Monsieur, je connais votre âme. Ce n'est pas seulement vous que je félicite : Mme de Latour sera heureuse, dites-le-lui de ma part. Pour ce qui dépend de vous, j'en ai la certitude. S'il est vrai que mon livre s'est mêlé de vous rapprocher l'un de l'autre, je l'en aimerai davantage. C'est une raison pour que vous m'honoriez tous les deux d'un peu de bienveillance. Je demande que cette bienveillance ne soit pas stérile, je veux que vous l'exerciez en priant pour moi.»

Je suis bien aise que, dans l'édition illustrée de *Mes Prisons*, le désir que je vous avais manifesté soit rempli. Je venais aussi d'en recevoir l'obligeante assurance par M. Charpentier. Quelques jours avant que je reçusse cette réponse de lui, je vous adressai, Monsieur, une seconde lettre. M. le chevalier Bonafous devait vous l'apporter; s'il n'est pas absent de Paris il l'aura fait.—Vous l'aurez trouvée, comme la première, dénuée de détails sur ma vie actuelle. Mais je vous ai dit que je souffre; c'est là ma vie actuelle, mon cher Monsieur : je déteste le lit, j'y reste le moins que je puis, mais je suis toujours malade, je souffre souvent beaucoup. Le peu d'activité que je conserve me sert à tâcher de porter ma croix sans impatience, sans tristesse. Cette lutte secrète est mon occupation, je dirai presque mon bonheur. Réussir à ne pas trop me plaindre, à ne pas attrister ceux qui ont la bonté de m'entourer de leurs soins, c'est un plaisir que je voudrais garder, que j'espère garder jusqu'à la fin. —Ma santé, déjà si mauvaise, a été cruellement ébranlée par la perte de mes parents et de mon excellent frère Louis. Ce dernier est mort il y a deux ans, peu de temps après mon père. J'avais perdu ma mère en 1837. La religion apprend à bénir ces coups terribles, à survivre, à rester seul; son affaire est de donner des forces à l'âme pour qu'elle monte au ciel.

J'ai dit : *rester seul*. L'expression ne serait pas juste à mon égard. J'ai des amis précieux; leur généreuse affection adoucit toutes mes douleurs. Mon sort est aussi heureux qu'il peut l'être dans ma position après tant d'épreuves. Dieu m'aide encore puissamment.

Pour des livres, je n'en ai plus fait,—du moins je n'en ai plus achevé. J'ai quelques matériaux informes; je passe des mois sans pouvoir m'en occuper. Si une petite pièce de vers sort de temps en temps de ma plume, c'est quelque bagatelle que je n'ai pu refuser à un ami, à un enfant, à une circonstance.—Ma biographie est restée en silence; je ne suis pas pressé de l'en faire sortir.—Vous me demandez si votre édition illustrée peut conserver l'avantage des chapitres inédits. Oui certes, et même je vous dirai que M. de Villeneuve Bargemont, que j'estime infiniment, et ses amis m'ont écrit, m'ont fait écrire pour m'engager à mettre aussi ces chapitres ou d'autres à leur disposition. J'ai aussitôt répondu négativement.

Adieu, ne m'oubliez point. Puissiez-vous bientôt ajouter à votre bonheur celui si doux d'être père !

A quel titre êtes-vous actuellement près du prince? Vous ne me l'avez pas dit.

Faites-moi la grâce de faire avoir la lettre ci-jointe à M. Andryane, dont le souvenir m'est toujours cher.

Je suis, avec les sentiments de la plus parfaite estime, votre ami, Silvio Pellico. *

CXCIV

AU PROFESSEUR PIER ALESSANDRO PARAVIA.

Vigna Barolo, 30 mai 1843.

Très-estimable chevalier,

Je n'ai pas l'habitude de donner des autographes, mais il faut bien que j'obéisse lorsqu'on m'en demande avec tant de bonne grâce. Seulement, au lieu de m'écrire deux lignes, cher Paravia, pourquoi n'avez-vous pas eu la pensée de faire une course jusqu'à cette charmante colline? Vous m'auriez fait plaisir, et la respectable marquise de Barolo, qui le sait, a précisément la bonté de me dire que je vous écrive de venir un jour dîner ici avec Prati. Le dîner est à cinq heures; ce sera pour moi une douce distraction que de passer quelques heures avec deux hommes dont j'estime si particulièrement le mérite distingué. —Prenez donc jour, mais faites-moi la grâce de m'avertir à l'avance, par un billet que vous laisserez au concierge du palais Barolo. Je tiens à cet avis parce que Mme la marquise va parfois à Turin, et que j'y vais aussi; et je ne voudrais pas vous voir tomber à la Vigna pendant que nous n'y serions pas.

Mes respectueux hommages, je vous prie, à Mme la comtesse Lalaing et au docteur Gaston.

Saluez, de ma part, notre ami Prati.

En attendant Votre très-chère Seigneurie, en compagnie de l'ami poëte, j'ai l'honneur de, etc.

CXCV

A PIETRO GIURIA[1].

14 juin 1843.

Très-cher Giuria,

Je te renvoie le papier signé.—Ma santé n'est pas brillante, et jusqu'ici je n'ai rien gagné à respirer l'air de la campagne ; si je vais mieux avec la chaleur, c'est ce que nous verrons. Je ne me fais pas d'illusion, et je sais que l'une des manies les plus inutiles est celle qu'ont tant de gens de vouloir toujours se médicamenter, se fortifier, guérir, rajeunir. Le parti le plus simple et le plus juste c'est de faire tranquillement usage de quelques précautions appropriées au besoin de chacun, et ensuite de se résigner à souffrir ces maux qui sont inévitables.—Je n'aime pas qu'on ait voulu représenter la belle, mais irreprésentable tragédie d'*Adelchi*, et j'aime encore moins la grossière irrévérence du public. J'approuve ce juste milieu que tu indiques : le difficile consiste à savoir le discerner avec pénétration, en devinant dans chaque application ce que désire notre public, et ce que com-

---

[1] Du livre *Silvio Pellico e il suo tempo*, considérations de Pietro Giuria.—Voghera, tip. Gatti, 1854.

(Note de l'Éditeur.)

mande le respect de l'art; accord mystérieux, que chaque auteur s'imagine rencontrer d'une manière sûre, ce qui ne l'empêche pas ensuite de trébucher. J'ai la confiance que si tu tentes l'aventure tu réussiras. Courage donc! Essaie tes forces. Ton esprit a une puissance peu commune. Les difficultés sont grandes, mais, mieux que tant d'autres, tu peux les surmonter.

Le roman de *Fea* est très-délicat et mérite qu'on le loue. Écrire ainsi c'est faire preuve d'une âme noble et d'une capacité remarquable.

Je t'embrasse, et suis ton bien affectionné, Silvio.

CXCVI

A PIETRO BORSIERI.

Turin, 17 juin 1843.

Très-cher Borsieri,

Non, en vérité, ce n'a pas été un *éloquent silence* que celui que j'ai gardé sur ta préface. Elle est digne, d'éloges, et si je me suis tu, c'est que le roman m'ayant très-fort intéressé, il en est résulté que mon défaut de mémoire m'a fait oublier ensuite de te dire out le plaisir que m'avait fait la belle préface qui analyse et juge le récit. J'ai admiré dans ces premières pages le talent, la justesse, le style, trouvant d'ailleurs tout naturel que tu écrives ainsi, parce que tu ne saurais écrire sans âme et sans grâce.

La consolation que j'ai goûtée à passer quelques heures avec notre Confalonieri a été mêlée de chagrin, quand je l'ai vu atteint d'une oppression de poitrine : nous souffrons du même mal, quoiqu'il ait tant de force et moi tant de faiblesse.

Adieu, très-cher ami, salue de ma part tes sœurs et les amis.

CXCVII

A GIUSEPPINA PELLICO.

8 juillet 1843.

✻ Ma chère Joséphine,

J'ai reçu ta bonne lettre : sois tranquille sur mes petits maux, et ne crois pas que je les aime avec passion. La chaleur me fait du bien ; je me porte tous les jours mieux : réjouis-toi donc à mon égard et réjouis-toi de même à l'égard de notre bon révérend père Feraudi qui se trouve bien aussi. Il t'aura écrit, mais j'ajoute ici une lettre de lui que je viens de recevoir.

Et, puisque je fais un paquet, je te renvoie en même temps la petite lettre qu'il t'écrivit, et que tu m'as communiquée.

J'ai été voir Mᵐᵉ Cantamessa, et pendant que je montais lentement l'escalier, un jeune homme plus dégagé que moi m'a rejoint : c'était le charmant avocat Daviso. Nous sommes entrés ensemble ; Mˡˡᵉ Daviso Gabriele était là : elle nous introduisit dans la salle où Mᵐᵉ Cantamessa se trouvait ; nous causâmes de tout ce qui nous intéresse, et surtout de Magna, du baron, des anges et même de toi. La conversation se tourna sur le retour de Mˡˡᵉ Daviso à Quiers où sa chère tante l'attend. La demoiselle croyait que son frère pourrait l'y accompagner lundi ; mais pas du tout : le

charmant avocat s'est laissé séduire par Mme Cantamessa, qui demande en grâce un retard. En vain la
bonne demoiselle a insisté ; son frère, inexorable , a
conclu qu'il lui serait impossible d'aller à Quiers,
lundi. Mme Cantamessa est toute triomphante d'avoir
encore le bonheur de garder chez elle, jusqu'à mardi
au moins, cette céleste créature qu'elle aime tant !

J'ai promis de te l'écrire, afin que tu tranquillises
Magna sur ce petit retard.

Adieu, chère Joséphine ; Mme Cantamessa te dit bien
des choses amicales ; elle salue de tout son cœur la
bonne maison Daviso : la demoiselle y joint ses ten-
dresses à papa, à Magna, à ses chères sœurs et à toi.

Je t'embrasse et suis ton affectionné frère, Silvio ✱.

CXCVIII

AU CHEVALIER CESARE CANTU.

Août 1843.

Continuez et prenez courage : il faut une grande
abnégation , de grands sacrifices pour écrire aujour-
d'hui en Italie ! Les moindres obstacles vous viendront
des puissants ; mais la postérité et le bon Dieu vous
tiendront compte du courage avec lequel vous procla-
mez si franchement une vérité que le siècle méconnaît et abhorre.

Votre ami Collombert s'est lancé sur une mer où
beaucoup ont fait naufrage. Le temps n'est pas encore
venu de dire la vérité au sujet des jésuites : jusqu'à
présent, ils sont le point de mire d'une haine inextin-
guible — et d'un amour exalté.

Comment traduisent les Français, je le sais par expérience. Mais ces fragments ajoutés je voudrais ne les avoir jamais écrits, et je regrette qu'ils se répandent [1] : c'était le fruit amer des coups que m'avaient portés des écrivains de notre pays; mais, cher Cantù, avec la colère, on n'arrive à rien; il faut pardonner : c'est par là qu'on acquiert la paix dans cette vie, et la propitiation pour l'autre.

CXCIX

A Mme D. ELVIRA GIAMPIERI ROSSI, A FLORENCE.

Turin, 6 septembre 1843.

Très-estimable dame,

Tous les autres malheurs se rapetissent à nos yeux, lorsque nous perdons des personnes chères : je le sais par expérience, ayant perdu dans ces dernières années, et à des époques rapprochées, ma mère, ensuite mon père, puis un frère qui avait été le compagnon de mon enfance, et toute sa vie un tendre ami pour moi. Après les angoisses de a prison, je vivais heureux par l'amour de ces trois cœurs excellents. La

---

[1] Nous n'aimérions pas à rechercher sur qui tombe cette allusion de Silvio aux traducteurs français; mais quant au regret qu'il exprime ici de la publicité donnée en France aux chapitres ajoutés par lui à son livre, on voudra bien se rappeler que ces chapitres furent spontanément offerts avec la permission, — j'oserais presque dire avec l'invitation de les publier. — *V.* les lettres CXII et CXXI. Entre ces deux lettres, un peu d'hésitation était venue, mais elle avait été aussitôt écartée. — *V.* encore les lettres CXCIII et autres. (*Note du Traducteur.*)

solitude où je me trouve sans eux est toujours douloureuse, quoiqu'il ne semble pas que je sois solitaire. Je vois du monde ; je rends justice à l'amitié qu'on me témoigne ; mais rien ne compense la perte de mes parents et de ce frère ; et c'est pour l'âme une solitude, une cessation du bonheur. Dans des temps antérieurs, j'avais perdu également d'autres personnes chèrement aimées. J'ai connu de ces sacrifices dont on ne saurait dire l'amertume : c'est pourquoi, Madame, la nouvelle que vous me donnez du coup cruel qui a déchiré votre cœur éveille en moi la plus profonde compassion. Pauvre femme ! quelle douleur de voir s'éteindre le fidèle compagnon de sa vie ! et un homme d'une bonté si rare ! un homme digne de la plus tendre estime ! A chaque mot de votre lettre, je sens s'accroître l'intensité de votre douleur, et je pleure avec vous. Non, infortunée dame, pour un si grand malheur, il n'est pas de consolations humaines. Il vous reste bien des fils que vous chérissez, et d'autres personnes qui ont pour vous le plus vif attachement : leur affection répandra quelque douceur sur les jours de votre veuvage. Mais cet homme aimé et vénéré vous manquera toujours, et il est bien juste que vous le pleuriez et que vous vous aperceviez que la terre ne peut vous consoler.

Que sont même les paroles de la plus sincère sympathie, les entretiens de l'amitié compatissante, les distractions, les lectures attachantes ? Soulagement d'une heure, si faible, si insuffisant ! Ah ! désormais, appuyons-nous sur le seul et vrai support des affligés ! Au milieu des larmes que vous m'arrachez, j'aime à lire tout ce qu'il y a de religieux dans votre lettre. Votre âme est pleine de foi : recourez sans cesse à Jésus, recourez à Marie ; pénétrez-vous plus que jamais de cette humble sagesse catholique qui nous dit tant de vérités, qui nous désabuse de toutes les choses éphémères, qui nous enseigne à nous conformer à la volonté de Dieu. Il n'y a pas autre chose à faire que d'embrasser la croix, de prier, d'aimer jusqu'à la mort. Bientôt, nous-mêmes, nous serons appelés ; bientôt nous retrouverons, pour ne plus nous en séparer jamais, si nous profitons des grâces divines, les chères âmes qui sont dans la véritable vie. L'affection n'est pas une faute, mais en deviendrait une, si nous nous désespérions, si nous mettions en oubli la résignation filiale, qui est un de nos devoirs envers le Père céleste. — Je ne puis rien vous dire que vous ne connaissiez, en ce qui me concerne, mais je vous assure que votre malheur m'a profondément ému, et que je supplie le Seigneur de vous venir en aide.

Le bon abbé Biollé, qui m'a remis votre lettre, m'a beaucoup parlé de vous.

Rappelez-moi, je vous prie, au souvenir de madame votre fille, dont je me représente toute l'affliction, comme aussi celle de vos autres enfants.

J'ose, Madame, me recommander à vos prières : prions l'un pour l'autre, approchons nos âmes de Dieu ; sachons supporter cette vie de tribulations, mais en élevant notre cœur vers le ciel !

Votre très-dévoué serviteur, Silvio Pellico.

CC

A PIETRO GIURIA[1].

Vigna Barolo, 17 septembre 1843.

Très-cher Giuria ,

Pour répondre à ta bonne lettre , je commence par me réjouir de ton heureux retour ; j'appris tard ton départ pour Savone , et c'est pourquoi je t'adressai mon remerciement à Turin , quand tu m'envoyas ce cher livre de tes Traductions ; mon billet t'aura été renvoyé. Je lirai le recueil de poésies que tu m'annonces, et je goûterai entr'autres les vers de M. Crocco, dont la bienveillance me touche. Ce cas que tu en fais m'inspire pour son talent une estime particulière ; — tu sais ce que je pense de ton propre talent ; c'est te dire que j'espère trouver beaucoup de beautés dans les compositions que tu prépares. Si tu te hasardes à la poésie tragique, étudie bien ce qu'on appelle l'effet théâtral, c'est-à-dire l'art très-difficile de disposer un sujet sans longueur , sans obscurité, et avec tout le feu de la passion. Je n'ai jamais trouvé assez poétique cette opinion par laquelle certains critiques veulent, quant au choix des sujets, qu'ils soient exclusivement modernes ou italiens, ou bien au contraire uniquement tirés de l'antiquité ou de la mythologie. Ces dogmes d'une critique absolue, et tout d'une pièce, me paraissent misérables. Une imagination puissante peut emprunter ses inspirations à la fable ou à l'his-

---

[1] Du livre *Silvio.Pellico e il suo tempo*, considérations de Pietro Giuria —Voghera, tip. Gatti, 1854.   (*Note de l'Editeur.*)

toire, pourvu que le sujet choisi offre un champ vaste à la peinture des passions humaines. Seulement on pourrait dire que les faits mythologiques et ceux de l'histoire ancienne ont déjà été traités par beaucoup de poëtes, et qu'il est difficile de les traiter de nouveau avec succès. Mais qu'on les condamne, qu'on les exclue, je ne le comprends pas. Les intelligences créatrices ne doivent pas reconnaître de pareilles exclusions : elles volent, comme les aigles, par le monde entier, et se posent où il leur plaît.

Ceci établi, j'accorde que les faits nationaux, et ceux des temps voisins de nous ou peu éloignés, s'ils sont mis en œuvre par des poëtes de mérite, sont bien attrayants.—Finalement, en critique, je suis l'ennemi des exclusions. J'aime le beau, qu'il me vienne de personnages mythologiques, grecs, romains, du moyen âge, etc. Je ne repousse que le laid esthétique, et le laid moral, et la mesquinerie de pensées et de sentiments. Tu me demandes si j'aurais un argument à te suggérer. Non, parce qu'il me semble qu'il y en a des milliers, et qu'on peut les tirer des sources les plus variées, et même du fonds inépuisable de la faculté inventive. C'est au poëte à se prendre de passion pour un sujet. Courage donc! Enflamme-toi pour *Ali pacha de Janina*, ou pour un autre, et fais-moi une bonne grande tragédie, si tu peux. Prends garde seulement que les sujets qui mettent en jeu les nationalités ou les passions politiques sont bien délicats, et que le plus souvent ils ne sont pas de nature à être représentés, surtout s'ils appartiennent à l'histoire tout à fait moderne.

Adieu, mon ami, ne te laisse pas dominer par l'influence des absolutistes d'aucune espèce, mais étudie les grands modèles, étudie le cœur humain, étudie l'art et écris.

Ma santé est comme à l'ordinaire. — Je lis, je pense, j'aime mes amis, je ne hais personne, je respecte les opinions d'autrui, et je garde les miennes. Voici ma vie, non sans douleurs, mais non sans consolations. Ton bien affectionné.

P. S. Si tu m'écris pendant que je suis à la *Vigna*, mets toujours l'adresse ordinaire : *A Silvio Pellico, Turin*. La lettre m'arrivera ainsi promptement.

CCI

A GIUSEPPINA PELLICO.

21 septembre 1843.

* Ma chère Joséphine,

Veux-tu une bonne nouvelle? en veux-tu deux? en veux-tu trois? Par laquelle faut-il commencer? Je te dirai d'abord que je me porte assez bien, ensuite que j'ai reçu avec plaisir votre chère lettre, car notre excellent révérend Père me donne des nouvelles consolantes de sa santé et de la tienne. Tu comprends bien qu'un de mes plaisirs les plus vifs, c'est quand je reçois vos aimables lettres. Tout ce que vos cœurs si bienveillants m'adressent me réjouit toujours; et comme avec le caractère que Dieu m'a donné ce serait pour moi un véritable malheur d'avoir une sœur sans affection, il en résulte que ton amitié, ta douceur, ton égalité, je les apprécie infiniment. Que dirai-je du

bien-aimé révérend Père à qui nous avons tant d'obligations? Mais il me semble que j'ai bavardé dans toute
la page précédente sans avoir tout dit. Aurais-je encore
quelque bonne nouvelle à ajouter? Il faut que j'y
pense, que je fasse l'énumération et la revue de mes
idées. A force de chercher dans ma mémoire, je trou-
verai peut-être ce qui me reste à te dire. Aide-moi,
suggère-moi.

Est-ce que François m'a écrit qu'il viendra bientôt
nous voir? Non, il ne m'a rien écrit, il est tout simplement venu sans m'en demander la permission. Ses
supérieurs l'ont envoyé à Turin; il y est arrivé bien
portant, joyeux et triomphant, enchanté de tout, et
surtout de son large chapeau de jésuite.

As-tu enfin compris? Faut-il que je me fasse suer
de fatigue à t'expliquer qu'il est ici? N'as-tu pas
honte de me faire tant parler avant de me comprendre? Adieu, je te fais ma révérence, François te fait
la sienne, nous en faisons cinquante à notre cher
père Feraudi, puis cinquante à la maison Daviso. Le
bonjour à notre bonne Ciceri, que j'espère guérie,
grâce à notre saint docteur et ami.

Adieu. Vive la joie! Vivent dans nos cœurs Jésus
et Marie! *

CCII

A PIETRO GIURIA [1].

Turin, 21 septembre 1843.

Cher Giuria,

Venu ce matin pour peu d'heures à Turin, j'ai trouvé ta lettre et l'opuscule. On m'avait dit le succès de la *Gismonda,* mais je te remercie de tout mon cœur de ton empressement à m'en donner aussitôt la nouvelle. Tu es trop partial en ma faveur, et ce cher défaut de ton cœur aura contribué à te faire goûter cette tragédie. Quoi qu'il en soit, j'apprécie ton suffrage, et celui du public, et je me félicite de ce que le mérite de la Santoni et de sa compagnie m'est également venu en aide.—J'ai lu avec amour les vers de Crocco ; je lirai les autres, et quand nous nous verrons je te rendrai l'opuscule. Ce chant est beau et développé avec la simplicité d'un talent supérieur, avec élévation et noblesse. Il me ferait aimer l'auteur, et tu m'y excites aussi par le bien que tu me dis de lui.

—Je n'ai pas le loisir de t'écrire longuement. Corrige-toi ami, ne t'emporte pas contre les malheureux qui sentent faiblement ou qui sentent grossièrement : plaignons-les et marchons en avant dans le sentier de l'honneur.—Laisse pour quelque temps dans leur obscurité le peu qui me reste de mes griffonnages inédits. Je n'ai rien de limé, ni rien peut-être qui mérite de voir jamais la lumière. Nous verrons.—Je t'embrasse et suis ton Silvio.

[1] Du livre *Silvio Pellico e il suo tempo,* considérations de Piétro Giuria.—Voghera, tip. Gatti, 1854. (*Note de l'Éditeur.*)

CCIII

A LA COMTESSE OTTAVIA MASINO
DI MOMBELLO.

25 septembre 1843.

Madame et digne comtesse,

En même temps que je vous prie de remettre la lettre ci-jointe à votre noble amie, Mlle Sassernò, ou de la lui envoyer si déjà elle était partie, permettez, très-aimable comtesse, que je vous demande des nouvelles de votre santé, et de celle de M. le comte. Je sais qu'il a été assez malade, mais j'espère que ce n'auront pas été de sérieuses indispositions, et je demande au ciel, pour vous deux, une santé bonne et constante. J'imagine que vous serez encore dans la grande occupation du déménagement, et je voudrais vous savoir entièrement libre de cet embarras. Je ne vois pas venir le bienheureux jour où je vous saurai établie dans votre nouveau domicile, et où je pourrai vous y porter mes hommages, et me féliciter avec vous de la satisfaction que doit vous donner une position si belle. Les joies de ce monde sont si peu nombreuses ! Celle de se voir bien logé en est une qui dure et dont on jouit beaucoup, et qui doit contribuer à la santé. M. le comte et madame la comtesse éprouveront, j'en suis persuadé, un effet salutaire d'avoir leur maison dans une situation si riante. Il me semble que cet avantage est de ceux que doit sentir surtout un peintre, une âme toute poétique et éprise du beau. Mais, je vous prie, jusqu'à quand restez-vous à la campagne? à quelle villa donnez-vous maintenant la préférence?—Moi, je suis à la Vigna Barolo; mais, en dépit de l'air que tout le monde proclame excellent, je suis dans un pauvre état de santé; je respire péniblement, je ne dors pas : il faut de la patience. — Nous retournerons à Turin vers la Toussaint, ou peut-être avant, selon le temps qu'il fera.

J'aurais éprouvé une bien vive joie à pouvoir aller vous rendre mes hommages à Grugliasco ou à Quiers. Ce désir n'a pu être réalisé : ce qui m'a privé en même temps du plaisir de revoir notre insigne poétesse de Nice [1] qui, vraisemblablement, aura passé quelques jours avec vous. Cette dame, si aimable, m'a honoré d'une lettre qui me confond. J'ai pitié de moi-même, quand je vois certaines âmes d'élite me juger avec tant de faveur, tandis que je vaux si peu! J'aime pourtant, je le confesse, leur extrême indulgence, et partant je vous prie, Madame la comtesse, de me conserver toute la vôtre. Grâce à cette bienveillance, je puis espérer qu'elles se souviendront quelquefois de moi dans leurs prières.

Ayez, je vous prie, la bonté d'offrir à M. le comte mes affectueux compliments.

J'ai l'honneur d'être, avec les sentiments de respect et d'amitié que vous me connaissez, votre etc.

---

[1] Mlle Agata-Sofia Sasserno, dont il vient d'être parlé.

(Note de l'Editeur.)

CCIV

A CARLOTTA MARCHIONNI.

26 septembre 1843.

Aimable et excellente Carlotta,

Pendant que tu m'écrivais la plus aimable des lettres, j'étais fort péniblement travaillé d'une oppression de poitrine, maladie qui, chez moi, se renouvelle souvent et qui ne manque jamais de me faire, en automne, de plus rudes caresses. Ce misérable état de mes poumons usés fut cause du retard que je dus mettre à t'écrire deux mots de remerciement. A présent, je suis un peu soulagé. — Combien tu es toujours bonne ! Que tu m'as fait plaisir, en me donnant de tes nouvelles, en me parlant du voyage à Saluces et de tous ses motifs ! Il était digne de toi de venir en aide, par une généreuse représentation, à de braves gens qui ne sont pas heureux. Tu es toujours la même, toujours prête à secourir, et en pareil cas tu cours à la fatigue sans charité pour toi-même, sachant bien que ta santé délicate en souffrira. Dieu veuille que cette fois tes nerfs n'aient pas été mis à trop rude épreuve ! Je caresse cette espérance, et en attendant, je me félicite de ce que cette occasion a procuré à Saluces le plaisir d'admirer de nouveau ton sublime génie tragique. Tu me rends trop orgueilleux, par le choix que tu as fait de la *Gismonda* pour cette représentation. J'ai encore présentes ces belles soirées d'il y a dix ans, quand je te vis porter sur la scène cette tragédie que tu sentais si profondément. Oh ! quelle

âme! oh! comme le caractère de la pauvre Gismonda
fut par toi compris et retracé avec vérité!—Mais dans
beaucoup d'autres tragédies, dont les auteurs valent
mieux que moi, tu avais de fort beaux rôles, où tu
pouvais briller d'un plus vif éclat, et néanmoins, ton
choix est tombé sur ma tragédie. Le sentiment de
l'amitié et la noblesse du cœur l'ont emporté chez toi
sur toute autre considération. Tu as donc bien raison
dans cette circonstance encore de m'appeler ton frère,
puisque ta bonté est vraiment celle d'une sœur. Cela
me rend joyeux et je t'en sais un gré infini. J'admire
en toi, non-seulement la grande actrice, mais une
amie digne de toute estime.—Ah! pourquoi n'ai-je
pas une santé meilleure? pourquoi n'ai-je pu voler à
ma cité natale? Il faut prendre patience! ma vie
actuelle est celle d'un homme plus ou moins infirme.
Il est rare que je puisse me transporter d'une ville à
l'autre; le mouvement me détraque cruellement. Dès
que j'aurai un peu de force, j'irai te remercier en personne et tu me raconteras tes triomphes de Saluces.
En attendant, je te baise fraternellement la main, et
celle aussi de l'excellente Gegia.

CCV

A Mme LA COMTESSE OTTAVIA MASINO
DI MOMBELLO.

Vigna Bàrolo, 4 octobre 1843.

Madame la comtesse,

J'eusse voulu mettre plus d'empressement à vous
remercier d'une lettre aussi cordiale et aussi bonne

que celle dont Votre Seigneurie s'est plu à m'honorer;
mais en dépit de ces journées si belles, l'automne a
commencé trop crûment pour moi, et dès lors les
oppressions de poitrine auxquelles je suis sujet ont
augmenté de violence pendant plusieurs jours; le mal
maintenant se dispose à décroître, mais je ne respire
pas encore librement, et il me reste une toux fati-
gante. Je me vois donc dans l'impossibilité d'exécuter
le projet que j'aurais eu de faire une visite d'automne
à ma chère sœur. Oh! comme j'eusse saisi avec joie
l'occasion de ce voyage à Quiers pour me procurer le
bonheur de vous offrir mes hommages, Madame la
comtesse, ainsi qu'à M. le comte. Vous avez la bonté de
m'inviter dans les termes les plus aimables et les plus
affectueux, et j'en suis bien reconnaissant. Je n'en ai
que plus de regret de ne pouvoir répondre de fait à un
si généreux appel. L'idée de ne pas voir M. le comte,
qui, comme vous, m'honore de tant de bienveillance,
entre aussi pour beaucoup dans ce regret. Veuillez, je
vous prie, le lui dire, et aussi l'assurer des vœux que
je forme pour que sa santé s'améliore. Je vois avec
peine qu'il ait eu à endurer des douleurs si vives, et
une si noire mélancolie. Mais le voilà guéri, il faut en
remercier le ciel. Oh! pauvres que vous étiez, l'un et
l'autre! lui, en proie à ces souffrances, pendant que
vous, vous aviez un bras disloqué, entre tant d'autres
tribulations et inquiétudes! En vérité, cette accumu-
lation de maux a été accablante, et je comprends que
la triste tentation du découragement ait cherché à
s'emparer de vos âmes. Mais grâce à Dieu, ce sont des
âmes hautement chrétiennes. Le Seigneur les a soute-

nues et ne cessera de les soutenir. Appuyons-nous sur celui qui seul peut nous servir d'appui, et nous trouverons dans nos peines elles-mêmes une sorte de joie sainte, parce que nous serons assurés de lui plaire en lui faisant un holocauste de toute chose. C'est une vérité que je sais dire, mais je confesse que je ne sais guère la mettre en pratique. Oh ! que nous sommes faibles et inconséquents ! Nous savons qu'il faut aimer la croix, et nous l'aimons si peu ! Jésus et Marié, aidez-nous à la porter, et pardonnez-nous les faiblesses qui nous échappent.

Je vous remercie d'avoir fait mettre à la poste ma lettre pour mademoiselle Sassernò. Si vous lui écrivez, faites-moi la grâce de lui dire l'estime particulière que je fais de son talent. Je me réjouis de voir M. Gando entrer *in sacris*. Prions pour lui. C'est une grande mission que celle de prêtre ! mais tout porte à croire que ce jeune homme est un élu de Dieu. Heureuse l'Église, heureux le monde si tous les prêtres étaient ce que demande leur ministère.

Je m'arrête, je n'ai pas même la force d'écrire longtemps. Vous connaissez, ainsi que monsieur le comte, mes sentiments d'estime et de dévouement. C'est avec ces sentiments que je me dis, etc.

CCVI

AU PROFESSEUR A. IGHINA.

Turin, 12 novembre 1843.

Très-cher et estimable professeur,

Le révérend père Philippo Grosso da Santià, mineur

de l'Observance et missionnaire apostolique, revenant de la Chine, se rend à Nice en passant par Mondovi. Ce quasi-martyr a la santé ruinée; il a été ici pendant quelques jours l'hôte de Madame la marquise. Tous le vénèrent, et je le vénère et l'aime comme tout le monde. Je lui ai parlé du docte théologien, de l'excellent professeur Ighina; c'est pourquoi je vous écris ces deux lignes avec le désir que vous vous connaissiez l'un l'autre. Si par malheur ce digne religieux tombait malade en route, et qu'il dût s'arrêter un peu à Mondovi, je prierais Votre Seigneurie de me donner de ses nouvelles, d'autant plus qu'il a parfois les bras et les mains endoloris, et qu'il a de la peine à écrire.—La santé de Madame la marquise a été jusqu'ici supportable : nous espérons que, cette année, elle pourra passer l'hiver sans être malade. Quant à moi, je n'ai pas la respiration bien forte, mais j'ai été pire en octobre, et en ce moment je ne puis pas me plaindre. Quand vous écrirez à votre respectable père, veuillez lui présenter mes devoirs. —Vous aurez reçu un petit paquet que m'a envoyé pour vous notre père Degioanni : je l'ai fait remettre à M. l'avocat Nasi, il y a déjà plusieurs jours.

Portez-vous bien, continuez-moi vos bonnes grâces, et en même temps que je vous présente les respects de Madame la marquise, agréez également ceux de votre très-humble et très-dévoué serviteur.

CCVII

A CARLOTTA MARCHIONNI.

Turin, 8 décembre 1843.

Charmante et excellente amie,

Tu ne sais pas former une pensée qui ne soit aimable, et telle est encore la demande que tu m'adresses. Si j'avais parmi mes paperasses (que j'ai en vain retournées) un manuscrit de ma *Francesca da Rimini*, je serais heureux de le mettre à tes pieds. Nulle chose au monde n'est plus tienne que cette tragédie à laquelle ton génie a donné la gloire[1]. Peut-être serait-elle demeurée obscure si je n'avais eu la bonne fortune de rencontrer en toi une si grande actrice, qui savait donner une haute valeur même aux plus faibles productions. Les applaudissements de toute l'Italie, qui n'étaient dus qu'à toi, rejaillirent sur ton ami le poëte, et je me suis toujours fait un devoir de le proclamer. Ceux qui, en parlant de nous, nous nommaient le frère et la sœur, n'étaient que justes en cela, et mon cœur confirmait un bruit qui souriait si bien à ma naissante renommée. Mes autres

---

[1] On ne s'étonnera pas de voir ce retour de la Marchionni et de Silvio Pellico vers la *Francesca da Rimini* qui fut, pour l'un comme pour l'autre, le premier titre à la renommée. Cette tragédie est restée le chef-d'œuvre poétique de Silvio. Voici ce que Stendhal en écrivait vers 1823 : « Il y a du charme et de l'amour véritable dans la *Francesca da Rimini* du pauvre Pellico. C'est ce que j'ai vu de plus semblable à Racine. »

(*Note du Traducteur.*)

tragédies, comme la *Francesca*, reçurent de toi un grand éclat, et il ne te suffit pas de me faire honneur sur les plus grands théâtres, tu as voulu encore récemment faire retentir ma ville natale de mon nom confondu avec le tien. Inhabile à te rendre grâce, j'eusse du moins ressenti de la joie si j'avais pu retrouver ce vieux manuscrit désiré, que tu voulais garder en souvenir des premiers temps de notre amitié. Je voudrais en échange t'offrir un exemplaire de quelques-unes des éditions de cette tragédie; et, vois la fatalité! je n'en trouve chez aucun libraire. Je me procurerai cet exemplaire, et j'aurai le plaisir de te le porter. Un jour enfin,—mais je ne sais quand,—je m'occuperai à limer un peu mes compositions tragiques et autres, et je verrai à faire une édition du tout. Mais pour cela, il me faudrait de la santé. La plupart du temps je ne peux même écrire, je respire avec effort, et ainsi se passent les semaines et les mois. Toi, Carlotta, et la bonne Gegia avec toi, toutes deux si bienveillantes pour votre Pellico, dites en ma faveur quelque sainte parole au Seigneur, pour que du moins il m'accorde de souffrir avec une âme patiente et forte.

Je vous salue toutes deux avec ces sentiments ineffaçables d'estime et d'amitié que vous me connaissez.

Adieu, excellente Carlotta, crois-moi ce que je serai toujours, ton admirateur et ton ami.

CCVIII

AU PÈRE GIAN GIOSEFFO BOGLINO.

19 décembre 1843.

Cher Boglino,

Dans l'après-midi, je suis d'ordinaire chez moi de trois à cinq; plus tard, et après le dîner, je ne puis plus recevoir personne, par la nécessité où je suis de me recueillir bientôt dans un repos et un silence ab-solus, à cause de ma difficulté à respirer. Je regrette que tu sois tombé ici dans un moment où je n'y étais pas. Je te remercie, toi et tous les nobles cœurs qui ont pour moi de la bienveillance. Je suis fier de pou-voir compter dans le nombre madame Giulia, ce grand poëte dont tu me parles. Offre-lui mes respects et remercie-la de la *Strenna Piemontese* que tu m'an-nonces. L'ode à la Vierge Marie, publiée dans la *Strenna*, est sans doute celle qui est adressée à la Ma-done de la Salve, composition d'un mérite supérieur. L'illustre dame plaisante, ou c'est toi qui plaisantes pour elle, en me demandant une note des fautes qui lui seraient échappées, ou de généreux conseils. Quand on écrit avec cette puissance et cette supério-rité, on n'a nul besoin d'un pédagogue, comme je pourrais l'être : j'aime mieux être son admirateur.

J'écrivis au cher Gioberti [1], lorsque parut *il Pri-mato*, pour lui dire deux choses vraies, savoir : ma

---

[1] Ce serait peut-être le moment d'entrer dans quelques détails sur les rapports qu'eurent entre eux Silvio Pellico et l'abbé Gioberti. Mais les orages de leur amitié ont répandu trop d'a-

reconnaissance et mon regret. Il me faisait trop d'honneur dans cette belle, mais archi-amicale dédicace : que ne s'en tenait-il, du moins, à cet excès de générosité ! c'était déjà énorme. Je vais lui écrire maintenant, à l'occasion de son livre *Del buono*, et de la part qu'il me fait dans l'*Avvertenza*. De nouveau, je lui suis reconnaissant : mais, si j'avais du cœur, je le gronderais : il n'est dans mes goûts ni de me plaindre moi-même de ceux qui me regardent comme un imbécile et un bigot, ni de me voir si chaudement défendu ; je suis content de ceux qui m'aiment et me supportent, et je ne me tourmente pas si quelques autres me dénigrent.

Je m'afflige avec toi de la perte que tu as faite sur la terre de deux âmes qui t'étaient bien chères. Il est si amer de survivre ! Cherchons notre consolation dans la sainte espérance de la religion. Il est court le temps qui nous sépare des jours éternels où tant d'êtres aimés nous attendent ! Prions pour qu'ils reposent en paix.

Je t'embrasse, et je suis ton ami le plus affectionné.

mertume sur quelques-unes des dernières années de Silvio pour que je n'aie pas dû en parler avec un peu d'étendue dans mon Introduction. L'on remarquera d'ailleurs, en lisant les lettres, que tout ce qui concerne cet épisode se comprend sans commentaire.

(Note du Traducteur.)

CCIX

A GIORGIO BRIANO[1].

1843.

Mon cher Briano,

Ce temps-ci a le grand mérite d'avoir renoncé au culte de la mythologie; mais les choses vraiment supérieures qu'il a produites en Italie sont rares, à mon avis. Je n'en connais qu'une qui surpasse les nobles productions de l'époque antérieure, et c'est le roman de Manzoni . c'est là une œuvre colossale, unique. Nos autres ouvrages peuvent mériter des éloges, mais je n'affirmerai pas qu'ils surpassent en valeur ce qu'ont écrit les Cesarotti, les Alfieri, les Parini, etc.

Ippolito Pindemonte a été, dans le temps qui a précédé le nôtre, un poëte penseur, d'une trempe vigoureuse et suave, d'une trempe chrétienne...

Giovanni Pindemonte a été un tragique un peu trop prompt et irréfléchi, mais fort, passionné, ingénieux...

J'admire aussi Botta; mais je l'envisage d'un œil plus sévère.. Je regrette qu'il ne cite pas les sources, qu'il en choisisse quelquefois de douteuses, et quelquefois aussi qu'il néglige la critique et les convenances. Ses passions contre Rome le poussent à des jugements dangereux, mais le style est magnifique et véritablement entraînant.

L'*Avvertenza* que Gioberti a mise en tête de son

---

[1] De la *Revista contemporanea*, XIIe livraison. Turin, 1854.

(Note de l'Editeur.)

livre *del Buono* est l'épanchement d'une âme affligée et digne d'un meilleur sort. A sa place, il me semble que je ne m'inquiéterais pas ainsi : je ne prendrais aucun souci de mes adversaires, et j'irais droit devant moi. De toute façon, je plains et respecte celui qui, se sentant injustement blessé, ne sait pas contenir un cri de douleur, qu'il *ferait mieux cependant de réprimer*.

Le livre de Balbo, *Le Speranze d'Italia*, m'a grandement satisfait, précisément parce qu'il y a de la modération. Dans une question si haute, il faut examiner de sang-froid, et en venir à cette conclusion qui, seule, est juste : — « Soyez hommes de bien et ne vous re- « paissez pas de fausses espérances. »

Quiconque a du sens et de l'honnêteté comprend qu'il y a deux littératures : une, comme tu l'entends ; l'autre, affaire de métier et facile débit de toute espèce de marchandises : le temps fait ensuite justice à l'une et à l'autre...

L'*Adelchi* n'était pas écrit pour la scène. Les beautés de cette tragédie sont d'un ordre élevé ; mais chacun sentait qu'elle était faite pour être lue et non pour être représentée. Je m'afflige de ce que le mérite de l'auteur n'a pas inspiré du moins une sorte de religieux respect, et ce n'est pas pour Manzoni, qui ne s'en inquiète guère, mais pour l'infamie de ces dérisions[1].

---

[1] La représentation de cette tragédie eut lieu au théâtre Carignan en 1842, et par la compagnie dramatique du roi.

(Note de l'Éditeur.)

CCX

A MADAME GIULIA MOLINO-COLOMBINI.

10 janvier 1844.

Madame,

Votre estime est pour moi d'un haut prix ; et quoi-que je connaisse mon peu de valeur littéraire, je con-fesse qu'il ne m'est nullement désagréable que vous vous montriez à mon égard plus indulgente que juste. Conservez, Madame, cet aimable défaut d'être si bonne : votre génie n'en sera pas moindre, et vous aurez la douceur d'avoir plus édifié que détruit. Merci pour l'aimable étrenne ; j'ai relu avec grand amour l'hymne admirable à Marie : c'est une ode sublime. Votre bon oncle le barnabite avait bien raison, lors-qu'il me parlait avec une si noble espérance du génie de sa Giulia ! C'était un savant homme et d'un coup d'œil pénétrant, autant qu'il était modeste et doux.

Je suis tout fier des expressions bienveillantes que vous m'adressez. Pignerolles m'était bien cher parce que j'y fus porté à l'âge de quatre ans, et que j'y pas-sai une partie de mon enfance : ces lieux, maintenant, me sont devenus plus sacrés depuis qu'ils ont produit une âme de femme si poétique et si forte ; et je sais, en outre, par vos amis, que cette âme est simple, humble et pieuse. Il suffira que je cite les excellentes cousines Marchionni, et notre cher Boglino : je me joins à eux pour vous vénérer, et je suis votre très-obligé serviteur. — Vivez heureuse !

CCXI

A PIETRO BORSIERI.

Turin, 4 janvier 1844.

Très-cher Borsieri,

Sans vaines paroles, nos cœurs te souhaitent une bonne année, aussi bonne qu'il est possible. Ta lettre m'a prévenu, et je suis en retard, contre ma volonté. Je suis souvent accablé de mes incommodités. Je m'afflige, cher ami, de te savoir affligé ; je sais combien tu es aimé des Trotti : aussi est-ce avec raison que tu déplores le malheur qui les menace. Dieu veuille que ces craintes sinistres se dissipent, et que la précieuse vie de l'excellente marquise puisse se ranimer. Je prends part aussi à la douleur que tu éprouves à voir souffrir Marianna et Francesca : je fais des vœux pour que l'une et l'autre reprennent une meilleure santé. Je te prie de leur dire mille choses en mon nom, ainsi qu'à Emilia. Les croix sont inévitables : portons-les d'une âme forte et pieuse.

L'espérance de t'embrasser cet été me console. Je veux écrire à Porro, mais je ne le puis à présent. Salue de ma part, lui, ses fils et nos amis. Je t'aime toujours comme un frère, et je suis ton frère, Silvio.

CCXII

A M. LE COMTE LUIGI PORRO.

30 janvier 1844.

Très-cher Porro,

Je me réjouis sincèrement des bonnes nouvelles que

vous me donnez de vous tous, et je voudrais qu'elles
fussent encore meilleures en ce qui vous concerne,
c'est-à-dire que vous sussiez vivre sans ces petites infirmités dont vous me parliez dans votre avant-der-
nière lettre.

Je vous envoie les deux prières qui m'ont été deman-
dées par la jeune dame; j'espère qu'elles seront suivant son désir [1].

Adieu, portez-vous bien et mieux que moi, qui finis

---

[1] Voici les deux prières dont parle cette lettre et qui s'y
trouvaient jointes :

« Dieu de bonté et d'amour, qui, dans votre infinie compassion pour nous, avez voulu prendre un cœur sujet aux angoisses
humaines, un cœur qui palpitât, comme les nôtres, d'amour et
de douleur, un cœur qui, dans son ineffable perfection, connût
cependant les larmes, la tristesse et la mort! non, vous ne vous
offensez pas de ma faiblesse dans la douleur. Je suis résignée,
mais je souffre : j'accepte le calice amer, mais, comme vous, je
le bois avec une mortelle tristesse. Adoucissez cette affreuse
amertume, ou rendez-moi plus forte. Ne m'abandonnez pas au
trouble de mes pensées, apaisez-les toutes, une surtout, celle
de l'ingratitude dont a usé envers moi.... Oh! vous savez qui!
Je ne dois, ni ne puis, ni ne veux le haïr; je pardonne tout. Cependant mon pardon est mêlé d'un souvenir indigné. Délivrez-
moi de ces ressentiments, et inspirez-moi un pardon plus calme,
plus conforme à la miséricorde de votre cœur généreux. Secou-
rez, bénissez celui qui m'a tant offensée et désolée, brisez les
liens du vice qui le tiennent captif, rappelez-le au repentir, à la
conversion, au salut.

« Mon Dieu, une autre espèce de sollicitude accompagne chacun de mes pas : je suis mère, j'aime mes fils d'une tendresse
infinie. De grâce, éloignez d'eux les maladies, les peines, les
dangers, les erreurs. Parez leurs croix des fleurs de la consolation et des grâces d'un noble courage; faites qu'ils soient épris
de leurs devoirs, élevez leurs intelligences jusqu'à comprendre

l'année avec une faible respiration. Serrez pour moi la main à tous ceux de votre maison, y compris le marmot, mais sans le faire pleurer. Aimez votre vieil et tendre ami, Silvio Pellico.

la religion dans toute sa beauté, jusqu'à la pratiquer d'une âme forte et élevée. Disposez toutes choses pour qu'ils vous rejoignent un jour dans l'immortelle félicité à laquelle vous nous conviez. J'implore également vos plus douces, vos plus grandes bénédictions pour ma mère bien-aimée. J'aurais voulu l'entourer de continuelles satisfactions, et les afflictions de ma vie ont déchiré son âme ! Pauvre mère ! Ah ! cicatrisez ses cruelles blessures, et conservez-nous-la bien des années, à nous qui la chérissons d'un amour si profond !

« Je vous demande aussi l'abondance de vos grâces pour tous nos amis ; donnez-leur une longue vie, un bonheur véritable, des secours de tout genre. Hélas ! mon regard cherche souvent autour de moi une bonne tante que j'aimais tant, que j'aime toujours ; il cherche d'autres parents, d'autres amis, et ils ne sont plus sur la terre ! J'espère qu'ils brillent déjà dans la gloire des justes ; mais si en expiation de leurs fautes passées, ils subissent encore quelque peine, ah ! pardonnez-leur, tirez-les de l'exil, recevez-les dans vos bras paternels. Pitié pour eux tous, pitié pour nous, pitié pour moi ! Vous êtes le Dieu de la pitié ; vous avez voulu naître de Marie.... Oh ! mère de Jésus et la nôtre ! priez pour moi, obtenez-moi ce que je demande à Jésus ; en vous je mets toute ma confiance, et de vous j'espère tout. »

A JÉSUS.

« O Jésus, tu as souffert avec nous et pour nous ; comment puis-je me plaindre ? Sois béni dans la croix et dans les consolations que tu m'envoies ! mais pardonne à ma faiblesse, épargne-moi souvent les souffrances que je mérite, fais que mon pauvre cœur t'aime plutôt dans l'extase que dans les larmes. Pitié pour toutes les personnes qui me sont chères ! Épargne-leur aussi les jours malheureux. Inonde-les de joies innocentes. Pitié pour tous les hommes ! Pitié pour les âmes de ceux qui ne sont plus ! Sauve-nous tous pour que nous t'aimions dans l'éternité. Amen ! »

(Note de l'Éditeur.)

CCXIII

A Mme MASSIMINA FANTASTICI ROSELLINI,

A FLORENCE.

Turin, 4 février 1844.

Madame et très-excellente patronne,

J'avais d'abord reçu la lettre où vous m'annonciez gracieusement le don d'un exemplaire de votre *Amerigo*, et le poëme m'est arrivé ensuite par les soins du libraire Pomba. Je me trouvais, comme à l'ordinaire, dans un déplorable état de santé, ayant besoin de réconfort et très-désireux de faire quelque bonne lecture : aucun livre ne pouvait venir plus à propos pour m'apporter un doux soulagement. Je ne sais pas louer avec les sages restrictions de la critique les livres qui me plaisent ; et je ne puis, Madame, vous dire qu'une chose de votre poëme, c'est qu'il a produit sur moi l'effet d'un charme. Il attire, il entraîne et présente à la fois tous les genres d'intérêt poétique. Votre renommée, déjà si éclatante, ne peut que recevoir un lustre plus vif de ce noble poëme ; je m'en réjouis pour vous et pour notre littérature, dont la Massimina Rosellini est une des gloires les plus distinguées. Je suis, de ma nature, très-sensible aux belles compositions épiques, aux récits de nobles aventures, et l'*Amerigo* ne me laisse rien à désirer. Je ne parle pas de l'élégance toute naturelle, et sans effort ni obscurité, avec laquelle vous écrivez. Bien peu, à mon avis, ont ce privilége, mais il est toujours le partage des femmes véritablement douées du génie poétique : *c'est chose si charmante que l'intelligence d'une femme !*

Agréez les sentiments d'admiration et de reconnaissance avec lesquels j'ai l'honneur d'être, Madame, votre très-humble et très-obligé serviteur.

CCXIV

AU COMTE GILBERTO PORRO.

Dimanche, 18 février 1844.

Voici, mon Gilberto, les deux autographes pour le cher Giulio. Je t'embrasse et fais une belle révérence à ton ange. Aimez-moi un peu tous les deux[1].

« Il est dur de souffrir, mais la souffrance est nécessaire au cœur, si l'on ne veut pas qu'il s'enorgueillisse et s'égare : plus il est maîtrisé par la douleur, plus il s'ouvre à la pitié. Il attache du prix à la vie, mais il meurt satisfait, méprisant les idoles de la terre : sa joie, son espérance, son désir est de comprendre, d'aimer, de posséder Dieu. » Silvio Pellico.

« J'aime dans l'homme cette grande pensée qui mesure le ciel et les abîmes, qui observe tous les éléments de la nature, qui recherche le créateur et la créature. Mais je veux aussi en lui la haine vigoureuse de la bassesse, de l'injustice, de l'imposture, j'y veux encore la force, mais dans un cœur noble et pieux qui ait une soif ardente de la vertu de Dieu ! » Silvio Pellico.

[1] Les deux octaves qui accompagnent ce billet sont écrites sur deux feuilles détachées qui étaient renfermées dans la lettre.

(*Note de l'Éditeur.*)

CCXV

A MONSEIGNEUR ARTICO, ÉVÊQUE D'ASTI.

Turin, 27 février 1844.

Excellence très-révérée,

Il m'est doux d'avoir une place assurée dans le cœur d'un si digne et si saint évêque; son affection est une bénédiction qui, je l'espère, m'attirera du ciel beaucoup de miséricordes. De la Pastorale, je dirai que je l'ai lue avec un extrême plaisir. Le sujet en est important, et vous l'avez naturellement traité en maître: justesse dans les pensées, absence de toute exagération, chaleur d'âme, diction belle et forte, en somme tout ce qu'on devait attendre d'un savant apôtre plein d'amour pour Dieu et pour les âmes.

A la première occasion, j'en enverrai un exemplaire à Gioberti; il verra avec satisfaction que V. E. lui a fait l'honneur de le citer, en rapportant de lui des choses qui, en effet, sont excellentes et tout à fait dans l'esprit de l'Eglise romaine. La dédicace que m'a adressée Gioberti est généreuse, mais trop au-dessus de mon mérite. Le livre *del Primato*[1] est aussi, à mes yeux, une œuvre éminente. Les points contestables sont accessoires et peu en relief, et la substance de l'ouvrage est un trésor d'éloges pour la divine sagesse de l'Eglise.—Gioberti a de la sympathie pour moi, sans

---

[1] Le titre complet de l'ouvrage de Gioberti est celui-ci : *Del primato civile e morale degli Italiani.*

(*Note du Traducteur.*)

que nous ayons eu l'occasion de nous voir beaucoup.
—A mon retour en Piémont, en 1830, je trouvai parmi
les jeunes prêtres, amis de mon frère Francesco,
maintenant jésuite, le bouillant Gioberti. Je reconnus
en lui un génie élevé, une foi ardente, un cœur sincère ; il ne lui manquait qu'un peu plus de prudence :
il était passionné pour la cause des pauvres Polonais,
et ne craignait pas de se nuire en disant à tous tout
ce qu'il pensait. Les temps étaient critiques : il fut
soupçonné, arrêté et exilé.

Je ne lui avais jamais écrit, ni lui à moi, quand voici
apparaître dans *le Primato* cette dédicace d'une si cha-
leureuse amitié ; alors, pour la première fois, je lui
écrivis pour lui exprimer deux sentiments qu'il m'in-
spirait également : d'une part, la reconnaissance ; de
l'autre, le regret d'un éloge si excessif.

Il me répondit quelques lignes affectueuses, heureux, disait-il, de savoir que j'eusse trouvé quelque
chose de bon dans son livre.

Je lui avais donné le conseil de se modérer encore
davantage, de ne s'emporter ni contre Rosmini, ni
contre les Rosminiens ni contre personne. Sur cela il
ne m'a fait aucune réponse ; c'est, ce me semble, une
âme très-noble, mais un peu sauvage, pleine d'amour
et de colère, de sincérité et d'audace.

Dans son traité *del Buono*, il y a une préface de nouveau étincelante de colère contre ses détracteurs, dont
il ne nomme néanmoins aucun. Prions Dieu d'en faire
un saint ; et dans ce cas il appartiendra à la catégorie de
saint Jérôme, chez qui, avec beaucoup d'emportement,
abondait la charité.—Telle est, Monseigneur, l'espèce de

relations courtes et rares, que j'ai eues avec Gioberti.

Je me recommande aux saintes prières de V. E. révérée et très-chère, et je la supplie de demander au Seigneur un peu de bonne santé pour ma bienfaitrice, qui depuis quinze jours est indisposée. Elle souffre d'ailleurs avec résignation, et n'a d'autre volonté que la volonté de Dieu.

Avec les hommages et les remerciements de Mme la marquise, veuillez agréer les miens. Bénissez-moi, conservez-moi votre bienveillance, et croyez-moi, comme je le suis avec la plus profonde vénération, de Votre Excellence, Monseigneur, le très-humble et affectionné serviteur.

CCXVI

A M. LE PROFESSEUR A. IĞHINA[1].

Turin, 2 mai 1844.

Monsieur le Professeur,

En vous remerciant de vos amicales et trop généreuses louanges à l'occasion de mon *Canto funebre*, je dois vous dire que je l'avais composé uniquement pour être lu à Mme la marquise; mais elle eut la pensée qu'on pouvait en faire hommage au Roi. Il ne s'en fit pas une véritable publication[2]: on n'en imprima

---

1 Du livre *Silvio Pellico e il suo tempo*, considérations de Pietro Giuria.—Voghera, tip. Gatti, 1854. (*Note de l'Éditeur.*)

2 Le *Canto funebre*, auquel fait allusion cette lettre, avait été écrit à l'occasion de la mort de l'archiduchesse Marie-Caroline, sœur de la duchesse de Savoie, Marie-Adélaïde, et on ne tira en effet de ce chant qu'un très-petit nombre d'exemplaires.— Nous tâcherons de le faire connaître en tout ou en partie dans l'Appendice. (*Note du Traducteur.*)

qu'un petit nombre d'exemplaires, et voilà pourquoi, mon cher professeur, il y eut un grand nombre de nos amis, et vous entre autres, à qui je ne pus avoir le plaisir d'en offrir un. Mais votre chère et honorée personne m'était venue à l'esprit.—Ceux-là, du reste, m'ont fait trop d'honneur qui vous ont rendu compte de mon pauvre Chant; et il faut toute votre amabilité pour que vous m'en parliez avec tant de partialité. La bienveillance de votre jugement pourra s'être égarée; mais j'avoue qu'elle m'est chère, parce qu'elle vient, je le sais, d'un esprit sincère. En outre, le suffrage d'un savant professeur se reçoit toujours avec plaisir, au risque d'en prendre de l'orgueil.

Mes humbles hommages, je vous prie, à Monseigneur, et, avant les miens, veuillez lui offrir ceux de Mme la marquise, qui vous présente aussi ses devoirs.

J'ai l'honneur d'être de tout mon cœur, etc.

CCXVII

AU TRÈS-RÉVÉR. PÈRE ANTONIO BUONFIGLIO,
C. R. DE SOMASCO, A RACCONIGI.

Turin, 19 mars 1844.

Mon très-révérend père,

Vos hymnes[1] et les poésies qui les accompagnent sont de ces puissantes compositions qui veulent être relues sans interruption, et ensuite relues. J'admire l'imagination et l'élégant style; j'admire l'âme d'un poëte qui peut écrire ainsi. Si j'avais lu ce livre avant d'en

[1] *Le Belleze della natura,* hymnes imprimés à Gênes, à Turin et à Rome.　　　　(*Note de l'Editeur.*)

connaître personnellement l'auteur, une si haute valeur poétique m'aurait inspiré une grande estime. Permettez-moi de vous dire que cette estime s'accroît encore, depuis qu'au charme de lire ces belles productions j'associe l'idée du pieux religieux qui écrit d'une manière si élevée, et de qui j'ai entendu de si saintes paroles, dites simplement et d'abondance de cœur. Je ne sais pas m'étendre en éloges, mais mes applaudissements sont sincères ; recevez-les avec mes vifs remerciements. Je n'oublierai jamais la bienveillance avec laquelle vous m'avez parlé : j'espère que j'aurai encore, si je vis, le bonheur de vous revoir.

Je vous présente mes devoirs et vous prie de dire mille choses de ma part à l'excellent père Bottari, auquel je dois une réponse.[*] Je lui écrirai un de ces jours.

J'ai l'honneur d'être avec une vénération particulière, de Votre Révérence, le très-humble et très-obligé serviteur.

CCXVIII

A MADAME LA MARQUISE PORRO[1].

Turin, 2 avril 1844.

Très-gracieuse marquise,

A mon retour de Quiers, j'espérais avoir encore le

---

[1] Madame la marquise Giuseppina Porro, femme de Giulio Porro, l'élève de Silvio Pellico. (*Note de l'Éditeur.*)

[*] L'Éditeur a sans doute voulu dire Gilberto ; c'est le nom qui est dans le texte. (*Note du Traducteur.*)

bonheur de vous voir quelques jours. On ne m'avait
rien dit d'un départ si rapproché, et le beau couple a
pris son vol : cela m'a fort déplu, en vérité. Même ne
vous voyant pas chaque jour, il m'était doux de dire :
Demain je les verrai. On prend volontiers l'habitude
de regarder pareils hôtes comme de véritables concitoyens. Je voudrais me fâcher d'avoir été abandonné
ainsi à l'improviste, et, au contraire, il ne m'est permis d'éprouver que de la reconnaissance pour le billet
le plus aimable et un souvenir précieux qui m'a
été laissé. Il faut que je baise l'élégante petite bourse
et ces expressions si bonnes de la charmante donatrice,
et que j'apprenne à aimer de loin, comme je les ai
aimés de près, Peppina et Gilberto. Je vous remercie
du présent et des termes affectueux dans lesquels vous
me l'offrez. Maintenant que vous nous avez accoutu-
més à vous aimer, ne restez plus un siècle sans venir
nous voir, et, en attendant, pensez quelquefois à notre
bonne ville de Turin.

J'ai dû aller à Quiers pour quelques petits intérêts que
j'y ai. J'ai là une maisonnette où vit ma vieille sœur,
et comme j'y possède un des chers portraits du comte
Porro, la famille Porro, dans mes entretiens avec ma
sœur, est un de mes thèmes favoris. Enfin, quelque
part que j'aille, je ne vous oublie pas, et j'aime à penser que vous serez heureuse, la plus heureuse des femmes, quand vous aurez votre enfant dans vos bras.
Portez votre grossesse avec courage, mais sans faire
d'imprudences.

Je n'ai pas encore revu la comtesse de Masino, mais
je sais qu'elle va mieux et qu'elle sort déjà. La mar-

quise de **B...** est sortie de la *retraite* [1] en assez mauvaise santé; les couvents sont trop froids dans cette saison pour des dames accoutumées à des appartements chauds.

Mille choses à toute la famille : aimez tous votre Silvio.

CCXIX

A M. LE PROFESSEUR A. IGHINA [2].

Turin, 17 avril 1844.

Cher professeur,

La jeune fille dont Votre Seigneurie me parle dans sa lettre, de la part de Monseigneur, ne peut être admise parmi les religieuses de Sainte-Anne, où l'on refuse sans exception tout ce qui a été femme de chambre ou servante. Mme la marquise vous offre ses devoirs, et présente ses humbles respects à Monseigneur.....

. . . .

Merci pour votre bonne lettre, et pour m'avoir procuré la connaissance du révérend père Giovacchino, de qui j'ai eu le plaisir d'entendre des choses que je suis toujours heureux d'applaudir : je veux dire l'éloge de Votre Seigneurie.—Nous avons eu d'excellents prédicateurs à Turin; j'en ai entendu trois, mais d'une manière peu suivie, empêché que j'étais, tantôt par ma déplorable santé, tantôt par autre chose ! J'ai dû

---

[1] Ce mot est en français dans le texte.

(*Note du Traducteur.*)

[2] Du livre *Silvio Pellico e il suo tempo,* considérations de Pietro Giuria.—Voghera, tip. Gatti, 1854.

(*Note de l'Editeur.*)

aussi passer quelques jours à Quiers, pour les tracas habituels que me donne la petite propriété que j'y ai; et là j'ai eu, en outre, à gémir d'une foule de misères qui abondent, soit dans la ville, soit dans la campagne. Le monde parle sans cesse de progrès, et il y a tant de familles qui manquent de pain ! et tant de malades dénués de tout qui ne peuvent trouver à temps leur place dans les hôpitaux ! Les âmes charitables font beaucoup, et il reste encore tant à faire chaque jour ! Ah ! que de gens fuient l'aspect du pauvre et s'imaginent que dans la société tout est pour le mieux ! C'était la plainte ordinaire du bon Cottolengo.

On ne peut nier cependant que beaucoup de familles, en commençant par la famille royale, ne fassent le bien grandement et abondamment : c'est ce qui console, parmi tant de raisons de s'affliger. Il est digne de V. S. de prêcher, non-seulement pour instruire et appeler les cœurs à Dieu, mais aussi parce que, s'il vous en vient quelque argent, vous vous en servez pour faire l'aumône.

J'ai écrit quelques vers pour la naissance d'Humbert, et Madame la marquise en a fait tirer un petit nombre d'exemplaires : comme l'autre fois, j'en remettrai un pour V. S. à l'avocat Nasi [1].

La mnémonique, si l'on veut s'y appliquer, n'est pas sans utilité : ce sont des niaiseries, mais dont on peut tirer parti.

---

[1] Nous chercherons aussi à caractériser, sinon à traduire dans son entier, le morceau qui a pour titre : Chant d'allégresse sur la naissance de S. A. R. Humbert, prince de Piémont.

(Note du Traducteur.)

Mes hommages à Monsieur votre père, quand vous lui écrirez ; aimez votre très-humble et très-dévoué Pellico.

P. S. Les vers sur le Tasse s'imprimeront, je crois, lorsque Paravia sera revenu de Venise.

CCXX

AU PÈRE ANTONIO BUONFIGLIO,
C. R. DE SOMASCO, A RACCONIGI.

Turin, 23 avril 1844.

Mon très-révérend père,

Je dois vous remercier du jugement si favorable que votre indulgence vous porte à former sur moi : Dieu veuille que vous ne vous trompiez pas complétement ! C'est-à-dire que je vise du moins à acquérir cette piété chrétienne que vous me supposez. Je comprends que c'est la seule vraie sagesse et la seule félicité véritable à chercher sur la terre ; mais autre chose est de comprendre l'excellence d'un trésor, autre chose de le posséder. Je suis, comme la plupart des hommes, plein de contradictions, de discordances, et je mérite moins d'éloges que de pitié. Après avoir vécu, dans ma jeunesse, comme un païen, j'ai reçu ensuite la grâce de la foi : mais il est rare que l'homme qui s'enrichit tard sache faire un bon usage des richesses, et ce n'est que trop mon affaire. Heureux ceux qui, ainsi que V. R., ont toujours méprisé la fausse sagesse pour s'en tenir à la sagesse immortelle de Jésus ! De cette continuité dans le bien résulte une grande force : mais moi, quoique vieux, je suis novice et faible.

Votre Révérence m'invite à lui marquer les principaux défauts que j'aurai trouvés dans ses écrits : je les noterais sincèrement, si je savais les y trouver. Il y aura des défauts, je n'en doute pas. Quelle œuvre humaine en est exempte? Mais dans les compositions poétiques, voici seulement ce que je sais discerner : — si elles sont d'un maître ou d'un gâte-métier ; si les sentiments en sont ou non louables ; et les poésies du père Buonfiglio sont des plus belles et des plus dignes que je connaisse. Je sais que les littérateurs s'accoutument volontiers à certaines règles de critique où ils puisent un goût particulier pour l'analyse : mais cet exercice raffiné de l'esprit me paraît une source d'illusions, et il doit trop souvent conduire à trouver tout mauvais. Beaucoup d'esprits, à mon sens, deviennent violents et absolus dans leur critique, à cause de cette malheureuse manie d'examiner en décomposant et disséquant tout.

Présentez mes respects au chevalier Cerutti et à notre excellent père Bottari.

Priez pour votre très-dévoué Silvio Pellico.

CCXXI

A M. GIUSEPPE SPANDRI, A VÉRONE

Turin, 12 mai 1844.

Monsieur,

Vous m'avez honoré d'un précieux don, en m'envoyant votre ouvrage de *la Sapienza*, et je vous en exprime toute ma gratitude. De belles et profondes vérités brillent dans ce livre, je les sens ; mais je n'ai pas la capacité d'en juger. Mon âme, autrefois éprise de philosophie, a fini par se convaincre qu'elle n'est nullement propre à de pareilles recherches. Chaque système me semblait laisser place à des doutes, à des critiques qui engendraient constamment dans mon esprit cet odieux scepticisme qui décourage de tout, et que, par une faveur spéciale de Dieu, j'abhorrais. Je ne cessai d'être sceptique qu'en perdant toute confiance dans la philosophie, et en acquérant la pleine conviction des vérités de la religion. Mais, en dehors des choses que la religion enseigne positivement, toute doctrine philosophique, même exposée par des hommes religieux et excellents, me laisse dans le doute.

Non, je ne saurais en juger. Je lis les livres de ce genre en simple amateur, mais non plus en adepte, surtout maintenant que les souffrances m'ont vieilli, et que je ne me vois plus bien loin de ce grand changement de destinée qui doit tout découvrir à nos yeux.

En attendant, Monsieur, j'applaudis à votre talent, et je me réjouis de voir que vous êtes catholique, et que vous mettez vos études en parfaite harmonie avec la foi. Votre livre m'a inspiré, pour l'auteur, des sentiments de haute estime et de respect.

C'est avec ces sentiments que j'ai l'honneur d'être.

CCXXII

AU PROFESSEUR A. IGHINA.

Turin, 16 mai 1844.

Cher professeur,

Votre digne ami, l'abbé Martini, a eu l'amabilité de m'apporter la lettre de Votre Seigneurie, et j'ai attaché un grand prix à toutes les expressions affectueuses dont vous m'honorez. Il m'a été également fort doux d'entendre l'abbé Martini parler de vous selon mon désir, c'est-à-dire me peindre notre Ighina tel que je l'ai vu moi-même, aussi recommandable par la bonté que par l'esprit. L'ode à la Vierge *del buon Consiglio* m'a plu presque autant que l'auteur, ou plutôt sans le *presque,* puisque je ne saurais y désirer rien de mieux. Madame la marquise l'applaudit comme moi et le remercie. — Madame de Lalaing m'a envoyé une traduction de la belle, mais trop belle dédicace, et j'ai écrit à cette bonne comtesse pour lui reprocher de conspirer, elle aussi, à me donner de l'orgueil. Je vous remercie, cher professeur, de votre allusion à ces gloires auxquelles j'ai si peu de titres, ou plutôt j'aurais quelque envie de vous gronder également. — Le professeur Trona m'a offert son discours, — oh ! que d'âmes abondent et surabondent d'indulgence à mon égard ! Elles me dédommagent outre mesure de la malveillance de quelques-uns.

Nous irons bientôt à la *Vigna.*

Portez-vous bien, priez pour moi ; je vous souhaite

toute satisfaction. Madame la marquise vous envoie
tous ses respects.

Croyez-moi toujours votre bien affectionné.

CCXXIII

A MADAME GIULIA MOLINO-COLOMBINI.

Turin, 28 mai 1844.

Madame,

Votre hymne, à l'occasion de la naissance d'Humbert, a tout le parfum de la bonne poésie : je m'unis
à tout ce qu'il y a de lecteurs intelligents pour applaudir avec eux l'auteur de cet admirable morceau.
Je vous rends des grâces infinies pour l'exemplaire
que vous avez daigné m'envoyer et que je garderai
précieusement.

Je vous souhaite la santé et toutes les consolations,
et je souhaite à notre pays beaucoup de compositions
de l'incomparable Giulia.

J'ai l'honneur d'être avec une haute estime, etc.

CCXXIV

AU CHEVALIER CARLO MARENCO.

3 juin 1844.

Cher Marenco,

Il y a dans toutes vos tragédies de grandes beautés
qui me ravissent, mais surtout dans l'*Arrigo di Svevia*. Sachez que, pour dérangements de santé ou autres, j'ai dû tarder un peu à lire le quatrième volume.
Une fois entré dans cette lecture, je vous ai applaudi

et je vous applaudis de tout cœur: La *Guerra de'
Baroni* a été pour moi d'abord un nouveau et cher
témoignage de votre inspiration tragique, mais ensuite
l'*Arrigo* m'a paru meilleur, et, à mon avis, il ne laisse
rien à désirer.—Cette fois, comme toujours l'*Ezzelino*
m'a plu vivement. Vous avez un talent supérieur pour
dramatiser les tableaux historiques, si difficiles pour
être si étendus. Je regrette qu'ils le soient autant; je
préfère ceux qui le sont moins, mais je vous admire
dans tout. Autant que possible, faites des tragédies qui
se puissent représenter. *Arrigo di Svevia*, et quelques
autres, sont tout à fait dans ce cas. Les histoires où
s'entassent les événements ont peine à se réduire aux
proportions de la scène : pour les y ramener, il faut
les resserrer outre mesure, quand leur développement
demanderait cette longueur que les Allemands et les
Anglais se permettent et qui rend impossible leur
accommodement à la scène.

Agréez le témoignage de la haute estime en laquelle
je vous tiens, et soyez heureux. Mes hommages à madame. Aimez votre vieux et infirme Silvio Pellico,
encore jeune pour sentir les beautés de la poésie.

CCXXV

A PIETRO GIURIA[1].

27 juillet 1844.

Cher ami Giuria,

J'ai été plus malade que de coutume. Je commençai

---

[1] Du livre *Silvio Pellico e il suo tempo*, considérations de Pietro
Giuria.—Voghera, tip. Gatti, 1854.   (*Note de l'Éditeur.*)

à souffrir beaucoup à la campagne ; puis, revenu à Turin, les suffocations ne se sont pas hâtées de diminuer ; et si maintenant elles me laissent un peu de répit, la trève est encore bien imparfaite. Cette déplorable santé a été cause que j'ai dû rester débiteur de beaucoup de réponses. J'écris encore bien peu, et je suis forcé de m'en abstenir pour ne pas être tourmenté de palpitations. C'est pourquoi, au lieu d'écrire à M. Giannini, je te charge de m'excuser près de lui, en lui disant ma maladie. Ajoute que je le regrette infiniment, mais que je ne puis consentir à l'impression des chapitres que je laissai publier en français par M. de Latour. Les mêmes motifs qui m'ont fait suspendre la publication du texte original de ma biographie (et par conséquent des chapitres mentionnés) exigent que je n'autorise personne autre à rien publier de semblable. L'exception que j'ai faite en faveur de M. de Latour, en lui permettant de traduire et d'imprimer ce fragment, je ne puis, quant à présent, la renouveler pour personne. Tu assureras à M. Silvio Giannini qu'il m'en coûte beaucoup de ne pouvoir le satisfaire, mais c'est un refus que j'ai déjà dû adresser à d'autres personnes fort estimables.

J'en viens à un autre point. Tu sauras, cher ami, que les malheureux qui ont besoin de secours, et qui désirent obtenir quelque argent de Madame la marquise doivent venir se faire connaître d'elle directement, et lui confier leurs infortunes. Je n'ai qualité ni pour les présenter, ni pour les recommander, et il faut qu'ils aillent en droite ligne à la marquise, munis, en outre, d'un certificat de leur curé. Madame la marquise suit invariablement cet ordre, parce que tu ne saurais croire la foule innombrable d'indigents qui demandent. Cette foule est telle que, même en donnant fort peu à chacun, il y passerait chaque jour des sommes considérables. C'est ainsi qu'elle est parvenue à simplifier les choses, et elle y dépense encore bien de l'argent. Elle n'admet pas d'intercesseurs, et je suis exclu comme les autres, décision dont je reconnais la nécessité et la sagesse. Tu comprends donc que je ne suis en rien chargé de ces aumônes et que je n'ai aucun moyen de provoquer un secours.

Ma présence dans cette maison induit naturellement tout le monde en erreur, et je suis continuellement occupé à désabuser les personnes qui s'adressent à moi.

Mon emploi ici n'a aucun rapport ni avec l'administration, ni avec le règlement des œuvres de bienfaisance, et je ne puis non plus intervenir en rien par voie d'influence. Madame la marquise se servira de moi pour me faire écrire à tel ou tel évêque, à tel ou tel curé, précisément à propos d'œuvres de bienfaisance ou de charité, etc. Ma coopération se borne à me charger de ce genre de commissions : instrument fortuné d'un grand nombre de ses généreuses actions, mais nullement autorisé au rôle d'intercesseur.

Si tu écris à Gando, à Crocco, à Berlingeri, salue-les de ma part.

J'ai lu avec plaisir tout ce qu'on a écrit sur le Tasse, prose ou poésie, et ton ode me paraît tout à fait digne de toi. Lorsqu'un écrit littéraire n'a rien de commun et qu'il renferme au contraire un certain nombre de beautés, j'ai le privilége d'y trouver du charme.

Je sais qu'au jugement des savants, j'ai tort : les savants sont gens difficiles à contenter et je les vois toujours affligés d'un sublime dégoût.

Notre bon Fea est donc marié? Dis-lui que je fais des vœux pour son bonheur.

Je me réjouis de la nouvelle que tu me donnes du complet rétablissement de Briano. Salue-le de ma part.

CCXXVI

A M. LE COMTE TULLIO DANDOLO,
A VARESE.

Turin, 30 juillet 1844.

Très-cher Dandolo,

Vous savez faire tant de bonnes choses, et moi je ne sais plus qu'être malade, reprendre un peu de souffle, et retomber malade encore. Mais, quand je le puis, je lis avec plaisir les livres qui respirent la vertu et l'élévation. On m'a apporté votre cher volume de l'*Imitation* commentée, et je le trouve excellent. Je vous suis fort reconnaissant du précieux cadeau et de l'amitié dont vous m'honorez.

Je vous souhaite santé et contentement, et je suis, etc.

CCXXVII

A M. N. N.

Turin, 26 août 1844.

Monsieur,

Sujet à des maux incurables, et vieux comme si

j'avais cent ans, je ne me sens plus propre à juger des choses littéraires. Il est un état d'abattement physique qui s'empare de tout le jour, de toute la nuit, de l'homme accablé de longues souffrances. C'est l'état auquel je suis réduit, quoique je ne garde pas le lit et que je fasse encore quelques pas hors de chez moi. Dans une pareille condition, on lit peu et sans fruit. Je dois vous faire ce triste aveu pour que vous ayez la bonté de m'excuser si je ne puis vous écrire longùement au sujet des volumes que vous avez bien voulu m'envoyer. Qu'il vous suffise de savoir que, si peu vivant que je sois, j'ai lu ce livre avec amour.

Rosmunda et *Ulisse* me paraissent deux tragédies de beaucoup de mérite. *Tancreda* m'a plu, non-seulement à cause de la prédilection que j'ai pour le sujet, mais aussi parce que l'ingénieux auteur a su représenter cette pauvre sauvage selon ma pensée. Toutefois il n'y a pas là l'étoffe d'une tragédie.

Les tragédies de *Corrado* et de *Giovanna* sont des œuvres plus fortes. J'en ai admiré la contexture et elles m'ont ému.

Quant aux poésies qui suivent, je dirai qu'elles brillent aussi de talent, autant que le comporte le genre de chaque pièce, et elles ne déparent pas le reste. Je les ai lues presque de suite et avec sympathie, excepté le *Condannato a morte*, qui ne me plaît pas. C'est une peinture violente, qui n'a rien d'élevé. Mais c'est un petit nombre de strophes, et peut-être encore me trompé-je, en excluant ce morceau du nombre de poésies qui me semblent bonnes.

Je vous le répète, je lis mal, et avec une critique

incertaine ; mais je vous ai dit sincèrement mon avis, et je suis heureux d'avoir si peu à blâmer et tant à louer.—Je me réjouirais plus encore si votre mérite était couronné des faveurs de la fortune, et je vois trop qu'il n'en est pas ainsi ! J'en gémis profondément, et j'envie ceux qui peuvent être utiles au mérite malheureux : ma sympathie est sincère, mais hélas ! impuissante !

Les riches généreux sont rares, mais il en est cependant, et quelques-uns font le bien de mille manières ; mais ils préfèrent habituellement d'autres pratiques de bienfaisance, et ne se soucient pas de l'emploi de Mécènes,—peut-être aussi parce que l'instruction abonde, et surtout les poëtes. Quoi qu'il en soit, je ne puis, malgré ma bonne volonté, vous donner ni consolations, ni avis salutaires. J'ai toujours trouvé appui, jamais richesse ni influence, mes amis le savent.

Travaillez courageusement, distinguez-vous par une vertu constante ; opposez à la souffrance une âme forte et patiente ; résistez à la tentation de croire qu'il n'y a que des égoïstes ; habituez-vous à juger avec indulgence et modération : tels étaient les conseils qu'on me donnait autrefois, et je les donne à mon tour à tous les jeunes gens sans fortune ! Je vous souhaite un meilleur avenir, et de tout mon cœur je me dis votre admirateur.

CCXXVIII

A DAVID BERTOLOTTI.

31 août 1844.

Très-cher ami,

L'aimable M. Velasco a apporté hier deux magnifiques exemplaires de ton poëme, dont il a présenté l'un de ta part à Mme la marquise de Barolo, et l'autre à moi. Mme la marquise me charge de te remercier, et de t'adresser l'assurance de toute son estime. Elle se promet un plaisir signalé de la lecture qu'elle fera ces jours-ci de ton œuvre. Il doit t'être facile de comprendre avec quelle reconnaissance j'ai reçu moi-même ton beau présent, et facile de t'imaginer avec quel charme je lirai une composition digne de ton âme, et dont je connaissais déjà tout le mérite d'après le manuscrit. Vive notre David! je t'ai toujours aimé et estimé, et je crois plus que jamais qu'un poëme de tant de mérite ne peut que te faire grand honneur; reçois donc les remerciements infinis et toutes les félicitations de ton ami bien affectionné.

CCXXIX

AU PROFESSEUR A. IGHINA.

5 septembre 1844.

Cher professeur,

Mme la marquise nous avait donné un sérieux motif d'inquiétude, ayant été prise un matin d'évanouissements réitérés pendant qu'elle était au *Rifugio*. On la ramena chez elle dans un état d'extrême faiblesse; le médecin lui trouva de la fièvre et une certaine agitation nerveuse. Grâce au ciel, les alarmes se sont bientôt dissipées : ce n'était rien de grave, mais un peu d'épuisement provenant de l'excès de la fatigue et des occupations.

Cette excellente dame, ayant à surveiller tant d'œuvres de charité et tant de personnes, ne sait pas se reposer, ne dort pas assez, se force outre mesure pour aller, venir, pourvoir, etc., et souvent elle n'en peut plus. Tous ses amis la conjurent de prendre plus de repos ; mais elle se rit des sermons, et elle est incorrigible : les saints ont la tête dure.—Si, en se fatiguant de la sorte, elle ne se tue pas, c'est pure bonté de la divine Providence, qui daigne exaucer les prières sans nombre de tous ceux qui désirent conserver longtemps sur la terre cette grande bienfaitrice...

CCXXX

A PIETRO BORSIERI, A MILAN.

Turin, 25 octobre 1844.

Mon cher Borsieri,

J'ai eu de tes nouvelles par Porro ; mais tu es un méchant de ne pas m'avoir écrit aussi quelques lignes sur ton retour et sur la santé de Francesca. Comment l'as-tu trouvée ? et tes autres sœurs ? comment va ton œil malade ? J'ai eu quelques jours de vive souffrance, ce qui a été cause que nous avons abandonné *la Vigna*, dès que j'ai été en état de me mouvoir. J'ai encore de la peine à respirer ; la nourriture me donne de l'oppression ; il me faut manger peu, et, me nourrissant peu, je m'affaiblis : cela passera.

J'apprends avec plaisir que Confalonieri va mieux et qu'il doit bientôt partir pour Naples. Je suis impatient de le voir se mettre en route avant que le froid ne devienne rigoureux.

Dis-lui mille choses affectueuses de ma part et présente mes respects à sa femme. Adieu. Baise pour moi la main de Francesca, qui est, je l'espère, en parfaite convalescence. Salue aussi en mon nom tes deux autres excellentes sœurs. Rappelle-moi à tous nos amis.

Je mets ici deux lignes pour notre cher Staurenghi. Aime ton frère Silvio Pellico.

CCXXXI

AU COMTE GIULIO PORRO.

2 novembre 1844.

Cher Giulio,

En voyant une lettre de toi, je m'attendais à y trouver l'heureuse nouvelle des couches. Ce sera donc d'ici à une semaine ou deux. Je ne regrette qu'une chose, c'est que, en attendant, le respectable office de mère soit si pénible à l'aimable Peppina. Dis-lui que je prie Dieu de tout cœur de lui alléger cette souffrance et de la délivrer bientôt avec toute consolation. Souviens-toi que tu dois sur-le-champ m'en écrire deux mots.

J'ai examiné les deux inscriptions, et quoiqu'elles me paraissent bonnes l'une et l'autre, je préfère la première. On pourrait conserver la fin de la seconde. Je dirais comme il suit, en me permettant de simplifier un tant soit peu.

Tu sais que dans les inscriptions on se borne à indiquer ou à laisser présumer les sentiments. Vouloir en développer l'intensité avec des expressions recherchées, c'est s'exposer à produire l'effet contraire, et, trop souvent, si je ne me trompe, les modernes auteurs d'inscription en langue italienne font effort pour exprimer d'une manière ingénieuse les profondes impressions. Les grandes douleurs, comme on l'a toujours dit, sont peu loquaces, ou ne peuvent l'être que dans une conversation intime, dans une correspondance privée, et non sur une tombe.

LE CENERI DEL MARITO [1]

LUIGI CONTE SOMMARIVA

PIO BENEFICO INTREPIDO NELL' ARMI

ALL' AMORE DELLA CONSORTE RAPITO D'ANNI....

NEL . . . . .

CON QUELLE DELL' UNIGENITO EMILIO

AHI MORTÓ FANCIULLO

COL CUORE DELLA MADRE ADELAIDE SEILLIÈRE

QUI AMOROSAMENTE DEPOSE

EMILIA SEILLIÈRE CONTESSA SOMMARIVA

CHE VOLLE PURE IN QUESTI MARMI L'EFFIGIE

DEL PRODE COGNATO EMILIO SOMMARIVA

MORTO SUL CAMPO AD ALBUERE NEL ....

ANIME DOLCISSIME

SIA CON VOI LA GLORIA PREMIO DE' GIUSTI

E DI ME RICORDATEVI INNANZI A DIO.

[1] Nous donnons ici la traduction de cette épitaphe dont nous avons cru devoir conserver le texte même dans la lettre : « Emilie Seillière, comtesse Sommariva, a déposé ici avec amour les

Confalonieri m'a écrit avant de partir. Il me semble qu'il ne sera jamais assez tôt dans un air plus doux. J'espère qu'il s'en trouvera bien. Je suis impatient de le savoir arrivé à Naples sans souffrance. Nous ne croyons pas nécessaire qu'il aille plus loin. Il me promet de me donner aussitôt de ses nouvelles. Adieu, cher Giulio, je t'embrasse, toi et vous tous, comme si j'étais votre frère. Notre bon Borsieri m'a écrit. Rappelle-moi au souvenir de tous ceux qui, comme toi, m'ont gardé quelque peu de leur ancienne affection. Mais toi, aies-en beaucoup pour ton Silvio Pellico.

CCXXXII

A PIETRO BORSIERI.

Turin, 16 décembre 1844.

Mon bien cher Borsieri,

Depuis que j'ai reçu ta bonne lettre, comment a marché ta santé? celle de Francesca et des autres sœurs? As-tu eu la consolation de voir s'opérer aisément et promptement l'entière guérison de la chère convalescente? Les grandes maladies ne laissent que trop souvent après elles une queue de petites incommodités, surtout quand on a affaire à une mauvaise

cendres de son mari, Luigi, comte Sommariva, pieux, bienfaisant, intrépide à la guerre, ravi à la tendresse de son épouse à l'âge de ..... le ....., avec celles de son fils unique, mort, hélas! dans l'enfance, et avec le cœur de sa mère, Adélaïde Seillière. Elle a voulu aussi que sur ce marbre fût gravée l'image de son vaillant beau-frère, Emilio Sommariva, mort sur le champ de bataille d'Albuere, en .... Ames chères et douces, que la gloire, récompense des justes, soit avec vous, et souvenez-vous de moi devant Dieu. » *(Note du Traducteur.)*

saison. Je voudrais qu'il n'en fût pas ainsi pour l'excellente Francesca, mais qu'elle se fût rétablie à merveille avant les froids. Et tes yeux? j'aime à me les représenter dans toute leur beauté. J'ai eu moi-même une légère inflammation aux yeux, et je sais quel mal fâcheux et douloureux ça est. M'en voici délivré, et je n'ai plus d'autres infirmités que celles d'habitude, et les effets ordinaires du froid. La température n'est pas celle du Spielberg; elle est cependant plus rude que nous ne l'avons d'ordinaire en Piémont, et nos amas de neige sont énormes. Votre hiver doit assez ressembler au nôtre. Confalonieri a joué de bonheur de pouvoir le fuir à temps. Fasse le ciel qu'il en retire tout l'avantage que nous lui désirons.

Dis-moi ce que tu fais, ce que tu étudies, ce que tu composes ou ce que tu traduis. Moi, je ne fais rien. Je m'occupe tantôt d'une lecture, tantôt d'une autre pendant quelques heures de la journée; le reste du temps, je le dépense autrement, et j'ai l'art d'être content malgré la mauvaise santé, la mauvaise saison et les mille autres imperfections de ce pauvre monde, lequel va comme il peut et ne sera jamais un paradis. Je t'embrasse étroitement et suis ton Silvio Pellico.

CCXXXIII

A. M. EUSEBIO PORCHIETTI,
PROFESSEUR DE RHÉTORIQUE A DRONERO.

Turin, 1er janvier 1845.

Monsieur le professeur,
C'est une bonté pour moi qui passe toutes bornes

que celle qui vous a dicté de si beaux vers latins [1]. Je les ai lus avec reconnaissance et avec admiration pour le talent de V. S., mais cependant avec un certain sentiment de peine. Je ne mérite pas tant d'honneur. J'aspire à la vertu, mais je ne la possède pas.

Je vous remercie de la bienveillance que vous me témoignez avec tant de grâce, et échangeant de tout mon cœur mes souhaits avec les vôtres, je suis avec une parfaite estime, etc.

CCXXXIV

AU PROFESSEUR A. IGHINA.

3 janvier 1845.

Cher professeur,

Souhaits pour souhaits, et de tout cœur, autant de la part de Madame la marquise que de la mienne. J'espère que l'année 1845 n'apportera aucune affliction dans la famille Ighina, et c'est la grâce que je demande au Seigneur pour vous tous. Je m'afflige, cher abbé, des cruelles épreuves que vous avez subies, sans compter le sot danger de vous rompre le cou. Bénie soit la très-sainte Vierge, qui n'a pas permis un tel malheur, si ordinaire dans de pareilles chutes, surtout quand les compagnons de voyage ont l'indiscrétion de tomber sur vous et non dessous. On court risque pour le moins

---

[1] Le professeur Porchietti, maintenant à Pignerolles, avait, comme pour lui souhaiter la bonne année, envoyé à Pellico une pièce de vers dans laquelle il célébrait pompeusement les vertus de cœur et les sentiments patriotiques de l'écrivain et du martyr. (*Note de l'Éditeur.*)

de rester estropié, et vous devez vous trouver heureux d'être sorti d'une telle bataille avec une simple blessure au bras. Puissiez-vous ne plus vous en ressentir, et prenez garde de compromettre la partie lésée par trop de fatigue. En un mot, veillez-y, portez-vous bien, et ayez une année heureuse sous tous les rapports, sans préjudice de ce peu de croix qu'il faut toujours ici-bas avoir sur les épaules. Portons-en joyeusement notre part, et nous serons véritablement gens de progrès, si nous avançons dans cet art aimable et saint de savoir souffrir sans affectation et en faisant quelque bien.

Les renseignements que vous avez donnés à ce professeur de rhétorique sont exacts. Madame la marquise commença, il y a longues années, à s'occuper de l'instruction de la jeunesse, en faisant venir de France les sœurs de Saint-Joseph qui sont si utiles, non-seulement à Turin, mais dans plusieurs provinces du Piémont. Ce fut aussi sur les instances, et grâce à la généreuse intervention de Madame la marquise que vinrent de France les *Dames du Sacré-Cœur*, qui ont aussi maintenant plusieurs maisons en Piémont, les unes pour les jeunes filles nobles, les autres pour celles de la bourgeoisie. Madame la marquise établit ensuite dans son propre palais les premières salles d'asile pour l'enfance; plus tard, l'institut de Sainte-Anne dont les religieuses, outre qu'elles dirigent ces salles d'asile, donnent l'éducation, tant aux petites filles de la ville qu'à celles de la campagne, dans différents villages. Madame la marquise a donné l'impulsion à ces louables combats de charité, et ses bonnes œuvres se multiplient, mais sans qu'elle fasse rien publier de ce qu'elle fait ; aussi beaucoup de personnes l'ignorent. Les écoles pour les petites filles catholiques des vallées de Pignerolles sont aussi une belle œuvre. Adieu, cher professeur, je vous embrasse, et suis avec une véritable estime, etc.

CCXXXV

A JOSÉPHINE PELLICO.

30 janvier 1845.

* Ma chère Joséphine,

C'est une consolation pour toi d'entendre quelquefois la messe de notre cher frère ; ce sentiment d'affection et de piété aura répandu un peu de baume sur ton âme accablée par des tristes souvenirs. J'ai été faire ma commémoration solitaire de notre vieux bon ami [1], en priant pour lui dans l'église de Saint-Dominique ; mais nous avons tous bien des motifs pour présumer que sa grande bonté et charité a déjà sa récompense éternelle.—A ce jour funéraire, un jour plus riant a succédé, celui de saint François de Sales, qui est un de nos saints bien-aimés. J'ai été chercher un peu de religieuse gaieté dans l'église des Visitandines ; car saint François de Sales était gai, il voulait la gaieté, il savait l'inspirer. En pensant à lui et en priant, j'ai effectivement éprouvé une certaine sérénité ; mais pourtant un mélange involontaire de petite

---

[1] Le cardinal Raimondo Feraudi, dominicain.

(Note de l'Editeur.)

tristesse descendait aussi au fond de mon cœur. Les douces voix des Visitandines me forçaient à penser qu'une fois la voix de notre pauvre Mariette était là. Je m'imaginai papa et maman dans cette église, distinguant la voix de leur fille : tu y as peut-être été quelquefois avec eux, ainsi que François. Je me disais qu'alors, parmi vos ferventes prières, il y en avait sûrement une remplie de douleur : celle que vous adressiez pour le malheureux prisonnier de Spielberg. —A de telles idées je me trouble un moment, et je sens qu'il y a dans mon cœur quelques vieilles larmes.

Pourtant je relève mon courage, je renouvelle ma ferme résolution de ne pas me laisser dominer par une inutile mélancolie, je prie, j'adore les décrets de la Providence et je fixe mes réflexions sur les grâces signalées que Dieu m'a faites, et sur celles que j'espère recevoir pour ce reste de vie, et pour toute l'éternité. Allons, marchons vers le paradis, et marchons d'un air de contentement et de triomphe!

Adieu, ma très-chère. Mes respects à *Magna* et à ses anges.

Vive Jésus et Marie! ✻

CCXXXVI

AU PROFESSEUR A. IGHINA.

Turin, 12 mars 1845.

Illustrissime professeur et très-cher ami,

La connaissance qu'ont tous vos amis du cœur de V. S., et que je me vante de posséder autant que les autres, me fait sentir la douleur que vous aura causée la perte de cette chère sœur. Je m'afflige avec vous tous qui formez une famille si bonne et si intimement unie d'une affection réciproque. Ah! c'est un grand sacrifice que de voir la mort d'une personne aimée! L'unique consolation est le souvenir des vertus de cette personne, la pensée que déjà peut-être elle est en possession du bonheur éternel, ou la certitude qu'elle le possédera, et la considération de la brièveté de toutes les joies de la terre, pour faire place à une vie qui sera infiniment meilleure.

J'ai prié et je prie pour votre sœur et pour vous, pauvres affligés. Madame la marquise a fait tout ce que vous désiriez d'elle; elle a pris et prend une part très-vive à votre affliction.

Nous avons eu ici quelque inquiétude pour Madame la marquise. Elle a été d'abord attaquée d'une fluxion sur les dents, qui s'est ensuite étendue à toute la tête; puis est venue la fièvre et l'inflammation. Une saignée a arrêté la maladie, et maintenant, grâce au ciel, il n'y a plus que fort peu de fièvre, qui bientôt aura cessé.

Je vous réitère, cher professeur, l'expression de toute mon estime. Quand vous verrez Monseigneur, ayez l'obligeance de lui présenter les hommages de Madame la marquise..................

CCXXXVII

A LA COMTESSE OTTAVIA MASINO
DI MOMBELLO.

De la Vigna Barolo, vendredi Saint 1845.

Très-vénérée comtesse,

J'ai reçu l'accablante nouvelle, qui m'a pénétré de douleur. Je connaissais la belle âme de M. le comte; et lorsque viennent à manquer des hommes si droits, si bons, si religieux, c'est une grande perte ! Tout le pays avait senti et déploré comme une calamité générale la mort du chevalier, et maintenant il n'y a qu'une voix pour dire combien les deux excellents frères s'aimaient, se ressemblaient par les mêmes qualités. Quiconque a eu des relations avec le comte Masino se rappelle sa bonté; et moi, en ce qui me concerne, je l'ai toujours trouvé si indulgent ! Mais, outre le légitime chagrin que sa perte cause à tout le monde, j'éprouve une affliction extrême en pensant combien un coup si rude et si imprévu a dû déchirer votre cœur, Madame la comtesse ! Pauvre dame ! avec une âme si sensible ! après tant de chagrins accumulés pour affliger votre cœur, et avec une santé si délicate, qui s'altère si facilement ! Moi, je ne suis bon à rien, je ne sais pas consoler, je ne sais que prier Dieu qu'il vous soutienne, qu'il vous donne un trésor de résignation, qu'il vous conserve, qu'il vous empêche de tomber malade, qu'il vous rende forte contre le malheur.

La sympathie sincère des amis est un tribut trop inutile; les grandes douleurs ne se calment qu'avec le temps; et, en attendant, oh ! qu'ils sont terribles et longs les déchirements d'un cœur désolé ! Je connais ces larmes, je connais ces désolations ; j'ai vu disparaître d'autour de moi des personnes qui m'aimaient, à qui je le rendais, et qui étaient une partie essentielle de moi-même. Rien, rien ne soulage dans les premiers temps d'un malheur, si ce n'est de pleurer au pied de la croix, de s'unir à Jésus crucifié, à la Vierge des douleurs, de pleurer, de prier, et surtout de prier pour ces chères âmes qui nous sont ravies ! Il y a à cela quelque douceur, quoique mêlée à d'indicibles renouvellements de désespoir : on souffre, on éclate en accès de douleur, et cependant on sent Dieu, on sent le toucher de sa main invisible, soutenant la misérable créature qui succombe. Ah ! Madame la comtesse, appelez à vous toute votre vertu, toute votre piété, tout votre esprit ; et par-dessus tout appelez Jésus, appelez Marie ; pleurez, mais pleurez avec eux. J'ai en moi la confiance, ma vénérée dame et amie, que vous supporterez courageusement ce coup horrible, grâce à la fermeté chrétienne et à la foi parfaite dont vous vous êtes toujours armée, et je ne cesserai d'implorer tous les dons du ciel à cet effet. Ma confiance s'accroît encore quand je pense combien il est vraisemblable que l'âme pieuse de M. le comte a été surprise en état de grâce et doit être comptée dès maintenant parmi les protecteurs célestes de l'affligée Ottavia : oh ! quelle assistance elle recevra de là-haut de son mari, de son beau-frère, de ses parents, de tant d'âmes qui la chérissent et qui règnent au ciel avec Dieu !

Je voudrais faire entrer quelque rayon de consolation dans votre cœur, Madame la comtesse, mais je n'en ai pas le pouvoir, et je gémis de ne l'avoir pas. Croyez à toute la part que je prends à votre douleur, étant comme j'ai l'honneur d'être inaltérablement et avec les plus vifs sentiments d'estime et d'affection, etc.

CCXXXVIII

A M. LE COMTE LUIGI PORRO.

Jour de Pâques 1845.

Très-cher Porro,

Depuis que vous êtes parti, je n'ai eu que des jours attristés, ou par les souffrances des autres, ou par les miennes. Voici maintenant notre excellente comtesse Masino, bien accablée par la mort de son mari. Vous aurez su qu'il succomba le vendredi-saint, à dix heures et demie du matin, après une nuit qui, pour sa femme, fut déchirante au delà de toute expression, à cause des paroles émouvantes qu'il lui adressait, la suppliant sans cesse de ne pas l'abandonner. Elle le vit expirer, et alors seulement elle put se retirer : son âme, en ce moment, est encore en proie à une vive agitation ; elle ne dort pas et pleure beaucoup. Elle eut hier la bonté de me recevoir ; elle était au lit ; il y avait la comtesse de V... et la marquise A... J'ai vu un instant le pauvre défunt, dont un peintre faisait le portrait. Sa longue et douloureuse maladie avait bien vieilli ses traits ! mais sans lui ôter cette expression de bienveillance qu'il eut toujours. Aujourd'hui on le transporte à Masino. Il n'y a qu'une voix à Turin pour louer ce digne homme ; il était bon avec tout le monde : ce n'est pas un éloge qu'on puisse donner à bien des gens.

Comment allez-vous, cher ami ? et votre fils ? et votre belle-fille ? et le petit-fils ? Je vous aime tous ensemble et vous souhaite une bonne santé. La marquise de B... a été fort malade d'une inflammation générale : elle commence maintenant à se lever, mais elle est encore faible.

Donnez-moi des nouvelles de vous tous et de Confalonieri. Je vous embrasse, et, avec vous, nos chers amis. Rappelez-moi au souvenir des personnes de votre société que j'ai connues, et dont je me rappelle la bienveillante indulgence.

CCXXXIX

A M. LE MARQUIS CESARE CAMPORI.

Turin, 25 mai 1845.

Monsieur le marquis,

J'ai reçu la douloureuse nouvelle que vous me donnez, et je prends une part très-vive à votre profonde affliction ; j'en comprends toute l'étendue, pour un cœur comme le vôtre, et il est inutile que je m'ingénie à vous prouver combien il est raisonnable de rester calme dans le malheur : c'est une vérité reconnue de tout le monde, mais c'est une victoire toujours malaisée à remporter et qu'on n'obtient jamais promptement. On a bien fait de chercher à vous donner quelque distraction. Le changement de lieux et d'objets est, pendant quelque temps, un véritable remède pour une âme affligée. Chemin faisant, les plus cruelles impressions perdront peu à peu de leur violence, et le calme renaîtra, moyennant l'usage de deux dons sublimes de Dieu, — la raison et la religion : ce sont deux flambeaux éclatants qui nous montrent les choses sous leur vrai jour et qui dissipent les illusions de notre imagination: Lorsque s'évanouit une félicité que nous avions espérée, Dieu nous fait voir que ce n'était pas pour nous une félicité véritable... J'ai toujours vu, après les premiers jours de trouble, se présenter un motif de consolation durable : les desseins de la Providence finissent par paraître bienfaisants à qui ne s'obstine pas à une vaine lutte, à qui cède aux décrets d'en haut. Il nous plairait d'aller par telle route : le Seigneur veut nous conduire par une autre. Ah ! nous sommes des enfants sans expérience, à vue courte : il est, lui, un père, tout sagesse et tout amour. Allons ! Si nous sommes faibles, il le sait et nous portera dans ses bras. — Le malheur est une épreuve redoutable ; cherchons à en profiter en acquérant une plus grande force d'esprit, des pensées plus hautes, plus religieuses. Cher marquis, je prie Dieu de tout mon cœur de vous consoler et je suis, etc.

CCXL

AU PROFESSEUR A. IGHINA.

30 juin 1845.

Cher professeur,

Madame la marquise vous remercie vivement de tout ce que vous avez l'obligeance de lui écrire, à l'occasion du jour de Santa-Giulia : elle se réjouit de se savoir quelquefois présente à l'esprit de V. S.

et désire particulièrement que vous veuillez bien vous souvenir d'elle dans vos prières.

C'est un déplorable accident que celui que vous me racontez, de la jeune fille qui est devenue folle, et il est facile d'imaginer combien ce funeste spectacle, et l'affreuse douleur des parents ont dû vous causer de trouble et d'émotion : tout cœur en eût été déchiré, à plus forte raison le vôtre qui est si bon.

Gioberti s'est laissé emporter à la plus violente colère contre les jésuites, et tous les gens sensés déplorent, comme vous, ce déluge d'injures ; il me déplaît à moi en particulier, parce que cet écrit, intitulé *Avvertenza*, fait partie du *Primato degli Italiani* qui m'est dédié : d'où l'on pourrait conclure que je partage ces préventions furieuses. A peine donc eus-je lu l'*Avvertenza* que je me décidai sur-le-champ à publier, à Paris et ailleurs, une courte protestation qui témoignât de mon dissentiment. Je ne dis rien d'offensant pour Gioberti, et je me borne à expliquer mon sentiment. Gioberti est un homme de premier mouvement, mais sincère : quelque jour, il reconnaîtra son tort. Prions pour lui, et prions pour tous les esprits prompts comme le sien à l'emportement. Avec cette passion, on peut faire un horrible tableau de tout institut, de toute société humaine. Une éloquence sans frein n'est jamais juste et n'est estimée que des esprits qui réfléchissent peu. Comment ne se souvient-on jamais qu'un catholique ne peut logiquement condamner ce que l'Eglise approuve ? Un ordre religieux, qui subsiste sous la protection des papes, ne peut, par aucun de nous, être proclamé une chose malfaisante. De telles haines ne devraie nt pas naître dans des âmes catholiques : car il répug ne que cela puisse s'accorder avec le respect auquel ont droit Rome et ses décrets pour le gouvernemen t de l'Eglise. Ici donc Gioberti est en contradiction avec sa foi toute catholique. Il faut abandonner ces haine s à ceux qui ne croient pas : autrement, on fait un a bus illogique de la doctrine et des paroles. Oh ! ceux qui ne croient pas sont du moins conséquents , lorsqu'ils accusent les jésuites et tous les autres prêtres cath oliques d'être un fléau. Rien de facile comme de fair e des caricatures et de crier à l'obscurantisme. En somme, je plains les incrédules, mais plus encore ce s catholiques assez peu conséquents avec eux-mêmes pour tenir le langage qui ne convient qu'aux incré dules : grande misère , qui ne devrait se rencontrer que chez les imbéciles et qui se trouve aussi trop souvent chez des esprits supérieurs !

Portez-vous bien, cher abbé , conservez cette aimable harmonie de jugement, d'étude, de piété, de bienveillance, de sérénité : à mes yeux cela vaut mieux que d'être toujours morose et furibond.

Quand vous aurez occasion de voir Monseigneur, veuillez lui présenter mes humbles hommages.

Rappelez-moi au souvenir du notaire, le propriétaire de votre maison.

Bien des choses au papa lorsque vous écrirez à Calizzano.

L'abbé Baretta va bien , après avoir été tourmenté de migraines et autres incommodités qui l'ont empêché de célébrer la Saint-Jean , aux Carmes , avec un excellent discours qu'il avait composé. Il vous salue mille fois.

Croyez-moi votre ami bien affectionné.

CCXLI

A VINCENZO GIOBERTI[1].

Turin, 8 juillet 1845.

Cher Gioberti,

J'ai cru de mon devoir de déclarer que je ne partage pas tes opinions sur les Jésuites, et j'ai fait cette déclaration spontanément, sans prendre conseil des Jésuites ni de personne. Je ne pouvais, sans faiblesse, laisser supposer que je refusais mon estime à une compagnie à laquelle appartiennent tant d'hommes sages, et mon propre frère, que j'aime et honore infiniment. Maintenant je viens à toi pour ajouter, avec toute la douleur de l'amitié, que tu as grandement scandalisé, non le vulgaire servile, mais les âmes qui pensent. Tu recevras les applaudissements de gens qui applaudissent volontiers : ce sont applaudissements qui égarent. Le mérite de l'éloquence ne peut rendre digne de louange une pareille philippique contre un ordre religieux. Lorsque, par un emportement de passion, quelqu'un se laisse aller dans ses paroles ou dans ses écrits à des conséquences exagérées, cette prétendue rigueur de logique n'est, tu le sais, qu'une vaine illusion.

---

[1] Cette lettre fut d'abord publiée dans le journal la *Civilta cattolica*, série II, vol. XII, Roma, 1855.   (*Note de l'Éditeur.*)

Que font les raisonneurs incrédules? Ils crient contre le christianisme comme tu cries contre les Jésuites, c'est-à-dire qu'ils soutiennent avec une hardie et spécieuse dialectique que la religion chrétienne est malfaisante, qu'elle tend à rapetisser les intelligences, à étouffer les sentiments généreux, à rendre les hommes timides, faux, délateurs, lourds d'esprit. Que font les raisonneurs des sectes hérétiques? ils crient contre le catholicisme, ils soutiennent avec mille arguments passionnés que cette Église est malfaisante, qu'elle tend à rapetisser les intelligences, à étouffer les sentiments généreux, à rendre les hommes timides, faux, délateurs, lourds d'esprit, etc.

Et ensuite? on sent que ce sont d'éloquentes invectives, et l'homme qui réfléchit secoue la tête en disant: —« Abus de talent! »

Mais tu me demanderas :—« Y-a-t-il ou n'y-a-t-il pas de fauteurs d'ignorance ? »

Et moi je te réponds qu'il y en a, mais qu'ils ne forment pas un Ordre et ne reçoivent pas l'impulsion de tel ordre plutôt que de tel autre. Il y en a, et c'est inévitable, et il n'est pas besoin de les chercher avec la loupe de l'exagération. Ils se trouvent un peu partout, en tout temps, parmi les laïques comme dans le clergé et dans les diverses subdivisions du clergé. Il y en a de bonne foi, et, en tout cas, il n'est pas bien de les charger d'injures : un génie puissant qui éclate contre eux en paroles sans fin commet un acte de faiblesse ; vouloir ensuite les grouper autour d'une idée qu'on appelle le jésuitisme, m'a toujours paru, dès ma jeunesse, et me semble encore aujourd'hui, une création chimérique, un fantôme substitué à la vérité, une déduction malheureuse de certains esprits, qui se laissent effrayer par des mots qu'il faudrait écouter avec une tranquillité supérieure sans jamais s'en faire l'écho.

Il est des chimères et des irritations qu'on amplifie à plaisir, et c'est un malheur de voir, souvent, même des intelligences clairvoyantes s'en laisser préoccuper. Cela ne sert qu'à réjouir les méchants et à contrister les gens de bien.

Voilà le sentiment de quelqu'un qui n'est nullement poussé par des congrégations, de quelqu'un qui te loue et qui te blâme avec sincérité. J'admire ton éloquence, et je fais des vœux pour qu'elle s'unisse à plus de justice et de charité.

CCXLII

AU PROFESSEUR A. IGHINA.

10 juillet 1845.

Cher professeur,

Depuis ma dernière lettre, j'ai reçu les exemplaires que V. S. a eu l'amabilité de m'envoyer de son *Saggio degli studi*, et je vous en remercie pour le compte de Mme la marquise et pour le mien. J'ai vu avec plaisir que la jeunesse recevait dans ce séminaire un fort bel enseignement; je m'en réjouis pour le bien général, et en particulier pour l'honneur de Mondovi, de son très-excellent évêque et de l'un de ses professeurs de moi connu et très-aimé.

Je vous adresse encore de nouveaux remercîments, tant de la part de Mme la marquise que de la mienne, et vous voudrez bien les faire agréer à Monseigneur, pour les deux exemplaires du discours pontifical sur l'*incoronazione di Maria*, composition éminente et digne d'un si illustre auteur.

Je ne sais si à Mondovi coururent, comme à Turin, les bruits les plus opposés sur la déplorable *Avvertenza* de Gioberti. Il y a un nombre infini d'hommes légers qui applaudissent à cette violente déclaration de guerre contre un ordre religieux; mais la plupart des esprits distingués gémissent d'un pareil scandale et du tort que Gioberti se fait.

Je vous offre, etc.

CCXLIII

A M. LE COMTE TULLIO DANDOLO.

26 juillet 1845.

Cher Dandolo,

On m'a remis de votre part deux précieux dons : *Roma e l'impero sino a Marco Aurelio*—et—*Firenze sino alla caduta della repubblica,* livres excellents, dignes de vous. Je les ai lus avec plaisir, et j'ai béni l'aimable auteur qui sait instruire comme peu le savent, en charmant et animant les âmes à la vertu. Recevez, cher ami, mes remercîments pour ces livres comme pour ceux qui les ont précédés. Tout m'en plaît, jusqu'à cette simplicité de bon goût avec laquelle vous développez vos pensées, au lieu de dresser la tête et d'élever la voix pour vous glorifier. C'est cependant un grand mérite que cette mesure que vous possédez, et qui fait que vous n'êtes jamais ni aride ni trop diffus.

En somme, je vous dis de cœur : Bravo ! J'aime vos doctrines, votre façon d'écrire, votre manière de sentir. Accueillez ces expressions sincères de ma sympathie, auxquelles je joins mille souhaits de bonheur.

Je continue à vivre assez mal portant, mais content de la douce vie que Dieu m'accorde généreusement. Adieu, je vous remercie de tout mon cœur, et je suis, etc.

CCXLIV

A M. GIORGIO BRIANO[1].

Turin, 28 juillet 1845.

Mon cher Briano,

Tu auras vu à cette heure, dans les journaux de France, la protestation en termes formels que j'ai cru devoir faire contre la partie condamnable des *Prolegomeni* de Gioberti. Le *Primato* m'ayant été dédié, mon silence eût été une marque d'approbation, et je refuserai toujours de m'associer aux colères qui s'en prennent à des ordres religieux. J'honore le génie de Gioberti, je sais qu'il est de bonne foi ; mais ses préventions contre les Jésuites lui ont fait lancer contre eux une philippique dépourvue de toute raison. Après avoir lu cet éloquent écrit, je ne demandai conseil ni aux Jésuites ni à personne, et, prenant la plume, je fis une protestation que j'envoyai aussitôt à Paris et à

---

[1] De la *Revista contemporanea*, fasc. XII, Turin 1853.
(Note de l'Éditeur.)

Rome. Je ne dis rien d'offensant contre Gioberti ; je me déclare son ami ; je me montre convaincu qu'en faisant des Jésuites une peinture odieuse il a cru les peindre avec vérité, mais je signifie mon dissentiment.

Ma conduite sera toujours d'accord avec mes livres, avec mes principes. Je ne saurais approuver l'intolérance, les fureurs, les malédictions contre aucune catégorie de gens. J'aime que l'on combatte les erreurs, mais sans exagérations et sans insultes ; je suis persuadé que les insultes aigrissent et ne corrigent pas. Je n'appartiens à aucune congrégation, je ne suis l'instrument de personne. Je pense et j'agis sans prendre leçon d'aucun maître, et quand je manifeste mes sentiments, je ne me laisse-aller à aucun emportement contre ceux qui pensent d'une manière différente. Voilà pourquoi je n'ai jamais cherché à réfuter ceux qui souvent m'ont critiqué parce qu'ils pensaient autrement que moi. Libre à eux jadis, libre à eux aujourd'hui, libre à eux toujours. Il me suffit de continuer à ne pas haïr les hommes, mais seulement l'iniquité, et à garder précieusement mes croyances, toutes profondes, libres, et inclinées vers cette modération qui n'est pas la faiblesse. J'aime Gioberti ; mais en exagérant de la sorte, en passant ainsi les bornes, il s'est fait tort, et je le lui ai dit avec franchise. En exagérant, on nuit même à l'effet des choses justes qu'on a pu soutenir.

CCXLV

AU PÈRE GIAN GIOSEFFO BOGLINO.

31 juillet 1845.

Mon cher Boglino,

Je te remercie de toutes les choses affectueuses que tu me dis, et je me réjouis d'apprendre que tu te portes bien. Tu me ferais plaisir de remettre ma réponse ci-incluse au révérend père Pizzorni. Tu avais entendu parler de l'*Avvertenza* de Gioberti ; tu l'as déjà peut-être lue, et tu auras lu aussi ma protestation. Tu comprendras que je ne puis approuver des jugements exagérés et malveillants, même lorsqu'ils sont énoncés par un homme que j'estime et que j'aime. Tu sais, et tout le monde sait, puisque mes livres l'attestent, que je regarde les exagérations comme nuisibles à la société et contraires à la vraie sagesse. Ma conviction n'a pas changé, et je ne me laisse aveugler par l'éloquence de personne, si foudroyante qu'elle soit. Je vois avec douleur que Gioberti éclate en philippiques sans mesure et qu'il croit bien faire. J'honore son génie et je déplore son erreur. Il n'est jamais permis de maudire tout un institut de religieux ni une réunion quelconque d'hommes remarquables. J'ai écrit franchement à Gioberti tout ce que je pense à cet égard. Il me répond que la raison est de son côté et l'erreur du mien. En ce moment nous ne nous entendons pas, et il faut laisser au temps le soin de calmer cet esprit fougueux. Moi je continue à croire qu'il faut de la modération, de la tolérance et de la charité.

En fait de santé, je suis dans cette inégalité accoutumée, selon l'atmosphère, tantôt assez bien, tantôt un peu malade, et jamais sans quelque souffrance. Rarement cependant ces souffrances sont graves, et j'en remercie le Seigneur.

La comtesse de Masino est aux eaux d'Aix; Pallaviccino est allé à Florence, au-devant de son frère Giovanni.

Je me propose d'aller rendre visite, aussitôt que je le pourrai, à l'excellente Madame Giulia Molino Colombini.

Salue pour moi Cesare Spalla, que j'estimais déjà, et que j'estime doublement depuis que j'ai lu son *Baradello*.

Je t'embrasse et suis ton ami très-affectionné.

CCXLVI

A M. LE COMTE PORRO.

Gênes, 21 août 1845.

Cher Porro,

Mes souffrances s'étant notablement calmées, j'essaie d'aller à Rome pour y passer l'hiver. Je me suis décidé tout d'un coup, profitant de l'occasion que m'offrait un très-cher compagnon de voyage, mon frère le Jésuite. Je reviendrai par terre dans les premiers jours d'avril. Quoique ma santé soit devenue meilleure, je ne puis faire grand mouvement, et

encore moins m'arrêter beaucoup en route. Je verrai
Rome petit à petit. Ici, à Gênes, je n'ai pour ainsi
dire pas bougé. Quelques amis m'ont fait la grâce
de venir me voir, et entre autres—devinez—votre
aimable nièce, la marquise d'Adda avec son mari. Ils
m'ont fait grand plaisir : j'ai cru, un moment, me
retrouver au milieu de vous. J'ai appris que Giulio ne
devait plus être à Rome. Je le regrette bien, et je
voudrais qu'une heureuse combinaison l'y eût retenu.
Si déjà il est de retour, dites-le lui. Il faudra qu'à
Rome je débute par un repos de quelques jours. Puis
je commencerai à faire mon bonheur en visitant les
musées, les églises, etc. Je brûle du désir de tout voir;
mais si, avec mes pauvres forces, je ne puis voir
qu'une partie des choses, je chercherai du moins à
connaître ce qu'il y a de plus remarquable...

CCXLVII

A SA SOEUR JOSÉPHINE.

Rome, 27 novembre 1845.

* Ne crains rien pour ma santé : j'ai la bénédiction d'un vénérable pontife qui a 81 ans, et que
j'ai envie d'imiter en vivant longtemps. Oh! quel
digne et aimable saint-père! J'ai été touché de son
accueil si bon, si indulgent! Des circonstances avaient
causé un retard à ma présentation; elle eut enfin
lieu jeudi 20, à quatre heures. Il me reçut dans sa
chambre de travail. A mon arrivée il cessa d'écrire,
et voyant que je faisais aux premiers pas la génu-

flexion prescrite, il me dit d'avancer tout simplement.

J'allai me prosterner devant lui, je lui baisai le pied ; il me souleva de terre avec bonté, me bénissant et m'accordant aussi de nombreuses bénédictions que je lui demandai pour toutes les personnes avec qui j'ai des liens de parenté ou de bienveillance. On fait ces demandes sans nommer les individus, et ainsi la bénédiction du saint-père s'étend sur tous ceux que l'on aime et à qui on voudrait obtenir des grâces. Tu as donc eu ta bonne part dans mon intention, et avec toi j'ai pensé à la famille Daviso, et à ce qui forme ton petit monde.

Ensuite il daigna s'entretenir avec moi de mon temps passé, du livre des *Mie Prigioni*, des preuves d'amour que Dieu m'a données. Toutes ses expressions ont été belles, saintes, encourageantes. J'ai répondu à tout avec simplicité et reconnaissance. Enfin il m'a dit qu'il ne voulait pas me laisser partir sans me donner une médaille ; et voilà qu'avec ses 81 ans il se lève tout dégagé comme s'il n'en avait pas même soixante, il va à une armoire qui était à un des coins de la chambre, il en tire une belle médaille d'argent et il me la donne.

Je me mis à genoux pour la recevoir, je lui baisai la main, et je fus congédié avec le sourire le plus paternel.

Qu'en dites-vous, Mademoiselle ? n'est-ce pas là une heureuse journée ? Je suis content, je suis gai, je veux que tu le sois aussi, je ne veux plus que tu souffres le *Nibrio*, je veux que tout soit paradis dans nos cœurs, je veux que nous devenions tous fous... mais de la folie de la croix, pour être sages dans les siècles des siècles.

Ainsi soit-il ! *

CCXLVIII

À M. GIORGIO BRIANO.

Rome, 1846.

Mon cher Briano,

...... Je continue à être très-content de Rome, pour les choses et pour les hommes. Tu te rappelleras que, dans le petit livre *Dei Doveri*, j'ai manifesté le penchant et le goût que j'ai à ne pas me montrer absolu dans mes jugements, erreur trop commune, surtout chez les esprits qui doctorisent avec emportement. Rome est souvent mal jugée par ceux-ci. Il faut admettre plusieurs types, moyennement bons, de coutumes sociales, de mérites, de conditions nécessaires, apprécier les vertus et le beau différent des peuples diversement civilisés, et ne regarder comme décidément mauvaises que la barbarie, l'irréligion, et la surabondance des méchants et des sots. Les éléments odieux ne surabondent nullement dans ce pays, et j'y remarque, au milieu de ces maux qui sont inévitables en tout lieu, une grande puissance de jugement et de bonté, des esprits cultivés, une générosité gracieuse et sincère. Enfin, tandis que les exclusifs continuent leurs murmures, quiconque vient à Rome s'y trouve bien moralement et sous le rapport de l'intelligence, s'y trouve bien grâce à la noble sociabilité des habitants, et pour ce je ne sais quoi de respectable et de sympathique particulier à tous les pays qu'ont rendus fameux d'antiques et durables souvenirs.—Il n'est pas jusqu'au côté jovial de cette bonne nature romaine qui ne soit plein de grâce et qui n'obéisse à un ordre admirable. Les folies du carnaval, le nombre infini des masques, les courses, le magique délire des *moccoletti*, forment un ensemble de franche gaieté, d'inoffensives fantaisies, de plaisanteries innocentes. Tout à coup retentit au Capitole la cloche qui rappelle à la sagesse; aussitôt tout se calme, tout obéit, comme dans une troupe aimable de jeunes garçons bien élevés, où, sur un signe du père, on passe des rires innocents à une honnête gravité. Mais peut-être ai-je tort, et vaudrait-il mieux froncer le sourcil, ne voir que coups de couteau, gueusaille importune, prêtres et moines inutiles, et réserver mes éloges pour ces heureuses nations où il n'y a plus ni délits, ni inégalité de fortune, ni misères. Tu es indulgent et tu me plains. Je suis un homme de peu de tête et obstiné dans ses idées. Les mêmes principes que je professais lorsque j'écrivis les *Mie Prigioni* et *i Doveri degli uomini*, je les professe encore. Il me semble qu'il n'y a de vraie philosophie que la modération. Combien de savants maîtres eussent voulu m'en enseigner une plus belle, et je ne leur ai pas donné la consolation de m'enrôler dans leurs rangs! Quel malheur pour ma réputation!...

Je puis de nouveau sortir un peu pour voir cette foule innombrable de beautés intellectuelles, morales, sacrées, poésie sublime qui ne s'écrit pas. Je n'ose prendre sur moi de te parler de la basilique vraiment divine de 'Saint-Pierre, ni des autres merveilles de Rome : les livres ont déjà balbutié de tout cela, les uns avec une certaine vérité, les autres dans un sentiment vulgaire ou hostile. Mais venons à mon voyage. Tu as raison d'écouter sans t'en inquiéter les conjectures ou les assertions que les *génies profonds* s'évertuent sagement à répandre.

Beaucoup d'hommes ont cette infirmité de froncer le sourcil et de faire les entendus, et ils ignorent que, le plus souvent, les choses vont simplement d'elles-mêmes. Ils se donnent ainsi de l'importance et un air de supériorité. Les pauvres gens !

Il me semble qu'on ne saurait parler avec certitude, si on en parle trop tôt, du moral d'un pays. Je sais qu'ici je trouve de l'amabilité, de la science, du bon sens. Il me semble, qu'à peu de chose près, tout s'y passe comme dans d'autres pays civilisés; le mal s'y mêle au bien. Je ne suis ni optimiste, ni pessimiste. Les déclamateurs passionnés exagèrent, défigurent, mentent...

CCXLIX

A M. GIORGIO BRIANO.

1846.

Mon cher Briano,

Un commencement de pontificat est une excellente occasion pour la clémence; chacun sent cette vérité et l'approuve.

Je bénis les souverains qui étendent le manteau du pardon sur une jeunesse en révolte, mais je gémis aussi de la nécessité où se trouve quelquefois un prince de réprimer des *révoltes consommées*. Exiger une perpétuelle indulgence me semble une vaine utopie et une application forcée des maximes de charité, puisque la religion qui commande la charité veut aussi l'ordre social. En ceci donc la mesure du pardon et de la rigueur doit dépendre de l'opportunité, et cette opportunité peut être examinée et discutée dans de bons écrits où l'on travaille, sans insultes, à faire pencher les forts du côté du pardon. Autrement on s'expose au reproche d'exagération et d'injustice, quelle que soit d'ailleurs la droite intention et la généreuse chaleur des Démosthènes. Je sais cependant qu'il faut honorer les gens de bien, même lorsque, sans s'en apercevoir, ils vont au delà de la justice et de la logique. Ainsi marche la société humaine, dans un tourbillon où se heurtent les opinions et les passions, les lumières et les ténèbres, la civilisation et la barbarie. Elle n'est ni un enfer ni un paradis, mais il y a en elle les éléments de l'un et de l'autre. L'affaire de chacun est de reconnaître Dieu et de le suivre, d'abord au Calvaire, et ensuite à la gloire éternelle. Courage donc, la lutte est belle, et dans toutes les positions on peut pratiquer la vertu. J'ai toujours trouvé un grand appui dans cette pensée.

CCL

A M. PROSPER FAUGÈRE, A PARIS[1].

Turin, 17 mai 1846.

* Monsieur,

De retour de Rome, où j'ai passé huit mois, je trouve à Turin le don précieux que vous avez bien voulu me faire, Monsieur, et l'aimable lettre qui l'accompagne. Je ne saurais assez vous exprimer ma reconnaissance. Rien ne me fait autant de plaisir que de me voir honoré de la bienveillance de ceux que j'estime.

Je sais par ceux qui vous connaissent que l'amour de l'étude et le savoir ne sont pas les seules qualités qui vous font aimer.

Votre édition de Pascal ne laisse rien à désirer sous bien des rapports; que de soins vous y avez mis! Il est vrai que quelques-unes de ses pensées y perdent à ne plus être corrigées, complétées. C'est que souvent dans les choses humaines le nu ne répond pas assez à notre besoin de beauté idéale.—Enfin vous avez voulu donner les écrits de Pascal sans voile, sans fard, tels qu'ils sont sortis de sa plume, tantôt développés, tantôt à peine ébauchés. Votre tâche est remplie avec fidélité.—Admirateur, comme je le suis, du génie de Pascal, je suis cependant peu d'accord avec quelques-unes de ses opinions. J'ai toujours vu avec peine ce qu'il y

---

[1] M. Prosper Faugère est actuellement sous-directeur des affaires politiques au ministère des affaires étrangères, à Paris. Nous devons à la courtoisie de S. E. M. le duc de Gramont, ministre de France à Turin, d'avoir connu l'existence de cette lettre et de pouvoir la publier. (*Note de l'Éditeur.*)

avait de sombre et de haineux dans son esprit de censure et de réforme. Hélas! ce n'est pas là le caractère
d'une religion de charité, d'unité.

Pardonnez-moi si je vous avoue que j'aurais désiré
quelques mots de critique de votre part sur ce que la
passion lui dictait de chargé, d'injuste contre la compagnie de Jésus. Les erreurs des hautes intelligences
sont les plus nuisibles, parce qu'elles entraînent, parce
qu'elles forment une espèce d'autorité. Nous l'avons
vu dans Pascal et dans ses illustres amis. L'Église a un
si grand besoin d'union! demandons-la à Dieu, et
déplorons tout ce qui irrite et divise.—Au don de ces
deux volumes vous en avez joint un dont je vous suis
aussi très-reconnaissant. Cet éloge de Gerson est admirable. J'applaudis comme tous ceux qui l'ont lu.

Agréez, je vous prie, avec mes sincères remercîments, l'assurance des sentiments distingués d'estime
et de considération avec lesquels, etc. ✱

CCLI

A M. CARUTTI.

Turin, 27 mai 1846.

Mon cher Monsieur Carutti,

C'est une aimable pensée que celle de me faire une
visite, quand vous viendrez à Turin. Il me sera
agréable de connaître une personne qui m'écrit avec
tant de bienveillance. En attendant, je vous félicite du
talent tragique qui se révèle dans votre *Velinda*. Le
sujet était simple et difficile. J'admire l'art que vous

avez mis à le développer. C'est de la vraie puissance.
Mais toutefois je ne suis pas entièrement satisfait. Le
noble caractère d'Ubaldo est trop souillé par ce genre
de vengeance. La passion peut rendre féroces des personnes honorables, mais il ne faut jamais admettre
qu'elles puissent recourir au poison, à la trahison.
Ubaldo pouvait bien, dans un premier mouvement de
colère, imaginer une si affreuse vengeance, mais non
la vouloir d'une volonté arrêtée et suivie. Et ainsi
j'eusse désiré que *Velinda*, émue, troublée, s'engageât
à cet acte barbare, mais qu'ensuite elle fît tout au
monde pour ne pas le commettre, et qu'elle préférât
mourir seule pour apaiser son frère. Lorsqu'on peint
des âmes exaspérées, sauvages, forcenées, mais
grandes, il faut leur épargner l'horreur d'une perfidie,
et les faire aimer pour leur grandeur. Ceci est de
rigueur dans la tragédie; le Beau idéal le veut ainsi.
Ou si, par la nature même du sujet, on peint une âme
grande et bonne, qui s'emporte jusqu'à l'atrocité, il
convient de la montrer sous le joug évident du délire.

Avec tout cela, votre tragédie a ce cachet de talent
qui marque les œuvres du petit nombre. J'applaudis
de cœur, et je suis, avec une véritable estime, votre
très-dévoué serviteur, etc.

CCLII

AU CHEVALIER P. A. PARAVIA.

3 juillet 1846.

Cher Paravia,

A peine arrivé à la campagne, je dis au bon père

Stub que vous aviez l'intention de passer quelques jours à Moncalieri. J'ignorai ensuite que vous y fussiez allé, et que vous étiez précisément l'hôte de ces pères. Je l'ai su hier à Turin, où me voici de retour. Nous retournerons à la Vigna Barolo au mois de septembre. L'abbé Gallina m'a dit que vous partiriez pour Venise dans peu de jours. Si je ne vous vois pas auparavant, je vous souhaite dès aujourd'hui un bon voyage et le rétablissement complet de votre santé. Je vous prierai d'offrir mes hommages à Madame votre sœur. Ayez la bonté de remettre les deux incluses aux amis Renier et Parolari; je vous en serai obligé.

Je ne saurais assez vous dire quel trésor de sentiment et de grâce j'ai trouvé dans vos sonnets. Peu de poésies parlent au cœur avec autant de charme. Écrire de cette manière est pour les jeunes gens la meilleure des leçons. Les vrais professeurs sont ceux qui joignent aux préceptes un excellent exemple.

Portez-vous bien et revenez-nous content. Je vous embrasse et je suis, etc.

CCLIII

AU MARQUIS GIUSEPPE CAMPORI, A MODÈNE.

Turin, 14 juillet 1846.

Monsieur le marquis,

La demande que vous m'adressez est de votre part une amabilité à laquelle je n'oserais répondre par un refus. Mais ces quelques vers sont jugés par vous avec trop d'indulgence, et je ne vois pas qu'ils méritent l'impression [1]. Ces petites choses reçoivent uniquement leur prix de l'à-propos. Je vous remercie de me garder une place dans votre aimable souvenir. Saluez bien pour moi votre frère Cesare quand vous le verrez. Disposez de moi et agréez les sentiments de parfaite estime avec lesquels j'ai l'honneur d'être, etc.

CCLIV

A PIETRO GIURIA [2].

21 août 1846.

Mon cher Giuria,

Il n'est pas difficile de choisir de beaux sujets, comme tu as fait pour tes *Mélodies*; mais précisément parce qu'ils sont beaux, ils demandent une poésie élevée, des idées, des sentiments, une exécution supérieure : qualités qu'il est peu facile de réunir. Tu me parais y avoir réussi, et je puis t'assurer que j'ai lu ces compositions avec ce plaisir que donne l'amour satisfait du beau. J'approuve aussi ce je ne sais quoi de bon

---

[1] Il s'agit probablement ici des vers écrits par Pellico à la prière du marquis Cesare Campori, pour être gravés sur un monument, dans le jardin de la marquise Giulia Coccapani, à Saliceto, près de Modène. Ces vers, remis à Turin par Pellico lui-même à M. le marquis Cesare Campori, en 1843, étaient les suivants : « L'amour maternel l'emporte sur tout autre amour, et jamais les enfants n'aiment assez ce cœur qui, avant que le jour brillât sur eux, les couvrait de toute sa tendresse. O mère ! si mon cœur n'égale pas le tien, je t'aime du moins autant qu'une fille peut aimer ! »   (*Note de l'Éditeur.*)

[2] Du livre *Silvio Pellico e il suo tempo*, considérations de Pietro Giuria. — Voghera, tip. Gatti, 1854.

(*Note de l'Éditeur.*)

goût qui t'apprend à développer un thème autant qu'il le faut, sans être long. Le lecteur est content, mais il désirerait encore quelque chose; c'est précisément le moment de finir. Cette mesure est souvent ce qui manque à ceux qui écrivent en vers.

Je te remercie de ce cher petit volume et te félicite de cœur.—Conserve-moi ta bonne amitié, et mets-moi aussi quelque peu dans les bonnes grâces de cette âme charmante que tu as prise pour compagne, et que j'honore pour tout le bien que tu m'en as dit. Soyez heureux.

CCLV

AU PROFESSEUR A. IGHINA.

Turin, 30 août 1846.

Cher professeur,

Votre lettre ne respire qu'amabilité et affection, et je vous en remercie pour Madame la marquise et pour moi-même, toujours reconnaissants l'un et l'autre des gracieuses attentions de V. S.—Chaque fois que je rencontre l'avocat Nasi, je lui demande toujours des nouvelles de notre cher professeur, et quand elles sont bonnes, j'en suis heureux. Madame la marquise reçoit avec plaisir vos félicitations. L'approbation pontificale console et anime fort ces sœurs de Sainte-Anne. C'est vraiment un institut d'une grande utilité, et il est bon qu'il s'étende. Il y a déjà de ces religieuses dans plusieurs villages. Avant-hier, il en partit trois pour Saint-Vincent, diocèse d'Aoste, appelées par la commune, par l'évêque et par le curé.—J'apprends que dans le monastère est morte une sœur nommée Giulia, après une courte maladie. Sa perte a été vivement sentie, tant cette religieuse édifiait chacun par sa vertu. Je pense avec chagrin que ce doit être la sœur de M. votre collègue. Mais heureux qui, jeune encore, chargé de mérites, achève si saintement sa carrière !

Les huit mois que j'ai passés à Rome ont été féconds en impressions délicieuses. On ne peut assez dire combien cette vénérable cité mérite d'être visitée, et autrement qu'en passant. Oh ! comme le bon et le beau y abondent, bien que certains hommes parlent et écrivent sur Rome avec des préventions hostiles, et se flattent ainsi d'amoindrir son autorité ! Je regrette de ne pouvoir y aller encore cette année. Je voudrais voir de près ce grand pape, si cher à tous. Le bon Grégoire XVI a été exaucé : il connaissait le mérite éminent du cardinal Mastai, et il exprimait le vœu de l'avoir pour successeur. Tous s'accordent à dire que Pie IX est le pontife qu'il fallait à notre époque. Prions pour lui, car il a besoin d'une aide signalée pour surmonter tant de difficultés politiques, religieuses et administratives. L'entreprise est ardue, mais un pontificat qui commence si heureusement donne beaucoup à espérer à tout l'univers catholique.

Je suis heureux de ce que le livre de mon frère a obtenu le suffrage de V. S. J'estime aussi très-haut cette manière de réfuter tranquillement et sans offenser la charité. Quel malheur de voir un génie aussi remarquable que Gioberti se laisser dominer par ces opinions violentes ! — Peut-être, avec le temps, se détrompera-t-il et regrettera-t-il ses emportements.

Faites-moi la grâce de présenter mes respectueux hommages à Monseigneur l'évêque. — Portez-vous bien. — Mille choses à votre digne père. Je souhaite contentement et santé à toutes les personnes qui vous sont chères, ainsi qu'à vous. Croyez-moi, comme je le suis de cœur, etc.

CCLVI

AU BARON CARLO DAVISO.

Turin, 29 octobre 1846.

Mon très-cher ami,

En vérité tu es trop bon! mais, en fait de bonté, j'aime le trop. Je te remercie de tout ce que tu m'écris, au sujet de la représentation de la *Francesca*, et j'accepte tes louanges amicales, quoique je sois persuadé de ne pas les mériter toutes. La fortune des auteurs d'ouvrages dramatiques consiste à avoir des acteurs de talent, et il est souvent arrivé que les acteurs et les actrices ont donné de l'éclat à des productions défectueuses. D'après ce que tu me dis, je dois beaucoup, cette fois, à ceux qui m'ont représenté, et surtout à madame Landozzi, dont la renommée m'a fait connaître le rare mérite dans cet art difficile : elle y joint l'avantage d'être de Sienne, et d'avoir la plus belle des prononciations italiennes. Tout concourait enfin à faire honneur à ma tragédie, et probablement tu y auras trop contribué, par les applaudissements passionnés d'une amitié aveugle.

Adieu, cher baron, mets-moi aux pieds de ta respectable sœur et de tes autres anges.

CCLVII

AU COMTE TULLIO DANDOLO, A MILAN.

Turin, 25 février 1847.

Très-cher Dandolo,

Mille remercîments pour votre amical souvenir et votre aimable présent. Vous avez su faire, avec cette supériorité qui est partout la vôtre, ce beau livre de la *Svizzera Pittoresca*, mais il me semble que tous vos ouvrages seront surpassés par celui qui vous occupe en ce moment. C'est une entreprise gigantesque que *la Storia del pensiero ne' tempi moderni*, telle qu'elle est exposée dans la table des matières. Je me réjouis de ce qu'une partie si étendue de ce grand travail est déjà achevée, et je vous souhaite de tout mon cœur santé et longue haleine pour le mener à bonne fin, sans trop de difficultés et sans de trop longues interruptions : l'idée est magnifique et l'index me paraît admirable.

J'étais au lit, malade, et en proie à de cruelles souffrances, quand on m'apporta votre paquet, et je regrette de n'avoir pu voir et remercier votre gracieux messager.

Dieu vous conserve heureux et en santé, mon cher Dandolo. Je jouis souverainement du tableau que vous m'esquissez de vos félicités.

CCLVIII

AU PROFESSEUR A. IGHINA.

6 mai 1847.

Cher professeur,

Nous sommes dans une grande affliction : Madame la marquise est dangereusement malade ; elle a reçu le saint viatique et les saintes huiles ; elle a toujours sa connaissance et jouit, par la grâce de Dieu, d'un calme parfait : mais on n'a pu, avec dix saignées, faire cesser l'inflammation, et les symptômes laissent peu d'espoir.

Unissez vos prières aux nôtres, et implorez celles de Monseigneur l'évêque, à qui je vous prie de vouloir bien présenter mes hommages.

Pour le moment, je ne saurais que vous répondre, relativement aux demoiselles au sujet desquelles vous m'écrivez.

J'ai saisi quelques instants au passage pour lire votre admirable composition poétique : tout m'y paraît heureusement senti et exprimé. Dans le mot *Santuario*, l'usage est plutôt de diviser la diphthongue *ua* ; mais c'est une misère : de véritables critiques, je ne saurais en faire, et j'applaudis de cœur. — Je vous offre mes respects, et suis, etc.

CCLIX

A DAVID BERTOLOTTI.

Samedi, 29 mai 1847.

Mon cher David,

Je te remercie vivement de l'exemplaire du *Salva-*

tore que tu m'as adressé[1]; ce poëme se relit volontiers et restera cher à tout lecteur intelligent : c'est un trésor de sentiment et de merveilleuse poésie. On ne pouvait traiter un si grand sujet avec une simplicité plus sublime. Qu'il attire sur toi, outre les louanges des hommes, mille bénédictions de Dieu !

Je t'embrasse, et suis ton Silvio.

CCLX

AU PROFESSEUR A. IGHINA.

Turin, 7 juin 1847.

Cher professeur,

J'ai remis à madame la marquise de Barolo l'exemplaire que V. S. lui avait destiné, et je suis chargé de vous rendre de sa part mille respects et remercîments. Je vous remercie également de celui que vous avez eu la bonté de m'adresser, et j'ai relu avec grand plaisir cette belle production, si digne de votre esprit et de votre cœur. Les octaves sont d'un maître, et les vers écrits dans un autre rhythme ne sont pas moins beaux. V. S. sait répandre la grâce et l'onction partout où elle exerce sa pensée.

Bravo d'un bout à l'autre !

Les nouvelles de Madame la marquise continuent à être bonnes, quoiqu'elle soit encore bien faible. Elle a appris avec reconnaissance que Monseigneur l'évêque et V. S. avaient prié pour elle, la croyant morte, et vous demande de lui faire la charité de prier pour

---

[1] Il s'agit d'un exemplaire de la seconde édition.

(Note de l'Éditeur.)

elle, la sachant vivante. Madame la marquise désire qu'en présentant ses respects à Monseigneur, vous ayez la bonté de vous charger près de lui de la commission suivante : — Il y a quelques années, on mit au *Rifugio* une fille naturelle, nommée Maria Assunta, et Monseigneur, qui la recommandait, dit qu'à l'époque où elle aurait à sortir du *Rifugio*, il suffirait de l'en avertir, ou d'en informer ici un père dominicain qu'il indiqua, mais qui n'est plus à Turin. Pendant le temps que cette jeune fille a passé dans cette maison de retraite, elle s'est corrigée et a appris à lire, à travailler, et maintenant c'est une bonne fille, capable de gagner honnêtement sa vie. Sa santé va s'altérer si elle continue à mener cette vie sédentaire, et elle a véritablement besoin d'en sortir. M. Burdizzo, secrétaire de Madame la marquise, en a déjà écrit à M. le chanoine Vasallo; mais il n'est venu aucune réponse. Monseigneur est prié d'aviser, pour que l'on sache entre les mains de qui il faut remettre cette fille. Elle fut admise à la condition que lorsqu'elle devrait sortir du Rifugio, il y aurait une personne qui se chargerait de la recevoir : un plus long délai pourrait être nuisible à sa santé.

Madame la marquise ne peut deviner, cher professeur, quelle est la chose que vous regrettez, ditesvous, de lui avoir cachée jusqu'à présent. Venez donc le plus tôt que vous pourrez lui dévoiler ce mystère : vous serez toujours le bienvenu.

Je vous prie de me mettre aux pieds de Monseigneur, et d'agréer les sentiments d'amitié et d'estime toute particulière avec lesquels je suis, etc.

CCLXI

AU PROFESSEUR A. IGHINA.

Turin, 18 juillet 1847.

Cher professeur et digne ami,

La jeune Luigia Donnotti a vraiment dépassé l'âge requis; mais sur le bien que vous en dites et la vocation qu'elle semble avoir de se faire un jour religieuse, Madame la marquise de Barolo n'aurait pas de difficulté à l'admettre aujourd'hui parmi celles qu'on élève au monastère de Sainte-Anne. La pension est de quinze livres par mois, et la jeune fille pourra, dès qu'elle saura écrire, si la vocation persiste, passer au noviciat. Je dois encore ajouter qu'il faut que ladite jeune fille soit présentée ici à la mère générale, avant que son admission soit positivement assurée. Mais, d'après tout ce que vous m'écrivez de sa vertu et de sa personne, je me persuade qu'elle plaira et sera admise.

Je ne saurais encore vous donner une idée du *Gesuita moderno*, n'ayant pu le lire jusqu'à présent, et ne l'ayant pas même eu sous les yeux; il est du nombre des livres dont on ne permet la vente sous aucune condition. Il y en a quelques exemplaires à Turin, grâce aux mille manières à l'aide desquelles les choses défendues trouvent toujours moyen de s'introduire chez les personnes qui les veulent absolument. Je lirai ce livre quand il me sera facile de l'avoir, et, en attendant, j'écoute les jugements qu'on en porte. On me dit que c'est, comme les *Prolegomeni;* un mélange de digressions éloquentes; des chapitres entiers magnifiques, sublimes, qui respirent l'amour de la vérité, mais trop souvent gâtés par d'autres chapitres furibonds qui précèdent et qui suivent : en somme, un débordement intarissable de bien et de mal, de charité et de haine. Voilà ce qu'on me dit ; mais je ne puis, quant à moi, prononcer ni louange ni condamnation, me bornant à rapporter le jugement d'autrui.

Je ne sais si quelqu'un répondra, mais ce ne sera pas moi, qui n'ai jamais répondu aux injures, soit directes, soit indirectes. Je considère avec respect les réfutations honnêtes, mais celles-là mêmes me semblent peu profitables ou inutiles : elles persuadent les esprits bienveillants, et rien de plus. Le temps fait justice des opinions, et le règne du livre violent n'est jamais long. En laissant agir le temps, on arrive au même but, et on ne perd pas inutilement le repos ; d'ici à quelques années, Gioberti lui-même rougira d'avoir cédé à l'impulsion de faux amis, d'avoir publié comme de prétendus documents des choses qui n'en sont pas, enfin d'avoir compromis son magnifique talent et la renommée dont il jouissait déjà.

Quant à moi, j'ai fait une fois pour toutes ce que je devais, en déclarant que je ne partageais pas ces jugements emportés. J'ai été toute ma vie l'ennemi des disputes, des libelles, de cette agitation prétendue *héroïque*. La religion n'est pas une plaisanterie, et nous savons que son esprit est la charité et non la haine.

En somme, cher professeur, que le monde entier devienne furieux, pour nous, gardons notre sérénité. Soyez gai, aimez-moi, faites agréer mes respects à

M. votre père, et venez bientôt nous voir. Madame la marquise se rétablit lentement : elle vous dit mille choses.

CCLXII

AU COMTE LUIGI PORRO.

Turin, 2 août 1847.

Très-cher Porro,

Les nouvelles de votre santé m'ont fait grand plaisir; j'en reçois aussi de la Masino ; la comtesse et tout son monde se portent bien. J'espère que vous aurez trouvé en bonne santé vos enfants, filles et garçons, grands et petits. Chère, aimable, excellente famille, que visite souvent ma pensée et que j'aime comme vous l'aimez vous-même, vous qui en êtes l'excellent patriarche. Mais j'ai toujours un peu de prédilection pour Giulio, et je ne lui en veux que de ses longs voyages, qui m'inquiètent. Maintenant que vous l'avez chez vous, je suis content; je le serais plus encore si je pouvais me voir assis au milieu de vous, et l'entendre parler des pays qu'il a visités.

Les deux préfaces qui ne vous déplaisent pas d'*Alban de Villeneuve* et de *Philippon*, sont suffisamment justes, mais non dans leur entier, et ce n'est pas ma faute. Je remarque avec chagrin dans les livres français, dans leurs préfaces, dans leur manière d'exposer, d'interpréter nos faits et gestes, tantôt une inexactitude, tantôt une autre. Ils suppléent la vérité par leurs imaginations, et la vérité en demeure plus ou moins altérée. Pour ce qui est des deux préfaces, en substance, il n'y à rien de mal [1]. Je laisse dire sur mon compte, et je souris des inexactitudes que je vois se débiter à mon endroit dans toutes ces biographies, notices, etc. Maintenant il est inutile de vouloir recti-fier de pareilles choses. La plupart des suppositions erronées sur mon compte viennent de personnes bien intentionnées, et je ne dois pas m'en plaindre : quant aux autres, c'est chez moi une vieille habitude de n'y point prendre garde, n'ayant jamais rien répondu aux malveillants. Gioberti a voulu maintenant se ranger parmi ces derniers, et il me prodigue l'éloge et le blâme à sa manière. Ses sept volumes traitent du monde entier et ne signifient rien. Lorsqu'un livre porte l'empreinte de la satire et de la caricature, l'ef-fet en est vulgaire et passager : pour frapper vérita-blement, il faut savoir produire le beau et le juste, et non prêter appui aux passions vulgaires. Oh ! gâte-métier [2] ! que de mal ils ont fait jusqu'ici ! Ils prennent des airs de maître et de héros, et ce ne sont que des enfants. Ils seront *Pélasges* tant qu'ils voudront [3], mais il faut, pour l'être, autre chose que des satires et des

---

[1] Ce qui suit ces mots : *Je laisse dire*, jusqu'à la fin de la lettre, a été publié par le journal de Rome, la *Civilta Cattolica* (série II, vol, XI, 1855), mais sans date et avec cette seule adresse : A M. N. N.   (*Note de l'Éditeur.*)

[2] Par amour pour la vérité, nous devons noter ici que, là où Pellico dit (comme il résulte de l'autographe que possède M. le comte Porro) : « Oh ! gâte-métier, que de mal ils ont fait jus-qu'ici ! » la *Civilta Cattolica* a imprimé la variante suivante : « Oh ! gâte-métier ! ils font de pire en pire, ils prennent, etc. »   (*Note de l'Éditeur.*)

[3] C'est sans doute ici une allusion à quelque prétention ré-

rodomontades ; il faut une véritable instruction et une vertu véritable. Ils me reprocheront de ne pas publier de livres ; je n'ai pas fait vœu de ne plus rien publier, mais, pour le moment, trop de gâte-métier nous assourdissent.

CCLXIII

AU BARON ACHILLE DU LAURENS, A AVIGNON.

Turin, 7 août 1847.

Cher et digne baron,

A tout ce que Mme la baronne me fait l'honneur de m'écrire, vous avez ajouté les choses les plus aimables, et je suis heureux d'avoir une si belle place dans la bienveillance d'un homme aussi excellent. Je vous en suis reconnaissant et vous rends affection pour affection, m'y sentant porté par la justice autant que par la sympathie. Un des plus doux plaisirs de la vie est d'aimer des gens distingués et d'être aimé d'eux. C'est une des vérités que mon père me répétait sans cesse quand j'étais enfant, et l'expérience m'en a fait sentir la profonde justesse. *La sainte et sublime marquise,* comme vous l'appelez, recouvre peu à peu sa santé. Mais elle n'est pas forte, et souvent les souffrances la visitent ; elle les supporte avec patience et courage ; elle se fatigue à ses bonnes œuvres accoutumées et prend peu de repos : voilà sa vie ! Nous parlons fréquemment de l'aimable baron du Laurens,

trospective de l'Italie nouvelle revendiquant ses origines grecques, et sans doute aussi à quelque passage de Gioberti.

(Note du Traducteur.)

de l'excellente baronne et de leurs dignes et beaux petits anges : on ne saurait penser à une famille si estimable sans lui souhaiter toutes les prospérités, et sans y joindre le désir de la revoir. Mon cœur jouit de vous savoir tous en bonne santé, dans ce charmant îlot du Rhône, goûtant le repos et oubliant les stériles propos de la politique. Je suis, moi aussi, dégoûté de ces bavardages, mais ils m'importunent encore trop. Les esprits remuants débitent mille mensonges, au sujet de Rome. Il y aura eu quelques journées de trouble, mais il semble à présent que les Etats pontificaux se calment. Le crédit du Saint-Père est grand, et sa voix est écoutée avec vénération. Les lettres que nous avons de Rome sont rassurantes : espérons et prions. Les gâte-métier du progrès, c'est-à-dire les libéraux exagérés, ne cessent d'inventer des fables ; ils supposent des trames qui n'existent pas ; ils crient contre les jésuites. Le plus éloquent et le plus exagéré de leurs ennemis est Vincenzo Gioberti, dans son récent ouvrage en sept volumes : *Il Gesuita moderno*. Il raisonne, déraisonne, dit bien, dit mal, accumule le faux et le vrai, interprète, confond, travestit et déverse ainsi des torrents de haine sur la Compagnie de Jésus ; faisant de son mieux pour la représenter comme digne d'exécration. Il se plaint aussi de moi, me loue, me blâme, m'accorde et me retire son estime. Il sait bien que je ne lui répondrai pas une syllabe. Ces sept volumes (qu'on appelle ici plaisamment les *Sept trompettes*) manquent de toute mesure, et partant ne signifient rien. Lorsqu'un ouvrage porte l'empreinte de la satire et de la caricature, son effet est médiocre et ne dure pas. Pour frapper fort, il faut savoir produire le beau et le juste. Oh! que vous avez raison d'aimer la solitude et les bons livres! Heureux qui sait apprécier ces trésors du sage! Ils font aimer Dieu et sourire sur les vaines rumeurs de la fausse sagesse. Après l'Assomption, nous irons à la campagne, et nous y resterons tant que la saison sera favorable.

Mes respectueux hommages, je vous prie, à Madame la baronne et à ces demoiselles, et agréez l'expression des sentiments tout particuliers d'estime et d'affection avec lesquels j'ai l'honneur d'être, etc.

CCLXIV

AU PROFESSEUR A. IGHINA.

Turin, 29 août 1847.

Très-cher professeur,

Madame là marquise de Barolo n'a aucune relation avec le ministre des finances, et elle regrette de ne pouvoir lui recommander personne, pour emplois, changement de résidence, etc. Il lui est fort pénible de ne pouvoir satisfaire le désir de M. Crespi.

Jusqu'à présent la santé de Madame la marquise ne se fortifie pas. Elle est de nouveau retenue au lit depuis quinze jours par une douleur de foie et des souffrances de plus d'un genre. Ce n'est pas toutefois une inflammation aiguë, et on espère en triompher avec le repos et par l'emploi de médicaments qui n'affaiblissent pas trop la malade. Cette rechute ne nous a pas encore permis d'aller à la Vigna. Comme il se présente un peu d'amélioration, les médecins pensent qu'elle pourra y aller sous peu de jours, et que le bon air de la Colline lui sera propice. Espérons.

J'étais certain que la belle âme de V. S. n'approuverait pas un langage aussi malveillant que celui de Gioberti dans son *Gesuita moderno*. Je remarque qu'il produit cet effet sur tous ceux qui ne se laissent pas dominer par un enthousiasme vulgaire.

Mais précisément parce que ces grossières injures sont si outrées, le livre perd une grande partie de son effet, quoique la curiosité le fasse lire d'un chacun. C'est le privilége des libelles dictés par l'exagération et par la haine; chacun veut les voir, mais on ne les met pas au nombre des livres estimables. On dit que le débit en a été rapide, à ce point, que les deux éditions en sont déjà presque entièrement épuisées, c'est-à-dire celle en cinq volumes, et celle de sept (de laquelle est venue la piquante dénomination des *Sept trompettes de Gioberti*).

Mais c'est une affaire sans importance aucune, en comparaison des menaces de l'Autriche contre le Saint-Père. Pour moi je suis d'opinion que la tempête sera bientôt apaisée par les négociations de la France et de l'Angleterre, et je ne crois nullement aux batailles que quelques-uns prédisent à notre époque, qui est une époque de sornettes, d'astucieux calculs, d'industries prosaïques, et non d'héroïsme guerrier. Je me trompe peut-être, nous verrons. En attendant soyons allègres et ayons confiance en Dieu.

Dans l'attente très-agréable de votre venue à Turin, je vous offre mes devoirs et vous prie, quand vous verrez Monseigneur, de lui présenter mes humbles hommages. Ayez la bonté de faire agréer mes respects à M. le chanoine Vassallo, pour qui vous m'avez montré tant d'estime.

Je suis de tout mon cœur votre très-dévoué serviteur et ami.

CCLXV

A M. GIORGIO BRIANO[1].

Turin, 29 septembre 1847.

Mon cher Briano,

Les rumeurs et les divertissements populaires ont de la portée pour certaines gens. Ce sont, à mes yeux, je le confesse, des faits de médiocre importance, et je regarde comme très-essentielles au bonheur des nations les vertus et non les sornettes. Bien entendu que parmi les vertus je comprends la valeur en cas de guerre. Tant que la guerre n'a pas éclaté et que la valeur se déploie en réjouissances et en fanfaronnades, j'attends. La preuve manque. En vérité il me semble qu'aujourd'hui le sage doit néanmoins se tenir dans l'attente et voir comment ira la première guerre. Chanter victoire d'avance, c'est pur enfantillage.

Quand aura lieu cette première guerre? Les gens pressés la rêvent chaque jour, mais elle peut tarder. Vouloir prophétiser, faire des conjectures, promettre, ne sont ici que d'inutiles et imprudentes fantaisies.

[1] De la *Revista contemporanea,* XIIe liv., Turin, 1854.
(*Note de l'Éditeur.*)

CCLXVI

AU PROFESSEUR A. IGHINA.

Turin, 10 octobre 1847.

Cher professeur,

L'aimable professeur Tomatis est passé ici, il y a quelques jours, et a apporté le paquet de V. S., contenant les petits livres dont Monseigneur veut bien faire présent à Madame la marquise. Elle en est souverainement reconnaissante, et vous prie de vouloir bien transmettre à Son Excellence Révérendissime ses remercîments et ses respects. Ayez l'obligeance en même temps de présenter à Monseigneur mes hommages dévoués.

Dans la bonne lettre que vous m'avez écrite, il y a matière à *concession* et à *négation*. *Je concède* que vous m'aimez comme je vous aime ; je *nie* que vous puissiez trouver en vous quelque chose d'inférieur, sauf votre âge, tout florissant et vigoureux, lequel n'a pas encore le beau privilége de compter cinquante-huit ans.

Ne vous moquez plus de moi, et conservez-moi votre bienveillance.

Les gâte-métier de l'héroïsme ont essayé, pendant quelques soirées, de faire du tapage dans les rues et sur les places ; mais le peuple a refusé de les prendre pour des héros et n'a pas secondé ce noble enthousiasme nocturne : quelques-uns des plus bruyants ont été arrêtés. En outre, les soirées sont déjà froides, la mode de se promener jusqu'à minuit est tombée en désuétude. On dit que les héros recommenceront, mais j'ai peine à le croire.

J'avoue que je suis comme le peuple qui dit : — « Si nous avions un gouvernement étranger, on comprendrait que l'on criât contre lui ; mais notre gouvernement est *nôtre* ; on s'en trouve assez bien, et lui manquer de respect est le fait de mauvais citoyens. »

Du reste, les héros se cachent pour faire leurs magnifiques actions accoutumées : écrire des injures sur les murs et jusque dans les églises, répandre des calomnies, etc. Quelques-uns de ceux qu'on a pris sont de pauvres diables à qui les héros ont donné quelque argent pour les faire crier, ou écrire sur les murs, ou les engager à répandre telle ou telle calomnie.

Voilà, mon cher professeur, le beau patriotisme d'aujourd'hui : ce n'a jamais été le mien, ce ne le sera jamais.

Espérons dans la Providence, qui voudra empêcher la ruine de notre pays.

Je vous salue avec distinction, et suis de cœur, etc.

CCLXVII

A M. VICTOR DE LA CANORGUE[1].

Turin, 7 décembre 1847.

✳ Monsieur,

Vous pardonnerez à un homme souvent accablé de souffrances d'avoir tardé à vous écrire pour vous remercier du don le plus aimable : je l'ai reçu avec

---

[1] Cette lettre a déjà paru en tête d'une imitation en vers de la Françoise de Rimini de Silvio Pellico, par M. Victor Méry de la Canorgue, imprimée avec d'autres poésies (Nice, Suchet fils, 1850). M. V. de la Canorgue, professeur de rhétorique dans

bien de la reconnaissance , et j'aurais voulu aussitôt vous adresser quelques mots. J'ai eu des jours si mauvais depuis lors , qu'il m'a été impossible de faire ce que je désirais. Je présume que Madame la marquise de Villeneuve, qui eut la bonté de me remettre votre charmant manuscrit, vous aura fait savoir combien je me promettais de plaisir à le lire , connaissant d'avance que tout ce qui sort de votre plume ne saurait être que très-beau. En effet , cette lecture a été délicieuse pour moi. Vous me dites , Monsieur, dans des vers admirables, des choses trop flatteuses ; et , je ne vous pardonne pas ces expressions : *Barbare que je suis !* etc.

Cependant je conserve ma rancune, en sentant tout ce qu'il y a de touchant dans votre bienveillance, et en honorant votre talent. M. de Séguins-Vassieux a fait une préface tout à fait belle. Pour ce qui me regarde, je n'ai pas été fâché de le voir pécher comme vous, Monsieur, par une trop généreuse indulgence : il y a longtemps qu'il m'honore de son attachement. Ce qu'il écrit sur vos poésies est d'une âme qui sent vivement le beau : j'ai lu tout cela avec beaucoup d'intérêt, et je suis parfaitement de son avis.

Il m'est difficile de vous exprimer combien j'ai été content de votre *Françoise de Rimini* : je l'aime au-

divers colléges du Piémont, quoique né dans le département de Vaucluse, et fils d'un officier supérieur de la marine française, est l'auteur d'un *Aperçu nouveau sur l'histoire des peuples anciens et modernes*, imprimé à Marseille, en 1838.

(*Ext. d'une note de l'Éditeur.*)

tant que la mienne ; les petits changements que vous faites sont de bon goût, et je crois que j'y préfère votre inspiration à la mienne.

Agréez, je vous prie, mes sincères applaudissements ainsi que l'assurance des sentiments bien reconnaissants et respectueux avec lesquels j'ai l'honneur d'être, Monsieur, votre admirateur et serviteur. ✳

CCLXVIII

AU PROFESSEUR A. IGHINA.

Turin, 7 janvier 1848.

Cher professeur,

Madame la marquise vous remercie et vous rend de cœur tous vos souhaits : je fais comme elle. Bonne santé pour résister aux fatigues de l'enseignement, bons élèves, enfin consolations de tous côtés, et un esprit toujours enjoué, en dépit des épines inévitables de la vie : car il y en a partout, et dans tous les temps, même dans ce siècle de progrès si vanté ! Mais la gloire de l'homme sur la terrre consiste à porter sa croix avec une sainte aisance, en faisant du bien au prochain, et en louant le Seigneur. — Tant de gens se piquent aujourd'hui de politiquer, que j'ai trouvé inutile de m'en mêler : aussi n'ai-je pas accepté diverses propositions qui m'ont été faites pour écrire dans les journaux. L'unique chose que je n'aie pas voulu refuser est que l'on mît mon nom dans un article du *Risorgimento,* en témoignage du vœu que je forme, moi aussi, pour que les princes d'Italie s'entendent entre eux. Vœu assurément juste, mais inutile, comme tant d'autres bons désirs ! On a coutume de vanter les journaux comme des instruments efficaces : moi, je n'en tiens pas grand compte. Les journaux raisonnables ne persuadent que les hommes naturellement portés à la modération, et ceux-là n'ont aucun besoin de pareilles lectures. Les journaux exagérés sont un fléau de plus dans la société, où ils exaltent les âmes inexpérimentées. Je me trompe, peut-être, mais je sens ainsi, et quoique j'honore la vertu et les intentions de quelques journalistes, je n'aime pas ce genre de publications : je préfère les bons livres. Portez-vous bien, cher professeur, et croyez-moi, comme je le suis toujours, votre serviteur et ami bien affectionné.

CCLXIX

AU CHEVALIER CESARE CANTÙ.

22 février 1848.

Cher Cantù,

Je vous remercie de m'avoir apporté (et je regrette de ne m'être pas trouvé à la maison) un exemplaire de cet essai d'information sur vos malheurs[1] : je l'ai lu avec une profonde sympathie. Quoique le ciel vous ait donné une âme forte, et que vous soyez de ceux que la fortune contraire n'abat pas, je n'en gémis pas moins de penser que les plus forts et les plus purs de conscience souffrent des agonies de tristesse, au mi-

---

[1] La *Simplice informazione*, petit livre que venait alors d'imprimer le chevalier Cesare Cantù, et qui est relatif à quelques vicissitudes politiques à lui personnelles. (*Note de l'Éditeur.*)

lieu de leurs dures épreuves. Je devrais savoir vous consoler : je ne sais, hélas ! que m'affliger avec vous, vous estimer, vous aimer, faire des vœux pour l'illustre infortuné !

CCLXX

AU PROFESSEUR IGHINA.

28 février 1848.

. . . . . Je suis persuadé que V. S. fera un discours excellent. Les catholiques les plus ignorants n'ont cessé de reconnaître combien notre religion aime et développe la vraie civilisation ! son esprit est divin : et c'est pourquoi il ne peut y avoir rien de plus philosophique et de plus bienfaisant pour la société humaine.

Vita erat lux hominum.

Madame la marquise est un peu malade, selon sa coutume : mais le premier souffle du printemps sera pour elle un baume, je l'espère.

Moi aussi, j'ai besoin de ce baume pour donner plus de forces à mes pauvres poumons.

Ceux qui les ont meilleurs que les miens se sont singulièrement divertis à la magnifique fête d'hier. Aux divers agréments de cette fête, il faut ajouter le bon ordre. Tout a été à merveille.

Pendant que nous nous livrions à ces transports d'allégresse, grand bouleversement en France. Louis-Philippe forcé d'abdiquer ; la couronne pour un moment sur la tête d'un enfant.—Nouvelles fureurs du peuple, plus de couronne, plus de roi ; expulsion de toute la famille royale; massacres dans les rues, le drapeau rouge arboré; la république proclamée.

Espérons en Dieu, armons-nous de courage, et assistons à ce grand et terrible drame.

CCLXXI

A M. LUIGI GONZAGA[1].

10 juillet 1848.

Cher Gonzaga,

Étant à la campagne, je n'ai pu vous répondre sur-le-champ. Je vous remercie de l'aimable pensée qui vous est venue de me donner de vos nouvelles, de me demander des nôtres, et de me renouveler ainsi la preuve de votre amical souvenir. Vous m'avez fait aussi grand plaisir de me parler du général Demeester, et de toutes ces autres anciennes connaissances qui me conservent encore de la bienveillance. Faites-leur agréer mes compliments, et particulièrement au général. Je suis ravi que, dans un âge aussi avancé, il se porte toujours bien, et je souhaite qu'il continue de la même manière. Dites-lui que notre pauvre ami Bachiega me parlait de lui avec une grande affection. Quant à moi, bien éloigné d'avoir la santé de Demeester, je n'ai que cinquante-neuf ans, et il me semble que j'en ai plus de cent. Qu'y faire? Je me résigne à la volonté de Dieu, et je me contente d'avoir encore un peu de vie dans l'âme et dans le cœur pour aimer les hommes que j'estime.

---

[1] Luigi Gonzaga, auquel nous avons vu le père de Pellico adresser une lettre, en janvier 1829. Voyez page 65.

(*Note de l'Éditeur.*)

Portez-vous bien ; je vous quitte : écrire me fatigue ;
je vous souhaite toute espèce de satisfaction.

CCLXXII

A M. VICTOR DE LA CANORGUE.

Turin, 2 décembre 1848.

* Monsieur,

Votre lettre m'apprend que vous êtes satisfait d'être
attaché au collége de Menton ; je prends part à votre
contentement, Monsieur, et je désire de tout mon
cœur qu'il soit durable. Le bonheur n'est nulle part
sur la terre, mais il y a des positions où l'on trouve
plus de compensation aux peines et plus de tranquillité ; puisse votre nouvelle place être de ce nombre !
Appliquez-vous tous les jours et en tout lieu à exiger
peu du sort, à être riche en tolérance : on évite alors
beaucoup de sujets de tristesse.

Je ne saurais que vous dire, Monsieur, du projet
que vous m'annoncez de publier votre belle traduction de *Francesca* ; le beau de la versification française est senti par si peu de monde chez nous, que
vous seriez peu lu en Piémont, je le crains. En deçà
des Alpes on lit les romans intéressants qui nous viennent de France, et un petit nombre d'autres livres
déjà sortis de la foule par leur puissance d'originalité
quelconque, bonne ou mauvaise, divine ou infernale.

Quant à obtenir du Roi qu'il accepte la dédicace, je
ne saurais pas davantage quelles idées vous offrir : les
temps me paraissent si peu favorables à la poésie,
aux pièces dramatiques d'un goût simple, à tout ce

qui n'est pas politique, législation, science positive, etc. ! Les vers les plus admirables ne sont guère
remarqués ; ils le seraient à peine s'il paraissait un
grand poëme d'une beauté extraordinaire s'emparant
des esprits du siècle malgré eux, comme ces sublimes
despotes inattendus qui s'imposent aux peuples en les
couvrant de gloire.

Si vous venez un jour à Turin, je serai charmé de
faire votre connaissance. Vous ne trouverez pas un
littérateur : je ne le suis plus ; j'ai passé la soixantaine ; mon âge me paraît le double, tant j'ai souffert,
tant d'infirmités me visitent. Cette vie de douleurs me
rend étranger au monde littéraire : le peu d'activité
qui me reste m'est pris par quelques devoirs.

Agréez, je vous prie, l'assurance des sentiments de
parfaite estime avec lequel j'ai l'honneur d'être, etc. *

CCLXXIII

A M. GIORGIO BRIANO[1].

..... 1848.

.... Le sujet (*la Storia delle Riforme italiane del
1847*) est magnifique. Il offre une ample carrière à
deux espèces d'écrivains, les hommes d'un vrai talent
et les fauteurs d'exagérations, aliment du vulgaire.
Mais même parmi ceux que j'appelle les hommes d'un
vrai talent, quelle diversité d'opinions ! Et cette diversité est inévitable. Il faut l'admettre sans combat, et

---

[1] De la *Revista contemporanea*, XIIe livr., Turin, 1854.
(Note de l'Éditeur.)

accorder que le libre exercice des talents honnêtes est une bonne chose, sauf lorsqu'ils s'oublient à devenir méchants sur quelque point par humaine faiblesse, de quoi il faut encore sourire et ne pas se tourmenter. Si j'avais à faire l'histoire que tu entreprends, je l'écrirais selon mon sentiment et avec cette indépendance qui m'a inspiré *le Mie Prigioni*, et ce peu de livres que j'ai publiés. Ma manière de voir les choses politiques et morales ne change pas, quel que soit l'éloge ou le blâme que j'aie à attendre d'autrui.— J'espère beaucoup, comme toujours j'ai espéré, dans la conduite de la Providence.—Je m'assure grandement sur les vertus de Pie IX, en dépit de tous les gâte-métier, dont chacun est comme la fameuse mouche du coche, s'imaginant le conduire.

CCLXXIV

A M. VICTOR DE LA CANORGUE, A OLLIÈRES,
PAR SAINT-MAXIMIN (VAR).

Turin, 12 janvier 1849.

* Monsieur,

Vous savez peindre dans des vers charmants le chagrin que vous a causé la perte de votre manuscrit ; je regrette que ce chagrin ait été si vif. Ce qui vous est arrivé est, à la vérité, fort désagréable ; mais, ainsi que vous l'avez pensé, le remède est facile. Votre *Françoise de Rimini*, que je suis glorieux d'appeler *notre*, n'a point péri ; vous reverrez votre bien-aimée. Songeons au moyen.

Dans ce moment la littérature folliculaire et toute

cette misérable activité de ceux qui écrivent des riens, occupent les copistes que je connais. Pas un ne peut me promettre d'exécuter avec un peu de célérité la copie de votre belle tragédie. Le mieux, à mon avis, est que vous fassiez retirer le bel exemplaire que j'ai : vous me le rendrez au mois de septembre, si vous effectuez, comme je l'espère, le projet de faire une course à Turin.

Je serai enchanté de connaître personnellement un homme de votre mérite, Monsieur.—Si cette course ne pouvait avoir lieu, vous aurez la bonté de me renvoyer mon trésor.

Mais comment a-t-on pu perdre ainsi le manuscrit d'un auteur ? Ne sera-ce qu'un accident malheureux? Quelqu'un aura-t-il soustrait cette pièce ? Je prends part à la peine que vous avez ressentie.

J'espère encore que le cahier a été mis par mégarde avec d'autres objets, et que venant un de ces jours à se trouver, on sera heureux de vous le renvoyer.— Vous avez cru que cette tragédie serait acceptée par des acteurs français : cela me paraît difficile ; un plan extrêmement simple n'est plus du goût qui s'est introduit sur vos théâtres. D'ailleurs, chez vous, le sujet de *Françoise de Rimini* n'a ni le charme d'être national, ni celui de peindre de ces grands personnages qui appartiennent à toutes les nations.

J'ai l'honneur d'être, etc. *

CCLXXV

A FRANCESCO-SILVIO ORLANDINI, A LIVOURNE.

Turin, 8 février 1849.

Monsieur,

Vous m'avez fait un don précieux en m'envoyant un exemplaire du poëme de Foscolo, *le Grazie*, et je l'ai reçu avec une vive reconnaissance. Il était digne de vous, Monsieur, de remettre en ordre, avec ce goût exquis que vous possédez, et de publier ce poëme, qui est un si rare et si sublime trésor de beautés. Oh! que de fois notre cher Ugo m'en récita des fragments qu'il composait ou dont il perfectionnait l'ébauche!— Plus souvent encore il me disait avec douleur : « Peu d'âmes poétiques sentiront mes vers. » Et, en effet, bien peu d'âmes, moins que jamais aujourd'hui, sont initiées à sentir des images si suaves, et d'une trempe aussi grecque. Le changement survenu dans les écoles ne parviendra jamais à effacer le charme d'un poëme si supérieur. Il y brille ce beau qui ne meurt pas. Même destinée attendait sans doute le poëme *della Sventura*. Ugo en avait composé de longs fragments. J'ai encore dans ma mémoire le souvenir, non des vers, mais du noble pathétique qui y régnait. Je m'afflige que ces belles choses soient perdues.

L'exemplaire que vous avez bien voulu m'envoyer, m'a été apporté par M. Salvi, qui l'avait remis à notre cher Berchet. Si Berchet est encore près de vous, saluez-le de ma part.

Accueillez, Monsieur, mes remercîments et l'expression de mon estime particulière.

CCLXXVI

A FRANCESCO-SILVIO ORLANDINI, A LIVOURNE.

Turin, 28 février 1849.

Monsieur,

Je vous suis reconnaissant des expressions de bienveillance que je trouve dans votre aimable lettre, et
qui ne seraient pas telles, sortant d'un cœur moins bon
par nature, et par la triste expérience de la douleur.
—Vous me demandez, pour une prochaine édition des
écrits d'Ugo, la faculté de faire usage de ma dernière
lettre, dans la note relative au poëme *della Sventura.*
Ce que j'ai dit est si simple que je n'en vois pas le
mérite, mais vous êtes le maître de vous en servir.—
Votre préface et les notes disent tout ce qu'il fallait
dire, et je ne trouve pas qu'il y ait rien à y changer.
—L'avocat Giuseppe Visconti de Lodi était un jeune
homme ayant femme et enfants, très-lié avec le pauvre
Ugo, et qui le tira alors d'embarras avec une générosité toute fraternelle. Il habitait Lodi et venait souvent
à Milan, mais je n'eus l'occasion de me trouver avec
lui que de rares instants. Après mes longues années
d'exil, je demandai des nouvelles de l'avocat Visconti,
on me dit qu'il était mort. Je n'ai pas connu les particularités de sa vie.—Le comte Benedetto Giovio était
aussi des plus chers amis de Foscolo. Benedetto servait; il était brave et plein d'honneur. Il fut une des
victimes de la campagne de Russie. Il était sorti vivant
des batailles; mais pendant la retraite, les dernières
épreuves étaient au-dessus des forces d'un blessé, et il

tomba je ne sais où. Ugo le pleura amèrement, il le pleura dans les bras du vieux comte Giambattista Giovio, homme vénérable par son savoir, son affabilité et ses vertus chrétiennes. Ce vieillard était, comme Alexandre Volta, un de ces savants pleins de religion, qui, contre l'usage de cette époque, tenaient volontiers tête à la philosophie incrédule, et mettaient l'Évangile en lumière. Docteurs doux par sentiment, mais forts de zèle, ils commandaient le respect même aux esprits les plus sceptiques. Le vieux Giovio était heureux de l'amitié qui s'était formée entre Ugo et Benedetto, et lorsqu'ils l'embrassaient pour prendre congé de lui, il les bénissait avec une religieuse tendresse. Le père survécut quelques mois au fils. La maison des Giovio est de Côme.—J'ai beaucoup connu une sœur de Benedetto, la marquise Felicia Porro, dame d'une rare instruction. La faux du temps a passé et a fait sa moisson. Le colonel Ugo Brunetti était un brave, et la puissance napoléonienne écroulée, il fut de ceux qui eurent de la peine à se résigner. Compromis dans les périlleuses correspondances de 1815, on lui fit son procès avec Rasori, Lecchi, Gasparinetti, et il fut remis en liberté avec d'autres, ayant eu sa grâce après une courte peine. Il y a des années que je n'ai entendu prononcer son nom; je présume qu'il sera descendu dans la tombe. Ces nobles âmes vivent en Dieu, j'en ai la ferme confiance, et ont reçu le prix des vertus réelles qui, chez eux, surpassaient de beaucoup les défauts.

Recevez les salutations distinguées avec lesquelles, etc.

CCLXXVII

A M. LE COMTE PORRO.

Turin, 19 avril 1849.

Mon cher Porro,

Hier, à peine votre lettre reçue, ne pouvant me rendre moi-même auprès de Giulio, je lui adressai un billet pour lui communiquer tout ce que vous m'écrivez au sujet de la procuration, avec prière de vous l'expédier telle que vous la demandez.

A chaque instant se renouvelle dans mon cœur, comme dans le vôtre, cher ami, la douloureuse pensée de la mort de la Masino [1]. Elle avait tant d'égalité dans la bonté, dans le jugement, dans l'amitié! J'étais quelquefois des semaines sans la voir, mais je la retrouvais toujours la même dans son aimable bienveillance. Elle a beaucoup recommandé que l'on priât pour son âme; je prie par devoir, mais avec l'entière confiance qu'elle est déjà transformée en une créature parfaite et heureuse. Je voudrais que vous n'eussiez plus aucun ressentiment de votre maladie; guérissez-vous bien pour faire plaisir à ceux qui vous aiment, et sachez que je vous aime de tout mon cœur. Adieu, aimez votre Silvio Pellico.

[1] La comtesse Eufrasia Masino, sœur d'Ottavia, à laquelle Pellico, on l'a vu, a adressé tant de lettres.

(*Note de l'Editeur.*)

CCLXXVIII

AU PROFESSEUR A. IGHINA[1].

De la *Vigna,* 14 juillet 1849.

Cher professeur,

Vous m'avez enrichi d'un gracieux trésor, en m'adressant cette traduction du cantique français de l'*Ave Maria.* Elle est belle, et les libertés mêmes que vous y avez prises sont d'un maître. Il y a quelques années, l'original fut chanté ici, dans le palais Barolo, et nous l'ouîmes avec délices. Je ne doute pas que la version que vous en avez faite en vers si doux n'inspire à M. le chanoine Vassallo la plus tendre et la plus sainte mélodie.

Je vous prie de lui offrir mes respects. Je me souhaite le plaisir d'entendre un jour les paroles de V. S. mises en musique par lui.

Le désir d'avoir pour député le chevalier Alfonso de la Marmora est parfaitement à sa place, en dépit de ceux qui l'appellent le *Bombardeur.* Nous avons besoin de gens de bien, et non de bavards furibonds. Cette même raison m'eut fait applaudir aussi à la nomination de l'ami Ighina; d'ailleurs, nous l'aurions eu à Turin, et c'eût été pour moi une véritable satisfaction. Que Dieu nous envoie de bons députés! l'affaire est grave.

Hélas! que de chutes grossières a déjà faites notre

[1] Du livre *Silvio Pellico e il suo tempo,* considérations de Pietro Giuria.—Voghera, tip. Gatti, 1854.

(*Note de l'Editeur.*)

sagesse Italo-Pélasgique! Pour l'amour de Dieu, tenons-nous en là:—Je compte sur le temps, sur les mécomptes (mais, las! que de chutes grossières, bon Dieu!). Du courage et non de l'insolence, du savoir et non des grands mots et des fanfaronnades; de la force d'âme et de cœur pour défendre ce qui est juste, voilà ce qu'il faut maintenant. Demandons à Dieu ces vertus; il les fera surgir et triompher, en dépit des gâte-métier qui voudraient nous entraîner au précipice.

Je suis encore à moitié malade, et plus qu'à moitié, d'un engorgement aux bronches.—Si du moins Madame la marquise se portait bien! mais elle est aussi très-souffrante et n'a jamais dix jours de suite de bonne santé. Mais elle porte sa croix de bonne grâce.

Elle vous dit mille choses et vous prie de présenter ses hommages à Monseigneur; je vous serai reconnaissant de vouloir bien y joindre les miens.

Je m'honore d'être avec l'estime la plus particulière.

CCLXXIX

AU PÈRE GIAN GIOSEFFO BOGLINO.

Turin, 6 août 1849.

Mon cher Boglino,

Je te remercie de t'être fait le porteur d'un aussi aimable présent. La *Canzone* de madame Giulia est un admirable morceau de poésie; je l'ai vivement goûtée ; je te prie de faire parvenir à l'auteur la lettre ci-jointe.

Aie soin de ta santé : j'ai peine à rendre quelques

forces à la mienne ; j'ai été malade le mois dernier, et assez gravement. Nous sommes dans un temps si fécond en malheurs ! et qui l'est aussi tellement en iniquités, que j'en ai quelquefois le cœur accablé : de là, des palpitations, des insomnies, etc. L'âme a bien la bonne volonté d'être forte et sereine, mais la chair souffre. Que Dieu ait pitié de nous : en lui nous aurons la paix.

CCLXXX

A MADAME GIULIA MOLINO-COLOMBINI [1]

Turin, 6 août 1849.

Madame,

Mon esprit, contristé par tant d'affreux événements et par les malheurs de mes amis, reçoit de vous, très-aimable dame, un soulagement, un bienfait : je vous remercie de votre souvenir. Je ne saurais définir le noble charme de vos vers, mais en les lisant j'ai éprouvé ce suave contentement qui fait oublier un moment les souffrances. Le beau intellectuel et moral est si rare de nos jours ! Heureux qui comme vous sait le sentir et le produire avec tant d'amour ! Peu des écrivains d'aujourd'hui me laissent satisfait ; la plupart, quoique riches de talent, me paraissent trop verbeux, intempérants, malveillants : ils ont perdu l'idée du beau et du religieux et se sont faits des gâte-métier en littérature, en philosophie, en politique. Je jouis des exceptions, lorsque j'en trouve, et me con-

[1] De la *Revista contemporanea*, XIIe livr., Turin, 1854.
(*Note de l'Éditeur.*)

sole, comme quand, au milieu de figures bourrues,
on en découvre une qui respire la sympathie.

Je vous prie d'agréer mes sincères applaudissements, et les sentiments de haute estime avec lesquels j'ai l'honneur d'être , etc.

CCLXXXI

A M. N. N.[1]

..... août 1849.

Très-cher ami,

Je vous remercie de votre bonne lettre et de l'aimable pensée que vous aviez eue d'abord de venir me
chercher. J'étais alors à la campagne, et malgré l'influence d'un air balsamique, j'étais malade, au lit : je
suis un peu mieux, mais exténué et sans force. Vivons tant qu'il plaira à Dieu, et sachons supporter nos
maux. Je ne pourrais jamais aller vous voir dans le
lieu que vous habitez, cher ami, si ce n'est en esprit,
tant mes poumons sont devenus faibles : je me réjouis
de ce que les vôtres sont meilleurs. Que Dieu vous

---

[1] Cette lettre, dont nous n'avons pas l'original, a été publiée
dans un journal de Casale, intitulé *Fede e Patria*, à la date du
17 août 1849. Une personne de la famille de S. Pellico nous a
gracieusement envoyé le journal qui contient cette lettre, en
nous assurant qu'elle est bien de Pellico. Le journal susdit n'a
pas imprimé le nom de l'auteur, mais il faisait précéder la publication de cette lettre des mots suivants: « Nous publions
avec empressement une lettre d'un homme éminent, dans laquelle on déplore les malheurs actuels de l'Italie. » Suivaient
ensuite quelques conseils adressés par le journaliste aux écrivains politiques.   (*Note de l'Éditeur.*)

conserve sain et robuste ; travaillez longtemps pour sa gloire. Je pense souvent, avec joie, à votre généreux détachement des ambitions de ce monde, de ses colères, de ses orgueilleuses promesses. Oh quelle paix le Seigneur prodigue à celui qui se donne à lui ! Goûtez-la dans toute sa plénitude. Pauvre monde inquiet ! que de sottises il a faites depuis deux ans ! Il s'est forgé des héros qui n'étaient pas des héros et des sages sublimes qui n'étaient que des bavards en délire, des prodiges de haine ! — Mon Dieu, substituer la *haine* à la *charité*, et s'imaginer qu'on fait de grandes choses ! La société avait de petites plaies ; mais au lieu de les guérir avec le baume de l'Évangile, ou du moins avec celui d'une prudente philosophie, on les a cruellement déchirées. La scélératesse est évidente chez quelques-uns ; mais la plupart se sont laissé séduire, et j'en vois plusieurs, dans le nombre, qui étaient de mes amis. La résolution que je pris, de ne pas entrer dans leur voie, les irrita contre moi, et je fus en butte à leurs railleries. Moi, je ne m'emporte ni ne réponds ; mais, certes, je m'afflige d'avoir découvert en eux tant de méchanceté !

Plaignons-les, et recommandons-les tous au Seigneur. Tout nous prouve que la civilisation, le savoir, l'histoire, les maximes emphatiques ne sont jamais un sûr rempart contre la barbarie : il y faut encore un autre élément, la vertu !—Et les gâte-métier de nos jours ont voulu faire sans elle ! Les calamités présentes ne nous conduiront pas, je l'espère, à un bouleversement total et sans terme, comme tant de personnes le craignent. Après de ruineuses sottises et des guerres

inutiles, les hommes en reviennent à préférer les bienfaits de la loi, à ces charlataneries de la fausse liberté :
et alors se renouvellent les saintes initiations à la charité, alors se refont les habitudes sociales et pieuses.
Chose admirable, cependant ! vous, moi, tous les
hommes, quel que soit l'état du monde , dans les années paisibles, dans les années de sang, — tous , nous
pouvons remplir noblement notre devoir : c'est-à-dire
chercher notre pèlerinage sur la terre, en faisant le
bien et arriver ainsi à la maison du Père céleste. De
quoi nous plaignons-nous?

CCLXXXII

A M. LE COMTE LUIGI PORRO.

Turin, 24 décembre 1849.

Très-cher Porro,

Comment allez-vous? comment vont vos fils? Donnez-moi de vos chères nouvelles. Êtes-vous réunis?
Je voudrais que tout fût contentement en vous et autour de vous. Les grandes tempêtes politiques ont répandu, en tout lieu, des calamités sans nombre, et il
est difficile d'être dans la joie. Néanmoins, tout
homme sage doit savoir se faire, ou dans le cercle de
sa famille, ou dans celui des amitiés sérieuses, un petit fonds constant de consolations et de paix.

Je tâche, pour mon compte, de conserver ce bonheur intime, et telle est aussi, je crois, votre philosophie : c'est la seule bonne, et c'est celle des âmes
fortes. — Je suis, à mon ordinaire, un peu malade,
un peu moins cependant que les années passées :

je ne m'irrite pas outre mesure contre les maux physiques. L'unique affliction qui , parfois , me paraît supérieure à mes forces , c'est quand j'ai le malheur de perdre des personnes aimées, et souvent en y repensant je me trouble et retombe dans la mélancolie. Oh! que d'âmes excellentes qui nous embellissaient la vie ont disparu de la terre ! Je voudrais n'avoir plus à redouter aucune séparation de ce genre, et mon cœur le demande à Dieu, afin de pouvoir finir mes jours en paix, quand il lui plaira. Je sais que je retrouverai alors les justes qui , avant moi, sont arrivés à la maison du Père. En attendant, j'ai ici, à la Vigna, ce qui me console un peu ! Mais ne parlons plus de choses tristes, et revenons aux vivants.

Je ne me soutiens pas trop mal, et je ne veux pas me laisser vaincre par la mélancolie; je souffre, mais je suis toujours loin de désirer la mort; ce qui vous prouve que, tout bien pesé, je ne suis pas malheureux. Si le monde est en grande partie fort laid, il s'y rencontre cependant de ces mérites qui charment en tous temps. Il y a toujours un certain nombre de créatures estimables avec lesquelles on aime à traverser la foule inévitable des sots; il y a toujours çà et là quelque haute intelligence qui raisonne sans illusion comme sans malveillance.

Les chimères, les illusions, le faux héroïsme sont les maladies encore dominantes. On déclame au lieu d'étudier le positif, le possible, le juste; de là sottise sur sottise, charlatanisme vantard, ignorance démocratique, et, partant, aucune base dans l'ordre. Le Roi, Azeglio et quelques autres ont de bonnes intentions;

mais le métier de sage est devenu bien rude, quoiqu'il ne s'agisse plus d'entreprises fabuleusement gigantesques. L'affaire se réduit maintenant à établir un tant soit peu de modération et de bon sens.

Que faire? Allons! patience et force d'âme! Je vous embrasse, cher ami, et j'embrasse aussi vos enfants sans distinction de sexe, si les aimables dames le permettent à leur vieux serviteur de soixante ans. Portez-vous bien tous. Adieu. Saluez pour moi Borsieri et les autres amis.

CCLXXXIII

A PIETRO GIURIA[1].

26 décembre 1849.

Mon cher Giuria,

Quoique, avec la connaissance que j'ai de ton esprit, je pressentisse que ton petit livre sur le christianisme ne pouvait être une apologie vulgaire, tu as surpassé mon attente. Lorsqu'un grand sujet a été traité souvent, ce n'est pas chose facile de le présenter de nouveau avec des idées qui s'emparent de l'âme du lecteur, et y réveillent un vif sentiment du beau. Tu as obtenu cet effet, et avec cette puissante simplicité, qui est le don des meilleures intelligences. Tu ne vas pas mendier des pensées, mais tu les épanches de ton cœur, comme le soleil épanche la lumière.—Bravo donc! mille fois bravo!—Oh! si après l'éloge tu veux

---

[1] Du livre *Silvio Pellico e il suo tempo*, considérations de Pietro Giuria.—Voghera, tip. Gatti, 1854.

(*Note de l'Éditeur.*)

que je te signale quelque erreur qui te soit échappée,
en voici une (par malheur elle n'est pas de ton fait, ce
qui te dispense du mérite d'en rougir). Vois page 46 [1].

Le mal n'est pas grand, puisque tout le monde
comprend.

En somme, ton bel opuscule est éclatant de vérité,
et je n'y vois aucun défaut notable.—Toutefois, pour
ne pas négliger même les misères, j'appelle ton attention sur ce qui suit :

Le fondateur des Sœurs de Charité s'appelait, non
di Paola, comme saint François de Paule, mais bien
de' Paoli, ou même *di Paolo—saint Vincent de Paul*.

Tu dis que, dans les tragédies ou comédies grecques, les femmes appartiennent presque toutes à la
classe des courtisanes. Et les Hécube, les Antigone, les
Alceste, les Iphigénie, etc.? Ton assertion, quant aux
tragédies, n'est donc pas juste. Tu peux corriger dans
une autre édition.

Blâmant le siècle de Michel-Ange, tu signales ce
puissant génie comme un anachronisme dans son
temps, et tu ajoutes : *Il est forcé de représenter ses
statues endormies.* Et le Moïse? et tant de statues
pleines de vie? et les Pères, le Jugement Dernier, etc.,

---

[1] Suit une phrase, qu'une confusion de mots dans le texte rend
à peu près inintelligible. Nous reproduisons telles quelles les
autres imperfections signalées par Pellico, parce que le lecteur
français peut aisément se rendre compte de la faute et de la critique, là même où cette dernière s'adresse à l'expression. Je me
borne à faire remarquer que, dans sa dernière observation,
Silvio reproche à son ami d'avoir donné au verbe *preludere* un
sens qu'il n'a pas en italien.   (*Note du Traducteur.*)

prodiges d'énergie?—Je ne voudrais donc pas d'une telle hyperbole.

« *Sainte Cécile préludait à l'harmonie des anges.* » Je ne sais si je me trompe, mais il me semble qu'on dit *preludere* dans le sens d'*eludere, illudere.* Vérifie.

Je t'ai tout dit, même les légères imperfections, qui ne nuisent pas au fond des choses.—Je te remercie et suis ton Silvio.

CCLXXXIV

AU PROFESSEUR A. IGHINA.

Turin, 28 décembre 1849.

Cher professeur,

Pendant que je recevais la chère lettre où vous m'adressiez vos vœux, une lettre de M. votre père arrivait à M. Viani, secrétaire de Madame la marquise. M. votre père lui exprimait toute sa reconnaissance au sujet du secours de cent livres accordé aux pauvres incendiés et suggérait l'idée de faire remettre l'argent, si je ne me trompe, à V. S. pour qu'elle voulût bien le transmettre, etc. Madame la marquise me charge, sachant que je vous écris, de vous répondre deux lignes sur ce point, et de vous prier, vous, cher professeur, ou votre respectable père, de faire prendre ici par quelqu'un cette petite somme de cent livres, parce qu'elle ne saurait de quelle manière vous l'envoyer.

Les deux épigrammes sont belles, et je voudrais pouvoir les louer plus à loisir, mais j'écris en toute hâte, sous le fouet inexorable du temps. Continuez à exercer votre malice d'une manière aussi aimable, et si vous nous envoyez de nouvelles épigrammes, elles seront les bienvenues.—Adieu, vivez de longues années en joie et en santé. Vous savez les souhaits de Madame la marquise.—Recommandez-nous à Dieu.

P. S. Ayez l'obligeance de faire agréer à Monseigneur les hommages de la marquise et les miens.

Mille choses au digne M. Ighina père.

CCLXXXV

A M. VICTOR DE LA CANORGUE.

Turin, 31 janvier 1850.

* Monsieur,

Je vous remercie infiniment de l'ouvrage historique que vous m'avez fait l'honneur de m'envoyer par M. le commandeur Trenca. J'ai été enchanté de faire la connaissance de ce digne homme, et je l'ai entendu avec plaisir me faire votre éloge. Votre *Aperçu sur l'histoire des peuples* m'apprend à connaître en vous un mérite de plus : la poésie n'est pas votre seul partage. J'aurais bien voulu que le désir de M. le chevalier Bonafous, de vous obtenir la nomination de membre correspondant de l'Académie de Turin, eût déjà été satisfait. J'ignore les causes du retard. Vous savez, Monsieur, que ma vie est très-retirée, et que j'aime M. le chevalier Bonafous sans pouvoir cultiver sa société. Quand nous avons eu quelquefois l'occasion de nous voir, il ne m'a rien dit de son intention de solliciter pour vous une nomination dans ce corps savant. Sans doute quand il aura une réponse, il vous la communiquera.—Mes écrits étant si peu de chose, je n'appartiens point à cette illustre Académie, et fort peu d'autres m'ont admis dans leur sein. Je conçois cependant très-bien qu'il y ait des hommes de mérite qui aspirent à entrer dans ces compagnies pour se mettre par là en rapport avec les esprits distingués qui les composent. C'est une noble ambition que je respecte.—Je n'ose plus combattre votre pensée de porter la traduction de *Francesca* dans le domaine de la publicité; il ne me reste qu'à souhaiter que mes craintes ne soient pas fondées, et que vous soyez heureux.—Croyez, Monsieur, aux sentiments bien sincères de ma reconnaissance et de mon estime. *

CCLXXXVI

A M. SABBATINI.

Turin, 17 mars 1850.

Monsieur,

Quoique j'aie passé la soixantaine et que je ne me sente plus l'esprit disposé à lire des *romans*, j'ai pourtant lu avec de douces émotions votre *Curato di Valdineve*. Je vous remercie du cadeau et des aimables paroles que vous avez bien voulu y joindre. Ce petit livre est le précieux témoignage d'un noble talent et d'une belle âme. Je n'aurais pas voulu vous voir imiter si fort le *Jocelyn;* mais il y a aussi d'heureux changements, dans lesquels vous avez deux mérites : celui de faire preuve d'invention, et celui de corriger dans quelques parties le poëme français

dont j'ai parlé. De graves inconvenances de celui-ci,
sous le rapport de la religion et de la morale, ont disparu dans votre ouvrage.—Agréez l'expression sincère de mes sentiments d'estime, et croyez-moi, etc.

CCLXXXVII

A M. LE COMTE LUIGI PORRO.

Turin, 11 avril 1850.

Mon cher Porro,

Je ne fais que tomber malade et me relever, et de
nouveau retomber malade. J'ai passé deux mois terribles, luttant contre des érysipèles, la toux, le mal de
poitrine ; pendant plusieurs jours j'ai craché le sang ;
je suis un soldat cruellement blessé, mais non vaincu,
et voici même une espèce de victoire. J'ai gardé jusqu'ici une vitalité tenace, et si je puis continuer de la
sorte, je l'accepte. A mes souffrances est venue se
joindre la peine de voir plus malade encore que moi
cette excellente marquise de Barolo. Des fièvres quo-
tidiennes la tiennent encore.

A..... vient souvent ici. Il se porte bien et vous fait
mille compliments. Nous sommes, ces jours-ci, dans
le triste anniversaire de la mort d'une de nos meilleures amies. Ces souvenirs me plongent dans une
grande mélancolie, et mes nerfs excités s'en ressen-
tent. Pallavicini a perdu beaucoup de sa gaieté,
toutefois il se porte à merveille. Il passe le temps dans
ses études ordinaires, en y mêlant ses devoirs de
secrétaire qu'il remplit avec esprit et bon vouloir. Ce
qu'il faut espérer de la phase actuelle où se trouve le

gouvernement, personne ne le sait. On tâtonne, on feint la sécurité, mais les points d'appui sont mal assurés. Oh ! que vous dites bien ! les gouvernements doivent être justes, mais forts. Je voudrais me tromper, mais je ne vois pas venir cette force, et tant qu'on n'aura pas comprimé la démocratie, il n'y aura rien de fait. Il n'y a pas de liberté, il n'y a pas de science de gouvernement ; on ne suit pas des principes déterminés, on transige en flattant les passions des gâte-métier, dans le seul but de gagner du temps et de se tenir en équilibre aujourd'hui, demain, après-demain. Je le répète, je voudrais me tromper ; je suis devenu rebelle aux belles illusions. Je sens dans l'air une plaie de méchantes républiques et de discordes croissantes. Qu'y faire ? regarder tranquillement et ne jamais se laisser abattre. Si j'ai peu d'espérance dans les hommes, j'en ai toujours beaucoup en Dieu.

Rappelez-moi chez vous au souvenir de tous, et à celui de nos amis. Pauvre Borsieri ! je m'afflige de le savoir si souvent malade. Je vous souhaite à tous bonne humeur et santé, et plus de vigueur que je n'en ai. Adieu, très-cher ami, je vous embrasse, conservez-vous bien.

CCLXXXVIII

A M. GIUSEPPE ALLIEVO.

10 juin 1850.

Monsieur,

Quoique mes relations particulières avec d'anciennes connaissances et quelques devoirs d'une autre

sorte me laissent peu de temps, je ne puis me dispen-
ser de vous exprimer ma reconnaissance des choses
gracieuses que vous avez la bonté de me dire dans
votre lettre.—Ne croyez pas, cher enfant, qu'il me
soit facile de donner des conseils aux âmes nouvelles;
ceux que j'ai pu donner et que je ne pourrais que
répéter, je les ai brièvement mais clairement exposés
dans le petit livre : *I Doveri dell' uomo*. Les lumières
de la droite morale brillent plus ou moins aux yeux
de tout homme sans orgueil et dont la conscience est
sincère. Le trésor plein, intarissable de ces lumières
réside dans notre sainte religion. Plus j'ai lu, étudié,
comparé, plus je me suis convaincu que le seul guide
qui ne trompe pas, c'est cette religion profondément
sage. Cultivons notre esprit; acquérons des connaissances autant que nous pourrons, mais ayons toujours
pour règle cette étoile polaire, divine, bienfaisante
aux doctes comme aux ignorants, aux plus grandes
intelligences comme aux plus petites.

Si vous devez, pour être plus utile à vous-même et
aux autres, aspirer à la science, à la renommée littéraire, ce sont de ces secrets que Dieu n'a révélés à
personne. Il faut donc se décider suivant sa propre
opinion et les circonstances de sa destinée. On n'arrive pas à la renommée sans de grandes tribulations,
mais l'obscurité a aussi les siennes; il n'y a nulle
part grande félicité sur la terre. En espérer beaucoup, c'est sottise. Prenons-en ce qui peut s'en
prendre honnêtement, et si nous avons à supporter de
grandes douleurs, supportons-les jusqu'à la mort sans
basseses sans haine; la compensation est au delà de

la tombe. Ce qui importe essentiellement ici-bas, ce n'est ni la gloire, ni la félicité, c'est la vertu.—Quelque talent qu'aient ces poëtes ou prosateurs qui inspirent à leurs lecteurs la mélancolie, le désespoir, un scepticisme sauvage, ou des convictions malveillantes, admirons leur talent, leur éloquence, mais ne nous faisons pas leurs disciples. On les crut des philosophes et ce n'étaient que des cerveaux malades. Laissons-les gémir ou maudire, puisque nous ne pouvons les guérir; mais n'imitons pas leurs gémissements exagérés, et ne maudissons personne.

Constance dans la pratique du bien et courage!— *Militia est vita hominis*, et une dure milice. Courage ! rêver des chimères est inutile, se repaître d'illusions est un aliment puéril et malsain ; il ne nourrit pas, il ne fait pas devenir *homme*. — Réfléchissez, jeune homme, à toutes ces choses; je ne peux que vous les indiquer brièvement, mais rien de plus.

Je vous souhaite tous les biens possibles et surtout un grand amour de la vérité, mais persévérant et gouverné par la bonté.

CCLXXXIX

A M. GIORGIO BRIANO.

3 septembre 1850.

. . . . Je ne puis te dissimuler que je persiste à croire inutile, en ces jours de licence et d'impéritie, de prêcher la sagesse et l'habileté. Je crois qu'il faudra beaucoup de temps pour sortir de ce chaos et trouver la science, la politique et l'ordre. Jusqu'à présent, on ne fait que feindre le bon sens et promettre aux plaies de salutaires emplâtres : et de quel air capable on les promet! Mais le pauvre Job expire sur son fumier ! Il y a mieux à faire qu'à feindre le bon sens et à composer des emplâtres à tout hasard : le temps enseignera cette science qui nous manque, et, en attendant, Job continuera à souffrir et à écouter avec patience les sublimes consolateurs. A l'heure qu'il est, cher ami, les écrits sensés sur les questions politiques ne peuvent, à mon avis, avoir d'autre résultat que de satisfaire l'auteur et quelques amis et le désigner à la haine d'une foule d'adversaires, ou sinon à leur haine, tout au moins à leurs moqueries : ce qu'on appelle le public s'en soucie peu ou point. Mon découragement n'est pas d'hier, tu le sais ; mais, remarque-le bien, il ne regarde que la phase actuelle, laquelle sera longue, je le crains ! Quant à l'avenir, je n'en désespère jamais.

CCXC.

A FRANCISCO-SILVIO ORLANDINI, A LIVOURNE.

Turin, 9 septembre 1850.

Monsieur,

Je vous remercie de tout ce que vous me dites d'obligeant dans votre lettre, et je suis heureux d'apprendre que Gino Capponi et Castiglia me gardent bon souvenir : je les estime et je les aime de toute mon âme. Quand vous les reverrez, saluez-les de ma part.

Pour dire la vérité, je sens tous les défauts du petit

nombre de choses que j'ai données au public. J'ai ardemment aimé le beau, mais sans savoir le produire : c'est pourquoi je ne me regarde aucunement comme un littérateur de marque.

Si M. Lemonnier veut réimprimer ces ouvrages, ayez l'obligeance de l'avertir que je n'ai plus le droit de disposer ni de *Le Mie Prigioni*, ni des tragédies suivantes : *Gismonda, Leoniero, Erodiade*. Ces productions, cédées par moi à M. Giuseppe Bocca, libraire à Turin, sont comme à lui ; et si l'on veut les réimprimer il faut lui écrire et s'entendre avec lui.

Quant à mes autres écrits, je ne mets aucun obstacle à leur publication, ce sont les tragédies : *Francesca da Rimini*, — *Eufemio*, — *Iginia*, — *Ester d'Engaddi*, — *Tommaso Moro ;* les poëmes ou récits que j'ai intitulés *Cantiche*, et qui sont : *Tancreda*, — *Rosilde*, — *Eligi e Valafrido*, — *Adello*, — *Raffaella*, — *Ebelino*, — *Ildegarde*, — *i Saluzzesi*, — *Roccello*, — *Eugilde*, — *Aroldo e Clara*, — *La Morte di Dante*.

Outre ces poëmes, il y en a un petit nombre de lyriques, d'élégiaques, etc., toutes compositions courtes qui forment le premier volume des *Poésies inédites* que je publiai en 1837 ; — enfin le petit livre qui a pour titre : *Dei doveri dell' uomo*.

Si M. Lemonnier imprime ce dont je puis disposer, il me fera plaisir de me réserver un nombre raisonnable d'exemplaires :—je n'entends pas dire un grand nombre, mais quelques-uns. — Ce que je recommanderais par-dessus tout, c'est une correction sévère.

Je vous souhaite, cher monsieur Orlandini, une

bonne santé, et des jours tranquilles : je n'ai pas la première, mais les autres ne me manquent pas.

CCXCI

A M. MICHELE N. N[1].

Turin, 17 octobre 1850.

Mon cher Michele,

Je vous remercie de votre bon souvenir, et des articles que vous avez publiés sur la nationalité dans ses rapports avec l'Église. Il y a toujours accord, comme vous le dites, entre notre sainte Église et tous les bons sentiments ; elle ne condamne que l'injustice, l'impiété, la perfidie, le mal enfin. Celui qui soutient le contraire a été induit en erreur par des préventions, facilement accueillies dans des temps comme les nôtres, pleins de douleurs publiques et de publics ressentiments. Peu d'âmes se vouent à un examen calme ; et si ce petit nombre parle ou écrit, c'est peine perdue. Je crains qu'il n'en soit de même de vos judicieuses observations.

Ensuite je les trouve trop courtes. Il faudrait établir quelles sont les idées justes et applicables à ce mot de nationalité. Pour les têtes confuses, c'est une éclatante et généreuse idolâtrie qu'il faut pratiquer par tous les moyens, innocents ou criminels. Et avec cela on ne forme ni ce bon sens ni cette vertu qui honorent une nation. Si le sentiment de la nationalité est excellent,

---

[1] Du journal la *Civilta cattolica,* série XII, vol. XI. Rome, 1855.　　　　　*(Note de l'Editeur.)*

c'est seulement lorsqu'il est professé sans illusions, sans violation de droit, sans outrage à la morale, sans persécution. Il n'est autre alors que la charité, et il ne faut cesser de le désirer, de le louer chez tous les peuples. Il est alors en harmonie parfaite avec la religion catholique.

Cher ami, les idées qui courent aujourd'hui sont encore dans une telle confusion qu'elles rendent inutile toute apologie de la vérité, surtout si elle est présentée sous une forme trop brève. Préparez un bon livre, tout logique, et attendez quelques années pour le laisser sortir de votre portefeuille. J'avoue que je ne vois pas si proche la fin du chaos où se sont jetés nos gâte-métier en chef, si ardents à entraîner la foule à leur suite par toutes les voies de la discorde. Toute loi, toute institution devient une imposture ; entre tant de choses qui chancellent la seule doctrine qui ne croule ni ne croulera jamais, c'est là doctrine catholique, apostolique et romaine. Tranquillement appuyés sur elle, fortifions-nous dans nos souffrances, prions et espérons. Oh ! que de consolations dans la foi, dans la prière, dans l'effort qu'on ferait pour vivre et mourir sur les traces de notre Seigneur Jésus-Christ ! Voilà ce qui donne du prix à tous les malheurs, à toute peine causée par les hommes et par leurs pauvres ignorances ; ils servent à nous rappeler à Dieu.

CCXCII

A M. VICTOR DE LA CANORGUE.

Turin, 4 novembre 1850.

* **Monsieur,**

Je suis en retard envers vous, mon bien cher ami; je vous en demande mille pardons. Votre bonne lettre, que j'ai reçue il y a plusieurs jours, a dû, ainsi que d'autres, rester sans réponse plus longtemps que je ne l'aurais voulu.—Vous me dites que vous avez donné à M. de Séguins quelques détails sur notre entrevue, et qu'il pensait à les faire imprimer. Je vous connais trop bon; je devine tout ce que vous aurez mis d'indulgence à mon égard, j'en juge par vos aimables lettres. J'agrée l'estime que vous accordez à mes sentiments; mais quant à mes productions littéraires, je vous conseille de les regarder avec moins de faveur. J'ai aspiré quelques moments au beau, je n'ai jamais su l'atteindre à mon gré. J'en suis peu fâché à la vérité. Le but de la vie n'est pas d'ajouter quelques poésies à celles que la morale possède déjà en si grande abondance, comme mille autres jolies vanités. Une foule regarde avec indifférence, d'autres applaudissent un instant, d'autres s'ennuient et sifflent, quelques esprits fins initiés à l'art font des critiques plus ou moins justes. La misère humaine est dans tout cela, il faut en convenir, et il est si rare qu'on y trouve un peu de bonheur !

L'espoir que vous me donnez que vous reveniez à Turin cet hiver est une idée que j'aime; puissiez-vous réaliser ce projet! Je ne saurais juger s'il y a probabilité que vous placiez un grand nombre de vos exemplaires. L'époque actuelle ne s'occupe guère chez nous de tragédies; elle n'a de goût que pour les journaux, les finances, la grande étude à guérir toutes les plaies sociales,—ce qui est si beau à promettre et si difficile à effectuer.

Madame la marquise de Barolo et son frère vous sont infiniment obligés de votre bon souvenir. Nous sommes revenus de la campagne il y a quinze jours. Je regrette cette charmante solitude, quoique j'aime assez Turin; elle a aussi le mérite d'être le lieu où j'ai eu la première fois l'honneur de vous voir.

Agréez, je vous prie, l'assurance des sentiments que je vous ai voués et dont je m'honore. ✳

CCXCIII

A M. LE PROFESSEUR A. IGHINA.

27 novembre 1850.

Cher professeur,

Lorsqu'elles viennent d'un ami, on supporte même les louanges non méritées. Au lieu donc de vous faire des reproches, je vous remercie de votre bienveillance, tout aveugle qu'elle est, et je me sens disposé à m'en enorgueillir. Voilà ma manière de croître en vertu. Vous plaît-elle?—Mais, sérieusement parlant, je n'ai jamais mérité de décoration; c'est pourquoi, comme il fallait, naguère encore, la demander pour l'obtenir, je me tus, quoique depuis bien des années on m'engageât à faire une démarche. On vient récemment de supprimer l'article qui rendait cette condition essentielle, et c'est ainsi que je me vois honoré d'une distinction dont j'étais fort peu digne, pour ne pas dire du tout, mais qui m'est une douce preuve de l'indulgence qu'on a pour moi, ce que j'apprécie vivement.

Madame la marquise, son frère et D. Ponte, vous disent mille choses. La pauvre jeune fille admise ici au petit hospice montre un bon caractère ; mais ses infirmités sont incurables, à ce qu'on m'assure, tant elle est estropiée. On la gardera, par faveur, pendant tout l'hiver ; après quoi on la rendra, cet établissement n'étant fondé que pour les maladies reconnues guérissables.

Agréez l'expression des sentiments d'affectueuse estime de votre très-dévoué serviteur et ami.

P. S. Vous êtes prié de présenter à Monseigneur les respects de Madame la marquise ; faites-moi la grâce d'y joindre les miens.

CCXCIV

A MADAME GIULIA MOLINO-COLOMBINI.

Turin, 28 novembre 1850.

Chère madame Giulia,

Une distinction honorable comme celle que le Roi m'a conférée est d'un grand prix à mes yeux, et je n'ai pu que la recevoir avec une sincère reconnaissance. Je suis heureux aussi de voir la satisfaction qu'en éprouvent des amis indulgents et que vous, une femme si aimable et si digne de la plus haute estime, vous soyez du nombre de ceux qui me veulent un peu de bien.

Conservez-moi, Madame, vos bonnes grâces, et veuillez même me les conserver (car je suis loin de m'en plaindre) avec tout cet aimable aveuglement qui vous porte à me croire plein de mérites, quand j'en suis si dénué !

Quant à moi, j'admirerai toujours le vôtre qui est réel, et je me fais gloire d'être un juste appréciateur de tant de vertu. Je vous souhaite des jours heureux, ou du moins sans grandes épreuves.

CCXCV

A M. VICTOR DE LA CANORGUE.

Turin, 10 décembre 1850.

* Mon respectable ami,

Vos félicitations sont trop aimables. La distinction dont il s'agit ne prouve que l'indulgence de ceux qui ont bien voulu me la donner : il y a des hommes bienveillants comme vous, voilà tout. —Pardonnez-moi si je réponds un peu brièvement à vos deux lettres qui sont des trésors de bonté. Il y a assez d'amitié entre nous, j'espère, pour que chacun des deux laisse souvent à l'autre l'interprétation de ses sentiments. — Ma brièveté n'est pas toute volontaire : des occupations qui sont devenues des devoirs, et que j'aime comme une partie essentielle de mon bonheur, me prennent du temps tous les jours. Je vous traite comme d'autres chers amis à qui je pense très-souvent sans leur écrire : ils savent que je ne vaux rien pour la correspondance

épistolaire. Votre article , dont je vous remercie , me
fait infiniment plus d'honneur que ne mérite le pauvre petit homme dont vous parlez, et que je ne reconnais plus là. Soyez moins poëte : la poésie n'est bonne
qu'en vers, et même sobrement, car la vérité est sa
meilleure alliée.

Quelqu'un m'a interrompu. Je ne veux pas retarder encore à vous envoyer mes remercîments et mes
affectueux bonjours. — J'y ajoute l'assurance bien
sincère des vœux que peut former pour vous un ami,
et des sentiments distingués que vous m'avez inspirés. *

CCXCVI

A M. VICTOR DE LA CANORGUE.

Turin, 24 décembre 1850.

* Vous me disiez, dans votre bonne lettre du 20
novembre : «*Avez-vous vu un jeune homme que je
vous ai adressé?...*» Ce n'a été qu'hier que M. Sa-
rato est venu me voir ; je l'ai reçu avec plaisir, comme
recommandé par vous. Nous avons causé un peu : il
me paraît bon, sincère , ne partageant pas les mauvais principes que tant de jeunes gens professent. Je
l'ai animé à étudier et à ne pas rougir de la religion,
seule base de toute vertu et de la paix de la conscience.
J'ai insisté sur l'importance de la force morale pour
ne pas suivre le cynisme des faux penseurs qui dépra-
vent la jeunesse. J'ai insisté aussi sur l'assiduité dans
l'étude qu'il a entreprise. Il faut que l'homme jeune
perde peu de temps et se mette courageusement sous

le joug du travail : car il y a beaucoup à apprendre, et Dieu veut que nous exercions les facultés qu'il nous a données. Voilà ce que je dis toujours aux jeunes gens : la paresse, les étourderies, les vices, les amitiés coupables produisent cette abondance d'esprits et de cœurs sans noblesse qui se traînent toute leur vie dans la boue. C'est étonnant comme on étudie peu et légèrement aujourd'hui !

Prions pour la jeunesse : que de dangers, que d'abominables doctrines l'entourent ! Je ne puis vous écrire longuement : occupations et petites souffrances me l'interdisent. — Portez-vous bien, et que les consolations les plus douces vous visitent au milieu de vos croix, toujours, toujours. *

CCXCVII

A MONSIEUR EDMOND DE SÉGUINS-VASSIEUX.

Turin, 2 janvier 1851.

* Quelqu'un m'a fait avoir, il y a peu de jours, le paquet contenant les trois brochures. Je vous remercie, Monsieur et bien cher ami, de m'avoir fait connaître cet intéressant écrit[1]. Le document qui regarde votre illustre ancêtre maternel[2] est fort

[1] La *Chronique de Montfavet*, par M. l'abbé de Montonnet, chanoine d'Avignon et curé de Montfavet.

(*Note de l'Éditeur.*)

[2] Pierre de Cohorn, généralissime et chambellan de Christian Ier, roi de Danemark et et de Suède. Son tombeau est le plus notable de ceux que renferme l'église de Montfavet.

(*Note de l'Editeur.*)

remarquable ; j'applaudis surtout avec vénération à la descendante des Cohorn, se montrant, dès son enfance une héroïne pour se jeter dans les bras de son père en prison [1]. Vous êtes digne, Monsieur, d'avoir une telle mère : puissiez-vous la conserver longtemps encore !—Je vous écris de mon lit, où des souffrances, non graves pourtant, me retiennent. J'ai envoyé votre souvenir, la brochure, au comte Balbo : il est infirme comme moi, hélas ! il a de plus le malheur d'être presque aveugle : il le supporte avec courage.

M. de la Canorgue mériterait tous les succès ; je regrette que la fortune le contrarie. Mais son aimable idée que sa *Françoise de Rimini* ferait assez d'impression sur le public pour qu'elle prît une place dans les répertoires français n'était pas fondée. Tout ce qu'il y a de talent dans ce travail poétique ne peut empêcher que la pièce ne manque d'intérêt pour des Français. Le sujet, si simple, n'est point national comme chez nous, où tout ce que Dante a chanté, nos imaginations aimantes le regardent comme ennobli, comme sacré. D'ailleurs votre scène est riche en excellentes tragédies, en excellentes comédies, en drames de toutes

---

[1] On lit dans la *Chronique de Montfavet* qué, durant la terreur, Flavie de Cohorn, voyant son père, le baron Alexandre de Cohorn, ancien officier général des armées navales de France, sur le point d'être traîné à l'échafaud, voulut à tout prix pénétrer jusqu'à lui ; quoique à peine âgée de douze ans, elle se fraya un chemin à travers les gardes, et, au milieu de l'étonnement général, alla tomber dans les bras de son père. Peu de jours après, la réaction du 9 thermidor sauvait le père et la fille.

(Note de l'Éditeur.)

sortes, moraux, immoraux, toujours magiques pour les foules. Il est naturel que dans vos richesses théâtrales vous ne sentiez pas en France un grand attrait pour *Françoise de Rimini*. Les acteurs français qui sont à Turin ne sauraient voir la chose autrement. Ils comprennent aussi que la partie italienne de leur public ne goûterait pas une *Francesca* sur leur scène, l'ayant déjà trop vue sur la nôtre.

Je donnais autrefois trop d'importance à la gloire littéraire ; j'en ai reconnu la vanité.

Des milliers d'auteurs écrivent, se distinguent. Sont-ils heureux? rendent-ils plus sage ce pauvre genre humain, qui parle partout si bien et agit partout si mal? Que Dieu ait pitié de nous!—et attachons-nous à lui, aimons notre prochain pour lui, ne désirons aucun autre succès que de plaire à Dieu en accomplissant nos devoirs.

J'aime à avoir une place dans le bon souvenir des hommes comme vous. Gardez-m'en une dans le vôtre ; je ne vous oublie point. *

CCXCVIII

A M. LE PROFESSEUR A. IGHINA.

Turin, 27 janvier 1851.

Cher professeur,

J'eus, samedi, le plaisir de voir M. votre frère Giuseppe et de recevoir par son intermédiaire le paquet que vous avez eu l'extrême obligeance de m'envoyer.

Madame la marquise, à qui j'eusse voulu le présenter, n'était pas chez elle ; mais pour suppléer à la visite, j'ai transmis à madame de Barolo les hommages des deux dignes frères. Elle me charge de vous dire mille choses.

Le jeune Ighina a une physionomie qui annonce de la modestie, de l'intelligence et de la bonne volonté. Il se fera certainement honneur comme toutes les personnes d'une famille si distinguée, sans en exclure l'aimable et malin auteur des épigrammes, qui a tant de grâce, même lorsqu'il flagelle. Ce sont fouets de roses armés d'une bonne épine. Si les épigrammes méritent qu'on y applaudisse, que dirai-je de l'auteur quand il déroule de graves et saints discours? Ce précieux sermon sur la sainte Vierge se lit et se relit avec charme; c'est l'œuvre d'une belle âme. Dans chacune de ces diverses compositions sacrées, les orateurs se sont montrés éloquents et tout à fait à la hauteur du sujet. Monseigneur sait se mettre en excellente compagnie, et c'est bien ce qu'il fallait pour honorer la reine du ciel et de la terre.

Je vous prie de mettre aux pieds de Monseigneur Madame la marquise et son humble interprète, et je me dis de nouveau, etc.

CCXCIX

A M. VICTOR DE LA CANORGUE.

Turin, 16 février 1851.

* Mon cher ami,

Mme Trenca m'a fait l'honneur de venir un de ces jours m'apporter votre bonne lettre du 20 janvier.

Cette dame a une bien juste estime pour vous. L'éloignement de ces personnes si respectables vous doit être une privation. Je le regrette, car la petite ville de Menton ne doit pas abonder en ressources intellectuelles, et votre vie sera un peu solitaire. Le commandeur Trenca espère, à ce que me dit sa digne femme, terminer bientôt les affaires qui intéressent tant leur pays. Je le désire pour eux, pour la population, et parce que le contentement qui vous entourerait serait un plaisir pour votre noble cœur. Les méchants s'attristent des satisfactions des autres; mais les bons aiment à voir des visages embellis par un peu de bonheur, et par de douces espérances. Hélas ! *un peu* de bonheur n'est pas grand'chose, et cependant que d'hommes sont dans l'impossibilité d'en avoir, s'ils l'attendent de la fortune, de la justice humaine, des choses de la terre !—Cette considération serait déchirante, mais elle cesse de l'être pour le vrai chrétien, le penseur éclairé par la religion. Un peu de bonheur nous est toujours donné par la bonté divine, dans l'humble exercice de la vertu, dans le fidèle accomplissement de nos devoirs les plus simples, dans la prière, dans les sacrements, dans les bons désirs. Voilà ce qui me sauva du désespoir dans ma longue captivité, dans mes tristesses de la solitude, dans la rencontre que j'ai faite en tout temps de quelque injustice, de quelque profonde douleur. Toujours et partout il faut accepter, il faut apprécier, comme un immense trésor, ce don d'un peu de bonheur que Dieu ne cesse d'accorder à ceux qui l'écoutent.—Tout en pensant ainsi, mon cher ami, nous serions bien aises d'en avoir, non pas *un peu*, mais beaucoup. Vœux inutiles ! ne nous y livrons pas. Ce n'est qu'un rêve trompeur de la jeunesse ; il faut bien se désenchanter de ce qui n'est pas raisonnable. Attachons-nous au vrai, à la religion, à ses pratiques sanctifiantes ; il y a là des prodiges de consolation et de force.

Mes souffrances, ma vieillesse, me rendent peut-être trop grave. Voulez-vous que je vous donne une jolie petite fleur ? Son parfum est enivrant. Vos belles romances ont été vues sur un piano chez le comte de Chambord, par M. le marquis Colbert de Maulevrier. Celui-ci me charge de vous le dire (il a été à Venise faire sa cour à l'auguste exilé). Je l'ai dit à Mme Trenca, à qui cela a fait plaisir. Je vous exprime ses félicitations, si elle ne vous a pas écrit elle-même depuis. La réponse négative que vous a faite la troupe française ici vous a contrarié, mais elle ne m'a pas étonné. Le sujet de *Françoise de Rimini* manque de nouveauté à Turin. Le mérite de vos beaux vers ne serait pas senti, et d'ailleurs, croyez-le, le goût actuel tolère avec peine ce qui est simple, surtout si on n'offre pas au public un sujet tout neuf. Pour mon compte, je ne voudrais pas conserver l'amour du théâtre, car mon goût est vieux. Je suis d'un âge qui ne peut revenir.

Adieu, mon cher ami. Jouez avec la poésie, mais ne donnez pas à cet aimable jeu plus d'importance qu'il n'en a. *

CCC

AU CHANOINE IGHINA.

Turin, 16 avril 1851.

Très-aimable professeur,

Mille remercîments pour votre bon souvenir, et l'envoi que vous m'avez fait récemment de votre admirable discours. Je vous remercie également de tout ce que vous m'écrivez.

Vous êtes toujours aimable dans vos épigrammes, qui ont tant de sel et de saveur. Prenez garde : mon épithète *saporiti* ne s'étend pas jusqu'à certain mot qui rime en *ella*. J'y trouve bien le sel, mais non la *bonne saveur.*

Outre leur mérite particulier, vos épigrammes me plaisent infiniment comme preuve d'un esprit piquant et enjoué. Les tempêtes du monde sont terribles, le chemin de la vie est rude; pour conserver ses forces, il faut bannir la mélancolie.

Je me réjouis de vous voir décidé à réfuter cette fausse histoire des papes, et je suis persuadé que vous y réussirez à merveille. Mettez-moi, je vous prie, pour deux exemplaires au nombre des souscripteurs.—Je vous souhaite de bonnes vacances, ce qui veut dire santé et contentement, non-seulement à vous, mais à toute votre digne famille. Mes respects à votre excellent père.

CCCI

A L'ABBÉ GIAN GIOSEFFO BOGLINO.

14 juillet 1851.

Cher Giovanni,

Aie l'obligeance de faire tenir ces quelques lignes à l'aimable Mme Giulia [1]. Je sors un peu après avoir eu des fièvres et des bronchites. Mais je suis si faible, et particulièrement des yeux, que je suis encore incapable d'application. Je garde les lectures pour la campagne, et je commencerai avec grand plaisir celle du livre que l'illustre dame a bien voulu m'envoyer.

Plusieurs fois, cher ami, j'ai voulu aller te voir. Mes jambes, ma respiration infirme m'obéissent trop mal. Pardonne-moi et continue à aimer ton Silvio.

CCCII

A M. GIORGIO BRIANO.

4 août 1851.

..... Bien des choses vont mal, et d'une manière honteuse; mais le temps seul les redressera, en substituant, là où besoin sera, des hommes forts aux hommes faibles. Sans force d'âme et de volonté, il est naturel qu'on n'édifie rien. Les faibles promettent et voudraient bien faire, mais ils ne peuvent ni ne savent, et ils feignent de pouvoir et de savoir. Il y a une

---

[1] Madame Giulia Molino-Colombini.

(*Note de l'Éditeur.*)

grande multitude de ces incapables, et il faut les laisser passer, comme ces miasmes épidémiques qui en-
vahissent un pays et ne cèdent pas aux prescriptions
de la médecine. Nous, qui ne sommes pas en position
de gouverner le navire, nous n'avons d'autre rôle que
de faire des vœux pour qu'il ne se brise pas, et qu'un
jour nous puissions le voir conduit par un pilote
habile. Pensons et agissons en restant purs, dans le
petit cercle d'action qui nous est laissé. Dieu n'est plus
de mode, mais il est toujours notre juge, et c'est assez.

CCCIII

AU PROFESSEUR A. IGHINA.

8 août 1851.

Très-cher professeur,

Veuillez me pardonner un retard de quelques jours,
et recevez mes remercîments pour vous être affectueusement souvenu de la liberté que je recouvrai il y
a des années.—Les vicissitudes par lesquelles la bonté
de Dieu m'a fait passer me sont toujours présentes, et
je trouve dans leur souvenir mille motifs de consolation et de reconnaissance. J'espère tout d'un Dieu si
bon. Les écrits ascétiques de Monseigneur Ghilardi
sont pleins de force et de grâce. Madame la marquise
vous prie de lui présenter ses hommages et de lui dire
combien elle lui est obligée de la pastorale qu'il a
daigné lui envoyer. Un pasteur évangélique ne peut
adresser à des chrétiens des paroles plus vraies, plus
religieuses, ni les répandre avec plus d'autorité.

Les impiétés abondent dans le monde, et on ne peut les entendre sans douleur ; mais il y a toujours, dans la foi, de grands motifs de reconfort : l'un des plus grands, c'est assurément de sentir que ni les dignes évêques, ni les dignes prêtres ne manquent jamais à l'Église.

CCCIV

A PIETRO GIURIA [1].

22 septembre 1851.

Cher Giuria,

J'ai reçu ta bonne lettre avec un bien grand plaisir. Tu sais que je t'estime et que je t'aime : et partant il m'est doux de savoir que tu te souviens de moi, que tu es en bonne santé, et relevé, consolé de tes malheurs par les vertus d'une seconde femme et par le sourire de ton enfant qui grandit.

Voghera n'est pas une grande ville, mais les plus petites mêmes ont leur agrément, et ton esprit juste et bienveillant en trouvera à celle-ci dont il saura tirer parti en honorant les gens de bien et en te conciliant l'estime générale du pays. En attendant, je suis heureux de te savoir un ami si estimable, dans la personne de M. Leidi dont tu me parles. Il faut bien qu'il ait quelque chose de ta bonté, puisque tu me dis qu'il s'entretient de moi si affectueusement. En lui rendant ses saluts de ma part, dis-lui que je lui suis reconnaissant de l'indulgence avec laquelle il veut bien me juger. — Tu as eu une excellente pensée, en m'en-

---

[1] Du livre *Silvio Pellico e il suo tempo*, considérations de Pietro Giuria.—Voghera, tip. Gatti, 1854. (*Note de l'Éditeur.*)

voyant ta nouvelle : c'est une composition d'élite ; je l'ai fort goûtée. — Toutefois, je ne saurais te blâmer de te sentir peu de goût à *noircir du papier*, comme tu dis : la plupart des hommes lisent sans discernement et ressemblent à ce compère qui, entre une huile exquise et une huile fétide, préférait cette dernière comme ayant bien plus de saveur.

Vois toute l'huile fétide qui se débite chaque jour, et admire le cuir de certains palais ! — Ne va pas t'en irriter : les ressentiments sont inutiles. Le sentiment élevé du beau est un don que quelques-uns possèdent en abondance ; beaucoup l'ont peu, et le grand nombre ne l'a pas du tout : tu le possèdes à un haut degré. — Te voilà donc peintre ! Si tu manies le pinceau comme la plume, tu feras des tableaux qui plairont aux connaisseurs. A présent, je pense, tu es encore novice : mais avec de la persévérance, tu peux rattraper les maîtres. En attendant, et au milieu des nombreuses épreuves de la vie, ce n'est pas une médiocre fortune que de savoir échapper noblement à l'oisiveté, à l'ennui, et aux passions vulgaires et malveillantes !

Je remercie le ciel de m'avoir donné quelque amour pour l'étude ; je m'occupe toujours, quoique vieux ; je ne m'ennuie pas ; je ne m'irrite pas ; je plains la légion infinie des ennuyés, et plus encore celle des emportés, qui va toujours croissant. Les infortunés ! quelques-uns d'entre eux m'écrivent des injures parce que je ne fais point comme eux : je les laisse dire.

Supportons, cherchons notre appui en Dieu, et prions pour tous.

CCCV

A M. VICTOR DE LA CANORGUE.

Turin, 5 octobre 1851.

* Mon cher ami,

Quand j'ai eu l'honneur de vous voir dernièrement, je ne prévoyais pas que j'allais bientôt m'absenter pour quelques mois. Je pars pour Florence avec Madame la marquise, et nous ne reviendrons qu'au printemps. Mille petites occupations me forcent à ne vous écrire aujourd'hui que quelques mots, vous envoyant la lettre que je vous ai promise pour Monseigneur l'évêque de Fossan ; vous connaîtrez en lui un homme très-distingué, et un de nos plus dignes évêques.

Adieu, mon ami, je vous fais tous les souhaits qu'un ami peut faire, et je compte sur la continuation de votre bienveillance; prions l'un pour l'autre et aimez un peu votre dévoué Silvio Pellico. *

CCCVI

A LA COMTESSE OTTAVIA MASINO
DI MOMBELLO.

Rome, 28 décembre 1851.

Madame la comtesse,

Sur le point de quitter Rome, je reçois, par M. Carnevali, une lettre de Votre Seigneurie vénérée, dans laquelle elle me réclame une réponse à sa précédente. Je serais désolé d'avoir pu causer quelque déplaisir à qui que ce soit. Jugez donc du regret que j'aurais si, volontairement, j'étais tombé en pareille faute à votre égard, chère et aimable comtesse, vous dont j'honore tant le mérite !

Je suis dominé par mainte incommodité, et surtout par des maux de tête qui me tourmentent cruellement et qui font que, malgré moi, je me trouve fort en retard avec toutes les personnes qui ont la bonté de m'écrire. Je rougis de paraître incivil à tout ce qui mérite le plus mon estime. J'ai gardé le lit à Florence, pendant plusieurs jours ; la fièvre m'avait à peine quitté que je me mis en route, mais j'arrivai ici malade et suffoqué par l'asthme. L'air de ce pays m'a fait un peu de bien ; je respire un peu mieux, et je ne me vois pas forcé de garder le lit ; j'ai gagné cela, mais je suis toujours sans force, et les maux de tête continuent. Je n'ai pu encore faire aucune visite, même à madame la comtesse Orfei. Je n'ai été dans aucune société, dans aucune académie. Je vis, et je suis, malgré moi et sans mérite aucun, une espèce de mort parmi les vivants. Je me vois ainsi dans l'absolue nécessité de laisser en retard ma correspondance, et voilà pourquoi, très-aimable comtesse, je n'avais encore répondu ni à vous, ni à la princesse G... — Relativement à la princesse, je prendrai le pénible parti de ne pas me décider encore, attendu les divers jugements que j'entends d'excellentes personnes porter sur l'état de cette tête : elles disent qu'il se passe de longs intervalles durant lesquels on ne remarque en elle aucune incohérence et où, par conséquent, on peut la juger de la manière la plus favorable et la croire victime de la calomnie. Je connais des Russes respectables qui donnent comme positive cette infirmité de son cerveau. Je plains beaucoup la pauvre princesse, surtout de s'être donné le ridicule de se croire convertie en passant du schisme grec à un autre schisme : prions pour elle! Je l'ai trouvée infiniment polie, et elle m'a écrit et parlé anciennement comme une femme qui a du goût pour la piété. Nos courtes relations ont cessé depuis plusieurs années. Je pars demain pour Naples, et là je verrai des personnes qui ont, plus que moi, connu la princesse.

Nous serons peu de jours à Naples, nous ferons aux environs les excursions d'usage, puis au retour, nous passerons par les Marches et la Romagne.

Je compte sur votre indulgence innée, chère et excellente comtesse; je me réjouis d'apprendre que votre voyage en Angleterre et en Écosse s'est heureusement effectué, et je vous souhaite une santé durable avec toutes les prospérités.

Je vous prie d'agréer les sentiments de très-haute estime avec lesquels j'ai l'honneur d'être, etc.

P. S. Je n'ai pu expédier cette lettre de Rome, je l'envoie de Naples, et vous renouvelle tous mes respects.

CCCVII

AU PROFESSEUR A. IGHINA.

Rome, 14 mars 1852.

Très-estimé et très-vénéré chanoine,
Nous revenons de Naples, et nous trouvons ici une

lettre que la direction des postes négligea de faire suivre. Elle porte la date du 22 janvier, et Votre chère Seigneurie nous y donnait la nouvelle de sa nomination au canonicat. Je vous offre les tardives, mais bien sincères félicitations de madame la marquise de Barolo, celles de D. Ponte et les miennes. Le digne évêque aime et distingue les prêtres d'un mérite éminent. Que Dieu le récompense, lui et le nouveau chanoine, de toutes leurs vertus.

Au mois d'octobre nous prîmes la fuite devant l'hiver. La santé de Madame la marquise en avait grand besoin. Un air plus tempéré lui fit d'abord du bien, mais dans la dernière quinzaine ses douleurs de foie augmentèrent, la fièvre arriva et il fallut se mettre au lit, appeler un médecin, et souffrir cruellement avant que la médecine triomphât du mal. Aussitôt que notre courageuse malade se sentit quelque peu en convalescence, elle prit la bonne résolution de quitter Naples et de supporter les fatigues du voyage. Elle est faible, épuisée, mais elle n'y regarde guère, et du matin au soir c'est la même activité. Malgré les délices du Sebeto [1], il semble qu'à Rome, le climat lui convienne mieux. Je l'espère, et je puis dire la même chose pour moi. Je vote pour la ville sainte, et avec quel bonheur je la revois toujours ! Toute la Péninsule est belle, et j'en aime toutes les villes et les campagnes, mais rien ne m'attire, ne m'enchante, ne me parle à l'âme comme Rome ! La seule basilique de

---

[1] Petite rivière aux environs de Naples.

(Note du Traducteur.)

Saint-Pierre répand toujours en moi un contentement, un amour qu'en nul autre lieu je n'éprouve au même degré.—Si vous faites un jour ce voyage, vous serez de mon avis. Quant à toutes les déclamations qu'on lit dans certains livres sur les diverses civilisations, sur la barbarie, sur les ignorances, sur les malheurs de différentes contrées de l'Italie, ce sont assertions de pédants politiques, vides de sens. Chacun sait qu'il y a quelques différences d'un pays à l'autre, mais la vérité est que les proportions entre le bien et le mal ne changent guère chez ces peuples. Partout règnent l'allégresse, la vivacité, l'urbanité. Le grand nombre chez eux vit de son travail, et sera toujours ignorant, mais bonnes gens et sans rien de barbare. La minorité seule a le temps de lire, d'écrire, de cultiver son esprit et d'acquérir des manières distinguées. Une multitude savante, très-civilisée, il n'y en a, il n'y en aura jamais sur la terre, quelque mal que se donnent les prétendus penseurs pour ennoblir les masses. Celles-ci ne sont ni en possession d'une grande félicité, ni exposées à de grands malheurs. Prises en bloc, elles jouissent beaucoup de la vie; elles sont industrieuses, aimables, et ont du penchant pour la religion et la vertu.—Je trouve dans toutes les classes bon nombre d'âmes honnêtes, de chrétiens sincères.

Je termine en embrassant un de ces derniers, que j'aime tendrement.

P. S. Nos hommages à Monseigneur, et des remercîments infinis pour ses offres d'hospitalité, dans le cas où, au retour, nous passerions par Mondovi. Si

Madame la marquise lui en est très-reconnaissante, je ne le suis pas moins pour ma part, et lui baise la main avec respect.

CCCVIII

A M. VICTOR DE LA CANORGUE.

Turin, 14 mai 1852.

＊ Mon cher ami,

Dans les premiers jours de mon retour à Turin, le temps m'a été tellement pris qu'il m'a été impossible de vous écrire. Je vous remercie infiniment de votre bonne lettre : vous êtes toujours aimable, excellent. Hélas ! je vois avec peine que vous êtes aussi toujours malheureux. Quels que soient vos chagrins, redoublez de patience, puisque vous reconnaissez l'extrême difficulté d'être placé ailleurs. Je sais de toute part que les places sont réellement très-difficiles à obtenir, surtout si l'on contrarie certains hommes, si l'on brave certaines opinions. Ah ! la patience coûte, mais elle est bien nécessaire, et la patience est une force, une vertu divine dans les âmes chrétiennes. Ne la perdons jamais : il faut l'user constamment et la joindre au courage jusqu'à la fin.

Vous approuvez le peu de mots que j'ai fait mettre il y a quelque temps sur les journaux, démentant une annonce indigne. Quand il ne s'agit que de moi, je ne réponds rien à ceux qui répandent des faussetés contre ma manière de penser ou de me régler; mais ici le cas était différent : voilà pourquoi j'ai publié ces deux mots de démenti.—Je suis bien aise que quelques nobles cœurs à Fossan vous soutiennent au milieu de vos tristesses. Je n'ai rien entendu dire ici de l'envoi de votre tragédie à la reine-mère ; je voudrais que votre hommage à cette sainte reine eût quelque suite favorable pour vous. Je vous le dis franchement, je n'y vois aucune probabilité. Nos excellentes reines n'ont pas la moindre influence, et la littérature n'est pas leur occupation.

Mon voyage a été heureux. J'ai moins souffert que quand je passe l'hiver à Turin. J'ai été ravi de revoir Rome, que j'aime de prédilection. Ce qui a donné aussi beaucoup de prix à ce séjour pour moi, c'est que j'y ai revu le plus cher de mes amis, qui est mon frère jésuite.

Si vous voyiez de près le saint-père comme je l'ai vu, si vous entendiez ses paroles, vous concevriez combien ce cœur d'apôtre et de père est méconnu de ceux qui le haïssent. Sa bonté, son calme, ses expressions aimantes font du bien. De Rome nous allâmes à Naples au commencement de l'année, pour revenir ensuite à Rome faire nos Pâques. Enfin le temps de mettre un terme à cette longue absence vint,—et me voici.

L'explosion de la poudrière a fait beaucoup de mal, mais cette catastrophe pouvait être plus funeste qu'elle ne l'a été ; nous bénissons le Seigneur et notre divine mère Marie de nous avoir épargné les affreuses ruines qui pouvaient être la suite de l'éclat du dernier magasin de poudre. La communication du feu a été empêchée, et d'une façon qu'on peut dire miraculeuse. Le pauvre sergent qui a sauvé la ville dit avoir agi

sans aucun acte de sa pensée, et il ne doute nullement
que le salut ne soit venu de la bonté de la sainte Vierge
qui protége Turin.

Des soldats qui étaient à la poudrière ont été victimes de l'explosion : il y a, je crois, vingt-quatre
morts et nombre de grièvement blessés. Pas d'autres
morts, que je sache, dans les maisons du faubourg
Doire et environs. Beaucoup de bâtiments abîmés, de
murs et de portes endommagés, etc. Madame la marquise de Barolo a des établissements dont les habitations
ont eu des secousses horribles. Pour réparer tous ces
dommages, il faudra bien de l'argent. Mais ses angoisses étaient pour ses chères filles : elle s'est consolée en les retrouvant toutes en vie.

Quand vous reverrez votre digne évêque, faites-lui
agréer, je vous prie, nos humbles hommages. Croyez,
mon cher ami, à toute mon estime et à tout mon attachement. *

CCCIX

A M. LE COMTE PORRO.

Turin, 2 juin 1852.

Très-cher Porro,

Notre correspondance a pu s'interrompre sans que
ces lacunes diminuent l'affection que je porte à un
ami aussi bon que vous l'êtes. J'ai passé l'hiver à Rome
et à Naples; en quittant Rome, nous avons pris par les
Marches, la Romagne et Bologne, et enfin, après avoir
traversé la Toscane, nous voici de nouveau à Turin.
La douceur du climat dans ces beaux pays a un peu
rétabli ma santé, et je voudrais pouvoir y passer tous

les hivers, hivers qui ne seront pas nombreux. Les années volent, et je m'étonne de vivre encore ; je vais réparant comme je puis une santé en lambeaux ; ayez soin de la vôtre, qui est d'une nature forte, et faites-la durer longtemps. Mais que de chers contemporains chaque jour nous enlève ! J'ai appris avant-hier la mort de la comtesse Archinta. Des âmes aussi accomplies n'ont rien à perdre en quittant la terre ; cette pensée doit tempérer nos regrets à la nouvelle de bien des morts ; et, en définitive, nous n'avons été placés dans cette vie que pour arriver à l'autre quand Dieu le voudra.

Pour ne pas me laisser trop attrister par les choses pénibles, je réfléchis souvent aux motifs que j'ai eus d'être satisfait dans l'ensemble de ma destinée et des vicissitudes par lesquelles j'ai eu à passer. Une de mes bonnes fortunes que j'apprécie le plus est celle d'avoir rencontré des hommes bons, remplis de mérite, et d'avoir pu me tenir à suffisante distance , des méchants. J'entends beaucoup de gens qui s'indignent de ne pouvoir se délivrer des coquins et d'être forcés de devenir misanthropes. Je les plains et je vois que j'ai été plus heureux qu'eux ; j'ai connu et je connais encore tant d'hommes de bien ! et quant aux méchants, je cherche à ne pas m'entremettre avec eux et à ne pas perdre ma sérénité à cause d'eux. En vieillissant, je m'aperçois chaque jour davantage qu'il faut prendre en pitié, supporter le pauvre genre humain, et ne pas prétendre de lui l'impossible ; prétention qui ne sert à rien, ni en politique ni en morale.

Êtes-vous déjà à la campagne, et où ? avez-vous vos

fils avec vous? saluez-les mille fois de ma part. Je
souhaite que vous n'ayez dans votre famille que des
motifs de consolation et de bonne harmonie. Je suis
encore en ville; la semaine prochaine nous serons à la
colline. Je vous embrasse de tout mon cœur.

CCCX

A MM. POMBA ET COMPAGNIE.

Turin, 28 juin 1852.

Très-chers Messieurs Pomba,

Je vous suis obligé des exemplaires que vous avez
eu l'amabilité de m'offrir, et je remercie en particulier M. Zecchini, qui a bien voulu m'honorer de se
visite. Je regrette de m'être trouvé absent.

Vous me demandez s'il est vrai que j'aie publié une
Canzone à peu près vers l'époque des *Réformes.*—
Non; et si l'on m'attribue quelque *Canzone* anonyme,
c'est une erreur. Je mets toujours mon nom à ce que
j'imprime; tel est, depuis bien des années, l'usage
invariable que je suis.

Quant à des œuvres inédites, je n'en ai aucune que
je puisse vous offrir.

Agréez, Messieurs, l'expression de ma plus parfaite
estime.

P. S. Pardonnez-moi ce retard, je n'ai fait retirer
votre paquet que samedi.

CCCXI

AU CHANOINE A. IGHINA.

Juin 1852.

Très-aimable et très-révéré chanoine,

Madame la marquise de Barolo vous remercie de vos félicitations sur son retour, et j'en fais autant moi-même. C'eût été une excellente chose qu'il y eût eu moyen de passer à Mondovi, et d'y recevoir la bénédiction de Monseigneur, mon vénérable patron. Nous savons combien est aimable l'hospitalité du saint évêque. Madame la marquise lui rend grâce de l'intention et vous prie de lui offrir ses hommages et les vives assurances de sa reconnaissance. Le cher chanoine Ighina ne peut douter qu'il ne nous eût été fort agréable de passer par Mondovi, ne fût-ce que pour lui.—Il a mal fait de venir à Turin lorsque nous n'y étions pas ; et pour réparer cette faute, il faut qu'il y revienne maintenant que nous y sommes, ou qu'il nous rejoigne à la Vigna, où nous serons sous peu de jours. Il sait que Madame la marquise sera toujours charmée de revoir le très-estimable ex-chapelain, malgré le respect gênant que peut imposer la dignité de chanoine.

Il me semble que les éditeurs de mes pauvres *Prigioni* ont fait preuve de peu de sens en joignant les *Addizioni* à leur édition. Cette union inconsidérée fera précisément que beaucoup n'achèteront pas le livre. Quant à moi, je n'y ai aucun intérêt. Du reste, j'ai toujours plaint l'infortuné Maroncelli d'avoir cédé à la passion en écrivant ces *notes* dans des moments d'exaltation. Je suis persuadé qu'il l'a regretté lui-même.

Ne soyez pas, cher Ighina, trop prévenu en ma faveur, lorsque vous faites mention de mes écrits. Je redoute l'excès de votre indulgence, et je ne voudrais pas qu'elle vous attirât des sifflets. Mais si je ne désire pas que vous me louiez, parce que je ne le mérite point, je n'en souhaite pas moins que vous continuiez à m'honorer de votre amitié.

La mémoire de V. S. est fidèle en ce qui a trait aux relations de la maison Barolo avec le comte de Cossilla père, un homme excellent. Le fils, qu'on vous a donné pour intendant, a aussi de fort bons principes, du talent et de la conduite, par où il s'est fait aimer et estimer partout où il a été, nonobstant la difficulté des temps.

Les habitants de Chiavari ont vivement regretté son changement.

Adieu, très-cher chanoine, recevez nos saluts dans un bouquet bien lié, et croyez-moi, etc.

CCCXII

AU PROFESSEUR A. IGHINA.

Turin, 4 août 1852.

Cher professeur,

Que vous êtes bon de vous informer de moi ! Madame la marquise me donne l'agréable commission de répondre moi-même à Votre très-chère Seigneurie. Depuis un jour ou deux, ma santé va s'améliorant, autant que le permettent la vieillesse et des poumons aussi fatigués. Je recommence à respirer passablement. Mais j'ai peine à reprendre des forces. Je serais cependant indiscret de me plaindre. Il y a un nombre infini de personnes qui souffrent plus que moi; mes maux sont supportables, et ils sont adoucis par les soins les plus généreux. Le Seigneur use envers moi de toutes ses miséricordes. J'espère qu'il m'accordera encore celle que je lui demande plus que toute autre : une bonne mort, lorsque mon heure sera venue.

Vous ne me dites rien dans votre lettre de l'opération qu'on devait faire à Madame votre mère. Nous désirons que vous nous teniez au courant d'un événement auquel notre cœur prend la plus vive part. Nos vœux s'unissent aux vôtres pour que le précieux don de la vue soit rendu à cette excellente mère, et qu'il en résulte une grande consolation pour elle et pour toute la famille. Vous saurez que l'opération pratiquée par Flarer sur le vieux maréchal de la Torre, quoique les circonstances la rendissent fort dangereuse, n'a pas été inutile. La vue est revenue, seulement elle demande encore des précautions pour retrouver de la force, et il faut tempérer, à l'aide de lunettes vertes, l'éclat trop vif de la lumière.

Je vous souhaite, cher chanoine, la joie si douce d'être contemplé par les yeux d'une mère.

Conservez-moi votre amitié, faites agréer mes respects aux nobles âmes qui vous entourent; et croyez-moi, comme je le suis, votre très-affectionné serviteur et ami.

P. S. Mille remercîments pour vous être souvenu

de moi le jour de saint Pierre aux liens.—Madame la
marquise vous dit mille choses, et aussi D. Ponte....

. . . .

CCCXIII

AU PROFESSEUR IGHINA.

Turin, 16 août 1852.

Très-révérend chanoine,

Béni soit mille fois l'habile Fra Petronio ! Votre lettre nous a comblés d'allégresse, et nous nous figurons
la joie suprême de Madame votre mère et la vôtre à
tous, après une opération d'une telle importance, si
complétement réussie. Nous en remercions Dieu.
L'excellente marquise me charge de vous exprimer
toute la part qu'elle prend à cet heureux événement,
et D. Ponte s'en réjouit aussi de tout son cœur. Oh !
que nous aimons ce bon capucin, chirurgien admirable, qui, reconnaissant Dieu, avec tant de raison,
comme l'auteur de toute grâce, unit la prière à l'action dans le traitement de ses malades ! Outre le bien
qu'il leur fait, en priant et en les guérissant, sa piété
doit répandre dans leur âme, et dans l'âme de ceux
qui les entourent, la confiance et l'édification, ce qui
est aussi un grand bien. Voir un homme plein de foi
vaut souvent tout un sermon. Longue vie donc à Fra
Petronio ! qu'il ait toujours la main sûre et tous les
dons qui peuvent servir à rendre la santé à ceux qui
ont recours à lui ! Si je retourne un jour à Gênes,
comme je l'espère, je veux aller baiser cette main, qui
a restitué la vue à la mère d'un patron, d'un ami si

cher! En attendant, s'il est encore à Mondovi, offrez-lui mes humbles respects, et dites-lui que je professe également pour lui la reconnaissance et l'affection la plus vive.

Nous sommes sur le point de retourner à la Vigna; nous y resterons deux mois à peine, et si le temps le permet. Viendrez-vous nous y voir? Nous le souhaitons fort.

Madame la marquise vous dit mille choses et vous prie de faire agréer à Monseigneur ses respectueux hommages. Ayez aussi l'obligeance de lui rappeler les sentiments de vénération que j'ai pour lui.

Je vous remercie, cher chanoine, de toutes vos attentions et de vos vœux affectueux, et c'est en vous souhaitant à mon tour une bonne santé et tout ce qui peut vous donner du contentement que je me dis de tout mon cœur, etc.

P. S. Mille remercîments, je vous prie, au révérend économe, pour le livre qu'il m'a apporté de Rome. Qu'il ne s'en embarrasse pas et me l'envoie de la manière qui lui sera le plus commode.

CCCXIV

AU CHANOINE A. IGHINA.

Vigna, 8 septembre 1852.

Cher chanoine,

La digne Reine a merveilleusement inspiré Votre Seigneurie. Le sonnet est fort beau, et nous nous faisons une joie d'applaudir à l'excellent poëte. Recevez mes remercîments pour les deux exemplaires que vous avez eu la bonté de nous adresser. On peut dire que notre Reine mérite les plus dignes hommages, tant est noble la vertu et la grâce que respire toute sa personne; et cependant, trop souvent aussi elle a eu sa part dans le trésor des grandes afflictions! Titre invariable au respect et à la sympathie, surtout lorsque la créature qui gémit est d'un rang élevé et d'une renommée parfaite.

J'espère que l'indisposition de Monseigneur n'aura pas de suites. La santé est chose précieuse pour les bons évêques. Veuillez lui présenter les vœux et les hommages de Madame la marquise, ainsi que les miens.

Je vous souhaite aussi, Monsieur le chanoine, santé et prospérité. Madame la marquise, D. Ponte et moi nous vous faisons trois belles révérences, honorant à la fois l'ami, le poëte et l'excellent ecclésiastique.

Croyez-moi toujours, comme je le suis en effet, et de tout cœur, votre très-affectionné.

CCCXV

A PIETRO GIURIA.

Turin, 10 octobre 1852.

Mon cher Giuria,

Ton livre *Dell' uomo* est rempli d'excellentes choses : je m'en réjouis parce qu'il peut être utile et qu'il te fait honnneur. Il faut du talent pour animer si heureusement un sujet de cette gravité : il peint la noblesse de ton âme et te fait aimer du lecteur. Je te

serre affectueusement la main; je me félicite avec toi
et te remercie de ton livre.

Conserve-moi ta chère amitié et porte-toi bien.

CCCXVI

A M. LE COMTE PORRO.

Turin, 18 novembre 1852.

Très-cher Porro,

Il m'arrive souvent de me transporter, par la pensée, au milieu de vous, quoique je retombe toujours
dans mes trop longs silences : la faute en est à mes
souffrances. Mais laissons cette histoire peu divertissante, et contentez-vous de savoir que, depuis quelques jours, je me lève et vais un peu mieux. Si ma
vieillesse n'est pas des plus allègres, j'ai cependant, en
compensation, des intervalles de passable rétablissement. Tout est relatif, et il faut savoir apprécier ce
peu de bien qui nous échoit. J'aime à penser que votre
santé continue à être meilleure que la mienne. Ne
négligez pas d'en prendre soin, si fort que vous soyez,
et donnez-moi la consolation d'entendre dire que vous
triomphez glorieusement des années. Je ne vous permets de changer ni sous ce rapport, ni sous celui de
l'amitié que vous avez pour moi. Vous savez que je
suis invariable dans l'attachement que je vous porte,
connaissant peu d'hommes bons et droits comme vous,
et nous en avons tant perdus qui étaient dignes de
notre amitié ! Il est impossible de ne pas s'attrister
quand on voit combien se rétrécit le cercle de nos

vieux amis ! Je chasse cette idée pénible, mais elle revient toujours.

Un des meilleurs, le bon Giovanni Arrivabene, est ici ; il est venu me voir avant hier : il est du petit nombre de ceux qui ne se laissent pas dominer par ce grossier esprit d'exagération qui est aujourd'hui de mode, et qui ne prouve que trop la médiocrité, et nous en voyons les fruits !...

Comment va votre chère famille? Je vous souhaite toutes les satisfactions, l'union, et tout ce qui peut alléger les déplaisirs et adoucir la vie : je voudrais ne vous voir aucun chagrin...

CCCXVII

A M. LE MARQUIS CESARE CAMPORI, A MODÈNE.

Turin, 15 décembre 1852.

Monsieur le marquis,

Il se fait temps qu'en vous demandant pardon d'un si long retard je vous remercie de votre amical souvenir et du présent que vous m'avez fait d'un exemplaire de vos *Viaggi d'Oltremonte*[1].

J'ai lu et vivement goûté cet excellent livre, plein d'une aimable philosophie : il instruit, il charme, et fait aimer la belle âme de l'auteur. Autant il faut blâmer certaines relations de voyages, où l'on voit pro-

---

[1] Les *Viaggi d'Oltremonte*, estimable recueil d'impressions de voyages, furent dédiés, par le marquis Cesare Campori, au chevalier Massimo d'Azeglio, à l'occasion des fêtes du mariage de la fille de ce dernier avec le marquis Matteo Ricci, beau-frère du marquis Campori.   (*Note de l'Éditeur.*)

diguer les jugements faux contre les nations étrangères ou contre la nôtre, autant doit-on louer les
tableaux vrais de mœurs et de lieux tracés avec un
esprit vif, mais calme et bienveillant. Vainement la
foule s'obstine à décorer du nom de philosophes ces
penseurs irascibles et malveillants : je ne vois en
eux que des intelligences malades et souvent nuisibles. Hélas ! qu'il en est de nos jours, et souvent le
monde les admire comme si la bonté et la religion ne
servaient plus à rien ! Et cependant, sans ces divers
éléments, où est la sagesse ?

Je suis persuadé que, dans tous vos écrits, cher marquis, les lecteurs trouveront toujours ces qualités qui
élèvent l'esprit et invitent à la bonté.

Que le Seigneur vous en récompense, comme de
toutes vos œuvres, en vous donnant, à vous et à tout
ce qui vous appartient, une excellente santé, et toutes
les raisons d'être heureux.

C'est avec ces souhaits et cette parfaite estime que
j'ai l'honneur de me dire de nouveau votre très-humble et très-obligé serviteur.

CCCXVIII

A M. VICTOR DE LA CANORGUE.

Turin, 9 janvier 1853.

* Mon cher ami,

En vous remerciant des vœux que votre bonne lettre m'exprime, je vous assure que, quoique j'aie tardé
à vous parler des miens pour vous, mon cœur les a
formés et les forme bien sincèrement. Je me réjouis

de ce que vous avez enfin la certitude d'obtenir une place de professeur à Nice, si vous ne pouvez en avoir une ici. Il me tarde de vous voir passer des jours tranquilles quelque part. Rien ne vous a souri à Turin. Je vous voudrais ici ; mais je crains qu'ici il ne vous soit plus difficile qu'ailleurs d'obtenir une chaire dans un collége, vu le grand nombre des aspirants et le genre de partialité qui domine. Le mérite ne suffit guère ! tout est réglé par les passions du temps, par l'esprit de parti, ou s'il y a des exceptions elles sont rares. Je suis effrayé du nombre des malheureux que je connais, et il y en a qui sont remplis de mérite. Que de souffrances morales et souvent jointes aux souffrances physiques ! J'ai l'âme accablée !... Que Dieu soutienne et console tous ceux qui sont dans la douleur !

Fortifions-nous par les sentiments religieux et par la pratique fidèle de notre sainte religion ; tous les autres soulagements sont trompeurs. Je compte, mon cher ami, sur votre amitié et sur vos bonnes prières. Croyez à mon sincère attachement. ✳

CCCXIX

A M. LE COMTE LUIGI PORRO.

Turin, 12 février 1853.

Mon cher Porro,

Au milieu des exécrables et stupides atrocités suscitées par Mazzini, tout homme de bien pouvait courir quelque danger, et c'est pourquoi, dans les premiers moments que nous arriva la nouvelle, je pensai à vous et à votre famille avec inquiétude. Je vous remercie de l'aimable empressement que vous avez mis à m'écrire.—Mazzini, en croyant à tort le succès possible dans une opération d'une nature si grave, fait voir chaque jour davantage qu'il n'est pas un homme politique, quoiqu'il en prenne le masque. Si du moins l'événement pouvait désabuser tant de jeunes gens sans expérience !—En attendant, il n'est que trop vrai que les violences des démagogues font un mal immense, et empirent la condition de tous. Mais détournons nos regards de calamités inévitables auxquelles je ne puis penser sans amertume...

Je me réjouis d'apprendre que votre voyage à Ravenne a été heureux. Vous avez vu d'excellentes personnes et de beaux pays, et cette satisfaction a tempéré le chagrin que d'autres objets pouvaient vous faire. Oh! que cette cité de Ravenne, si intéressante par son antiquité, me plut, il y a bien des années ! C'était en 1812 ; je m'y trouvais parmi les secrétaires de Luini, pendant sa tournée d'inspection dans ces départements. J'y passai plusieurs jours, visitant tout, admirant, prenant des notes. Chaque chose pour moi devenait un sujet de pensée, d'étude, de délices ; et l'horizon de la vie me souriait de toutes parts avec d'aimables illusions... Quoiqu'en vieillissant la vie s'assombrisse, je me félicite cependant de vivre encore. Au milieu de nos maux, l'esprit et le cœur trouvent toujours quelque plaisir ; et celui de l'amitié est un des plus doux.

Portez-vous bien ; mille choses autour de vous, et continuez tous à m'aimer.

CCCXX

A M. VICTOR DE LA CANORGUE.

Turin, 19 avril 1853.

* Mon cher ami,

Vous me donnez enfin une nouvelle qui me fait plaisir, et je m'empresse de vous offrir mes félicitations. J'aurais fait comme vous, j'aurais préféré me charger de l'éducation d'un jeune homme de bonne famille. La chaire de français que l'on vous aurait accordée à Turin est un emploi peu avantageux et d'une durée fort incertaine. M. le chevalier Maestri, sénateur, est venu un jour me voir pour me parler de vous et de l'espoir qu'il avait de vous faire donner une chaire. Dans les places où les appointements sont trop petits, et où il faut suppléer en se procurant des leçons, les heures appelées de *liberté* sont des heures de fatigue ou de désoccupation et de tristesse. Souvent les leçons manquent, vu la facilité qu'ont les gens de s'accommoder de très-peu d'étude, et vu le nombre des professeurs qui enseignent ou cherchent à enseigner. Vous avez infiniment plus de mérite que mille autres ; mais vous êtes aussi le plus modeste des hommes, le moins fait pour vous emparer d'une place convoitée par des concurrents.

Au lieu de cela, vous êtes parfaitement fait pour bien élever un jeune homme, pour vous faire aimer et estimer de lui et de toute la famille. Entrez donc dans cette carrière avec confiance ; votre esprit, votre vertu, votre bonne volonté feront beaucoup, et l'aide de Dieu ne manquera pas. Point de mélancolie : elle ne vaut rien, elle ne va pas à un instituteur ; il ne doit jamais oublier pour longtemps le doux sourire de l'amabilité et de la bienveillance. Voilà mes conseils, mon cher ami ; ils sont courts, et je sais que vous n'en avez guère besoin. Je vous connais rempli de sagesse, de constance dans le bien, d'excellentes qualités de tout genre. La noble maison qui vous a reçu a acquis un digne homme.—Madame la marquise de Barolo vous fait ses félicitations. Croyez aux sentiments inaltérables de votre dévoué serviteur et ami. *

CCCXXI

A M. LE PROFESSEUR BARUFFI.

Turin, 23 mai 1853.

Cher professeur et digne ami,

Votre petit livre des *Passeggiate* est des plus aimables que j'aie encore lus. Le don que vous m'en avez fait m'est précieux, et je vous rends mille grâces.

Recevez aussi mes remercîments les mieux sentis pour la bienveillance que vous me témoignez dans les quelques lignes que vous m'avez écrites. Mais vous me forcez à sourire en me rêvant dans votre aimable cœur des qualités que je ne possède guère. Je sais peu, je ne suis bon à rien ou à presque rien, mais j'aime et désire le beau, le bon, le vrai.

Ma vie en a tiré de grandes consolations, et je ne puis assez en bénir Dieu. Continuez, cher Baruffi, à me traiter avec votre indulgence habituelle. Je vous serre la main de tout mon cœur ; croyez-moi votre très-affectionné serviteur et ami.

CCCXXII

A MADAME LA MARQUISE
CHRISTINE DE CARAIL ET SAINT-MARSAN,
NÉE CAPRÉ DE MÉGÈRE, A TURIN.

Turin, 28 mai 1853.

* J'obtiens de madame la marquise de Barol l'honneur de vous remercier de sa part : elle a reçu avec admiration le charmant petit essai typographique que vous lui avez envoyé, Madame. Mais comment vous dire combien j'admire moi-même non-seulement votre esprit, toujours si aimable, mais l'extrême bonté dont vous m'honorez, Madame la marquise ! Que je suis fier de voir ces deux strophes imprimées par vous ! La pensée que vous avez eue est de la plus exquise amabilité ; je vous en rends mille et mille grâces, et avec une bien vive reconnaissance !

Daignez, je vous prie, agréer l'hommage des sentiments respectueux et dévoués avec lesquels j'ai l'honneur d'être, Madame, votre très-humble et très-obéissant serviteur. *

CCCXXIII

A M. LE COMTE ROBERTO DI SALUZZO.

Turin, 30 mai 1853.

Excellence,

Les poésies inédites [1] dont vous avez bien voulu me

---

[1] Les *Poesie inedite* du chevalier Cesare di Saluzzo.

(Note de l'Éditeur.)

permettre de prendre connaissance ont été pour moi une lecture fort agréable, et je puis dire que je les crois fort dignes de l'impression. J'ai été particulièrement charmé de celles qui traitent des sujets sacrés ou moraux.

Il y a aussi beaucoup de grâce dans les poésies amoureuses ou enjouées, mais je leur trouve un air trop jeune, et elles produiraient, je crois, une certaine dissonnance à côté des autres, si hautement pensées et écrites.

Si vous rejetez à la fin du volume les compositions légères, elles font disparate avec les choses sérieuses qui précèdent ; si au contraire, on les met au commencement, il en résulte, ce me semble, un autre inconvénient, celui d'un début faible, d'un commencement qui ne répondrait pas à ce que les lecteurs attendent du respectable Cesare Saluzzo, esprit si élevé et si cher à tous.

Je ne sais si je me trompe, mais je serais d'avis de publier seulement, parmi ces poésies, les morceaux religieux et ceux qui ont un caractère philosophique, touchant, patriotique, etc.

Permettez-moi d'ajouter que je n'approuve pas non plus la distribution par catégories, basées sur la nature des sujets : distinction qui n'est nullement facile. J'aimerais mieux que l'on suivît un certain ordre de progression qui, par les analogies, par une variété qui n'eût rien de heurté, par une marche à peu près chronologique, se fît sentir assez nettement pour que les lecteurs s'imaginassent accompagner l'auteur dans le développement successif des temps qu'il a parcourus.

En même temps que je vous rends grâces, Monsieur le comte, de la preuve de bienveillance dont vous m'avez honoré, en me confiant de précieux manuscrits, je vous prie d'agréer l'hommage des sentiments de haute estime et de profond respect avec lesquels j'ai l'honneur d'être, de Votre Excellence, le très-humble et très-obligé serviteur.

CCCXXIV

A M. LE COMTE TULLIO DANDOLO,
A ADRO (PROVINCE DE BRESCIA).

Turin, 31 mai 1853.

Très-cher ami,

Le jour même où je reçus votre lettre, j'écrivis à Fava pour lui donner communication des lignes qui le concernaient ; il vint chez moi le lendemain, et eut la bonté de m'apporter, avec deux de ses ouvrages (*Il Giobbe* [1], et *Fede e Ragione*), le livre d'Emilio, *I Volontari* [2].

J'ai lu avec grand amour et attendrissement ces notes historiques. Pauvre jeune homme ! qu'il a souffert ! que de mécomptes douloureux ! Ce qui console dans sa relation, c'est que le lecteur ne peut mettre

---

[1] Le *Giobbe* est une estimable traduction du chevalier Angelo Fava, et *Fede e Ragione*, une étude morale du même auteur.

(*Note de l'Éditeur.*)

[2] *I Volontari*, mémoires sur la défense de Rome en 1849, écrits par Emilio Dandolo, fils du comte Tullio, et publiés à Turin sur la fin de 1852. Emilio Dandolo perdit un frère dans la défense de Rome, à laquelle il prit lui-même une part éclatante. (*Idem.*)

en doute les nobles et sincères sentiments de l'auteur. Tout ce qu'Emilio exprime, respire la candeur et l'honnêteté. Déplorons les illusions, mais honorons celui qui, tout en ayant le tort de s'y laisser entraîner, s'y est du moins précipité en brave, et avec la passion de la justice.—J'apprends avec plaisir que, depuis la dernière maladie qu'il a faite, il reprend peu à peu ses forces; que Dieu vous le conserve, et lui assure une carrière tranquille, où son âme généreuse trouve à exercer ses vertus, à mériter des éloges, non dans le champ des chimères, mais dans celui de l'ordre, le seul que permette la divine sagesse. Les chimères ne sauraient donner l'union ni la puissance; c'est le chaos, et il n'appartient pas à l'intelligence humaine d'en tirer un monde, un peuple.—Rien de plus juste que vos réflexions sur les malheurs qui dérivent de la méchanceté, du peu de vertu; le Piémont en fait, lui aussi, la triste expérience, mais vainement jusqu'à ce jour; ce sont leçons perdues. Nous nous excusons en disant : « Il n'est pas possible aujourd'hui d'ordonner mieux les choses. » Patience donc, ajouterai-je aussi; plaignons-nous réciproquement, et espérons que les châtiments du ciel nous formeront avec le temps : ne nous irritons pas des sottises et des iniquités du monde; profitons-en pour pardonner beaucoup et nous élever dans l'amour de la justice.

Je me réjouis de vous savoir une bonne santé, et un esprit laborieux; vous savez en faire un saint usage. Conservez-moi votre douce amitié, et croyez que je vous la rends de tout mon cœur.

CCCXXV

A M. LE PROFESSEUR BARUFFI.

Villa Barolo, 7 juillet 1853.

Très-cher Baruffi,

Vous continuez d'une façon charmante ces aimables descriptions de vos promenades, et je vous remercie infiniment de m'avoir envoyé ce que vous en avez publié de nouveau. Cette chère lecture est venue me sourire et me faire du bien dans un moment où je souffrais. J'aime fort ce bon goût, cette manière bienveillante et juste avec laquelle vous touchez à tant de choses, et toujours sans ombre d'orgueil ni de méchanceté ! Partout la vraie philosophie. Avec de l'orgueil et de la méchanceté, on n'est pas, à mon sens, un vrai philosophe. Le sage s'abstient des emportements vulgaires; il désire éclairer, il plaint, il pardonne, il craint d'affliger, ou s'il faut qu'il afflige, il le fait avec douleur. Saint Paul enfin est notre maître : *Charitas,* etc.

Mais j'écris de mon lit, et bien las ; et, il ne faut pas que je manque de charité envers ces malheureux poumons, à force de parler ou d'écrire. Je suis encore heureux de pouvoir lire les belles et bonnes choses.

Agréez l'assurance de ma véritable estime.

CCCXXVI

A M. VICTOR DE LA CANORGUE.

Turin 24 juillet 1853.

* Mon cher ami,

Madame de l'Église a eu l'extrême bonté de venir elle-même m'apporter votre aimable lettre. Nous avons causé de vous : cette excellente dame connaît et apprécie votre mérite ; elle se réjouit comme moi de vous voir dans une maison qui peut vous convenir. Je remercie Dieu aussi de ce que l'on vous a enfin accordé la pension à laquelle vous aviez droit en France. J'aurais voulu qu'elle fût plus grande, mais c'est toujours un aide qui vient à propos pour vos petites dépenses. Tout ce qui vous fait plaisir m'en fait beaucoup. Courage, mon ami, et sachez trouver un peu de bonheur dans votre médiocre sort. Ne nous laissons jamais vaincre par la mélancolie ; elle ne vaut rien, et afflige ceux qui nous aiment.

Ma santé va misérablement. Oppression, fièvre, voilà ma vie depuis bien des semaines. Que la volonté de Dieu soit faite ! Tout ce qui nous vient de lui est bon : cette douce vérité me console dans mes souffrances. Bénissons notre Père céleste, et ayons confiance dans son amour. Votre ami, Silvio Pellico. *

CCCXXVII

AU PROFESSEUR ANGELO NANI, A ORMEA.

Turin, 25 août 1853.

Très-cher professeur,

L'estime que vous m'inspirâtes lorsque j'eus, il y a

bien des années, le plaisir de vous connaître, me
rend précieux un souvenir de vous; je me réjouis
donc d'avoir de vos nouvelles. Ma satisfaction serait
plus grande si je ne voyais dans la lettre de Votre
Seigneurie qu'elle est sujette à de cruelles souffrances.
J'aime à espérer qu'elles s'adouciront et même qu'elles
cesseront; je vous le souhaite de tout mon cœur.—Je
m'étonne de vivre encore, tant sont graves et nombreuses les maladies successives au milieu desquelles
je m'enfonce dans la vieillesse. La volonté de Dieu
soit faite! Demandons-lui le courage, et il nous le
donnera jusqu'à la fin. Tâchons de garder une âme
sereine; cet aimable devoir nous offre mille avantages pour l'esprit et même pour le corps.

Je me réjouis avec vous de voir que vous tenez
votre intelligence en haleine, et que vous nous préparez une bonne *Vie de Jérôme Vida.* Je vous approuve
de ne pas vous presser de la publier, ce genre de
livres acquérant d'autant plus de prix qu'ils sont plus
achevés, sous le rapport de tous les faits corrélatifs
qu'on peut recueillir, et de la saine critique. Je gémis
de n'avoir pas une consolante réponse à vous donner
au sujet des pauvres jeunes filles pour lesquelles vous
m'écrivez. Toutes les places sont occupées et au delà;
la digne marquise de Barolo reçoit de continuelles
demandes de parents qui désireraient qu'on pût
recueillir leurs filles, et tous les jours elle a le regret
de devoir laisser de pareils désirs non satisfaits.

Au reste ma position ici ne me donne droit à aucune
influence; je suis simplement un hôte que Madame la
marquise a la bonté de supporter malgré mon inuti-

lité. Je puis me dire heureux de vivre témoin de toutes les vertus chrétiennes, et c'est une grâce insigne que Dieu m'a faite. Je n'ai jamais eu de fortune, je n'en ai pas, et je n'en désire pas. Mais ce que j'apprécie souverainement, c'est d'avoir toujours eu la consolation de rencontrer sur la terre des âmes d'élite. Hélas! qu'il y a cependant d'iniquité dans ce monde! —Mais plaignons les méchants, fortifions-nous en regardant les bons, et prions pour tous. Je suis avec l'estime la plus distinguée votre très-affectionné serviteur et ami.

CCCXXVIII

A FRANCESCO SILVIO ORLANDINI, A LIVOURNE.

Turin, 15 septembre 1853.

Mon cher monsieur Orlandini,

En vous remerciant de la preuve de bienveillance et de délicatesse que vous me donnez par tout ce que vous m'écrivez, en date du 8 courant, je vous rends grâces également de m'avoir transmis une copie exacte de mes lettres à Ugo Foscolo.—Voici mon opinion sincère sur ces lettres.—Je les trouve peu intéressantes, et par conséquent nullement dignes de l'impression.—J'y retrouve avec plaisir la chaude amitié qu'elles exprimaient pour l'infortuné Foscolo; mais dans cette bouillante ardeur de la jeunesse, je portais tous les sentiments jusqu'à l'excès, jusqu'à l'absurde. J'honore, j'aime toujours la mémoire de ce noble génie, mais aujourd'hui je vois qu'il avait en moi un disciple fanatique jusqu'à l'idolâtrie. Pendant ma première jeunesse, j'avais plus vécu parmi les livres et les rêves de mon imagination qu'avec les hommes. L'exagération de quelques-uns de mes jugements me paraissait hauteur de sens ; aujourd'hui elle ne peut que me faire pitié. Non content d'honorer Foscolo, j'avais besoin de le grandir outre mesure, et de m'imaginer qu'il était le plus grand homme de l'époque. Ces opinions extrêmes sont toujours si fausses, que si après les avoir professées on les examine de nouveau, avec l'expérience qu'amènent les années, on en rougit. Mes intentions étaient complétement droites, mais aucun jeune homme n'était plus que moi dominé par une aveugle énergie de cœur et par l'imagination. Quel prix peuvent donc avoir ces lettres où il n'y a qu'emportements, fureurs, plaintes excessives ?—C'est pourquoi, très-estimable et cher monsieur Orlandini, j'avoue que le mieux, à mon avis, serait de n'en rien imprimer.—Mais si vous tenez absolument à faire une publication tolérable, je vous demande en grâce les modifications suivantes :

Dans ma 4e lettre, la louange que je donnais à notre Ugo est tellement outrée et puérile que je la désapprouve. Il faut y substituer des points. Je m'explique : il faut dire : *Autrefois j'enviai ton génie... à présent, je pleure de rage en te voyant si malheureux, si mal récompensé,* etc., en continuant comme il est dit dans la lettre.

Lettre 5e.—Il y a dans celle-ci une expression exagérée que je désapprouve : c'est où j'annonce à Ugo l'emploi que je venais d'accepter ; emploi dont je gémissais à tort, parce que je ne connaissais pas l'excellent caractère du comte Porro. C'est pourquoi, après ces mots : *De partager peines et plaisirs avec l'ami de mon cœur*, il faut mettre des points, puis ajouter : *Le comte Luigi Porro m'a offert d'être*, etc., en continuant jusqu'à ces mots : *Ils viendraient à me survivre.* Après ces derniers mots, on en viendrait à ceux-ci : *Toi, mon bon frère, aime-moi toujours, et sois heureux.*

Lettre 8e.—Après avoir dit : *Ne me parle plus de ta mort, tu me transperces l'âme*, on mettra des points, et on continuera... *Mais puisque tu as porté ton regard jusqu'à ta tombe, je te parlerai de la mienne*, et le reste comme dans la lettre.

Lettre 11e.—Après avoir dit : *J'aurais voulu être prince pour lui faire fête*, on continuera ainsi : *Dieu m'a fait la grâce de me vouloir pauvre*, etc., jusqu'à la fin.

Lettre 14e.—Dans le passage où je donnais carrière à mon indignation contre les terreurs de Vincenzo Monti, il y a des expressions injurieuses que je réprouve. Il faut les supprimer : respectons dans sa tombe l'illustre poëte. Ainsi depuis les mots : *Parmi lesquels Sismondi de Genève*, mettez des points, puis continuez ainsi : *... Je t'envoie les deux premiers numéros*, etc., jusqu'à la fin.

Lettre 15e.—Après avoir dit : *Je t'envoie tout ce qui a paru jusqu'ici du* Conciliateur, encore des points jusqu'à *G. R. est Rasori, G. D. R. Romagnosi*, etc. Après avoir dit : *S. S. est Sismondi de Genève*, on devra supprimer non-seulement ce qu'il y a d'injurieux à la mémoire de Vincenzo Monti, c'est-à-dire tout ce qui est dit de lui, mais encore le mot relatif au *Conciliatore,* où je parle de l'intention politique que nous avions de secouer la torpeur publique. Il est mieux de taire aujourd'hui des choses désormais inutiles et irritantes. Il faudra donc mettre ici des points, puis reprendre ainsi : *Si tu nous envoyais quelque article,* etc. , et la suite. Quand j'arrive à la fin de la lettre, je désire qu'après les mots : *Je suis toujours sécrétaire du comte Porro,* on mette des points, puis que l'on continue : *Un seul trait qui te le fasse apprécier : quand Rasori,* etc.—Il ne me reste qu'une misère à ajouter : Supprimons le mot exagéré et irritant d'*esclaves,* et disons simplement : *Toi, de ton côté, n'oublie pas tes compatriotes*[1].

Voilà donc toute ma pensée, mon cher M. Orlandini; ou ne pas publier ces quinze lettres, ou en supprimer exactement tout ce que je viens de vous indiquer.

Je m'en repose sur votre courtoisie, et suis, avec une véritable estime, votre très-affectionné Silvio Pellico.

CCCXXIX

À M. LE COMTE L. PORRO.

Turin, 25 octobre 1853.

Très-cher Porro,

De loin en loin je ressuscite un peu et je me réjouis de pouvoir vous donner signe de vie. Une maladie

---

[1] Ces corrections furent scrupuleusement exécutées dans l'édition que fit Orlandini de la correspondance de Foscolo où se trouvent les lettres dont parle ici Pellico, et qui ont été reproduites au début de notre recueil. (*Note de l'Éditeur.*)

obstinée m'a retenu longtemps au lit, à la campagne,
dans les plus beaux mois de l'été. Vers la fin de juillet,
j'ai commencé à souffrir moins et je suis revenu en
ville avec des poumons plus complaisants. Ils ne me
fournissent pas une ample respiration, assez cependant pour me laisser vivre hors du lit, et dans les
belles journées je sors un tant soit peu. Voilà, cher
ami, quel est mon état. Une si longue interruption
dans notre correspondance ne doit pas vous faire
croire que j'oublie votre douce et bonne amitié. Je
pense souvent à vous tous, et je demande à Dieu qu'il
vous tienne en santé et vous accorde toute consolation.
Tâchons de supporter en paix l'inévitable malheur des
temps, et plaignons les erreurs humaines et le peu de
jugement du grand nombre. Au milieu de maux si
multipliés, la vie a cependant encore pour tous les
âges des consolations et des agréments qui nous sont
une preuve de l'amour que la Providence a pour nous.
Ce sentiment ne tarit pas en moi, et j'en tire force,
calme et contentement, satisfait de vivre, comme je
serai, j'espère, satisfait de mourir..............

LETTRES

RECUEILLIES DURANT L'IMPRESSION

ET

LETTRES SANS DATE CERTAINE

CCCXXX

A PIETRO BORSIERI.

Vendredi, 18 août.

Cher ami, et l'ami de ma *Francesca*,

J'espère que toute la famille Borsieri voudra bien honorer de sa présence la représentation de ce soir. Si je ne tremble pas de tout mon corps, je le dois moins à ma conscience qu'au suffrage que vous tous, et toi en particulier, mon Pietro, vous m'avez accordé. Excuse-moi si je ne te porte pas moi-même la clef de la loge. La Carlotta Marchionni m'a prié, hier au soir, d'assister ce matin aux répétitions. Cette actrice m'inspire beaucoup de confiance : à mon avis, c'est un ange. Lancillotto est vraiment un garçon énergique; le père, sauf l'organe qui est un peu rauque (ce qui, du reste, ne messied pas à un vieillard), a le geste noble et l'expression pathétique. Paolo n'est pas assez bel homme, mais il est plein de bonne volonté, et, de plus, il est de Rimini, et l'amour du pays l'oblige. Je me flatte qu'aucun d'eux ne méritera d'être sifflé ; et moi, nous verrons.

Je regrette, cher ami, que tu sois venu me voir deux fois et que tu ne m'aies pas trouvé ; je te rendrai tes visites avec usure. Aime-moi, aimez-moi tous les sept : moi aussi je vous aime de cœur.

CCCXXXI

A M. LE COMTE PORRO.

Milan, 24 octobre.

Monsieur le comte,

Votre chère lettre de Voltaggio m'est arrivée hier. J'espère que le reste du voyage aura été également heureux. Ayez soin, en venant, d'éviter toujours la nuit.—J'ai regretté mardi de m'être arrêté chez Briche jusqu'après deux heures ; je revins à la maison un moment après que vous veniez de partir. Je me flatte que, même sans lettre de moi, vous auriez fait chercher mon frère. Je lui ai écrit par la poste...

Oh ! quant au *Conciliatore*...

« Nuovi tormenti, e nuovi tormentati[1]. »

Dimanche probablement (c'est-à-dire demain), nous pourrons paraître. Bellisomi est allé à la campagne, et F. a été chargé de la révision. Quatre colonnes et demie, en y comprenant les deux articles de Rossi tout entiers, ont été effacés.

[1] *Div. Com. Inferno.* Cant. VI.   (*Note du Traducteur.*)

On pouvait modifier quelques paroles, mais biffer ces articles d'un bout à l'autre, c'est la plus déraisonnable des tyrannies. L'ordre était cependant de Strassoldo lui-même : on l'assure du moins.

Il devient chaque jour plus évident qu'on veut nous contraindre à supprimer nous-mêmes le journal. Outre ces deux articles proscrits, l'on m'a cruellement mis en lambeaux un article tiré de la M. sur l'état actuel de l'Espagne. Ce n'est pas tout. Borsieri a été appelé par son président, lequel lui a dit que le gouvernement l'invitait à ne plus faire partie d'une entreprise aussi blâmable que la publication d'un journal comme le *Conciliatore;* et vive la liberté !

Pour moi, je trouve qu'au lieu d'encourager les études et le progrès de la raison, vous devez, mon cher comte, faire une bonne provision de pipes et de tabac, et établir dans votre maison une académie de fumeurs, lesquels passeront les heures dans le silence et la stupidité. C'est alors que nous vous regarderons comme ayant bien mérité de la patrie.

Je vous envoie toutes les lettres qui sont arrivées pour vous.

Les enfants vont parfaitement. Au lieu d'aller à Omate, j'ai écrit à madame la marquise. Je lui ai dit que nous devions aller passer deux ou trois jours près d'elle, que tel était l'avis que m'avait donné M. le comte, mais qu'à cause des malheurs arrivés aux Briche, je n'avais pas le courage de m'éloigner de Milan. C'est la pure vérité. Je suis si triste qu'il me répugne de porter ma figure parmi des gens joyeux ou qui savent feindre la gaieté. On a déjà saigné deux fois

Briche et son fils. Ils vont mieux l'un et l'autre. Briche m'a plusieurs fois demandé ces jours-ci des nouvelles de nos enfants. Hier soir je les lui ai menés. Il les a embrassés avec une effusion qui arrachait les larmes.

Ne soyez pas un siècle éloigné de nous. Nous avons tous besoin de votre présence, moi surtout qui, plus que tout autre, suis à portée de connaître vos sentiments et votre cœur. En l'absence des personnes que l'on aime, on n'existe qu'à demi. On a vraiment besoin de les voir tous les jours. Croyez-moi, avec le plus vif attachement, votre tout affectionné.

CCCXXXII

A M. LE COMTE PORRO[1].

Très-cher comte Porro,

...... Ici toute la jeunesse est livrée à l'enthousiasme patriotique; mais il lui manque une bonne direction. Ce qu'il y a de bon est tellement gâté par les imprudences et les folies, que cela fait pitié. J'aurais déjà été compromis ici cent fois si je ne vivais très-retiré, tellement est grande la faveur, poussée jusqu'à l'exagération, dont je jouis auprès du parti libéral; je parle de ceux que la peur ne maîtrise pas; aussi me faut-il éviter les uns parce qu'ils sont bons, mais trop inconsidérés, et les autres parce que ce sont de faux frères ou des adversaires.

Quelle excellente créature nous avons perdue dans

---

[1] Fragment d'une lettre dont les deux premières pages ont été perdues. Ce qu'on en donne ici appartient à la troisième.

(Note de l'Éditeur.)

la comtesse Confalonieri! et que cette perte sera cruelle
à son infortuné mari! Ces années de malheur avaient
singulièrement resserré les liens qui l'unissaient à
elle; il avait compris quel rare trésor de vertu c'était
que le cœur de sa femme. S'il était un jour sorti de
prison, sa plus grande consolation eût été de retrouver
cette précieuse amie... l'infortuné! Je le plains de
toute mon âme, et comme une victime qui probablement ne sortira jamais de ce sépulcre, et pour la perte
d'une femme si supérieure. D'abord, vous le savez,
Confalonieri n'était pour moi qu'une simple connaissance; mais nous nous liâmes ensuite d'une amitié
intime, et je trouvai en lui beaucoup de bonnes et
belles qualités.

Je finis en vous disant quel homme j'avais trouvé
en Maroncelli. Pendant tant d'années passées ensemble
dans l'horrible détresse d'un cachot, où les âmes finissent nécessairement par se montrer sous toutes leurs
faces, je ne l'ai jamais vu un moment égoïste, jamais
un moment lâche, et, au contraire, toujours ami digne
et passionné de la vertu, sévère à lui-même, indulgent
aux autres, plein de gratitude pour les moindres services, et aussi très-sincère.

Adieu, excellent comte, je vous embrasse tendrement.

CCCXXXIII

A M. LE COMTE LUIGI PORRO, A MARSEILLE.

Très-cher comte Porro,

La venue de Giulio à Turin m'a causé un des plus

vifs plaisirs que j'aie eus de ma vie; c'est un jeune homme excellent et infiniment aimable, d'un cœur bienveillant, et doué de jugement. Plusieurs fois on m'avait dit de lui des choses dignes d'éloge, et particulièrement qu'il ne donnait pas dans le travers, aujourd'hui trop commun à Milan, parmi les jeunes patriciens, d'abandonner la bonne société pour *s'encanailler*. Je l'ai trouvé enfin tel qu'il m'avait été dépeint par des gens de bien, et je m'en suis réjoui; je m'en réjouis comme s'il n'était pas seulement votre fils, mais aussi le mien. Il a de l'aisance sans trop d'abandon, et une légère ombre de timidité qui lui sied et annonce une âme délicate. Outre le plaisir que j'ai eu à le voir, figurez-vous combien aussi j'ai été heureux d'avoir de vous les plus fraîches nouvelles, de vous qui me fûtes toujours cher, souverainement cher, de vous que je me rappelle chaque jour avec une haute estime, comme l'un des hommes les plus sincères, les plus honorables que j'aie rencontrés sur la terre. Ajoutez à cela ce portrait de vous qui m'est envoyé par M. Borelly, portrait dans lequel je retrouve vos traits, et ce regard, et cette expression mêlés de sourire et de mélancolie, et qui m'a vivement ému. En vérité votre ami m'a fait un grand cadeau, et je lui en suis profondément reconnaissant.

Les meilleurs amis que j'aie ici, savoir le marquis et la marquise de Barolo, ont voulu que je leur présentasse mon Giulio, que je l'amenasse à dîner et ont été charmés de lui. J'ai également une véritable amie dans la bonne comtesse de Masino. Elle n'a pas accueilli avec moins de bienveillance le cher Giulio, et elle veut que, lorsqu'il reviendra à Turin, il demeure chez elle. Dans le même hôtel où est Giulio sont aussi les Archinto, et j'ai revu hier la comtesse Cristina qui est toujours bonne, sincère et naturelle comme au temps où elle était jeune fille. Elle n'est pas de ces Milanais qui ont peur de déplaire à l'Autriche s'ils me voient. Je dois dire cependant que de ces peureux il n'y en a guère. Je ne pourrais compter tous les témoignages d'estime que me donnent ouvertement mes anciennes connaissances.

Quelques questions de Giulio m'ont surpris et fait sourire. Mais je dois dire d'abord qu'il y a mis toute la délicatesse et la bonne grâce possibles. Cet excellent jeune homme était venu ici avec la prévention qui lui avait été insinuée en France, à ce que je puis voir, que ma croyance religieuse m'avait abaissé, rendu sauvage, ou du moins que je me montrais tel. Vous qui m'avez connu, cher comte, pendant des années de vie commune, vous n'aurez jamais admis l'opinion de ceux qui me croient hypocrite.—Niais, je pourrais l'être, mais dissimulé, jamais. Ma croyance religieuse est donc telle que je la manifeste ; je suis chrétien et complétement catholique, ce qui est le fruit d'études, de méditations, de comparaisons, d'où il est résulté pour moi que tous les systèmes d'irréligion philosophique, et même celui du prétendu *déisme*, n'ont absolument aucune base. Cette conviction qui est la mienne, je n'ai pas rougi, je ne rougis pas de la professer, mais sans aucun but d'intérêt humain. Et je ne me crois pas précisément devenu un imbécile parce que j'aime et prie Dieu, non avec les rites de la maçonnerie, mais avec ceux de l'Église. Quant à feindre des sentiments religieux que je n'aurais pas, en un mot, à faire l'hypocrite, ceux qui les premiers l'ont imaginé et crié sur les toits sont une vile engeance qui ne me connaît pas. Giulio m'a dit que vous repoussiez avec une généreuse confiance ces indignes clameurs.

Naturellement, par suite des événements passés et de ma manière de voir, j'ai des ennemis de deux espèces, mais je ne m'en inquiète pas. Les uns sont de fanatiques serviteurs de l'Autriche qui me voudraient voir damné; mais j'espère bien, malgré eux, aller en paradis.—Les autres sont ces brouillons, libéraux de carrefours, jeunesse sans expérience, exaltée par un jacobinisme ignorant et irréligieux qui déshonore dans toute l'Europe le nom autrefois honorable de libéral. Ils voudraient que je fusse comme eux. Et quand donc l'ai-je été? mon patriotisme ne fut jamais celui des jacobins. J'abhorre tous les fanatismes populaires, comme le plus funeste, le plus grossier, le plus stupide des fléaux politiques; et si j'éprouvai quelque exaltation de patriotisme, il se borna à la folle espérance de voir chassées de notre Italie les dominations étrangères. Je fis, en 1820, un rêve irréalisable, mais beau, mais digne, mais pur. C'était le véritable amour de la patrie, et il n'y en a pas d'autre! A notre malheureux, mais noble délire, ces héros du meurtre voudraient donc que je substituasse leur abject jacobinisme avec la doctrine de la haine, de l'irréligion, du poignard et de toutes les turpitudes? Ils ne méritent pas de réponse, et je ne réponds à aucun d'eux; mais je n'en gémis pas moins de voir la canaille usurper le titre d'amie des lumières. Ces lumières, je ne les ai jamais connues. J'en ambitionnai d'autres quand j'étais jeune; et maintenant que je suis vieux, je me trouve peu changé à cet égard, aimant toujours la vérité et la justice, mais les aimant sans délire,—les aimant en chrétien.

Ce fut pour moi, du reste, une bonne fortune de n'avoir pas voulu fraterniser avec nos gâte-métier du jour, qui se disent ici libéraux. Chaque année, ils ourdissent des trames insensées, pleines de bassesses et d'infamies; ils y entraînent quelqu'âme honnête et sans expérience; puis ils se trahissent et s'immolent réciproquement. Si je ne les eusse repoussés loin de moi, j'aurais été à mon tour sacrifié par leur démence.

J'ajoute que, si les dominations étrangères ne sont pas de mon goût, je n'ai jamais été, je ne serai jamais l'ennemi du gouvernement piémontais. C'est notre gouvernement à nous, il est italien. Il est, pour beaucoup de raisons, chose sacrée à mes yeux. Un citoyen n'a pas le droit de se constituer l'ennemi des autorités établies, surtout quand ce sont des autorités nationales. Je vois en somme, et je dis hautement que toutes les conspirations sont un détestable moyen d'arriver et qu'il en dérive toujours des calamités publiques, d'inutiles défaites, ou des victoires souillées par la perversité.—Conclusion de ma manière de voir en politique, je reste tranquille; je ne crois pas qu'un simple citoyen ait autre chose à faire pour la société que de vivre dans son sein comme un galant homme, en détestant tous les excès.

J'ai exposé tout cela à Giulio qui m'a, je crois, compris et approuvé ; il est reparti hier et doit être maintenant à Milan.

Adieu, très-cher et très-estimable ami, vous saurez que, de mes compagnons de captivité, les uns sont allés en Amérique, les autres sont demeurés pour cause de maladie, à Gradisca. On dit que Confalonieri a reçu l'autorisation de se retirer à Corfou. L'infortuné ! qu'il a souffert ! J'ai eu de grands motifs de l'estimer et de m'attacher à lui.

Adieu, je vous embrassse de toute mon âme et fais des vœux pour qu'il vous soit bientôt permis de revenir au milieu de vos enfants. Que Dieu le veuille ! et puissé-je vous embrasser en personne !

CCCXXXIV

A LA COMTESSE OTTAVIA MASINO
DI MOMBELLO.

Lundi, 14 mars.

Madame la comtesse,

Comme toutes les œuvres qui sortent de vos mains sont belles ! je suis moi-même devenu beau, dans ce portrait exécuté par vous d'une manière si supérieure : cela me rend vraiment fier, et je vous en remercie infiniment. Quoique dans ce portrait je me trouve embelli, il y a cependant une merveilleuse ressemblance : je ne puis trop en juger moi-même, mais tout le monde le dit. Je vous remercie également des deux copies que vous avez bien voulu me donner ; je suis impatient de vous en exprimer en personne ma reconnaissance.

Je me fais, ces jours-ci, le garde-malade de la marquise Barolo : grâce au ciel, cette vie si précieuse n'est plus menacée, mais la fièvre ne l'a pas encore quittée et ne cessera, au dire des médecins, que le quatorzième jour.

Agréez, très-aimable comtesse, l'expression de tous les sentiments d'estime et de gratitude que vous me connaissez et auxquels vous avez tant de droits.

CCCXXXV

A LA COMTESSE OTTAVIA MASINO
DI MOMBELLO.

Lundi.

Madame la comtesse,

Lorsqu'on m'a apporté votre gracieux billet, j'étais à lire les beaux vers de Mamiani, et en même temps je pensais à vous. Shakespeare dit que le sentiment du beau rapproche les belles choses.

J'aurai l'honneur de me rendre à votre aimable invitation, et je vous en remercie tout particulièrement, en me disant, avec le plus profond respect, etc.

CCCXXXVI

A LA COMTESSE OTTAVIA MASINO
DI MOMBELLO.

Madame la comtesse,

Que je suis heureux de savoir que, demain ven-

dredi, vous serez encore à Turin! J'aurai ainsi le
bonheur de passer une soirée de plus dans votre
aimable compagnie et de me dédommager de n'avoir
pu, vendredi dernier, vous rendre mes devoirs : ce
sera avec infiniment de plaisir que j'aurai l'honneur
de faire connaissance avec votre amie, madame la
comtesse de Castellani. J'aurais obéi volontiers au
désir, que vous avez l'amabilité de m'exprimer, de
m'entendre lire quelques scènes du *Corradino*; mais
pour mon malheur, j'ai, cette semaine, la poitrine
un peu malade, et il ne me serait pas possible de
lire à haute voix. Je vous prie donc de m'excuser, si
je ne me rends pas à votre flatteuse invitation.

Que de choses encourageantes vous me dites! —
J'en serais vain, si je pouvais m'en soupçonner digne :
mais, par bonheur, je connais et la médiocrité de mon
mérite, et votre suprême bienveillance, Madame la
comtesse, et aucun autre sentiment ne s'éveille en
moi que celui de la gratitude et de l'admiration, et le
vif désir que vous veuilliez bien me conserver cette
grande indulgence.

J'ai l'honneur d'être, avec le plus profond respect, etc., etc.

CCCXXXVII

A LA COMTESSE OTTAVIA MASINO
DI MOMBELLO.

Jeudi, 25 février.

Madame la comtesse,
J'admirai beaucoup, hier, les vers de Mamiani;

mais je ne me hâte pas de vous les rendre, voulant auparavant les relire à loisir pour les goûter comme ils le méritent. J'ai jeté un coup d'œil sur le journal que vous m'avez aussi envoyé, et je vois qu'il est rédigé par de bons esprits ; mais les passions politiques me font souffrir, et je plains ceux qui s'en repaissent.

Je n'ai pas les poésies de Cicconi ; il imprima ici sa *Parisina* improvisée, mais je ne l'ai point : c'est un jeune homme qui travaille, qui sait et qui compose avec grâce : je me réjouis de le voir en faveur.

Croyez, Madame la comtesse, que je vous suis dévoué de tout cœur, et que je suis votre bien affectionné serviteur et ami.

CCCXXXVIII

A LA COMTESSE OTTAVIA MASINO
DI MOMBELLO.

Samedi 19.

Madame la comtesse,

En lisant, dans l'aimable lettre de P. Feraudi, l'éloge si exagéré qu'il fait de mon mince mérite, je demeurai confus. Je pris néanmoins sur moi de répondre à ce digne homme, parce que vous m'en aviez fait une obligation, Madame la comtesse.

Croyez, Madame, que si je suis reconnaissant des applaudissements dont m'honorent les personnes bienveillantes, je n'en suis pas moins humilié et troublé, sentant mille fois plus que je ne le dis la vanité de ce qu'on appelle réputation littéraire et ne pouvant me persuader d'y attacher aucun prix.

Mais j'en attache un très-grand à la bonté de mes semblables, et particulièrement à la vôtre, Madame la comtesse, vous vénérant comme je le fais.

Je vous baise respectueusement la main et suis votre très-humble serviteur.

CCCXXXIX

A LA COMTESSE OTTAVIA MASINO
DI MOMBELLO.

Dimanche.

Très-gracieuse comtesse,

Je vous restitue, avec mille remercîments, les admirables vers de Mamiani et le journal. Oui, ces vers sont admirables et attestent, chez l'auteur, un grand talent et une âme sincère. Mais je ne partage pas certaines de ses opinions qui, néanmoins, étaient à peu près les miennes, il y a vingt ans : je les ai rejetées parce que j'y ai remarqué des éléments contraires à la mansuétude que commande l'Evanglile. Je n'entends pas pour cela condamner Mamiani, toute âme pouvant se faire illusion à elle-même, par la générosité de ses désirs.

J'espère, Madame la comtesse, que je pourrai aller en personne vous remercier ce soir et me dire, comme je le suis en effet, votre très-dévoué et affectionné serviteur.

CCCXL

A GIUSEPPINA PELLICO.

* Ma chère sœur Joséphine,

Moi aussi je veux t'embrasser, ma chère sœur Joséphine. Quoique tu ne sois pas auprès de nous, tu nous es toujours présente. Aime-nous bien comme nous t'aimons tous et ménage ta santé; garde-toi du froid et des engelures et sois toujours gaie comme moi. Sais-tu ? le père Ziak, au Spielberg, me disait qu'il n'y a que trois excellentes occupations dans ce monde : — prier Dieu, aimer son prochain et se réjouir. Quand on tâche de les remplir, on n'est jamais bien malheureux; et, pour se réjouir sagement, il n'y a pas besoin de beaucoup de choses : il n'y a qu'à prier Dieu et aimer son prochain : de ces deux points résulte le troisième. — Adieu, adieu ! vive la bonne humeur ! Nous t'embrassons tous. *

CCCXLI

AU COMTE CESARE BALBO, A CAMERANO.

Turin, jeudi 20 juillet.

Très-cher comte,

. . . .

Mon petit voyage à âne, jusqu'à Chieri[1], fut des plus heureux. Le médecin vous aura donné de mes nou-

---

[1] Les lecteurs ont probablement déjà remarqué que *Chieri* et *Quiers* sont un seul et même lieu, celui où se trouvait le couvent de la sœur de Pellico. Nous avons employé presque

velles de Cortandone. Un peu au delà de ce lieu, le soleil modéra ses ardeurs, et nous eûmes une soirée délicieuse, tempérée par une brise caressante. Que de fois je me retournai pour chercher des yeux Camerano! la route de Cesasco, le château de Cesasco! —Le comte et la comtesse Balbo et leurs aimables enfants sont peut-être à regarder de là-bas le chemin que je suis, et à faire des vœux pour que mon destrier soit paisible, et qu'il ne m'arrive aucune aventure sinistre. Quelles belles âmes! la sincérité et la cordialité même; comme elles m'ont accueilli en véritable ami! comme elles montraient un obligeant regret de ce que je les quittais, de ce que j'hésitais à prendre l'engagement absolu de revenir! Eh bien, je reviendrai! — Voilà ce que je me disais avec mille autres choses semblables, tantôt à part moi, tantôt avec Boscaccio; et le Boscaccio, qui n'était nullement aviné, ou qui l'était seulement à ce degré qui dispose à la franchise, me causait un plaisir extrême, en s'écriant: —Oh! pour un brave monsieur et une brave dame, monsieur le comte et madame la comtesse, on peut dire que ceux-là le sont! Tout le pays les aime; et comme ils sont affables avec tout le monde! et leurs petits anges de fils! Peut-on voir de plus jolies créatures?

Nous avions pour compagnon de voyage le père et le fils de Boscaccio (celui-là un vieillard stupide, ce-

indifféremment, dans cette traduction, le mot italien ou le mot français, tantôt par suite d'un système général adopté pour les noms propres, tantôt par quelque autre occurrence du moment.

(Note du Traducteur.)

lui-ci un garçon de dix ans, très-vif), et un soldat qui, muni d'un congé indéfini, va se refaire campagnard, et dit que rien ne lui met de la joie au cœur comme de quitter l'odieuse livrée de l'uniforme pour s'occuper uniquement des intérêts de sa pauvre famille. Plus loin, nous rejoignîmes trois autres conducteurs de bêtes de somme, qui tous cheminaient vers Turin pour y vendre des poules, des œufs, des lentilles, du grain, etc.

Lorsqu'on a perdu de vue Camerano et Cesasco, on entre dans un bois que l'on dit avoir été autrefois un repaire de voleurs et dans lequel ils sont aujourd'hui devenus rares ; ce bois s'étend fort loin sur les dernières pentes et dans les dernières vallées, jusqu'à la plaine. Ici la nuit commence à devenir un peu fraîche, surtout aux approches de Chieri ; nous y arrivâmes à minuit ; je passai la nuit au *Cheval blanc*, et de bon matin, je me transportai aux *Rosines*.

Je n'étais nullement fatigué de ma cavalcade, mais je respirais avec quelque difficulté : l'oppression a augmenté pendant toute la journée d'hier. Ce matin, je suis parti de Chieri très-oppressé, mais aujourd'hui je suis beaucoup mieux.

Mais vous, cher comte, tâchez, en ce qui est de la santé, de donner le bon exemple à toute la famille : vous y gagnerez doublement, parce que vous vous porterez mieux, et parce que vous sentirez plus d'ardeur pour avancer dans votre œuvre philosophique. Les trois chapitres que vous m'avez lus me font désirer de vous y voir travailler sans longues interruptions. Ce n'est pas une chose seulement bonne, mais d'un mérite distingué ; vous me feriez un bien grand plaisir en m'écrivant que vous vous en occupez avec quelque assiduité. S'il y a quelques points sur lesquels nous ne nous expliquerions pas en termes identiques, la différence de nos vues sera toujours fort petite , et lorsque je vous fais un peu opposition , je ne suis jamais tellement obstiné dans mes opinions que je ne finisse par dire sincèrement en moi-même: Il se pourrait bien que je me fusse trompé.

Du reste, dans un livre, comme dans la vie d'un homme, il importe d'avoir raison sur la plupart des choses, et si on ne l'a pas sur toutes absolument, le mal n'est pas grand. Chaque fois que je lis mon *Pascal,* je sens combien je serais satisfait d'avoir composé un petit volume comme celui-là, quoiqu'il s'y trouve quelques expressions outrées qui peuvent donner lieu à des discussions.

Les modifications que me demande la censure pour laisser passer mes *Mémoires* sont peu de chose. Je m'occuperai bientôt de l'impression.

Adieu, cher comte, ayez soin de votre santé, travaillez et aimez-moi.

CCCXLII

AU PÈRE GIAN GIOSEFFO BOGLINO[1].

Camerano, vendredi 12 août.

Cher Gian Gioseffo,

Tu ne veux pas, lorsque j'écris à la maison, que

[1] L'autographe de cette lettre appartient à madame la baronne Crova, sœur du défunt comte Cesare Balbo. C'est à l'obligeante

j'omette de t'écrire aussi deux lignes. Eh bien, je te dirai que je suis charmé d'être venu à Camerano. J'y ai gagné de connaître de plus près et plus intimement cette vertueuse famille Balbo. Je ne sache pas au monde de spectacle plus délicieux qu'une famille bien unie et de mœurs aimables, distinguées, et en même temps simple et sans cérémonie. Un mari et une femme qui s'aiment et s'estiment; des fils bien élevés sans qu'on les tyrannise; un domestique peu nombreux et accoutumé à tout faire avec convenance; de l'ordre et de l'économie sans avarice, et au contraire avec cette abondance raisonnable qui rend la vie confortable; une sociabilité vraie, c'est-à-dire le goût bienveillant d'un libre échange d'idées et de sentiments, et l'art de donner à cet échange un caractère constant de fraternité réciproque, en même temps que de réciproque déférence; des pensées élevées et nourries de l'étude de la civilisation et d'une foi ferme et éclairée dans la seule doctrine libérale parfaite, qui est l'Évangile; tout cela se trouve heureusement réuni ici, sur une gracieuse petite colline, dans un charmant château où il y a de bons livres, un beau jardin dont on jouit, de jolies vues sur une campagne émaillée de bourgs, de villages fleuris, et un certain frère réjoui, qui a nom Silvio Pellico, lequel comme tu sais, sans être enthousiaste de rien, apprécie de cœur le beau et le bon partout où ils se

intervention de M. Bonifazio Silva, professeur de rhétorique à Nice, que nous devons de pouvoir publier ce précieux et fidèle portrait de l'illustre famille du comte Balbo.

(Note de l'Éditeur.)

montrent. Il est tant de lieux sur la terre où manquent et le beau et le bon! Il faut alors prendre patience, et ne pas s'indigner pour cela contre la pauvre race humaine, qui au milieu de ses sottises et de ses perversités, est encore çà et là parsemée d'enfants de Dieu qui soupirent du mieux qu'ils peuvent après la vérité, la vertu, l'amour.

Adieu, bon ami; as-tu envoyé le *Chateaubriand* au chevalier Biandrate? Porte-toi bien ainsi que tes frères, et les amis Gioberti et Bruno, ainsi que tous ceux qui nous sont chers, et mille millions d'autres encore.

CCCXLIII

AU PÈRE GIAN GIOSEFFO BOGLINO.

Cher Gian Gioseffo,

Arrivé, il y a un instant, de la Vigna Barolo pour embrasser mes parents, et sorti pour faire une commission, voilà que je rencontre notre cher avocat Bertinatti, et aussitôt nous parlons de toi. Je savais déjà le service d'ami, de véritable ami qu'il t'avait rendu, et ce mérite l'élevait dans mon affection de dix degrés au-dessus de celui qu'il y occupait. Nous parlons donc de toi, et lui et moi nous nous accordons, comme tu peux le croire, à te déclarer une des âmes les plus sincères qui soient sur la terre, et à nous réjouir ensemble des bénédictions que Dieu t'accorde. Bertinatti me dit que d'un moment à l'autre il se proposait de t'écrire, et qu'il allait même t'écrire dans ta chambre.—J'y veux aller aussi, lui dis-je, et j'aurai ainsi le plaisir de voir son nouveau logis que je ne connais pas encore, et de lui adresser deux lignes pour le saluer.—A merveille, allons.—Et me voici conséquemment ici, à l'un de tes bureaux, content d'avoir trouvé cette occasion pour secouer ma paresse et me rappeler à ton amitié, et content de ton petit appartement.—Je suis ravi de te voir au nombre des créatures qui peuvent être heureuses; et toi qui es sage, et qui as des désirs modérés, tu peux l'être.

En attendant, tu es au château de Masino, dans un des plus beaux pays du monde, auprès d'un ange d'esprit et de bonté, comme est la digne, (ou pour me servir de ton épithète favorite) la sublime comtesse.

Qui est plus heureux que toi ? Travaille donc à raffermir ta santé et à te tenir en joie; mais souviens-toi aussi de ne pas laisser ton intelligence oisive. Étudie, étudie. A ce que tu sais déjà, tâche d'ajouter toujours quelque chose. L'exercice de l'esprit est chose noble, et contribue à nous rendre heureux ; n'est-ce pas vrai, mon bien-aimé Joanni ?

Je suis toujours tourmenté de l'asthme, d'une toux qui va et vient, de petits malaises nerveux. Mais je me ris des maux physiques, et je remercie Dieu de ce que je ne m'attriste pas aisément. Toutefois ces incommodités m'empêchent de voleter comme je fis l'an passé, de campagne en campagne ; et en vérité je serais allé si volontiers à Masino ! Mais l'air est trop vif par là, et je reste ici. Adieu. Présente mes respects à l'excellente comtesse, dont les adorables qualités de tous genres occupent bien souvent ma pensée; et dis-lui que je serais heureux si par chaque centaine de fois que je me souviens d'elle, elle se souvenait de moi;—présente aussi mes devoirs à M. le comte et à Mademoiselle.—Adieu, aime-moi, et donne-moi de tes nouvelles. Oh! quel bonheur que Bertinatti ait pu te rendre le service que tu désirais! Que le ciel le bénisse et en fasse un bon avocat, plein d'empressement et de zèle pour venir en aide aux braves gens!

CCCXLIV

AU PÈRE GIAN GIOSEFFO BOGLINO.

Cher Gian Gioseffo,

Tu ne seras pas assez méchant pour me priver de ta présence si tu peux me l'accorder encore. Il y aurait de la pusillanimité à ne pas oser affronter le sourcil de ton saint abbé. Affronte-le, affronte-le, et s'il crie, prends patience, insiste, combats sa volonté de la meilleure grâce du monde, et reviens où ta présence est si fort désirée de tous, et de moi plus que de personne.

Ce lieu me plaît infiniment; la maîtresse de la maison a toutes les vertus qui peuvent en faire un séjour enchanté. Telle est néanmoins mon amitié pour toi, que, pour rendre l'enchantement complet, je sens qu'il me faut encore te voir et t'entendre.— Viendras-tu?—Je crains que non, et cependant je veux m'efforcer d'espérer que oui.

Adieu, je t'embrasse en toute hâte. Salue les amis Gioberti et Bruno.

Dis à ton frère qu'il m'aime et qu'il se fasse arracher cette dent ennemie.

CCCXLV

AU PÈRE GIAN GIOSEFFO BOGLINO.

Dimanche, 17 juillet.

Mon cher Gian Gioseffo,

Sais-tu que je désirais ardemment une lettre de toi? Sais-tu que je suis ravi d'en recevoir deux? Et si l'une est plus belle, plus tendre que l'autre, je ne saurais dire laquelle. Je les lis et relis toutes les deux avec un vif plaisir. Oui, nous partons jeudi. Mais à quelle heure? Un peu tard dans l'après-midi, peut-être à cinq heures. Le comte dit que nous arriverons à Turin à neuf heures du soir, et que comme, par paresse, Messieurs de Saint-Philippe, vous vous couchez de bonne heure, et que tu ne pourras te laisser voir ce soir-là, il faut que tu l'en dédommages, lui et la comtesse, en venant dîner avec eux vendredi. Ce sont ses propres paroles, avec mille compliments affectueux. Je te remercie de toutes les choses aimables que tu me dis, et de ton empressement à expédier les lettres que je t'ai envoyées, et à porter toi-même celles qui étaient pour ma famille.—Maintenant, mais sans trop te presser,—je te prie de remettre également l'incluse, et plains-moi de n'avoir pas le temps de t'écrire longuement. Le porteur des dépêches part comme une flèche, et je suis obligé de t'embrasser en toute hâte. Adieu, aime-moi; salue nos bons amis. La comtesse te dit en particulier mille choses affectueuses, ou plutôt une seule, c'est qu'elle t'apprécie beaucoup. Adieu, ami chéri.

CCCXLVI

AU PÈRE GIAN GIOSEFFO·BOGLINO.

Jeudi, 29 mars.

Mon pauvre Gian Gioseffo,

A toutes tes œuvres apostoliques, il faut en ajouter une. Madame Bussi désire que l'on fasse souvenir son mari de ses devoirs de religion; il est chaque jour pire; et si les médecins assurent que le danger n'est pas imminent, ils ne dissimulent pas la gravité du mal.

Je lui ai déjà parlé religion, il y a quelques jours, sans en venir à faire mention des sacrements, et j'ai cherché à lui faire entendre par de bonnes raisons combien le culte chrétien est philosophique, saint, combien il stimule au devoir. Il en convenait. Il abhorre les superstitions, mais il vénère le vrai christianisme.

Sa femme te prie d'aller le voir, et de lui faire sentir, sans l'effrayer cependant, que les sacrements viendraient fort à propos, que ce serait une satisfaction pour tous ses parents, et un motif de tranquillité pour lui-même.

Quelques personnes engageaient madame Bussi à faire appeler l'abbé Fortis, mais elle dit que Bussi te préférera certainement.

Arme-toi donc de patience, et mets-toi à l'œuvre. Je t'embrasse de tout cœur.—Adieu.—Rappelle-moi au souvenir de la chère, chère comtesse; depuis que je la sais souffrante je l'aime dix fois plus qu'auparavant, et Dieu sait si déjà je l'aimais!

Bonsoir à ton brave frère Mario.

P. S. J'ai fait ce matin connaissance avec Deluca, l'éminent prédicateur de San-Giovanni.

CCCXLVII

AU PÈRE GIAN GIOSEFFO BOGLINO.

Cher Joanni,

Puisque je n'ai pas eu le plaisir de te trouver dimanche, mon bon Gian Gioseffo, je te laisse ce soir un salut par écrit, et je te dis que je t'aime de tout mon cœur, ce qui n'est pas nouveau.

J'ai lu le premier volume de Lherminier. Ce n'est pas ce qu'on m'avait dit. De bonnes choses, mais non au point de vue de la religion. Sur cet article, il est plein de contradictions, et moins chrétien que Cousin.

Nous sommes bien loin de ce qui, selon moi, doit être une philosophie complète, sans préjugés, vraiment conséquente au principe : l'homme est un animal politique, scientifique et religieux.

Je me range avec les philosophes allemands qui ont vu et déclaré—que la philosophie doit être le christianisme sous la forme de la réflexion et de la logique. —Je n'y vois rien de plus.—Adieu, très-cher Joanni.

La pauvre comtesse souffre beaucoup de la toux. Hier, pour ne pas la faire parler, la sachant seule, je n'entrai pas chez elle, et j'allai chez le chevalier Biandrate, qui t'aime fort et me charge de te saluer.

CCCXLVIII

AU PÈRE GIAN GIOSEFFO BOGLINO.

Mon Gian Gioseffo,

Je te donne le plus tendre embrassement. Je te remercie de la lettre de Quirina, je te rends les seize sous que tu as payés pour le port, et je te demande une grâce.—Une voisine à nous, qui se nomme madame M..., s'étant trouvée je ne sais dans quelle maison où l'on parlait de toi, apprit que tu étais de Drusacco. Et comme elle a à Drusacco une fille imbécile, qu'elle y a mise en pension dans une bonne famille de paysans, qui demeure assez près de l'église, elle m'a chargé de te supplier de vouloir bien, tout à fait à ton aise, quand tu auras l'occasion d'écrire à tes parents, ou à ton cousin, le curé de Drusacco, demander des nouvelles de la petite fille imbécile et malade.

Adieu, cher ami, aime-moi comme je t'aime.

CCCXLIX

AU PÈRE GIAN GIOSEFFO BOGLINO.

Samedi-Saint.

Mon cher Gian Gioseffo,

Mille remercîments pour la chère lettre de Piero que tu m'as envoyée, et dont je te dois le port. J'irai te voir, et j'y serais allé plus tôt si j'avais su que tu fusses malade. Je crains que tes maux ne soient provenus des ennuis que tu as éprouvés. Mon pauvre cher ami ! je ne saurais t'exprimer combien j'en suis affligé, moi aussi. Mais j'espère que cela ne durera pas.

Tu veux qu'on ne t'envoie que le livre de *Voigt*, mais j'y joins aussi les cahiers. Il est inutile que je les garde. Je les ai lus, et je n'y ai rien trouvé à corriger. C'est un bon travail.

Je t'embrasse avec la plus vive tendresse, et suis tout à toi.

CCCL

A M. HUMBERT FERRAND, A BELLEY.

* Monsieur,

Votre demande est franche et me plaît : « Que faut-il répondre à ceux qui disent que les *Piombi* n'existent plus à Venise, et que, par conséquent, Silvio Pellico n'a pas été dans les prisons ainsi nommées? »

Il y a des gens, mon cher Monsieur, à qui il est inutile de répondre, car ils ont besoin d'accuser à tout prix ; mais si parmi vos amis vous en avez qui vous font cette question, ils sont de bonne foi ; lisez-leur ma lettre.

Tous ceux qui vont à Venise voient le palais des anciens doges, et voient qu'il est couvert de plomb. L'étage le plus élevé de ce palais est appelé par tous les Vénitiens l'*étage sous les plombs* (sotto i piombi). Là étaient les prisons d'État du temps de la république ; être captif là-dedans se disait : *Être sous les plombs*. Cela est connu de tout le monde.

Mais, dit-on, ces prisons ont disparu ; il n'y a plus là

que des chambres qui ne font nullement horreur. Les fenêtres y sont grandes, la lumière y abonde : ce ne sont plus les *Piombi*.

Cela est bientôt dit, mais c'est toujours cependant l'étage *sous les plombs*, c'est l'étage du palais où jadis la république de Venise mettait ses prisonniers les plus marquants. Et c'est là où tous les Vénitiens actuels savent et peuvent attester que plusieurs *carbonari* ou *soupçonnés carbonari* ont été enfermés en 1820 et 1821. Les prisons de la police étaient dans une partie de ce palais; il y avait des cachots placés à d'autres étages, et il y en avait sous les plombs. Le gouvernement autrichien n'en a jamais fait mystère. J'ignore si actuellement les prisons de la police sont encore dans cet endroit; mais tous ceux qui habitent Venise ou qui y vont peuvent savoir, comme chose très-notoire, qu'elles étaient là en 1820 et 1821. Les anciens prisonniers d'État de la république, qui étaient *aux Plombs*, se trouvaient au dernier étage du palais; MOI J'AI ÉTÉ LONGTEMPS DÉTENU AU DERNIER ÉTAGE DE CE PALAIS QUI EST ENCORE COUVERT DE PLOMB : ai-je été *aux Plombs* ou non?

Au reste, dans mon livre, j'ai dit que ma première chambre *sous les plombs* avait une grande fenêtre. Je ne l'ai nullement peinte comme un antre obscur; j'ai seulement parlé de la chaleur affreuse que j'y ai souffert, et des insectes qui me dévoraient. J'ai dit que la chambre où j'ai été mis en automne avait deux fenêtres, une grande et une petite; je n'ai rien altéré, rien chargé. Il faut que l'on soit de bien mauvaise humeur pour ne pas en convenir.

Ne faut-il pas aussi être singulièrement prévenu pour trouver vraisemblable que je dise avoir été dans une prison qui n'aurait pas existé? Que l'on demande à Venise à qui que ce soit, où ont été mis, à l'époque dont nous parlons, les *carbonari* que la commission spéciale jugeait, on répondra : « En plusieurs endroits, c'est-à-dire à *San Michele di Murano,* aux *Criminali* et aux *Piombi.* »

Je n'étais pas le seul *sous les plombs.* J'avais dans la prison, à côté de moi, le marquis Canonici de Ferrare, neveu du cardinal Mattei; dans d'autres chambres étaient quantité d'autres captifs. Si maintenant on ne se sert plus des *Piombi* pour prison, c'est fort bien; mais le bel argument pour nier ce qu'ils ont été *notoirement* pour moi et pour tant d'autres !

Je le répète, le gouvernement autrichien n'a jamais fait un mystère de notre détention aux Plombs. Ce n'est point lui qui nie ce fait, ce sont quelques hommes qui n'ont sans doute pas été à Venise ou qui y ont été sans prendre là-dessus des informations convenables. On les a trompés, on a tâché de les indisposer contre moi, ou bien l'erreur est venue d'une parole plus inexacte que méchante; car souvent d'un premier malentendu naît une voix calomnieuse, et cette voix circule tant qu'elle peut.

En voilà bien assez sur ce sujet. Je sais qu'un homme du plus grand mérite [1], en France, a cru un

[1] Chateaubriand. Voyez à propos de cette singulière accusation portée contre Pellico, la lettre du 23 août 1836, à madame la comtesse Ottavia Masino di Mombello, page 175.

(Note de l'Éditeur.)

instant à mes calomniateurs : on aurait voulu le pousser à des hostilités contre moi, contre moi qui l'honore
et qui l'aime. Cela m'avait fait un peu de peine ; mais,
dès lors, je me dis que je devais supporter avec calme
toutes les attaques injustes. On ne gagne rien en s'in-
quiétant, en se défendant ; il suffit d'être du côté de la
vérité, alors on peut dire : *Si Deus pro nobis, quis
contra nos?*

La fenêtre de la première chambre que j'eus aux
Piombi se voit de la grande cour du palais du doge,
en venant de la *Piazzetta*. Elle est à gauche du spectateur, au-dessus du superbe escalier où Marino Faliero fut décapité, et d'où je suis descendu au milieu
des sbires pour aller entendre ma sentence sur l'échafaud.

Adieu, Monsieur ; ne parlez pas beaucoup de moi :
lorsque vous jugerez à propos de le faire, dites seulement que je vous ai paru sincère et que je me glorifie
d'être, par la grâce de Dieu, chrétien, catholique,
ennemi des révolutions et des fausses philosophies, et
non un partisan du désordre, tel qu'on voudrait me
faire paraître.

Je n'en suis pas moins un pauvre *pécheur*. Votre
Silvio Pellico. *

CCCLI

A M. GIUSEPPE POMBA.

16 février.

Mon cher Monsieur Pomba,

Le *Levita d'Efraim* [1] de M. Marenco est une œuvre

---

[1] Cette tragédie, jusqu'ici inédite, vient d'être publiée dans

d'un grand mérite quant à l'exécution. Le sujet est vraiment scabreux, et je crois, comme le croit l'auteur lui-même, qu'on aurait de la peine à le supporter sur la scène. Mais il est traité avec une merveilleuse délicatesse et une singulière fécondité de sentiments. Cette tragédie plaira certainement beaucoup à la lecture, et on pardonnera l'extrême hardiesse du choix du sujet, grâce au naturel avec lequel l'action est développée, et à la rare supériorité du style et de la versification. Le pire qu'on puisse dire sera : quel dommage que tant de talent ait été appliqué à un sujet si malheureux !

Je vous prie de transmettre à M. Marenco toutes mes félicitations. Tout ce que j'ai vu de lui jusqu'ici atteste un génie puissant.

Croyez-moi, cher Monsieur Pomba, votre très-affectionné serviteur et ami.

CCCLII

A M. FEA.

Très-estimable Fea,

Un livre écrit avec un aimable talent et un bon esprit est pour moi une lecture attrayante; aussi aimé-je votre *Giuliano*. L'exemplaire que vous m'en avez offert m'est précieux, et je vous en remercie infiniment. Ce récit n'est pas sans défaut à mes yeux, mais il abonde en nobles qualités, assez grandes pour

un volume de la *Biblioteca nazionale* avec les autres œuvres posthumes de Carlo Marenco.		(*Note de l'Editeur.*)

faire oublier les défauts. Je ne m'étendrai pas sur les louanges, et je vous dirai simplement en quoi je trouve de l'imperfection, vous déclarant d'ailleurs que je ne tiens nullement pour infaillibles mes jugements littéraires, mais que je les regarde au contraire comme pleins d'incertitude. L'expérience m'a démontré que souvent je me suis trompé en jugeant, dans le blâme comme dans l'éloge.

L'histoire intime de quelque partie de la vie d'un homme est, à mon avis, un excellent sujet de livre, mais l'art exige une condition que vous n'avez peut-être pas assez remplie. Elle consiste à ne pas se contenter, pour donner de la grandeur à cet homme, de le montrer assailli par une passion violente et ferme dans la vertu, mais à particulariser ses actions. Je ne demanderais pas trop d'incidents, mais je voudrais un plus grand nombre de circonstances, une peinture plus marquée, plus variée, de la généreuse conduite d'un si digne amant. Vous abandonnez trop au lecteur le soin de supposer ses actions, et vous vous bornez trop à peindre en lui un adorateur sans tache, en omettant de spécifier. Je veux dire qu'en omettant les spécifications, en négligeant de peindre les actions particulières de votre héros, ses traits de grandeur d'âme, sa faculté d'agir, vous avez fait, si je ne me trompe, que les lecteurs ne sentiront pas assez la noble nature de l'âme de *Giuliano*. Il agit trop peu sous les yeux du spectateur. Il aime, il pense, il souffre, il est irréprochable : c'est à merveille ; mais on voudrait voir en relief, dans le développement des faits, la pratique de ces magnanimes sentiments. Ainsi croîtrait l'importance poétique et morale du personnage. Il n'appartient pas à une époque chevaleresque, et il ne peut honorer sa belle par des entreprises guerrières, mais que du moins on voie qu'il l'honore en s'élevant au-dessus de lui-même dans telle ou telle rencontre. Ici il protégera énergiquement un opprimé; là il foudroiera un méchant de son indignation; ailleurs il développera une pitié peu commune; autre part il sera grand dans le pardon; même dans un rang peu élevé, de telles choses sont possibles, et l'art les réclame dans un drame ou dans un roman d'amour.

Le livre que vous avez publié m'est une garantie que vous avez tout ce qu'il faut pour composer de bons romans. Peut-être alors en méditant sur ces observations critiques d'un ami, vous continuerez à montrer le même talent que dans *Giuliano*, et à faire preuve, en outre, de plus de puissance, en donnant au personnage que vous aurez choisi, la grandeur qui lui appartient.

En attendant, agréez la sincère et parfaite estime de votre très-affectionné Silvio Pellico.

CCCLIII

AU MARQUIS CESARE CAMPORI, A MODÈNE.

Monsieur le marquis,

J'avais à peine reçu votre bonne lettre que j'écrivis deux lignes à Paravia pour lui demander ce que je devais répondre à Votre Seigneurie relativement à cette crainte d'un refroidissement dans son amitié. Paravia me remet le billet que j'inclus ici (d'où j'infère qu'il vous a écrit), ce qui me fait espérer que toute apparence de refroidissement aura disparu entre vous. Paravia et moi nous sommes des mois sans nous rencontrer, parce que nous habitons deux quartiers opposés de la ville, et que ma mauvaise santé m'oblige à mener une vie très-retirée.

Je vous remercie, cher marquis, de votre obligeant souvenir, et je vous souhaite les plus grandes consolations, y compris les applaudissements des gens instruits. Et si vous en trouvez de malveillants, sachez répondre à cette malveillance d'une façon digne de votre belle âme, par la prière et le pardon[1]. Ne vous défendez pas, n'ayez pas l'air d'y prendre garde, et, en attendant, profitez du déchaînement même de la critique en usant de tous les moyens pour faire mieux.

Agréez l'expression sincère de l'estime de votre bien dévoué serviteur.

CCCLIV

AU COMTE PAOLO ABBATI MARESCOTTI,
GARDE D'HONNEUR DU DUC DE MODÈNE[2].

Turin....

Monsieur le comte,

Je suis infiniment reconnaissant à Votre Seigneurie

---

[1] Allusion à un article du chevalier Romani dans la *Gazetta piemontese*, auquel répondit Brofferio dans le *Messagger torinese*.
(*Note de l'Éditeur.*)

[2] *V.* la lettre de Pellico au marquis Cesare Campori, de Modène, sous la date du 22 avril 1841, page 293.
(*Note de l'Éditeur.*)

de l'honneur qu'elle m'a fait de m'envoyer son cher *Ermenegildo*, tragédie de beaucoup de mérite. J'ai admiré comme le poëte a vaincu les difficultés du sujet et a su en tirer le tissu d'une composition si heureuse. Je m'en félicite avec vous, Monsieur le comte. Dans tout ce que vous écrivez brille une âme religieuse et passionnée. Je vous rends grâce aussi de m'avoir envoyé les *Carme*, production également fort digne d'un tel écrivain. Je ne m'occupe plus de littérature, et je n'ai jamais été qu'un littérateur médiocre, mais je goûte les bonnes choses quand il m'arrive d'en lire.

J'ai l'honneur d'être avec une très-haute considération, etc.

CCCLV

À M. LE COMTE DE LARISSÉ.

Turin....

Très-aimable comte et bien cher ami,

Dans votre lettre à l'excellent abbé il y avait un mot obligeant pour moi et je veux vous en remercier. Je me félicite d'avoir une petite place dans le souvenir d'un homme bon comme il en est peu, d'un homme qui aime ses amis, et qui aussi en est fort aimé. Ici, nous nous souvenons souvent de vous et de cœur. Ne croyez pas que ce soit la fête qui nous parle de vous, ce sont mille choses : ces fleurs, que notre cher botaniste aime tant, les gracieuses pyramides de campanules, un cernanthus qui, si vous le voyiez, vous plongerait dans l'extase, une bruyère des plus jolies ; en somme, tous les objets prennent une voix, et tous, d'un com-

mun accord, nomment l'ami Domiziano. Il faut bien
aussi que ce cher Domiziano ait quelque vertu pour
qu'on se le rappelle toujours avec tant d'affection.
Serrez donc la main que je vous tends et aimons-
nous.—L'unique motif de mécontentement que vous
nous donniez, ce sont vos longues absences; mais nous
sommes certains que vous ne nous mettez pas en
oubli. Je ne saurais que vous dire de ma santé; elle
est assez faible, comme de coutume; mais je me réjouis de pouvoir vous donner de bonnes nouvelles
d'une autre santé qui nous intéresse davantage, celle
de l'excellente marquise. N'étaient certaines douleurs
de foie, etc., dont je m'afflige de la voir encore souffrir, je dirais qu'elle ne s'est jamais aussi bien portée.
Elle a un visage de santé qui console; elle marche d'un
air dégagé et mène une vie tout active. Ces signes de
force me ragaillardissent. Que Dieu la conserve! Vous
pouvez croire que les tribulations ne lui manquent
pas. Elle les supporte sans jamais perdre courage et
trouve moyen d'être de bonne humeur et de se ranimer chaque jour. Convenons entre nous et en confidence que nous n'avons pas tort d'être ses serviteurs
et ses amis dévoués, moi surtout, qui ne vaux pas un
denier, et que la bonté divine a conduit dans cette
maison pour y être comblé des attentions les plus bienfaisantes.—N'est-il pas vrai, cher Domiziano, que
nous sommes d'accord? Nous le sommes également
en ce qui touche au Poncalierese (ma plume voulait
écrire au Carignanese). Il est plein de malice, piquant,
grondeur, terrible, et cependant il me force à l'aimer
de tout mon cœur.—Si vous faites une course à Villa-

Folletto, dites mille choses de ma part au seigneur de l'endroit, quoiqu'il mérite bien qu'on lui tire les oreilles. Il parlait de faire au premier jour une nouvelle apparition à Turin; mais bah! on ne l'a plus revu, et il n'a pas écrit une ligne. Quelle belle conduite! Heureusement, nous le savons, c'est par simple paresse qu'il semble devenu si sauvage et silencieux à ce point, et son cœur est toujours excellent. Vous demanderez pourquoi nous ne sommes pas à la Vigna pendant de si belles journées.—J'en suis, à ma honte, la triste cause. Le médecin a une idée, que je ne crois pourtant pas juste. Il dit que cet air de montagnes ne lui paraît pas favorable à mes poumons; et Madame la marquise, dans son extrême bonté, a voulu, à cause de cela, se priver de l'avantage que sa santé a toujours tiré de cette douce résidence, dans la villégiature d'automne. J'en ai un véritable regret. J'eusse désiré que Madame la marquise allât à la Vigna sans m'y mener. Je serais demeuré à Turin. Mon vœu n'a pas été écouté! Je pense que vous aurez su ce qui se passe dans cette heureuse capitale; les choses se réduisent à de monotones aventures de vols, d'injures, de désordres. Il faut prendre ses précautions, éviter les dangers, prendre patience et se recommander à Dieu. En attendant, fortifions-nous en pensant aux honnêtes gens et au bien qu'ils font selon leurs forces. Le mal sert d'épreuve à ceux qui veulent devenir saints.

Mes respects, je vous prie, à Mme la comtesse de Larissé et aux jeunes dames. Soyez tous en santé et en joie. Si Luigi est près de vous, donnez-lui le bonjour de ma part.

CCCLVI

A M. N. N., PROTESTANT[1].

* Monsieur,

Vous avez bien raison de ne pas craindre de paraître indiscret en m'entretenant de ce qui vous intéresse le plus—la religion. Oh! que cet intérêt est grand à mes yeux aussi! mais j'avoue qu'il perdrait de sa grandeur pour moi si je n'étais pas catholique, si j'appartenais à des chrétiens sans chef, sans unité, sans doctrine permanente. Je m'étonne que l'on puissé avoir de la foi, de la religion dans le protestantisme, quand on a eu le temps d'exercer son intelligence d'après le principe d'incertitude, de doute et de variation qui le constitue. Je m'en serais moins étonné il y a trois siècles; car alors l'esprit de réforme pouvait se faire des illusions, croire que les dogmes resteraient, croire que la critique épurerait l'Église, mais qu'enfin il y aurait une Église. Ces illusions ne sont plus possibles aujourd'hui. Les conséquences inévitables du protestantisme ont été des doctrines toujours changeantes, toujours attaquables, toujours manquant d'autorité, toujours tourmentées par l'incohérence. J'avoue que je m'y perdrais dans le doute, ou plutôt je prierais sans cesse pour en sortir, et je crois que je n'aurais de repos, de foi qu'en devenant catholique.

Pardonnez-moi si je vous parle souvent de mon sen-

1 Publiée dans le journal la *Civilta cattolica*, série II, vol. XII. Rome, 1855.　　　　(*Note de l'Éditeur.*)

timent intime ; c'est que je me suis rendu aux vérités
du catholicisme après avoir essayé d'autres voies pour
me faire une conviction religieuse ; je n'en ai trouvé
nulle part. Je n'ai pu vraiment dire : « Je crois à une
religion, j'appartiens à une religion, » que quand je
me suis mis de toute mon âme sous l'étendard de
l'Église qui se nomme infaillible, que j'ai reconnue
pour infaillible.—Votre raison éclairée, Monsieur,
vous montre sous un jour favorable le catholicisme
du moyen âge ; vous le jugez un fait providentiel, nécessaire au développement de l'humanité. C'est même
là une opinion bienveillante et sage qui se manifeste
aujourd'hui parmi tous les penseurs protestants. C'est
une preuve de bonne foi et de lumière que d'en être
déjà venu à accorder quelque éloge à ce grand édifice
religieux que les premiers protestants avaient maudit.
Il ne me sied pas de me vanter de mes lumières, mais
Dieu sait que j'ai aussi une bonne foi complète dans
ces questions. Eh bien, mon cher Monsieur, permettez-moi de vous assurer que je pourrais bien accorder
les éloges les plus sincères à des protestants ; je les
aime et je les plains, je sais qu'il y en a de vertueux,
de pieux ; mais le protestantisme je le vois avec douleur, je ne démêle rien en lui de salutaire aux âmes, je
ne serais pas franc si je m'efforçais d'y trouver quelque chose de louable. C'est une maladie de mes frères,
c'est un malheur arrivé aux chrétiens, c'est la séparation au lieu de l'union. Je pense tout ceci depuis des
années ; l'enthousiasme, la passion ne m'aveuglent
pas. Ce qu'il y a encore de bon dans le protestantisme,
ce n'est pas lui, c'est l'Évangile, c'est l'esprit de cha-

rité que l'Évangile prêche à tous ceux qui le reçoivent,
même dans les communions qui errent loin de l'Église.
Honneur toujours à l'Évangile! mais non à l'événement funeste qui est venu diviser la grande famille des
chrétiens. Oh! que la charité serait plus vaste, plus
puissante, si nous étions tous réunis! si des générations
ne s'étaient pas vouées à de sanglantes disputes, à des
haines, à des pillages, à des usurpations, à des essais
violents de réforme et de progrès social! Ces luttes
monstrueuses ont lassé l'humanité; nous nous regar-
dons finalement avec calme, avec le désir de rendre
justice à tout le monde. Mais des siècles ont été perdus,
des millions de cœurs se sont nourris de malveillance,
le protestantisme a promis de répandre la vérité, et il
n'a répandu que le doute. Hélas! ce supposé *fait providentiel* n'a pas plus été une bénédiction que ne le sont
les grandes calamités. La bonté de Dieu tire quelques
biens de tous les maux qu'il permet et que nous nous
méritons par nos péchés. Le protestantisme, je ne puis
l'envisager que comme un mal qui a été, qui est, ainsi
que toutes les erreurs, une occasion pour susciter des
saints, pour rallumer le zèle, pour produire des actes
de dévouement, pour éveiller dans les catholiques
l'étude comme les vertus. Voilà ce que nous voyons.
On nous a attaqués en invoquant la saine critique, et à
force d'examiner, d'analyser, de comparer les attaques et les défenses, qu'en est-il résulté? Les arguments tournés contre l'Église ont tous trouvé leur
réponse; ils la trouvent tous les jours. C'est pour cela
que les préjugés des protestants éclairés comme vous,
Monsieur, ont diminué. On ne nous accuse plus d'être

ignorants, d'être mauvais logiciens; on lit Wiseman
et d'autres profonds logiciens catholiques, et on les
place pour le moins sur la même ligne que les autres
savants penseurs de notre siècle. Je trouve tout naturel que, dans votre bonne foi, dans votre amour de la
vérité, dans votre douce charité, vous ayez de la prédilection pour le protestantisme, où vous êtes né, où
vous avez été élevé; cette prédilection ne vous empêche pas de nous aimer aussi, mais elle vous porte à
adopter facilement la prétention qu'a le protestantisme
de se confondre avec la civilisation. C'est une gloire à
laquelle les protestants de ce siècle aiment à s'attacher;
ils renoncent à la gloire théologique, ou ils y tiennent
faiblement. Ce qui leur paraît essentiel, c'est de se
persuader que le protestantisme perfectionne la science
sociale et augmente la prospérité des peuples. C'est
donc le *fruit*, disent-ils : auparavant il n'y a eu de bon
que la *fleur;* rendons justice à la fleur, mais donnons
la préférence au fruit. Votre langage est celui d'une illusion qui vous reste, mon cher Monsieur. Vous embel-
lissez le protestantisme parce que vous l'aimez; vous
vous plaisez à le croire plus avancé que l'Église Romaine sous des points de vue différents. D'abord *dans
l'ordre des temps*, dites-vous, il est venu le dernier.
Cette considération est si faible que vous l'exprimez
avec modération, m'avouant que vous sentez qu'il n'y
a aucun mérite à être né aujourd'hui plutôt qu'hier;
vous ne réclamez ici à la faveur du protestantisme
qu'une *présomption d'avancement*. Cette présomption
ne saurait exister à mes yeux. L'idolâtrie est venue
après la religion primitive, et l'idolâtrie n'était pas un

avancement; l'arianisme est venu nier la divinité de
J.-C. après les véritables chrétiens qui reconnaissaient
et adoraient cette divinité, et l'arianisme était une
fausse doctrine qui troubla l'Église et disparut.—Le
protestantisme vous paraît supérieur *dans l'ordre de
la civilisation*, et si cela me paraissait aussi une réalité, je dirais encore que la prospérité matérielle de
quelques nations, et le lustre des études littéraires et
philosophiques sont des choses qui peuvent être complétement étrangères à la connaissance de la vraie
religion. Une gloire admirable a illustré les Grecs, et
c'étaient des païens; puissance et gloire ont brillé sur
l'ancienne reine du monde, et Rome était païenne.
Cet argument de la civilisation est la déclamation de
notre époque, mais il n'a point de solidité. Le christianisme par son esprit divin de justice, d'amour et
de compassion, a produit la civilisation dont nous
jouissons; les passions humaines gâtent cette civilisation, mais elles ne sauraient l'anéantir tant que nous
avons l'Évangile, tant que nous restons, quoique imparfaitement, sous l'influence chrétienne.—Quant à la
supériorité que le protestantisme se flatte d'avoir *dans
l'ordre évangélique*, oh! combien elle me paraît imaginaire! Oh! qu'il est facile de déclamer depuis trois
siècles contre les mœurs des catholiques, ne les ayant
pas meilleures dans la totalité! Regardez l'Angleterre
et la Prusse, surtout l'Angleterre: il y a, comme ailleurs, des vertus à honorer; mais la corruption y est
affreuse. Les statistiques ne peuvent le dissimuler, et
quand elles osent établir des parallèles véridiques,
elles sont humiliantes pour les protestants, comme les

nôtres le sont pour nous. Ne détournez pas vos regards des grandes populations pour les fixer sur des localités spéciales, où les cantons les plus prospères appartiennent aux protestants, et où des voyageurs fort de bonne foi, mais dominés par la partialité, admirent un peu superficiellement les prétendues supériorités évangéliques de tout ce qui n'est pas Romain. Hélas! la Suisse n'a pas mal de corruption aujourd'hui dans tous ses cantons. Des protestants vertueux et croyants jettent partout de hauts cris sur ce sujet; ils y recommandent avec anxiété la conservation de la foi et de la fraternité; mais l'indifférence, le ridicule et la fausse sagesse du rationalisme y attaquent la foi et la fraternité. Il n'en résulte pas un grand triomphe des mœurs, cela est connu. Les protestants nous ont dit pendant longtemps : « Nous valons mieux que vous. » Maintenant cette assertion est assez rare; vous ne pouvez la faire que dans des moments de partialité et d'oubli.—Mais après m'avoir marqué quelles sont les supériorités que le protestantisme semble vous offrir, vous me dites, Monsieur, que vous ne les attribuez pas à une action spéciale de la divinité; vous croyez que le catholicisme a été jadis à sa place, qu'il a été bon, qu'il a été voulu par la Providence, comme elle veut qu'il y ait la fleur avant le fruit; vous croyez que la Providence veut à présent l'existence du protestantisme, qui serait le fruit. Pouvez-vous ne pas vous apercevoir de la faiblesse de cette supposition, mon cher Monsieur? L'amour que vous avez pour les prétentions sur lesquelles le protestantisme s'appuie vous empêche d'apporter plus de sévérité dans cet examen.

Hors les hypothèses toujours faciles de l'imagination, il n'y a rien qui puisse faire comparer le catholicisme à la fleur et le protestantisme au fruit ; il n'y a rien qui puisse faire croire que le catholicisme est mort ou se meurt, et que le protestantisme lui succède. Les ariens feraient aussi votre hypothèse, et leur doctrine, qui n'était point le fruit, a péri, tandis que l'Église catholique s'est conservée. Comment celle-ci ne serait-elle que la fleur, ayant eu de si grands fruits, tels que les apôtres, les martyrs, des saints innombrables, des missionnaires par toute la terre, les influences les plus irrécusables sur des progrès non imaginaires, mais réels ? Comment ne serait-elle que la fleur produisant tous les jours autour de nous charité, bonnes actions, repentir, conversion, zèle pour notre foi ancienne et immuable ? La corruption est grande, mais notre religion la combat autant qu'elle le peut, et l'on n'est pas informé de la vérité quand on nie son action bienfaisante et sainte. Comment le protestantisme serait-il le fruit, ayant (on ne peut pas le contester) moins de foi, moins de persévérance dans les principes et dans l'enthousiasme, moins de constance et d'assurance dans les bases de sa logique, moins d'action sur l'âme ? Comment serait-il le fruit n'étant pas une doctrine, n'étant pas une chose, mais un nom ? Depuis les malheureux auteurs de cette fausse réforme, que de changements dans vos docteurs ! Des protestants croient à la divinité de J.-C., d'autres n'y croient pas, et vous êtes également protestants. Votre âme pieuse et droite, Monsieur, voit un Dieu dans le Crucifié ; vous l'aimez, vous le priez ; d'autres protestants, non abrutis par l'ignorance, non méprisés, mais savants comme vous, honorés comme vous, prêchent contre votre croyance, contre votre Sauveur ! Oh mon Dieu ! et vous n'ouvrez pas les yeux, Monsieur? Vous savez mieux que moi ce qui se passe dans le protestantisme de l'Allemagne. On y est hautement en possession de ce qu'on veut appeler le rationalisme, on y publie des ouvrages qui réduisent la foi a rien du tout, qui nient l'Évangile, qui enfin ne sont pas moins impies que le déisme voltairien. On voit des conséquences semblables en Suisse, en France, partout. C'est bientôt dit que ces monstrueuses contradictions, variations, apostasies, ne sont rien ; que ce sont les différentes cordes d'une lyre : que les cultes sont tous bons et non bons ; qu'il faut prêcher l'Évangile, mais que l'on peut s'en passer. Ah ! faites taire un moment votre imagination, et vous prendrez un langage plus grave, plus vrai. Laissons au journalisme vulgaire ces théories brillantes et aériennes sur l'humanité, sur l'avenir, sur les phases religieuses, sur la mort de l'Église catholique, sur la beauté du désordre, sur l'harmonie des dissonances protestantes ; tout cela ne pose sur rien. J'ai exercé inutilement mon esprit à sonder ces profondes sciences humanitaires des rationalistes, des saint-simoniens, des panthéistes, etc.; je n'y ai aperçu que des mots, des assertions illusoires.

Je me suis convaincu que la vérité est plus simple. Jésus-Christ a fondé une Église toujours vraie, toujours féconde de charité, toujours saintement en guerre contre les vices du cœur et de l'esprit. Jésus-Christ lui a révélé des dogmes, des mystères ; il y a institué des sacrements qui la caractérisent et la sanctifient jusqu'à la fin des siècles. Jésus-Christ lui a laissé un chef visible dans saint Pierre et dans les successeurs de saint Pierre. Cette Église a reçu de Jésus-Christ une doctrine que rien ne peut changer; dès qu'on y change quelque chose d'essentiel, dès qu'on refuse de se soumettre aux décisions de cette Église, on est dans la voie de l'erreur, on chancelle dans la foi, on enfante des systèmes humains, des interprétations sans nombre, des édifices sans base que le temps anéantit. Le protestantisme mourra, parce qu'il est de sa nature de se diviser; le catholicisme ne meurt point, parce qu'il est de sa nature de se conserver un, de n'avoir qu'un culte, une conviction, un but. Voilà l'œuvre de Dieu.

J'écrirais toujours, mais ce sujet est inépuisable, et ce n'est pas dans une lettre qu'il est donné à l'homme d'exprimer pleinement tout ce qu'il sent. Il faut que je m'arrête et que je vous prie seulement de bien approfondir cette grande question si importante. Dieu sait combien je désire le triomphe de sa sainte vérité dans votre âme! Je m'adresse à lui, je vous recommande à lui. Sa grâce est si puissante! cherchez et vous trouverez. Votre attention s'est-elle assez tournée sur la stérilité dont le protestantisme a été frappé, sur l'inefficacité des missionnaires qu'il tâche de répandre, tandis que l'Église catholique, à travers tant d'orages que l'incrédulité lui suscite, a toujours un apostolat qui opère des conversions? Les missionnaires catholiques d'aujourd'hui répandus dans les autres parties du monde voient des bénédictions étonnantes sur leur sainte prédication, sur le sang de ceux d'entre eux qui subissent généreusement le martyre. Il y en a beaucoup qui le subissent. Toute l'Angleterre sait que ses missions protestantes ne produisent ni héroïsme ni conversions; c'est qu'on s'arme d'industrie, d'avantages matériels, de raisonnements, au lieu de s'armer de foi. Lisez-vous les *Annales de la propagation de la foi?* Madame la marquise de Barol vous engage à les lire; je vous y engage aussi. Elle vous les enverra si vous voulez; elle veut aussi vous envoyer un livre, c'est l'histoire d'un martyr. Mais on ne peut pas trop faire ces envois par la poste. Auriez-vous quelqu'un ici à qui on puisse remettre un paquet pour vous? l'évêque de Pignerol vous offrirait aussi son troisième volume. Il regrette de ne pas s'être trouvé à Pignerol le jour où vous avez été pour le voir; il désire vous connaître, vous témoigner son estime, entendre vos explications, vous donner les siennes.—Mme de Barol n'a pas reçu votre livre, Monsieur; nous sommes sûrs qu'il n'est pas arrivé, car le bureau de la révision a été averti et on n'aurait pas retenu un livre adressé à elle. —Adieu, mon cher Monsieur. Je n'ai pas besoin de vous dire qu'on prie pour vous. Mme de Barol prie et fait prier avec la charité et la foi que vous connaissez dans son âme. Elle vous offre ses compliments et l'assurance de tout son intérêt pour votre salut. —Croyez-moi votre bien dévoué serviteur en J.-C. *

CCCLVII

A M. VICTOR DE LA CANORGUE.

* Mon bien cher Monsieur,

Mme la marquise de Barol s'était empressée de faire retirer les charmantes romances que vous aviez laissées pour elle à votre hôtel. Elle vous est infiniment obligée. Je lui ai lu l'aimable lettre que vous m'avez fait l'honneur de m'adresser, Monsieur. Elle et M. son frère me chargent de vous offrir leurs compliments. Je vous remercie de tout ce que vous me dites de bienveillant, ainsi que des nouvelles que vous me donnez de votre heureux voyage. Je suis charmé que vous ayez eu un temps favorable, et qu'en passant à Mondovi, vous ayez trouvé moyen de voir au moins quelques instants cette église admirable. Sa beauté peut se mesurer avec celle des meilleurs monuments de l'art, et frappe tous ceux qui ont du goût et du sentiment. Votre âme si poétique a dû être heureuse dans ces instants, trop rapides, il est vrai.

Il y a de superbes églises à Gênes. Il faut admettre plusieurs genres, et admirer tout ce qui est beau. Plus j'ai vu de nobles monuments, plus j'ai reconnu que le règne du beau est grand et riche en variété. C'est surtout à Rome que j'ai senti cela.

Vous avez donc l'espoir de ne pas passer longtemps sans revenir à Turin. Je le voudrais, Monsieur ; vous me trouverez toujours enchanté de vous revoir. Je ne vous aime pas seulement pour l'indulgence dont vous m'honorez et pour votre mérite littéraire ; il n'y a que bonté dans vos sentiments, dans vos principes : cela est plus appréciable que les plus beaux vers du monde. Vous me ferez bien plaisir toutes les fois que vous me donnerez de vos nouvelles. Croyez, Monsieur, à mon inviolable attachement. ✳

CCCLVIII

A M. VICTOR DE LA CANORGUE.

✳ Mon cher ami,

Je vous remercie de votre belle lettre. Le pays intéressant que vous habitez (*Menton*) est vraiment dans une situation pénible ; les circonstances 1'y ont entraîné. Je fais des vœux pour que vos anxiétés aient une fin et qu'il y ait un arrangement de choses convenable. Dans les affaires politiques, le petit a une infinité de mauvaises chances : on a beau se récrier, se justifier ; c'est la force qui a raison. Hélas! tout ce que l'on peut alors espérer, c'est que la force veuille bien ne pas être sans quelque peu de bienveillance et de protection. Il en a toujours été ainsi : on a tort d'être faible ; l'assertion contraire a toujours paru visible aux pouvoirs qui sont dans une position prépondérante. Les âmes généreuses oublient facilement cette triste réalité, et se fatiguent à prouver, en vain, que la chose ne devrait pas être de la sorte. Cela peut dicter de la prose ou de la poésie fort éloquentes, mais le monde n'écoute pas ; il va son train.

Plaignons, mon cher ami, ceux qui souffrent ; ils sont nombreux de toute part.—Je vois bien des douleurs, et j'en ai ma bonne charge. Que la volonté de

Dieu soit faite ! Aimons-le, il est notre espoir et notre consolation.

Je vous écris de mon lit ; je me sens les poumons abîmés d'une bronchite que j'ai eue. Cela va mieux cependant. Je vous souhaite, mon cher ami, une bonne santé et mille biens de tout mon cœur. *

CCCLIX

A M. VICTOR DE LA CANORGUE.

* Mon cher ami,

Vous êtes bien aimable de me donner de vos nouvelles. Je suis aise d'apprendre que vous vous soyez déterminé à accepter la chaire qui vous a été offerte à l'École du commerce. Ainsi vous voilà délivré d'une partie de vos peines, car je crois que vous ne serez pas mal avec cette chaire et des leçons. Je désire de tout mon cœur que notre pays vous acquière pour toujours et que vous n'ayez pas trop lieu de vous en plaindre. Je voudrais que tous les étrangers qui nous viennent et qui se fixent chez nous fussent comme vous des modèles de vertu et de savoir. Vous avez bien souffert dans la malheureuse chaire que vous occupiez à Fossan, mais il me semble que rien de semblable ne pourra vous arriver dans la nouvelle position que vous allez prendre. En attendant vous avez eu le plaisir de revoir de dignes et respectables amis à Menton. C'est un des bonheurs de la vie de se retrouver avec des gens à qui l'on a eu lieu de s'attacher. Vous aurez des consolations de ce genre à Nice, je l'espère. Puisse tout cela adoucir vos chagrins, et faire du bien à votre santé ! Au revoir, au mois d'octobre, si Dieu le veut. Il y a peu de jours que je me lève ; j'ai eu la poitrine en fort mauvais état ; cela va de nouveau passablement bien. Aimons la vie tant que Dieu nous l'accorde ; bénissons-le de tous ses dons. Je le prie pour vous ; priez-le pour moi. *

CCCLX

A M. VICTOR DE LA CANORGUE.

* Mon cher ami,

Quel coup douloureux pour votre cœur ! Je sens le coup dans le mien, car j'ai eu une excellente mère comme la vôtre. Plus elle vivait, plus ses vertus et sa tendresse m'attachaient à elle. On ne se console pas de semblables pertes, vous avez raison ; aussi je n'ose vous adresser aucune réflexion, quelque juste qu'elle soit aux yeux de l'esprit. La vie du cœur n'est pas celle de l'esprit. Il est vrai qu'un lien peut et doit réunir ces deux ineffables facultés, mais le lien se brise dans les jours de grandes douleurs, et ce n'est qu'avec le temps qu'il se rattache. Nous en avons une figure dans les blessures du corps : elles ont de la peine à guérir, et il y en a qui saignent encore après des années.—Je gémis et je pleure avec vous, mon ami ; je m'associe à vos prières pour l'âme de Madame votre mère, et comme vous, j'ai un vif espoir que, tandis que nous prions pour elle, parce que nous devons le faire, cette âme si chrétienne est déjà admise dans l'heureuse société des Saints. Sa présence sur la terre vous manque, mais sa puissante protection vous soutiendra, vous obtiendra de la bonté divine les grâces les plus signalées et surtout celles qui regardent votre sanctification. Votre abattement est pardonnable ; les excès de la tristesse ont été connus de notre adorable Sauveur : le disciple n'est pas plus que le maître ; offrez ces agonies à Dieu ; mais après avoir repoussé le calice, acceptez-le. Nous ne comprenons pas cet épouvantable mystère de la douleur, mais il est divin. Adorons celui qui sait tout et qui dans sa sagesse infinie a voulu purifier, diviniser ainsi le malheureux mortel. Nous comprendrons bientôt cela en sortant des ténèbres de notre monde actuel. Leur durée nous paraît longue parce que nous souffrons, et pourtant voyez la rapidité de la vie présente !

Adieu, ami infortuné. Je ne dis pas consolez-vous, mais soutenez-vous, demandez un peu de force à Jésus et à Marie. Je n'ai pas besoin de vous parler de toute l'approbation que je donne à votre poésie filiale. Que de choses dans ce peu de vers ! que de souvenirs et que de regrets ! Vous revenez donc bientôt à Turin. Au revoir. Je vous embrasse, et suis votre dévoué. *

CCCLXI

A M. VICTOR DE LA CANORGUE.

* Mon cher ami,

J'ai reçu ce matin votre aimable lettre contenant le *Vaglia Postale*. Votre petite dette vous a trop occupé, et les expressions si bienveillantes que vous voulez bien m'adresser me touchent. J'aurais vivement désiré que mon amitié pût vous être plus utile, croyez-le.

Je ne sais que vous dire de ma santé : mes poumons valent toujours moins. Dieu me fait la grâce dont j'ai besoin ; je ne m'inquiète pas, je ne cherche pas à prévoir quelle sera la durée de mes jours. Vaine sollicitude ! puisque nous voyons des vies fortes s'éteindre et des vies faibles et très-souffrantes se prolonger des années. D'ailleurs, vivre ou mourir, tout est bon si nous mettons notre confiance dans les mérites infinis de notre adorable Sauveur. Que sa sainte volonté s'accomplisse en tout temps ! J'aime à penser que vous m'aidez par vos prières. Prions l'un pour l'autre !

Je souffre, mais ce ne sont pas des douleurs aiguës. —Adieu, bien cher ami ; je vous renouvelle mes remercîments ; je souhaite que toutes vos croix deviennent légères, et que mille douces consolations vous soutiennent. ✻

CCCLXII

A M. LE COMTE Edmond DE SÉGUINS-VASSIEUX,
A FLORENCE [1].

Turin, 25 août 1832.

✻ Monsieur le comte,

Quelle aimable surprise ! Vous m'écrivez la plus jolie lettre du monde, et vous m'annoncez un honneur

---

[1] Cette lettre, qui est écrite en français, omise par oubli dans la publication de Florence, ne nous est parvenue que pendant l'impression, mais nous n'avons pas voulu en priver nos lecteurs.

que je suis bien loin de mériter, mais qu'il m'est bien permis de recevoir avec un peu de vanité, puisqu'il me vient de vous, qui êtes un des hommes dont l'amitié me flatte le plus. Je suis certainement glorieux que vous ayez fait graver mon portrait, dessiné avec tant de bonté et d'habileté par vous, mais je le suis davantage encore en songeant, Monsieur, que vous n'auriez pas eu cette pensée bienveillante si je n'avais pas occupé dans votre souvenir une de ces bonnes petites places qu'on aime à conserver toute sa vie. Je n'y ai d'autres droits que celui d'un homme qui a été forcé à estimer votre esprit et votre cœur, et qui vous a voué un attachement sincère.

Ce portrait a donc tout ce qui peut me le rendre cher ; — c'est votre ouvrage, — il est fait on ne peut pas mieux, — et, pour m'honorer davantage encore, vous avez voulu qu'il porte, avec votre nom, celui de César Balbe. Je suis touché, je vous assure, d'avoir été l'objet de tant de soins et de si aimables pensées de votre part. Je recevrai avec le plus grand plaisir les copies que vous voulez bien m'envoyer. Interprétez ma reconnaissance que je ne saurais assez vous exprimer.

Je vous prie de présenter mes respectueux devoirs à monsieur votre père, que j'associe toujours nécessairement dans mon souvenir avec vous ; car, — outre les autres qualités charmantes qui vous distinguent tous les deux, — vous offrez à ceux qui ont le bonheur de vous connaître un de ces types rares d'amitié paternelle et filiale qui font du bien à l'âme.

S. E. madame la comtesse Balbe vous dira que nous

faisons bien souvent mention de monsieur votre père
et de vous. — J'ai passé quelques jours à Caméran.
J'y étais fort bien, et cependant vous me manquiez.
— Adieu, Monsieur, conservez-moi votre amitié, qui
m'est infiniment précieuse. J'ai l'honneur d'être votre
obligé et dévoué serviteur, Silvio Pellico. ∗

CCCLXIII

A LA COMTESSE OTTAVIA MASINO
DI MOMBELLO.

Turin, 9 décembre 1833.

Madame la comtesse,

Vous êtes trop bonne de m'adresser de si aimables
et si encourageants éloges, je vous en remercie, et me
réjouis infiniment de voir que ma tragédie vous ait
plu. Vous avez un esprit parfaitement capable d'en
discerner les défauts, et ce peu de qualités qui pourra
s'y trouver ; mais l'indulgence de votre cœur vous
porte à saisir les qualités plutôt que les défauts.

Il a été un moment question pour moi d'une excursion à Naples et à Palerme ; mais certaines raisons
m'en dissuadent. La principale c'est que les passions
politiques sont encore trop vives dans notre malheureuse péninsule, et je ne veux donner de prétextes ni
à des soupçons, ni à des extravagances d'aucun genre.
Ma santé se fût bien trouvée de ce voyage, et j'y
renonce à regret. Mais patience ! sans doute c'est pour
le mieux.

J'eusse d'ailleurs regretté de m'éloigner de mes
chers parents et de quelques-unes de mes relations

que j'apprécie le plus ; et vous êtes du nombre, Madame la comtesse.

J'aurai bientôt, j'espère, le plaisir de vous revoir à Turin. Vous avez raison de jouir de la campagne tant que la saison est belle, mais les gelées et la neige ne tarderont pas.

Je travaillerai bien volontiers à réunir des souscripteurs au petit traité de notre brillant Mamiani.

Je vous prie d'offrir mes hommages respectueux à Monsieur le comte, votre mari, et à Monsieur le chevalier, et de croire aux sentiments d'estime particulière avec lesquels j'ai l'honneur de me dire votre très-dévoué serviteur et ami.

CCCLXIV

A MADAME MASSIMINA ROSELLINI.

Turin, 26 septembre 1838.

- Madame,

Vous m'avez honoré d'un précieux don en m'envoyant votre tragédie des *Pargi*, et je vous prie d'en agréer mes plus vifs remercîments.

Quoique bien vieilli déjà, et par les souffrances plus que par les années, et sevré désormais du commerce des livres, j'ai encore lu avec plaisir cette tragédie pleine d'âme et tout étincelante de verve poétique.

Agréez, Madame, avec l'expression de ma reconnaissance, le suffrage de votre très-humble et très-obligé serviteur, Silvio Pellico.

CCCLXV

A M. ACHILLE DU CLÉSIEUX [1].

1844.

* Mon cher ami,

Ma santé et quelques affaires ont été cause du retard que j'ai mis à répondre à votre aimable lettre du 5. J'ai été malade et je pourrais dire que je le suis continuellement. Depuis mon retour de la campagne, je suis mieux; je me lève et fais quelques pas dans la maison. Il me reste des heures pénibles où je respire avec difficulté. — Ce ne sont cependant pas de grandes souffrances, et j'ai tort de me plaindre.

Dieu est bon; que sa sainte volonté soit faite. Je ne lui demande pas de me bien porter, mais d'être à lui. Oh! que ce Dieu de miséricorde nous aime! Je le bénis aussi des grâces qu'il vous a faites, qu'il vous fait. Votre âme si aimante lui est chère; il veut la sauver, la remplir de sa charité : vos désirs, vos œuvres répondent aux désirs du Seigneur. — Persévérez courageusement. Vous voilà donc directeur général, insti-

[1] M. Achille du Clésieux, poëte distingué, après avoir abandonné momentanément la poésie pour donner tout son temps et toute son âme à l'établissement de la colonie de Saint-Ilan, lui revient aujourd'hui avec une inspiration à laquelle la solitude a laissé toute sa fraîcheur, et qui ne pouvait que grandir dans le sentiment d'une œuvre sainte, courageusement accomplie.

Ces deux lettres à M. du Clésieux, écrites en français, ne nous sont parvenues que pendant l'impression.

(Note du Traducteur.)

tuteur, catéchiste d'une nombreuse famille adoptive: Que de soucis vous allez avoir! Mais je ne vous plains pas; des consolations célestes embelliront votre carrière d'apôtre et de père.—Vous contribuerez à l'ennoblissement et à la sanctification de beaucoup d'âmes. — C'est la plus belle des tâches. Cela vaut mieux que de faire briller votre nom parmi les poëtes à grandes passions. Donnons peu de temps à la poésie écrite, et surtout aux vaines plaintes du cœur, car c'est du temps perdu le plus souvent. Obéissons au génie poétique dans des moments de loisir, mais que nos chants soient chrétiens, ne respirent aucune faiblesse païenne, aucune idolâtrie, aucun esclavage terrestre; pleurons de reconnaissance, de repentir, de pitié; la veine des douleurs saintes est abondante.

Je regarde votre livre comme un secret. Il m'a révélé votre talent distingué; mais examïnez-le au pied de la croix; où il faut examiner toute chose. — La croix vous inspirera d'autres vers aussi profonds, aussi délicats, mais plus empreints de vérités élevées et salutaires. — Je ne cesse de prier pour vous, car je vous aime. — Votre souvenir ne s'efface point de moi. Les moments que vous me donnâtes à la Vigne me sont souvent présents; ils ont été trop courts. — Votre affectionné, Silvio Pellico. *

CCCLXVI

A M. ACHILLE DU CLÉSIEUX.

6 avril 1845.

* Cher ami,

Amour et gloire à Dieu, qui bénit si volontiers le peu de chose que l'homme sait faire pour l'honorer !

Je prends une douce part à vos saintes consolations ; il vous a inspiré une œuvre excellente. Je l'en remercie avec vous. L'institut que vous fondez ne peut qu'être salutaire pour bien des âmes. Ces genres de charité s'étendent dans l'avenir. Que d'orphelins, que d'enfants soulagés, instruits, améliorés, dont vous serez un jour l'ange protecteur au ciel ! Vous l'êtes maintenant sur la terre. — Ils attireront sur vous et sur votre famille les grâces les plus signalées. Oh ! que nous sommes aveugles, quand nous cherchons le beau dans les passions païennes, dans les chimères et les délires du cœur ! Tout cela n'est que misère et désordre. Le beau n'est que dans ce qui ennoblit, dans ce qui nous élève, sans mélange de bassesse, sans sujet de reproche, sans dégradation de l'intelligence, sans désobéissance à la loi de Dieu. — Nous unir à Jésus, aimer comme Jésus, prier, souffrir, avoir pitié de nos frères, les nourrir, les éclairer, travailler à leur salut, voilà la vie du chrétien. Les autres choses ne sont pas la vie ; elles ne sont qu'embarras et mensonge.— Vous vous êtes pénétré de cette vérité. Ce Dieu si bon vous donnera la grâce de la persévérance. Je la lui demande pour vous, bien cher ami ; demandez-la lui pour moi !

Je vis au milieu des bonnes œuvres, mais je ne fais que dire : *amen.* Ce sont les œuvres de madame la marquise de Barol. — Cette grande amie du Seigneur est toute occupée d'un nouvel établissement de charité. Elle vient de faire bâtir un hôpital pour des enfants malades et estropiés. — Elle se recommande à vos prières. Ne m'oubliez pas non plus aux pieds du Sauveur et de sa sainte Mère. — Je vous embrasse, je vous aime, je voudrais vous revoir — si ce n'est pas sur la terre, ce sera, j'espère, au ciel. — Ma santé est toujours bien faible. Votre ami, Silvio Pellico. *

APPENDICE LITTÉRAIRE

L'Éditeur des *Lettres de Silvio Pellico* a réuni sous ce titre d'*Appendice littéraire*, à la fin du volume, un petit nombre de documents qui se rattachent de près ou de loin à cette correspondance. Nous croyons devoir les faire connaître, en partie du moins, par la traduction ou par l'analyse, mais en suivant, plus rigoureusement que M. Stefani n'a pu le faire, l'ordre des lettres auxquelles chacun de ces morceaux se rapporte.

I

LETTRE XLVII.

PIETRO BORSIERI.

Silvio Pellico a donné lui-même, sur Pietro Borsieri, des détails qu'on lira ici avec intérêt. C'est un fragment de lettre emprunté au livre de Giorgio Briano : *De la vie et des ouvrages de Silvio Pellico.*

« Quand je vins de France à Milan, à l'âge de vingt et

« un ans, je trouvai parmi les jeunes gens qui se fai-
« saient remarquer par leur esprit, Pietro Borsieri, âgé
« alors lui-même de vingt-trois ou vingt-quatre ans.
« En quittant l'université de Pavie, où il avait fait des
« études remarquables, il avait été employé au minis-
« tère de la justice. Il écrivait bien en prose et en vers,
« discutait avec éloquence, nourrissait son esprit de
« continuelles lectures. Son intelligence se plaisait
« surtout aux élucubrations philosophiques et à l'es-
« thétique. Il avait su conquérir l'estime de Monti, de
« Foscolo, de Manzoni, de tous ceux qui le connais-
« saient, et qui aimaient en lui non-seulement un
« noble esprit, mais les solides qualités de l'âme.

« Que pourrais-je encore te dire de Borsieri, sinon
« que nous nous voyions, chaque jour, comme deux
« amis de bonne humeur, studieux, toujours d'ac-
« cord. Il passait sa vie à projeter des ouvrages de
« tout genre, arrangeait dans sa tête des drames his-
« toriques; mais il ne se pressait de rien exécuter.
« Aussi n'a-t-il presque rien livré à l'impression. Il se
« borna alors à publier quelques opuscules de cir-
« circonstance, de courtes poésies, des choses peu
« notables; il fut l'un des collaborateurs du *Conci-*
« *liatore*.

« Quand je fus mis en prison, Borsieri ne se vit
« nullement inquiété; mais environ un an plus tard,
« il fut enveloppé avec beaucoup d'autres dans le
« procès de Confalonieri. J'étais déjà au Spielberg à
« l'époque où furent condamnés Confalonieri, Bor-
« sieri, etc., etc., et ils vinrent tous me rejoindre
« dans la fatale citadelle. J'en sortis en 1830, et

« encore par un acte spécial de la clémence de Fran-
« çois Ier. Borsieri et les autres reçurent leur grâce
« de Ferdinand; mais on ne les laissa point en
« Europe. Un bâtiment autrichien les porta en Amé-
« rique. Après quelques mois de séjour aux États-
« Unis, Borsieri se rendit en France, et se fixa à
« Paris, où il demeura jusqu'à l'époque où le gouver-
« nement autrichien permit à tous les exilés de cette
« catégorie de retourner chez eux. Borsieri vécut
« tranquille et honoré dans sa patrie, et se tint éloi-
« gné des passions politiques. Nos dernières révolu-
« tions ne lui inspiraient point de confiance.

« Il séjourna alors quelque temps à Turin, mais les
« choses ayant repris un cours pacifique il retourna
« à Milan. Sa santé s'altéra au mois de juillet 1852. Il
« passa à Belgirate, croyant y trouver un air meil-
« leur, et il se proposait d'aller à la Spezzia; mais
« surpris par un affaiblissement extraordinaire, il
« mourut à Belgirate le 6 août de la même année.
« C'était un homme d'une âme très-droite, et plein
« d'amour pour tout ce qui est beau, pour tout ce qui
« mérite le nom de vertu.

« Pourquoi avec des connaissances si étendues et un
« talent si distingué, n'a-t-il rien laissé de remar-
« quable en fait d'œuvres littéraires? Il était trop
« mobile dans ses projets, se lassait des longs travaux,
« et trouvait plus de plaisir à lire, à penser, à cau-
« ser, qu'à se faire une renommée d'écrivain. Dans
« sa jeunesse, il disait : c'est trop tôt; dans sa vieil-
« lesse, il dit : il est trop tard.

« Quoique je sache qu'il faut se résigner à toutes

« les pertes, la mort de Borsieri m'a profondément
« affligé. Ici, à Turin, il était frais, animé et plein
« de vivacité. Je n'aurais jamais cru que ce serait
« moi, accablé de tant d'infirmités, qui aurais la dou-
« leur de lui survivre. »

II

LETTRE LXXXIV.

Sous un titre qui ne peut guère être traduit en
français que par celui-ci : *A deux dames qui cultivent
les arts*, Silvio Pellico adressait, avec sa lettre du
8 mars 1834, à la comtesse Masino de Mombello et à
une autre qui n'est désignée que par le nom de Rosina,
de gracieuses stances, dont nous détacherons les deux
premières, parce qu'on y sent encore dans toute sa
fraîcheur la joie du prisonnier rendu à la liberté.

« Après tant de tourments soufferts, qui est plus
« heureux que moi? Le ciel m'a conservé un père,
« une mère! Il m'a gardé vivantes d'autres âmes
« encore; il m'en a donné de nouvelles également
« chères, et toute l'Italie sourit au poëte qui revient.
« Brisant les portes de l'horrible prison qui attriste
« encore mon sommeil, chaque jour l'aurore, en
« m'éveillant, rend ma jouissance plus douce. Les
« cités et les champs m'apportent une joie immense;
« partout où s'impriment mes pas, je me sens en
« liberté. »

Il faut rapprocher ce morceau d'une toute gracieuse petite pièce écrite sur l'album de la comtesse Masino, et où Silvio a esquissé en traits rapides et légers un portrait de cette dame. Mais ces aimables choses ne se traduisent pas.

Puisque j'ai prononcé ce mot d'album, c'est le moment de rappeler que Silvio, comme tous les écrivains célèbres, fut sollicité d'écrire sur bien des albums. Sa modestie s'y refusait d'abord obstinément, mais quand il était obligé de céder il en profitait du moins pour glisser dans ces vers de complaisance quelque grave et pieuse pensée. On en a vu d'heureux exemples dans la correspondance. En voici de plus beaux encore.

« Dieu, qui commandes toute vertu à l'humaine
« poussière, ta parole est si imposante, comment
« m'élever à toi?

—« Amour moi-même, j'exige l'amour! Je des-
« cends vers celui qui me veut; je le prends dans mes
« bras, et l'emporte avec moi dans le ciel.

« Contemplant des sommets du Pincio le déclin du
« premier des astres, nous admirions comme en tou-
« chant la divine basilique de Saint-Pierre, il la revêt
« de sa lumière, et comme, d'un amour tout céleste,
« il s'arrête à la parer de rubis, de saphirs, et de l'or
« le plus éclatant; moi je demeurais dans une muette
« extase, mais à mes côtés j'entendis une âme plus
« fervente et plus pieuse s'écrier : Voilà les deux plus
« belles œuvres que l'univers ait vu sortir de la
« matière idéalisée : Dieu a attaché pour l'homme
« cette lampe dans le ciel; l'homme a élevé à son
« Dieu ce temple sur la terre. »

III

LETTRES CCXVI—CCXIX.

Ces deux lettres nous amènent naturellement à parler de quelques morceaux de poésie lyrique écrits par Silvio Pellico à l'occasion de plusieurs événements heureux ou malheureux survenus dans la royale maison de Savoie. Une ODE sur le mariage du duc de Savöie, aujourd'hui roi de Piémont; un CHANT D'ALLÉGRESSE à propos de la naissance du prince Humbert, né deux ans après, en 1844, de ce mariage, et enfin un CHANT FUNÈBRE sur la mort de l'archiduchesse Marie-Caroline, sœur de la duchesse de Savoie. Je ne traduirai rien des deux premières pièces. Il me suffira de dire que ce sont comme dans toutes les pièces du même genre, écrites par des hommes de talent, de beaux sentiments exprimés dans un langage élégant et mélodieux, mais toujours un peu artificiel. J'ajoute cependant que Silvio Pellico n'a rien épargné pour donner à ces deux inspirations, d'ailleurs toutes spontanées de sa muse, une certaine couleur nationale.

Le CHANT FUNÈBRE sur la mort de l'archiduchesse Marie-Caroline, sœur de la duchesse de Savoie, échappe plus que les précédents morceaux à la froideur du genre. Le sujet étant un peu moins officiel, le poëte pouvait plus aisément éviter le lieu commun. Le trépas d'une jeune fille qui meurt à la veille d'un mariage désiré touchera éternellement, et si la victime prématurément moissonnée est née sur les marches d'un trône, il y a dans le contraste même de sa haute destinée et du coup imprévu qui la frappe aussi inexorablement que la fiancée du pauvre quelque chose qui émeut encore davantage.

Voici le début de ce Chant funèbre :

« Ah ! les pleurs des rois ressemblent aux larmes
« les plus amères qui coulent dans l'humble demeure
« de l'indigent : sous les toits les plus augustes, l'éclat
« des lambris disparaît quand la mort s'assied à côté
« du trône. Toute la terre est un autel où la douleur
« immole le saint comme l'impie ; la différence n'est
« que de l'autre côté du tombeau. Celui-ci s'élance
« vers le ciel ; celui-là tombe en des tourments nou-
« veaux. »

Le poëte, après avoir raconté en quelques vers les joies de cette douce réunion des deux sœurs si brusquement interrompue par la mort, se représente lui-même suivant le convoi de la jeune princesse.

« Je suis les longues funérailles, je vois ces deux
« pures paupières abaissées à jamais ; puis je reviens
« ici et je contemple le deuil de mon Roi, celui de ses
« fils et de sa fille, et je dis au Seigneur :—Seigneur,
« pourquoi avez-vous voulu plonger dans la tristesse
« ces cœurs innocents ?

« Et le Seigneur me répond :—Mes décrets brillent
« d'une lumière que tu ne sais pas voir ; je n'ai pas
« fait la joie pour mes plus chers fidèles dans cette
« vallée d'épreuves et de gémissements. Celui-là n'ar-
« rive pas au repos de mon royaume qui n'a pas

« connu les douleurs de la croix; le chemin de la
« croix est le seul qui associe l'homme à son divin
« Sauveur.

« —Je vous entends, grand Dieu, et j'adore vos
« lois. Mais ayez pitié de nous; voyez, nous sommes
« faibles. Envoyez la consolation à ces cœurs déchirés;
« nous aimons nos Rois et leurs enfants, et horrible,
« horrible est leur blessure. »

Qui ne sent tout ce qu'il y a d'élévation et de pathétique dans ce dialogue, et surtout dans cette prière, où
le sujet, se portant médiateur entre Dieu et ses maîtres, demande grâce pour la royauté éplorée?

IV

Rien ne met mieux en lumière la sincérité que portait Silvio dans les opinions dont on lui a reproché
la modération, qu'une sorte d'épître en vers insérée
dans l'Appendice, et dont je détache ce remarquable
fragment [1] :

« Le tourbillon des événements, une espérance har-
« die qui ne fut pas bénie dans le ciel, nous entraî-
« nèrent alors; mais nos cœurs, tourmentés par de si
« cruelles angoisses, en ont tiré, j'espère, une lumière
« plus haute.

« Parfois, peut-être, dans tes jours de solitude, tu
« te dis : « Quelle sera la pensée de Silvio? Serait-il
« encore le jouet de cette vaine illusion qu'on peut
« former un faisceau des diverses nations de l'Italie? »

1 Voyez aussi l'Introduction.　　　(*Note du Traducteur.*)

« Noble ami, je brûle encore du même amour pour
« l'Italie, mais ce n'est plus cette ardeur frénétique,
« et je gémis de voir qu'elle empire elle-même ses
« destinées en élevant son regard vers une œuvre
« impossible.

« Et si ma voix pouvait se faire entendre des infor-
« tunés que dévore la flamme de l'amour de la patrie :
« Éteignez, leur crierais-je, éteignez les colères cap-
« tieuses sans cesse allumées entre vous...

« J'aime ma patrie comme autrefois, mais ce n'est
« pas, je le vois, ce n'est pas par la fureur que sa
« gloire peut se fonder ; la vraie vertu consiste à s'ai-
« mer les uns les autres, et à tourner l'épée contre les
« envahisseurs.

« Quiconque gémit sous le joug d'une tyrannie
« acerbe, et se croit le droit de le briser avec le fer,
« déchire la patrie sans lui apporter la paix. Et qui
« l'emporte à la fin? un soldat hypocrite.

« Ou, si parmi les citoyens ne surgit pas traîtreuse-
« ment quelque soldat pour mettre un frein à tant
« de rage, c'est l'étranger rusé qui fait irruption. Il
« vole, il tue et veut encore que l'on voie en lui un
« sauveur. C'est pour cela que celui qui sait tout n'a
« jamais dit d'aiguiser les poignards contre les Nérons,
« loin de là. Il condamne toute violence et ne nous
« veut pas lâches, mais fidèles au trône.

« Fidèles au bon roi, fidèles au tyran, mais décidés
« à subir l'opprobre et la mort plutôt que d'acheter la
« faveur au prix de basses complaisances, plutôt que
« de partager l'iniquité des forts.

« Tels sont mes sentiments, et tels sont les tiens, si
« j'en crois la renommée qui, à coup sûr, dit vrai.
« Gardons dans nos âmes le noble désir de voir la
« patrie heureuse; mais, arrière les héros infâmes
« de la férocité.

« Et demandons à Dieu que ces héros abjects s'ap-
« pellent une bonne fois du nom de malfaiteurs, et
« qu'on sache bien que, si la fièvre brûle nos cœurs,
« cette fièvre ne fut jamais celle d'une vulgaire
« folie... »

FIN.

TABLE

Introduction. Page i

LETTRES DE SILVIO PELLICO.   i

NOMS PAR ORDRE ALPHABÉTIQUE DE CEUX A QUI CES LETTRES
SONT ADRESSÉES :

Abbati Marescotti (comte Paolo), Lettre 354.

Allievo (Giuseppe) , 288.

Artico (Mgr. Artico, évêque d'Asti), 215.

Balbo (comte Cesare Balbo), 53, 59, 60, 69, 75, 77, 341.

Barufi (professeur), 321, 325.

Beccardi (l'abbé Evasio Beccardi), 71.

Benevello (la comtesse de), 68, 86.

Bertolotti (David), 186, 228, 259.

Bianchi (Nicomède), 133, 136.

Bocca (libraire-éditeur), 66.

Boglino (le P. Gian Gioseffo), 49, 50, 52, 56, 65, 72,
    80, 81, 82, 92, 208, 245, 279, 301, 342, 343, 344, 345,
    346, 347, 348, 349.

Borsieri (Francesca), 47.

Borsieri (Pietro), 156, 158, 166, 167, 180, 188, 196, 211,
    230, 232, 330.

Briano (Giorgio), 209, 244, 248, 249, 265, 273, 289, 302.

Buonfiglio (le père Antonio), 217, 220.

Campori (le marquis Cesare), 141, 150, 155, 160, 177., 239, 253, 317, 353.

Canorgue (Victor de la), 267, 272, 274, 285, 292, 295, 296, 299, 305, 308, 318, 320, 326, 357, 358, 359, 360, 361.

Cantù (le chevalier Cesare), 176, 190, 198, 269.

Carail et Saint-Marsan (marquise Christine de), 322.

Carutti, 251.

Clésieux (Achille du), 365, 366.

Confalonieri (le comte Federico), 55, 91, 93, 109, 110, 111, 114, 118, 122, 124, 126, 130, 132, 135.

Dandolo (comte Tullio), 161, 179, 226, 243, 257, 324.

Daviso (le baron Carlo), 256.

Fantastici-Rosellini (Mme Massimina), 213, 364.

Faugère (Prosper), 250,

Fea (Leonardo), 164. 352.

Feraudi (le père), 171, 173.

Ferrand (Humbert), 350.

Foscolo (Ugo), 1, 2, 3, 4, 5, 6, 7, 8, 9, 10, 11, 12, 13, 14, 15.

Gioberti (Vincenzo), 241.

Giuria (Pietro), 125, 143, 144, 151, 154, 157, 159, 162, 168, 169, 195, 200, 202, 225, 254, 283, 304, 315.

Gonzaga (Luigi), 271.

Ighina (le chanoine professeur A), 175, 178, 192, 206, 216, 219, 222, 229, 234, 236, 240, 242, 255, 258, 260, 261, 264, 266, 268, 270, 278, 284, 293, 298, 300, 303, 307, 311, 312, 313, 314.

Larissé (le comte de), 355.

Latour (Antoine de), 83, 88, 97, 103, 104, 106, 112, 113, 121, 185, 189, 191, 193.

Laurens (le baron Achille du), 148, 163, 184, 263.

Marchionni (Carlotta), 18, 64, 204, 207.

Marchionni (Elisabetta), 42.

Marchionni (Teresa), 17, 19.

Marenco (Carlo), 61, 70, 79, 89, 107, 224.|

Masino di Mombello (la comtesse Ottavia) 58, 67, 78, 84,
90, 94 , 95 , 96 , 99 , 101. 105 , 119 , 123 , 131 , 145,
170, 181, 203, 205, 237, 306, 334, 335, 336, 337 , 338,
339, 363.

Molino-Colombini (Giulia), 210, 223, 280, 294.

Nani (le professeur Angelo), 327.

Orlandini (Francesco-Silvio), 275, 276, 290, 328.

Panier (Sophie), 100.

Paoli (don Francesco), 182, 183.

Paravia (le professeur Pier Alessandro), 87, 116, 142, 146,
152, 172, 194, 252.

Pellico (sa famille), 33, 44.

Pellico (Joséphine), 46, 48, 197, 201, 235, 247, 340.

Pellico (Luigi), 32.

Pellico (Onorato), 21, 22, 24, 25, 26, 27, 28, 29, 30 , 31 ,
34, 35, 36, 37, 41, 45 .

Pomba (Giuseppe), 310, 351.

Porchietti (Eusebio), 233.

Porro (la famille), 146.

Porro (le comte Gilberto), 214.

Porro (le comte Giulio), 54, 134, 153, 231.

Porro (la marquise Joséphine), 218.

Porro (le comte Luidgi), 16, 20, 23, 98, 117, 128, 129, 137,
187, 212, 238, 246, 262, 277, 282, 287 , 309 , 316 , 319 ,
329, 331, 332, 333.

Rességuier (le comte Jules de), 74.

Rosmini-Serbati (l'abbé Antonio), 108, 120.

Rossi (le docteur Vincenzo), 139.

Rossi Giampieri (Elvira), 149, 199.

Sabbatini, 286.

Saluzzo (le comte Robert), 323.

Salvotti (le président N.), 38.

Séguins-Cohorn (le comte Edmond, marquis de Vassieux),
    57, 62, 85, 102, 127. 297, 362.

Spandri (Giuseppe), 221.

Vice-consul de Sardaigne à Venise, 39, 40.

Vico (Giovanni), 63, 140, 165, 174.

N. N., 115.

N. N. , 227.

N. N., 281.

N. N. (l'abbé), 51.

N. N. (Michele), 291.

N. N. (protestant), 138.

N. N. (protestant), 356.

Onorato Pellico à Luigi Gonzaga, 43, 73.

APPENDICE LITTÉRAIRE. . . . . Page 585

PARIS.—IMPRIMÉ CHEZ BONAVENTURE ET DUCESSOIS,
55, quai des Augustins.